人間

韩飞 著

郑州大学出版社

图书在版编目 (CIP) 数据

人间 / 韩飞著 . -- 郑州 : 郑州大学出版社 ,2024.4

ISBN 978-7-5645-9210-3

Ⅰ . ①人… Ⅱ . ①韩… Ⅲ . ①长篇小说 – 中国 – 当代

Ⅳ . ① I247.5

中国版本图书馆 CIP 数据核字 (2022) 第 204649 号

人间

RENJIAN

责任编辑	康文静　刘金兰	版式设计	元诗歌文化
责任校对	吴　静	责任监制	李瑞卿

出版发行	郑州大学出版社 (http://www.zzup.cn)
地　　址	郑州市大学路 40 号 (450052)
出 版 人	孙保营
发行电话	0371-66966070
经　　销	全国新华书店
印　　刷	郑州市毛庄印刷有限公司
开　　本	710 mm × 1010 mm　1/16
印　　张	29.75
字　　数	443 千字
版　　次	2024 年 4 月第 1 版
印　　次	2024 年 4 月第 1 次印刷

书　　号	ISBN 978-7-5645-9210-3	定价	98.00 元

本书如有印装质量问题 , 请与本社联系调换。

序

去年十月，正当石榴红了的时候，作者韩飞送来他的长篇小说《人间》文稿，让我提些批评意见。我有幸成为这部作品的第一欣赏人。

屈指算来，我和韩飞结识至今已整整三十一年了，这期间，我俩因工作调动，见面机会或多或少，但始终没有间断联系。印象中的他，典型的豫东人性格，勤奋好学，豪放开朗，忠厚耿直，身上总有股不服输的劲儿，读书做事都很认真。

《人间》可谓作者之大手笔，人物之多，场面之大，气魄之雄伟，在近年来乡土题材小说中实属少见，正如豫东一马平川的千里沃野，阅后使人心旷神怡，畅然于怀，很是过瘾。《人间》叙述的是发生在豫东平原一家三代人曲折缠绵的爱情故事，情节一波三折，颇为动人，矛盾冲突高潮频出，跌宕起伏，极具故事张力和浓厚的文学色彩，反映出作者对豫东风俗人情的独特体验和人生感悟。

全书有两个线索，围绕女主人公姚淑美丰富情感而展开的感情线，重点叙述了姚淑美与三个男人之间的情感纠葛，与丈夫王贵仁的感情，浓厚纯洁；与王文福的情感，无奈抗拒；与马春耕的情感，则是缠绵悱恻，一种纯粹情感与欲望象征。试想，一位二十来岁就失去丈夫的青春少妇，独守闺房，虽守身如玉，突然生活中闯进来一位心仪男子，怎能不动心念想？若真的是无动于衷，那倒失真虚假了。男女情思，动心念想，人之常情。文学即人学，作品即人品。作者正是从尊重人性出发，如实描写了女主人公心迹演变过程，人物形象才得以刻画得惟妙惟肖，生动感人。

另一个线索以时代前进为脉络，重在新中国成立以来豫东平原发生的巨大变化上用墨。当中所展现出平原独特的生活风貌、浓郁的风情、淳朴的民风、传统的民俗，生活气息扑面而来，为读者勾画出一幅幅丰富生动的农村生活画卷，富有极强的艺术感染力。

主要人物的塑造，比较成功。对比手法的运用，使人物性格鲜明地呈现出来。如在换亲这个核心事件中，两对青年男女所表现出来的截然不同的态度，就是一个鲜明的对比。王宝禄对娶亲一事并不太热心，而是一种听天由命的态度，这是因为他心有所属，暗恋美丽多情的雪雁，别人家的媳妇。范来运与王宝禄不同，他与金枝在庙会上一见钟情，一心想与她成亲，在对待妹妹换亲一事上迫不及待，表现得有些自私。金枝少女怀春，与范来运属两相情愿，自然是乖巧顺从。范翠枝与金枝又有不同，她已经有了心上人，最初就明确表示反对，只是后来迫于家庭压力，不得不屈从答应。对范翠枝的刻画，在一系列的事件中有诸多的细节描写，重点叙述她内心的矛盾冲突，展示她性格叛逆的一面，才有了后来的冒雨逃婚，从而成就了一段爱情佳话。

在人物刻画上，作品力避脸谱化。时位移人，人物故事随环境的变化而发生转变，这也是这部作品的成功之处。好人不一定都好，坏人也不是全坏。如王文福先是以村霸形象出场，多次意欲霸占本家嫂嫂姚淑美。但在王家寨遭遇粮食危机时，也做过一些好事，虽是假公济私，得到姚淑美赠送的一块金砖，但在困难时期，黄金珠玉，饥不可食，寒不可衣，算不得什么。马春耕形象虽然高大，可却在特殊时期，表现得好大喜功，使其高大的形象有了瑕疵。

作家路遥说过："真正有功力的长篇小说并不依赖情节取胜。惊心动魄的情节未必能写成惊心动魄的小说。作家最大的才智应是能够在日常细碎的生活中演绎出让人心灵震颤的巨大内容。"小说是写在纸上的社会生活。作家展示社会生活，使作品真实可信，取得读者的信赖，只有靠真实感人的细节描写，才能得以实现。细节描写最能见文学功底。如果一部小说离开了丰富真实富有感染力的细节描写，那就只剩下简单的故事情节了，则小说已不是小说，而是故事会或者故事梗概了。在这部作品里，随处可见作者精雕细刻的工笔式描写，阅读起来使人心醉神迷。

作为叙事文学，全书叙述沉稳，语调厚重，却又娓娓道来，一气呵成。

明末清初著名文学评论家金圣叹曾提醒读者："大凡读书，先要晓得作书之人是何心胸。"作者出生于豫东平原。豫东自古就是中原文化厚重地域，淳朴的民风、厚重的文化、多彩的生活，使他深受熏陶。作为二十世纪七十年代出生的人，韩飞对农村生活有着难以割裂的浓厚情结。在作品《人间》里，通过围绕粮食问题而展开的故事叙述和穿插的豫东饮食文化的描述，反映了作者对粮食问题、对民生的深深忧虑，体现了中国传统文化中民以食为天的思想，流露出作者悲天悯人的士子情怀。

作家莫言在文章《捍卫长篇小说的尊严》中曾指出："一个作家能否写出并且能够写好长篇小说，关键的是要具有'长篇胸怀'"。他说："'长篇胸怀'者，胸中有大沟壑、大山脉、大气象之谓也。"又说："所谓大家手笔，正是胸中之大沟壑、大山脉、大气象的外在表现也。"

阅读这部长篇小说《人间》，可以随处感受到作者韩飞所具有的长篇胸怀，感受到作品字里行间中所流露出的那种大沟壑、大山脉、大气象、大悲悯。这是作者长期笔耕、生活积累、阅历丰富、厚积薄发的结果。

是为序。

李德专

2023 年 12 月 22 日

自 序

河南东部与安徽、山东、江苏交界的地方，是一块广袤无垠而又美丽富饶的大平原，她肥沃丰腴的土地养活了世代生活在平原上的人们。

这是一块多灾多难而又神奇的黄土地，人们习惯称之为豫东平原。在豫东平原上，有三座著名的寝陵——燧皇陵、太昊陵和娲皇陵，那里分别躺着中华始祖燧人氏和他的一对儿女——伏羲大帝和女娲。燧人氏钻木取火、教人熟食，结束了远古人类茹毛饮血的历史，他所在的部落燧明国从此步入了华夏文明。燧人氏被后人奉为"天皇"，位列三皇之首。据传在他之后，人类遭遇了洪水滔天的灭绝大劫难，他的妻子，那位伟大的母亲华胥氏在洪水到来之前，将她的一对儿女伏羲和女娲藏在一个宝葫芦里，放置在昆仑山上，才使兄妹俩躲过一大劫难。

洪水退去，伏羲和女娲兄妹俩面对灾难，遵循天意，结为夫妻。豫东人因此尊称他们为人祖爷和人祖奶奶。人祖奶奶炼石补天堵住了洪水的源头，用黄河岸边的泥巴抟土造人繁衍出了人类。人祖爷则教会人们结网而渔，与大自然进行抗争；他结绳记事，一画开天，教化万民，再创了中华文明。伏羲和女娲因此成为中华民族的人文始祖，豫东平原也因此成为华夏文明的发祥地。

至少上万年来，这两位伟大至尊的中华文明创世神，一直在默默护佑着黄土地上他们的子民。而生活在豫东平原上的人们，也以对天地良心无比敬畏的信仰和倔强不屈粗犷豪爽的性格，与外来入侵者和艰难困苦进行着坚决抗争；以近乎野草般顽强的生命力和铮铮傲骨，无愧于列祖列宗的护佑和脚下黄土地的惠养，在中原大地上树起一座不亢不卑的无字丰碑。

豫东平原的北边是历史上的鹿鸣之地，古时称为苦县的鹿邑，那里是道家学派创始人老子的故乡，是对中国传统文化和世界哲学思想有着广泛和深远影响的道家发祥地。老子之后，在紧靠鹿邑的古都商丘，又出现了一位他的继承人——伟大的思想家庄子，他的一部《南华经》和老子的《道德经》，成为人类哲学思想发展史上两口取之不竭的思想源泉。

豫东平原的东边紧挨着老子得道成仙的地方——老君台，是河南郸城，在县城北关洺水岸边，至今还保留着老子炼丹炉遗址。据传，老子曾在这里炼成仙丹，悟得大道，郸城也因此而名。郸城还是历史上神龙见首不见尾的鬼谷子王禅的出生地。在中国，鬼谷子的厉害从古到今可谓是无人不知无人不晓，虽然他只是一位隐士。这位集道家、谋略家、兵家、阴阳家、法家、教育家等百家之长的百科式人物几乎成了万能神的化身。他神出鬼没超然于世的人格光辉同他深邃莫测的哲学思想，使其成为后人难以逾越的一座巍峨的高山。他的门徒如苏秦、张仪、孙膑、庞涓、商鞅、吕不韦等，皆是历史上赫赫有名的人物。如今在豫东平原上，还流传着一种画地为棋、折枝为子的五道棋，据传，这是鬼谷先生为开启民智而独创的一种棋类游戏。

在我很小的时候，我听到过流传于豫东平原上的很多民间传说。曾经一个世代口口相传的王子求仙的故事，一度令我想入非非，至今在我内心深处还保留着那颗幻想着有朝一日能登上九重天一览天上一日人间十年虚实的童心。这些民间传说不断地叩击我的好奇心，并没有因时光的流逝而被淡忘，一些细节却在时间的长河里越澄越清。它们像遗失在清可见底的河水里的颗颗硕大珍珠，熠熠生辉，日久天长竟自然汇聚在一起，孕育成一个个情节连贯的动人故事。

在这部书里，我要向您叙述一个发生在豫东平原上曲折感人的爱情故事。可这个故事并非我个人杜撰，事实上，它在过去的社会现实里确实曾经存在过。如今几乎本故事中涉及的所有人物原型大都还健在，只有那位疯了的年轻女子早早结束了生命。

人世间说不清的恩怨、爱和恨，似乎注定了她在这部书里就是一个悲剧式的人物，尽管她只是本故事中一个不太重要的角色，但我还是给予了她很多的关注。这么多年来，我的脑海里还会经常闪现早年间见到的她那含着眼泪的目光。那位疯女子，曾远远地望过我一眼，我那时还只是个不懂事的孩子，可我分明感受到她那目光里，带着些哀怨和难以向世人诉说的委屈。

　　然而，就是这位疯了的女子，在她死后至少有一年多的时间里，那些关于她生前的流言蜚语在村子里悄悄流传着。那位疯女子生下的两个孩子成了村子里令人可怜的孤儿，但孩子的生父是谁，也成了永远解不开的谜面，一时成为人们窃窃私语的话题。

韩飞

2024 年 3 月 21 日

目　录

第一卷

序　幕	3	第十五章	67
第一章	14	第十六章	71
第二章	19	第十七章	73
第三章	22	第十八章	76
第四章	25	第十九章	80
第五章	30	第二十章	84
第六章	32	第二十一章	86
第七章	35	第二十二章	89
第八章	40	第二十三章	91
第九章	42	第二十四章	94
第十章	45	第二十五章	98
第十一章	49	第二十六章	101
第十二章	53	第二十七章	104
第十三章	57	第二十八章	108
第十四章	62	第二十九章	112

第三十章　　　114　　　　第三十七章　　　136

第三十一章　　119　　　　第三十八章　　　138

第三十二章　　123　　　　第三十九章　　　142

第三十三章　　126　　　　第四十章　　　　144

第三十四章　　128　　　　第四十一章　　　147

第三十五章　　131　　　　第四十二章　　　149

第三十六章　　132

第二卷

第一章　　　　155　　　　第十七章　　　　217

第二章　　　　159　　　　第十八章　　　　221

第三章　　　　163　　　　第十九章　　　　223

第四章　　　　165　　　　第二十章　　　　226

第五章　　　　168　　　　第二十一章　　　229

第六章　　　　173　　　　第二十二章　　　231

第七章　　　　176　　　　第二十三章　　　235

第八章　　　　182　　　　第二十四章　　　239

第九章　　　　186　　　　第二十五章　　　243

第十章　　　　190　　　　第二十六章　　　246

第十一章　　　194　　　　第二十七章　　　250

第十二章　　　199　　　　第二十八章　　　254

第十三章　　　203　　　　第二十九章　　　258

第十四章　　　207　　　　第三十章　　　　261

第十五章　　　211　　　　第三十一章　　　264

第十六章　　　215　　　　第三十二章　　　265

第三十三章	270	第四十六章	315
第三十四章	273	第四十七章	317
第三十五章	275	第四十八章	321
第三十六章	279	第四十九章	324
第三十七章	282	第五十章	328
第三十八章	285	第五十一章	331
第三十九章	288	第五十二章	335
第四十章	291	第五十三章	339
第四十一章	295	第五十四章	344
第四十二章	297	第五十五章	347
第四十三章	300	第五十六章	349
第四十四章	305	第五十七章	353
第四十五章	310	第五十八章	357

第三卷

第一章	363	第十章	386
第二章	366	第十一章	390
第三章	369	第十二章	394
第四章	370	第十三章	399
第五章	371	第十四章	402
第六章	374	第十五章	404
第七章	376	第十六章	407
第八章	380	第十七章	410
第九章	384	第十八章	414

第十九章　　　417

第二十章　　　419

第二十一章　　423

第二十二章　　426

第二十三章　　429

第二十四章　　432

第二十五章　　436

第二十六章　　438

第二十七章　　442

第二十八章　　444

第二十九章　　446

第三十章　　　449

第三十一章　　451

第三十二章　　454

后　记　　　459

第一卷

序　幕

第一场

那是一九四八年深秋一个月光朦胧的夜晚，豫东平原上刚刚经历了国共两党逐鹿中原的黄泛区战役，交战双方又在鲁、豫、皖、苏边界陈兵百万，大决战前夕，平原上四周寂寥的田野里已经不再像夏秋两季那样热闹了。青蛙早已停止了鼓噪，蟋蟀也停止了弹奏，秋虫在时令的威逼下已经绝迹。万籁俱寂的田野被一层寒霜覆盖着，夜色下茫茫一片，越发显得凄凉和空旷了。一个巨大的声音在大地上低沉地轰鸣着，仿佛是在那个兵荒马乱的年代里屈死的鬼魂在哀声吟唱。

节气已过霜降，寒冷的冬天还没有到来。东南方天空中，云层遮住了残月，一道流星从空中划过，闪亮了一下，便消失在无尽的天边。

夜幕下的王家寨笼罩在灰蒙蒙的雾霭中，就着天上微弱的星光，可以隐约看到寨门上的吊桥高高悬起。寨海子两岸干枯的芦苇随风瑟瑟作响，水面上腾起的雾气阴森森的，静悄悄的，偶尔会传来扑通一声水响。这在白天微不足道的响声，在寂寥的夜色下却会让人心惊肉跳。这是豫东平原上一个最普通不过的寨子，此时正沉睡在梦乡中。

一阵急促的狗叫声传来，声音在寨子里回荡，像晴天敲击铜锣一样响亮震撼。黑夜里的狗叫声总是那样让人惊心动魄，毛骨悚然。夜色中有个黑影在寨子里游动，脚步很轻很快。狗叫声随着黑影的移动由远而近传递着。黑影移动到寨中临街的一户四合院前，在大门上摸索了一阵子，吱嘎一声推开大门，闪进去，又吱嘎一声关上。

睡梦中的姚淑美被响声惊醒，惊恐地侧起身，屏着呼吸，侧耳静听。外边又传来门闩哗啦啦滑动的声音，接着是轻轻的脚步声，越来越近，这脚步声却是她最熟悉的。她深深吸了一口气，又缓缓吐出，将一颗提着的心放下来。

姚淑美坐正身子，拿起被子上的夹衣，披在身上，回转手摸到床头柜子上燃着火星的纸媒子，放在嘴边轻轻吹了几下，随着火星一明一暗，那纸媒子便被吹出了红色的火苗儿。她拿着纸媒子扭转身点亮床头柜子上的棉油灯，微弱的灯光照在她那鸭蛋形轮廓的脸庞上，显得她椭圆的下巴格外圆润而有光泽，整个脸庞的线条弧度均匀流畅。灯光由小变大，啪啪作响，越来越亮，慢慢映照出她那红润面容上一双大而明亮的眼睛、白里透红的脸颊和隆起的胸脯上裹着的红色肚兜。

堂屋门吱的一声轻轻推开又关上，黑影闪了进来，呼哧呼哧喘着气。

"好了吗？"

"好了。"

"稀罕，外边的狗都在叫唤，咱家大花狗咋没有一点动静哩？"

"狗识人性，自家人进门不叫的。"

"赶快再睡会儿吧，天快亮了。"说罢，姚淑美又钻进被窝里。

王贵仁随手摸了一块布擦了擦头上、眉上的霜，脱下衣服，一口气吹灭了灯，钻进被窝，说："冻坏了，快给暖暖。"说着，伸出胳膊就要去搂。

姚淑美忙将身子一缩，用手推住，笑说："去！你身上太凉，跟冰块一样，先暖暖。"

王贵仁只得老老实实躺下，拉了拉被子，披紧被角，小心地与姚淑美保持着间隙，借着被窝里的热气把身子暖热。他长长舒了口气，压低声音，说："这下好了，不用再担惊受怕了。"

"你把那些宝贝儿东西都埋在哪儿去了？"姚淑美声音娇滴滴的。

"你别问，还是不知道的好。我又不会离开你。天明你早起做饭，吃过饭咱们就去你娘家躲一躲，我都安排好了。嗯，也不要走得太早。"

外面传来几声狗叫，姚淑美下意识地抱紧丈夫结实的臂膀，两人相拥而眠，进入梦乡。

王贵仁醒来时，已经是红日三竿。阳光透过东山墙屋顶的风道射进来一束金色光柱，光柱里的灰尘上下飞舞，恰似那光柱滚动着一般。这一觉他睡得格外香甜，浑身像泄了气的皮球似的放松。他昨天夜里一个人偷偷忙活了半夜，终于将全部家产埋入地下，算是搬掉了积压在心头多日的一块石头。

五天前，王贵仁接到通知，说是通知，其实就是命令：限十五天之内，把家里的黄金、白银、外币、法币都要交到县里，兑换成金圆券。王贵仁明白，什么金圆券，那就是一堆废纸，上坟烧，连鬼都不要的废纸。那些当官的却又借机玩起了刮地皮的老把戏，看来这次要搜干刮净了。他已经听到有人因为抗命而被法办枪决的传闻，虽说他上头有人可以躲过这一关，但毕竟躲过今天躲不过明天。

周边的战事像阴云一样笼罩在豫东平原上空，今天你打过来，明天他打过去，像拉锯一样打个没完没了，让人喘不过气来。对于王贵仁来说，战争输赢，与自己无关，他祖辈积攒下来的那点儿家业，看来是保不住了。

太阳已经升到树梢之上，阳光穿过树梢射下来，照在厨房屋顶矗立的烟囱上，把炊烟也染成了金色。那炊烟被微风一吹，袅袅上升，便渐渐消散在半空中。天上的云彩像棉花絮一样，雪白雪白的，将蔚蓝色的天空衬托得高远而深邃。

王贵仁穿着一件蓝色的棉布夹衣在院子里来回踱步，阳光透过树梢照在他那圆形的脸庞上。他身材消瘦，两只眼睛深陷在眼窝里。儿子福孩儿、女儿金枝在过道里玩耍，嘻嘻哈哈地追逐着，妻子姚淑美正在厨屋里做饭。两天前，他辞退了家里的长工、短工，只留下寨北边儿三亩洼地，把其余的田地全部卖光了。他对妻子姚淑美说："世道要变了，咱们要准备过苦日子了，你得学着做饭，学着做家务活。"

第二场

三天前，他从县里获得了消息，这次真的要顶不住了。

"快打到咱这边了，要变天啦。"这是县长葛保田亲口对他说的。

为弄清他接到的那个通知的虚实，王贵仁去了一趟县城。在县城里，他见到了葛县长。葛县长对他说完那句话后又长叹一口气，说："我看兄弟你祖上留下来的那点儿家业，怕是躲过了初一躲不过十五啊！"

县长葛保田的父亲葛戎臣与王贵仁的父亲王富坤同在冯玉祥部队里任过职。中原大战时葛保田的父亲葛戎臣战死，王贵仁的父亲王富坤在世时，一直对葛家给予接济照顾，并出资供葛保田继续读书。王富坤对这位同僚又是同乡的遗孤疼爱有加，对他也寄予了厚望。葛保田长大后，王富坤帮他在县里谋了个差使。日本鬼子侵略中国那阵子，王富坤参加了周口保卫战，被日军飞机扔下的炸弹炸死。葛保田脑瓜活络，精明能干，继续利用王富坤在官场中的故友旧交，左右逢源、巴结迎合，没过几年，便当上了淮阳县县长。

葛保田人还算不错，没有忘本，知恩图报。王贵仁的父亲去世后，两家关系不断。作为一县之长，不管他在别人面前如何摆谱，如何装腔作势，只是从来不在王贵仁面前显摆，和王贵仁每次见面时，也都表现得很是亲热，说话也家常地道。这样，王贵仁才经常去县长葛保田家走动，两人兄弟相称，上边有什么动静或什么要紧的事情，葛保田都会毫不保留地告诉他。

葛保田的话证实了王贵仁接到兑换金圆券的通知是真的，葛保田还告诉他说："南京方面为缓解战时财政困难，弄了一个'财政经济紧急令'，搞了个什么'金圆券发行法'：禁止黄金、白银和外汇流通、买卖或持有，所有个人和法人拥有的黄金白银、外汇和法币都要在规定的时限内兑换为金圆券。唉，这都是为了打仗呀！"

"可是，这个仗本不应该再打的。鬼子撵走了，老百姓心里都想着要过几天安生的日子哩。"

王贵仁接过话来发了一句牢骚，便探出手来，托起紫色茶几上的那个青花瓷茶杯底托，拇指扣在碗沿上，将茶杯托到胸前，一手捏起碗盖，微微低下头，对着茶杯轻轻摇头吹了吹，吹开浮在水面上的毛尖儿，抿了一口茶水，又将茶杯轻轻放在茶几上。突然像是想起了什么，扬起左手，在太师椅扶手上"啪"地拍了一下，鼻孔里哼出了一口气，侧身望着葛县长，说："不是兄弟我舍不得这点儿家财，实在是这仗打得太窝囊，太不应该。要还是打鬼子，我情愿捐光全部家当，可眼下——这分明是两弟兄打架，闹家窝子嘛。唉！要是南京方面能做些让步，毕竟——"

王贵仁话说了一半，又咽了回去，有些话还是不说出来为好，道理大家都懂，只是无可奈何罢了。

"没办法呀，一寸山河一寸血。共产党为那些穷人打天下，执意要定鼎中原，志在必争。"葛保田叹道。他眼睛望着对面紫檀屏风上雕刻的一枝梅花，继续道："如果说东北丢了问题还不大，可郑州、开封丢了，南京那边便坐不住了。谁心里都明白，得中原者得天下，这已经是一个象征。中原自古就是一块肥肉，王者必争之地。最近济南又被攻破，南京方面急得已是热锅上的蚂蚁。眼下咱们周边阜阳、太和、蚌埠、徐州、商丘都是兵营，两军对垒，陈兵百万哪，那架势，我看是要决一死战！"

说到这里，葛保田停顿下来，身子稍稍向王贵仁这边倾了倾，眼珠滴溜一转，颇有些神秘地笑了笑，问王贵仁："大战在即，你知道指挥官是谁吗？"

"我咋能知道哩？"王贵仁摇摇头，笑道。

"哎——"葛保田拖着嗓音绕了个弯，两个手指哒哒哒哒敲击着桌面，压低嗓音说："就是那个刘峙呀，两年前因为赵锡田的第三师被包了饺子，全军覆没被撤了职。"

"啊，就是他呀，怎么，他又出山了？"王贵仁虽偏安一隅，身在乡下，却能做到家事国事天下事，事事关心，对时局还是略有所闻的。

"嘿嘿——"葛保田笑道，"可不是咋的？问题就在这里。在他就任徐州'剿共'总司令第九天，就丢了开封。我看接下来的战事，也是凶多吉少。老弟，你我要心中有数，我这把县长的交椅，早已是兔子的尾巴，长不了的，咱们还是要早作打算的好。"

葛保田坐在王贵仁旁边另一把太师椅上，他身材略微有些发福，不过，笔挺的蓝色中山装显得人很精干。此时，他两手正半握着放在小腹前，国字脸微微仰起，两眼眯成一条缝，见王贵仁听得很有兴致，他也饶有兴致地向王贵仁畅谈他对时局的判断。

在接下来的交谈中，葛县长还暗示他把田地卖掉兑成现钱，想办法把家里值钱的东西都藏起来。用葛保田的话说，有这些田产在手里将来都是祸害。

"老弟，切记：人为财死，鸟为食亡。至于你家里事儿，过几天县里派人去走走过场，做做样子，也就算了。你出去躲避两天，让他们找不到人，回来给我交差就行了。"葛县长这样交代他。

王贵仁家是县里挂着号的财主，抗日战争初期，王贵仁的父亲王富坤捐出了一半家业，以后每次上边儿摊派也都少不了他家。而这次，王贵仁却极不情愿将家里的现银兑换成那个金圆券了。

从县里回来后，王贵仁马上行动起来。卖地，贱卖，甚至是给钱就卖，仅用了两天时间，就将家里的田地全部卖给那些省吃俭用做梦都想有地种的人家了。这里虽然是黄泛区，田地被黄河水浸泡了这些年，都变成了黑色的淤泥地，但视土地为命根子的人都抢着买了过去。

王贵仁仔细把昨天夜里的情景回忆了一遍，从他拉着那八个塞满金银珠宝古董的坛子出门，到寨子东南角那栋院子里，再到返回家，整个过程有没有纰漏，有没有被人发现。乡下人睡得早，王贵仁出门时，寨子里早已灯火全无。深秋的夜晚，气温已经很低了，地面上、树上结了一层霜，脚踩在上面簌簌作响。寨子里原本有值更巡夜的，但早已形同虚设，那巡夜的人只是在上半夜转个一两圈，到了下半夜，便跑回家里睡觉去了。只是路过王文福家时，遇到王文福正上茅坑解手，听他憋着气问了一句："谁啊？"王贵仁答应了一声："我。"王文福像是听出来了他的声音，也就不吭声了。王贵仁心想，这家伙应该不会怀疑他吧，但也说不好，两家有世仇，从不来往。

王文福和他是出了五服同宗近门的本家。据说祖上天祖辈里为争坟地有了过节，从此两家互不来往，后辈人把辈分里的字也都改了。按照辈分排，王文福的"文"字辈与他王贵仁的"贵"字是一个辈儿。

想到王文福，王贵仁心里发了毛，担心王文福会坏他的大事。他开始有点不安起来，焦躁地在院子里踱着步。

这是一座二连进的宅第，从正房堂屋门口到二门刚好二十步，从二门经过过道再到大门也是二十步。这座院子看来是住不成了，半年前他就打定主意在寨东南角买下王富田家的一处小院子。王富田的爹王老八生病，手里缺钱，就把那院宅子卖了。那院宅子虽说是土房子，但总还有个不小的院子，万一现在这座宅子被征用了，全家也有个去处。除此之外，他心里还有一个秘密，盘算着要将那院宅子作更深一层的用处。

"吃饭了！"姚淑美从厨房里走出来，抬手抹掉包在头上的那条蓝色围巾，扭动着身姿左右扑打着身上的灰尘。

王贵仁望着妻子嘴角上那一道灶灰，心生怜爱。今年才二十四岁的姚淑美，娘家富裕，祖上老太爷和王贵仁的老太爷同朝为官，又是同乡，两家世代交好，知根知底，双方父母做主，将她嫁给长她六岁的王贵仁。姚淑美自小不用下厨，吃穿有人伺候，如今她竟然下厨做饭了。

"赶快吃饭，吃了饭去你姥爷家。"王贵仁对正在玩耍的两个孩子喊道。

两个孩子听说要去姥爷家，就嘻嘻哈哈一蹦一跳地跑过来。

第三场

吃过早饭，王贵仁便进到堂屋收拾行李，他将一个蓝色床单对折了一下，展开在床上，大人小孩的衣服放了一堆，又将床单四个角一系，做成一个行李包；伸手从柜子里拿出一根黄黄的东西，塞到包裹里，然后掂了掂，看了看，叹了声气。

姚淑美厨房收拾完毕，便进到堂屋里，坐在里间靠近窗户的梳妆台前梳理头发。将头发梳理顺溜后，两手扬到脑后，将头发挽起，盘成一个髻，又用发网盘住；伸出手来，拇指和食指捏起梳妆台子上一根凤头银钗，另外三个手指却翘起来，手形恰似孔雀开屏，扬起胳膊将银钗插进头发里。她两手捂着头发，对着镜子仔细端详着，欣赏着镜子中的那个人。镜子中的那个人，睫毛长长的，眼睛忽闪忽闪地望着她，水灵灵的眸子，滴溜溜转了两圈，微笑着冲她眨了又眨，挑了挑眉梢。她站起身来，左右扭动着身姿，对着镜子反复审视。她穿着一件红色上衣，斜襟立领，很是整洁；左腋下的一排金黄色的缠丝盘扣格外亮眼，将腰身衬得纤细娇小。

姚淑美左右看了又看，没有发现什么问题，感觉还算满意，这才正了正衣角，又拿起胭脂往脸上擦抹。

收拾停当后，又想起她的那双红绣鞋。于是，她转身走到床头黑色柜子前，从柜子里拿出她出嫁时的那双红绣鞋来，坐到梳妆台前，将鞋子穿在脚上，翘着脚尖，左右欣赏着，她内心充满了喜悦，脸上洋溢着幸福的微笑。

这是六年前她出嫁时的上轿鞋，平时不舍得穿，只有没人时她才拿出来穿穿。

这双绣鞋是她自己亲手缝制的，红缎子做的鞋面，鞋底也是她自己纳的，非常厚实。针脚密密麻麻，很有路数，横看、竖看、斜看都呈一条直线。鞋帮上朝外的一边是用黄线绣成的兰花，吐着紫色的花蕊，紫里又带着些白，配着三根细长的兰叶，叶片是用绿色的绒线绣成的。鞋面上也没有空白，绣着一枝梅花，梅枝用的是棕色丝线，有些弯曲，上面点缀着三朵粉色的梅花，两朵并蒂开着，一朵朝左一朵朝右，还有一朵含苞欲放；粉色的花瓣，金色的花蕊，花瓣上面几根白线衬着，白白点点的，分明是雪，就是雪里梅花了。那含苞欲放的花骨朵也是粉色的，与红色的鞋面倒也搭配。

鞋口鞋底都用不同的条纹陪衬着，鞋垫上也绣着蝶恋花的图案，花是牡丹花，那两只小蝴蝶展着翅膀飞翔，活灵活现，非常逼真。一双绣鞋两只脚的图案是对称的，很是精巧。

姚淑美翘着脚尖反复端详着那双鞋，也许是想到了什么，不觉笑了。

王贵仁将一件蓝色的长衫套在身上，望着妻子那痴迷的样子，不觉笑道："咱们这是出去避难，不是多风光的事儿，你就甭发癔症了，快点收拾，还要赶早哩，我听见外边轰隆隆响，敢情马车到了。"

姚淑美听到催促，心有不舍地脱下红绣鞋，换上那双蓝色布鞋，站起身来将那双红绣鞋依旧放进床头柜子里，慌忙收拾停当走了出来。

马车已经停在大门外等候。

王贵仁搀扶着妻子姚淑美踩着凳子先上了马车，又将两个孩子抱了上去；转回身锁好大门，将长长一串钥匙收在腰间；回头看了看紧闭的两扇大门，轻轻叹了口气，这才恋恋不舍地上了马车。车夫走过来收了凳子，将凳子横在车把上。

车夫是一位佝偻着腰的老头儿，他抬起胳膊硬起手腕摇着马鞭在空中"啪"打了个响鞭，喊了一声"驾"，两匹马便扬蹄前行，车轮轰隆隆启动，在路面上撵过一道明晃晃的车痕。大花狗跟在马车后面奔跑着，福孩儿喊了一声："上来！"

大花狗一跃身，便窜上了马车。它摇头摆尾的样子，逗得福孩儿和金枝咯咯笑了起来。

车行二十多里，在一个三岔道路口前停住了。王贵仁伸出头来看，原来这里设了关卡，过往行人必须接受检查。见此情形，王贵仁伸手从行李包里掏出那根金条装进大衫里面的口袋，对妻子说："我下去看看，别害怕。"说罢，便跳下了马车。

两个当兵的，一高一低，端着枪走过来，扒开车上的帘子，向车上看了看。见一个女人抱着两个孩子低着头，不敢看人，身旁一只大花狗两前腿支撑着坐在车厢里，吐着舌头，正机警地瞪着眼珠子望着他们。

低个子士兵咧嘴一笑："这小媳妇儿长得挺俊俏的嘛。"

高个子士兵对王贵仁说："你，留下！和老子一起扛枪打仗去，老婆孩子可以走了"。

王贵仁一听，方才明白，原来是设卡抓壮丁，就赔着笑说："长官，您看我这个样子，自小连鸡都没有杀过，哪里敢上战场杀人哩。上了战场也是白送死，不如行行好，放我过去吧，我有老婆孩子需要照顾，孩子都还小着哩！"

"废话！谁家没有老婆孩子？走！"高个子士兵说着，就伸出右手在王贵仁肩上抓了一把。

王贵仁见势不妙，忙抖动着手从衣袋里掏出那根金条，塞到高个子士兵手里："长官，这个拿着，给弟兄们买茶喝，放过我吧。"

一位身材微胖、长官模样的人走过来，伸手将金条抓在手里，掂了掂，歪着头，斜着眼睛盯着王贵仁，皮笑肉不笑地说："嘿嘿，一看就知道是个傻不拉叽的土财主。这年头儿，出门身上带着这玩意儿，它就是个祸害。上峰有令，个人私藏黄金违法，抓住一律充公，少废话，带走！"说罢，手一挥，做出个抓人的手势，顺势将那根金条塞进上衣口袋里。

两个士兵上前一步，一左一右，架起王贵仁的胳膊，拽着就要走。

王贵仁见情况不妙，知道在劫难逃，慌忙哀求道："长官，俺跟您走，先让俺给家人说句话，告个别，中不中？"

"嗯，快点，别啰唆！"

王贵仁挣开被两个士兵架着的胳膊，深深吸了一口气，轻轻呼出来，定了定神，这才转身又上了马车。姚淑美早已泣不成声，两个孩子哇哇哭成一团。看着妻子那无助的样子，王贵仁心头一颤，不由得鼻子发酸，眼泪夺眶而出。他极力克制住情绪，勉强笑了笑，抬手摸了摸两个孩子的头，对妻子姚淑美说："生在乱世里，碰到这样的事儿，也没有办法。我先跟他们去，到时候见机行事，再找个空隙溜回来。甭挂念我，我会小心的。快点走吧，免得再生是非。"

姚淑美一把拉住丈夫的手，哭道："不，要走咱们一起走，这个家不能没有你！"

王贵仁叹道："唉！别难过了，赶快走吧。我瞅着机会，就跑回家。万一我回不来了——你就——只要把两个孩子养大，不要再等我了！"

"不——"姚淑美大声喊道，泪眼望着将要分别的丈夫，摇了摇头，抽噎道，"你可要早点回来呀，俺娘儿仨在家等着你，这个家可不能没有你！"

福孩儿、金枝哇的一声哭了，一家四口紧紧抱在一起。

"走了，甭磨蹭！"胖子厉声喝道。

王贵仁一把推开妻儿，纵身跳下马车，从腰间解下钥匙，扔到车上。他走到车前对车夫交代了几句，便猛地拍打一下马背。

那马被拍了一下，便翘着尾巴扬起了蹄子，另一匹马也四蹄撩开，齐头并进，马车两个大如锅盖的木轮轰隆隆滚动起来。姚淑美掀开布帘，向丈夫拼命地招手。福孩儿、金枝大声哭喊着："阿大——"

车夫仰天长叹一声，举起马鞭，在半空中连打三个响鞭，马车扬起尘土，飞驰而去。

王贵仁站在三岔路道口前，呆呆地望着远去的马车。

"走，上车！"高个子士兵将手一挥，嚷道。

第一章

　　半年后，当姚淑美背着女儿金枝，扯着儿子福孩儿再次回到王家寨时，大门上的锁已经生锈了。姚淑美从腰里摸索出一串钥匙，拣出长长的那把，费了半天劲才打开门上的铜锁。刚推开门，大花狗尾巴一拧蹿进大门里，逗得金枝咯咯地笑。望着院中熟悉的一切，姚淑美心头一阵悲凉，仅仅半年时间，已物是人非。那一天的分别，改变了全家人的命运。

　　如今战火已熄，姚淑美的丈夫王贵仁仍没有音信，活不见人，死不见尸。娘家人都说，兵荒马乱年代，最不值钱的就是人命。娘家村里有一位从战场上逃出来的伤兵说，他在死人堆里躺了一天一夜，雨水浇在身上竟然让他活过来了。醒来时，仗已经不打了，到处都是死人。死尸填满了一条河流，血红的河水溢出来，漫到田地里，染得土地都是红的。那人喝了些血水，从死人堆里强撑着爬出来，用了两天两夜才走回家。姚淑美的母亲向他打听女婿王贵仁的消息，那伤兵说：恐怕是十有八九没了，如果还活着的话，或许会有音信。

　　姚淑美得知这个消息，哭了一夜，第二天，便向母亲辞行。闺女是娘的心头肉，母亲有点不舍得让闺女走。姚淑美是老生子闺女，母亲生她时已经年过四十，婴儿刚满月就找人算了一卦，算卦的先生说她命里缺水，可用带水的字取名弥补。姚淑美的爷爷喜欢《诗经》，那天刚好诵读《国风·陈风·东门之池》：

　　东门之池，可以沤麻。
　　彼美淑姬，可与晤歌。

东门之池，可以沤纻。
彼美淑姬，可与晤语。

东门之池，可以沤菅。
彼美淑姬，可与晤言。

因这位刚出生的孙女排行第三，老人家便从这首诗里得到启发，给孙女取名淑姬，"淑"字含有水，可以弥补命里缺水。后来一想，"姬"虽在古代是对女子的一种美称，毕竟与"鸡"谐音。鸡是家禽，有些不雅，怕民间口顺，于是，就舍掉"姬"字，再取前面的一个"美"字，叫"美淑"。又一想，女娃长大了会被人误叫成叔叔的"叔"，让人拿着名字取笑，干脆就把两个字前后颠倒一下，改成"淑美"，这样，姚淑美这个名字就定了下来。

如今女儿在娘家已近半年，母亲虽不放心，但兵荒马乱的日子已经过去了，嫁出去的闺女一直住在娘家也不是个事儿，就不再挽留。于是，让姚淑美的大哥用独轮车拉着姚淑美一家三口送上一程。姚淑美的大哥心疼妹妹，拉着娘儿仨一口气走上几十里，直送至离王家寨只有五六里路远的一个岔道口处，方才停住，让妹妹扯着两个孩子步行回家，自己一个人推着车子往回折返。

王家寨的乡亲见姚淑美扯着两个孩子回来，都非常欢喜，老远和她打招呼，很快寨里人就全都知道了。邻居五嫂和一群年轻媳妇慌忙围过来说话，个个喜笑颜开，嘘寒问暖，簇拥着一家三口进了院子。左右不见王贵仁，便问："福孩儿他大，贵仁，怎么不见回来？"姚淑美见问，便勾起心事，叹了口气，含泪答道："半年前俺一家出门，路上遇到抓壮丁的，死拉活拽地抓走了，至今没个音信，活不见人，死不见尸。"

众人听了，都长吁短叹，伤感不已。五嫂劝慰道："生在乱世里，遇到这样的事儿，也是没法子。你也想开点，他人要是死了，也早死早托生。

要是活着，说不定哪天就回来了哩。咱还得好好过日子，把两个孩子拉扯成人。你看，这两个孩子多乖，多省心。我没记错的话，这俩孩子，大的福孩儿，该有六岁了吧，小的金枝，也过了四个春了吧。"

姚淑美点了点头，正准备说话，却听见大门咣当一声响，从门外走进一个人来。那人一脚迈进门里，便嚷道："嫂子，回来了？"

众人抬头看，原来是王文福。此时已过立夏，天气稍显炎热。王文福上身穿着一件白色粗布短褂，说是白色，其实面料有些发黄，是麻白色，已经起了皱，衣角向外翘着，不过倒也干净；下身穿着一条蓝色单裤，说是短裤有点长，说是长裤，裤腿又有些短，脚脖儿都露在外面，膝盖上还打了两个补丁。这补丁打得却极有特色，两片颜色都不一样，一片棕色，一片灰色，都有碗口那么大，看上去极不协调，但在那个时候乡下人倒也见惯不怪；脚上一双布鞋已经开了花，左脚露出大拇脚趾，右脚则露出两个小脚指头，灰里土气的，结了很厚的老茧。乡下人一到夏天都不穿袜子，这也难怪。

五嫂见了，笑道："狗儿，你当了官了，在咱们寨子里管着事儿，这穿着打扮，咋还一点没变哩，让你媳妇柳叶儿给你做身新衣裳，穿出来也光滚光滚（风光，风光）。"女人们听了，拍着巴掌，笑了起来。没等王文福说话，五嫂又道："这你近门的人回来了，你得多关照关照呀！"

一年轻媳妇接道："人家都当官了，你还叫人家的小名儿，要喊大名儿哩。"一句话说完，众女人又是一阵哈哈大笑。

狗儿是王文福的小名儿，原称王狗儿。因他出生刚落地时，一只大黑狗闯进去冲他嗅了嗅，差点把他叼走。接生婆子急忙大声呵斥："狗儿！"这句话刚好被在外间候着的王文福的爹听到，此时他正一心想着怎么给这刚出生的儿子起名的事，便灵机一动就给儿子起名叫狗儿，这也切合了小孩儿取名越土越好的民间说法。直到王狗儿年龄大了，上了私塾，私塾先生给他取了个字叫福，因他是文字辈，名字就叫王文福。后来，王文福的爹不知在哪里染上了吸大烟的瘾，财产田地都被他败光了，家里穷得叮当响。王文福此时在寨里谋了个差使，专门跑腿管事儿。

王文福听见女人们拿他说笑也不生气，他已经习惯了人们喊他的小名儿。

王文福冲五嫂咧着嘴笑了笑，眼光却瞄着姚淑美，说道："听说俺贵仁哥被抓了壮丁，没回来。嫂子，你也别急，现在不打仗了。只要人还活着，说不定哪天他就回来了。家里有啥事儿需要帮忙，让俺侄子福孩儿喊我一声。"

姚淑美眼里噙着泪，点了点头，说："先谢谢了，见天过日子也没有啥要紧的事儿。要是遇上了，俺就让孩子去喊您。"

王文福见说，就走到厨房里拎了两个木桶出来，笑道："你们先说话，我去挑桶水回来。"说着，就一条扁担两头挂了水桶，晃晃悠悠出门去了。众女人见他殷勤的样子，免不了背后又说笑着奉承他几句。

看看太阳就要落进树林中去了，众人纷纷起身告辞，回家准备烧茶去了。豫东平原上习惯把晚饭通称为喝茶。姚淑美将众人送出大门外，五嫂折返身来拉着她的手，两人又站着说了一会儿话，无非是些宽慰贴心的话语。见姚淑美不住点头答应，五嫂这才笑嘻嘻地，将手摆得荷叶似的，一步三回头地离去。

眼见众人离去，姚淑美方回转身进到厨房，准备烧茶做饭。锅灶半年没有开火，铁锅有些生锈，灶台上也落了一层灰尘。水缸里没有水，没法刷锅洗碗。姚淑美只好等王文福挑水回来，再洗刷锅灶碗筷。她便先拿着一个小扫把弹扫锅台上的灰尘。

正等着用水，刚好王文福挑水回来，放下挑子，笑道："偌大一个寨子，只一口老井，又都赶到这个点上来挑水，排队要等上大半天。"边说边掂起水桶将水倒进水缸里。

王文福见福孩儿坐在锅灶前，把风箱的杆子拉出好长，就伸手去摸福孩儿的头，笑道："这孩子懂事儿了。"不料想，福孩儿却将头一扭，王文福手闪了空。显然，福孩儿不太喜欢他。王文福有点尴尬，只得自我解嘲地笑道："这孩子长大了。"

姚淑美微微笑了笑，说道："在这儿喝茶吧？"

乡里人都知道这句话的意思，如同古代端茶送客。王文福自然明白，只得讪笑着，回了一句"不了"，便悻悻而去。

姚淑美忙随后送出大门,眼看着王文福离去,这才回身关了大门,插好门闩,又找了两根粗木棍顶在门后。

那只大花狗跟着姚淑美,摇着尾巴跑来跑去。这大花狗以前夜里就躺在大门过道里,外边有一点儿动静就会狂叫起来。有大花狗在,全家人睡觉有了一种安全感,不会担心有人跳进院子里来。

送走了王文福,姚淑美不禁心里犯疑:她来王家寨也五六年了,平时不大走动的王文福怎么突然会对她家热心起来。虽说丈夫王贵仁家和王文福家是刚出五服的近门儿,但两家一向有隔阂,平时不大走动。这个姚淑美是知道的。现在王文福主动登了她家的门,人又显得很热情,看样子真是天变了人也变了。

天色渐渐暗了下来,姚淑美掌了灯,拾掇好锅灶,打了几下火镰子点着纸媒子。她坐在锅灶前,吹着纸媒子,纸媒子燃着红色的火苗儿,又抓把麦秸引着火,再抓把豆秸续上,锅底里便冒出青烟来。福孩儿和金枝在堂屋里逗着玩,不时传来笑声。两个孩子听见厨房里风箱呱嗒呱嗒响,就跑过来抢着要拉风箱。福孩儿笑嘻嘻地拉着,呱嗒、呱嗒,金枝抢着也要拉。姚淑美望着两个孩子,心头一阵暖流袭过,眼里噙满了泪花。

喝罢茶,两个孩子早早睡着了。姚淑美去厨房端了一个木盆,舀了两瓢锅里温的热水,坐在小凳子上,就着昏黄的灯光一层一层解下裹脚布,将一双小脚泡在温水里。泡了会儿,拿擦脚布擦干净脚上的水,找了个针小心翼翼地挑破脚上的血泡。虽说这五六里路,姚淑美还是走得脚上起了泡。这女人从小就裹脚,虽然此种陋习已被废除,不过在民间,这裹脚之风仍屡禁不绝。由于姚淑美从小就把脚裹了起来,那两只脚都已裹得变了形,像个小船似的。今天又走这么远的路,脚上已起了血泡。

远处传来狗叫声。乡村里的夜晚,狗叫声是再正常不过的事情了,但总是能牵动人的心。凭着狗叫声的远近缓急,就能判断出外边是正常过路人,还是有什么不正常的动静。姚淑美听到她家那只大花狗吼了几声,便不再叫了,心里感觉踏实了许多,这才躺在床上闷闷地睡了。

第二章

小满刚过，太阳一照，白天就热了起来。小麦吸足了水分，得了光照，正可着劲儿生长。

这天下午，福孩儿、金枝和一些孩子在麦地里玩耍。福孩儿蹲在旁边看人下棋，金枝看三个孩子比赛摔泥巴。那三个孩子摔完泥巴，看见金枝在旁边站着，笑得小嘴合不拢，上衣左胳膊上还带着一只春鸡。一个小孩儿指着金枝胳膊上的春鸡，问道："春天都过去了，你咋还带着春鸡哩？"金枝答道："俺娘说要等春鸡下了蛋，才让拿掉哩！"一句话，说得几个小孩儿哈哈大笑，又继续玩起泥巴来。

福孩儿围在旁边看人下棋，那两个下棋的人，一个叫王六儿，一个是福生。还有一个叫伙头的小孩儿，和福孩儿一样蹲在对面观棋。

五道棋是豫东民间流传很广的一种两人对弈的棋。这种棋不拘泥于地点场合，不用随身携带棋盘、棋子，田间地头，林荫树下，随时随地，画地为盘，一方折枝为子，一方掂石子、土块为子，非常方便。横竖五道线，共计二十五个棋子，一个方格占四个子为成方，横竖一条线为成大龙，斜着一条线为大斜。根据规则，谁先成大龙或大斜算谁先赢，边龙不算，边龙是指在棋盘四边上的线成了大龙。两人或蹲或坐，对弈较量，可谓杀得天昏地暗，日月无光。豫东民间大人小孩儿，无论男女，都会下这种棋。

"成三斜！"王六儿手里拿着一个小石子猛地落下，嘴里大声嚷道，显然很兴奋。

福生看了，白了他一眼，捡起那个刚刚落下的小石子，随手扔到一边，瞪着眼珠看了王六儿一眼，说："你会不会玩儿？那边还有一颗我的子儿，你成不了三斜。"

旁边观棋的伙头也附和着对王六儿说:"你这不对,那里不能成。"又对福生说:"让他悔一步棋。"

王六儿悔棋,两人继续,伙头在旁边给福生指指点点。

第一局,王六儿输棋。

第二局摆好棋子,王六儿对伙头说:"俺俩下棋,你不要给他指挥。"

伙头听了,笑了笑,答应道:"中!"

福生赢了一局棋,心中自然高兴,脸上洋溢着笑容,抬起头,对王六儿说:"这回让你先走!"这语气,显然是胜利者的姿态。

王六儿输了一局棋,心中有些不悦,听了这话,也不谦让,就掂起一个石子落在棋盘中央,口中念念有词:"中不中,占当中!"

福生瞟了一眼,并不在意,微微一笑,只用鼻孔"哼"了一声。两人走了十几步棋,又杀得难分难解,这回福生却有点儿招架不住了,眼看王六儿的棋稳操胜券,就要抢先一步成了大斜。

福生一心只想着求胜,他的棋马上就能成大龙,却没有想到比王六儿的慢了一步。那步棋在局外人看来非常明显,可福生就是看不出来。

王六儿此时不动声色,隐忍不发,连呼吸都克制住,生怕显出一点急躁或兴奋被福生看破,反倒提醒了他。福生左手拿着一根小木棍儿,右手折下一截,拿在手里,感觉有点短,看了看,随手扔了,就又折了一截,手捏着小木棍在棋盘上来回比画着。

王六儿见福生举棋不定,知道他是在有意拖延时间,担心拖久了会被他看出破绽,就有点心急,忍不住催促道:"快点下呀!"

福生听见王六儿催棋,反倒不急,凭经验知道,遇到对方催棋,可能就是对方占了上风,只要棋子落下,想悔棋也来不及了。因此,对方越是催棋,越不要急。福生踌躇不定,抬头看看伙头,伙头会意,只将眼光瞥了一下那有破绽的地方。福生没有明白他的意思,仍掂着棋子在棋盘上摇摆不定。伙头见他执迷不悟,只得伸出手指对着那处破绽轻轻一弹指。福生眼睛余光看见,一时恍然大悟,便果断将棋子落在了那决定胜负的一处。

王六儿见了，大声嚷道："不算，不算！"

福生笑着问道："怎么不算？"

王六儿质问道："说好的不能让人指挥，你让人指挥啥？"

福生争辩道："哪里让人指挥了，是我自个看出来的。"

"重来，这盘不算！"

"中，不算就不算，算是让你一盘！"

"不算是不算，算是和棋，不能说是让我。"

福孩儿在旁边看得入迷，慢慢地也看出门道来，看到两人争得脸红脖子粗，像两只斗鸡，禁不住心里暗笑，却不敢笑出声来。

第三局摆好棋子，王六儿将头一抬，眼睛看着天空，嘴里骂道："谁再瞎指挥，谁就是王八蛋！"

伙头听见王六儿骂人，心中不悦，厉声喝道："你骂谁？再骂，揍你个孩儿！"

王六儿分辩道："我又没有骂你！你没有看见我眼睛望着天，又没有看你？你只要不瞎指挥，就不是骂你的！"

"接着来！"福生等得有点急，催促道。

两人第三次开战。这回伙头存着气，不再指指点点，学着大人的样子两只胳膊横架在胸前，一言不发。毕竟刚才开战前王六儿骂了人，他不想挨骂，只好老老实实蹲着，一旁观战，不再做声。

两人一来一往，又杀了十来个回合，双方又出现了僵持。那王六儿也是个脑瓜好使的小孩儿，只杀得福生头上直冒汗，不时地干咳，蹲着的身子像弹簧一样上下晃动两下，以缓解内心的紧张。王六儿明白，这是下棋人出现僵局时常用的伎俩，目的是拖延时间，慢慢寻找破绽，以扭转不利战局。不过，在局外人看来，王六儿棋里也有破绽，福生只需抢先一步占领一处就有成大龙的可能。可这一步两人都没有看出来。但这次伙头却不敢轻易出手指点，耐心地在一旁观战。

福生又一次举棋不定，手里捏着一小截木棍在棋盘上面比画推演着。

就在福生犹豫不决的时候，王六儿眼光一亮，也看到了那关键的一步，心里却紧张起来，生怕福生也看到了。王六儿上次吃了亏，这回学聪明了，面无表情，装得很是淡定，不再催着福生落子，耐心等着，心里反复默念着大人们经常挂在嘴边上的那句话：存着气，不少打粮食！对，存着气，不少打粮食！

谁知下棋的不急，观棋的却急了。"笨！"伙头忍不住说了一句。

"嘿嘿！"福孩儿也看出了那一步棋，忍不住笑出了声。

福生受到了暗示，慌忙仔细搜寻盘面，突然眼睛一亮，心中暗喜，庆幸自己发现得及时，便手起棋落，将手里的小木棍稳稳当当落在那关键的一着。

王六儿眼看福生棋子落下，知道败局已定，气得噌地站起身来，扬手将小石子向伙头头上砸去，嘴里骂道："你是个王八蛋！"

伙头冷不防被砸了一下，也噌地站起身，抡起拳头，上前一步，朝王六儿胸口就是一拳。福生这时也站了起来，仨人厮打在一起。

福孩儿一看不妙，拔腿就跑，跑了十几步，又站住，回转身，只在远处看热闹。那远处几个正在玩泥巴的小孩子听见这边打了起来，也都齐刷刷地朝这边观望，一个个张着小嘴，笑得很开心。

正在这时，只听得远处传来一声断喝："住手！"

那看热闹的几个孩子抬眼望见了那人，一个个都惊得吐出了舌头。

第三章

福孩儿扭头望去，见王文福正手里揉着麦穗走过来，一边揉着，一边鼓着腮帮吹麦糠。王文福老远看见三个孩子正打得热闹，快步走了过来，大声喝住，将三个打在一处的孩子拉开，冲伙头、福生厉声道："两个打人家一个，算什么好汉！这不是欺负人吗？"福生、伙头被问得无法回答，吵吵嚷嚷地走开了。

王文福看见福孩儿，一把拉住，弯下身来，要把手里揉的麦仁倒在福孩儿手里，脸上挂着笑，说："吃吧，可好吃哩。"

"俺不吃。"福孩儿慌忙把手背到身后。

王文福见福孩儿不接他手里的麦仁，就一把捂到自己嘴里，边嚼着边笑道："你不吃，我吃。"

王文福刚直起腰，老远看见姚淑美从寨子里走来，头上顶了一块蓝色包头布，因她年轻面容姣好，显得极不相称。

姚淑美老远看见王文福在，就有些犹豫，便想着转身拐回去，但看到王文福已经看见她了，再返回去便有些不妥，只得硬着头皮走过来。

王文福见姚淑美走近，满脸堆笑迎上去，说："嫂子，你咋下地来了？"王文福虽然年龄比姚淑美大，但比着姚淑美的男人王贵仁，还是要称呼她为嫂子的。

姚淑美淡淡一笑，说："我心里挂念两个孩子，就出来看看，在寨子里找了两圈，左右寻不着人。五嫂说见一群孩子去麦地里玩了，就想着顺便来地里看看麦子，盘算着在哪里轧场。"

王文福接道："今年轧场，咱两家挨边吧，我好帮你。"

姚淑美看见福孩儿、金枝都在这里和孩子们一起玩，便冲两个孩子喊道："你俩在这玩，可别和人家戈架。"话音刚落，一群孩子你追我赶，都往远处跑去。姚淑美见福孩儿、金枝正玩得高兴，只得又远远地冲着奔跑的两个孩子喊了一句："慢点儿，别摔着！"两个孩子答应着跑开了。

姚淑美说完，这才想起王文福的问话，便回头对王文福说："俺家就二亩地，好弄。"

王文福见姚淑美和他说话不热不冷，便嘿嘿笑了两声，道："看你说话，咋和我见外？"

姚淑美望着眼前的麦子，并不接话。那麦穗已经泛黄，长长的麦芒，很是喜人。夕阳下，放眼望去，满眼都是金黄。一阵风吹来，麦浪滚滚，簌簌作响。空气中弥漫着麦子的清香。

姚淑美见麦子长势喜人，禁不住高兴起来，便想伸手去掐一颗麦穗来看。刚弯下腰，不料包头布松开了，脱落到地上，一头乌黑的秀发瞬间散了下来，披散在姚淑美娇小瘦削的双肩上。在一个男人面前如此失态，这让姚淑美感觉很难堪，一时心里怦怦直跳，脸上瞬间也羞得红了起来。

这一幕恰好被眼前的王文福看到。王文福被姚淑美脸上流露出来的娇态惊呆了。与此同时，一股女人身上特有的清香向他袭来，那是姚淑美头发散开时发出来的气息。那清香虽是淡淡的，却很有穿透力，足以使人魂销骨酥。王文福心头倏地涌上一阵邪念，他四周望了望，见麦地里再也没有其他人，那群孩子已经跑得远了。

姚淑美此时已经意识到了她一个女人所面临的处境，不免有些担心，急忙将头发拢在身后，弯腰捡起地面上的那块包头布，围在头上。

这时，王文福上前一步，一把抱着姚淑美的腰，呼吸急促地说："淑美，我喜欢你！"

姚淑美被他突如其来的举动吓坏了，用力将他往外推，厉声喝道："狗儿，你想干啥？"没等她话说完，身子早被王文福抱起，向麦地里走去。

姚淑美瘦小的身子怎禁得动王文福一个壮年汉子，她两腿拼命地踢着，两只手握成拳头使劲打在王文福的肩上，嘴里大喊："放开我，放开我！"

王文福喘着气，嬉笑道："这么多年，我早就喜欢你，你不知道？你才二十来岁，一个人守活寡，不是可惜？咱俩相好吧。"说罢，便将她重重地压在麦地上。

姚淑美拼命挣扎，却怎么也挣不开身，被他压着动弹不得，只得骂道："王八蛋，早就知道你黄鼠狼给鸡拜年——没安好心，欺负俺孤儿寡母，不得好死。"

王文福也不管那么多，一只手抱着姚淑美的腰，一只手腾出来去解她的腰带。姚淑美身子被他压得不能动弹，只得将头使劲地朝王文福的头上猛磕，嘴里骂个不停，两手攥紧拳头，拼命捶打他的后背。王文福被她磕得急了，便伸手按住姚淑美的头，捂住她的嘴。姚淑美不停地摇动着头，只是再说什么，也就听不清了，眼里流下屈辱的泪水。

咚！一个什么东西冷不防砸在王文福后背上，吓得他浑身打了个哆嗦，忙回头看，见是福孩儿，正瞪着眼睛攥着拳头怒冲冲地望着他。王文福慌忙松开捂住姚淑美口的手，正要起身，又一个大坷垃向他砸来，刚好砸在他的腰窝上。

姚淑美侧过脸来，瞪大眼睛，惊恐地望着儿子。

太阳快要落进远处的村庄里，夕阳照在王文福那惊恐的脸上，照在福孩儿那瘦小的身子上，在麦棵上投下他长长的影子！

一只布谷鸟从空中飞过，不住地鸣叫着：麦子多多——麦秸垛垛——麦子多多——麦秸垛垛——

第四章

姚淑美自那日在麦田里遭王文福欺辱后，受些惊吓，连日来心里一直七上八下，忐忑不安。这天下午，两个孩子在院子里玩耍，她一个人在家中独坐，闷闷不乐，想起家里没了男人，生活无依无靠，孤儿寡母，受人欺负，不由得心里一阵酸楚。

正在这时，只听大门咣当一声响，王文福大摇大摆从大门外走进来，一改往日来她家那种殷勤神态，嬉笑着脸，也不进堂屋，只站在大门口枣树下，冲姚淑美喊道："今晚早喝茶，落黑前，咱寨里开会，老地方，大槐树下，所有人都要参加。白天事儿多，人到不齐，只好晚上。我这会儿来通知你，甭忘了。"

姚淑美见他人来，便没好气，头也不抬，将脸扭向一边，看也不看他一眼，听他把话说完，只低声答应道："知道了。"

福孩儿老远望着王文福，眼里喷着火，流露着仇视的目光。王文福看见，并不理会，冷笑了一声，悻悻地出门去了。

王文福说的大槐树是王家寨当街的那棵大槐树，树干弯曲粗壮，枝繁叶茂，枝杈伸开像张开的臂膀；春天，槐树花开的时候，花香四溢，老远就能闻到淡淡的清香；夏天，椭圆的小叶子密密麻麻，遮天蔽日，树下十分阴凉。大槐树周围也种了成排的树，有白杨树、梧桐树、桑椹树，还有两棵歪着脖子的皂角树，枝头吊着皂角，因而，这里便成了人们夏天乘凉消暑的好地方。

平常的日子里，每到吃饭的时候，寨里人都习惯从家里端着饭碗聚到大槐树下吃，日久天长，这里就形成一个饭场。人们在饭场里边吃饭边拉呱，有时还会互相品尝，比一比谁家的饭菜做得合口，有那不想吃自家饭的小孩子便会互相换着吃，倒也不失为一件很有意思的趣事。也常见有人吃完饭，将碗筷放在身边地面上，等着孩子来端，背靠着树，和人说笑。听人讲述那十里八乡的奇闻趣谈，或邪门僻事、神仙鬼怪，或旁门左道、八卦法术，或男女桃花、婚恋嫁娶，或孝子贤孙、刁婆恶媳。因此，这饭场也成了重要的小道消息的来源和传播逸闻趣事的地方。

当然，也有那脾气不相投者，或者平时有些过节的人，一言不合，当场在饭场里摔碗扔筷子，打起来。

会场就设在饭场里，和平时吃饭时一样，大家围成一圈。黄昏时分，天还没有黑，已经来了好多人，乱作一团。有席地而坐的，有那讲究些的人会将鞋子脱下来坐在上面，有靠着树根蹲着的，只有少数人搬来凳子坐在凳子上，那凳子都长短方圆高低不一。

姚淑美坐在一个方凳子上，凳子高高的，是儿子福孩儿提前搬过来的，金枝偎依在她怀里。她今晚头上没有包布，披着一头秀发，她平时外出都是学着中年女人那样将头发包起来。刚坐好，放眼望去，见周边树上都爬满了小孩儿，有一棵树上爬了两三个，也有一个孩子独占了一棵树的。

姚淑美心里想着儿子，看了一圈，终于在南边一棵槐树上，看见儿子福孩儿正骑在一个树杈上，两手抱着树干，眼睛正望着她这边。她便冲儿子笑了笑，手指给女儿金枝看。金枝看见树上的哥哥，便嬉笑着冲哥哥做了个鬼脸，吐了一下舌头。

会场上嗡嗡嚷嚷，很是热闹。姚淑美看了一圈会场，发现会场上多了一个陌生男子。那人三十来岁，留着平头，浓眉大眼，一只手拿着烟管，烟管下吊着一个黑色小布袋，鼓鼓囊囊的，不用说，里面装满了烟叶；另一只手拿着点燃的纸媒子，背靠一棵树蹲着，火星一明一暗地抽着烟管。抽完一锅，拿起烟管朝地上磕了磕，磕掉烟锅里的烟灰，从小布袋里捏出一撮烟丝，按在烟袋锅里，用手捣实，一只手托着烟管放在嘴里，另一只手用那冒着火星的纸媒子点着烟丝，吸了一口，鼻孔里便呼出一股青烟来。

显然，这人不是王家寨的。姚淑美一边听人小声嘀咕，一边在心里猜测着此人的来历。

王文福站在会场中央，清了清嗓门，拉长了腔调，手比画着说："啊，都甭说话了啊，趁着天还没有黑透，赶快开会。啊，我先向大家介绍一下上级派来的领导。"说着，他手一指那位蹲着抽烟的男子，"啊，这是上面派来的土改工作队的马队长，是来领导咱们王家寨搞土地改革的。"

那位男子听见王文福介绍，忙收了烟袋，磕了磕还冒着烟的烟袋锅子，站起身来走到会场中央，转着圈向大家鞠躬，憨厚地笑了笑，说道："乡亲们好，俺姓马，叫马春耕，老家没多远，北边虎岗哩。虎岗、虎岗，有老虎的高岗，我走哪里，只要一说是虎岗哩，人家都会问俺们那里有没有老虎。其实，我也只是打小听老人说有，长这么大也没有见过老虎长啥样子！"

一句话，说得大家哈哈大笑。马春耕手端着烟管，憨笑着望着大家，稍平静后，又说："抗日战争期间，我当过兵，上过战场，杀过鬼子。后来受了伤，掉了队，就回来了。咱寨里没有党员，县里就让俺来组织工作，大家叫俺马队长就好了，希望乡亲们不要把俺当外人，多多关照，多多关照。"

会场又热闹起来。

马春耕顿了顿，又说："俺刚来，情况不太熟，寨里的事儿还要以王文福为主，他是副队长。虽说他是副的，我是正的，我也不过是挂个名儿。

我这人懒散惯了，不大爱管闲事儿，上边儿让我来，也是赶鸭子上架啊，哈哈哈——"

王文福听他这样说，不由得将脸昂了昂，笑了笑，显露出得意之色。

马春耕扬了扬手里的烟袋锅，又说："下面趁天还没有黑透，就让王文福给大家讲讲具体事儿。俺烟瘾上来了，去吸一袋。"说罢，咳嗽了两声，转身又回到刚才那个地方，依旧靠树蹲着，两手摸索着往烟袋锅里装烟丝。

会场上笑声不断，显然，人们被这位憨厚又接地气的马队长逗乐了。

王文福环视了一下会场，顺势瞥了一眼人群中的姚淑美，见她正搂着女儿金枝，眼光投向马春耕那边，嘴角带着笑意，心中便有些不快。他不紧不慢地从上衣口袋里掏出来一个小本本，清了清喉咙。他打开那个本本，将眼睛凑近些，就着昏暗的日光，结结巴巴念了起来。

王文福念完，又把小本子合上，依旧放在口袋里，抬起头来，说："啊，咱寨里的情况，只有王贵仁家特殊。虽说去年他家把地都卖光了，那也不行！王贵仁虽然死了，可他老婆孩子还在！"

"狗儿，你这话说得就有点不对味儿了，你咋知道你贵仁哥死了哩？他给你托梦了吗？"

有人高声嚷道，打断了王文福的话。王文福抬头望去，见说话的是五嫂，正一脸怒气地望着他。

"就是，他人说不定还在哪儿活着哩，不定啥时候就回来了，你咋能说人家死了哩？"有人附和道。

人们笑了，不少人也都跟着随声附和。

王文福见说，便嘿嘿笑道："啊——这个——就算是还活着吧，谁知道！"

骑在树上的福孩儿开始听见马春耕讲话时下面的人都哈哈笑，他也跟着咧着嘴笑，后来听到王文福说起他家，就慢慢收住了笑容。听到王文福说他爹死了时，福孩儿十分恼怒，将眼珠瞪得圆圆的。又听到有人喊王文福的小名狗儿，心头便有些乐了。在福孩儿心里，他就是狗，什么王文福，就是不喊他的大名儿，就叫他狗儿，似乎这才解他心头之恨。那耻辱的一幕时时在福孩儿眼前浮现，那天，若不是他跑着玩时掉了队，急着去麦地里拉屎，回头发现急忙赶来，他娘就会遭到欺负。

　　那令人难堪的一幕深深埋在福孩儿心底，福孩儿觉得叫他狗儿是目前唯一报复王文福的办法。对，叫他的小名儿就是骂他，他就是一条咬人的狗。福孩儿有两次就当着王康的面喊他爹的小名儿。王康是王文福的儿子，子不言父名，他就是要喊王康爹的名字。反正王康体质弱，打不过他，也只能气极而哭。看着王康气得要哭的那个熊样儿，福孩儿觉得很解气。

　　"这下好了，俺家可有地种了。俺爷一辈子做梦都想有自家的地种，到死也没有哩！"

　　说话的是小挪，他腿有点瘸，平时说话大大咧咧的，此时他冷不丁地冒出来一句话，引得众人哈哈大笑。寨里人谁都知道，小挪的爷爷，为了买地，一辈子省吃俭用，夜晚没有点过灯。一棵葱卷在锅巴饼里，不舍得吃，大饼吃完，大葱还剩下半截。就这样，到死也没有买回二亩地种。

　　"狗儿，那你家沾光了！"

　　人群中有人喊了一句，这下会场里又爆发出雷鸣般的笑声。有人趁乱小声道："跟祖上八辈人没当过官一样，才当了三天官儿，连话都不会说了，还一口一个'啊'，啊个屁呀！"那离得近的人听见，忍不住笑了。

　　原来王文福的父亲几年前染上了吸大烟的瘾，把家里的田地全败坏光了。

　　王文福听见有人说起他家，脸唰的一下就红了，好在天已经黑透了，没人看得见，便自嘲地嘿嘿一笑，说："啊就是，这是老天爷睁眼了，俺家因祸得福，啊就是，这也没办法。"

　　有人因连声大笑，不住地咳嗽。王文福站在会场中央，望着众人，也不生气，脸上讪讪地笑着。

　　散会后，谁也没有注意到姚淑美的感受，姚淑美本人也没怎么在意。她家的地早就卖光了，只有三亩洼地，就是重新分地不还得分给她家二亩地种。

第五章

　　王文福心里对姚淑美一直念念不忘，虽然借着机会狠狠整治了一下她，解了心头之恨，也几次想伺机再次下手，皆因福孩儿在身边，没能得逞。

　　一天下午，王文福眼瞅着福孩儿拉着妹妹金枝跑出去玩耍，他便一脚迈进姚淑美家的大门，顺手将门关上，插上门闩。姚淑美正在屋内独坐，听见动静，以为是两个孩子从外边回来，就隔着二门喊道："福孩儿，你弄啥哩？跑来跑去，别摔着喽！"

　　话音刚落，王文福嬉皮笑脸地走进来。姚淑美一看，吃了一惊，脸上一寒，厉声问道："你来弄啥？"

　　王文福满脸谄笑道："我想弄啥你不知道？想你了，来看看你，弄你！"

　　姚淑美知道他不怀好意，伸手抓起一把剪刀，道："你再敢欺负俺，俺就宰了你！"

　　王文福见她手里拿了一把剪刀，不敢造次乱来，便止住脚步，嘿嘿一笑，换了副面容，道："别急，听我说。我问你，年前个儿，对，也就是你一家人出走之前，俺哥把地都卖了，那你家里的金银财宝、好东西都弄哪儿去了？"

　　姚淑美咬着牙蹦出三个字："不知道！"

　　王文福冷笑道："你不可能不知道！"

　　姚淑美冷冷地说道："都让福孩儿他大带走了，弄哪儿去了？我也不知道！"

　　王文福哼地干笑一声，说："你哄谁？你家那么多财产，不可能一下子都弄出去了吧？肯定是埋在哪儿了！你家出走那天夜里，我见俺贵仁哥半夜三更偷偷摸摸出去，弄啥去了？你不说也不要紧，哪天我带人来找，挖地三尺也要挖出来！"

姚淑美正色道："你有本事，随你挖到地下十八层，反正我是不知道！"

王文福见姚淑美放松了警惕，冷不防一个箭步扑向她，一把夺过她手里的剪刀，将她紧紧抱住。

姚淑美被他抱住动弹不得，只得骂道："你这个王八羔子，欺负俺家没男人，不得好死！"

王文福笑道："好死不好死，先弄了你再死，也是得劲儿死哩！你要是老实点从了我，我就不带人来挖地三尺了。"说着，抱着姚淑美到里间，将她按到床上，任姚淑美怎样厮打，也挣脱不开；正要强行作奸，却发现自身力不从心。原来自那次在麦地里被福孩儿用坷垃猛地砸了一下，竟吓出病来了。在家和老婆在一起时还能勉强凑合，眼下心里一急，再加上做贼心虚，就不顶事了。

王文福很是羞愧，脸憋得像鸡冠一样通红。这个样子，还逞什么英雄，当什么男子汉？想到这里，不由得愤愤骂道："都是被你那个兔崽子砸的，给吓出病来了。"说着，腾出手来伸进姚淑美胸上去摸，皮笑肉不笑地说："你这两块大馍，又大又白，让我吃两口。"

姚淑美拼命挣扎着身子，骂道："你要是还没长大，就去坟地里吃你娘的奶去，我这是喂俺儿子的！"

王文福听她骂得难听，也不理会，两只手只是不住地摩挲着。

正在这时，外边突然传来大门的响声，咣咣，咣咣，很是急促。

王文福听见，心里一惊，方住了手，站起身来。姚淑美也慌忙起了身，整理好衣服，理了理头发，满脸怒气，对王文福说："你先到外面等一下，我去开门看看。瞅空，快滚！"

第六章

姚淑美整理好衣服走到大门口时，大门还在响。凭声音，姚淑美听出来是她家的大花狗，是大花狗进不了家，用爪子在挠门。她拉开门闩，打开大门，大花狗一摇尾巴蹿了进来，围在她跟前左转右转。

王文福蹑手蹑脚从堂屋里走出来，大花狗一见，嗖的一下就扑了过去，冲着王文福"汪汪"叫了两声，张嘴就朝王文福大腿处咬去。

王文福没有防备，被狗咬了一口，疼得捂着大腿咧着嘴直叫，又慌忙用脚去踢大花狗。不想越踢那狗反而冲他叫得更厉害，王文福只得咧着嘴冲姚淑美求救："快拦着，别让它咬我！"

王文福以前也来过她家，每次也没见大花狗冲他叫，今天却叫得特别凶。姚淑美见大花狗咬了王文福一口，又见王文福那个怂样，动了恻隐之心，见王文福求饶，这才喊住大花狗，冲王文福骂道："快滚！"大花狗见主人喊它，只稍微减了些攻势。

王文福手捂着腿一瘸一拐溜出大门，又回头望了一眼姚淑美，咧着嘴苦笑了一下，才灰溜溜地走了。

大花狗追出门外，仍不住地冲着王文福狂叫。姚淑美将狗唤进门里，咣的一声，合上大门，背靠在门后，两手捂住脸，止不住流下泪。

大花狗像是一切都知道似的，围在它的主人身边，转来转去，安慰它的主人。姚淑美弯腰摸了一下大花狗毛茸茸的脑门，大花狗摇摇尾巴，伸了伸前爪，趴下来，卧倒在她的脚面上。

外边儿传来福孩儿和金枝的脚步声，一种亲切感、踏实感从门外袭来。她连忙擦干眼角上的泪水，没等两个孩子叫门，便打开了大门。福孩儿一进门，见娘神色有些凝重，便问道："娘，刚才王狗儿来咱家弄啥哩？"

姚淑美弯下腰一把抱起金枝就往里走，说："他来问你大把家里的钱弄哪儿去了。"

福孩儿关上大门，跟着往里走。大花狗跑来，围着福孩儿直摇尾巴，哼哼唧唧的，似乎在向他诉说刚才的一幕。

姚淑美对福孩儿说："到屋里，我教你识字。"

姚淑美在娘家跟着哥哥上过私塾，识了不少字，也读过不少书。福孩儿如今已经七岁了，到了学龄，只是学校还没有着落。姚淑美平时就在家教两个孩子数数、识字、背唐诗，在手心里比画着横、竖、撇、捺、折，教些简单的汉字，或者拿着树枝在地上书写。

王家寨以前有过私塾学校，只是适逢战乱，保命要紧，穷人家的孩子连饭都吃不上，哪里还想着上学，那私塾先生也只好停了课关了门。如今寨子里的孩子上学要到寨外的秋菊街上，阴天下雨时很不方便，又担心孩子的安全，因此，王家寨像福孩儿这么大的孩子也都没有去上学。

姚淑美也想过让福孩儿去秋菊街上学，只是担心福孩儿年龄小，在学校会受人白眼，遭人欺负，于是就打定主意在家自己教孩子识字。

姚淑美坐在一个小方凳上，手里拿着一根树枝，在地上写了两个字：衣、粮，让儿子福孩儿认。福孩儿站在旁边，手挠着头，嘴里念着"衣"，另一个却念不出来了。不承想一旁妹妹金枝却声音响亮地念道："粮。"

"对，粮！"福孩儿也记起来了。

看着两个孩子可爱的样子，姚淑美脸上露出欣慰的笑容，刚才心中的阴霾也一扫而光，她夸赞道："金枝真聪明，别看年纪小，福孩儿，你当哥哥的要加油。"

福孩儿有点不服气地说："我就是有点生，这会也想起来了，那两个字，一个是穿在身上的衣，一个是吃在肚子里的粮。"

姚淑美满意地笑了，说："是，这两个字陪着人一辈子。人这一辈子，要有衣穿，有饭吃，才能活下去。没有衣穿，没有饭吃，就活不下去了。我给你俩出个字谜吧，看谁能猜出来？"

"好，好，看谁猜得出。"金枝喜欢猜谜语，高兴得拍着手跳起来。

姚淑美笑笑，说："听好了，一点一横，两眼一瞪，打一字。"

福孩儿瞪着两只眼，仰着脸想。金枝眨了眨眼，想了想，便拍着手叫道："六，是个六字，我在外边玩听别人猜过。"

"怎么是个六字呢？"福孩儿问道。

姚淑美笑了笑，说："你看这个'六'字啊，上面一点，中间一横，下面那一撇一捺，不像两眼一瞪吗？"

两个孩子听了，咯咯笑起来。金枝叫道："就是哩，一点一横两眼一瞪。娘，再来一个。"

姚淑美望了一眼西边厢房里的磨房，说道："一点一横长，一撇到南乡，并排两棵树，根扎石头上。"

这下，两个孩子干瞪眼也想不出来了，姚淑美指着磨房，说："这个字我还没有教哩，不认识也正常，你俩学了以后就认识了。"说罢，手拿树枝在地上写了个"磨"字，指着说："看，这个字是不是一点一横长，这里一撇，里面这两个字是木，木代表树，下面这个字是石头的石。上面两个木就像树一样，根扎在这个石头上。这个字念磨，就是磨面的磨，推磨的磨。用它，人才能将地里打下来的粮食磨成面，用面做成馍、擀成面条吃。"

姚淑美望着两个孩子，接着说道："这个磨字中含有一个木字，就是木柴的木，树上的树枝、树叶，可以烧火，当成木柴，树身可以做成家具，用作梁檩，可以盖房子，就成了木料；磨字最下方是石头的石。"

"石头，只有山上才有。咱这里是平原，没有山，连石头都很少见。那石磙、石磨、石墩，都是石头做的。山上都是石头，很高很高的，顶着天。传说以前有个神仙与黄帝打仗，打败了，就一头把顶着天的山撞倒了，造成天塌地陷。天都漏了，地上发了大洪水，把人都淹死了。人祖奶奶从东海捉来一只神鳖，折了神鳖的腿四个角顶住天，那神鳖的腿就化作高山，成了顶天的柱子。人祖奶奶又用石头补住天上的窟窿。好了，跟着我读一遍，磨。"

福孩儿嘴里念着："磨。记住了。"

金枝也跟着念了一遍，拍着手叫道："记住了。"将眼睛眨了眨，又问："那人祖奶奶在哪儿逮的一只神鳖，咋有恁大，四条腿就能顶着天？"

姚淑美笑了，说："这都是传说，谁也说不清真假。"说着站起身来，手指着堂屋门头上的砖雕，说："咱们还是识字要紧，看到这个字没有：这个字是'寶'。福孩儿，你的辈分就是这个字'寶'。那边那个字是'禄'，禄就是有福的意思。你以后就叫王宝禄这个名字吧。"

福孩儿似懂非懂地答应着，这样，王宝禄也就成了福孩儿的大名。

第七章

王家寨很快结束了没有学校的历史。转眼又是一年，清明刚过，人们看到王文福领着马春耕和一位干部模样的人在寨子里转悠了半天，最后传出消息，要在王家祠堂和私塾的原址上盖房建校。王家寨私塾本来是设在祠堂里的。祠堂有一年被一群外来人打着革新的旗号给砸坏了，又连年战乱，人各自保，也就一直没有修复。私塾倒是坚持了一阵子，后来也停了，两间土屋经年失修，已经塌了一间，另一间屋顶上的茅草，风吹日晒雨淋，也早已糟烂了，半边露着天。

建校的消息一经传开，王家寨立时沸腾了。人们都说，这事早就应该办，就是没有人站出来牵头。

马春耕主持召开了全寨各家代表会议，一个家庭来一个当家人，议题也只有一个，就是动员各家各户出钱出力共同筹建学校，解决孩子上学难的问题。马春耕说："孩子读书识字的事儿，是大事儿，是长远的事儿，各家各户有钱的出钱，没钱的出工，盖房子需要木头做梁、檩、椽子，也要麦茬、麻秸、簸材，这些需要各家一起兑。没有砖，咱们就动手拖坯垒墙。"

此话一出，人们议论纷纷。有的说，这是行好积德的事儿，俺出两根檩骨碌子；有的说，俺家那个椿树长成材了，可以杀掉做梁头。

王文忠站出来说："我是木匠，木工的活，我和徒弟们包了。"

王贵孝见王文忠抢了先，也忙站起身来，接过话来说道："你做木工，我来做泥瓦工，我是泥瓦匠，正好。"

姚淑美想了想，说："俺家以前福孩儿他大存放的有一堆好木头，全部拿过去用吧。我看还不少哩。"

王文福按照各家上报的东西，一一做了记录，与马春耕、王文忠、王贵孝一起合计了一阵，抬头冲会场吆喝一句："谁家有麻？盖房子不能少了麻，还缺少麻哩。"

王富田正抽着烟袋，鼻孔里冒着烟，听见王文福吆喝，便抬起头来应了一句："我家里有，还在河里沤着哩，回头我剥好晒干，拿过去就是了。"

筹备工作准备好后，就是平整场地了。王文福招呼人用了三天时间把祠堂和私塾的那两间土房子一并拆除，平整出一大块空地来。开工那天，王文福请来寨子里辈分最长也是年龄最大的王老八来主持奠基仪式。王老八让人抬来一张八仙桌，放置在地基中央，摆上供品，点燃香烛，嘴里念叨着土地爷祷告一番。那供品无非是一块十斤多重煮得半生不熟的长条刀头、一只腿上系着红绳的供鸡和三五个装在盘子里的白面馒头，上面都点缀着几根绿油油的菠菜叶子。王老八祷告完毕，方才让人鸣放鞭炮。噼里啪啦的爆竹声引得寨子里的孩子跑过来，争着捡拾那未燃放的爆竹。

王贵孝拿着一根长木尺和徒弟们丈量地基，量好后让人用石灰做个标记。木匠王文忠拿着削得尖尖的木橛子，徒弟狗宝拿着一个铁锤子，两人在石灰标记的地上搡好橛子，然后在橛子上系上线，用两根细线把四个角连在一起，这样，就把地基标定下来了。

接下来就是打夯了。王贵孝从家里拉来一块青石门枕，那门枕石有角有棱，很是笨重。王贵孝将那门枕石立起来，用麻绳对角将两根一长一短胳膊粗细的木棍捆绑在门石上，各打了个结，试了试，看看木棍能否与门石捆成一体，是否结实牢固。又用八根长短一样的绳子，间距均匀地拴在青石下面的麻绳上，固定住。绳子的另一头拴了二寸长的小木棍，用于打夯时拽拉，防止手滑。

王贵孝让王文福从寨子里挑选出十二位膀大腰圆的汉子，轮换上阵打夯。撑夯不是一般人能撑得了的，须是个膀大腰圆的人，还要会领唱打夯号子。马春耕见了，伸出两只胳膊，撸起袖子，笑了笑说："我先来撑第一轮夯，等会你来换。"

王贵孝笑道："这撑夯，要三稳二直，脚要站稳，手要扶稳，力要用稳，腰要挺直，线要走直。你可知道？"

"这个我知道，在家打过夯。"说着，马春耕已将撑夯的把子握在手中，其他八人也都拽着绳子分散开来。马春耕放开喉咙，吆喝着问道："准备好了没有？"

众人高声应道："准备好了！"

"起夯喽！"

众人"嗨哟"一声，一起拉起手中的绳子，将大夯高高拉起，又重重落下，那夯着地时便重重发出咚的一声响，震得周边土地直打颤。再看地面时，夯落处，已实实砸下去了一个坑。

马春耕和众人边打夯边唱着号子，那震天响的声音韵味悠长，具有很强的穿透力，老远就能听见，招来很多看热闹的人。

姚淑美在家正感觉有些发闷，听见外边传来打夯的号子，便扯着金枝走出来看，挤在人群里围观。只见一群人拽着大夯正干得起劲儿，听那打夯的号子也很悦耳。

马春耕：打夯的要注意啊；众人：夯哟！

打夯的别卖眼呀；嗨哟！

一定稳住劲啊；夯哟！

把夯抬起来呀；嗨哟！

这夯有点偏呐；夯哟！

四个角都掏劲呀；嗨哟！

力气要使匀呀；夯呦！

这夯有点低呀；嗨哟！

再加一把劲呀；夯哟！

这夯抬得高哇；嗨哟！

使劲往上捞呀；夯哟！

看热闹的人越来越多，众人说说笑笑，指指点点。姚淑美望着马春耕结实的臂膀，眸子里含着笑。

只见马春耕手扶那个撑控木棍，嗓门一亮，嗨哟一声变了调子：

王家寨呀！夯啊！

没学校啊！嗨哟！

小孩子呀！夯啊！

上学难啊！嗨哟！

刮大风呀！夯啊！

走几里啊！嗨哟！

下大雨呀！夯啊！

也要去啊！嗨哟！

为了娃呀！夯啊！

建学校啊！嗨哟！

打好夯呀！夯啊！

建新房啊！嗨哟！

不识字呀！夯啊！

是文盲啊！嗨哟！

这边高呀！弯弯腰啊！

那边洼呀！少打下啊！

使挺劲呀！捞起来啊！

众人正打得起劲，不料，站在东边的王富田用力过猛断了腰带，宽大的裤子一下子掉到脚后跟，原来没穿内裤，露出屁股上一块紫色的胎记。这下可有好戏看喽，那围观的人见了，一个个笑得前仰后合，女人们都捂着脸笑，将头扭到一边去。王富田一下子慌了神，手一软差点松了手中的绳子，使本来均衡的力道失衡，抛在半空中的夯向东歪去。马春耕急忙一硬手腕，抓牢手中的那根木棍，才使大夯稳稳落下。松开木棍，马春耕笑道："歇歇，歇歇，喝点茶。"

大伙这才松开手里的绳子，急忙看王富田，那大夯刚好落在王富田的脚边，险些砸着王富田的脚面。

王富田早已羞红了脸，像喝了二斤烧酒，两手提着裤子，转着圈找裤腰带。那断成两截的裤腰带，在他屁股后面吊着，跟着转悠，他就是找不到。众人看他那滑稽的样子，笑得更厉害了。

姚淑美扯着女儿金枝，转过身去，笑得连声咳嗽，眼泪都笑出来了；王六儿他娘手里正在纳鞋底，只顾着笑，一不小心扎破了手，冒出血丝儿，竟然没有感觉到疼痛；福生的娘笑得站立不稳，手扶住王六儿娘的肩膀，笑弯了腰，一只手攥成拳头，不住地捶着王六儿娘的后背。五嫂看福生的娘边笑边捶打王六儿的娘，心想前两天她俩刚拌过嘴，这回可逮着机会打她了，感觉更加可笑，一手指着福生的娘，一手捂着肚子，嘴巴咧开了花，笑得说不出话来。

木匠王文忠上前一把扯下王富田屁股后面断成两截的裤腰带，两头一挽打了个结，递给王富田。王富田接了，系好裤子，红着脸去找茶喝，尴尬地笑了笑。

第八章

　　夜深人静，整个寨子都进入了梦乡。两个孩子也已熟睡，儿子福孩儿单独睡在自己房间里，女儿金枝和她睡在一起。

　　躺在床上，姚淑美久久不能入睡。白天发生的一幕幕，在她脑海里萦绕着，困扰着她。她不知什么时候睡着了，刚睡着，就梦见王贵仁向她招手，王贵仁告诉她，他没有死，他还活着，人去了台湾。姚淑美不让他去，使劲儿抓住他。可他却挣开她的手，一闪就不见了。

　　她一下子惊醒过来，再也睡不着了。那个梦境像一块石子，投在平静的湖面里，在她心里起了涟漪，久久不能平静。这是真的假的呢？她一遍一遍地在心里疑问。他还活着吗？他到底去了哪里？

　　夜，静得出奇，没有狗叫声，连一丝风声都没有，黑暗中却有个空荡荡的声音在姚淑美耳边轰鸣着。这声音，你越是注意听，它就越大。这轰鸣声，你永远不知道它从哪里传来，仿佛是整个星空运转的声音。好在有熟睡中女儿均匀的呼吸声和她自己的呼吸声伴奏着，才使那轰鸣声不至于太单调。只是她和女儿两人的呼吸声最终还是都被淹没在那个宏大的轰鸣声中。这声音困扰着姚淑美，让她久久不能入眠。

　　为什么白天就听不到这声音呢？当万籁俱寂时，这个声音就会出现，好像什么都没有，却又没有任何声音能超过它。这就是空。这是没有声音的声音。这会儿怎么没有了狗叫声，有点风声也好哇。姚淑美以前每到夜里听到狗叫声就心惊肉跳，听到那风穿过门缝发出的呼哨声就有些害怕，总会以为有什么东西随风溜进屋来。这会儿，她倒希望哪怕有一两声狗叫和一丝风儿穿过门缝，也好打破这夜的宁静。

唉，单身女人最难熬的就是这黑夜，最难忍受的就是这无声的轰鸣！

她翻了个身，搂着睡在旁边的女儿金枝。马春耕那结实的臂膀在她脑海里晃动了一下，一闪又消失了。接着是王文福的那张脸，在她脑海里浮现出来。那是一张令她作呕的脸，让她心生厌恶。她强烈地抑制着自己不去想那张脸，不去想令她终生难堪的一幕幕。她试图用马春耕结实的臂膀替代王文福的那副嘴脸，可是马上意识到哪里不对劲儿了。是的，这是不对的，她清醒过来了，她想的人不应该是马春耕，而应该是她的男人——王贵仁。

姚淑美想起她与丈夫的恩爱，想起她与丈夫最后一次的温存体贴，心里暖暖的，但随后就是一阵酸楚，眼眶有些湿润了。她不清楚她的男人是不是已经抛弃了她，抛弃了两个孩子，抛弃了这个家庭。唉！可能他有他的无奈吧。如果能回来的话，他早就应该回来了！

她翻了一个身，迷迷糊糊睡去。

第二天，姚淑美将她昨夜那个梦告诉了五嫂。于是，王贵仁还活着的消息不胫而走，很快传遍了整个寨子。人们纷纷传说王贵仁还活着，跑到台湾去了。后来越传越邪乎，有的说王贵仁在台湾当了大官，有的说他做生意发了大财，当然，这也不过是人们的猜测。这个话题作为谈资，在王家寨饭场里不时地被提起，人们津津乐道地谈论着。

王文福听到王贵仁还活着的传闻时，心里着实一紧，他自知做过对不起本家的事儿，心头难免有些愧疚，担心哪天王贵仁回来会找他算账。于是，王文福就向人打听消息的来源，问了半天，才问出原来是五嫂说出来的，便自我安慰，当场笑道："满嘴的鬼话，做梦也能当真？"

有那知道王文福内情的人，便在背后笑道："不是鬼话不能信，怕是他心里有鬼，不敢信！"

第九章

　　建校工作一直紧张有序地进行着，地基用了五层青砖，然后就是用土坯往上垒墙，这期间要停工三五天，让土坯间的夹泥风干结实。中间又经过麦忙季节和暑天的雨季，只得停了下来。这样，建建停停，停停建建，终于在秋天寒露到来的时候，算是把校舍建起来了。这校舍总共一排六间房子，马春耕又组织人手打了院墙，围成一个院子。院子比较大，一直围到南边的一棵大槐树那里，将大槐树围在院墙外边。

　　马春耕找来王文福商量：先招一班为一年级，一年级升入二年级后再招一年级，这样三五年就有五个年级的学生了。对于超龄的孩子以后办个扫盲班一锅煮，教大家识几个字进城认识个男女厕所也就行了。先定了靠东首的一间房子作为教室，让王贵孝在教室墙上用红浆泥糊出一块黑板来。

　　红浆泥是一种稀有的泥巴，类似于现在孩子玩的橡皮泥，具有很强的可塑性。用这种泥巴做成的玩具泥泥狗，可以像乐器埙一样，一吹就响，既光滑又结实，不会开裂。只是这种泥土不太好找，一般深埋在潮湿的河岸边。王贵孝带人像找矿一样，在河两岸潮湿的黄土里找了两天才找到一处。刚一挖出，围观的小孩子像是见到宝贝儿似的，争着抢着挤过来，伸手抓走一块泥巴就跑，去捏泥泥狗玩了。

　　王贵孝将红浆泥巴加了水，略为稀释，不大一会儿工夫，便在教室西墙上方方正正地砌成一块凸起的墙面来，晾干后又用墨汁涂成黑色，这样就做成了黑板。又带着徒弟用红浆泥在教室前垒成一个高台子，当作教师的讲台，在教室里垒起一排排的泥台子，用作学生的课桌。

　　粉笔和识字课本是上边发的，马春耕去县里开会时早已领了回来。

万事俱备，只欠东风。眼下就缺教师了。

马春耕找来王文福商量，王文福掰着指头盘算："老私塾先生王怀让早已过世，虽说以前寨子里有私塾，秋菊街那边儿也开有学堂，但一般人家交不起学费。就是有去那儿上学的，也就是跟着学个'人之初'，识几个字，就早早下了学。连命都保不住，哪里还有钱交学费？要是找那识字不多的人，怕是教不好，耽误了孩子。要找就找学问高点的，王贵春上过私塾，前些年去了外乡；王贵义识字，在寨里当先生，但给人看病要紧；王贵仁识字，人也不知道哪里去了，这几年活不见人死不见尸的。对了，他老婆姚淑美倒识字不少，就是有点儿……"

马春耕听王文福说了半天，也找不出一个合适的人来，当听到姚淑美时，当即打断了王文福的话说："唉！管不了那么多，只要能教书就中。那就这样吧，让她先来教着。"

王文福其实早就打好了算盘，让姚淑美教书，这样，他就有了一个讨好她的机会，只是这如意算盘在心里藏着，并没有马上说出来。他刚才看似无意提及姚淑美，实是动了心思，有意为之，这会儿却意外得了马春耕的话，便心下满意，暗自窃喜。

到落黑时分，寨子里人家正在烧茶，各家灶房房顶矗立的烟囱里冒着炊烟，袅袅上升。王文福便打起了主意。

自那次被姚淑美家的大花狗给咬了一口后，王文福心里便惧怕那只大花狗了。他在姚淑美家附近踅摸了好一阵子，看见福孩儿和金枝两个孩子在当街正与别的孩子一起玩耍，那只大花狗也在当街和两只大黄狗龇牙咧嘴地咬架，就快步来到姚淑美家，一脚迈进门里，便眉梢飞扬，高声喊叫起来："有人没有？怎么还没有冒烟哩？"

姚淑美正在厨房准备点火烧茶，听见有人喊叫，便出来看，见是王文福，便没有好气，问道："有啥事儿？你来干啥？"

王文福笑嘻嘻地道："好事儿！我给你在寨子里谋个了好差使。"

姚淑美看到王文福眉飞色舞，一副扬扬得意的派头，冷笑道："黄鼠狼给鸡拜年，你能安啥好心？别欺负俺孤儿寡母的就好了。"

王文福左右看了看，两眼眯成一条缝，谄笑道："谁欺负你了，我只是喜欢你，想和你相好。先给你说件正经事儿，寨里学校建好了，缺个教书的先生，我给马队长说了一下，让你去当教书先生哩。你说是不是一件天大的好事儿？"

姚淑美听了，并不为之所动，仍然面若寒霜，冷冷地道："我不去，俺是赖人，别把人家的孩子教坏了。"

王文福见她并不领情，一心想着讨好姚淑美的兴奋劲儿也就去了一半，只得放下架子，换了语气，笑嘻嘻的，用一种商量的口气说："教孩子识字也是好事儿，你去教书，以后寨子里再有公摊的事儿，就不往你头上摊派了。"说着，便嬉皮笑脸蹭上前，伸着胳膊就要去抱姚淑美。

姚淑美忙转身闪进厨房，一把抓起案板上的菜刀，冲王文福扬了扬，瞪起双眼，怒道："你要再敢欺负我，信不信我就一刀送你见阎王爷去！"

王文福万万没有料到姚淑美会拿菜刀拼命，吓得连连后退，手摆得像荷叶似的，连声说道："放下，快放下，给你开个玩笑，你咋拿刀玩真的哩，怪吓人的！"

"吓人？谁吓人了？谁给你开玩笑了？你敢再上前一步，我就一刀劈了你！"

姚淑美话音刚落，便听见门外传来一阵脚步声和两个孩子的说笑声，知道是两个孩子从外边回来了。

王文福连忙堆起笑容，对姚淑美说："别忘了正事儿，你这两天准备一下，过两天去学校，先给孩子报名，早点开学。"说罢便往门外走去，迎面看见福孩儿、金枝走进来，便又满脸堆起笑，对福孩儿说："福孩儿，想不想上学？"

福孩儿并不理他，目光冷冷地盯着他，两手攥成拳头。

第十章

马春耕是外村人，有时阴天下雨来回不方便，就在王家寨吃派饭，轮到谁家就去谁家吃饭。头天下午，姚淑美接到王文福通知，说马春耕要来她家吃饭，还说马春耕特意交代，不管到谁家吃饭都要吃家常饭，主家吃啥他吃啥，不要另外单做。

话是这样说，豫东人好客，家里来了客，总得拿出像样点儿的饭菜招待。姚淑美这天老早起床，把院子打扫干净，从堂屋到二门到过道、大门都洒了一遍水。又早早将两个孩子叫起来，叮嘱他俩今天家里有客人来，要懂点规矩，长点眼色，别让外人笑话。当福孩儿得知是那个马春耕时，高兴地笑了，仰脸说道："马队长是个好银（人）！"

姚淑美听儿子因缺颗牙吐字不清，看他一脸可爱的样子，笑道："你懂个啥是好人坏人，这好人脸上又没有写字！不要背后说人家好坏。"说着，走进厨房做饭去了。

她早已盘算好早饭，在大锅里打了一锅白面结汤，小锅里炒了两个菜：一个是炒红辣萝卜，盛了两盘；一个是韭菜炒鸡蛋，也盛了两盘。那萝卜倒是自家地里种的，多得很，并不稀罕。只是家里存放的鸡蛋仅有七八个，只能炒上一盘。她担心两个孩子眼馋，就头天晚上去五嫂家借了五个，再拌些韭菜，这样炒出来刚好盛了满满两大盘子。菜炒好后都放在大锅篦子上热着，又烙了六张烙馍，也放在小锅里温着。等她忙完，已是日上三竿。

趁着这个工夫，她又坐在梳妆台前对着镜子理了理头发，她早上一起床就梳好了头，刚才做饭时用布包了头发，有些凌乱，就又重新梳理了几下。她坐在镜子前仔细端详着自己，耳边听着福孩儿、金枝在院子里手拍手唱着童谣：

小老鼠，爬灯台；
偷吃油，下不来；
叫花妮，抱猫来；
喵——喵——都下来。

唱完又唱：

一龙灯，二凤灯，
三财灯，四季灯，
狮子旱船跑马灯，
五银灯，六铜灯，
七巧玲珑八宝灯。

两人唱完，金枝不住咯咯地笑。

姚淑美听着也笑起来，心想，这童谣倒也怪有意思。心里正想着，便听见外边儿大门吱嘎一声响，门被推开了。她忙放下梳子，将头发重新挽起来，盘在脑后，闪出门外，见并没有人进来。正在纳闷，只听王文福在门外喊道："福孩儿在家吗？"

福孩儿跑到大门口，见是王文福领着马春耕进来，忙回转身喊道："娘，马队长来了！"

姚淑美一时不知怎样是好，忙转身又回到屋里，对着镜子整理了一下衣服，理了理头发，才定了定神，嘴角挂着笑意，迎了出来。王文福已经领着马春耕进到院里。姚淑美见到马春耕，笑道："马队长来了？"她的声音像银铃一样清脆响亮。

马春耕望了一眼姚淑美，憨厚地笑了笑，说："添麻烦来了。"

姚淑美莞尔一笑："马队长，这话说得见外了，像您这样的大人物，俺就是去请，怕还请不来哩。"

"您要是这样看我，可真是把我当外人了！"马春耕笑道。

王文福见姚淑美只顾和马春耕说话，竟然看也没有看他一眼，感觉有点尴尬，便讪讪笑道："人我给带到了啊！"

马春耕对寨里人家不熟，每次去寨里人家吃饭，都是王文福带路陪着。这会儿，碍于马春耕在场，姚淑美也感觉到不搭理王文福面子上过不去，只得神色木然地冲王文福说道："你也在这吃吧？"

姚淑美这一句话，让王文福感天谢地。在王文福看来，这句话算是给了他王文福一个很大的台阶，让他守住了面子。王文福见姚淑美看到马春耕表现出来的那股热情劲儿，心里酸溜溜的，又看她今天打扮得与往日不同，满面春风，花枝招展，眼睛里都含着笑，像有什么天大的喜事似的，更有些不舒服了，回了一句"不了"，便悻悻离去。

姚淑美将马春耕让到堂屋里坐下，慌忙又回转身进了厨房，掀开锅，将六张烙馍盛出来四张放在馍筐里，端到堂屋，摆放在方桌上，又转身回到厨房，掀开大锅端出炒好的菜，将两个盘子端到堂屋里，摆放在桌子上，又见样盛了一份，留在厨房里让两个孩子吃。豫东民间规矩多，妇女小孩是不上桌的，姚淑美家里没有男人，只好让马春耕一个人在堂屋里吃饭。

马春耕坐在方桌前西首的那把木椅上，看着姚淑美来回跑了两三趟，摆好饭要走，就有些过意不去，便说："说好的家常饭，你们吃啥我吃啥。你做了这么多好吃的东西，让我一个人吃，我咋好意思吃得下去哩？把两个小孩儿喊过来一起吃，你也在这一起吃吧。"

姚淑美嫣然一笑，说："乡下人也没啥好吃的东西，都是些家常饭，菜都盛了两份，给孩子留的有，吃的都和你一样。我一个女人家，也没有人陪你，你甭见外，就随意些吧。"说完，姚淑美又去厨房盛了碗结汤，也端了过来。忙完后，她端了一碗饭坐在堂屋门口吃，算是陪客。

趁着姚淑美低头吃饭的工夫，马春耕拿眼瞄了一下姚淑美，鸭蛋似的脸庞，高挺的鼻梁，樱桃似的嘴唇和圆润的下巴，尤其是那一双明亮的眼睛，水汪汪的。于是心想，这个女人身材高挑，削肩细腰，根本不像农村下地干活的女子。又见她虽然穿着粗布衣衫，但干净整洁，倒显得她人利索别致，便禁不住又想，原来这棉布做的衣服也怪好看，并不比那绫罗绸缎布料差，这就是要看穿在谁身上了。这也难怪，她一个二十五六岁的女人，正是一朵花开得最盛的时候，只是可惜家里没了男人，一个人过日子，拉扯着两个小孩子，真的是不容易。

马春耕早就注意到了姚淑美与众不同。他第一次来王家寨开会时，就见过她。马春耕站在会场中央做自我介绍时，无意中发现人群中有一双明亮的眼睛在望着他。那双眼睛很特别，让人看了一眼竟然久久不能忘怀，似乎那不是人的眼睛，而是一汪清澈的溪水，又像是晴朗夜空中的星星，让人怎么也忘不了。

自那以后，马春耕每次见到姚淑美，都会装作不经意间瞄她一眼，目光从不停留。只是他再也没有和姚淑美投过来的目光对视过，他不敢和她对视。

就在两天前，他和王文福商量请谁教书时，王文福一提到姚淑美，他就当即拦住话拍板定下了。这看似无意的决定，实际上是他担心王文福再说出一位能教书的先生来。

昨天晚上，王文福告诉他说明天要到姚淑美家吃饭时，他心里就有些打鼓。俗话说，寡妇门前是非多。他马春耕一个大男人去人家孤儿寡母家里吃饭究竟是不太方便，也容易让人背后说闲话。马春耕想起小时候听村里老人给他讲过一个道理：瓜田不纳履，李下不整冠。说一个人经过瓜田，不可以弯腰提鞋，以免被人误会偷摘人家的瓜吃；经过果树下时，不要举手摸帽子，否则会被人误以为是摘人家的果子。当然，那寡居的女人家门口，也是一个很容易引起外人说道的是非之地。犹豫了好一阵子，又转念一想，怕什么？身正不怕影子歪。马春耕也正想见见这个寨子里最漂亮的女人。再说，派饭也是老规矩，轮到谁家去谁家，又不是他成心的，这样想着，也就默许下来了。

马春耕本来是想瞄一眼姚淑美，心里却想到别处，出了神，不觉看得有些呆了，手里拿着筷子不动。

姚淑美猛一抬头见马春耕正在望着她，两人目光相遇，不觉有些脸红，忙又低下了头，眼睛看着地面，笑道："马队长，快吃饭吧，都要凉了。俺不会做饭，也不知合不合你口味，你多包涵。"

马春耕被姚淑美冷不防投过来的目光吓了一跳，他急忙移开视线，却也晚了，待回过神来，脸上已经窘得有些发烧，慌忙应道："嗯，吃吧，你也吃，一起吃。"

一个自己心仪的男人在看着她，这让姚淑美心里起了涟漪。她想站起身来走出去，到厨房里去，却又感觉有点不妥，只得依旧坐在那里。

马春耕似乎觉察到了她的心思，于是笑道："坐下一起吃吧，我一个人这么多菜，也吃不了。"

"我就在这门口陪着你吃，也不知道饭菜合不合你的口味。"姚淑美低着头，说话轻轻地。

"中，好吃！只是本来说好是来喝糊涂的，你打了结汤，又烙了好面油馍，费了这么多好面儿，让我咋好意思吃下去哩。"马春耕边说边夹了一块红辣萝卜，放在嘴里，吃了起来。

第十一章

不知从哪朝哪代起，豫东人习惯将吃早饭统称为喝糊涂。按说糊涂与结汤的做法是一样的，区别就是用的面粉不一样，实际上都是稀饭。只是糊涂是用红薯面做的稀饭，比较黏稠，像浆糊一样，故称糊涂。豫东人习惯把小麦面称为好面，那是因为小麦产量低，吃起来口感好，平时不舍得吃，只有逢年过节和家里来了客人时才舍得吃。用好面做的稀饭不叫糊涂，因用好面打稀饭时会有面疙瘩，那面疙瘩吃起来滑润可口，故称为结汤。

大概是因为红薯产量高，人们变着法儿吃的缘故。经常早上喝这种用红薯面做成的稀饭，时间久了也就养成了习惯，把糊涂当成了早饭的代名词。相应的，面条是午饭的代名词，不管午饭吃什么都可以统称为吃面条，晚上则是用喝茶代指晚饭了。每到吃饭的时候，熟人见面也是这样问候，除了问"吃罢饭没有？"还可以这样说：早上时，"喝罢糊涂没有？"中午时，"吃过面条没有？"晚上时，"喝罢茶没有？"若是外村人从本村过，遇到熟人，则老远喊他"上家吃面条来！"真到他家里，吃的不一定就是面条。豫东人三句话不离吃！

马春耕说是来姚淑美家喝糊涂的，这让她禁不住咯咯笑了，忙回道："又不是天天来俺家吃饭，咋着也不能光让您喝糊涂，总得像个样子。再说，我和两个小孩不也吃着哩。"

趁他吃饭的时候，姚淑美偷偷看了马春耕一眼，这汉子年纪不过三十来岁，身材高大魁梧，两只粗壮的臂膀非常结实，古铜色的国字脸上一双浓眉大眼，格外有神；身着粗布马褂，腰里别着一支烟管，吊着一个黑色小布烟袋。偷看一眼后，禁不住又扫了他一眼，待马春耕抬起头来时，姚淑美的目光早就闪开了。她心里感觉好笑，庆幸没有被他觉察到。

话一经说开，空气就不再显得那么沉闷了，两人开始有一句没一句地闲聊。马春耕先是问姚淑美家几亩地，一个人干活都是咋干的。姚淑美说庄稼活不用学，人家咋着咱咋着，不会干跟别人学，看看就会干了。姚淑美有些好奇地问马春耕，当年是如何打日本鬼子的。马春耕就将当年如何吃粮当兵，如何打日本鬼子，又如何受了伤回来，一五一十地讲来。

马春耕说话比较家常，给人一种坦率诚实的印象，这让姚淑美受到了感染，也打开了话匣子，向他诉说家里的事儿，她多大结婚，福孩儿他大如何被抓壮丁，如何全家离散。姚淑美又向马春耕说她学问不高，难得马春耕看得起，让她去教书。她本来打定主意把王文福欺负她的事儿讲出来，只是话到嘴边怎么也说不出口来，后来索性就不再想了，她不想让那件事情破坏了她和马春耕交谈的融洽气氛。

马春耕一碗汤喝下，又连吃了两个烙馍，便将碗筷往桌子上一放，说：

"吃好了，不吃了。"

姚淑美慌忙站起身来，拿起碗，不由分说又去厨房盛了一碗结汤，放在马春耕面前，笑道："您恁高的个子，咋吃饭像个猫，怕俺做饭不够吃的吧。我做了一大锅，还多着哩，吃不了就剩下了。"说着，姚淑美又端起馍筐递过去，让马春耕拿烙馍吃。

马春耕见她又端来一大碗饭，又让着吃烙馍，热情得让人受不了，连声说道："中了，中了，我这是刘天乐吃牙膏——足够足够！"

姚淑美听了，忍不住笑起来，问道："刘天乐吃牙膏啥意思呀？"

马春耕见问，便笑道："这个你都不知道呀？我就给你说道说道。这是咱这里流传很广的一个笑话：说水河刘庄有个人，名叫刘天乐，是个老头儿。这刘天乐有个儿子刘广信当师长。一次他去开封找儿子，清早起来，有那跟班的勤务兵送来牙刷牙膏让刘天乐刷牙。这刘天乐是一个老实巴交的庄稼汉，咱这里又是穷乡僻壤的，他哪里见过牙膏呀，以为是送点心给他吃哩，就挤出来一尝，还真的甜滋滋的，于是便吃了起来。谁知越吃越难吃，扔掉又舍不得，硬是吃了个精光。那勤务兵进来一看牙膏没了，就问老头儿还要不要？刘天乐忙回答：足够，足够。这事儿后来不知道咋的就传了出去，也就成了一个大笑话。传得久了，这'刘天乐吃牙膏——足够足够'就成了一句名言。"

姚淑美见马春耕讲得绘声绘色，说话非常风趣，不由得笑出了声。

马春耕讲完故事，见姚淑美笑得好看，便又补充道："馍就不吃了，我把这碗结汤喝了就中了。"

马春耕知道当地有一个不成文的规矩，去别人家做客吃饭不要回二碗，就是不能吃第二碗饭。这是因为平常人家口粮紧张，不知道主人家做饭多少，怕是不够吃，回二碗会让主人家难堪。还有招待客人时，都会有一碗肉菜，称为大菜，那是不能动筷子的，那只是陪菜。那碗肉菜第二天会依旧上桌，客人依然不会动。尽管每顿饭主人家都是不停地拿着筷子指点着那碗肉菜相让，懂规矩的客人都不会动上一筷子的，大家都心知肚明那碗肉菜只是让看的，不是让吃的。往往一盘菜要摆上几天。每顿饭桌上有碗肉菜，显得主人家脸上有光。

当然，也有那不懂规矩的人会夹上一块来吃。马春耕小时候在家就听他父亲多次交代过，出门做客吃饭这两点一定要记牢，不回二碗，不动大菜，不要让人说你不懂规矩。在王家寨吃派饭，马春耕也一直坚持这个原则，不管去谁家吃派饭，不回二碗。今天他却是破例，姚淑美又给他盛了一碗结汤，要是不喝下去，倒显得他人不够爽快。

这顿饭，马春耕不仅吃得香，还吃得特别让人留恋。

福孩儿和金枝早已吃完饭，躲在厨房里不出来。姚淑美叮嘱过两个孩子，吃完饭先不要到处走动，更不要到客人吃饭的堂屋里去，以免让外人笑话没规矩不懂事儿。

姚淑美心里倒是很想让马春耕多待上一会儿，因而自己吃饭也就特别慢，马春耕二碗吃完，她还在细嚼慢咽。见马春耕放下了筷子，姚淑美慌忙站起身来还要去盛饭，马春耕将手一摆，止住，笑道："吃饱了，不吃了。"说罢，便从腰里掏出烟管，弯腰在鞋帮上磕了磕；又从那个小黑布包里捏出一撮烟丝，装入烟袋锅子里，用手指按实，从方桌上拿起燃着的纸媒子，伸着头吹了吹，直到把那纸媒子的火星吹得通红，快要燃烧起来，才将纸媒子放在烟袋锅子上点烟，猛吸了两口，烟袋锅子便冒出青烟来。马春耕吐出一口烟，慢条斯理地说："你一个人带两个孩子挺不容易的，寨里让你去教书当先生，不知道你能不能顾得了？"又说："这自古称得起先生的只有两种人，一种是教师，教学生识字做人，还有一种是医生，治病救人。"

王文福那天来找姚淑美请她教书，姚淑美本来是不愿意去的。此时，她却改变了主意，当着马春耕的面，倒是不好意思说不想去教书。姚淑美也知道，这个寨子里比她识字多的人并不是很多，能教孩子识字自然是再好不过的事情了。想到这里，她笑了笑，说道："啥先生不先生的，孩子识字要紧，俺忙点不算啥。"

根据寨里定的计划，今天是开学的第一天。马春耕抽了一袋烟站起身来要走，对姚淑美说："我先去学校看看，你收拾好也要早一点过去。中午我还得来你家吃饭，粮票和饭钱到时候一起给你。"

姚淑美忙摆手笑道："给啥饭钱，不要。"

"这是规矩，没有规矩不成方圆。咱都得守住规矩不是？"马春耕说着，已步出院子去了。

第十二章

姚淑美收拾完锅灶，扯着女儿金枝到学校时，学校里已经站满了人。儿子福孩儿早丢下碗筷先到了学校，正和一群孩子玩耍。姚淑美看看，有二十多个八九岁的孩子，正三五成群围在一处打闹，个个脸上洋溢着喜悦。家长们也都来了，三三两两地聚在一起说笑。姚淑美看了一下，都是带了板凳来的，还有两个孩子在抹眼泪，哭着鼻子不愿意上学。王富田正训斥着儿子伙头。马春耕和王文福蹲在一棵桐树下说话，身边放着一摞子书本。见姚淑美走过来，王文福站起身来，满脸堆笑，对姚淑美说："你先给孩子报名，马队长从上边领回来的粉笔和识字课本，一会都交给你。"

姚淑美坐在教室前面的讲台前逐个给孩子登记报名，登记一个就随口给孩子起个学名。福孩儿，叫王宝禄；王康的名字，王文福已经给起好了，叫王武康，希望他威武健康一些；王六儿，因是宝字辈，就叫王宝六；福生，也是宝字辈，叫王宝福；伙头家辈长，在这些孩子里长一辈，是贵字辈，他爹王富田说这孩子命里缺火，取名时注意带个火字补一补。姚淑美说："那就叫王贵炳吧，男孩子，将来有个大好前程。"

讲台是泥巴垒成的，姚淑美给孩子报名时，周围挤满了人。有人一挤，那泥台子一下子就坍塌了，差点没有砸着姚淑美，引来一阵哄堂大笑。马春耕和王文福慌忙挤进来看是怎么回事儿，刚好看见王贵孝拉着王六儿在场。

王文福笑着问道："贵孝哥，你这活咋做哩，恁不结实？"

王贵孝早已红了脸,笑着说:"再好也搁不住那么多人挤呀,等放学了我再重新垒。"

报完名,总共二十六个孩子。马春耕主持开了一个简短的开学典礼。学生、家长手拉手并排站着,王文福与马春耕站在队列前。王文福喜笑颜开,大声喊道:"王家寨小学开学喽,放炮!"

远处,王贵孝早已将一挂鞭炮准备好,听到喊声,急忙点着,只见火花一闪,噼里啪啦响起来,憬的人群一阵骚动,纷纷叫好。

快燃放完时,站在后面的几个孩子忍不住跑过去捡那没燃放过的爆竹。

王文福一见阵势有点乱,大声喊道:"别乱,别跑!"喊了几句没用,反倒逗得人们哈哈大笑。

伙头跑得快,捡到一个还没有燃放的爆竹,哈哈大笑。有人看见那爆竹还冒着烟,大声提醒:"快扔掉——"话还没有说完,只听嘭的一声,爆竹爆炸了。伙头疼得嗷嗷大叫,右手不停地抖着。人们轰一下散开了,都跑过去看伙头。气得王富田扒开人群冲进去,抬腿朝着伙头屁股上连跺几脚,大声骂道:"咋不炸死你!谁叫你乱跑?该!"

王文福冲围观的人群大声吆喝着:"好了,好了,都回来!"吆喝了半天,人们才都陆续地回来,算是恢复了秩序。伙头的手已经敷了墙上的浮土,左手大拇指捂住右手那根受伤的手指,站在队伍后头,抽着鼻子,想哭又不敢哭。王文福站在队列前提高嗓门说:"请马队长给大家讲话,大家鼓掌欢迎!"

在一片欢笑声和掌声中,马春耕往前站了站,干咳了两声,清了清喉咙,伸长胳膊两手掌向下按了按,又摆了摆手,等掌声停下来后,才笑眯眯地亮开嗓门,道:"我也没啥好讲的,从今天开始,咱王家寨有了自己的学校,以后娃儿们上学不用再跑几里远的路了。不管咋说,这风里来雨里去的,总不比在咱寨子里就近的好。家长也不用担心了,少操了好多心,可以安心下地干活。希望孩子们好好跟着老师学,多识些字,长大了好说媳妇儿!"

马春耕最后一句话,说得孩子们都哈哈哈咧着嘴笑了,上学就是为了说媳妇儿,这很好玩儿,家长们也都跟着笑了。马春耕面带微笑望着大家,等人群安静下来，又说："唱戏的有句话说，武将上马定乾坤，文官提笔安天下。现在天下安定了，不会再有兵荒马乱的年景了。治天下要用文人，要用有学问的人。将来的社会不识字可不行！这不识字，可是睁眼瞎呀，进了城，连男女厕所都分不清，要是走错了地方，不光是挨骂，怕是还要挨打哩！"

马春耕话音刚落，人群中又爆发出一片拍手叫好声。他这一番话，使大家深受鼓舞，有家长俯下身来轻声给孩子交代：听到没有，不上学中不中？一定要听话，用心学，不要贪玩淘气。

就这样，王家寨小学算是正式开学了。

第一堂课，是在没有讲台的情况下进行的。姚淑美用粉笔在黑板上写了一个字：人。

她环顾了一下教室，发现王六儿在低着头摆弄手中的铅笔，提醒说："王宝六，抬起头来坐好。"王六儿听见老师喊他大名，忙放下铅笔，挺起腰杆，学其他孩子一样将两手背在身后，瞪起眼珠看着黑板。姚淑美见他认真的样子，冲他笑了一笑，说："对，就这样，上课时一定要认真。咱们现在开始上第一堂课，看见这个字没有？这是个'人'字，咱们第一堂课就从认识'人'字开始。'人'字是汉字里面十分简单的一个字。只有两个笔画，一撇一捺。以后遇到和人有关的字都会带有这个人作偏旁。大家来跟我一起读：人——"

"人——"

姚淑美带着学生连读三遍，说："将来你们长大了，到外边去闯荡，不管走到哪里，都不要忘记这个字：人。你看这个字，像一个人侧着身子垂手站立的样子，这是一个鞠躬的姿势。"

姚淑美说罢，做了一个鞠躬动作，引得学生们都笑了起来。姚淑美也笑了，她环顾了一下教室，说："同学们都站起来，学我刚才的样子，向我鞠躬。"

学生们嬉笑着站了起来，照着她刚才的样子鞠了一个躬。王康因个头小，坐在教室前排，他站起来鞠躬时两手仍背在身后，只将头点了点。身后的同学见他那滑稽的动作，都忍不住哈哈大笑。

姚淑美给学生们回了一个鞠躬礼，笑道："都坐下，听我给大家讲解一下这个字的来历。"

她扬手在空中画着一撇一捺，说："这一撇一捺，像人的身子骨架，支撑起了这个人字。这个字看上去很简单，可是做一个人却不是那么简单。俗话说，人活一口气。一个人活着要靠精神支撑着。这精神就是骨气，骨气是看不见摸不着的东西，但却能感觉得到。人要是没有了骨气，光有身子骨，就是只会走路说话、只会吃东西的肉身子。对不对？"

"对。"学生们齐声答道，答罢又都笑了起来。

"所以啊，做人要有骨气，没有骨气人就成了行走的傻子。一个人要用骨气来支撑他的一生。古代有本书叫《说文解字》，是这样解释人字的：说人是'天地之性最贵者也'，意思是说：人，是天地间性情最高贵的。咱们为啥要上学，就是要学会做人，做一个品行端正的人，做一个好人，做一个性情高贵的人。识字多少并不重要，重要的是通过识字学会做人。要是学不会做人，识字再多又有什么用途呢？"

一堂课下来，姚淑美也就只教给学生这么一个字，这倒让他们很高兴，原来上学是那么简单轻松。开学第一天，报名和开学典礼占了不少时间，姚淑美心里记挂着马春耕中午还要来家里吃饭，要早点回家做饭，上午就上了这一堂课，也就放学了。不用说，学生们放学回家都会向家长们汇报上午刚学会的一个字，那个一撇一捺用骨气支撑的"人"字。

午饭照例是擀面条。马春耕在姚淑美家吃过面条，连夸姚淑美手艺好，面条擀得筋道。姚淑美被夸得有些不好意思，只得笑道："好吃，以后你就多来俺家，给你擀面条子吃。"

临走时，马春耕从口袋里掏出些粮票放在桌子上，说道："这是规矩，不能白吃饭，不管在谁家吃饭都一样，都是要付钱的。"

姚淑美慌忙摆手让道："这规矩是人定的。规矩是死的，人是活的。这钱说啥也不能要。"

"你上午教学生识字，不是说做人要有骨气吗？我咋能白吃饭哩！"

一句话，说得姚淑美笑了，这才想起放学时看见马春耕站在校园里，知道马春耕在教室外面听了她的课，便嫣然一笑，说："刚开学第一课，就教了一个字，让孩子们感到上学不难，喜欢上学，才好教哩。"

"是哩，是哩。"马春耕接道，"说得好，识字多少并不重要，重要的是通过识字学会做人。"

马春耕又和姚淑美闲谈了几句，看看时间差不多了，想着姚淑美下午还要去学校，就起身告辞。

送走马春耕后，姚淑美没敢在家耽搁，匆忙收拾好锅灶，便扯着女儿金枝赶往学校，儿子福孩儿早已丢下饭碗先行去了。

就这样，姚淑美一个人挑起王家寨学校教学的担子，风里来，雨里去，从不间断。两年后，王家寨迎来了一位识字的媳妇，叫范彩霞。范彩霞娘家在范家寨，在王家寨东边，八九里路远，和王家寨一样，也是依皇姑河而建的一个寨子。范彩霞在娘家时上过几天学，识些字，说话做事比较利索，人也活络，经人说合，当了教师。这样，学校的事情，多少有人帮衬着，姚淑美身上的担子也就略微减轻了些。

第十三章

马春耕并不是天天都在王家寨，每月也就那么十来天的时间，寨里平时的琐碎事务全由王文福负责打理。遇到阴天下雨马春耕回家不方便时，王文福就给他找个地方临时住上一宿。校舍建好后，教室只暂时用了一间，还有一间作了教师的办公室，兼放置一些教学用品，其他的房间都空着。王文福就和马春耕商量，要在学校收拾出一间给马春耕作宿舍，遇到阴天下雨不想回家时，马春耕就可以住在学校里，免得到处凑合。

王文福的提议，马春耕倒是很乐意，他想都没想就同意了。一则他确实需要一个临时住所。这二则嘛，马春耕想，这里可以经常见到村里那个最漂亮的女人。自那天在姚淑美家吃了派饭之后，马春耕心里总想多看她一眼。马春耕起初每月来王家寨天数并不多，有时候在寨子里转悠半天，看看没事，就回去了。马春耕现在每周都要过来，有事没事总爱在学校附近转悠。他以前不管是不是星期天，想来就来了。现在，他也学着学生的样子过起星期天了，周一来，周六去。

王家寨有两棵大槐树，一棵在当街里，有三人合抱之粗，那里是全寨人吃饭的饭场；另一棵在王家寨祠堂前，也就是现在的王家寨小学，只比当街的那棵大槐树略微小了些。不知从哪天起，人们经常看到马春耕一个人靠着校园外那棵槐树蹲着，手托着烟管抽烟，默默地望着前方。学生们见到他都绕道躲着走，躲不过时便蹑手蹑脚从他身边溜过去，胆大调皮些的孩子会在他背后冲他吐一下舌头或做个鬼脸，以博取在小伙伴们面前吹牛炫耀的资本。

每当姚淑美来学校迎面遇到他时，他总是板着面孔，一副很严肃的样子，硬撑着不望姚淑美一眼。姚淑美给他打招呼，喊他一声"马队长"，他总是随口"嗯"一声，算是作了回应。姚淑美走过去后，马春耕便会装作有意无意地回过头来望一眼她的背影，欣赏她走路时那优雅的姿势。姚淑美本来缠过脚的，因而走路总是不紧不慢的，两只胳膊很自然地甩着。

女人的第六感总是很灵验，仿佛姚淑美的后脑勺上长着眼睛。每次从马春耕身边走过后，姚淑美总能感觉到马春耕在背后投过来的目光，她不敢回头，也不好意思回头。她和马春耕一样，同样希望能天天在学校看到对方。要是哪天来学校看不到马春耕，她心里便会有些怅然若失，要是马春耕一两天没来，姚淑美便会像丢了魂似的六神无主，干啥都提不起劲儿。姚淑美每次看到马春耕见到她时那一本正经的样子，心里就感到有点好笑，明明是喜欢她，却偏要装作不认识似的。装吧，你就装吧，几乎每次她从他身边经过，她总会这样想。

姚淑美给孩子上课时，马春耕就会回到办公室，偶尔出来走动一下，到教室门口看看，装作巡视学生课堂纪律的样子，趁姚淑美不注意时有意无意地瞅她一眼。有两次，二人目光刚好相遇，姚淑美便冲他莞尔一笑，马春耕却迅速移开了视线，装出一副漫不经心的样子。

马春耕的一举一动，范彩霞了然于心。女人总是心细如发，任何蛛丝马迹都逃脱不了女人的眼睛。这也难怪，姚淑美现在是没有男人的女人，年纪轻轻的，一个人过日子。女人最了解女人，这一点，范彩霞是知道的。

范彩霞是个热心人，和姚淑美很对脾气，两个人一起共事相处得很好，因而平时也就无话不谈。

一天下午，放学后，范彩霞对姚淑美说："姚老师，我看老马这个人，好像对你有些意思。"

范彩霞一句话说完，姚淑美脸唰一下红了，笑了笑，怪道："你胡说个啥？没有影儿的事儿。"

"真哩，我打听过了，他人还是一个寡汉条子，光棍一个哩。你也年纪轻轻守寡，你们俩要是在一起，那还不是干柴烈火？"

姚淑美攥起拳头，在范彩霞的肩膀上轻轻捶了两下，笑道："你净瞎胡说，看我拧你的嘴！"

"你要是对他也有意，我就给你们从中牵个线。"范彩霞认真地说，显然，她不是在和她开玩笑。

姚淑美知道范彩霞是好意，叹了口气，轻轻说道："再不要胡说了，人家是啥地位，咱是啥身份，甭把人家给害了。"

范彩霞瞪大眼睛，责怪道："你也真是的，这男人和女人，一个有情，一个有意，你情我愿，咋能说害了他哩？再说，你那男人到现在没个音信，八成是不在人世了。就是在，也说不定早就另找一个，又成一家了。"

姚淑美听她提起王贵仁，脸上收起了笑容，沉默了一会儿，说："我从没有想过再嫁，不管这日子再苦再累，我都能撑过去。这话以后你可别再提了，两个孩子也大了，我可不想让孩子在人前抬不起头来。"

"那你就甘心这样委屈一辈子呀？"范彩霞问道。

一句话让姚淑美心头一热，眼眶一下子湿润了。这么多年，姚淑美总算听到一句知心话。

范彩霞见姚淑美眼睛红润，知道说到了她的痛处，便于心不忍，也就不再说下去了。

范彩霞的话在姚淑美心里起了反应，犹如平静的水面被人投了一块石子，激起一朵小小的浪花，一圈圈地不断向外扩散着涟漪。姚淑美心里明白，她和马春耕中间只隔了一层纸纱，这层纸纱，她可以去捅破，但她不能那样做。

姚淑美每次去学校前总要精心打扮一番，将头发梳理顺溜，盘在脑后，衣服也穿得干净利落。她甚至每次出门时都会用一块煮熟的快要风干了的猪皮擦一擦嘴唇，用猪皮上的油润滑嘴唇，防止干裂，再将红纸放在嘴唇边轻轻一抿，这样嘴唇就显得红润多了。

再遇到马春耕时，她会故意用眼睛望着他，不再躲闪。这倒让马春耕不好意思起来，总是回避着她送来的目光。

其实，马春耕何尝没有这样想过，只是寡妇门前是非多。他一个外村人，又是王家寨的当家人。他来王家寨是工作的，他要在人前说话硬气，就必须行得正、腰杆直，这是他不可逾越的鸿沟。要是他跨越了这道鸿沟，他就会在人前说话失去了底气，也就在王家寨立不住脚了。他今年三十三岁了，前些年曾娶过一个媳妇，那女人没过几年就生病死掉了，也没能给他生下一男半女。这些年也有人给他提过亲，劝他再娶，但马春耕心里放不下那女人，对再娶的事不上心，也就一人过日子。后来他发现一个人有一个人的好处，来去自由，没人管束，一人吃饱全家不饿。现在他遇到姚淑美，竟然动了心。

但马春耕打定主意，就这样挺好，只要能天天见她一面就满足了。马春耕感到他与她中间隔着一座不可逾越的大山，这座大山，是他这一生都不可能翻越过去的。

对于马春耕的一举一动，王文福也是看在眼里，记在心里，他后悔不该建言让马春耕住在学校，给了马春耕与姚淑美经常见面的机会。不过，他还没有发现马春耕有什么不当行为。

王家寨一百多户人家，在附近方圆几十里也算是一个不小的村子。平时有什么风吹草动，寨里人马上就会全都知道。尤其是那种男女风流韵事，自然传播得更快，会成为人们茶余饭后的谈资，成为沉闷生活的调味品。王文福那点儿小心思，在寨子里早已不是什么秘密，现在又冒出来一个马春耕，人们自然不会放过看好戏的机会。每当姚淑美打扮得花枝招展一步一扭地从寨子里走过时，男人们总是禁不住想多瞅她一眼，女人们便会骂那男人没出息；正在吵吵嚷嚷不可开交的话题，自然也就改为背后对她的闲言碎语。

　　天下没有不透风的墙。马春耕因为没做出格的事儿，也就没有成为人们谈论的话题，王文福倒成为人们的取笑对象。每当王文福闲着没事在当街溜达时，就会有人和他开玩笑说："狗儿，福孩儿家水缸里没水了，你去帮着挑桶水呀！"

　　王文福知道人家这话是在取笑他，也并不介意，笑嘻嘻答道："我这就去帮着挑，你也可以去帮帮人家嘛，一个女人家过日子，挺不容易哩！"

　　王文福这句话看不出有什么差错，这让那些说风凉话想取笑他的人反倒不好意思再往下接话了。于是，王文福便会借机到姚淑美家里，担着两只木桶，大摇大摆走出来，去寨中那口长满青苔的老井里挑水。

　　那阵子人们总会见到王文福帮姚淑美家挑水。王文福担着盛满两桶水的挑子小步快跑，两端低垂的紫色扁担在他的肩上有节奏地闪动着。人们都夸王文福最拿手的活儿就是挑水，水盛得满，步子又快，行走时还不会洒出水来。别人挑水多多少少总会洒出来一些，走过去，路上会留下一条弯弯曲曲的水痕，像爬行中的长虫。王文福挑水挑出了经验，真是三百六十行，行行出状元。小挪常取笑说，王文福做事就像他挑水一样，不留痕迹，做得比较绝。

　　小挪是个瘸子，小时候上树掏鸟窝，不小心从树上摔下来，折了右腿，走路时一瘸一拐的。因他下地干活不太方便，寨里就让小挪管着两个寨门的吊桥，每天负责吊桥的升降，天黑升起，黎明落下。那吊桥的升降就如城门的开关一般，倒是一份很悠闲的差使。只是拉起吊桥时，他一个人的力气不够，常需要喊人帮忙才行。

立秋后的一天，傍晚时分，小挪升起东门的吊桥，便一瘸一拐地来到南门。老远见王贵孝在寨门口转悠，便喊他过来帮忙。两人说着话正要升起吊桥，却见老远走来一位中年男子，肩上背着一个鼓囊囊的布袋。

那人见吊桥要升起，急走几步赶过来，摆着手，高声喊道："两位哥等一下，放俺进去。"

第十四章

小挪见来人一身粗布衣裳，短衣短裤，圆头布鞋，短发，留着些胡须，额头上滴着汗，大概走的路远，神色有些疲倦，目光却很有精神，便问道："你是弄啥哩，要到俺寨里来？"

"俺是唱大鼓书的，赶到贵地，打算今晚在寨里安个场子，给老少爷们说段书。"来人答道。

小挪一听，原来是位唱小戏的艺人，忙喜笑颜开，请那艺人进了寨门。等艺人过了桥，这才和王贵孝两人一起拉起吊桥，将粗绳系在桥内两个木桩上。

王贵孝手里攥着绳子，回头问那位艺人："打算唱哪一出戏？"

"《三侠五义》，听过没有？"

"听过，听过，那部书可热闹哩，很过瘾！"小挪连声接道，"那戏主要讲老包（包公）哩，老包坐开封府，三口铜铡专铡贪官，王朝、马汉、张龙、赵虎保着他，还有南侠展昭展雄飞，被皇上封为御猫，还有锦毛鼠白玉堂，我最喜欢这两个人物。哈哈哈，狸猫换太子、五鼠闹东京，热闹得很，早就想再听一遍，不知您唱得咋样？"

王贵孝嘴一咧笑了，说："他是个戏迷，最爱听戏了，平时兴起时还会哼几句哩。你要是唱得不好，怕是他要砸你的场子哩。"

王贵孝话刚说完，老远听见儿子王六儿喊他，便又说笑了两句走开了。

艺人见走了一人，笑了一笑，对小挪说："俺唱得好不好，到时候，你一听就知道了。先麻烦小哥给找片敞亮的地方支场子。"

"这个好说！"小挪笑道，"刚才那家伙给你开玩笑哩，您要是唱得不好，还敢跑江湖？您比我大，别叫我哥，叫得俺怪不好意思哩。场子有，我带你去。"

"哎，这话说哩，南京到北京，哥嫂相称。俺这出门在外的人，见人矮三分啊。"

小挪听了，哈哈大笑，说："你说的也是啊，常言道，在家千日好，出门一时难。您来俺寨可是来对了，俺这里人心眼都好、实诚，来了外人，对他可好哩。当街里有棵大槐树，那地方敞亮，每次来了唱戏的、要猴玩把戏的，都在那里支摊子，你也在那里支吧。要是唱得好，您待这唱几天都没事，唱得好了收钱、收粮食也都爽快！"

艺人听了，感激道："在家靠父母，出门靠朋友。我到这里人生地不熟，遇见您这位朋友，那就全仰仗小哥您了。还要麻烦小哥等会给寻块馍吃，端碗茶水润润喉咙。"

小挪听那艺人说得亲切，心里早已乐开了花，忙答应道："这个不用说，您来到俺寨里，可不能待您薄气了，经常出门儿的人，这方圆百儿八十里的，给传的名声不好听，以后寨里小孩儿说媳妇都不好说了。"

两人说着话，来到了当街，小挪抬手一指那棵大槐树，说道："就在那里支摊子吧。"

艺人说声"好"，便紧走几步，来到大槐树下，背靠着树，放下肩上的布袋，从里面取出捆绑在一起的三根细竹竿，解开绑着的布条，支撑开来，原来是个三角支架；又从布袋里取出一面羊皮大鼓，红边黄面，镶着三个铜环。将大鼓放在支架上，三个铜环挂在支架的三个竹竿上，三个角用红布条固定住；又弯腰从布袋里掏出鼓槌，那鼓槌把头有点弯曲，掂在右手里，咚、咚，敲了两下试了试。感觉架子有点不稳，又向前挪动了一点，又敲了两下；然后从布袋里取出一对简板来，拿在左手里，便站立着一手打简板，一手敲起鼓来，咚咚咚，当当当，鼓点节奏分明，简板清脆响亮。那大鼓声在王家寨上空回荡，很快就传遍了王家寨的角角落落。

小挪见艺人支好了摊子，便说："您等一会儿，我去给您端饭去。"

艺人说声"麻烦了"，回头看时，小挪早已一瘸一拐离开了。

唱戏的来了！王家寨大人小孩见面都兴奋地互相转告。有那还没有烧茶的人家慌着赶紧回去烧茶，生怕耽误听戏。福孩儿喜欢听戏，听见鼓响，打了个招呼，扛起一条板凳就朝戏场飞奔过来。

福孩儿这条板凳不是给自己坐的，是给唱戏的艺人坐的，他自己则喜欢爬到树上。这成了一个习惯，寨里一来唱大鼓书的，福孩儿和伙头、福生都争着给唱戏的搬凳子，唱戏的坐了谁家的凳子谁就会感觉脸上很有光彩。于是，每逢有说书的到来，就看谁跑得最快，谁到得早谁就可以把凳子让给说书人坐，那晚一步的人脸上就会露出很失望的神色。上次寨里来了个唱大鼓书的人，坐的是福生家的凳子，福孩儿晚了一步，这次终于让福孩儿抢了先。

福生扛着凳子跑来时，见艺人已经坐下，神色便有些沮丧，耷拉着脑袋。说书艺人见了，敲着大鼓，对福生说："这位小哥，你这个人真好，行好得好，福贵到老，长大会娶个花媳妇儿，下次再来我就坐你家的板凳。"福生听了，高兴得直咧着嘴笑，眼睛眯成了一条缝。

小挪听到大鼓响，心里很是振奋，正想着回家给说书的端茶送饭，老远见王文福低着头走来，便打起了主意，对王文福说："管事的，正想找你哩，咱寨里来了一个唱小戏的，你看该谁家管饭了？"

"你回家拿块馍端碗茶不就中了？"王文福见是小挪，本不想理他，便随声应道。

小挪听了，将嘴一撇，鼻梁耸成一团疙瘩，白了一眼王文福，说："你咋恁会支使人？我看寨门每天收放吊桥，唱戏的一来第一个碰到的就是我，来一个俺家管一回饭。让俺家包了咋的？你是寨里管事儿的，一碗水都端不平，还当个啥官？外边儿来了人，不找你找谁？"

王文福被他两句话呛得接不上话来，因他心里有事，不想与小挪过多纠缠，只得压住火气，嘿嘿干笑两声，说："中，你别管了，我安排人送去。"

两人正说着话，老远见伙头扛着板凳从寨角跑过来，王文福一把拦着，嚷道："伙头，你别送凳子了，唱戏不坐你家的凳子，给你娘说拿两个馍，端碗茶送过去就中了。"

伙头正在兴头上，一听这话，答应道："中。"便扭转身，嘴里哼着小曲儿一蹦一跳地返回家去了。

小挪见了，一旁笑道："看看，还是你当官的说话管用，放个屁都能把地面砸个坑。"

王文福见他说话不中听，并不理会，白了小挪一眼，鼻孔里哼了一声，便一个人寻着鼓声，信步往戏场走去。到了戏场，见已经围了好多孩子，光着膀子，赤着脚，坐在地上，一个个仰着小脸看那艺人敲大鼓。

天色渐渐暗了下来，王文福一抬头，见一弯新月像一把金色镰刀挂在西南方天空中。虽然刚立过秋，天气还很炎热。不过，这大槐树下，微风习习，树叶簌簌，却很凉爽，王文福便远远站在戏场外围，竟不想挪动脚步了。

此时正是喝茶的时候，人还没有上来，寨里到处回荡着喊孩子回去喝茶的声音。可这些孩子只顾贪玩，一心想着听戏，哪里肯回去，只装作没听见大人们的喊叫。

那艺人只顾敲鼓，咚咚咚，敲个不停。一旁坐着的孩子们都等得心急，早已按捺不住了，福生冲那艺人喊道："咋光敲不唱哩，先给俺们唱个书帽听听吧。"

艺人听了，微微探下身子，冲福生笑道："中，我给你们唱一出。"

"中！"一群孩子抢着喊道。

那艺人便停了鼓，探身拿起简板，右手按了按鼓边，拿着鼓槌敲了三下；左手握着简板，扬在空中，大拇指与四指上下一错，当当当，那简板便发出清脆悦耳的响声，那艺人微微张口咧嘴，拉开他那浑厚沙哑的嗓音哼起来：

嗯——开口来，

叫一声小朋友们您都别心慌，

听俺唱一段书帽压压场儿。

会听书，您都往那东边儿看，

呵闪闪——打那边走过来一位读书郎。

白：那位问了：咋呵闪闪哩？可不是嘛，挑着扁担哩。

又有人问了：你咋知道是读书人哩？嗯，你看嘛，腰里还别着书哩。那读书人和不读书的人打扮不一样。

唱：嗯——要问来了人哪个，您听俺紧紧鼓板对您说个详。

要问名来也有名，要问姓来也有姓，来人名字叫郭巨，家住林州郭家庄。

白：那位朋友又说了，说书哩，你唱的是《郭巨埋儿》吗？嗯，没错，正是。那俺都听过了。嗯，您听过别人唱的，没有听过我唱的，我唱的和别人唱的不一样。呵呵。

王文福站着听了一会儿，心思全不在听戏上。他借着月光扫视了一下戏场，没有看见福孩儿，只看见金枝，席地而坐，正伸着脖子听得入神，那只大花狗也卧在金枝旁边，蜷缩着身子，鼻子贴在前爪上。王文福不放心，又四下看了看，一抬头看见大槐树树杈上有个身影，像是福孩儿，便知道此时姚淑美一个人在家。

王文福见时机难得，便打定主意，不吭不响溜出戏场，踏着月光蹑摸到姚淑美家门口。看看大门没关，王文福一脚迈进门里，反手将大门关上，又插上门闩。

姚淑美听见大门声响，以为是孩子们回来了，便冲门口喊道："快回来喝茶，喝罢茶再去听戏。"

堂屋里亮着灯，厨房里也亮着灯，微弱的灯光从屋子里照到门口。

王文福进到院中，听见姚淑美说话，谄笑着回答："是我。"

第十五章

　　姚淑美正在厨房，一见是王文福，吓了一跳。王文福三番五次来骚扰她，都没有得逞，却经常腆着一副面孔来帮她挑水，人前人后没少让人说闲话。

　　那口老井上以前曾有过一个辘轳，有一年发大水，那辘轳架子被水冲散了。因寨子的人家大都会用扁担勾着水桶在井里取水，时间一长，习惯成自然，再做一个辘轳的事情也就搁置下来，不再有人提了。

　　姚淑美也试着去学挑水，可她始终学不会如何在井里摆水桶取水。每次站在那口老井旁边，她都有点发怵，害怕一不小心会一头栽进水井里。有人在的时候，会有人帮她把水打上来。可是水桶太满，她那瘦削的肩膀挑起来很是吃力，只好再倒出一些水来，挑了两个半桶水回去。尽管是半桶水，可以前从没有挑过水桶的她，挑起两只水桶来，不知怎的，两只水桶总是左右摇摆，不听使唤，水从桶里溅出来，像洒水一样，走过去湿了一路。她挑着水桶走起路来，一扭一扭的，像是一个醉汉，深一脚浅一脚，一不小心就要摔倒的样子，惹得路人捧腹大笑。到了家里，那半桶水也洒得差不多了。

　　这还好说，最难的就是遇到井边没人时，她只好学着别人用扁担勾着木桶，将水桶下到井里，两手握着扁担左右摇摆，费了半天劲儿，水桶里就是摆不进水来；又害怕掉到井里没人知道，每次都趔着身子，急得头上直冒汗，桶里也摆不进水。有次水桶脱了钩，掉进井里，只好求人帮着打捞，半天才捞了上来。这样，姚淑美挑了几次也就不想再去挑水了，因而每次王文福过来帮她挑水，她也就没再拒绝。既然有人乐意帮着挑水，就让他挑去吧。尽管她知道这样会让人背后说闲话，可她一个单身女人带着两个孩子，过日子吃饭要紧，哪里顾得了这些？身正不怕影子歪，她这样想，也这样安慰自己。只是一点，姚淑美太讨厌王文福这个人，每次看到他那猥琐的样子，就会心生反感。

王文福自从那次被狗咬了一口，还有一次姚淑美拿着菜刀要和他拼命，他也着实老实了许多。可这却给姚淑美一个错觉，以为他人已经改邪归正，因而每每遇见他时，态度也就稍微缓和了一些。

姚淑美见这个时候王文福突然到来，马上警觉起来，知道他没安什么好心，内心突地一沉，脸也就拉了下来，冷冷地问道："你又想干啥？黄鼠狼给鸡拜年来了？"

王文福听了，并不生气，嘿嘿讪笑道："我问你，你是不是喜欢上马春耕了？"

姚淑美用围裙擦着手，冷冷看了他一眼，说："我喜欢谁，碍你啥事啦？你这不是狗咬耗子多管闲事吗？"

王文福一愣神，他没有想到姚淑美会这样回答他，他从她的话语里听出来了，那分明是承认了他的猜测，也就是说，她喜欢上了马春耕。怎么了？这还了得？他有点恼羞成怒，牙缝里挤出一句话："那不行！"

姚淑美并不理会他，继续擦着手。趁姚淑美低头的工夫，王文福上前一步拦腰抱住她，急切地说："那不行，你是我的！"

姚淑美使劲地扭动身子，想挣开他的手，哪里挣脱得开？嘴里骂道："放开我，老娘啥时候是你的了？我是你家祖宗！"

王文福也不听她骂，直抱起姚淑美往堂屋里去。姚淑美拼命用拳头捶打着王文福的背，骂道："王八蛋，放我下来！"

王文福哪里听得进去，就着灯光，来到里间，把她按到床上，就去亲她的嘴，腾出手来解她的裤子。姚淑美紧闭嘴唇，头不住地扭动着。王文福亲不到她的嘴唇，便去亲她的脖子。

这个时候，王文福发现身上的老毛病又犯了，一时又急又羞。

姚淑美趁机一蜷腿，使劲朝王文福的小肚子上蹬去。

王文福踉踉跄跄后退几步，扑通一声，一屁股摔坐在地上，刚好后脑勺磕在南墙上，疼得他一手捂着头，一手捂着肚子，"哎哟哎哟"连声喊叫。

姚淑美慌忙站起身来，整了整衣服，理了理凌乱的头发，见王文福坐在地上咧着嘴，还在叫疼，生怕摔着要害地方，出了人命，便压低声音骂道："你叫唤个啥，还不赶快起来滚蛋，没有摔死你就够好的了。"

王文福没占着便宜，又摔了一下，心里说不出的难受，此时也顾不得脸面了。他手扶着墙吃力地站起来，一手提着裤子，一手前后摸索着找到奔拉在身后的裤腰带系上，怪道："你使那么大劲儿干嘛？把我踢死在这里，做了鬼，你不害怕？"

就着堂屋投射过来的灯光，姚淑美望着王文福那一副猥琐不堪的模样，骂道："兔子惹急了还咬人呢，不要看我好欺负，小心哪天把我逼急了，拿刀阉了你。你也不看看你那熊样，还想占老娘的便宜？滚！"

王文福被姚淑美骂了一通，心中很是沮丧，这才歪趔着身子，手捂着后脑勺，走了出去。

戏场里，已经黑压压一片，寨里的人几乎全体出动，有人手里摇着芭蕉扇子。嗡嗡嚷嚷，乱作一团。

一轮明月悬挂在半空中，在夜色中越发明亮起来。月光透过树梢洒在地面上，斑斑驳驳的，朦朦胧胧的，以至于秋蝉以为是大白天，又吱吱吱鸣叫起来。麻雀在枝头飞上飞下，叽叽喳喳叫着。那位说书艺人吃完饭，正想着将碗筷放在地上，早有伙头伸手接在手里，放在一旁。

说书艺人左手拿起简板，右手掭起鼓槌，咚咚咚，敲了三下，场内顿时安静下来。

只听那艺人打起精神，拖着嗓音，先吟了一首定场诗。

诗曰：

国正人心顺，

官清民自安。

妻贤夫祸少，

子孝父心宽。

说书人一手打着简板，一手敲着大鼓，扯开喉咙唱起来：

哎——

战鼓催——古板响——

请到了乡亲们来捧场。

您喜欢听来俺喜欢唱，

先唱一段书帽压压场。

哎——为人莫把这良心丧，

可不要光想着沾人家的光。

欺男霸女多不义，

恃强凌弱丧天良，

常言说害人如害己呀，

人善，人欺，天不欺。

诸位老少爷们可要记心里。

哎——我说这话您不信，

有一段《罗成算卦》对您云。

哎——正月里，那个正月正，

白马银枪小罗成。

一十二岁登州打，

夜打登州救秦琼。

只可惜呀——

那罗成心胸狭窄太精明，

暗地里做下亏心事儿。

满以为，欺天瞒地做得能，

岂不知，举头三尺有神明。

没想到，阎王爷给他算得清。

…………

人群中，借着朦胧的月光，姚淑美瞟了一眼远处的王文福，看见王文福正背靠着树坐在地上，耷拉着脑袋。

姚淑美嘴角露出一丝笑。

第十六章

姚淑美自那天再次受到王文福欺负后，心里一直闷闷不乐。她本以为王文福死了心，不再欺负她了，没想到他仍是贼心不死。这让她内心很是不安，她不知未来还会发生什么，她又如何应对。她近来做什么事都提不起神来，夜里院子里有一点风吹草动都会令她心惊肉跳，辗转不安。

一天下午，姚淑美放学回来，还未到家门口，老远便听见她家大花狗的狂叫声，叫声很是激烈。她心头一惊，加快了步子。

到了家门口，她一把推开大门，见大花狗正围着枣树团团转，不住地冲树上吼叫。树上一只黄色狸猫，见有人进来，正往树身高处爬行，爬了一段回头望望姚淑美，停了下来，掉转头，头朝下趴在树干上，冲着大花狗龇牙咧嘴，吹胡子瞪眼，喵呜、喵呜叫着，尾巴翘得高高的。

姚淑美明白了，原来不知从哪里跑来了一只狸猫，大花狗自然不会放过这个不速之客。大花狗见主人回来，只回头看了一眼，摇了摇尾巴，便又回过头去，仍旧冲那只狸猫狂叫。

这只狸猫，姚淑美以前从没有见过，不知是哪里跑来的。看那只狸猫，一身黄，毛色均匀，没有一点杂色，脑门上却有一撮黑色，尽管此时模样很威武，倒也显得很是可爱。姚淑美想喝住大花狗，试图给这一对正在打架的猫狗解围。喊了两声，那只平时很听话的大花狗，今天却不怎么听话了，依然围着树转圈，不住地狂叫。看样子，这只黄狸猫真的把大花狗惹恼了。姚淑美担心惊吓了那只猫，猫会从树上掉下来，喊了两声，便不再喊了，于是，进到院子里，远远站在堂屋门口观战。

再看大花狗，尾巴向上直挺挺地竖着，不住地摇动，吼叫得越来越凶。叫了一阵子，只见它前身跃起，两前爪扒在树上，后腿蹬住地面，身子不住地向上蹿，却怎么也上不了树。

那只黄狸猫见大花狗要上树，回转身往上爬了一段，又掉转过身来，依旧头朝下望着大花狗，尾巴直挺挺翘起，冲大花狗龇牙咧嘴尖声狂叫——似乎是在挑衅大花狗，欺负它不会上树。

姚淑美见大花狗扒着树乱蹿狂叫的样子，感觉很是好笑，心想：看你大花狗能成精，还会上树？

显然，大花狗被这只外来的狸猫激怒了，一副要和它拼命的架势。双方僵持了好大一会儿，黄狸猫有点坚持不住了，两只眼睛机警地左右转着圈，似乎是要寻找跳下来逃跑的路线。怎奈大花狗围绕着枣树不住地蹿叫，一点也不给它逃走的机会。

姚淑美不知道如何解围，她很想过去帮助黄狸猫，但又担心大花狗不依。在大花狗发怒的时候，姚淑美也不敢上前制止它。正在这个时候，福孩儿和金枝兄妹俩从外边有说有笑地回来，见大花狗两前爪抱着树干不住地往上蹿，却又上不去，急得围着树团团转，俩人被逗得咯咯直笑。

福孩儿随手拿起门后一根顶门棍，上前扬了扬，做出要打大花狗的样子，大花狗这才闪到一边儿。那只黄狸猫趁机向下一跃，跳了下来，正要逃走，刚跑到大门口，大花狗便嗖的一下蹿了过去，一口咬住狸猫。只听那狸猫"喵呜"叫了一声，被大花狗叼在嘴里。大花狗一溜烟跑了出去。

一家人听狸猫叫声凄惨，喊着叫着追出去时，大花狗叼着黄狸猫早跑得无影无踪了。

姚淑美看得心惊肉跳，心里七上八下的，很是担心那只猫的命运。

金枝急得直跺脚，一脸要哭的样子，抬头问道："娘，那只猫会不会被狗咬死？"

第十七章

王文福见到姚淑美再也抬不起头来了，作为男人，他算是被废了。他心里怨恨福崽儿，怪那个兔崽子把他惊吓成这样，落下了病根。王文福也想过找先生看看，几次走到王贵义的药铺，闲聊了半天就是张不开口说正事儿。这也难怪，先生看病总是要问病因的，可这样的病因怎能说得出口？既然张不开口，后来干脆也就不再想了。她的老婆柳叶儿近期经常发病，这让他很是头疼。

王文福的老婆柳叶儿，体弱多病，患有癫痫，不定期发作。近段时间，柳叶儿的病明显严重起来。

一天下午，柳叶儿正在地里拾棉花，突然嗷的一声摔倒在地上，口吐白沫。和她家搭地边也在拾棉花的伙头娘听见，吃了一惊，赶紧跑过来看。伙头娘没有见过羊角风发病的样子，吓得手足无措，不知如何是好，便四处喊人。

王文福此时正在高粱地里训斥儿子王康。因王康一泡屎拉到别人家地里，被王文福发现了。

王康一旁站立着，唯唯诺诺，不敢吱声，半晌才吞吞吐吐地争辩说："咱家地里，净是地雷，都是你埋的，一不小心就踩一脚。"

"你还敢给我犟嘴？你不会走路看着点儿，我咋没有踩着哩？"

那王康还想分辩，看看他爹气呼呼的样子，也就不敢张口说话了，只得老老实实低头听着。

王文福正训斥得起劲儿，远处有人喊他，自然听不见，就有人跑过去传话给他。王文福听了，对王康说："你把这些红蜀黍叶装到车子上，拉过去，我去看看。"说着，慌忙跑过来，见柳叶儿正躺在地上，嘴里的白沫吐湿了粗布衫的领口，地沟里也湿了一大片，竹篮子歪倒着，一篮子花絮撒了一地。柳叶儿这病最近经常发作，王文福已经见怪不怪了，他倒不急不躁，只蹲在柳叶儿身边默默地望着她。约莫过了一袋烟的工夫，柳叶儿病状慢慢退去，人也清醒过来了。王文福扶住柳叶儿慢慢坐起身，抹下她头上的包头布，将柳叶儿嘴角上、衣领上的口水擦拭干净。

王康拉着半车子高粱叶从远处跑过来，刚到地头，便手一松，将车子放下，几步蹿过来，一把扶住他娘柳叶儿，喘着气，心急火燎地喊道："娘！"

王文福望了儿子一眼，说："没事儿了，醒过来了。你先把你娘扶上车子拉回家去吧。安顿好后，再来一趟，把黍秸拉回去。"

王康答应着扶起他娘柳叶儿慢慢站起来，一步一步往地头挪动。夕阳下，两人的身影投在棉花地里，显得格外修长。

望着妻子柳叶儿和儿子王康的背影，王文福心头一动，他想起那天在麦地里福孩儿的影子，一时动了恻隐之心，感到有点对不住自己的老婆孩子。

他叹了口气，又蹲下身来，将撒了一地的棉花一点一点捡起来，装进竹篮里，掂着篮子走到地头，将篮子挂到车把上。

柳叶儿坐在车子上，头微微歪着，目光呆滞，神色木然地望着西边的落日和天空中的晚霞，一动不动。

王文福叮嘱王康说："把你娘送回去后，早点过来，天快黑了。"

王康答应着，拉起车子，又回头望了望坐在车子上的娘，便迈步向寨子方向走去。

西边的天空中，晚霞染红了半边天，云层变幻成各种形状，有的像奔腾中的战马，有的像一堆堆棉花。

约莫半个时辰，当王康拉着车子再次回到高粱地里时，已是黄昏时分。王文福把砍倒的高粱秸秆装到车子上，用绳子系牢。他架着车把，儿子王康拉着绳子，爷儿俩一起拉着车子匆忙往回走。

两人到家时天已经黑透了，王文福抱起车上的高粱秸秆，一捆一捆卸下，将秸秆靠墙根并排竖立着。王康抱了一把高粱叶放到羊圈里，随口冲堂屋里喊了一声："娘——"

堂屋里没有上灯，黑灯瞎火的，没人应声。王康心里不踏实，急忙走进堂屋。在桌子上摸索着找到火柴，抽出一根来，嚓的一声燃着，点亮油灯，豆粒一般的灯芯发出昏黄的光，"啪"，一个火星儿从灯芯里炸了出来，冷不丁把王康吓得打了个寒战。

王康出门的时候，将他娘柳叶儿扶到东间床上躺下了。刚才喊了两声，见没有答应，以为是睡着了，便冲着里间又轻轻喊了声"娘"，仍然没人应答，东间里黑洞洞的。王康有点害怕，但放心不下，只得硬着头皮走到东间里看，猛抬头却见梁头上吊着一个黑影儿，吓得王康"哎呀"一声，拔腿就跑，可是，哪里还跑得动呢？

王康腿一软，扑通一声跪在地上，哇的一声，放声哭喊道："俺娘啊——"

王文福在外边听到堂屋里王康喊叫，心头一紧，感觉不妙，慌忙撂下手里的秸秆，几步跑到堂屋里，见王康倒在地上，猛抬头看见柳叶儿的身影，大吃一惊，急忙呼喊儿子王康，把王康扶起来，爷儿俩小心翼翼将柳叶儿从梁上抱下来。王文福探出手来在柳叶儿鼻孔上试了试，又摸了摸胸口，回头对王康说道："快去喊先生，叫你贵义大爷来。"

王康听了，拔腿就跑。

不多时，先生王贵义背着药匣快步赶来，放下药匣，握住柳叶儿的手腕把了一下脉搏，又左手端起油灯，伸出右手拇指和食指撑开柳叶儿的眼皮，见那瞳仁已经发散；看了看，将油灯放在桌案上，叹了口气，摇头说道："晚了，断气了，料理后事吧！"

王文福哆嗦着手不知从哪里摸索出来三个爆竹，捻开捻子，在大门外放了，嘭嘭嘭三声，夜空中那声音却显得格外沉闷。

豫东民间习俗，人刚断气，鬼魂落地，必须马上燃放爆竹，告慰神灵。因此民间传统，爆竹并不是随意燃放的，只有农历过年期间一直到正月十五，可以不分早晚地燃放爆竹。寻常日子里，午时以后是不能随意燃放爆竹的，只有办白事时才能在午时以后燃放爆竹，更不用说是晚上。王文福家这三声爆竹响，惊动了整个寨子，人们纷纷走出门来询问是谁家燃放的爆竹。

王贵义背起药匣，迈步离去。不多时，全寨的人就都知道柳叶儿去世的消息，男人们都跑来帮忙，胆子大点儿的女人也跟着过来了。王康泪流满面，哭个不停，差点背过气去。五嫂见了，心生可怜，拉着王康的手劝慰道："孩子，别哭了，你娘走了也好，算是解脱了，不活受罪了。你甭哭坏了身子。"

木匠王文忠匆匆走来，王文福一把拉住，哭丧着脸，对王文忠说："文忠哥，我这里有两根杨树骨碌子，锯成板子，不知道够不够做成棺材的？"

王文忠想了想说："差不多，不够的话，我那里放的还有几根板子，刚好也是杨木的。"

"那就辛苦文忠哥了。"王文福央求道。

王文忠叹了口气，说道："都这个时候了，还说那外气话弄啥？我明儿一早就开工。"

第二天一大早，王文忠便带着两个徒弟金山和狗宝在王文福家院子里动起了工，叮叮当当，不上半个时辰的工夫，便做成了一副棺木。王文福和王文忠、王贵孝几个人将柳叶儿的尸首殓入棺内。灵柩在家停放了三天，等柳叶儿娘家人来了，方才出殡，丧礼完全依照豫东民间习俗办理。

第十八章

柳叶儿的离世无疑对王文福是个不小的打击。一个家庭是由男人和女人共同支撑起来的，人们往往过多地强调了男人在家庭中的支撑地位而弱化了女人的作用。岂不知，一个家庭少了女人就如同天塌了一半，失去了平衡。女人的作用和地位大概只有在她离去时，男人才能感受出来。

　　这一点，王文福是体会到了。妻子柳叶儿的离去，使他这个家庭失去了平衡，生活发生了变化。柳叶儿在世时，王文福每天可以悠闲地过日子，家务事几乎不管不问，家里的事全由柳叶儿一人张罗。现在就不同了，里里外外全靠他一个人。王康还是个十来岁的孩子，身体又弱，三天两头生病，啥也指望不上。他一个人又当爹又当娘，还要问着寨里的事儿，每天疲于应付。回到家里，还要自己动手烧锅做饭。有时累得实在不想动弹，就懒得生火做饭了，爷儿俩一人一个凉馒头啃着吃，一天一天地将就着过日子。

　　王文福变得寡言少语起来。一个人无聊时，王文福就会想起那段大鼓书《罗成算卦》，平时不大喜欢听戏的他那晚偏去听了戏。那段《罗成算卦》讲的是罗成做下了亏心事得到了报应。罗成是《隋唐演义》中的名将，二十三岁时在战场上被乱箭穿身而死。这本是个英雄壮举，却被文人编成了因果报应的故事。说徐茂公给罗成算卦能活到七十三岁，结果罗成却因曾经做下些昧良心的缺德事被阎王爷折去了阳寿五十年。王文福心里嘀咕，坏事做绝的人多了去了，也没见谁得过什么报应，都是些穷酸文人胡连八扯罢了。不是还有一句话？好人不长寿，恶人活千年。那做了坏事的人要是全都死绝了，那哪里还显着好人呢？

　　王文福现在像换了个人似的，没事也不再闲溜达，也不再想着打姚淑美的歪主意，但他还是隔三岔五地去姚淑美家帮她挑水。姚淑美也不搭理他，任他挑水。一段时间后，姚淑美才发觉王文福变了个样，每次挑完水后把两只木桶靠墙根放好，把扁担立在墙上转身就走，也不说一句话。望着王文福离去的背影，姚淑美心里犯起了嘀咕：他如今一个大男人又当娘又当爹，里里外外，全靠他一个人，得点空还想着来帮我挑水，也真够难为他的了。这样想着，心里也就舒展多了，对王文福的态度多少有些好转。遇着王文福再来挑完水转身要走时，姚淑美就会说上一句"走啦"，算是打了招呼。王文福只"嗯"一声，脚步并不停留，仍自顾自地离去。

　　姚淑美现在的日子比前两年轻松多了，福孩儿已经小学毕业，个子也长高了，多少可以帮家里干些杂活。王家寨学校里又增添了两位外村教师，加上她和范彩霞已经有了四位教师。随着学生的增加，原来的六间校舍已经不够用了，就又在原来六间房子的后面扩建了六间，这样整个学校为两排十二间房的一个大院子。后来，王家寨成立了生产大队，就将教室全部搬到后面一排。前面一排房大队部用了二间，另外四间，一间作了教师的办公室，一间作了供销社的代销店，另两间给了赤脚医生王贵义作了药铺。

马春耕在王家寨已经六个年头了。他做事有板有眼，丁是丁，卯是卯，话也不多，这给人留下了为人可靠实在的印象。马春耕吃派饭时，不管到谁家，饭后总会按价留下粮票饭钱。一年里也轮到去姚淑美家吃过两三次饭。姚淑美会拿出看家本领，做一手好饭菜招待他。马春耕总是细嚼慢咽，好多在她家待上一会儿。有时马春耕等饭的工夫，会和福孩儿杀上一盘五道棋，还会和金枝比赛踢毽子。这让姚淑美很惊讶，想不到马春耕竟然那样矫健。

马春耕心里也明白姚淑美对他的好，每次付饭钱时总会多留下一点儿。他从腰里掏出提前准备好的钱和粮票，随手放在条几上。马春耕很清楚姚淑美一个人拉扯着两个孩子多不容易，在那个吃了上顿愁下顿的年代，一家三口人能填饱肚子实在不是一件容易的事儿。姚淑美也不知道马春耕在别人家给多少钱和粮票，只是每次总是谦让着不收。

人生是短暂的，日子像流水一样，一天一天倏忽而过。时光一晃，姚淑美已经三十多岁了。岁月无情，在她那姣好的面容上刻下了痕迹。这痕迹开始藏得还很深，只在她微笑时才暴露出来。一天上午，姚淑美照镜子时，眼前浮现出马春耕踢毽子的身影，不由得会心地笑了起来，这才发现了她的脸上那个笑起来才有的鱼尾纹。她心里咯噔一下，吃了一惊，心想，什么时候眼角有了鱼尾纹？老了吗？不，我还没老。不过，她却犯了难：人微笑时是最美的，可她这样的年纪，一笑便会藏不住那眼角的鱼尾纹，若是板着面孔不露一点微笑的话，人又显得比较冷，这让她不知如何是好。

姚淑美想起小时候母亲曾对她讲，笑能给人带来好运。现在摆在她面前的可是两难的事，她要在笑和不笑之间作出选择，尤其是每当遇到马春耕时，姚淑美就会纠结是笑着面对他还是板着面孔走过去。她对着镜子反复演示观察，终于，她打定主意，今后再见到马春耕时要忍着不笑，这样总比让他看到眼角的皱纹要好得多。

　　遇到马春耕再来家吃饭时，姚淑美总会安排儿子福孩儿和女儿金枝在厨房先吃，让俩孩子吃完饭先去上学或去地里薅草喂羊。马春耕饭后总是要抽上一袋烟，在方桌旁边的太师椅上默默坐上一会儿。

　　一天中午，马春耕在姚淑美家吃过午饭，趁姚淑美去厨房刷锅的工夫，便想点燃一袋烟，却被火柴盒上印着的红色铁塔吸引住了。

　　马春耕原来在部队时到过开封，见过这座塔。他还围绕着开封铁塔转了三圈，那是听了当地一位老人的话，说围绕铁塔转三圈可以保佑他上战场刀枪不入。老人还告诉他说，开封铁塔其实并不是铁做的，而是用琉璃砖堆砌起来的，只不过从远处看像生铁的颜色。

　　马春耕仔细看过那建塔的琉璃砖，就像经过斧头凿过的木料一样，有榫、有眼，组装起来，严密合缝，很是精巧。那开封铁塔建成后有一千多年，历经水患、风吹雨打，竟然是斜而不倒。日本鬼子进了中原，攻打开封城时，曾炮轰铁塔，但那塔照样巍然屹立。

　　马春耕望着火柴盒出了一会儿神，他的思绪又回到这火柴盒上，心想，这洋火就是比火镰子用着方便，一根小木棍轻轻一擦，就能点着火。这比老祖先钻木取火高明多了。不过，他还是习惯手里攥着燃着的纸媒子，他嫌那根火柴棍太短，还没有点着烟就燃烧尽了；还有就是嫌那洋火太贵，用纸媒子可以节省买洋火的钱。街上卖的也有洋烟了，但那东西太贵，抽着又没劲，不过瘾，他还是喜欢抽他的烟袋锅子。尽管当时的火柴、香烟已是国产，但乡下人仍习惯称为洋火、洋烟。

　　姚淑美见马春耕坐在那里手捏着火柴盒发愣，也不搭话，自己忙完后，便倚在堂屋门上，眼睛默默望着院子里蹦蹦跳跳来觅食的两只麻雀，偶尔移动目光瞅马春耕一眼。马春耕心里明白，他能读懂姚淑美那一双水汪汪大眼睛里传递出来的信息。马春耕极力克制住自己，他不能那样做，他是这个寨子的当家人，他还是个外村人。要是他有什么不轨行为，万一她不是那个意思，他就会身败名裂，没法做人，没法在王家寨再混下去。马春耕小时候听人讲过柳下惠坐怀不乱的故事，与其拿不定，不如就学那个柳下惠。于是，他打定主意就是故意在她家多坐一会儿，这样想着，神色也淡定了许多，抽烟时也更加悠闲了。他要用她来锻炼自己薄弱的意志，他要面对她心静如水。他欣赏她，但他不去动她。

按说，这么多年过去了，王贵仁一点儿音信也没有，看来已经没啥指望了，她姚淑美再嫁也是情理之中的事，不会有人背后说她的不是。但是，姚淑美不可能主动去捅破她和马春耕之间隔着的那层窗户纸，她是女人，女人要有女人的矜持。要是她主动了，就会在男人心里留下一个不好的印象，会让她成为坏女人。

姚淑美似乎有很多话想说，却又不知道说什么，看到马春耕并不想说话，也就有点失去耐心了。她心里有点不悦，却又强装笑脸，望着他说："走吧，我要去学校了。"这分明是在撵他！这多少让马春耕有些尴尬，明明是她心里在想他，在期待着他，可现在却要撵他走。

马春耕第一次感受到什么是女人心海底针，这让他更加捉摸不定。马春耕觉得他和她之间隔着的那座山越来越高大了，已经不可逾越了。

第十九章

九月一个晴朗的下午，马春耕和王文福开会回来，两人站在学校门口商量着成立生产队的事儿。王文福手里掂了一口铜钟，这是刚从上边领回来的，他要把这口铜钟挂在学校大门外边的那棵槐树上。

王文福围着大槐树转了一圈，蹙了蹙眉，要是早年他年轻时，爬树对他来说不在话下，如今毕竟四十多岁的人了，想爬却爬不上去了。

学校门前这棵大槐树有两人合抱之粗，只比寨中当街的那棵槐树小了些，树干像一位张开臂膀的老人向东南伸展着，枝叶茂密，遮天蔽日。这棵大槐树和当街的那棵大槐树都是王家寨人喜欢聚集的去处。春天，常有小孩子吹着柳笛在树下玩耍，有的爬到树上采摘槐花儿，槐花儿拌面蒸熟，浇上蒜汁，点几滴小磨香油，香喷喷的，吃起来不比那山珍海味差。到了夏天，则是遮阴消暑的地方，不管大人小孩，总会三五成群地聚在大槐树下说笑玩耍、编织蚰笼子，或围在一处下五道棋；也有些孩子喜欢爬到树上，骑在树杈上，怀里抱着树干，很是得意。秋冬时节，树杈上便会被人挂上一团团红芋秧子，那红芋秧子成了麻雀的安乐窝。

王文福与马春耕商定就将这口钟挂在这棵大槐树上。

王文福正寻思找个人爬到树上帮着挂钟，刚好看见福孩儿背着一捆柴火走过来。王文福像是遇到了救星，笑着对福孩儿说道：“福孩儿，甭走哩，你上树帮着把这个钟挂到树上。”

福孩儿一见王文福，便没好气，大声回道：“我有大名儿，以后甭叫我小名儿了。”声音清脆，带着些稚气，又含着些怒气。

王文福没有想到他会说出这句话，不由得笑了。马春耕也被他这句话逗乐了。王文福笑道：“中，以后寨里人都叫你王宝禄，喊你的大名儿。”一面说，一面回头冲马春耕笑笑，“这孩子可真是长大了。”又对福孩儿说：“你上树把这钟挂上去吧。”

福孩儿听了，不，王宝禄听了，并不说话，一甩手撂下肩上的柴火，放在地上，抬头望了望大槐树，两手握成半圆，放在嘴边，啐了一口唾沫，又来回搓了搓，纵身一跃，两手抱着树，两脚夹在树上稳住了；伸出一只手来接过王文福递过来的钟，单手向上攀缘，像猴子一样身手敏捷，几下便坐在树中央那个枝杈上了。

王文福和马春耕看得呆了，嘴里不住地夸赞。王宝禄将那口钟系挂在树杈上，将坠子上的绳子扔下来。王文福接住绳子拽了两下，那口钟便发出当——当——当——的响声，响音洪亮，清脆悦耳。

一群人围过来看热闹，问那口钟的用处。王文福故弄玄虚，颇为神秘地笑道：“等会再说。”

王宝禄在树上冲下面喊：“中不中？”王文福又试了几下，仰头说道：

"中了，下来吧。"

王宝禄便从树上往下退，到树半腰时索性一下子跳了下来，稳稳当当落在地面上，向前弹了两步，站了起来，引得众人一片喝彩。

王贵义穿着粗布马褂从药铺里走出来，见大槐树边围着好多人，便背着手踱过来，看见王文福手里抓着一根从树下吊下来的绳子，问道："这是又搞啥名堂哩？"

王文福见是王贵义问话，忙赔笑答道："刚从上边儿领回来一个钟，以后寨里开会，一敲钟就都听到了，比跑着腿到处喊人强多了。今儿个喝罢茶就得开会，商量成立生产队的事儿。"

小挪也在场，听见王文福这样说，便问："成立啥生产队？"

王文福说道："就是把你家的地都收上来，全寨人集体种。"

小挪一听，叫了起来："收了俺家那二亩地，大家帮着种。俺自己还不够种哩，要这么多人帮着种干啥？"

王文福笑道："不是光收你家的地，是把所有人家的地都收上来充公，全寨人一起种，打下来的粮食交了公粮后再分各家各户。这叫合作化。"

"那是你没有说清楚，我说也不能光收俺家那点地。这地不是刚分给老百姓没几年，咋又要充公哩？"小挪问。

王文福听了有些烦了，白了他一眼，说道："你问我，我问谁去？上面就这样说的，咱就得这样办！"

王贵义接过话来说道："这也怪稀罕，还有这样弄哩！"

马春耕靠墙根蹲着，一只手托着烟管，吧嗒吧嗒吸着烟袋，默默望着前方，听着他们的对话，也不搭腔。

月亮悄悄爬上树梢，月光穿过树梢射下来，像水银一般洒了一地，又像是被融化了的白银平铺在地面上，只是夹杂了树的阴影才显得斑斑驳驳的。王文福扬着胳膊敲响了挂在大槐树上的那口铜钟，两下一个节拍。那钟声穿透夜幕，在寨子里回荡。

初次使用钟声，王文福事先已经喊着小挪、伙头分头去家家户户通知了，说是今晚全寨开会，全体参加，听到钟声集合到场。

钟声响过，寨里的人三三两两走来。

姚淑美早从儿子王宝禄那里得到消息，便早早喝了茶，扯着女儿金枝向寨东边大槐树方向走来。王宝禄搬了个长条凳子，早就提前到了会场。见娘和妹妹金枝到来，赶忙把板凳送了过去，却又要去上树。姚淑美嗔笑道："你都恁大的瓜子了，还喜欢上树，也不怕人笑话，将来谁给你说媳妇？天又歇了，不得眼，要是掉下来摔着咋办？"

金枝见哥哥挨了数落，月光下冲哥哥挤了挤眼，笑嘻嘻吐了一下舌头。王宝禄冲妹妹笑了笑，打消了爬树的念头，自顾自地找了一片干净的空地坐了下来。

姚淑美扯着女儿金枝坐在长条凳子上，又和左右两边的人打了招呼，说笑了几句，两眼左顾右盼，把整个会场环顾了一遍，终于在墙根前看到了正在默默抽烟的马春耕。

王文福站在会场里，手里拿着一个卷得像干豆叶似的户口簿。小挪在旁边掇着一盏马灯，架起胳膊高高举着，昏黄的灯光照在王文福的脸上和他手里的户口簿上。王文福将户口簿伸到灯光下，伸着脖子，结结巴巴地呼喊着户口簿上户主的名字。

王文福念到一个人的名字时，就抬起头冲人群中问几句，有人答应，才又念下一个。小挪手里提着马灯，却歪着头伸长了脖子，去瞅那户口簿，瞪着两只眼睛，嘴巴张得很大。从小挪嘴里呼出来的一股大蒜气味向王文福袭来，王文福耸了耸鼻子，将身子猛地往外一趄，扭转头，瞪着眼睛，冲小挪问道："你吃大蒜了？"

小挪见问，将头往回一仰，答道："吃了，咋了？"

王文福眉头一拧，说道："你离我远点儿，臭味熏人。"没等小挪搭话，王文福又瞟了他一眼，笑道："你伸着个熊头，瞅啥瞅，谁不知道你一个瞎字不识，装啥哩？"说着，他又拿着户口簿在小挪眼前晃了晃，"给，让你看看，看你认得不认得哪个是你？"

王文福话还未说完，会场早已笑声一片。小挪冷不防被他熊了几句，一时没有反应过来。见人群里笑开了锅，才明白过来。好嘛，这是什么话，我好心好意给你掂着马灯照明儿，你还嫌弃我。小挪心里这样想着，口里便嚷道："不就是识几个字吗？还比人家多长个头咋的？谁还不知道你肚子里有多少墨水？见天在那里坐坛遣将，咋咋呼呼，真当自己是姜子牙了哩？咱谁还不知道谁呀？还嫌恶我？我还不伺候你了哩！"说着便弯下腰去，气呼呼地将马灯猛地一顿，放在了地上。可偏偏就在他弯腰撅着屁股的工夫，只听噗的一声响，又放出一个响亮的臭屁来。

第二十章

　　王文福被他连珠炮似的数落了一通，早气得说不出话来，本想强压住火气不去理他，偏又听他放出一个臭屁，弄得哭笑不得。很想抬起脚朝小挪屁股上趁势猛踹他一脚，又怕当着这么多人的面打起来，让人说道他欺负老实人。于是，王文福也就只得强装出笑脸，抬起右脚在小挪屁股后面比画两下，作出要踹他的样子，鼻孔里哼了一声，喝道："嗟！"算是给自己找了个台阶，挽回一点儿面子。

　　会场上乱作一团，有人起哄叫好，手掌拍得啪啪响；有人两手拍着大腿，哈哈哈笑个不停；有人咯咯咯笑得捂着肚子。

　　王文福看了一下不远处的伙头，冲他挥了一下手。伙头会意，忙站起身来，掂起地上的马灯，高高地举起。王文福就着灯光照着户口簿继续点名。点完名后，王文福说："先说一件事，今后咱寨里定个规矩，听见钟声都要出来集合，当当、当当，连响两声，白天是上工，晚上是开会；当当当当、当当当当，四下连敲是紧急通知，只有紧急情况下才能使用。当、当、当，一声一响是下工。听到上工的钟响时，除了老人和小孩儿，所有男女劳力都要早点出门上工。来晚了的，要扣工分，以后要凭工分吃饭，扣工分也就是扣口粮！"

有的人转换了身份，就不会说话了。王文福不在会上讲话时，也很正常，可一在会上讲话，不知怎么的，就不会说话了，又不能太冷场，只好一口一个"啊"，惹得会场里人们不住地发笑。

接下来，会议进行得比较顺利，马春耕传达了上边最新精神。

马春耕讲完，会场上早已炸开锅，人们七嘴八舌，议论纷纷。可是，说归说，做归做，嚷嚷了一阵子后，也就各自三五成群商量入队的事了。商量好后，都围过来找王文福报名。王文福边听边问边就着昏黄的灯光做着记录，不时地抬头重复着人名，以确认记录是否正确。姚淑美因和五嫂、范彩霞、福生他娘关系不错，一起约定入了第三生产队。

接着，马春耕又宣讲了相关政策，大意是：社员家里一律不准搞副业，生产队成立后，会盖些简易棚屋，作为羊圈、猪圈、牛圈，各家各户的鸡、鸭、鹅、羊、猪、牛、马、骡、驴等都要交到生产队里集体饲养。

马春耕话音刚落，小挪伸长脖子，大声嚷道："那狗儿呢，要不要交？"

一句话，会场上又爆发出一阵笑声，人们将眼光都投向王文福。这话要不是从小挪嘴里喊出来，人们也不会起哄发笑，恰恰是小挪刚和王文福吵了嘴，都知道他是故意这样发问的。

在王家寨，谁不知道王文福的小名叫狗儿，分明是小挪借题发挥，但这话从字面上又找不出任何毛病。王文福明知小挪是变相骂他，但又说不出口来。要是他开了腔，那无疑等于认了骂，弄了个哑巴吃黄连——有苦说不出。

马春耕也听出来小挪这话问得不太合适，却又挑不出毛病来，可他又不能不回答。马春耕想起姚淑美家那只大花狗。他第一次到姚淑美家吃饭时，那只大花狗围着他转个不停，用鼻子嗅了嗅他的裤管和脚后跟，很友好地摇摇尾巴，没有冲他吼叫。马春耕知道，狗见人只有两种情况下是不会叫唤的，一是见了主人自家人是不叫的，二是见到熟人或它认为的好人是不叫唤的。那只大花狗见了马春耕不叫唤分明认为他马春耕是个好人。可惜，那只大花狗一年前生下了两窝狗仔后就死掉了。王宝禄和金枝哭着把它给埋了。奇怪的是，那只大花狗生下的狗仔，养大后竟然和它死去的妈妈——那只大花狗一个模样。寨里人都说，这只小花狗就是死了的那只大花狗托生的，很有灵性。

现在，如果告诉人们说狗也是公家的，家庭不能养狗，那意味着姚淑美家里的那只花狗就得送到生产队里去，这样做确实有点不太近人情。想到这里，马春耕笑道："狗儿是看家的，算了吧，各家先养着。"话音一落，又招来一阵哄堂大笑，那笑声里自然藏有另一番意味。

"嗟！"远处传来一声断喝，惊得人们纷纷回头观望，借着月光看得清楚，原来是王富田的父亲王老八。王老八是现今王家寨年龄最大、辈分最长的一位老人。因他弟兄八个，他排行第八，人们当面都叫他八爷，背后也有人称他为王老八。只见老人穿着长袍布衫，正佝偻着腰，拄着拐棍，一摇一晃地离开会场。

今年八十三岁的王老八，是寨子里唯一的军属。他有两个儿子，大儿子王富田，就是刚刚当上的第三生产队队长，小儿子王富钱，五年前参了军，现仍在部队。王老八在王家寨有着很高的威望。此时，听到王老八的一声断喝，望着他远去的身影，人们都默不作声了。

会场上出现了片刻的宁静，路边草丛里两只蟋蟀正叫得起劲，吱、吱、吱，唧、唧、唧，一应一和。

第二十一章

立秋刚过，阳光还很毒辣。和往年这个时候一样，豫东平原上的气候受东南季风的影响逐步减弱，雨季慢慢过去，天干物燥，正是盖房子的好时机。王家寨大队抓住时机，组织人手，脱坯、打泥墙，很快就以各生产队为单位建起了所需的仓库、鸡圈、鸭圈、鹅圈和牲口屋。根据生产队的安排，人们把自家的家禽牲畜抓的抓、牵的牵、赶的赶，三五成群，陆陆续续都送到生产队为它们准备好的圈棚里。

这天，王贵孝吃过早饭，便从自家牛棚里解下缰绳，牵着他家的那头黑色大老犍（老牛）往队里送。谁知那头黑老犍好像知道要赶它走一样，死活不愿离开那个牛棚。僵持了好大一会儿，才算是出了门。可是那头黑老犍却站在家门口就是不愿向前再挪动一步，任凭王贵孝紧拉它的鼻子。王贵孝急得又打又拉，眼看那头黑老犍的鼻子被拉得长长的，快要拉叉的样子。黑老犍却始终昂着头，哞哞直叫，四蹄稳稳站着，就是不动身。福生在后面哭着鼻子，拿着鞭子轻轻地打在黑老犍身上。

王贵孝急了，对着儿子福生大声喝道："给我使劲儿打！"

福生心疼他的黑老犍，一跺脚，甩手将牛鞭子扔在地上，叫道："我不打，要打你打！"

王贵孝扯着牛缰绳就往黑老犍身后转，伸出脚来要踩儿子福生，骂道："乖乖孩，学会给老子犟嘴了！"

福生见状，拔腿就跑，跑到不远处却又停了下来，泪眼汪汪地望着那头黑老犍。那头黑老犍也早已流下泪来。

正在这时，王富田牵着他家的那头小黑驴，背着手，颇为悠闲地从远处走来。见王贵孝赶不动那头黑老犍，爷儿俩急得吵架，便老远哈哈大笑起来，喊道："贵孝，这牲口是不舍得离开家，不能打，打也没用。牲口有灵性，听得懂人话，你给它说几句好听的话，解释明白不就中了？说让它到生产队牲口屋里，又不是卖掉它、不要它了。"

王贵孝一听，愣了一下，这才想了起来，笑道："你看我这一急，咋就给忘了。"说罢，王贵孝拍了拍那头黑老犍的背，撸了撸它身上的毛，对黑老犍说道："走吧，让你离开家，到生产队里去，不是不要你了。那里给你盖的有屋子，天天有青草吃，有料豆子，还有好多牛、马、驴，给你做伴哩。我也天天去那里看你，走吧。"说罢，王贵孝再牵着缰绳往前走，那头黑老犍便缓缓迈开蹄子，跟着往前去了。

王富田笑道："看看，我说的对吧，你光打不行，那就不是打的事儿。"

福生也早已抹了眼泪，走过来，捡起地上的鞭子，哭丧着脸，默默跟在黑老犍后面。

姚淑美让儿子王宝禄头天晚上趁鸡上架时把家里养的六只鸡全都抓住绑了。第二天吃罢早饭，姚淑美就和两个孩子一人掂着两只鸡，送到生产队鸡舍里。这六只可怜的家伙，大概是错以为死期到了，或者是被捆绑着不太自在，拼命地扑腾着翅膀，踢蹬着被捆绑住了的两只爪子，咕咕咕叫个不停。

范彩霞此时在生产队负责登记，她手里拿着一个红皮本，对着早前普查登记好的数目仔细核对了一下，抬起头，四周看了看，见没有人注意，便冲姚淑美笑了笑，说道："你也真是实诚，刚好六只，一只不少。咋就没有留一只给两个孩子补补身子？都正长着个子哩。"

姚淑美笑道："这不是都有登记的嘛，谁敢呀！"

范彩霞冲姚淑美眨了眨眼，诡秘地笑道："登记是登记了，可鸡是活的呀，谁也不能保证它跑不丢，被黄鼠狼叼走吃了呢？"

两人正说着话，老远见伙头的娘拎着两只鸭子走过来。刚一走近，便板起面孔，将鸭子往圈里一丢，那两只鸭子呱呱叫了两声，歪趔着身子在地上扑腾着。伙头的娘对范彩霞说道："俺就这两只扁嘴子了，全都抓来了。"

范彩霞翻开手里的小本子，看了看，笑着问道："原来登记时是三只呀。"伙头的娘听了，顿时来了气，出口骂道："也不知是哪个不主贵的，给打吃了咋的，前天迷见一只。天明出去时还是三只，落黑时回来就两只了。那一只怎么找也找不到了，我还骂了半个街哩。"说罢，便摇摇摆摆地去了。

范彩霞冲姚淑美会心一笑，便低下头来拿笔在红皮本上做了个标记。

姚淑美也笑了笑，对范彩霞说："我还得回去一趟，俺家还有两只扁嘴子、两只鹅哩，等会就送过来。"

第二十二章

姚淑美家现在已经搬到寨东南角那处宅子里了。那座院子，就是早年间王贵仁从王富田手里买来的。

那座宅子久不住人，院子里长满了荒草。地面上随处可见老鼠洞口，洞口边堆着一些细土，不用说，那是老鼠打洞时挖出来的泥土。一队队蚂蚁来来往往，正往窝里搬运东西；领头的蚁王咬着一只死苍蝇拼命往前拽，小蚂蚁们挤在死苍蝇周围，推的推，拉的拉，拱的拱，使劲往它们的巢穴里搬运那个庞然大物。

墙根边布满了苔藓，只在阴凉潮湿的地方那苔藓的青色才显得有些浓厚，略为干燥一点的地方就有些发黄了，像是一幅刻意涂抹的水彩画。

偌大的一个院子，缺少人气，显得有些荒凉。姚淑美平时很少到这个院子里来，因她一到这个院子里，就会感到有些害怕，头发梢会莫名其妙地竖起来，头皮也一阵阵发麻，后脊背凉飕飕的，总感觉身后有个什么东西在盯着她，可她回头看时，却什么都没有。这个院子即使是白天有太阳时，也让人感觉阴森森的。姚淑美来了两趟，也就越发不想再来了，只在每年七月院子里的枣熟时，才会喊上五嫂和几个年轻姑娘、媳妇，带着一群孩子，说说笑笑，热热闹闹，扛着长长的竹竿来打枣，噗噗嗒嗒，打了枣捡起来就走了。

房子的墙面都还很好，只是屋脊上的茅草有些糟了，两处漏雨的地方，都在地面上留下水滴的痕迹，站在屋内就能看到房顶破洞的天光。

姚淑美拿着香烟，找到泥瓦匠王贵孝，请求他帮忙修补房子，王贵孝想也没有想，就爽快地答应了。

王贵孝带着三个徒弟用了三天时间，把房顶上的旧茅草全部扒掉，发现茅草下面打底用的麻秸秆也全都糟烂了，就索性一起扒掉，换上新的。

王贵孝用新麦茬重新缮了屋顶，又将外墙涂抹了一层泥巴，因夏天雨季时常刮东南风，便又将南墙和东墙涂抹了一下，防备来自东南方的雨水淋坏了外墙。

收拾好后再看，竟大变了样，像刚盖的新房一般。屋顶新缮的麦茬老远看上去，黄澄澄的，在太阳光下，熠熠生辉，闪着金色的亮光。

王贵孝好人做到底，又带领徒弟们将屋里屋外拾掇干净。房子里原有三处老鼠洞口，地面上到处都是黑色的老鼠屎粒，发出一股骚臭气味。

王贵孝手掂着铁锹刚要填平那老鼠洞，冷不防从里面嗖地蹿出来一个黄黄的东西，把王贵孝吓了一跳，打了个趔趄。

徒弟王豆儿慌忙去赶那东西，不想那东西跑得飞快，转眼就不见了。此时，王贵孝方才回过神来，哈哈笑道："原来是个黄鼠狼，这房子好长时间不住人，黄鼠狼都来这里安家了，怪不得有股骚臭味儿。"

王贵孝叫王豆儿端来一盆水，浇到另一个洞口里。水倒进去，便有七八只小老鼠灰溜溜地从洞口处爬出来，浑身光溜溜、湿漉漉的。王贵孝用些小石子、砂浆填进那洞口里，用铁锹拍实，上面又抹了些泥灰，看上去和别的地面没有区别。

王宝禄这两天也没有闲着，他慌着送茶送水，帮着干些力所能及的体力活，花了一个上午的时间，用铁锹将院子里的杂草全都铲掉，又拿起扫把打扫一遍，连那一队队蚂蚁和它们的美味大餐都被打扫得干干净净。

修房子用的泥土是姚淑美带着两个孩子去寨外池塘边拉回来的。姚淑美现在不管什么农活都能做得得心应手，儿子王宝禄、女儿金枝也都长大成人，多少可以帮她干些活了。平时，家里有些力气活，都是儿子宝禄干的。这次拉土，装土时女儿金枝架着车把，姚淑美铲一锹土，儿子宝禄可以铲两锹，比她快多了。儿子王宝禄干活快，做事麻利，非常灵巧，这一点儿，让姚淑美心里很是欣慰。

本来王贵孝想在院子里起点土和泥，这样，挖土留下的大坑还可以作粪池子沤粪。豫东平原上每户农家小院里，有一处圆形粪池子是再正常不过的事情了。在农耕社会里，庄稼人常年做的一件重要事情就是积肥。那粪池子就是常年用作积肥的地方。姚淑美嫌院子里有个粪池子味太重。和泥需要用土，她可以和两个孩子去寨外拉。

其实，嫌粪池子有臭味倒不是主要原因，姚淑美心里清楚，当年她男人王贵仁买下这座宅子是大有用处的。她不会忘记她和王贵仁失散前那天夜里的情景，她的丈夫王贵仁一个人在这个院子里忙活了大半夜，将家里的金银珠宝，所有值钱的东西，全部掩埋到这座旧宅院地下。至于那些东西埋藏在这个院子中的具体位置，她并不清楚，她只知道就在这所宅院里。当然，就算姚淑美知道埋藏的具体地点，现在也不是那些东西出土的时候，因此，这院子里的土，自然是动不得的。

现在，这个院子已经被修理整治得焕然一新了。看看一切就绪，姚淑美特意让人看了个好日子搬家，左邻右舍也都慌着过来帮忙贺喜。王宝禄双手举起一根长竹竿，高高挑着一挂鞭炮，候在大门外边。一群小孩子老远围过来看，嘻嘻哈哈，乱作一团。王宝禄见娘祷告完毕，便急不可耐地燃放了鞭炮。那些小孩子，也都吵吵嚷嚷，争着抢着捡拾落在地上没有燃放的爆竹。

这座荒废已久的农家小院子里，一时间充满了欢声笑语，开始显现出它应有的生机来。

第二十三章

王文福背着手站在寨西门田间地头上，望着一眼望不到边际的麦田。麦苗儿刚从土壤里钻出来，嫩绿还没有完全遮掩住黄土地面，就沾上一层白茫茫的寒霜。他不由得感慨，要说耐寒的，既不是松柏，也不是梅花，而是过冬的小麦。

天阴沉沉的，远处村庄都被烟雾笼罩着，像围了一层白纱。王文福蓬松着的头发被寒霜染白了，就连他那眉毛上也沾了一层薄薄的白霜。他上身穿着的粗布夹袄衣领上同样也结了白霜，下身随风微微摆动的裤管，可以看出他穿的仍是单裤，裤脚处沾满了湿漉漉的泥土，脚上一双棉布单鞋早已成了一双大头泥鞋。

时令已进入霜降，气温明显低了下来，王文福身上的穿着依然单薄。自从他的妻子柳叶儿离世后，他和儿子王康的生活变得混乱起来，穿衣吃饭总是胡乱地对付。他也早已习惯了这样的日子。此刻，他全然感觉不到寒冷，他的心思正被一件事情困扰着。

两天前，马春耕开会回来，和他商量重新丈量耕地面积的事儿。根据上边要求，要重新丈量耕地面积，立冬前要把耕地亩数报上去。

按说，王家寨的耕地面积早有定数，人口都住在寨子里，寨外还没有住户盖房子；路还是以前的路，并没有新开的路，也没有加宽。耕地就摆在那里，不会因为时间流逝而有多大的变化，要说有什么挤占耕地的现象，无非是多了些微不足道的坟头罢了。这重新丈量耕地在王文福看来，只不过是走一下形式而已。只有一个问题，那就是要把前一阵子平坟造地造出来的耕地面积加上去。如何加？加多少？加多了无疑与以后寨里交的公粮有关系。这里还有一个大问题困扰着他，那就是王家寨实际耕地亩数与上边在册登记的有出入。这是王家寨人的秘密，而且知道这个秘密的人为数不多。

王文福想起八年前那次他带人丈量耕地的情景，那是根据上边的要求，各村重新丈量耕地面积，对土地进行普查，重新分配。王文福拿着寨里传下来的老账本，王富田拿着地亩杆子(专门丈量土地的木杆，一杆子为五尺)，王文忠和王贵孝在后面跟着。四个人用了两天时间，跑遍了寨前寨后，丈量了王家寨所有的耕地，得出来的数据却比原先备案登记的亩数多了二百四十亩，这可不是一个小数目，虽然先前他们也听到过有黑地的说法，但谁敢隐瞒这么多耕地？这让他们四个人都吃了一惊。

四个人仔细核对，确信没有丈量错误，也没有记录上的失误。

一下子多出了这么多耕地，此事非同小可，他们纳闷起来。王贵孝眉头一皱，低声说道："咱们先不要声张，回头问问长辈的八爷再说。"

王贵孝说的八爷就是王富田的老爹王老八，王老八在王家寨属昌字辈，原名叫王昌善。王贵孝和王文福、王文忠都是一个辈分，因而喊王富田的老爹为八爷。于是四人约定，晚上喝茶时间，去王富田家找老人说话，打听这多出来的耕地的事儿。

王富田提前去秋菊街上卤肉锅子里切了二斤卤肉回来，弄了一个耳丝，一个猪拱嘴，还特意买了半斤老人爱吃的灌血肥肠，让老婆分装在三个盘子里，蘸上蒜汁，滴了几滴香油，香喷喷的。又炒了三个家常菜，凑成六个盘子，都摆在堂屋里一张小方桌子上。

收拾好，王富田正要去打酒，却见王文忠抱着一个酒坛，一脚迈进大门里，嘿嘿笑道："甭喝辣酒了，上了年纪的人，多喝点浼流子酒好，舒筋活血。"

王富田一愣，笑了，说："我年头里也烧了一锅，早喝光了，想着去秋菊东街王老虎那里再烧一锅来，还没有顾得去呢。"

"可被说中了，我这就是在秋菊东街上王老虎那里烧的，小米子酿的，喝着可攒劲儿哩。"王文忠边说边将酒递给王富田。

王富田接住，打开酒坛子上的盖子，一股酒香扑鼻而来，不由得连声夸好。边说边掂着酒坛进了堂屋，将酒倒进一个紫砂壶里，让老婆热了再掂过来。

"好酒！"王文福、王贵孝两人一进门就嚷。

堂屋里已点上了油灯，昏黄的灯光下，王老八坐在小方桌北面靠墙的位子上，面对着门。王文福坐在西边，王文忠、王贵孝两人坐在东边一条长条凳子上，王富田在老人对面打横陪坐。

刚坐下，看到小方桌上摆好的酒盅，王富田忙将小酒盅收了，又喊伙头拿五个碗来，嘿嘿笑道："喝这浼流子酒，就用不着这酒盅子了，太小，得用碗喝。"

"这酒喝着怪过瘾，别看开始像喝水一样，这家伙后劲大，喝了浑身发热，喝多了照样喝醉。"王文忠说。

"还可以做药引子哩。这个——我一直琢磨着《水浒传》里武松打虎，那酒三碗不过冈，是不是也就是咱这洺流子酒？"王文福接道。

"我估计差不多，"王贵孝说，"武松喝了十八碗酒，照样上山打虎，咱年轻时候，就这酒，哪个不是喝上七碗八碗。反正应该不是南乡里人喝的米酒，山东阳谷那里也不产大米，和咱这里庄稼差不多。"

说话间，伙头抱着五个瓷碗过来，王富田接了，一个一个摆在每个人面前。伙头回转身，又到厨房里将热好的酒掂了过来，壶嘴里冒着热气，满屋子都是酒香。

王富田接过酒壶，每人面前倒满了酒，刚将酒壶放下，坐在对面的老人便端起酒碗，说了声："来！"

四个人不敢怠慢，一齐端起面前的酒碗，双手高高举起，微微低头往老人面前一送，算是向老人敬了酒。王老八端着酒碗，在面前稍做停顿，算是回敬，一仰脖，咕嘟咕嘟，一碗热酒已经下到肚里了。四个人也都仰着脖子，一口气喝光碗里的酒，将碗放在桌面上。

王老八放下酒碗，打了个嗝儿。王富田拿起酒壶给老人碗里添了酒，又给每个人碗里加满了酒。四个人都用一种热切期盼的目光望着老人，老人却不慌不忙，又端起面前的那碗酒，一仰脖，咕嘟咕嘟喝了两口，这才颤悠悠放下酒碗。王文福打眼一看，老人已将碗里的酒喝下去了大半，慌忙从王富田手里要过酒壶，要给老人添酒，却见老人一抬手掌止住，说道："等会儿，听我把话说完！"

第二十四章

王老八将两手放在膝盖上，头左右不停地抖动着，还没有说话，已是眉梢飞舞。他拖着嗓音，缓缓说道："要说咱们王家寨的耕地，还得感谢王贵仁他爹，你们富坤叔。辛亥年新军烧了大清的衙门，改了元年，县里的户籍册子、田地账本都在战乱中，被一把火烧了个精光。上面也就没了咱乡下人的田地凭证。本来这改朝换代都要重新丈量耕地、普查人口，核实应交皇粮的数额。国民政府派来丈量耕地的四个当差的，被你富坤叔都请到家里，好吃好喝招待着，一个个灌得酩酊大醉。"

王老八说话的声音有点沙哑，语调慢悠悠的，充满了沧桑。

听着老人的叙述，王文福的眼前浮现出了那四个官差在王贵仁家大吃大喝的情景，耳边似乎响起了他们的猜拳行令声和伴随着的哈哈大笑声。

老人顿了顿，继续说道："你富坤叔只管陪着官差喝酒，安排我带着咱寨里五个年长的人去丈量耕地，俺们六个人四下里分头去量，除去那些坑坑洼洼的地块，又除了些荒头，咱寨里总共可耕地三十二顷零四十亩，也就是三千二百四十亩地。当时寨里一百多户人家，七百来口人，人均合四亩半地。虽说是有的人家地多点儿，有的人家少点儿，还有几户人家不正干，混得败了家，卖光了地，没了地种。但总体上都是王家寨的地。数字报给你富坤叔一看，说：'这不中，不能恁实在，将来万一哪天发生年馑，都交了皇粮，家里就没有吃的了。'最后商定咱们王家寨少报二百四十亩地，各家各户分摊了二亩地，王富坤家四十亩。"

"最终上报的地亩数是三千亩，这可是您富坤叔冒着砍头的罪名给咱王家寨人做下的一件天大的好事儿啊。当时各家都跟着沾了光。甭小看这二百四十亩地，均匀到全寨七百来口人头上，人均合了三分多地。要知道，一九四二年年馑，过蝗虫，黑压压的，铺天盖地，蝗虫过去庄稼、树叶一扫光，又加上干旱，老天爷不下雨，庄稼颗粒无收。那年，咱整个河南都闹大饥荒，树皮都扒光吃了，连草根都拔得干干净净，没得吃了，饿死好多人。有些地方还出现了人吃人的事儿。那些年，早死的还有人抬，晚死的就没有人埋了。方圆几十里，唯独咱寨里没有人饿死。有些人家实在没有东西吃，多亏王贵仁家救济点粮食，清汤寡水的勉强撑过来了。指望着官府放粮赈灾？人早就饿死光了。"

老人说完，叹了口气，停了下来，端起面前的酒碗，看了看四人，便一饮而尽。四人会意，也端起面前的酒碗一同干了。

王老八两碗热酒下肚，已是面红耳赤，额头上也冒出些汗珠来。他咧了一下嘴，随手将酒碗往桌面上咚地一顿，冲儿子王富田一挥手，示意倒酒。

王富田放下酒碗，慌忙掂起酒壶，欠起身来给老人碗里加满了酒。再倒，酒壶里已没有酒了，便冲着厨房喊伙头拿酒壶加酒，加热后再掂过来。

老人拿起筷子，咚咚两声捣了捣桌面，又对着菜盘点了两下，笑道："咱别光顾着喝酒说话，这菜可不是让看的，来，动动筷子，叨叨。"说罢，夹了一块肥肠放进嘴里。

四个人也都拿起筷子，各自夹了菜来吃。

放下筷子，老人咽了口中的菜，叹了口气，继续说道："也就是你富坤叔，敢作敢为，上头有人给顶着，不怕，这要是换了别人，谁也不敢。别的不说，就说东边儿范家寨吧，也曾瞒报过百儿八十亩地，被人告了密，国民政府派人查实，把瞒报的那几个人给法办了。咱这二百四十亩地是咱王家寨人的秘密，只有少数几个人知道，那沾了光的人家也不知道。要上交的皇粮总数，是按整个王家寨上报的土地亩数，分摊下来的，然后寨里再分摊给各家各户。如今年纪大的人，都已谢世，知道这个事儿的，也就我一个人了。今儿个，你们不说这个事儿，我也早给忘了。这种事儿可是不能说出去的，保不准后辈人里，去上边告了密，那可是要犯砍头的罪哩。"

老人说罢，又夹了一筷肥肠放进口里，嘴角蠕动嚼了几下，随着喉结一伸一缩，那半截肥肠就咽到肚子里了，又端起碗来，呷了一口酒，叹道："如今王贵仁不知去向，撇下他媳妇孩子，孤儿寡母的，这日子肯定不好过。不管上头咋说，过日子要紧，别太为难人家了，实在不行，走走过场，做做样子，也就中了。别太较真儿，人这一辈子，谁还不遇到点儿难处。遇到时，旁人伸手帮一把，也是为后辈人积个德，行个好。那个姓马的，我看也是胳膊肘往外拐，恁几个遇事可得心中有数。"

说话时，伙头掂着酒壶进来，王富田接住，给每人面前都加满了酒，又将酒壶放在桌面上。

王文福听老人提到王贵仁家，心里感觉有点愧疚，脸上就有些挂不住了，担心老爷子知道他做过的龌龊事儿，会借着酒劲儿骂他。于是，他慌忙端起酒碗，坐正了身子，对老人说道："八爷，我敬您一杯！"说罢，一仰脖将酒喝下，放下酒碗，又拿起酒壶往老人酒碗里点了一点，算是倒了酒。

豫东人敬酒，要先喝上一杯，才能取得给对方敬酒的资格，老话叫烫盅，取先喝为敬之意。王老八见王文福敬酒，也不客气，端起酒碗喝了两口。王文福又要添酒，老人忙摆手示意让他坐下说话，把酒碗往面前挪近了一点，算是认下这杯酒。

王老八望了一眼王文福，低头稍作沉思，又抬头问道："这次咋报，你想好了没有？"

"这次上面倒没有来人丈量，让咱们自家量，量好了上报，人家相信咱！"王文福应道。

王老八夹了一口菜放进嘴里，边嚼着菜边笑道："你们几个别光看我，来来来，都动动筷子。"又望着王文福道："至于咋报，我看还是和以前一样吧。如实报。这口粮地只会少不会多。撂荒的地不能算，像寨北边的地被黄水淹得厉害，根本就不长庄稼，收不了粮食。那些坑坑洼洼的，没有收成的，都要除去荒头。"

王文福夹了一筷子菜放在嘴里嚼着，心思已不在菜味上，品味着老人的话。显然，他没有明白老人说的"如实报"的意思，等老人话音刚落，便伸着头问道："八爷，您说报多少？"

王老八冷冷笑道："你现在管着事儿哩，报多报少全在你，只是，这事关全寨人的口粮，只要以后人家不骂你祖宗十八代就好了。要是真骂你，可是连咱大家都一起骂了。这寨子里姓王的可都是一家人哩。这个事儿你们要拿捏好了。"

王老八话说到这个份上，王文福也就不好再追问下去了，再问下去就显得有些成色不足了。

最终，王文福经与王富田三人商量后，上报的耕地数还是三千亩。四个人同时约定，这仍然是王家寨的秘密，谁也不准说出去。王文福按照旧例将这瞒报的地，以除荒的名义均匀到各户，王文福、王贵孝、王富田、王文忠四家额外多得了二亩地。这样，这个秘密一晃又守了多年。

第二十五章

当年上报耕地面积是王文福一个人作了主，就大着胆子那样做了。现在，摆在王文福面前的难题有两个，一个是前期开展的平坟运动，多多少少得平整出些耕地来，不能数字一点不变。其实他何尝不知道那平坟的事儿，只不过是将那些高大的坟头略微平下去一些土堆，不影响犁地、耩地就可以了，哪能真要去扒人家的祖坟呢？再说多数坟头过些年份也就慢慢平下去了。另一个有点让他头疼的是，现在寨子里的事儿是马春耕说了算，上报地亩数不能不经过马春耕。当然，要紧的是不能让马春耕知道黑地的秘密。如果不继续瞒报的话，那一下子多出来二百多亩地，又该如何解释？万一上边儿追究起前些年瞒报的事儿来，搞不好他要吃不了兜着走。

王文福仔细回忆那次王老八讲述丈量土地的细节。蓦地，他从中受到启发，便打定主意旧技重演，他要在马春耕身上做些文章。只是马春耕不大喝酒，不可能把他灌醉。王文福心里巴不得马春耕这几天外出开会，只是这两天开会不大可能，因为公社里刚开过会，要求这三天专门做好这项工作。他只能想象着让马春耕得病，或者家里有事缠身顾不得王家寨的事情。可转念又想，不管你马春耕是不是和俺王家寨人一条心，这工作不还得靠俺王家寨的人去做？俺们丈量土地时，你马春耕就是一直跟着看着，我也有办法让你看不出来。对，就这样，给他打个马虎眼，使个障眼法儿。

至于那平坟造地的事儿，难不成要交出那四十亩零头来？他抬手挠了挠头皮，实在想不出什么好的主意。他不想让王家寨这点私藏的耕地在他手里少了一分。

一阵西北风吹过，王文福禁不住打了个寒战。他裹紧夹袄，搓了搓手，将两手交叉着袖在衣袖里取暖，转身往寨门走去。

东寨门外，有一处池塘，这里原来是一块洼地，后来被王贵孝挖深加宽作了鱼塘。春天里放养些鱼苗，在浅水处种上了莲藕。到了夏天，荷花盛开，花红叶绿，不时会有鱼儿跃出水面咬那翠红的花瓣，很是喜人。此时正值深秋，天好久没有下过雨了，池塘里水面很浅，近岸的地方都干涸了，裸露着湿漉漉的黄泥。那些本已干枯的荷叶，几经霜打，都已不成样子，东倒西歪，挂在残枝上。莲蓬早已干得变了颜色，却还高高挺立着，孤零零的，上面挂着一层白霜。

看到这池塘，王文福眼睛猛地一亮，心想，这寨子周围像这样的池塘有四五处，一处池塘还不占七八分地？再加上拓宽的路面，除去些荒头，这七七八八的加在一起，还抵不过那平坟造出来的耕地？

王文福拿定了主意，困扰在他心头的问题解决了，也就轻松多了。他袖着手进了寨门，还没有走到学校，老远就听见小挪扯着嗓门在吼，学那豫剧黑头唱腔。王文福知道小挪是个戏迷，没事儿时总爱哼唱几句，便听他唱道：

娘娘你居深宫朝事不掌，怎知那陈州地三年灾荒。
树无皮草无根百苗不长，老啼饥少哭饿实实可伤。
州县官有本章奏明圣上，宋王爷龙书案细观其详。
传圣旨命国舅去把粮放，曹国舅丧良心克扣皇粮。
有一个张桂英进京告状，范尚书拿本章去见君王。
十保官在金殿齐奏本章，保为臣到陈州查问端详。

王文福听了，不禁笑了，听出来这是豫剧《下陈州》包公的唱段，心想，这小子唱的黑头，还挺像那么回事哩。

那小挪唱罢，周围的人纷纷喝彩叫好。

王贵义在药铺门前立着，两眼眯成一条缝，嘴角挂着笑，饶有兴趣地听小挪唱戏。一段唱罢，一向很少说话的他开口笑道："唱得不赖，中，还真有豫剧黑头的味道哩。其实老包根本就没有来过陈州。以前咱这里也归陈州管。陈州就是现在的淮阳。"

小挪听了，有点惊讶，问道："真的？唱了这么长时间，原来是瞎编的？"

"那也不能说是瞎编的，"王贵义嘿嘿笑道，"'陈州放粮'这段戏出自《三侠五义》这部书，大鼓书你也听过，故事是文人编的，也是有原因的。那老包确实为陈州做过好事儿，人们才编成故事纪念他。"

"做过啥好事儿？"小挪问。

"老包不叫老包，叫包拯，是大宋朝的一位丞相，是个清官，铁面无私。有一年咱这里冬季天冷得很，庄稼都冻死了，眼看明年收成不好。老包知道了这个事儿，就给皇上上了一本，要朝廷减免皇粮。这个事儿倒是真的，我以前看过《陈州县志》，里面收录的有包公写的那个奏章。"

"原来是这样！"众人纷纷围上来，你一言我一语，闲扯起来。

王文福夹在人群里听人说话，瞅个空儿，上前扯了扯王贵义的衣角，把王贵义拉到墙角僻静处，悄悄把他的那个想法告诉王贵义。

王贵义是他这一辈人里最有学问的，又是当先生给人治病的，说话办事比较稳重，王文福很是信任他，遇到事情拿捏不准时，总喜欢和他商量。王贵义听了，半天不语，低头沉思片刻，这才点了点头，说："也只能这样了，寨里人都跟着你沾了光。"

第二天，丈量土地的工作开始，还是王文福、王富田、王贵孝、王文忠四个人。王富田拿着地亩杆子，一杆一杆地量地；王文忠在后面跟着，帮着记数，核实；王贵孝负责登记，手里拿着个红皮本做记录；王文福陪着马春耕，在后面紧一步慢一步地闲拉呱，不时地蹲下身子，扒开麦苗，看看麦根扎得深浅。

最终，丈量的结果，得出的耕地亩数，不多不少刚好还是三千亩。

对于这点小把戏，马春耕还真是没看出来。他小时候虽然也在家种过地，但都是干些零碎的活，哪里问过这事？后来当了兵就更不知道这种地的道道了，他只知道执行上级的指示命令，完成上边儿交办的事项。此时，他心里正想着别的一桩更为棘手更为重要的事情。

第二十六章

王文福在食堂里用过晚饭，回到家里已是掌灯时分，见家门仍然关着，知道儿子王康还没有回来。他推门进到屋内，一个人在家，也就懒得点油灯了。堂屋里放着一张软床，王文福在床沿上坐了一会儿，感觉有点累，便躺了下来，将两手反扣在后脑勺上，眼睛望着屋顶上黑洞洞的三角形大梁。门外透过来的微弱夜光，将梁头阴影处衬得有些怪异，看上去阴森森的，像是藏着个什么狰狞的东西。

刚一躺下，便感觉浑身酸痛，这才想起原来他从早上一睁眼就没有闲着，整整忙了一天。他望着黑洞洞的屋顶发了会儿呆，白天炼钢的画面在他眼前又浮现出来，他又一次看到炉内木柴熊熊燃烧释放出来的黄色火苗儿、炉顶冒出来的浓浓黑烟和那炉内最终炼出来的铁疙瘩。王家寨十座高炉出了十块大铁疙瘩，是整个寨子里人家所有的铁家伙，用大秤称，才不到八百斤。马春耕直摇头，很不满意，对王文福说："也不知道别处人家咋能炼恁多，一个大队几十吨上百吨，都是抢来的？"

这事儿就交给你马春耕吧！王文福心想，他只管干活，反正寨里各家各户凡是铁的家伙都交上来了，你马春耕有本事挨家挨户去搜吧，我是再也没有其他办法了。

王文福与马春耕早就面和心不和了，自从他发现马春耕对姚淑美的态度有点暧昧，姚淑美也对马春耕明显表现出热情时，他心里就有了芥蒂。只是两人还要一起共事，碍于情面，他没有去戳破而已。

王文福暗恋姚淑美由来已久。那是姚淑美嫁到王家寨的第一天，当姚淑美头顶红盖头弯腰与王贵仁拜天地时，不知是谁动手挑开了她头顶上的红布盖头。当新娘姚淑美露出真容时，在场看热闹的人都惊住了，一下子起了哄，纷纷喝彩叫好。人们先前只是听说这位新媳妇长得漂亮，没想到却是如此娇美好看，像是画儿一样。

　　王文福当时也夹在人群中看热闹，打那一刻起，他便一见倾心，偷偷喜欢上了这位本家哥哥的媳妇。自此，他经常有意无意打王贵仁家门前经过，希望能看上姚淑美一眼。但那时姚淑美很少抛头露面，也很少步出家门，他们两家一向又不来往。王文福那天也只是趁着人多，夹在人群中才去了王贵仁家看了热闹，平时是没有理由到王贵仁家去的。因而虽同住在一个寨子里，想见那位美人儿一面，倒不是一件太容易的事情。

　　一天上午，王文福打王贵仁家门前经过，见到姚淑美在大门内站着和前来串门的五嫂说话。为了能多看上姚淑美一眼，王文福故意放慢了脚步，走得很慢，有意无意地干咳了一声，恰好被姚淑美听见了。姚淑美不经意地往门外望了一眼，刚好与王文福投过来的目光对视。姚淑美便礼貌地冲他笑了一笑。姚淑美本是位明眸善睐的女人，两只大眼睛水灵灵的，娇滴滴的，含着许多风情，笑起来自然更加妩媚动人。王文福见她望了他一眼，又冲他微笑，不免心头一动，便自以为姚淑美有意于他，也很自然地回了她一个微笑。

　　谁知，姚淑美这无意中的一笑却让王文福念念不忘，尤其是夜里躺在床上，王文福睁眼闭眼都是姚淑美那双含情脉脉的眼睛和她那娇小瘦削的身影。他于是权且把身边的老婆柳叶儿当作姚淑美，紧紧抱住。柳叶儿本来身体赢弱，怎经得起王文福没日没夜地折腾？便对夫妻间那点事儿有些腻烦，以至于害怕和王文福睡在一起了。王文福那年被姚淑美的儿子福孩儿在麦地里冷不丁地砸了一下，惊出病来。这对于王文福来说，无疑是一种难以言说的痛苦，但对于柳叶儿来说，倒不失为一件天大的好事儿。

　　如今姚淑美守寡了这么多年，可她却对他王文福没有一点儿好感。自老婆柳叶儿去世之后，王文福内心难免有些孤寂落寞。

她一个人拉扯着两个孩子过日子，也很不容易，要是能和我一起过日子该多好啊，王文福心想。他的脑海里又闪现出姚淑美那双顾盼传情的眼睛和那娇小瘦削的身影。

这样想着，也就不知不觉合上了双眼，恍惚中他看见一个身影从门外飘进来，这个身影是那样的熟悉，可他一时却想不起来是谁了。王文福想翻身坐起来，却感觉身子很沉，动弹不了，只得继续躺在床上，仔细观看，却怎么也看不清那黑影的面容。王文福感觉这影子是那样亲切，不错，是她，是他已经去世的妻子柳叶儿。

他不禁大吃一惊，心里叫道：你不是死了吗？怎么又回来了？你可不要来吓我，我没有对不起你的地方！

王文福正疑惑之际，那黑影儿却开口说了话："你不要害怕，我不是来责怪你的。你先前做的那些见不得人的龌龊事，我都知道，只是我身子不太好，不去跟你计较罢了。眼下我只是来劝你，凡事要留一步，给别人留个活路儿，也给自己留个后路，甭把事情做得太绝了。"那黑影说话的声音里流露出忧郁和哀怨。

王文福自知做错了事，却分辩道："错也不能怪到我身上，我只是一个跑腿的。"

那黑影并不与他理会，只继续道："你不要与我强词夺理，我看你做得不对，来劝你一句，也不枉咱夫妻一场。凡是心里有个数，也好给我儿王康积点阴德。小心作恶多了，会遭报应。"

那黑影正要继续说话，突然外边传来一阵门响，有人喊叫："俺哥在家吗？"

黑影见有人来，忙说："我是来给你提个醒，我的话你不要当成耳旁风，要时刻放在心上，不然将来后悔也晚了。"说罢，一晃就不见了。

王文福正诧异间，听见房门吱的一声推开了，有人走进来，喊了半天，王文福才勉强睁开眼，迷迷糊糊开口问道："谁啊？"

那人笑道："哥，我是伙头，俺爹叫你上俺家说话哩，俺爷有事找你。"

王文福这才清醒过来，原来刚才是做了一个梦，那柳叶儿的话还犹在耳边，记得清清楚楚。他感觉身子很重，大概是白天忙碌累坏了吧，嘴里"嗯"了一声答应着，便伸出一只手来，碰到了伙头的手。伙头见他睡得迷糊，忙拽住他的手，一手扶着他的胳膊，把他拽了起来。王文福坐好身子，心里回味着梦中柳叶儿的话，伸手在桌子上摸索了一阵，找到火柴盒，擦着火花，点着煤油灯。煤油灯发出豆大的火光，随着煤油往灯芯上渗透，灯光越来越亮。

他举起双手伸了个懒腰，打了个哈欠，恢复了精神，穿上鞋子，对伙头说道："走吧。"

正要吹灯，听见门外传来脚步声响，儿子王康一脚迈进门里。王康看到伙头，叫了声小叔，算是和伙头打了招呼。伙头冲王康笑了笑，问他："你去哪里玩了，咋恁晚才回来？"

王康说："俺一伙人玩打仗哩。"

王文福望了儿子一眼，说："你也该跑累了，一个人早点睡吧，我去和你老太爷说会话就回。"说罢，迈步跟着伙头出门去了。

第二十七章

以往天刚落黑的时候，正是寨子里人家喝茶的时间。家家户户烟囱里会冒着炊烟，寨子里会经常传来喊叫声，吆喝着家人回去喝茶。那喊人的吆喝声倒是别有一番趣味的，有小孩子喊家里大人的，也有大人叫着名字喊小孩子的。喊人声音最好听的是五嫂，她家临街居住，王家寨人经常听到她站在家门口喊"孩他大回来喝茶"。

五嫂的嗓门很高，尾音拖得很长，像担着挑子卖豆腐的叫卖声。只要五嫂站在家门口亮开嗓子一喊，整个寨子里的人便能听出是她的声音，就会帮着传话找人。

现在寨子里比以前安静多了，再也没有了吆喝着回家吃饭的声音，大槐树下的那个饭场自然而然也就解散了，没有了昔日吵吵嚷嚷的说笑声。只有三两个人倚靠在树边蹲着，火星一明一暗地抽着烟袋锅，有一搭没一搭地闲拉着呱。

树杈上成团成团地挂着红薯秧子，黑压压一片，看上去有些阴森怪异。里面不时传来麻雀的啾啾叫声，那里成了它们温暖的窝；它们钻进红薯秧子里，挤在一处，彼此用对方的体温取暖，却因争夺拥挤的空间而不时发出鸣叫声。

王文福走在前面，伙头在后面紧紧跟着，寨子里静悄悄的，连狗叫声都没有，只有他俩的脚步声，传得很远。脚步声惊醒了蜷缩在红薯秧子里的麻雀，扑棱棱从里面飞出来，叽叽喳喳叫着，在夜空中打了两三个回旋，又飞回到原来的窝里。

快到家门口时，伙头紧走几步，赶到王文福前头，吱嘎一声推开大门，喊道："爹，俺哥来了。"

王富田从堂屋迎了出来，见了王文福，呵呵笑道："等你好长时间了。"

"今天有点累，到家就躺在床上睡着了。"王文福接道。

堂屋里亮着灯，昏黄的煤油灯光在墙面上映出的阴影，显得室内气氛有些清冷。王老八坐在方桌东边儿那把黑色圈椅上，面对着门，影子投在地面上，长长的、黑黑的。

王文福立在门口，两手捶着，恭恭敬敬喊了一声"八爷"。

王富田手一摆，轻轻说："进屋里说话吧。"

王文福这才一脚迈过门槛，进了屋。

王老八坐在那里一动不动，见王文福进来，抬眼望了他一眼，伸出右手向方桌西边的椅子摆了一下。王文福明白，这是老人示意他坐在方桌西边的那张椅子上。王文福哪里敢与老人平起平坐呀？只在门西边找了一个小方凳侧对着老人半个背朝外坐了下来，王富田也在门东边方凳子上坐下，同样侧对着老人。

老人见王文福在他对面坐了，也不再劝让，胡子跟着嘴角动了动，开口说道："喊你来，也没有别的事儿，我老了，有几句话想单独给你说说。你们这个折腾法，我看不是个事儿，搞不好就是好心没有办好事儿。我琢磨着这样弄法儿，早晚得把家底败光，到春上青黄不接时，日子就难过了。那个姓马的，他是外庄人，要是弄出个啥麻烦事儿，人家可是拍拍屁股就走人了，你和富田几个人咋弄，跑哪儿去？"

王文福感到，老人的话音里饱含着沧桑，隐隐流露出一种悲哀。

伙头娘在厨屋里用瓦罐烧了开水，倒了三碗，喊伙头端茶。伙头双手捧着热茶，一碗一碗端过来，脚步轻轻的，眼睛看着碗，小心地将茶碗放在桌面上。

望着三个冒着腾腾热气的茶碗，老人用手指了指，说道："你看看，你看看，弄得家里烧碗茶、喝口热水都得用瓦罐子烧，亏得这瓦罐是泥做的。要是家里没有这个瓦罐子，那还不得只能喝凉水了？"老人说着，顿了一顿，喉管伸缩，咽了一口唾液，问道："我记得一九四二年，你文福二十来岁了吧？"

王文福见问，连忙点头答应道："对，我那时二十多了。"

老人又说："那两年的事，你应该还记得。那时候，你家里地多，你爹还没走上邪路，家还没有败哩。咱寨里，多亏有你富坤叔在上面罩着，才算没被搜干刮净。范家寨大财主范豁子，家里粮食被征光后，连自家闺女都卖了，听说是卖给一个当官的，做了小。那时你家和贵仁家没少接济咱寨子里穷人，家门口支起大锅，天天煮粥，行好哩，寨里人只管拿碗来盛。虽说是清汤寡水的吃不饱，咱寨里总算是没有饿死人呀。你知道，这附近方圆几十里，要饭都没有地方要，不知饿死多少人哩。"

一九四二年，经历过那个年代的人至今提起来都胆战心惊，能活下来算是幸运。王文福清楚地记得，他爹当时用了半升小米，从太康来的一个要饭人手里换回了一个女孩儿——柳叶儿。柳叶儿面色蜡黄，瘦骨嶙峋，看那样子，风一吹就能把她刮倒。王文福的爹却说不要紧，这孩子是饿的，架子骨倒是不错的，有了饭吃慢慢就好看了。果然，两三个月的光景，柳叶儿就恢复了元气，脸上有了笑容，笑起来像春天的花儿一样，模样儿也俊俏了，后来柳叶儿就给王文福做了老婆。只是王文福的爹不知跟什么人学会了吸大烟，家景也就败落下来。

王文福这样想着，眼睛发了呆，又听老人长叹一口气，说："一九四二年，早死的人还有人埋，死得晚的人都没有人埋了。早死的早托生，晚死的受了活罪还要晚托生。现在，咱寨里人就数我岁数大了，我不能眼看着晚辈人都饿死呀。要是那样，我到了阴间，咋有脸见祖先哩。文福啊，你心里得有个底儿呀，寨子里就恁些口粮，得精打细算才行，这过日子不能光看眼皮底下那四指远。现在，你听听，每天清早，就听不到公鸡打个鸣儿，这能行？"

老人似乎有许多话要说，唠叨个没完，王文福却精神渐渐不支。白天忙了一天，他实在是太累了，两只眼皮不住地打架，睁开又合上，合上又睁开，好在昏暗的油灯下，老人没有看见。恍惚中，王文福听老人继续说："该说的话我都说了，我到了这个岁数，也早已活够了。你们几个在寨子里管事儿的人，要心中有数，别把事儿做绝了。要是到时候饿死了人，那就不是人家骂你祖宗十八代的事了，要遭报应的。"

这句话，犹如晴天一个霹雳，王文福感觉后脊梁骨有一丝凉气，直袭到后脑勺，刚才的困意顿时消失了，他禁不住打了个寒战。这不仅仅是因为老人的话说得太过悲观，更是因为老人话音里带着些凄凉、悲哀和厌世，仿佛一位将要离世的老人，交代后事一般。

王文福又陪着老人说了一阵子话，一再表示，要牢记老人的嘱托，精打细算过日子，把寨子里的食堂办好，又拿些好话安慰老人，这才起身告辞。

回到家时，见儿子王康睡得正香，屋子里回荡着儿子王康那均匀而有节奏的呼吸声，他摸黑脱了衣服，躺在软床上，白天忙了一天，浑身早已散了架。可他躺下来却没了睡意，心里回味着刚才老人的话语，总感觉有哪里不对劲儿，老人话音里似乎有些不可言喻的弦外之音。他想穿衣起床，再折返回去告诉王富田，让他看好老爷子，别让老爷子想不开，寻了短见。但是，他的身子已不听使唤了，他感觉他的整个身子在加速下沉，眼皮合上分开，分开又合上。终于，他再也支撑不住了，酣然睡去。

也不知睡了多长时间，耳边突然传来啪的一声爆竹声响，夜空中格外响亮，紧接着又响了一声。睡梦中的王文福被这突如其来的爆竹声响惊醒，他侧耳细听，啪，又是一声。没错，三声，三个爆竹燃放的声响。他不禁打了个激灵，没了睡意，呼一下坐起身来，披衣下床，趿拉着布鞋，提着裤子就往外跑，站在院子里侧耳倾听，心里猜测着爆竹燃放的方位。

此时，东方天空已经露出鱼肚白，天快要亮了。王文福正在纳闷，只听得外边咚咚咚有脚步声传来，显然是有人跑过来。他哗啦一声拉开门闩，闪开大门，只见伙头扑通一声跪在地上，大声号啕："哥，俺爷老了！"

第二十八章

王老八突然离去，陡然给王家寨增添了一层不祥的气氛。人们纷纷走出家门口，站在当街里和人议论，猜测老人离世的原因。有人说昨天还好好的，还去炼钢炉那里看了热闹；还有人怀疑是不是与家人呕了气，一时想不开。

王宝禄清早起来，出了门，看见当街里站着很多人，吵吵嚷嚷，心里感觉有些好奇；又看到小挪正背靠在大槐树上，来回蹭痒痒，两手半握成拳头，两只胳膊架着，像拉锯一样地晃动，有些好笑，便走过来听人说话。听了一会儿，才明白发生了什么事，正想回家将王老八去世的消息告诉他的母亲姚淑美，却老远看见王富田穿着白布孝衣，戴着孝帽，脚上穿着一双黑色布鞋，鞋头脚面上也缝了一块白布，由王贵孝领着，在寨子里见人就磕头。

王富田一路磕过来，有那懂事儿的晚辈后生，老远看见便躲回家去。

王宝禄不知是怎么回事，也就远远一边站着，心想看个稀奇。王贵孝陪着王富田走来，先对着那说话的几个人磕了头，有人慌忙把他搀扶起来。王富田又扭转身跪下来以头碰地，给小挪磕了一个响头，慌得小挪惊叫道："咦——你这长辈的咋给俺晚辈的磕头哩？"

王贵孝解释道："这是老规矩，磕头就是磕路哩。"

说着，王贵孝又领着王富田来到王宝禄跟前，惊得王宝禄忙想转身回避。王贵孝见了，说道："宝禄，站那别动，这是老规矩，家里老了人，无论辈分大小，都可以请头。"

王宝禄听了，只得站在原地不动，眼见王富田跪在地上，双手按着地面，中规中矩将头碰地有声，给他磕了一个头，才站了起来。王宝禄一时不知所措，脸上火辣辣的，不知说什么是好。

王富田磕罢头站起来，回转身走到那几个说话的大人跟前，与他们说起话来。做儿女的，生怕别人说他没有照顾好老人，落下不好的名声。他一再解释说，没有人给老人生闲气："头天晚上还好好的，叫王文福来家里说了会儿话。我听话音感觉有点不对劲，说啥不想活了，活够了，又说要是他死了，不要给部队写信告诉我兄弟富钱。我就有点不放心，一直没敢睡，看住他，就怕出啥事儿。没想天快明时，我打了个盹，伙头起来解手，发现他爷就——唉，等救下来时，就晚了，断气了，手脚冰凉冰凉的。赶快喊先生贵义来看，也说不中了。衣服穿得好好的，看样子老头儿是早就准备好的，真是不想活了。"

听了王富田的话，大家都长吁短叹，个个脸上现出无限的伤感。

王宝禄又站着听了一会儿，才回到家里，母亲和妹妹金枝都已起了床，两人一个门里一个门外，正手拿着梳子，低着头梳头。

姚淑美见儿子回来，收了梳子，抬头问道："外面说话的人嗓门那么高，出了啥事？"

"俺老八爷老了。"

姚淑美听了，吃了一惊，愣了一会儿，叹了口气，喃喃地说："那老头儿人不错，没想到咋就老了？"

金枝听了，停下手中的梳子，抬头问道："真的？我昨儿个还见他好好的，走路很扎实哩。"

王宝禄望了妹妹一眼，答道："这还能有假，谁敢乱说！"

王老八的棺木在堂屋里摆放了三天，接受人们的祭拜。棺材是早几年就准备好的，用的是宽厚的杉木，这是老人早些年就给自己备下的寿材。在这三天里，王家寨的人在大食堂吃饭时说话声都小了许多，少了许多喧闹。人们心头都笼罩在王老八突然离世的阴影中。

出殡那天，王家寨人几乎全体出动，男女老少都来给老人送行。姚淑美也加入了女人的队伍，金枝在后面跟着。王宝禄也来帮忙，做些杂活，头上戴了一顶白色粗布缝制的孝帽。来给王老八送行的人越来越多，王富田家准备的白布不够用了，只好给后到的人每人一小截麻绳拿在手里，算是为老人戴孝。

王老八的尸首已经殓入棺木，棺木也被架到院子中央，下面垫着两根木杠。棺木前密密麻麻跪了一大片人，号啕大哭，那哭声传遍了整个王家寨。

王文忠手里拿着一根如婴儿胳膊粗的大麻绳从棺木下面穿过，王贵孝在另一边儿接住，将两根长杠子牢牢系在棺木上方，又在两头各横着绑了一根短一点的杠子，做成八人抬的架子。这系棺木也是一个技术活，既要系得牢、结实，中途绝对不能松开，还要用力均匀，要保证平稳。王文忠和王贵孝系好后，又仔细检查了两遍，确认万无一失后，王文忠对跪在棺材前的王富田说了声："好了。"

王富田听了，顿时悲声大放，号啕大哭，早有两人过来一左一右架住，不住地劝慰，防止王富田伤心过度哭昏过去。有人拿起摆在棺木上的一个瓦盆递给王富田，那个瓦盆的盆底早已钻了三个洞眼。王富田接住瓦盆，大声哭喊道："俺爹，上路了！"说罢，左手拄着柳木幡支撑着，右手扬起瓦盆，使劲摔下，只听当啷一声响，那个被称为"捞盆"的瓦盆已被摔得粉碎。

棺木前跪着的人群听到摔捞盆的声音，又都放声大哭，哭声一阵高过一阵。在一阵噼里啪啦的鞭炮声中，八个壮年汉子架起了棺木，另有八人在旁边扶着棺木。王文福和马春耕走在前面，一左一右扶棺为老人送行。

王富田被人架着站起了身，对着棺木鞠了一个九十度的躬，又跪下磕了三个响头，又站起身再鞠躬，又跪下磕三个响头。众人也都和王富田一样鞠躬磕头，嘭嘭嘭，碰地有声。如此三跪九叩之后，王富田才转过身来挪动脚步，棺木启动，众人闪开，中间留出一条道来。王富田手拿着柳木幡，走在棺木前面，众人都跟在那棺木后面，缓缓前行，哀号声响彻王家寨上空。

天阴沉沉的，灰蒙蒙的。送葬的队伍行走过后，地面上洒下一张张圆形方孔的纸钱，被微风吹起又落下。

王老八的墓穴位于寨子东南不远的麦地里，那里以前是王富田家的坟地，是祖上传下来的牛眠地。从范家寨请来的阴阳先生拿着罗盘确定好方位，划定墓穴具体位置，标注了掩埋方向，便夹着罗盘匆匆离去。墓穴挖得很深，四个打墓的都是壮年汉子，挥舞着铁锹用了一个时辰的工夫方才挖好。

在一片痛哭声和噼里啪啦的鞭炮声中，王老八的棺木被平稳地放置到那个为他准备好的墓穴中，棺木上放了一把麻绳、柳条制作的弓箭，一锹一锹的黄土落在棺木上，直到看不见棺木，隆起一个圆圆的坟头。

这位老人现在已经静静地躺在那块他生前反复耕作的土地上，永远离开了这个让他每日为吃饭而发愁的人世间了。两块青砖支在他的坟前，上面摆放着他生前吃饭的碗筷，碗里放了两个高粱面馒头，那是给他的祭品，供他在阴间食用。那纸钱燃烧的青烟在他坟前弥漫着，变幻出各种奇形怪状的图案，时而像老人那沧桑的面容，时而像老人花白的胡须，时而像老人那深邃忧郁的眼睛，时而又像是张牙舞爪的魔头，在空中飘舞着，袅袅上升，逐渐散去，剩下一堆纸灰带着些火星，一明一暗燃烧着。

一阵微风吹来，几片燃烧未尽的纸钱在空中翻舞，那根用柳木条做成的招魂幡迎风摆动。

第二十九章

王老八的离世并没有改变什么，王家寨依然日出而作，日落而息。随着时间的流逝，人们渐渐从王老八离世的悲痛情愫中走出来，依旧听到钟声扛着工具说说笑笑去田地里劳作，然后又是听到钟声拿着碗筷吵吵嚷嚷去食堂里吃饭。食堂里伙食还是相当不错的，每天都能吃上好面馒头。

农历的腊月，正是寒冬时节，也是豫东平原上乡下人最为清闲的时节。这天，天气晴朗，罕见地没有一丝风，虽是寒冬腊月，却暖如阳春三月，冬日的阳光照在人身上热烘烘的，暖洋洋的。还不到吃午饭的时间，食堂附近围了好多人晒太阳，等着吃饭。人们三三两两围在一起，有的背靠墙根闲拉呱儿，有的倚靠在树上来回蹭痒。在一片平整的空地上，有两拨人蹲在那里下五道棋，四周围了观棋的人。那观棋的人也都自然分成两个阵营，或蹲或站，指指点点，给下棋的一方做军师，出谋划策。棋到紧要处鸦雀无声，棋落处会哄然大笑。

马春耕、王文福两人正蹲在食堂前那棵大杨树下说话，老远见会计王陈仓走来，愁云惨淡，阴沉着面孔。

"仓库里粮食不多了，要早作打算，怕是撑不到割麦了。"王陈仓说。

"啥？你说啥？粮食不够吃了吗？"马春耕一时没有反应过来，疑惑地问。

"唉！"王陈仓叹了口气说，"以前人在自家吃饭，都省吃俭用的，不舍得多吃一口，这会儿反正是公家的，全都放开肚子死撑着吃。本来一顿饭能吃三个馍，眼下倒好，饭量大的吃十来个，饭量小的吃七八个。像小挪，别看瘦，哪顿饭不是吃十来个，眼看着筐里的馍不够吃的了，还要拿，不让他吃就叫唤。照这个吃法，得有多少粮食够吃的？离割麦还有六个月的光景，这两个多月，粮食就吃了一大半，恐怕过了年关就接不上季了。要是心里没个数，到青黄不接时，怕是要出大事哩。"

王陈仓只顾着说话，没有注意到小挪正挤在人群里看人下棋。听见王陈仓说他，便站起身来，两眼一瞪，嚷道："咋了？你看我好说话咋着？能吃十来个馍的，又不是我一个人，咋拿我说事儿呢？我抱着你家孩子撂井里啦？你不是叫陈仓吗？陈仓陈仓，陈年粮仓，有你管着咱王家寨的粮仓，还愁没啥吃的？"

王陈仓听小挪说话难听，知道他平时咋咋呼呼的，缺根弦，爱开玩笑，只一心想着吃饭的正事，也就不和他计较，便苦笑了一下，不紧不慢地说道："我也只是打个比方，你咋恁不会说人话哩？话从你嘴里喷出来，咋就恁难听哩？啥抱着俺孩子撂井里了，说话没个轻重，换成别人，不又给你打起来了？我是叫陈仓，可这名字起得再好，有啥用，仓库里没有粮食，我又能去哪给你弄吃的。"

小挪被王陈仓几句话呛得接不上话来，只好龇着牙讪讪地笑着。围观下棋的一群人，听见俩人斗嘴，见王陈仓说话软绵绵的，却绵里藏针，话中带了不少刺，全都哈哈大笑起来。

马春耕望着王文福，王文福挠了挠头皮，脑海里却想起王老八去世前那天晚上给他说的话，又想起柳叶儿托梦，一下子意识到事态的严重性。他望着马春耕一时也不知说什么好，可马春耕的眼神里明显地流露出来的是正等着他王文福拿主意呢。

王文福叹了口气，低下头，沉思了一会儿，抬头说道："得限量，每顿饭每人不能超过三个馍。馍做小些，怎么着也要熬到新麦下来。"

"限量倒是可以，问题是咋给社员解释哩，前边儿让大伙放开肚子吃，现在突然不让吃了，那还不得把锅给砸了？"马春耕说。

"不要紧，"王文福说，"回头我让三个队长给大家说说，让各生产队开会说道说道，都是老少爷们儿的，这个好说。宋庄那边儿你得去说一下，早限量，早作打算。"

马春耕点了点头，抬头望着还在等着他们拿主意的王陈仓说："中，那就这样吧。你让食堂做饭的人注意一些，过日子，得精打细算不是？"

王陈仓听了，嗯了一声答应着，仰头望望天上那一片白云，叹了口气，转身向食堂走去。

限量吃饭的消息一经传开，立马引起了轰动。小挪叫嚷道："先是让人放开肚皮吃，这会儿又不让吃了。早说少吃点儿，不就好了？"

他的话正巧被走过来的王富田听到，问："你又在瞎咋呼个啥？开始让你多吃是好意，现在让你少吃点也是好意，都像你那个吃法，就是粮仓里有个聚宝盆也会被你吃光。"

小挪白了一眼王福田，嘴角一咧，笑了笑，走开了。

最终，一番吵吵嚷嚷后，多数人也就理解了，只有几个食量大的人心里憋了一肚子火气，终究胳膊拧不过大腿，偶尔发些牢骚讲些怪话，也是有的。不过，这吃大锅饭开始时的新鲜劲儿，早已烟消云散了。

第三十章

姚淑美现在已经不再教学了，每天都和大家一起下地劳动。这件事姚淑美倒是想得开，不教就不教吧。这些孩子一个比一个调皮捣蛋，既不好教又不好管。遇着两三个脑子像榆木疙瘩一样的学生，让人很头疼，手把手教，反复地讲，就是学不进去。上午学会了，下午上课再提问时，又全忘了。在局外人看来，不知是驴不走还是磨不转，不知是学生不愿意学还是老师不会教。调皮的孩子就更不用说了，上课时你转身在黑板上写字，他就会嘻嘻哈哈打闹起来。你回头看时，却又没有了声音，刚才还在胡闹的学生，都扬着头，绷着脸，装得好像很认真听课似的，那模样让姚淑美至今想起来，还有些哭笑不得，实在是拿他们没办法。

一次，一个调皮的学生没交作业，姚淑美批评了他几句，那个学生竟然当面顶撞她，骂她是地主，说怕向她学坏了，气得姚淑美跑到隔壁办公室捂着脸哭了起来。范彩霞安慰她说："这个孩子，真不好管，有一次和邻居家小孩打了架，趁人家家里没人，跑到厨房里，蹲到人家锅台上，拉到锅里。气得那家人把锅摔到他家门口，两家为这事大吵一架。"

姚淑美听了范彩霞的劝慰，也就忍住了。

教学虽是一种脑力劳动，但并不比田地里干活轻松，现在田地里都是集体劳动，一伙人说说笑笑，就把活干了，并不觉得太累。教书却不一样了，局外人看来，可以不用下地干活，不用担心风吹日晒雨淋，较为清闲。实则不然，这是一件费神费心的事，家长把孩子交给你，指望着你能把孩子教好，抱了很大期望。这些孩子放学回到家，不是到处跑着玩，就是下地帮着家里干活，第二天再到学校时，就把头天学的东西全都忘光了。这是听话的孩子，还有不听话的，在家爹娘都管不了，到了学校就更不好管了。不但不好管，还要捣乱课堂纪律。遇着学生打架拌嘴时，老师还要给他们问官司，苦口婆心地批评教育。教学的艰辛，大概只有当过教师的人，才能真正体验到。

姚淑美现在如释重负，心里也就释然多了。她已经习惯了随遇而安、逆来顺受。为了能把两个孩子拉扯成人，再大的苦她都能吃，再艰难的罪她都能受，孩子就是她的盼头，她除了孩子已经别无指望了。从前那种无忧无虑的生活，再也不会有了。她的丈夫王贵仁成了过去，就算是他人没死还活着，也早该另成家了。她知道王文福喜欢她，但她讨厌那个人，她曾试图改变对王文福的看法，可每当她想起王文福那猥琐不堪的模样，想起那令她难堪的场面，她心里就有些作呕，无论如何都提不起对王文福的好感来。

她喜欢马春耕，知道马春耕对她也有那层意思，但她和他都明白那是不可能的，这是因为他们之间横隔着一道深深的鸿沟。

姚淑美曾想过再嫁，尽管这个念头只是一次偶然的瞬间，在她的脑海里闪动了一下，但紧接着就被她坚决打消了。她知道那同样是不可能的，她的儿子王宝禄已经长大了，已经到了快要说媳妇的年龄，女儿金枝也不小了，正是豆蔻年华，非常可爱。当她望着两个可爱的孩子，她为自己曾有过那样的念头而感到内疚，感到惭愧，感觉有些对不住两个孩子。她怎么会有那样不切实际的想法呢？于是，为了两个孩子的名声，为了两个孩子人前人后不被拿来说笑，她瞬间就打消了想法。

她现在每天在大食堂里吃过饭，就随着众人该下地时下地，该上工时上工，每上一个工，队里给记一个工分。王宝禄也下地干活，可以挣工分了，只有女儿金枝还在上学。

她平时为人和善，说话和气。乡亲都知道她以前没有干过活，也就没有人难为她，一起干活时，都愿意和她分在一个小组里，都愿意热心帮衬着她。

秋后的一天，王家寨开展了一次劳动比赛，比赛的地点就在寨东门外一块空地上。这个地块秋收翻耕后没有种麦子，准备开了春种棉花。土壤翻耕过后，地面上裸露着很多较大的土块。这里是经过黄水浸泡的黄泛区，耕地板结得厉害。这些泥块，干了就很结实，人们称为坷垃，是无论怎样都耙不碎的。如果不将这些土块打碎的话，就会影响明年棉花生长。于是，生产队决定，用人力一块块地敲碎这些大泥块，开展一次劳动比赛。比赛的内容很简单，就是打坷垃。

工地上，三面红旗迎风招展，猎猎作响。人们被分成一个个小组，每组十来个人，并成一排。每个人都鼓足干劲，扬起胳膊抡起手中的榔头，将面前田地里的大块坷垃砸得粉碎，边干边往前移动着。田野上空，到处都是榔头敲击土块的嘭嘭嘭声音。

小挪本是专门看寨门的人，以前不用上工。一次寨里开会，马春耕说："如今天下太平了，路不拾遗，夜不闭户，就是路上掉了东西都没有人去捡，夜里睡觉都不用关门，连个小毛贼都没有。我看咱寨里寨门上的吊桥也不用那么麻烦，不用天天收放了，晚上下地干活也不方便。"

就这样，小挪的这份差使被解除掉了。小挪没了事做，只得也跟着人到田地里干活挣工分。但小挪心里未免落下些情绪，加上饭量大，又被限了食量，因此，干活时也就多多少少表现出来了。他手里拿着锄头高高举起，却轻轻落下，远远落在别人后面。人们都以为他腿脚不方便，也就没人和他计较。王富田老远瞅见小挪一副有气无力的样子，便笑了笑，走过来，拍了拍他的肩膀，问道："挪儿，你咋给没吃饭一样？"

小挪回头见是王富田，便说道："那可不是，给没吃饭差不多。三个馍，洋火盒一样大，以前一顿饭让随意吃，我一顿能吃十来个馍，现在让一个人顶多吃仨，你能吃饱？让吃十个馍，我干活用十个馍的劲儿，吃三个，我就用三个的劲儿。不像你当官的，可以偷偷吃饱肚子。"

王富田听他说完，便来了气，扬起手里的锄头，骂道："我打死你个孩儿，你说谁偷吃？说话没个轻重！"

有人急忙上前，一把劝住王富田。小挪趁机扔下手里的锄头，就向王富田身上扑去，高声嚷道："你当个猪头小队长，还欺负人哩！今儿个，你要是不把我打死，你就不是吃粮食长大的！"

王富田本是气话，扬起锄头是想吓吓他，被人劝住，也就算了。这会儿又听小挪说话难听，便真的动了气，拎着锄头放不下来，只得真的去打，怎奈身子被人架住动不了，只得挣着身子，瞪着双眼，叫嚷："你啥时候见我多吃一个馍了，打饭分饭，百十双眼都盯着哩，不是和你一样？我要是偷着多吃一个馍，管叫天打五雷轰！"

姚淑美看不下去了，老远走过来，望着王富田，笑着劝道："富田叔，你当着队长，咋就眼里揉不进一点灰星儿呢？你不知道他爱开玩笑，咋就当真了？"回头又说小挪："你恁大的人了，咋像个小孩子一样不懂事，发什么牢骚，这里的人谁比你多吃一个馍了，就你知道饿呀？"

小挪见王富田都赌了咒，自知理亏，又见姚淑美各打五十大板，不偏不向，也就不好再说什么了，便顺势消了气。有人捡起锄头递给小挪，小挪接在手里，脸上却仍然气呼呼的，嘴里嘟囔道："一个人三个馍不说，馍块像洋火盒一样。不知道是喂鸟儿的，还是让人吃的？"

一句话说得大家都想笑，只是也都忍着没有笑出声来。毕竟，小挪说的何尝不是实话，谁不是都饿着肚子呢？

偏偏王富田又听到了，恼怒地说道："有洋火盒大的三个馍吃，也就不错了，说不定哪天你连汤都喝不到嘴里了，我看你还有没有劲儿在这里叫唤！"

王富田的这句话提醒了人们，大家都不再言语了，或许是他们想起王老八突然的离去，像是给人们的一种提醒。一九四二年的那场大饥荒可怕的情景记忆犹新，尤其是当前这吃饭的碗不在自家手里，每天不知是吃的谁家的饭。

自此以后，"食堂的馍，洋火盒"，便作为一个顺口溜传了开来。

王富田被小挪戏要一通，刚才气鼓鼓的还有精神，这会见空气沉闷，干活也就没有劲儿了，便手扶着榔头站在那里，耷拉着眼皮。五嫂来工地送水，见王富田有气无力的，她不知道刚才工地上吵了架，便笑着问道："瞧你这当生产队长的，咋看着提不起来神，像是夜里没睡好觉偷地去了？"

偷地就是偷庄稼。没等王富田说话，小挪老远接过话说："谁说他偷地去了？他是夜里去你家偷人了！"五嫂见小挪接话，便没好气，不想搭理他，回头却瞅见周围的人都咧着嘴冲她哈哈大笑，这才明白过来她被小挪骂了，一下子羞红了脸，一把夺过王富田手里的榔头，追着小挪就打。小挪见状，咧嘴哈哈笑着，拔腿就跑，一瘸一拐地，却跑得很快。五嫂追不上，只好停下来，两手挂着榔头站立着，张着嘴，呼哧呼哧直喘气，老远指着小挪背影叫骂："真个是歪嘴骡子卖个驴价钱——嘴贱，有种别跑！"

第三十一章

马春耕开会回来的路上，心里一直琢磨着用芝麻梭子榨油的事儿。

芝麻梭子榨油的发明，据说是范家寨赖八国的一大创举。赖八国原名范剑，因其脾气暴躁，为人霸道，常说一不二，人们背后都叫他赖八国，意思是说他比那八国联军进中国时的八个国家还赖。这赖八国不知从哪里听来的主意，竟然能用空芝麻梭子炸出油来。空芝麻梭就是芝麻从田地里收下后磕掉芝麻剩下的空壳，哪里还有油？但范家寨却能将那空芝麻梭榨出香油来，这可是破天荒的稀罕事儿。

消息传到了公社书记罗鸣天耳朵里，引起了他的好奇心。于是，罗鸣天便带人去范家寨参观考察，赖八国让人当场演示，果然，随着榨油机轰隆隆转动，芝麻梭从机器上面漏斗装进去，下面就真的榨出油来，满屋子香气，直扑人的鼻孔。这一重大成果，可以说是秋菊公社的一大创举。于是，罗鸣天当场拍板，全秋菊推广！

回去后，罗鸣天向上面报告了这一惊人喜讯，同时召集全秋菊二十六个村去范家寨参观学习。

马春耕接到通知后，一大早就出发了。范家寨在王家寨东边，有七八里路远。马春耕骑车上了皇姑河大堤，这大堤一直通向东边的范家寨。

参观那天，赖八国风光无比，见人乐呵呵的，脸上洋溢着得意的笑容。马春耕早听人说赖八国赖在他那双眼睛上，今日一见，果然非同凡响。他那双眼睛大而明亮，目光炯炯，特别有神，像是正午的太阳。据说，一般人都不敢和他正面对视，他开会时，会场特别安静，没人敢私下说话。遇到有不识相的人，若是窃窃私语，交头接耳，只要赖八国瞪上一眼，那人就会吓得缩回去，不敢再作声了。

马春耕参观那天，倒是见赖八国满脸堆笑，非常和蔼，并没有传说中的那样可怕。果然是人逢喜事精神爽啊，马春耕心想。

这也难怪，范家寨成了典型，成为全秋菊学习的榜样。让这么多人都来他这里参观学习，二十六个村，有谁能获得这样的殊荣？说不定将来他还会成为全县全省的模范，乃至全国的楷模，那将是他无比的荣耀。他赖八国会被请上不同场合的主席台，会有不同级别的领导陪同他，会在不同的会场里，望着下面的听众，眉飞色舞地做着同样的报告，讲解他那芝麻梭子榨油的伟大创举。

可赖八国没有想到，他这个创举却给别的村带来了麻烦。罗鸣天当场表态，范家寨芝麻梭子榨油的发明，要先在全秋菊推广，要求各村会后抓好落实。

这让马春耕很头疼，他参观了一整天，也没有研究出这芝麻梭子榨油的道道来。马春耕心里纳闷，他赖八国是如何能把空芝麻梭子榨出油来的？马春耕望了望别人，大家也都你望望我，我看看你，相视一笑，每个人心中都充满了疑惑，谁都说不出个所以然来。

回到王家寨，他立即找来王文福商量。王文福听了，挠了挠头皮，笑道："这可是一件稀罕事儿，我长恁大，还是第一次听说。这芝麻梭子要是能榨出油来，那公鸡还不就能下蛋啦？到底他赖八国是咋弄出来油来的？要是非说芝麻梭子能炸油，除非芝麻没有磕出来，连芝麻梭子一起放进榨油机里。"说罢，顿了顿，又问马春耕："你不是去看了吗，我又没见过，人家范家寨是咋搞的？"

马春耕嘿嘿笑了笑，说："我也只是光看他机器一响，把芝麻梭子往榨油机里一倒，下面还就真的榨出油来了。"

"要不，咱也试试？说不定真的就能出油！"王文福笑道。

这时，王富田扛着榔头从远处走过来，见他俩正在说话，便问道："你们俩在这又商量啥事呢？"

王文福就把推广范家寨芝麻梭子榨油一事告诉了他。王富田听了，哈哈笑了起来，嚷道："这不胡扯吗？他范家寨是不是母猪还能上树？真是那样，那太阳还不打西边出来了。赖八国能得不轻，都不知道自个姓啥了！"

"你也先别急着嚷嚷，咱试试再说，说不定还真能榨出油来。"王文福说。

王富田笑道："这人是都傻了，还是太能了？不用试，要是芝麻梭子能榨油，我两颗眼珠子扣给你！"

马春耕一旁笑道："就是真能榨出油来，也不能挖你的眼珠子呀？要你的眼珠子弄啥？咱要的是油，能吃的香油！"

王富田嘿嘿一笑，回头吆喝来一群从地里干完活往回走的人，将芝麻梭子榨油的事说给众人听。众人听了，也都哈哈大笑，只当是个笑话。

王文福说："咱先别光只当笑话听，还有任务哩，上边还让咱学哩，能不能榨油试试不就知道了？我看场里前天磕芝麻剩下一堆干芝麻梭子，去两个人弄来些试试，也不费多大的劲儿。"

王富田听说，便将手中的榔头放下，喊上两个人去了场里。不一会儿，两大箩筐芝麻梭子就抬了过来。

一群人来到油房，王富田拿起柴油机上一块油乎乎的抹布，擦了擦柴油机上的灰尘，放下油布，又从一个铁皮工具盒里拿出柴油机摇把，当的一声扣住工具盒盖子。王富田一手按着柴油机减压钮，一手摇转那台柴油机，先慢后快，越摇越快，柴油机便咚咚咚响了起来，一股黑色浓烟从鸭嘴形的烟囱里向外喷出来。等柴油机转动的声音稳定下来，王富田才拿起连接柴油机与榨油机的皮带，一头挂在榨油机的转动轮上，另一头用根木棍将皮带别着连接到柴油机转动的轮子上。随着柴油机刺耳的尖叫声，长嘴鸭头形烟囱又向外喷出股股浓烟，一边的榨油机也就轰隆隆快速转动起来。

马春耕抓起一把芝麻梭子，丢进榨油机上面的漏斗里。人们都睁大眼睛瞅着榨油机下面的出油口，看那芝麻梭子是如何榨出油来的，却只看到被粉碎的芝麻梭渣子从出渣口出来，出油口并不见香油。马春耕又抓了一大把芝麻梭子，放进漏斗里。刚放进去，柴油机便咚咚咚发出刺耳的尖叫声，烟囱里喷出股股黑烟。有人叫道："马力不够，吃不下去了！"

王富田一看，慌忙拿起那根圆木棍，别掉皮带，将柴油机熄了火，说道："不中，别油没有榨出来，还把机器弄坏了。"

听说芝麻梭子能榨油，从地里干活回来的人们都围了过来，谁不想看个稀奇？于是，油房的两个窗户外都趴满了人，一个个都伸长了脖子，瞪大了眼睛往里看，推推搡搡，指指点点，有人边看边说着笑话。

范彩霞放学后正好从油房经过，老远见油房围了好多人，便走过来看热闹。有人听说这经验是从范家寨学来的，知道范彩霞娘家是范家寨的，就喊范彩霞。范彩霞不知是怎么回事，被人稀里糊涂推进了油房。众人见到范彩霞像是遇到了救星。王文福忙问："这是跟你娘家范家寨学的芝麻梭子榨油，咱咋榨不出来？你知不知道范家寨是咋搞的？"

范彩霞并不说话，看了看榨油机，又弯腰抓了把刚从榨油机里出来的芝麻梭渣子，捏在手里搓了搓，那芝麻梭渣子还带着热，被搓成了细末，看了看，将细沫扔掉，又搓了两下手，将沾在手上的油灰搓掉。

满屋里人的目光都盯着范彩霞，范彩霞倒是一副若无其事的样子，从她的脸上看不出任何表情，自然也看不出任何秘密来。人们都屏住呼吸，等待范彩霞给出答案。

范彩霞又弯腰抓了一把榨油的原料——芝麻梭子，捏了一个放在嘴里，用牙咬了一下，嘴咂巴着品了品，才淡淡地说道："没油！"回转身问王文福："你这芝麻梭子，没有用油浸过，咋能榨出油来？"

油房里一下子安静了，大家一时没有反应过来范彩霞的话，还是王富田反应快，第一个嚷道："这是赖八国糊弄人的玩意儿，哄小孩子玩哩！"

众人这才都明白过来。油房里一阵哄然大笑。笑声穿过油房，在半空中回荡，扑棱棱惊飞了屋顶上一群小鸟。

第三十二章

原来，范彩霞的哥哥昨天来王家寨走亲戚，早已将范家寨芝麻梭子榨油的秘密当成笑话讲给妹妹听了。罗鸣天带人去参观的前一天，范家寨特意准备了两大箩筐芝麻梭子，倒上香油浸了一夜，怎能会榨不出油来？范彩霞的哥哥还说："这个事儿，赖八国专门开会交代不让人说出去。他管天管地，还能管住别人嘴巴，不让人说话？"

如果说芝麻梭子榨油只是个笑话，也没有什么大碍，不过是给人们茶余饭后增添些笑料，那么，接下来发生的事情，就不只是哈哈一笑那么简单了。

春节刚过，王家寨粮食就吃紧了，伙房里蒸出来的馒头不仅越来越小，一顿饭一个人三个馒头的限量也难以为继了，只好改成一个人每顿饭两个，再后来改成每顿饭一个。终于有一天，连一个人一顿饭一个小馒头也保障不上了，只好改为每人每天一个馒头。

麦苗儿刚泛青，正是青黄不接的时候。春天里农田没有过多的农活可做。生产队就号召社员下地薅草，遇到可以吃的野菜剜回来，交到食堂里做菜吃。又过了一阵子，一天一个馒头也供应不上了。于是，饥饿袭来，人们发疯似的开始四处寻找食物，寻找能填饱肚子一切可以吃的东西。人们下到地里，挖到野菜直接塞到嘴里吃了。野菜本来就是自生自灭的，何况可供人们食用的野菜品种并不多，地里能生长出来多少可吃的野菜？没过几天，田野里那些可以食用的狗儿秧、茼蒿、蒲公英、马齿菜等全都被拔个精光，找也找不到了。就连那榆树上的榆钱、榆叶，槐树上的槐花，也一夜之间被人捋了个精光。后来，就是榆树皮了。榆树皮是可以吃的，但是难以下咽，不仅没有营养，还难以消化，吃了拉不下来，但总比肚子咕咕叫饿得难受强得多。

俗话说，巧妇难为无米之炊。食堂里的炊事员们因无米下锅无饭可做，只得又减了两个名额，和大家一道去地里找野菜去了。食堂每天只能将就着提供些清汤寡水的稀饭。好在根据马春耕的要求，保住青山，还能让孩子吃到些东西。

俗话说：人是铁，饭是钢，一顿不吃心里慌。一个人不吃饭的话，三五天能撑下去，再往后，人们就支撑不住了，个个饿得两眼发昏，浑身没劲儿，下地干活再也没有力气说笑了。每个人内心充满了对饥饿的恐惧，田野里那些常吃的野菜挖光了，就挖那些平时不怎么吃的车前草、绞股蓝，拿回家偷偷用瓦罐煮着吃。这个时候，谁还会往食堂里交？

面对这种情况，马春耕也没了主意，宋庄那里的情况更不好，早就断粮了。马春耕只好向上面求援，迟迟没有答复。一打听，原来全县的情况都差不多，都缺少粮食。

望着马春耕一脸无奈的样子，王文福倒显得淡定得多。他不会忘记王老八临死前的那天晚上告诉他的话，他早就做了准备。王老八入土的第二天，王文福就安排会计王陈仓悄悄藏了五布袋粮食，并让王陈仓提醒马春耕，报告粮食紧张的消息，以限制大吃大喝。王文福让王陈仓藏下的这五布袋粮食，此时派上了大用场，每天悄悄拿出来一些，勉强做些面汤给大家喝。按王文福的话说："只要饿不死人就中。"

王文福还对王陈仓说："这是咱寨里老少爷们的保命粮，谁也不能多吃一口。要是你多吃一口，别人就得少吃一口，有那一口饭就有可能救活一个人，没那一口饭就会饿死一个人。孩子是重点，要保住孩子，留住青山。只要咬着牙，挨过这青黄不接的百十天，新麦下来就接上茬了。"

姚淑美一家三口自然也不例外，每天处于饥饿状态中，好在金枝每天还能吃上一个小馒头。姚淑美再也没有心思打扮了。

姚淑美家的大花狗瘦得皮包着骨头，那是寨里所剩下的唯一的一只狗，其他的狗早被人吃了。王富田给姚淑美说了多次，要把这只狗杀了吃肉。

女儿金枝、儿子王宝禄听说后抹鼻子大哭，坚决不让杀狗，每天看护着大花狗不让出门，免得被人悄悄打死吃掉。大花狗也懂事儿似的，只待在院子里，不再偷偷跑出去瞎转。

一天，姚淑美下地回来，推开大门，见大花狗趴在院子里西墙边上一动不动，两只眼睛死死盯着前方。姚淑美顺着大花狗的目光望去，发现不远处，有个老鼠洞口，那大花狗两眼盯的就是那个老鼠洞口。姚淑美明白了，便悄悄进了屋，搬了个凳子，坐在门口，看大花狗是如何逮老鼠的。院子里静悄悄的，只有树上的鸟儿在鸣叫。静了一会儿，姚淑美看见，那个洞口处，探出一个贼头贼脑尖嘴长耳的老鼠头来。那只老鼠前爪趴在洞口，两只小黑眼珠机警地四下望望，很快又缩了回去。大花狗趴在地上不为所动，只尾巴尖儿轻轻扑打着地面，两只眼睛仍盯着老鼠洞口。

又过了一会儿，洞口里的老鼠再次探出头来，转动着小脑袋，四下里望了望。大花狗仍一动不动，像一尊石雕似的趴在地上。老鼠大着胆子探出半个身来，又迅速退回洞里了。显然，这只老鼠也很狡猾。

大花狗依旧岿然不动，只尾巴尖向上卷了半个圆圈儿，像是按捺不住了的样子。

姚淑美坐在门前一动不动，生怕惊动了那只老鼠，坏了大花狗的好事儿，看到大花狗尾巴尖儿竖起半个圈儿悬在半空不再动弹了，会心地笑了，心想：你这花狗还真成了精，和老鼠玩捉迷藏，比猫还有能耐哩！

姚淑美正想着，却见那只老鼠又从洞口探出毛茸茸的头来，鬼头鬼脑的，不停地扭动着脑袋，东瞅瞅，西瞅瞅，稍作停顿，便蹿出洞口，快速向墙角方向跑去。姚淑美顺着老鼠跑的方向看去，原来那墙脚处有个洞口，那洞口原是一个出水口，直通到院子外面，看来这只老鼠是想从出水口处溜出去。眼看老鼠就要到了洞口，只见大花狗四腿撑地突地跃起身来，箭也似的蹿了过去。可怜那只老鼠发现危险忙掉头返回，想再逃回洞里时，哪里还能跑得掉？被扑上来的大花狗一口咬住，只听那只老鼠"吱"地叫了一声，便被活生生吞到肚里去了。

第三十三章

姚淑美看得惊心动魄，手捂住胸口，拍了拍，长长舒了口气。那大花狗吃了老鼠，嘴角边带着一丝血迹，跑到姚淑美跟前，不住地摇着尾巴，仿佛向它的主人汇报刚才的战果。姚淑美笑了笑，弯下腰，探出手来摸了一下大花狗毛茸茸的头顶，那大花狗便顺势趴在姚淑美脚边，打了个滚，肚皮朝天，不停地滚动着身子。显然，它在讨好它的主人。

自此以后，大花狗故技重演，见天一门心思逮老鼠吃。大概因为家里没有粮食的缘故，老鼠本来就不多，大花狗逮了五六只后，就不再见有老鼠出洞了。大花狗显然很失望，趴在地上等了两天便没了兴趣。姚淑美一家三口，看着大花狗瘦骨嶙峋，不能给它找到吃的，心里很是着急，可是也想不出办法来。

一天早上，金枝看见大花狗嘴里叼了个东西咯吱咯吱在啃，走近一看，原来是一截青砖。显然，大花狗是饿极了。大花狗见了金枝，丢下砖头，摇着尾巴，跑到金枝面前，两前腿一屈，跪了下来，发出哼哼唧唧的声音，像是向她乞求给点儿吃的。金枝可怜大花狗，却没有办法，心里一阵酸楚，眼泪流了下来，伸手摸了摸它的脑门。大花狗摇了摇头，尾巴扑打着地面，眼角淌出泪来。

可怜这只大花狗，终于有一天，饥饿难忍，跑了出去，却再也没有回来。王宝禄和妹妹金枝俩人哭着喊着，找遍了整个寨子也没有找到。有人悄悄告诉姚淑美说，见到寨海子西北角岸边不知是谁扔了一堆狗毛，像是她家大花狗的。姚淑美过去看了看，果然是一堆狗毛，知道大花狗已经没有了。想起大花狗可爱的样子，她禁不住眼角湿润起来，眼泪夺眶而出，但也没敢告诉两个孩子，却拿话安慰儿子宝禄、女儿金枝说："花狗饿极了，不知死在哪里了，不要找了。早死早托生，只要别托生在咱这个地方就好了。"

两个孩子又伤心地哭了一回，也只得罢了。

一天下午，王宝禄从外边儿回来，喘着气，两个上衣口袋里鼓囊囊的。一进家，便关上大门，笑嘻嘻走进来。姚淑美见儿子很高兴，便问道："有啥好事儿？看把你乐得！"

王宝禄忙翻开口袋让娘看，原来口袋里装的是榆钱。金枝听见哥哥弄着吃的了，慌忙走过来，伸手就要掏着吃。姚淑美忙用手止住，说："你俩别急，不能这样吃，吃生的会闹肚子。宝禄，你去找梯子来，上去把那口小铁锅拿出来吧。"

王宝禄这才想起那个差点被他砸碎的铁锅，没想到这个时候会派上用场。他会心一笑，忙去过道里搬来木梯子，靠西墙放好。原来，那口铁锅放在西间的风道口里了。金枝慌忙走过来扶着梯子。王宝禄踩着梯子，一级一级爬上去，一直爬到屋山风道口。太阳已经偏西，阳光正从风道口处斜射进来。王宝禄伸手取出那口铁锅和铁勺、铁铲，递给金枝。金枝接了，放在地上，继续站立着扶梯子。王宝禄正要从梯子上退下来，忽然发现风道里有道金光闪了一下，直刺他的眼睛。他便站着不动，将视线返回到刚才的位置，那道金光又闪了一下。

王宝禄伸手向那风道里发光的地方一摸，摸到一个东西，拿在手中一看，黄澄澄的，沉甸甸的，竟然是一块长条的金砖。是的，是金砖，王宝禄小时候见过这东西，那是他父亲王贵仁在收拾行李时拿出来的，他还问过父亲那是什么东西。他父亲告诉他说是金砖，他就记住了。王宝禄不由得一阵惊喜，低下头，小声喊道："娘，看，这是啥？"

"啥？"姚淑美正蹲在地上，手里拿着铁锅擦拭，见儿子喊她，忙仰头来看。

"哥，你手里拿的是啥？"金枝也仰着脸，疑惑地问。

王宝禄扬了扬手里的金砖，笑嘻嘻地说道："金砖。"

姚淑美怔了一下，忙站起身来，对儿子王宝禄说道："快下来吧，别在梯子上说话，当心掉下来摔着。"

王宝禄弯腰将那块金砖递给娘，金枝慌忙踮起脚跟，一扬手抢了过来。

"别急，我看看还有没有。"王宝禄说着，直起身来，又伸手去摸了摸，没有摸到，这才小心翼翼下了梯子。

姚淑美苦笑一下，说道："这是你大藏在这里的，都说盛世的古董乱世的金，我看都不如饥年的粮食主贵。人都快饿死了，要这东西有啥用？还没有一碗热饭主贵！"

金枝将那块金砖拿在手里把玩了一会儿，就递给了娘，嘟起嘴巴说："就是，又不能当饭吃。"

"能不能把这交给村里，让人到外边买粮食吃？"王宝禄问。

"都没有粮食了，你到哪里去买？"望着儿子一脸的天真，姚淑美叹了口气，安排他说，"这东西现在也不能露头。怕要出事儿，招来麻烦。你俩可不要说出去。"说罢，又说："你俩出去把锅刷刷，添点水煮榆钱去吧。"

两个孩子答应着去了。

第三十四章

小满过后，麦子已经泛黄，麦穗渐渐饱满成熟。为防止有人偷吃，马春耕在会上反复要求："新麦扬花后，开始上粉，还没有长成，不能吃，要是有人掐一颗麦穗子，就很可惜。大家再坚持一二十天，新麦下来了，就有吃的了。这个时候，谁也不能私下去地里掐麦穗子吃。"

道理大家都明白，但饥饿仍然困扰着人们。

这天下午，姚淑美带着女儿金枝，正在寨东门田地里寻找野菜，老远看见范彩霞穿着一身孝服走过来。姚淑美忙迎上去和她打招呼，问是怎么回事。范彩霞见了姚淑美，一把拉住她的手，还没有说话就哽咽起来。姚淑美不明就里，忙劝慰道："范老师，这是咋了？给谁戴孝？别哭了。"

范彩霞呜咽了一阵，才掂起衣角揾了揾眼角上的泪，说道："你看，我这也是心口堵得慌，见了你，心头一热就哭出来了。今早天不明，娘家哥就跑来报信，说俺娘老了。慌得我连忙起来，连脸都没有顾得上洗一把，就跟着俺哥回了范家寨。"

姚淑美听了，吃了一惊，知道豫东民间为避讳起见，老人去世不说死了，只说是老了，忙关切地问道："前一阵子见你，还提起她老人家，说扎实着呢。咋就一下子老了？"

范彩霞叹了口气，伤心地说："还能咋的？七八天没见一口面饭，本来身体就虚弱，吃树皮吃得不好消化，全身浮肿，你说这谁能受得了？唉，以前恁苦的日子都熬过来了，还是没耽误……唉，你说这人活在世上咋恁苦！"

姚淑美望着范彩霞伤心的样子，一时不知说什么好，只得轻轻叹了口气。

两个人沉默了一会儿，范彩霞又说："学校上不成课了，学生饿得都不来了。我挨家挨户一个个去叫，叫谁谁都不来，还有人给我说，这人都快不行了，还上啥学？识字又不能当饭吃！没办法，只得关门放了假，等新麦下来再说。"

范彩霞说着又流下泪来，紧握着姚淑美的手。姚淑美望着范彩霞，问道："你娘家范家寨那里，还不如咱这里吗？"

"范家寨刚出正月就断了粮，赖八国叫唤着不让人吭声，不能传出去，说传出去会丢范家寨的人。还说这两年范家寨一直是先进，会议室墙上贴满了奖状。要是说范家寨没有粮食吃，话传出去可是怪丢人哩。没啥吃了，开始也是人都下地剜野菜，野菜剜没了，就吃那些不能吃的七七芽、拉拉秧。再后来就有人偷着剥榆树皮吃，树皮都剥得光光的。"

范彩霞说着，见前面有个高岗，便拉着姚淑美走过去，俩人席地而坐，接着说道："俺娘老时，两眼睁着，闭不上眼，你说是不是心里放心不下呀。

不说这个了，倒是有一件事儿要提一提。"

"啥事儿？"

"范家寨范三，脸上有块疤瘌，人都叫他范疤瘌，说起来我还得喊他哥哩。"范彩霞将身子正了正，继续说："他有个儿子叫范来运，和你家宝禄年龄差不多，个头也不低，两个大眼睛，双眼皮，人长得靓得很。一说话就带笑，见人可亲，可齐整的一个孩子。就是吃的跟不上，瘦得像个麻秸秆，皮包骨头。也是饿得实在没办法了，有天下地，掐了一小把麦穗，被赖八国看见了。"

"就是用芝麻梭子榨油的那个赖八国吗？"姚淑美问。

"不是他是谁？赖八国，是人家给他起的外号，真的可赖！赖得没有人敢惹！"

"那个小孩咋了？"姚淑美追问。

"打啊，抓着就打，一脚一脚往身上跺。他一个人跺还不过瘾，让人用棍子打，结果腿给打折了。就这还不中，批了几回，让他爹他娘陪着。"

"唉，你说这人心，不是吃粮食长的吗？咋就恁狠？"没等范彩霞说话，姚淑美又问，"这些事儿，你说上头知道不知道？"

"不让说，村头都有人看着哩，要是敢跑，抓住就关进黑屋里，打！"

这时，金枝老远走过来，手里攥着一把野菜，扬起来，喊道："娘，看，我找到了好多野菜，有扫帚苗、曲曲菜、灰灰菜！"说罢，又冲范彩霞喊了一声"范老师"，算是打了招呼，又见她一身孝服，心里有些害怕，怯生生地老远站住，不走近来。

姚淑美知道女儿的心思，便拉着范彩霞的手，站了起来。

两个人边说边走，金枝默默跟在后面。她们沿着田间小路，向寨门走去。远处的天边，一轮红日慢慢落入树梢之中，将西方的天空染得通红。进了寨门，老远见三四个孩童，在学校门前槐树下玩耍。走近前，见一个小孩儿正仰着脸念道：

红太阳，金光照，地里庄稼长得好。

棉花朵朵白，大豆粒粒饱。

高粱涨红了脸，稻子笑弯了腰。

姚淑美听了，对范彩霞笑道："这是你的学生，看多用心，念仰脸歌子哩。"

迎面王富田扛着铁锹走了过来，听了小孩子念的书，随手摸了一下他的头，笑道："收成这么好，这下不愁吃的了！"

第三十五章

终于熬到新麦下来了，王家寨算是渡过了这一道难关，没有出现因饥饿致人死亡的事情。只是有些怀了孕的女人，因饥饿流了产。那一年，王家寨没有出生一个婴儿。

马春耕开会回来的路上，心里一直盘算着如何重新上报小麦产量。这次开会，几乎所有大队上报的粮食预产量都没有过关，都没能让罗鸣天满意。

一阵微风吹来，金黄色的麦穗随风摇曳，麦浪连绵起伏，由近向远传递着波纹。马春耕望着一眼望不到边际的麦浪，不禁心中涌起无限感慨。豫东平原真是一块好地方，土壤肥沃，风调雨顺，老百姓基本上是靠天吃饭，很少出现干旱少雨的年景。马春耕想起一九四二年，黄泛区过蝗虫，铺天盖地，那蝗虫飞过去，树叶、庄稼苗全被啃得干干净净，只有那一年才是老天爷有意不让人吃饭。那年他刚好二十岁，对那场灾难感受很深。他的爷爷奶奶都是饿死的，他在逃荒途中遇到招兵，把自个卖了五块大洋，交到爹娘手里，算是尽了孝，一横心跟着当兵的走了。后来半路上又跑掉了，一个人逃到山西，饿昏在路边，刚好被路过的八路军救了过来。如果不是后来负了伤，他或许至今还在部队里。

　　这么好的土地却养活不了人，马春耕很是疑惑纳闷。他想不明白，但是他也没有办法，他也只能跟着形势走，用当地老百姓时常挂在嘴边上的一句话说，就是人家咋着咱咋着。

第三十六章

　　两天后，马春耕再次接到通知去秋菊开会，通知要求，这次开会要大队长也参加。路上，马春耕把上次开会情况和他要等到最后再报产量的想法，告诉了王文福。王文福也赞成马春耕的想法，只是王文福提醒马春耕，不要报得太多了，报的多上交的公粮就多，最后剩下的口粮就少，毕竟吃饭比荣誉重要。王文福担心明年春上青黄不接时会再次发生今年的情形。马春耕叹道："全国都在争当先进，咱也不能拉后腿不是？不能老是当落后分子。"这样，两个人在路上争来争去，意见没有得到统一，马春耕只得说到时候看情况再定。

　　会议一开始，东风村第一个站出来，说他们那里今年小麦长势不错，亩产四百斤。南风村发言的是一位五十上下的人。他一听，知道被抢了先，马上嚷道："四百斤算个啥，俺那里一亩地四百五十斤。"

　　罗鸣天听了，脸上现出些笑容，伸长了脖子，瞪着眼睛问道："真的？咱可不能说瞎话啊，说瞎话，到时候查出来了，就是糊弄上级。"

　　南风村发言人也两眼一瞪，一本正经地说道："不糊弄，不信，您可以带人去检查。"

　　罗鸣天"啪"一声拍了一下桌子，叫道："好，东风、南风不错。虽然产量比不上外省，咱这里是黄泛区，田地都被黄水淹过不是？这个产量比前面高多了。"罗鸣天一句话说出，那两个村听了，都乐得咧着嘴笑，露出一口黄牙。这下好了，会场上大家你看我、我看你，面面相觑，不知道接下来这出戏该如何唱下去才好，谁都知道这样瞎吹的后果。

王文福看这情形，突然明白，报得越晚，吹得就越大，报得早的反倒是个小数字，交公粮时就会沾光。于是，就想鼓动马春耕赶快报个数字完事。王文福给马春耕使了个眼色，意思是让马春耕赶快发言。马春耕看见，明白王文福的意思，但他似乎并不着急。马春耕有他自己的想法，他在王家寨七八年了，也该换个地方了。如果工作一直是老和尚的帽子——平铺沓，怎么可能会得到上面的认可，上面不认可怎么会给你挪窝？马春耕扫了一眼会场，没人站起来，估计都在观望，毕竟说出来的话是要负责任的，那后果……其实每个人心里都跟明镜似的。

罗鸣天见台下没人站出来，感觉有点冷场，便有些急了，干脆直接点名问："大马庄，恁那里咋样？"

大马庄发言人见问，知道推脱不掉，只得慢悠悠站起身来，不紧不慢地说道："俺们那里不多，一亩地只比南风大队多收了百十斤，五百多斤，不到六百斤。"说罢，就慌忙坐了下来。

会场里爆出一片笑声。南风村那位听了大马庄上报的数量，习惯性地抬手摸了一下油光的脑门，瞥了一眼刚坐下来脸上泛着红光的大马庄的那位，小声骂道："就你能，还比俺们多收了百十斤。看到时候都交上去了，没吃的，老百姓还不把你吃了才怪！"

这个时候，又有人站了起来，主动报了一个数字，也是在大马庄的基础上又加了五十斤。

大家都小心翼翼地往上加，最后，只剩下王家寨和范家寨两个大队了。马春耕瞟了一眼范家寨的范剑，只见他正襟危坐，一副姜子牙稳坐钓鱼台的派头，显得很悠然淡定。罗鸣天拿眼瞄了一下马春耕，马春耕知道轮到他王家寨了，再赖也赖不过赖八国了，只得站起身来一字一板地说："王家寨亩产八百斤！"

王文福一听，吃了一惊，他马春耕也真敢吹，一下子报出来个八百斤，这还了得？王家寨今年小麦长势较好的寨南门的三十亩地，顶多亩产两百多斤；寨北地势洼，麦棵长得矮小，结的麦穗更小，一亩地能有一百斤就不错了。按照这个亩产八百斤的说法，就是把王家寨今年所有产量全都交上去也不够，那全寨人还不得喝西北风了？

王文福正想着心事，却见不远处赖八国笑眯眯地站了起来，没说话先干咳两声，清了清嗓门，冲主席台问道："还有没有漏报的？还有没有要追加的？不要说记错了，又要重报！"

罗鸣天听了，微微笑了笑，就原话问了一句。会场上一片沉默，一个个低头不语，生怕被点到了名，大家心里都清楚，赖八国那意思很明白，他要当先进，当第一。看来是没有再追加的了。赖八国这才慢吞吞地说："范家寨，今年小麦亩产一千斤！"

会场里一片哗然，众人禁不住发出唏嘘声。

罗鸣天脸上堆起了笑容，他不慌不忙地端起面前的印着红色字体的白瓷茶缸，呷了口水，放下茶缸，将手一挥，说："这次比上次强多了，但怎么看咱们这里的产量就是上不去，没法和外边比。先就这样定吧！我先给大家说好啊，这可都是你们自己报上来的，没人强迫你们！谁要是敢弄虚作假，谎报、瞒报、漏报、虚报，查出来，可是要负责任的啊。"

散会后，与会人员各回各村，一个个拉长了脸，只有赖八国得意扬扬。

数字是报上去了，接下来就是要交公粮了。麦子刚割上场，还没有打下来，秋菊就布置了夏粮征收工作。罗鸣天号召各村要积极交纳公粮，尽快完成夏粮征收任务，支援国家，支援城市，保障城里商品粮供应。指标自然是按照各村报上来的产量按比例分成征收的。各村接到指标一看，都吓了一跳：这地里的麦子打下来，就是全部交上去还不够。但又能说什么呢？产量都是自己拍脑袋报上去的，现在要说完不成任务，那不是打自个的脸吗？不用说，范家寨自然交的最多，赖八国这个时候才知道，这先进不是那么好当的。不过，当罗鸣天问他有没有困难时，赖八国只得硬着头皮拍着胸脯说："放心吧，没问题！"

麦子打下来，还没有晒干，就有人急着往粮库里交送公粮，被粮库里的工作人员给退了回来，说是麦子还有些潮气，需要再晒两晌干透才能入库。王家寨本来已经将粮食装上了车，听说检查比较严格，王文福对马春耕说："咱先不急着交，让麦子在库里放一两天，回回潮再晒，晒干了再交不晚。"马春耕同意，也就将交公粮的事情暂时放下来了。

这天，马春耕接到通知，要各村到范家寨参观学习，现场观摩范家寨粮食丰收情况。马春耕吃过早饭，就匆匆赶了过去。

到了范家寨才知道，范家寨仓库里的粮食还真的比王家寨多，三十多个大麦穴子，高高隆起，个个堆得像座小山包。马春耕跟随着人群围绕着麦穴子转了一个又一个，心下琢磨：这赖八国真有那么大本事能亩产一千斤？东风村的老刘凑到马春耕面前，眼珠一转，四周看了看，见没人注意到他俩，便压低嗓门，试探地问："这赖八国在哪儿搞的恁些麦子？鬼才相信他一亩地能打一千斤！"

马春耕冲他摇了摇头，会心一笑，鼻孔里哼了一声，没有言语，表示同意他的看法。两人在一处麦穴子边上停下脚步，马春耕将手扶在麦穴子上，用力按了按，感觉有些软绵绵的，忽见一处麦穴子缝隙里，露出一小截紫色的红芋秧芽子来，心里感觉有些蹊跷，就又按了按别处的麦穴子，都是软乎乎的。马春耕恍然大悟，这才明白，原来这麦穴子里，只有上面那一层是麦子，下面垫的都是红芋秧子。毫无疑问，这是弄虚作假！马春耕冲老刘笑了笑，手掌示意地拍了拍麦穴子。老刘会意，伸出手掌按了按别处，冲马春耕颇有意味地点了点头，笑了一笑。

正在这时，外边传来一阵吵吵嚷嚷的叫骂声。两人急忙跑出来看，见罗鸣天和一群人已经站在仓库门口，远处一位衣服上打了三四块补丁的中年男子，连蹦带跳地大喊大叫，旁边有两个人架着他的胳膊。那男子两腿一跳，大声嚷道："赖八国，你胡弄！只想着积极，当先进，瞎胡吹，把粮食都交了公粮，是成心让范家寨人全都饿死吗？人做事，上头有老天爷看着哩。把事儿做绝了，不得好死！"

"还不赶快把这个疯子关起来！"赖八国脸色铁青，两只眼珠子瞪得像蛤蟆似的，快要掉了下来，对着那两个人厉声怒吼。

两个人死拉活拽，折腾了好一阵子，才把那男子拉走。那人边挣扎着边回头喊叫着："赖八国,你记着! 范家寨人都饿死光了,你也好不到哪里去! "

望着眼前的情景，马春耕心头一动，他想到了王家寨，王家寨那里会不会也有人这样和他叫板，蹦着喊着，指着鼻子骂他。再看周围的人，每个人都阴沉着脸，刚才那一阵喜庆气氛全都不见了，每个人心头都笼罩着一种不安情绪。赖八国也感觉很没有面子，他嘿嘿干笑了两声，走到罗鸣天跟前，铁青的脸上，硬是堆起了笑，说："甭理他，那是个疯子! "

第三十七章

村里忙着割麦打场、摔麦茬、晒粮食，马春耕忙着开各种大会小会，王文福此时却秘密地召集人开小会，会议地点就在王富田家的小院子里，参加会议的是王贵孝、王文忠和王富田，也就是王家寨秘密的知情者。议题自然是如何处理多出来的二百四十亩地的粮食。

王文福背靠在椅子上坐着，左腿伸着，脱了鞋，赤脚踩在鞋面上，右脚也脱了鞋，蜷着腿踩在椅子边上；双手抱着膝盖，头微微向右肩歪斜着，目光盯着前方杏树上的金黄杏果。他板起面孔，愤愤说道："去年成立食堂时，把各家的粮食收上来，没有计划好，弄得刚出正月便青黄不接，差点饿死了人，今年可不能再那样干了。他马春耕是外庄上的人，出了事儿，他一拍屁股走人，到头来挑担儿的还是咱爷儿几个。今年咱寨里的小麦产量，他向上面报的是亩产八百斤，我看按这个上报的数就是全交了公粮，还不一定够哩。好在咱有这二百四十亩地支撑着，他马春耕不知道。这二百四十亩地打的粮食，是咱寨里人的保命粮。今天趁马春耕不在，咱得合计合计，提前拿个主意出来，看这二百四十亩地打的粮食，咋个弄法? "

王贵孝坐在王文福对面的另一张椅子上，挠了挠头皮，随声附和道："这个是得早点想办法，甭让老马回来看到，要不全都交了公粮就坏事了。"

王文忠挨着王文福坐在一个方凳子上，和王富田对面。他看了一眼王富田。

王富田坐在软床上，正不紧不慢地卷着纸烟。他从上衣口袋里掏出一张长条白纸片，又从小黑布烟叶包里，捏出一撮烟丝来，放在纸片上，将烟丝匀开，对角卷成一头粗一头细的圆筒状。卷好后，抬手将烟卷外边的三角形纸片放在嘴唇边，用舌尖儿轻轻舔了舔，双手在手心里轻轻搓着，那舔湿了的纸片便与烟卷沾在了一起。王富田手里卷着烟，眼睛望着前方，一言不发。

王文忠又转眼望着王文福，说："要不还把粮食藏在仓库里，现在就开始，还每天限量。"

没等王文福说话，王富田接过话来，问："那要是被马春耕知道了，咋办？"说着，用手掐去烟卷拧成的结，抬起头来望了一眼王文忠。

王贵孝接道："对啊，要是被马春耕知道了，不是又要惹出麻烦来？"

"富田叔，论理，你辈最长，年龄又大，你说咋办就咋办。"王文福望着王富田，知道他会有办法的。

王富田此时已点着了烟卷，他猛地抽了一口，咳嗽一声，说："分了吧，保命要紧，按人头分。今年收成不错，我看一亩地能打二百来斤。这二百四十亩地，就是四万多斤，咱寨里六百五十口人，一个人合七八十斤。这一个人有七八十斤粮食垫底，再加上秋粮，扳着指头过日子，省着吃，最起码饿不死人。"

"中！"王贵孝大腿一拍，附和道。

王文忠哼的一声笑了，说："刚才我就这样想，只是还没说出来哩。"

王文福也跟着笑道："都想到一块去了，我也这样想过，这个办法中是中，问题是咋个分法？要是明面上分，被谁揭发了就坏事了。还有就是有些人家里，没有锅咋办？"

王富田见他的主意全都赞成，便来了精神，清了清嗓子，说："当然不能明着分，只能变个法儿，偷偷地分。先按人头各家各户算好，加上会计王陈仓和几个可靠的炊事员，趁落黑喝罢茶时，分头给近门儿的各家各户送过去，没有近门的就由队长偷着送过去，就说是偷着给的。各家得了好处，心里有数，都不会说出去的。家里没锅的，自个想办法，用瓦罐烧也行。"

"我看中，只是要偷偷地送过去，拉给谁家给谁家说好，一定不要吭声，可别传出去了。要是传出去了，是要出大事的。"王文福补充道。

王文忠嘿嘿笑道："真要是传出去了，也不用怕，还有不让人吃饭的理？就是法办了咱，保住全村人的口粮，我看也值。"

"应该不会，咱寨里人心齐。再说大家都得了好处，谁会说出去？"王富田接道。

此时，王文福却在心里打起了算盘，这二百四十亩地的粮食分完后，剩下的粮食就可以交给马春耕安排了，交多交少让他马春耕看着办吧。只要马春耕能给寨里多少留下些口粮，加上秋粮，这日子就能过得去。

第三十八章

夏天是青蛙、知了的天下。白天人们忙碌时还都不太在意，到了傍晚的时候，那池塘里、田野里，到处蛙声一片。寨子里，不管你走到哪里，都是知了的鸣叫声。

姚淑美一家三口在食堂吃过晚饭回来，已是掌灯时分。往常的日子里，姚淑美和两个孩子习惯夏天坐在院子里纳凉，天南地北，讲述那美妙而神奇的传说故事。

姚淑美见今晚天气不错，夜空中满天星辰，便对儿子王宝禄说："你去屋里把席子拿出来，咱们坐一会儿。"王宝禄答应着去了。

姚淑美在过道里找到扫把，将院子扫了扫，扫一片干净的地方出来。

还没有扫好，见儿子王宝禄已头顶着芦苇席子站在门前等候了。扫好地，将席子铺在院内空地上，一家人坐在席子上乘凉，一边说着闲话，一边仰起脸来看天上的星星。

这天晚上正是月底的日子，天上没有月亮，星星却格外明亮。深邃的夜空中，灿烂的银河横亘在天空中，繁星点点，一明一暗地闪烁着，牵牛星、织女星在银河两岸一闪一亮，互相辉映。

姚淑美对两个孩子说："我教你俩一首诗吧？"

"好，好！"女儿金枝拍着手说。

"好！"儿子王宝禄说。

姚淑美吟诵道：

天河水来波连波，牛郎织女泪娑娑。
喜鹊爱管不平事，愿搭鹊桥跨天河。

两个孩子跟着学了一遍，王宝禄问道："娘，你说这人写恁多诗词弄啥哩，又不能吃不能喝的，还不能挡饿？"

姚淑美吟了那首诗，心里想起她的丈夫王贵仁，不免有些惆怅，见儿子问话，不由得叹了口气，说："人吃饭是为了活着，可是活着不是为了吃饭。人要活得有意义，就有了诗词文学，有了吹拉弹唱、琴棋书画。"

王宝禄听了，似懂非懂地点了点头。

过了一会儿，王宝禄借着星光，看到妹妹金枝很久不说话了，坐在那里打起了瞌睡。见她闭着双眼，嘴巴张得像个小瓢，不住地点头，又强撑着抬起头，却又猛地点了一下头，又强撑起来，瞪大了眼睛，便感觉有些可爱，就想逗她一逗，又怕声音大了吓着她，便悄悄往金枝跟前蹭了蹭，将头伸过去，等金枝点头时，在她耳边轻声喊了一下："嘟！"

金枝冷不防被吓了一跳，睁开眼，见是哥哥，便嘟起嘴，两腿来回在席子上踢腾着，将席子踢得扑通通响，扭头冲母亲嚷道："娘，俺哥吓我！"

王宝禄一旁笑道："你还说让咱娘给你背古诗，还没背完你就开始瞌睡了，你还听不听？"

姚淑美看着兄妹俩打闹，呵呵笑了，对儿子说："她正困着哩，你冷不丁地吼叫一声，要是吓着了，咋办？"

金枝见母亲给她扶了理，偏向着她，咯咯笑道："差点没有把我吓掉魂。"

王宝禄挨了数落，心里有点不服气，分辩道："我跟她逗着玩呢。"说罢，就又坐回原处，不再言语。

姚淑美说："没有这样玩的，冷不丁地吓人，还真能把人吓毁呢。小孩子吓着了就不长了。要是真吓掉魂了，可就麻烦了。还得请人叫魂。"见儿子不说话，又回头对女儿金枝说："你困了，就收拾一下床铺，先去睡吧。"

"我不睡。"金枝说。

姚淑美笑了，知道女儿胆小，一个人不敢到屋里去，便说："你今年都十三岁了，还恁胆小，我和你哥都在这坐着哩，你一个人先去屋里睡觉，怕啥？"

金枝听母亲说她胆小，不服气地说："谁害怕了？我就不想睡，听你说话。"

一家人正说着话，忽听外边有人敲门。

姚淑美忙叫儿子王宝禄去开门。王宝禄走到大门前，吱嘎一声打开个门缝，夜色中见是王文福，便没好气，就想重新把门掩上，又见王文福拉着车子，车上装满东西。王文福笑了笑，对他说："快把大门打开，我给你家送吃的来了。"

王宝禄不知是怎么回事，只得打开大门。王文福拉着车子进了院子，回头对王宝禄说："快把大门关上，别让人看见。"

王宝禄只得又吱嘎一声把大门关上。

姚淑美听见门外有人说话，早已和女儿金枝站了起来，还没有明白怎么回事，只听拉车进来的王文福低声对她说道："这是今年刚打下来的新麦，我给你家弄来了一些，放到家里藏起来。寨里的麦子交了公粮后就剩不多了，怕是明年春上再断了粮，别饿毁了孩子。"

姚淑美见王文福这样说，又望了望那车上的东西，果然是麦子。眼下这种情况，能说不要吗？于是，她心头涌起一阵感激，却不知说什么是好，先前郁结在心底的那团怨气一下子化解开了。她慌忙走进屋里，摸着火柴，点亮油灯。

王文福已从车子上抱下一个装得满满的布袋，抱到堂屋里，说："把这个先倒在囤子里，布袋我还得拿走用。"姚淑美虽然脸上依旧没有笑容，但说话的语气已经不再像先前那样冷冰冰的了，不紧不慢地说："要不就先倒在堂屋地上吧。"

王文福笑道："好，反正你家藏东西，都有经验了。"

姚淑美见王文福话里有话，也就不好意思地笑了。她拿起扫把，哗哗几下，扫了一片空地来，指着说："就倒在这儿吧。"说着，转身走到里间，窸窸窣窣地摸索了一阵子，又走了出来。

王文福将麦子倒了出来，转回身又抱了一袋过来，倒在一起；这样一连倒了满满的三布袋小麦，在地面上隆起了一个麦堆，冒着圆圆的尖儿。

姚淑美见王文福头上渗出汗来，忙让女儿金枝拿块毛巾递过去。王文福不接，掅着衣角在额头上胡乱擦了一把。金枝又端来一碗茶水来，王文福这才接了，喝了一口，说："囤里有粮，心里不慌。有两百来斤粮食放在家里，过日子就有底气了。平时到食堂里吃饭，这是救急的粮，要到明年春上青黄不接时再吃，是保命的口粮。"

"你这是咋弄来的？要是偷的，俺可不敢要？"姚淑美有点担心。

王文福嘿嘿笑道："这个你甭问，有吃的就中了，安排好孩子，嘴严实些，甭说出去。"

姚淑美点头答应，当面安排儿子、女儿不要说出去。

姚淑美手里攥个东西，却迟疑不决，犹豫了一会才说道："你不是三番五次问俺家的东西吗？那天堵老鼠洞，在墙角旮旯里寻出这么一个东西来，也就这么一个主贵物件，给你吧。"说罢，便伸手递过来一个东西。

王文福这才看见姚淑美手里攥个东西，接在手里一看，沉甸甸的，是块金砖，掅了掅，不由得眉飞色舞，笑道："这个时候要这有啥用？还顶不上半袋粮食主贵哩。以前我也不过是好奇，就是问问。这个，我不要。"

姚淑美板起面孔，说："你弄了这么多救命粮来，俺娘儿仨也没啥好谢你的，你把这个东西拿去，就当俺们谢你啦。"

王文福见姚淑美坚持要给，显然是实心实意的，也就笑道："那好，我拿回家垫俺家的桌子腿去。"说着，便抬手装进口袋里走了出去。

返回的路上，王文福拉着车子，脚步格外轻松。他拿麦子送了人情，又得了这意外之财，心里不免有些沾沾自喜。

在姚淑美看来，她这样做，无非是不想欠他王文福一个人情。她将那块不能吃不能喝的东西，换这么些保命粮，怎么看都是一件很划算的事情。

第三十九章

每年新麦刚收到场里，传说中的龙王便会依照约定俗成的惯例，带着龙子龙孙虾兵蟹将，赶来豫东平原上空行雨。

生活在平原上的庄稼人，也摸透了上天的习性，在几千年的农耕社会里，一直沿袭着顺天应时靠天吃饭的习惯。种子下到地里，不用管它，只要雨水充沛、光照充足，庄稼自会生长。真可谓是人勤地不懒。豫东平原大多年景里都是风调雨顺的，若是真有东海龙王的话，也算是恪尽职守了。不过，龙王也有疏忽的时候，有时该下雨时几十天不来下雨，不该下雨时却突然来场狂风暴雨，或阴雨连绵，像是故意捉弄人似的，又像是在提醒人们别光靠老天吃饭，也要自己动手，方能丰衣足食。

天长日久，人们自然也有了应对的招数，在田间地头打井取水进行灌溉，挖沟修渠排涝减灾。每当庄稼季到来的时候，平原上的人们不敢怠慢，不分昼夜进行劳作，抓紧时间抢收抢种。若是慢了半拍，便会赶不上时令，那老龙王是不会等人的，一场雨水下来，就会错失收麦种豆的最好时机。

那庄稼苗娇贵得很，早种晚种都不行，只有在符合它的节气里播种才行，前后下地相差三五天长出来的庄稼就大不一样了，收成自然也大为减少。

麦后的一天，天空晴朗无云，三两片雪白的云彩静静地在天边飘荡着。太阳火辣辣的，树梢一动不动，没有一丝儿风。一大早，寨海子两岸的柳树枝上，知了叫个不停，鸟儿欢快地飞上飞下。

姚淑美吃过饭，就随大伙去地里刨了一上午麦茬，因为天气炎热，也就早早收工回来了。到了午后，天上云层逐渐厚了起来，空气燥热，气压低得让人直喘不过气来，额头上的汗水擦也擦不干净。天空中，不知什么时候起了些墨色的云层，太阳也悄然躲到云层后面去了。

乡下人的习惯，只要睁着眼就得下地劳动。王富田说地里还有些活，趁这会儿没太阳，要大家早早下地。

姚淑美随着众人刚走到寨东门地头，眼见东南边天空中起了乌云，黑压压一片，空气越发沉闷。这时，一阵风自东南方吹来，卷起散落在田地里的零碎麦秸。那麦秸在空中起伏飘舞，夹杂着些尘埃，顺风向人们扑面打来。一粒灰尘瞬间吹进了姚淑美眼里，她连忙抬起胳膊挡住风，揉了揉眼。风里带着些寒气，吹到脸上，凉丝丝的，似乎将这沉闷的空气撕开了一个口子，使人顿感神清气爽。风是雨的头，风来雨不愁，姚淑美心里念叨着。她举手搭在额头上，仰头再看那东南方的天空，见乌云滚滚，正快速向王家寨上空袭来。

"雨来了，快跑！"有人大声喊道。

话音刚落，只见天空中一道电光闪过，那电光像一条舞动的金龙从天空中直飞下来。咔嚓一声，半空中响了个滚雷。

王富田大喊："快跑，再不跑就来不及了，要淋雨了。"众人这才一齐拔腿往寨门方向跑去。风越来越大，快到寨门口时，雨滴便啪啪打落下来。姚淑美随众人一起涌进学校里，学校前排的大队部房间里，早已挤满了人。

姚淑美挤到一个窗户下站着，看了看身上，有些湿，头发上也淋了雨水，但无大碍，便透过窗户看那雨水，见雨中还有人从寨外跑来，上衣顶在头上，浑身早已淋湿透了。

风吹着雨水打得窗户玻璃啪啪作响，雨水透过缝隙渗了进来，顺着水流滴落在窗台上。雨越来越大，仿佛天河直接倾泻下来似的。

"这场雨来得真及时，刚收了麦子，要种秋庄稼了，正好需要雨水。"说话的是先生王贵义。

王贵义守着他的药铺，见来了好多人避雨，便出来和大家说话。成立食堂后，寨子里的饭场没有了昔日的热闹，他的药铺便成了一个信息集散地。每天人们有事没事总喜欢来这里聊天。一些小道消息、花边新闻，都从这儿传播开来。

"听说马支书要调走了，是真的吗？"有人问王贵义。

"我也是刚听说，还没有明朗哩。"

"他在咱寨里干了几年了，也该挪挪窝了。"

"是啊，有七八年了吧。"

接着，人们议论纷纷，猜测谁会来接他的班。

姚淑美怔了一下，双眼注视着寨外的田野，可是，远处的景物已被雨水遮住了视线，她只能看到雨水打在地面上溅起的水花。

第四十章

雨越下越大。雨声夹杂着风声，一阵紧似一阵。地面上已经积了水，雨水落在地面上冒起一个个小水泡。水泡越来越大，直到被天上落下来的雨水砸落破灭，却又在原地腾起了一个新的水泡来。那水泡圆圆的，亮亮的，很是好看。姚淑美正看得出神，眼前的那个水泡却又破灭了。

望着眼前冒起来又破灭了的水泡，姚淑美心里起了涟漪。周围人的闲谈，一句句传到她的耳朵里。马春耕要走了，是的，她听得真真切切。走就走吧，对姚淑美来说，马春耕不过就是那个刚刚鼓起来却又很快破灭了的水泡，终归只是一个幻影。这两年，也是生活所迫吧，她再见到马春耕时，早已没了先前的那份心情。马春耕似乎也是这样，早前对她那种暧昧的态度，似乎也荡然无存了。这也难怪，处于饥饿中的人，吃了上顿愁下顿，哪里还有那份闲心？

如果说王贵义的话属于小道消息，那么王文福的话就证实了这个消息。王文福在一次公开的场合说，罗天鸣调到县里去了，马春耕接了罗天鸣的班。

果然，两天后，在王文福的陪同下，马春耕挨家挨户与王家寨人告了别。当来到姚淑美家时，马春耕同样将在别人家说的话对着姚淑美重复了一遍。无非是些客套话，比如感谢支持工作啦，工作没做好多多包涵啦，他会经常回王家寨看望大家啦，今后有事没事多去秋菊找他说话啦。姚淑美连声答应着，心思却在别处，并没有听进去马春耕在说些什么。

有一点是肯定的，姚淑美心里腾起的那个看似美丽透明的水泡泡，真的彻底破灭了，并且再也不会有新的水泡腾起来了。

从内心来讲，马春耕确实不想离开王家寨，他在这里工作了七八年，对王家寨的一草一木再熟悉不过。王家寨人也不把他当外人，有家里两口子吵架的，邻里拌嘴的，不管什么鸡毛蒜皮的事儿，都喜欢找他过问。他也慢慢形成了个人的威信，遇到那不公平的人和事儿，他会为受到欺负的人撑腰，多么倔强的人都会被他骂得不敢说话。还有一个令马春耕留恋的原因，那就是在这里能经常看到那个让他心动的女人。这两年，他疲于应付工作事务，每次见到姚淑美也只是不经意间瞄上一眼，却不露出半点儿暧昧表情，但这并不代表他心里没有想法。他没有勇气打破世俗，跨越现实中那个横在他们之间的鸿沟。

姚淑美心里也有些失落，马春耕真的要走了，以后再想看上他一眼就不那么容易了。在她看来，她和他之间隔着的已经不是一张随时可以被她捅破的窗户纸了，而是一座高山，一座不可逾越的高山。

可是，她此时顾不得这些了。眼下，摆在她面前的是儿子的婚事。眼看着日子一天一天挨过去，两个孩子也一天一天长大，都到谈婚论嫁的时候了。在这个节骨眼上，她不能给孩子抹黑，让两个孩子在人前抬不起头来。于是，她内心深处那扇情感大门，还没有完全打开，只露个门缝，便又关上了。

姚淑美每天随着钟声，上工、下工、开会、学习、唱歌、吃饭、睡觉。她感觉她的身体成了一台机器，被人使唤着，每天睁开眼就得发动运转，直到天黑再次躺到床上。她平时很少与人说话，只在范彩霞来她家串门时，俩人才会亲密地交谈一阵子。范彩霞的教学任务并不太重，虽然学校已经开了学，但学生不太多，有些孩子辍学后，再也不愿意上学了。

每到晚上喝罢茶后，范彩霞便会来到姚淑美家陪她坐上一会儿，俩人会拉一阵子家常。看看两个孩子都睡着了，俩人便会在灯影下，坐近了些，你一言我一语说个不休。豆粒般大小的灯火辉映着两个人的身影，说到痛快处，俩人便会将头凑近，低声说些女人间的私房话。谈到马春耕，范彩霞低声笑道："我看老马在这里时，明显心里有你，喜欢你。你说你心里喜欢他不喜欢？"

姚淑美此时说话也不再顾忌，低声叹道："唉，你说喜欢咋啦？不喜欢咋啦？孩子都恁大了，还能咋样？人都走了。"

"那不一样，他人是走了，可又没上天。不是才三四里的路？你要是真心喜欢他，我哪天找他去，从中牵个线！"

"你就甭拿我说笑了，没影儿的事，咱哪里配得上人家呀，还提他弄啥！"姚淑美叹了口气，又说："眼下两个孩子都该提媒了，这可不是闹着玩的，我可不想因为我，落个坏名声，毁了俩孩子一辈子。"

"唉，恁好的缘分错过去了，怪可惜！"显然，范彩霞有些伤感。

于是，俩人哀叹着伤感了一回，又说了些闲话，范彩霞方才起身摸黑离去。

范彩霞经常来姚淑美家串门说话，这让姚淑美有机会将心底积压的郁闷一吐为快。话说出来后，人也就舒畅多了。

秋后的一天，天刚落黑，范彩霞就一脚踏进姚淑美家来串门，还未坐定，便双眉紧蹙，神情很是忧郁，说："姚老师，你知道俺娘家那里，赖八国一夜犁坏十八亩红芋的事吗？"

"不知道哩，还没有听说。"姚淑美答道，又笑了笑说，"范老师，你看，你就甭喊我老师了，我早就不是了。"

范彩霞拉过一条凳子坐下，一手拉着姚淑美的手，一手捂住她的手背，笑笑说："喊惯了，不好改口了。我给你说啊，那个赖八国不知是咋的了，喊着人，套上牲口，连夜将范家寨寨北十八亩红芋全部都犁掉到地里，不要了。你说，这冬天里，让人吃啥，怕是又得饿肚子了！"

范彩霞的话刚一说完，姚淑美就愣住了，她不相信这是真的。红芋是豫东平原上秋粮中的主粮，产量高，乡下人主要靠吃红芋。虽说红芋吃得多了，会胃里发酸、烧心，但也总比饿着肚子强得多。红芋作为秋粮便是人们过日子的盼头，至于玉蜀黍、红蜀黍、谷子，产量太低，根本就指望不上。因此，姚淑美等范彩霞话音一落，便不解地问："为啥？"

范彩霞苦笑了一声，叹道："那红芋虽然受了淹，有些坏到地里了，毕竟挖出来还能吃。谁知道他为啥都犁到地里？赖！"

第四十一章

王家寨不久就有了新的年轻当家人。这个年轻人叫王富钱，是已故老人王老八的小儿子，王富田的弟弟。

秋后的一天，从部队复员回来的王富钱，一根木棍两头挑着行李背囊从外边归来，还没有进寨就听到了他父亲去世的消息。路过寨东门外，有人指着一个坟头，告诉他说那就是他父亲的墓地。王富钱听了，慌得放下挑子，扔在地上，紧跑几步来到坟前，扑通一声跪下，头触在地面上，失声痛哭起来。

正在田间干活的王富田听说兄弟回来了，急忙赶过来，儿子伙头也跟着跑了过来。王富田把弟弟王富钱搀了起来，给他细说了老人去世的情形，将老人寻短见的情节隐去，只说老人得了急病，头天还好好的，谁知天明起来就发现断了气。说罢，又拿好话安慰弟弟："你在部队，怕影响你的工作，就没有发电报告诉你。寨里人都说咱爹这是寿终正寝，落个好走，不受罪了。要是活到这会儿，天天饿肚子，活着就是受罪。"

伙头捡起地上的挑子，看那挑子，一头拴着青色藤条编的箩筐，里面装着一个绿色煤油炉子，一个鼓囊囊的发了黄的军用挂包，一个褪了色斑斑点点的军用水壶和三本封面上印着伟人像章及红色字体的书籍；另一头没有箩筐，只用绳子系挂着一个泛黄背包，三横两竖捆得方方正正的，上面夹着些泛黄的旧军装。背包带的颜色同样旧得泛了黄，看起来和被子的色彩刚好相配。

王富钱摸着伙头的头，用一种亲切的目光望着眼前这位侄子。

王富钱一回来便被指定主持王家寨的工作，这让王富田很为弟弟捏了一把汗，以王家寨目前的形势，如何保证全村人吃上饭不饿肚子，就是一件令人头疼的大事。虽然各家偷偷摸摸分了一点儿粮食，但也只能是将就着过日子。王富田找来王文福商量，说："富钱刚从部队回来，年轻，没啥经验，遇到事儿还得靠你在后面帮衬着。"王文福笑道："这个不用说，现在当家的是咱王家人，还有啥说的？"

王富钱做的第一件事就是像拜年一样，每晚喝罢茶去各家各户走访。由王文福陪着，先是客套一番，问寒问暖，坐下来与人说上一阵子话，方才离去。

正如王富田所说，王富钱遇到的最令他头疼的事就是吃饭问题。夏粮小麦虽说收成不错，但交了公粮后也所剩无几，倒是剩下一些粮食，还是马春耕多次协商后才留下来的。但这点儿粮食根本维持不到过年，甭说年后青黄不接的时候了。本来指望着秋粮，可这个秋天自立秋过后，雨水下个不停，秋庄稼都受淹了。豆苗生长出来就稀疏的几棵，田地空白很多，到秋收时，豆夹多是扁的，有的根本就没有结籽。玉蜀黍、红蜀黍更不耐淹，谷子产量本来就小，受了淹，结出的穗子就更小了。红芋泡在水里，出地后才知道原来在地下已经坏了一大半了。

一天早饭时，竟发生了两个人打架的事情。事情起因是这样的，小挪领了一个馒头，两三口就吞到肚子里了，回头又到伙房里要。那分发馒头的五嫂天不明起来就一直忙着，也是有点犯迷了，就又给了小挪一个馍，结果被赖羔发现揭发出来。五嫂找小挪要回时，哪里还有？小挪早已将那馒头下了肚。大家都骂小挪破坏规矩，多吃了一个馒头。小挪心里窝了火，趁揭发他的赖羔正埋头吃饭时，便端了一碗汤，走过去，冷不防朝他头上倒了下去。

赖羔被小挪一碗热汤倒在头上，烫得嗷嗷直叫，抡起拳头，一拳打在小挪鼻梁上，顿时鲜血直流。小挪抹了一把鼻涕，满手的血往赖羔脸上就抹，扬手抓住他的头发，再也不松。赖羔哪里肯依？伸手也想去抓小挪的头发。可小挪刚理了平头，头发太短，赖羔抓了两下没有抓住，只得往下抓住了小挪胸口的衣领。众人看他俩像两头公牛一样头抵着头，扎着马步，推来搡去的，厮打在一起，又是笑又是劝，可怎么也劝不开。多亏王富田及时赶来，大声呵斥着，才将两人拉开。大家都说小挪多吃一个馒头，非要从他明天的早饭中扣出来。王富田好说歹说，才算将这个事情平息过去。

王家寨人吃饭一直维持着定量供应。王文福的意思是只要不发生饿死人的事情，挨过一天是一天，人瘦点不要紧，饿点肚子也不要紧。

第四十二章

一九六〇年是中国历史上令人难忘的一年，那年是庚子年，也是鼠年，闰六月，整整三百八十四天，因而这一年对中国农民来说，日子比往年就显得格外难挨些。立冬过后，西北风一吹，人们走路不得不裹紧夹衣，缩着脖子，将两手插在衣筒里。刚进入十一月，天上就飘下雪花来，纷纷扬扬，洒落大地。豫东平原，放眼望去，白茫茫一片，雪花覆盖着刚刚从土壤里探出小脑瓜的麦苗儿。雪过天晴，还没有化冻，接着又是两三场鹅毛大雪。家家户户屋檐下都挂着长长的冰溜子，晶莹剔亮，阳光一照，折射出五彩的光芒。贪玩的孩子们则会举着棍子将冰溜子敲下来，拿在手里，明晃晃的，当作长枪短剑，在雪地里打闹玩耍，追逐嬉戏。还有的孩子会拿着冰溜子往嘴里送，像城里人吃冰棍一样，用舌尖儿不停地舔着。

皇姑河里结了一层厚厚的冰，水面被封冻起来，已经看不到水的流动了。冰层下面依稀可见紫色的水草，都静止在那里。水里的小虾、小鱼儿、水拖车之类的生物，也都不知跑到哪儿去了。倒是有件有趣的事儿，那就是河这边的人们可以沿着冰面到河对岸那边去看看了。

虽然仅是一河之隔，对岸那条宽阔的马路，在河岸这边的王家寨人看来，却显得那么生疏。这也难怪，平时隔着一条两丈来宽深深的河水，人们想要到对岸去，必须走上二三里路过个桥才能绕过去。

即便是在炎炎夏日里，也只有那会游泳的人才能游到河对岸去。游到对岸的人，会到对岸池塘里摘下一片荷叶，顶在头上，在白杨树荫下乘凉。皇姑河水静静地向东流淌着，河岸两边高大的白杨树被东南风吹得叶子哗啦啦响。人们经常会在晌午的时候，见到有人游到河对岸去，在马路边树荫下找片光溜溜的地方躺下来，头枕着大地，两只眼睛被树荫遮不住的蓝天白云的亮光一照，便有了睡意。于是闭上眼睛，将荷叶反盖在脸上遮住亮光，被那哗啦啦的微风一吹，竟惬意地睡过了头，以至于误了回家吃饭的时间，害得家人四下喊叫着到处寻找。这让一心想到对岸看个稀奇却又不会游泳的人直眼馋，心里很是羡慕。

现在好了，人们要想到对岸去，只需沿着河里的冰，小心翼翼踩过去就行。当然，常会有人不小心摔个仰八叉，惹得众人捧腹大笑。也会有人遇到冰块薄弱的地方，一只脚踩破了冰，掉进冰窟窿里，湿了裤腿，弄丢了靴子。成年人且不说了，免不得让人笑话，会被当作笑料传播很久。要是还未成年的孩子，回家后就少不得要挨上家长的一顿暴打了。

一九六一年的春天来得特别早，年前腊月十九就立了春，比一九六〇年正月初九立春整整提前了二十天，那年是两头春的特别年份。人们在度过了严寒的冬天后，终于盼来了春天。

春节刚过，严寒带着肆虐的快意向豫东平原上的人们告别。皇姑河的冰面上不知道什么时候悄然化了冻，冰块慢慢融化，水面化开了口子，又露出一汪清澈的春水来。人们才知道，原来那冰封的水面下河水依然在流动，并没有完全被冰冻。

春回大地，万物复苏。阳光一照，水草最先泛出绿色，顺着水流的方向缓缓向东漂流着。又过了些时日，便会看到一条条灰色脊背的小鲫鱼儿和一群群黑色大头短尾巴的小蝌蚪儿，摇摇摆摆，在水中来回穿梭。水草里潜伏着灰白色的小虾，弓起背来，跳出水面，向外喷了一股水，便又潜伏下去，在水面上荡起一个水圈儿。长着八条腿的小河蟹，举着两只长长的钳子，从河岸边泥洞里悄悄拱出来，在浅水滩里横着身子爬动着，两只突起的小黑眼睛，晶莹透亮。那个外号叫卖油郎的水拖车则会伸展开细长的腿，四平八稳地浮在水面上，倏然一动便会快速移动一段距离。平静的水面荡起一圈圈涟漪，慢慢扩散开来，逐渐消失。再看那水拖车，却依然漂浮在水面上，静止在那里，又不动弹了。河岸边浅水处不时地会冒出一个个小水泡来，不知那是什么叫不上名字的小水怪在兴风作浪。

豫东平原上的人们，习惯将每年春节过后直到新麦下来的这段时间，称为青黄不接。这段日子里旧粮快要吃完，新粮还没有下来，搞不好就会断粮挨饿，因此这段日子最难挨过。王家寨食堂已经供应不上食物了，每天只是清汤寡水维持着早餐和午餐，晚上只能提供些热水，这个时候把晚饭称为喝茶倒也名副其实了。

一个大家都心照不宣的事实是，各家烟囱里不知什么时候都悄悄地冒出炊烟来。那些没有锅灶的人家用瓦罐或洗脸盆当成锅，添上水，用两块土坯架起来支成灶，燃起火来烧汤做饭取暖。对于各家各户烟囱里冒烟偷偷做饭这件事儿，寨里的人见面都是相视一笑，谁也不会说出来。那段时间，每到夜里，王家寨有磨房的八户人家总是灯光通明。姚淑美家自然也不例外，她家的磨房里不住地传来呼呼呼的响声和轻声细语的说话声，那是邻居们在连夜推磨磨面和排队等候的人在轻声说话。

　　饥饿终于在一九六一年春上收麦前缓解了，各家各户可以光明正大地冒起炊烟做饭了，豫东平原的农家小院里又有了鸡鸭鹅的叫声，慢慢恢复了生机。

第

二

卷

第一章

岁月像流水一样，不过倏忽之间，那桃花儿红了又谢，谢了再红，一晃又是五六个年头过去了。苦日子难熬终究算是熬过去了，对于姚淑美来说，有些事情却是她绕不过去的，比如这眼前的男婚女嫁。

两个孩子逐渐长大成人，说媒提亲的事情一天天挨近，这慢慢成了姚淑美心头上的一块疙瘩。眼看着寨子里和儿子宝禄年龄相仿的同龄人福生、伙头陆续都订了婚，姚淑美心里越来越焦虑。她几乎是逢人便说，遇人便求，求人给她的儿子宝禄说媒提亲。至于对未来儿媳妇的要求，姚淑美总是挂在口头上的那句话：只要女孩儿不憨不傻，下雨知道往家跑就可以了。

一般男方家说这样的话多是谦辞，姚淑美这样说，倒是真这样想的。即便这样，上门给儿子提亲的人依然是寥若晨星，原因不言自明。倒是有人愿意给女儿金枝提亲，姚淑美总是一口回绝，说儿子不娶女儿不嫁，要是当哥的还没有娶亲，妹妹嫁了人，那当哥的也就更不好说了。三番五次下来，来给女儿金枝说媒的人也就少了。

春节前后是说媒提亲最好的时候，人都闲下来了，趁着过年走亲戚的时机来回传话方便。姚淑美不由得将此事时刻挂在心上，日思夜想。

正月初五，是农历破五，民间传说，这一天是财神的生辰。范彩霞头天来串门时就提醒她说："明儿个是破五，甭忘了老早起来，迎财神，送穷鬼。"姚淑美只说不太懂。范彩霞笑道："也没啥懂不懂的，只不过烧三支清香，摆些供品，说些求财神保佑发财的话罢了，都是老辈人传下来的习俗。"说罢，又自顾自地笑道："我看年年求财神，也没见哪里灵验过，无非是图个彩头求个吉利罢了。"

范彩霞走后，姚淑美心里想着明天早起迎财神的事，便早早睡了。第二天，天刚蒙蒙亮，她便被外边零星传来的爆竹声响吵醒，看看天还没有完全放亮，天又冷，心想再多睡一会儿，可躺在床上却怎么也睡不着了。于是，就早早起了床，梳洗完毕后，拿起扫把将庭院打扫了一遍。也不知啥时候时兴下来的风俗，从正月初一到初五是不能往外倾倒垃圾的，只将几天的垃圾扫在一个角落里。说是垃圾，无非是些过年燃放爆竹落下的碎纸屑和从门外雪地里带回来的泥巴，红的绿的，夹杂在一起。到了破五，就可以将垃圾清理出去了。她将屋内屋外收拾利索后，又洗净手，在堂屋案上摆了大馍、枣山、果子、大菜等供品，点燃了香烛，这才打开大门，算是迎接财神了。

站在门口，姚淑美四下看了看，左右邻居家也都早已打开了门，天上彤云密布，灰蒙蒙的，远处不时传来爆竹燃放的响声；胡同口、当街里都没个人影。一股北风呼啸而过，姚淑美不禁打了个寒战，感到身上有些寒冷，于是转身进了大门，回到厨房，心里想着早饭擀面叶，补补丁，补住家中的亏空，便去堂屋里掫了一瓢好面来，放在瓦盆中，添上水，和面。刚将手放在面盆里，便听见大门吱的一声响，有脚步声传来，有人干咳了一声。她便搓了搓手，慌忙走出来看，见是王文福，穿着一身新衣，正抄着手走进来。姚淑美见他年前刚剪的头发，精神抖擞，容光焕发，脸上洋溢着内心藏不住的喜悦，心想：究竟是过年了，这家伙与往日邋遢的样子大为不同。

王文福见了姚淑美，便在过道里停住脚步，再也不往前走，先是一笑，说道："来请你去家里帮忙。有人给王康说了个媒，女方今个儿来相家。媒人说，要是看中了，就直接许亲了。咱这边少不得找几个人陪着不是？"

姚淑美听了，心头一震，心想，王康平时那病恹恹的样子，都有人说媒了，她的儿子王宝禄却始终不见有人来提亲，心里便有些酸溜溜的。她勉强笑了一下，答应说："那好哇，你可省心了！"

王文福见姚淑美漫不经心，知道她还嫌弃他，不愿意和他打交道帮他的忙，便满脸赔着笑，又说："也不是你一个人，我还请了五嫂、王文忠家的、王贵孝家的，三四个人哩。这不是王康他娘走得早，我一个人张罗

156

不过来，作难吗？"

"甭说了，我等会就去。"没等王文福说完，姚淑美便打断他的话，答应下来。

王文福千恩万谢又说了几句好话，方才离去。姚淑美眼见王文福出了大门，方转身回到厨房，匆匆将面和好，洗了手。看看两个孩子还在睡懒觉，没有起来。本来过年期间，天气又冷，孩子多睡会也是正常。姚淑美轻轻叫醒女儿金枝，交代了几句，安排她起床后将和好的面擀成面叶，兄妹二人吃了早饭，在家守着不要到处乱跑；交代好后，这才关上大门走了出去。

路上，姚淑美想起心事，王康自小身体弱，先天不足，个头儿不高，说话吞吞吐吐的，上门提亲的却是一个接着一个。再想想自己的儿子王宝禄，论个头儿，比王康猛多了，却没人前来说媒，这让她心里很不是滋味。

她边走边想，快到王文福家门口时，老远见五嫂从胡同口走来。姚淑美知道五嫂也是来王文福家帮忙的，便停下脚步等她。正等得没趣儿，一抬头看见胡同口旁边，一棵碗口粗的椿树上贴着一张小条幅，红纸黑字，写着出门见喜。那四个大字都是繁体，着墨饱满，提按起伏，顿挫有力。姚淑美认得这是颜体字，她早年在娘家临摹过颜真卿的《大唐西京千福寺多宝塔感应碑》，因而对这种字体比较熟悉，心想，这大概是中医先生王贵义的字了。

在王家寨能写得一手好字的人并不多，每年春节前寨里人家写对联，都是王贵义和她两个人揽下。范彩霞虽然识字，但写出来的字上不了台面，只好也央求姚淑美帮着写。王文福也识些字，却写不出一手好字，只得求王贵义帮着写。姚淑美每年帮别人写对联都忙得不可开交，等她写对联的人都在她家排着队。好在王贵义在药铺里也帮人家写对联，因他平时不操持家务，过年期间看病的人又少，这样找他写对联的人就多些。

姚淑美正欣赏着那树上的字，五嫂摇摇摆摆地到了。俩人见了面，喜笑颜开，互相问了好，边走边说，不多时来到王文福家大门前。

姚淑美初次来王文福家，见大门敞开着，两扇门门心上都张贴着门神画像，一边是手持铜锤的秦琼，一边是手持竹节钢鞭的尉迟敬德，都瞪着双眼，吹着胡子。门框上贴着红纸黑字的对联，一边是"爆竹声声辞旧岁"，另一边是"梅花朵朵迎新春"。

屋子里早已坐满了人，满院里笑声朗朗。庭院打扫得干干净净，墙角边零零碎碎一地的碎纸屑，红的黄的，都已和在泥土里。

见姚淑美和五嫂走进来，王文福慌忙迎了出来，王康也跟了出来。姚淑美见他爷儿俩都穿着新衣服，王康头上还戴着一顶新棉帽，显得比平时精神多了，真是人逢喜事精神爽。

五嫂见了王康，夸赞道："康儿，你这新衣裳一穿，烧得不轻，可比平常抖劲儿多了。"

王康毕竟年龄尚小，不知道该咋接五嫂的话，只张着嘴嘿嘿傻笑。

"你就别开俺爷儿俩的玩笑了。快屋里坐。"王文福笑道。

"看恁爷儿俩今儿个跩的，高兴的！"五嫂哈哈笑道。

两人边说边笑进了屋，和众人搭了话，少不得互相客套一番。姚淑美找了个靠门里避风的地方坐下，听人说话，听了半天，方才明白原来媒人就是王文忠老婆的娘家侄女桂荣。

桂荣婆家在宁平，和要说下的这个女孩是一个村的。原来桂荣有一天来王家寨她姑家走亲戚，刚好王文福到王文忠家串门，便随口说了句让桂荣帮他说儿媳妇的话。谁知桂荣也就真的上心了，回到婆家后满脑子想着说媒的事。一天，在村里遇到雪雁的娘，俩人闲拉呱，说到女儿雪雁到了订婚的年龄，见了几家都不太满意，尚未定下。桂荣便打定主意，帮两家牵了红线，大老远往来跑腿说媒。

"女孩儿名叫雪雁，"桂荣说，"人，没说的。个头儿高挑，面皮白净，两个大眼，水灵灵的，还是双眼皮儿；嘴巴甜，会说话，心灵手巧，学啥看看就会；人也勤快，会做针线活，锅上灶上，刷锅做饭，里里外外，拾掇家务，样样都中！"

姚淑美听着越发眼馋，恨不得求人赶快也给她说个这样的儿媳妇。她心里这样想着，在王文福家里坐了会儿，也就有些心不在焉了。那女孩家来了三四位女人，都是女孩家至亲的大姑大姨，无非是来看看男方家里的情况，不承想竟然作了主，当场许下了这门婚事。原来，媒人早已安排王康和那女孩见过面了，与女方家说好了的，这相家许亲也只是走走过场而已。

从王文福家帮忙回来，姚淑美心头更添了一层愁云，终日闷闷不乐。前些年王文福欺负她，百般讨好她，姚淑美对他总是寒若冰霜，时时躲着他，处处防着他。自那年王文福从生产队里拉了两百多斤麦子给她，作为回报，她给了王文福一块金砖，俩人再遇见时，姚淑美才一改先前见他绷紧的脸色，态度缓和了许多。

王文福自他老婆去世后，也慢慢改了性子，前后竟像换了个人似的。姚淑美对王文福的印象也有所改变。如今都是上了年纪的人，早过了个性张扬的时候，开始忙着孩子的事情了。

第二章

转眼到了正月十五，一大早，王家寨上空鞭炮声嘭嘭啪啪不断，此起彼伏，家家户户都忙着过元宵节。姚淑美老早起来，将过年剩下的半碗饺子馅刮了刮，裹了面皮包成元宝似的扁食，一家人趁热吃了。儿子王宝禄吃过饭，将碗筷往灶台上一推，说："娘，今儿个玉皇庙那里庙会，该热闹了，我跟福生、伙头说好了，一起去看人夺旗杆去。您去不去？"

金枝已系了围裙，正要去灶台前刷锅，听见他哥说要去看热闹，没等娘说话，便笑嘻嘻抢白道："去，为啥不去？就你知道去玩？"

姚淑美却对儿子宝禄说："我不想去，你去看人家夺旗杆，离远一点儿，小心人家打起架来碰着你，更不要惹是生非。"

金枝一听，嘴巴一噘，就有些不高兴了，嘟囔道："娘，咋不去呢？天天在家待着，你就不嫌闷得慌。一年也就这么一天，今天天气又好，出去走走解解闷也好啊。天天窝在家里，我都快闷坏了。"

姚淑美笑道，"你就是好玩。我有点嫌冷，不想动弹，你要想去，去找三妞、翠花几个一起去吧。"姚淑美说罢，便出了厨房，往堂屋里去了。

金枝听了，哪里还有心思刷锅洗碗，匆匆将碗筷在锅里洗了洗，便捞了出来放在碗笼子里，又将洗锅水剐出来，泼到门外粪池子里，便解了围裙，一脚迈进堂屋门里，换了一副笑容，笑嘻嘻说道："娘，玉皇庙逢会，一年可就这么一天，错过了今天，想看热闹还要再等上一年哩。咱们就去看看吧。走走去百病，一年不生病呀。"

姚淑美见女儿又来麻缠，知道是非去不可了，却依然坚持说："我这阵子不知咋了，身子骨有点懒，怕风怕冷，哪也不想去。你要想去，我又不拦住你，我一个人在家待着。"

金枝见母亲好说歹说劝不动，便一计不成又生一计，嬉皮笑脸地上前一把拉着母亲的胳膊弯，不住地撒娇摇晃，嘟着小嘴，说："娘，你越是不想动，就越要多动动。今天太阳多好，走几步就热了。"

姚淑美被女儿金枝缠得没法儿，只得满面含笑，将手指一点女儿的额头，故作嗔怒道："你呀，啥时候能长大。好好好，我去还不中？松开。"

金枝见母亲答应了，才笑嘻嘻松开手，又跑去了东间里，一手拿着镜子一手拿着枣木梳子出来，走到门口亮光处，对着镜子照了照，用梳子篦了篦额前的刘海，又将镜子放回原处，笑嘻嘻过来拉着母亲的胳膊就要往外走。姚淑美只得边关门边安排女儿说："你也不小的人了，都长成大闺女了，该说婆家了。出门要老成点儿，别没大没小的，让人看见笑话。"

金枝将两手缠在娘的臂弯里，头歪靠在娘的身上，扬起脸，眉梢一挑，装作生气的样子，说："谁要说婆家了？我情愿在王家寨待上一辈子，陪着娘，我就给娘亲，哪儿也不去。"

"走好了，要出门了！谁让你陪？你这孩子，净说些傻话，哪有一辈子不出门儿的老闺女？"

娘儿俩边说边往当街走去。当街通往寨门的路上已全都是人，三三两两，说笑着一起往外走。娘儿俩与左邻右舍的女人们打着招呼，汇入人流中，出了寨门，向北一拐上了皇姑河大堤。

沿大堤向东有一条笔直的路，直通向玉皇庙。路南靠近庄稼地的一边栽着一排梧桐树，树枝都光秃秃的。地面上零星落着的梧桐叶子都已经和在泥土里，那多数的叶子早已被人拾回家去当了烧锅的柴火，地面上倒显得干净。田地里的麦苗儿刚过了冬，还有些发黄，不过那根部已经泛出了青色。路北靠河的一边栽着一排白杨树，枝丫也都光秃秃的。

阳光穿过树梢，形成一道道金色的光柱。架在枝杈上的鸟巢毫无遮拦，清晰可见。一阵寒风吹过，那干草搭就的鸟巢，随着树梢的摆动飘摇欲坠，让人很是担心会不会掉落下来。长尾巴的花喜鹊，立在枝头迎着人们喳喳叫着。一群麻雀从枝头忽地飞起，啾啾啾，叫声一片。麻雀在空中盘旋了两圈，又悄无声息地落在地面上，不住地跳动着，在干草地里啄了草籽，一扬脖，咽到肚子里。待人群走近时，忽又噗的一声飞了起来。

皇姑河里的水还被冰覆盖着，只在河中间水草深处不知什么时候悄然化开了口子，露出一汪清澈的河水，往外冒着水气。水面静静的，只在水草漂浮的方向才能看出水在向东流淌着。

金枝望着绵延的皇姑河，忽然想起一件事来，仰起脸来问道："娘，咱这条河，为啥叫皇姑河，听上去像是有故事哩。"

姚淑美甩开两手走着，笑道："你可说对了。这皇姑河的确有来历，要不要我说给你听听？"

"听呀，咋会不听？"

"好，给你讲讲这个故事。你听过老包《下陈州》《老征东》这两出戏吧，这两出戏讲的都是宋朝的事儿。"

"听过，那《老征东》就是穆桂英挂帅吧。"

"是的。传说大宋都城东京快要被金人攻占的时候，有一位皇姑，不想当亡国奴，便偷偷骑马逃出了东京城。金兵打进了开封后，抓住两个人。这两人是爷儿俩，一个是爹，一个是儿子，当爹的是太上皇，当儿子的是皇上。太上皇就是老皇上，昏得很，很会作画，就是不会当皇上。在位时不正干，索性把皇上的位子让给了他的儿子。"

"这下好了，太上皇、皇上都当了亡国奴，皇宫里的人更不用说了，也都当了亡国奴了。亡国奴不好当，人家让你干啥就得干啥，皇家人当了亡国奴还不如老百姓哩。所以那位皇姑才要跑。"

"那北国的兵抓了皇宫里的女人要弄到北国去，清查人数时，发现少了一个人。这个人就是太上皇的妹子，皇上的亲姑。"

"于是，就找人赶快撵呀，追。"

"那个皇姑离了开封，骑着马，夜里摸黑，一路向东跑，一气跑到咱们这里。本来咱们这里离开封也没有多远，也就是三四百里地吧。马能日行千里，夜行八百啊，半天也就到了。"

"皇姑前面跑，后面兵紧紧追。"

"正在这个时候，皇姑骑的马踩住了一个坑，一下子马失前蹄，那皇姑也就从马身上摔了下来，好在没有摔坏身子。可是马腿已经瘸了，跑不动了。皇姑只得丢了马，撒腿拼命奔跑。快天亮时，来到这条河前面玉皇庙那个地方，实在没劲儿了，跑不动了。眼看后面的兵就要追到，皇姑打定了主意，宁可死了，也不做亡国奴，就一头扎进这条河里，被正在巡路的路神从水里托着救了起来，一道红光升了天，成了神仙。"

"传说路神是专门夜间出来巡路的神仙，防着妖魔鬼怪夜里出来害人。路神个子很高，远看黑压压的，像一团雾气，样子很吓人。懂的人都知道，走夜路见了路神不要害怕，遇着路神走夜路反而更放心。那些追兵骑的马，见了路神，受了惊吓，不停地乱叫，一扬蹄连人带马都掉到河里去了，做了水鬼。"

"人们都说那位救皇姑的路神就是这玉皇庙里陪着张玉皇的神仙。后来人们把这条河叫皇姑河，玉皇庙前的那个桥叫皇姑桥。"

"那水鬼呢？"金枝瞪大了眼睛问。

"早让阎王爷打到十八层地狱里了，永世不得托生。这里有玉皇庙镇着，就是有水鬼也不敢出来作怪。"姚淑美知道金枝胆小，说玉皇庙时特意加重了语气。

"说得有鼻子有眼的，真的假的？"金枝笑嘻嘻地问。

姚淑美嘿嘿笑道："反正都是老辈人口口相传下来的，也没有啥真的假的。"

玉皇庙离王家寨本来也就三四里路，娘儿俩说说笑笑，并不嫌路远。一抬头，老远望见玉皇庙那边人头攒动，烟火缭绕，老远听见鞭炮齐鸣，人声鼎沸，很是热闹。再往前走，玉皇庙到了。

第三章

姚淑美和女儿金枝快步来到玉皇庙，见前面一圈人围得严严实实，里面唢呐声，吹得热闹，赢得人们阵阵喝彩。姚淑美知道那是响戏班子，便拉着女儿金枝挤进去看热闹，见一张紫色方桌前坐着四个艺人，那吹喇叭的艺人正鼓着腮帮子朝天吹着，另有两个艺人双手捧着笙伴奏，腮帮子一鼓一鼓的，还有一人肩上搭着一个旧得发黄的钱褡子，两手敲着梆子，和着唢呐的节拍。方桌上放着一个蜡台，插着两支大红蜡烛。蜡烛都已点着，烛光随风微微摆动。烛台前一个用竹篓做的香炉里，整整齐齐插着三路九根清香，青烟随风飘散，袅袅上升。香炉前摆放着敬神的供品：一个白面做成的枣山靠竹篓立着，说是白面并不太白，泛着金黄。那枣山是由五个面蒸的馍花组成，上面密密麻麻地沾着些大红枣儿，另有两个同样沾着红枣的大馍和一碗斜插着两根筷子的刀头肉。

姚淑美听得出来，那响戏吹的是《百鸟朝凤》。金枝挽着母亲的胳膊，半靠在母亲的肩膀上，忽闪着两只水灵灵的大眼睛，听那喇叭模仿着鸟儿叫唤，像是来到了百鸟园里，竟听入了迷。

咚咚咚，对面不远处传来震天响鸣放三杆枪的声音，引得人们都往枪响处观看。金枝仰着脸往对面看时，却被对面的人群挡着，怎么也看不见，便踮起脚尖儿来看，见庙门前人头攒动，一根竖立的红色旗杆正被人放倒，淹没在人海中。看那人群却更加乱了，金枝知道，那是一群人围着旗杆在争夺，一时间，呼喊声、喝彩声如晴天滚雷，一阵高过一阵。那呼喊声自庙门前传来，竟掩过响戏的声音。

金枝看了一会儿，感觉脚尖儿有点累，颈脖也有些酸疼，便松了脚跟，长长吐出一口气来，将目光从远处收回。正要再看那吹响戏的人时，却发现对面人群中有目光投过来正瞅着她，便下意识地再回过去看，见对面人群里，有一位留着平头的男孩子，正忽闪着一双明亮的大眼睛神情专注地望着她。二人目光相遇，那男孩子惊得一愣神，慌忙将目光移开了。金枝感觉脸上有些发烫，也忙低下了头，心突突直跳，心想，这人又不认识我，咋能偷看人？嗯，肯定是个不正经的男孩子。金枝心里打定主意不去理他，于是就双手拽紧娘的胳膊，抬眼悄悄看娘一眼，见她娘姚淑美两眼看着那响戏班子，正听得入迷，心里暗自庆幸：还好没有被娘发现。

过了一会儿，金枝感觉脸上的烧稍稍退去，不再发烫了，心里想着刚才那男孩子明亮的眸子和一汪清水似的目光，不免又好奇起来，禁不住抬起头来，将目光悄悄瞄向对面。那个男孩儿此时好像正饶有兴致地看戏，并没有向她这边看。金枝看那男孩儿，和她哥哥王宝禄年龄差不多，二十出头，个头比她高些，平头、团脸、浓眉大眼，穿着一件蓝色的粗布棉袄，反衬得他面皮更加干净白嫩。那男孩子像是刚才做错了什么事似的，脸上泛着红光，又像是知道她在看他，只装作不知，眼睛望着那吹响戏的人，睫毛眨也不眨一下。金枝见他这会儿又一本正经的样子，只当他刚才是无意中看了她，也就回过神来继续听戏。那响戏班子又换了曲子，金枝耳朵里只听得那喇叭吹得热闹，并没有听出吹的是什么曲调，心思却乱了起来，耳朵里也渐渐地听不进去那响戏的声音了。

蓦地，金枝冥冥中感觉又有目光投来，知道是那男孩子又在偷看她，于是，心又突突跳了起来，仿佛要从胸口蹦出来。她有些害怕，想抬起手来捶一捶胸脯，将那颗想要跳出来的心捶回去，可又担心对面那人看到，一时有些失措，不知如何是好。她定了定神，心想，一个素不相识的人，怕他干嘛？光天化日之下，这么多人，还能吃人？想到这里，金枝扑哧一声竟笑出了声。金枝感觉有些失态，知道对面那人仍在望着她，便克制住自己，不去看他，心想任由他看去，反正自己长得又不难看。

又过了一会儿，金枝又想，不行，不能这样怕他，谁怕谁！于是她打定主意，要给那个男孩子一点颜色，警告他不要那样死眼子看人：你一直盯着人看，什么意思？想到这里，金枝便抬起头来向对面瞅了一眼，果然，那男孩子正在看她。这次，金枝心里早已有了主意，并不移开目光，将头微微一歪，抬起下巴，努着嘴角，耸了耸鼻梁，眼睛冲那个男孩儿调皮地瞪了瞪，抛了一个白眼过去，一副挑衅嗔怒的模样，只差没有向他亮出拳头。可是，令金枝恼火的是，那个男孩儿竟然也不再移开目光，也没有怕她，却冲她回了一个微笑。这样，两个少男少女的目光再次相遇，金枝感觉心头倏地颤动了一下，那感觉是一种说不出来的美好体验。她再也禁不住对方投过来的热辣辣的目光和明亮亮的眼神，只得再一次羞涩地低下了头，心里暗自嗔怪道：这人真坏！死眼子。

金枝轻轻拉了拉娘的衣角，在娘的耳边叫道："走吧，不听了。"姚淑美正听得高兴，见女儿叫她，才有点恋恋不舍地挪动脚步。金枝拉着娘的手挤出人群，却又回头冲那男孩子调皮地瞪了瞪眼睛，吐了一下舌头，又耸了耸鼻梁，做出一副很是不满的表情。谁知，那男孩子非常友好地又冲她回了一个微笑，这让金枝很是不好意思，慌忙将头扭了回去。

第四章

娘儿俩簇拥着往庙门方向走去，刚走了一会儿，看看人太多，挤不进去，只得选了一片高岗的地方，老远站在一边儿看热闹。那庙门前喊叫声喧天动地，两帮人为争夺一个旗杆吵吵嚷嚷，恨不得马上要打了起来。

"娘，会不会打起来呀？"

"你是想让人家打起来看热闹呢，还是不想让人打起来呀？"

"打起来有啥好看的，为一个旗杆打得头破血流，值得吗？"

娘儿俩正说着话，迎面见范彩霞笑嘻嘻招着手走过来。范彩霞走近，笑道："我老远就看见你们娘儿俩在这儿。姚老师，可是稀罕了，常年不见你露面儿，今儿个过十五，咋舍得出来看热闹了？"

"我本不想来，金枝非要缠着我。缠得没法，这不就来了。"姚淑美边说边左右看了看，问范彩霞："咋就你一个人？孩子呢？"

"闺女和几个孩子一起跑着玩去了。看你家金枝，多乖，真知道跟娘亲。不像俺家那闺女，跟我生分。"

"还说亲呢，恁大个瓜子了，还像个长不大的孩子，走步都跟着我。"

金枝听见说她，将脸一昂，努起嘴巴，做出一副不太满意的表情，两手却将她母亲姚淑美的胳膊拽得更紧了。

范彩霞看着她们娘儿俩亲昵的劲儿，很是羡慕，连声夸赞道："金枝这闺女打小就灵巧好看，现在越发俊了。瓜子脸，大眼睛，水灵灵的，个头都快比你高了。真是女大十八变，越变越好看呀！"一语未了，听见有人喊她。

"姑，您也来了？"

一声问候打断了二人的谈话，三个人忙回头看，却见一个男孩子一瘸一拐走过来，眼里含着笑，望着范彩霞。

范彩霞一看，喜得笑了起来，"这不是俺侄子吗？在这碰见了。"边说边回头向姚淑美介绍，"范家寨，俺娘家侄子，近门的。"

姚淑美望了一眼那男孩子，冲他微笑着点了点头。金枝却怔了一下，咋这巧，这不是刚才偷看我的那个男孩儿嘛，怎么他腿还有点毛病哩。又见那男孩和范彩霞说着话，却眼里含着笑将目光不经意间扫了她一眼。金枝见他看了自己，便感觉脸上又有些发烫，只得含羞低下头。

那男孩儿说话的声音清脆响亮，听上去甜甜的，嗓音如同鸟儿叫："姑，晌午你们都上俺家吃饭吧？"

原来，玉皇庙位于王家寨和范家寨之间，两个寨子东西相隔七八里路，王家寨在西，范家寨在东。这两个寨子都是依皇姑河而建。那范家寨也是范彩霞的娘家。

"不去了，过十五哩，不兴回娘家。"范彩霞笑着回答。

"那您啥时候再回来走亲戚？"男孩儿又问。

"再过几天吧，二月二，送鱼时再去。"

金枝听那男孩儿说让范彩霞去他家吃饭，还带了个"都"字，这分明是包括她和母亲，一种亲切感油然而生，心却突突跳得更加厉害了。金枝不敢抬头看，心里却想着他那双明亮的眼睛，一时有些迷乱，耳边只听得那男孩儿脆如鸟鸣的嗓音，至于说些什么却再也听不进去了。

那个男孩儿又和范彩霞说了几句，便笑嘻嘻转身一瘸一拐离去。临走时，不忘和姚淑美打了个招呼，却将两眼扫了一下金枝。

那看似无意扫过来的眼神，却正好被金枝再次看到。金枝的心怦怦怦，快要跳出胸口了，这声音只有她自己听得到。她手心里捏了一把汗，又担心被母亲和范彩霞发现。于是，她极力克制着自己，右手很自然地攥起拳头，轻轻捶了捶胸脯。她又突然意识到，怎么能无故捶胸口呢？这让母亲和范彩霞看到，不知该有多不好意思哩。想到这里，她偷看了一眼母亲和范彩霞。还好，没有注意到她，这让她放了心，耳边听见范彩霞和她母亲在说话。

"知道这男孩儿是谁吗？"范彩霞问。

"不认识，没见过哩。咋腿有点瘸？"

"这个就是前几年我给你说过的，那个被赖八国打瘸的男孩儿。"

"噢，想起来了，就是他呀。就是因为……"

"对，就是他，你看这孩子长得多排场，真可惜！"姚淑美话说到一半，就被范彩霞接了过去。

金枝却听得明明白白，见娘话说了一半，那后面的话没有说出来，便问道："咋了？因为啥，咋不说了？"

姚淑美白了一眼女儿金枝，嗔笑道："多嘴，谁给你说话了。大人说话小孩子别插嘴！"

金枝听了，白眼珠一转，将嘴巴噘了起来，嘟囔道："刚才还说我长大了哩。"

范彩霞呵呵笑了，说："这男孩儿叫范来运，他爹叫范三儿，因脸上有块疤瘌，人都叫他范疤瘌。范来运的娘，心地可良善了，一家人见人可亲。来运这孩子嘴甜，不笑不说话，只是因为腿瘸，名声不太好听，一直说不着媳妇儿。他还有个妹妹叫翠枝，人长得可俊，两条大辫子，天生一副好嗓子，喜欢唱歌唱戏，经常参加宣传队，演《朝阳沟》里的银环。范翠枝比他哥小两三岁，和金枝大小差不多。有人提媒，都被他爹回了。说他哥的媒说不好，她的媒就不说。你说范来运要是一辈子说不好，他妹子就不嫁人了吗？"范彩霞说到这里自觉失了口，便停住了话。

说者无意，听者有心。范彩霞无意中说出来的话却触动了姚淑美的心事，她眼下也面临这样的处境，正要说话，只听有人吆喝道："打起来了！"三人放眼望去，见庙门前那两边夺旗杆的人互不相让，你推我搡，吆五喝六，咔嚓一声响，那旗杆已折成两截。两边的人都气急败坏，相互指责。一位个头高大的男子抡起手里半截旗杆发疯似的朝对面的人打了过去。周围观望的人群急忙躲闪，哗啦一下像潮水一般四散开来，呼喊声、吆喝声响彻云霄。

姚淑美紧紧拉住女儿金枝的手，正张望间，冷不防被人撞了一下，还没有看清，那人已经跑得远远的了。人群向她们这边涌来，将她和范彩霞冲散了。姚淑美只得拉着女儿金枝被动地跟着人流走，再回头看时，哪里还有范彩霞的身影。

第五章

姚淑美拉着女儿金枝的手挤出慌乱的人群，俩人找了一处僻静的地方，刚站定，还未回过神来，又听到庙门前噼噼啪啪一阵鞭炮声响。抬头望去，见又一根碗口粗的旗杆高高竖在庙门前。那四散开来的人群见又有旗杆竖起，忙又掉回头来向庙门方向跑去，那追赶着要打架的气呼呼的年轻人也都不追了，喊叫着掉头跑了回来，准备争夺刚刚竖起的那根旗杆。旗杆边早已围了一群人，吵吵嚷嚷，不时传出粗犷豪放而又爽朗的笑声。有人拿着香烟说着好话，看来他们换了另一种夺法，刚才要打架的那一群人已经讲和，商量着如何争夺这新竖的旗杆。

"有本事只管夺，不能把旗杆折断！"姚淑美听到不远处一位中年男人愤愤地嚷道。

争夺旗杆的游戏又一次上演了，姚淑美担心再次打起来，想起儿子王宝禄，心里不免有些挂念。她踮起脚昂着头环顾四周，不见儿子王宝禄，也不见范彩霞，一时感觉无味，没了意思，便拉着女儿金枝要往回走。金枝心里记挂着那个大眼睛瘸腿的男孩儿，他的模样刚才还清晰地印在她的脑海里，这会儿却变得模糊了，再也记不起来了。她心里有些懊悔，刚才因为害羞没能将那男孩儿的面容看清楚，只是感觉那张脸很是耐看。那人到底是个什么样子？金枝一面默默问自己，一面努力地回忆着，渴望能有机会再看他一眼。她不甘心就这么回去了，扭扭捏捏不想动身。

姚淑美哪里知道女儿的心思呀，见女儿正在兴头上，不太想走，也就犹豫着站在那里不动身。又见不远处有一个用架子车支起的小摊子，一位胡须花白的老人正两手上下搅动着吹糖人。车头车尾都用高低相同的方凳支撑着，平稳的车厢上放着一块长方形木板，下面铺着一层草栅子，上面均匀地插着些形态各异的小糖人。老人面前摆放着一个火炉，炉子上放着一个冒着热气的小铁锅。摊位前稀稀疏疏围了七八个女人，都扯着五六岁的孩子。两三个孩子对着糖人指指点点，还有两个孩子手里拿着糖人，正望着糖人嬉笑。

"卖糖人的。"姚淑美对女儿金枝说。

金枝放眼望去，见一个小孩儿手里的糖人是孙悟空，另一个是猪八戒。拿孙悟空的孩子正将孙悟空手里的金箍棒往嘴里送，准备吃了。金枝感觉有点可惜，怎么下得去口呢？另一个小孩儿却望着手中笑容可掬的猪八戒不舍得吃，扬在手里，乐呵呵地傻笑。

金枝感觉好玩，便拉着母亲去看热闹。姚淑美也感觉有些意思，于是，娘儿俩来到那吹糖人的摊位前。只见那位老人嘴里衔着一根细长的竹管，两手各拿着根剪成半截筷子长的麦秸秆，扯着些红糖稀，将口中的竹管插进糖稀里，两手上下搅动着往糖稀里吹气。糖稀里被吹进了气，慢慢鼓了起来。随着老人的手上下搅动，那糖稀慢慢成了形。等他吹成形再看时，却是一匹奔跑中的战马，四蹄朝后，栩栩如生。

再看老人，拿起一根铜镊子，捏了捏那匹糖马的耳朵，又将马尾巴正了正，与马身平行，尾尖略微上翘。两手指一搓转了转，看了看，又将马嘴拉长了一些。再看那匹马时，竟活灵活现，像真的一样。看看完美无缺了，老人这才手捏着麦秸秆挑着那个糖马，向围观众人微笑着扬了扬，颇为得意地展示着他的绝活。众人齐声叫好。老人笑了笑，并不说话，随手将那匹糖马插到草栅上立着，又去铁锅里取了一勺红糖稀开始了下一个艺术品的制作。

金枝看得高兴，一时来了兴趣，便用手轻轻扯了扯母亲的衣襟。姚淑美看了一眼女儿，知道她的心思，却故意笑问："扯我干啥？"

金枝嬉笑着努了努嘴，伸出指头来朝那糖人轻轻指了指。姚淑美笑了，将手指一点女儿的额头，嗔笑道："你多大了，还像小孩子一样，啥时候能长大？"

金枝努了一下嘴角，扭着身子左右晃，撒娇说："刚才还说我小哩，这会儿又大了？"

姚淑美哼的一声笑了，说："就没有见过你这个样子的。"说罢，便笑盈盈地问那吹糖人的老人："老先生，这糖人咋卖的，多少钱一个？"

老人见问，便停下手中的活，伸出一个手指头，冲姚淑美一点，笑道："一分，一分钱一个。这是个玩意儿，哄小孩子玩哩。"

姚淑美伸手从腰里掏出一分钱来，问女儿金枝："想要哪一个？"

金枝见娘掏钱要买，很是高兴，眼里含着笑，又略带着些娇羞，伸手指了指草栅上插着的糖人猪八戒。姚淑美将那一分钱的纸币放到老人面前的木碗里。看那木碗，里面都是一分的纸币，已经盖住了碗底。

金枝见娘付了钱，伸手从草栅上拔出了那个糖人猪八戒。再看那糖人，憨容可掬，确实滑稽好玩。金枝捏住麦秸秆高高挑着，眼睛望着猪八戒，笑嘻嘻的，心里早将刚才那个男孩忘到九霄云外去了。

姚淑美见女儿天真可爱，心生欢喜，笑着问道："你咋不吃？"

"谁要吃了？这么好玩的东西，谁舍得去吃？咋下得了口？等我玩够了先把它的铁靶子吃掉，再吃它的猪耳朵。"

"就知道你是想着好玩儿。"

娘儿俩说笑着又逛了一会儿，看看太阳已经偏向南方，快要晌午了。姚淑美心里牵挂着儿子宝禄，担心他提前回了家见家里没人心里会急，就劝说着金枝往回走。金枝正玩得起兴，不愿离去，忽然又想起刚才范彩霞说的那句半截话来，想问个究竟，也就一步三回头地离开玉皇庙往回走了。

娘儿俩往回走了一段路，金枝看看前后行人离得较远，这会儿比较僻静，就小声问道："娘，那个男孩儿，腿是咋被人打瘸的？"

姚淑美见女儿提起那个男孩子，就笑了笑，说："你问这干啥？少打听别人的事儿。"

"人家就是有点儿好奇嘛，就想知道。"金枝撒娇说。

"唉，这也没啥，"姚淑美叹了口气说，"这不是前几年没啥吃的吗？他饿得实在是不能行了，就跑到地里掐了一把麦穗子。谁知咋恁巧，正好被他寨子里赖八国看见，说他偷了生产队的庄稼，偷吃公家的东西，就找人揍了一顿，也许下手太重了吧，把腿都给打折了。这话你可不要说出去，毕竟有个偷字，传出去名声不太好听。"

金枝听了，只"嗯"了一声，手里拿着糖人猪八戒，神色却变得木然起来。再看那糖人，刚才还笑容可掬，这会儿却笑得难看起来，像是在笑她什么似的。忽然，心里有点烦，她猛地张开嘴巴将那猪八戒的耳朵咬掉了一只，嚼在口里，却粘住了牙。

姚淑美见女儿不再发问，又自叹了两声，也就不再往下说了。路上人来人往，娘儿俩随着人流向前走着。阳光照在人身上暖烘烘的，微风吹在人的脸上也不像春节前那样寒冷了。

此时，金枝心里一直在打鼓，犹豫着要不要将刚才那个男孩儿偷看她的事告诉娘，脑海里反复回忆着那个男孩儿偷看她的眼神和情景，心里又怪他看人死眼子，想起自己向他扮鬼脸示威，不免又有些好笑。她悄悄瞪了瞪眼，对着路边没人的地方抛了个白眼，努嘴耸鼻子，将对那男孩儿做的鬼脸又重复做了两次，想想有哪里不对，不禁笑出了声，忙四下看看。还好，母亲已经走到了前头，她已经落后了两步，因而母亲也就没有注意到她的这个有点怪异的表情。

　　这样思来想去，快到王家寨时，金枝才鼓起勇气要将那个男孩儿偷看她的事告诉母亲姚淑美，可话到了嘴边，竟然说不出口来，又不知从哪儿说起，只得又咽了回去。就这样，一直到了家中，金枝也没有将原本很简单的一句话说出口来。

　　话虽没有说出口，可那双明亮的眼睛却像一粒种子在金枝心田里扎了根，发了芽，她有些心神不定了。那个男孩儿的眼神，不时地在金枝眼前闪现，像有人拿着斧头、凿子一斧一凿雕刻在她的脑海里似的，怎么也挥抹不去。睁眼闭眼都是那个明亮的眼神，就连吃饭喝茶时，那个曾向她投来的目光也仿佛在望着她。夜里躺在床上，她的脑海里禁不住浮想联翩。那目光，是那样的迷人；那眼睛，是那样明亮而有光泽，像天上的星星，亮闪闪的，像六月的葡萄，水汪汪的。

　　就这样，一天过去了。第二天起来时，金枝感觉浑身无力，她一夜没有睡好觉，老是做梦。先是躺在床上翻来覆去，浑身不自在，怎么也睡不着，翻身时又不敢动静太大，担心被娘发现，影响娘的休息。她的脑子里乱哄哄的，像过电影似的，白天发生的事情，又在眼前回放了一遍。那吹得呜哩哇啦的喇叭声响，在她的耳边回荡着，那一群呼喊着争夺旗杆的人影，不时在她的眼前晃动着，还有那笑容可掬的糖人猪八戒，被她咬掉了一只耳朵后，模样仍是那样的可爱，最让她挥抹不去的还是那双像星星一样明亮的眼睛。金枝心里将那个男孩儿偷看她的眼神和场景，一遍一遍地回放着。直到夜半三更鸡叫两遍时，才迷迷糊糊睡去。

第六章

　　金枝躺在床上，也不知睡了多长时间，金枝看见她离开了自己的身体，坐了起来，又离开了床铺；而她的身体还依然静静地仰面躺在床铺上，肤色红润的面容显得很是平静，胸前红色兜肚遮掩着一对隆起的乳房，随着呼吸均匀而有节奏地起伏着。

　　离开床铺的她也不去梳妆洗漱，只穿了件宽松的红色棉衣棉裤，将一头秀发蓬松地披在肩上，一个人混混沌沌地向外走去。金枝不知道她要去哪里，去做什么？便悄悄跟在她身后，如影随形。金枝看见她来到了玉皇庙附近一处河岸边，望着黑乎乎的河水发呆，四周也都黑洞洞的，伸手不见五指。金枝选了一处高岗，老远站立着，望着河岸边独自发呆的她。她不知道她自己为何要到河岸边来，担心她掉到河水里去，心里不免有些害怕。正犹豫着不知是怎么回事时，忽听见耳边有马蹄声传来，声音很是急促。金枝放眼望去，见一位穿着华丽的女子，正跌跌撞撞从黑暗中跑来，呼哧呼哧喘着气。

　　河岸边的金枝见了那女子，便招手呼喊，那女子看见，向她跑去；又见黑暗中飞驰过来一队高头大马，马身上皆是青面獠牙的黑衣人，挥舞着明晃晃的大刀。显然，这些人马正在追杀那位奔跑中的女子。

　　站在高岗处的金枝老远看见，心里紧张起来，担心河岸边上的她和那女子的安危，心里奇怪河岸边上的她竟然一点也不害怕，可是她确实处境危险啊。金枝站在高岗上望着疾驰中的人马，用手指一个一个地点着，心里默默数了数，一、二、三、四、五，五匹马，对，五匹马，五个人，五把明晃晃的大刀，正紧紧追赶那位赤手空拳文弱的女子。金枝想起白天母亲讲的那个故事，心想，这女子大概就是那位不愿意做亡国奴的皇姑吧。

金枝想着如何能解救她，如何能帮她一把。她恨自己不会江湖绝技，不能隔空点穴让那五匹马和五个黑衣人都静止在那里，不能动弹。这个隔空点穴的绝技是金枝从唱大鼓书艺人那里听来的，金枝相信这世上真有这绝妙而神秘的功夫。此时，金枝心想，她若是会那种功夫，只需伸出手指一点，便会将那人、那马都定在那里，不能动弹，该是多好啊。

金枝正犹豫着，却见那女子跑到河岸边停了下来，望了望河岸边上的她。金枝看清了那女子的面容，就像唱大戏舞台上花旦那样的女子，面容清秀俊美。只见那女子弯下腰，两手扶住膝盖，呼哧呼哧喘着气，跟她说了句话。正迟疑时，只见那些黑衣人快马追来，眼看就要追上来了。高岗上的金枝看见这一幕，心里捏了一把汗，但又不敢喊出声来，担心被黑衣人听到。

正在危急之时，金枝看见那位女子冲河岸边的她摆了摆手，便纵身一跃投到河里去了。河岸边上的她伸手一抓，却没能抓得住，急得大声呼喊：救人啊！救人啊！

站在高岗处的金枝吓得快要哭了，心里想，不要喊呀，要是被黑衣人发现了，不就坏事了嘛。金枝想大声提醒河岸上的她，却又不敢喊出声来。

再看那河水，怎么也是黑乎乎的，和她平时见到的清澈的河水大不一样。那五匹马驮着五个黑衣人飞驰到河岸边，并不理睬金枝，却一个接一个都跟着蹿到河水里去了。河岸边的金枝一下子惊呆了。正在这时，奇迹出现了，只见刚才投河的那个女子从河中央站立着出了水，轻轻离了水面，挥舞着长袖向天空中冉冉飞去。

正诧异间，忽听见河水哗啦啦地响，从河里钻出五只水怪来，浑身湿淋淋的，蓬头散发，看不清面孔，只露出两只黑洞洞的眼睛来。那五个水怪看见河岸边的金枝，一个个哇呀呀大声喊叫着，挥舞着双爪狂笑，似乎要拿金枝去冒充皇姑邀功请赏。突然，不知怎么回事，那五个水怪两眼发出亮光，像十只手电筒的光束一样，照得地面通明光亮，个个青面獠牙，面目狰狞，向金枝伸出两只黑乎乎的毛爪子。奇怪的是，水怪的胳膊竟然会变长，越伸越长，眼看就要抓住了金枝。

可是她竟然站在河岸边只知道哭喊，不知道躲避。站在高岗处的金枝对着河岸边的她大声喊道：快点跑呀！快点跑呀！心里又怪她怎么那么笨，遇到危险不知道逃跑。金枝急了，不由自主地伸展开双臂，脚尖一点，竟然弹离了地面，学着那升天的皇姑飞了起来。于是，她离开高岗，快速飞到河岸边，与哭喊的她合而为一。金枝一下子感觉浑身有了劲，这才知道拔腿就跑，可是两条腿竟像是捆绑着一般，哪里跑得动？急得挥舞着双手大声喊叫：娘！娘！可她干扯着嗓子却又喊不出声来，只得两手挥舞着奋力一搏，这才醒了过来。睁眼看，原来自己还躺在床铺上，刚才只是做了一个奇怪的梦，便长长舒了一口气。她手摸了摸胸口，胸口处微微有些潮湿，竟然惊出一身汗来。

一声洪亮的雄鸡打鸣声从院子里传来，把金枝刚才梦中乱哄哄的思绪驱赶得干干净净。再回想刚才的梦境时，那梦里的情景全都没了踪影。金枝静了一会儿，眼前又浮现出庙会上那个男孩子的身影和他那双明亮的眼睛。

就这样，一连两三天过去了，金枝着了魔一样，眼前总是挥抹不掉那个俊美的身影和那双像星星一样明亮的眸子。

于是，金枝开始苦恼起来，她想摆脱那双眼睛的困扰，可她心里却又渴望能再见到他。她后悔当时没敢多看他一眼，没有看清他那眼神里究竟有什么神奇竟能这样使她着迷，让她这样不能忘怀。可她又害怕再见到他，她不知那男孩子再见到她时，会不会还像那天一样拿眼瞄她。

真是个死眼子，哪有这样看人的。金枝心里暗暗骂道。如果不是他一直偷瞄她，她也不会那样忘不了他。她暗暗下了决心，要是他下次再那样瞄她，那她就不是冲他瞪眼睛那么简单了，她要给他点颜色，她要冲他挥挥拳头，让他晓得本姑娘的厉害，甚至还要骂他一句。或者告诉娘、告诉哥，好让娘、哥帮着揍他一顿，教训教训他。想到这里，金枝笑出了声，又回头想，就因为人家看你一眼去打人家，这也太没道理了呀！

"你咋了？一个人傻笑啥？"姚淑美发现女儿金枝这两天有点怪异，经常见她一个人坐在一处，两只眼睛呆呆地望着一个方向出神，有时候会无缘无故发笑，说话做事也心不在焉。这会儿又见女儿无故笑出了声，于是便借着这个机会问她。

金枝见问，知道刚才有点失态，却羞得满脸发烫，于是极力掩饰，带着羞涩，笑道："娘，你管得也太宽了哩，人家笑也不让笑呀？总比哭好吧。"

"一个人没缘故地傻笑，不是心里有啥喜事，就是疯了！"姚淑美嗔笑道。

"真的没啥，也没有疯，就是想笑，咋的？"

姚淑美见女儿不说实话，就故作生气，怪她说："你到底是长大了，有事儿也不给娘说了，学会心里藏事儿了。"

金枝见娘生了气，心想：不如索性说了吧，说不定娘会帮她拿个主意。于是，金枝笑道："娘，说出来也没有啥，赶玉皇庙那天那个瘸腿的男孩子，娘还记得吗？"

"记得，咋不记得？"

"那人那天老是盯着看我，真是个死眼子，不像个好人哩。"

噢，姚淑美明白了，说："可他是个瘸子！"

"瘸子咋了？再说，碍咱啥事儿了。"金枝话一出口，自知有些失言，只好自我打个圆场，找个台阶下了。

第七章

范来运自那日从庙会归来，也是念念不忘那个大眼睛的姑娘。他不知道她叫什么名字，只知道她是王家寨人，这是从范彩霞那里判断出来的。论辈分，他应该喊范彩霞为姑姑。范来运那天见范彩霞和那个女孩娘儿俩说话，推断她们应该是同一个村子里的人，至少也是熟识的，这是范来运知道的唯一线索。

最让范来运难以忘怀的是，他在偷看那个姑娘时，她竟然还调皮地冲他做了个鬼脸，这多少有些挑衅的意味，似乎在说：看什么看，谁还怕你不成？范来运感觉她这个表情特别好玩儿，很是可爱。她那水灵灵的大眼睛和她那调皮可爱的表情时不时在范来运的脑海里浮现，她那美丽的身影不断地在范来运眼前晃动。

她个头不低，身材高挑，不胖不瘦。范来运努力回忆着那姑娘的长相，用他平时听到的能够衡量一个女孩子漂亮的标准来衡量着那位大眼睛女孩儿。她是瓜子脸，哦，不对，她的脸庞像鸭蛋，因为她的下巴比较圆润，像鸭蛋壳那样的光滑圆润；要是像西瓜子的话，下巴应该是尖的，而她的下巴并不尖。

她的头发梳得光溜溜的，扎着两条乌黑的辫子，非常结实，长长的，黑黑的，辫子梢用红头绳系着，还打了一个蝴蝶结，很自然地垂到她的腰窝上。最难忘的还是她那双明亮的眼睛，那一双眼睛咋就那么好看呢？水汪汪的，明亮亮的，眸子里含着天真、纯洁和微笑，又似乎含着许多风情，好像有说不尽的话语。从她纯真的眸子里，可以看出她有一颗纯洁的心灵。是的，她拥有一颗善良温柔的心。这一点，范来运是坚信无疑的。

范来运想，如果能再见她一面该多好啊！他知道自己腿脚不便，不招人待见，名声也不太好听。他为此曾一度消沉，他憎恨过那个打他致残的人。他那时实在是饿，饿得难受才去"偷庄稼"，可他只掐了一把麦穗，也就只有七八个麦穗。他那天肚子里空空的，肠子一直咕噜噜地叫，喉咙眼里发痒，一收一缩的，仿佛有人用手指捏着，那种因饥饿而想吃东西的欲望实在是不好受。

他记得他被打致残在家躺着养伤的时候，曾天真地想过一个问题，那就是人为什么要吃东西？不吃饭活着该多好啊！他一个人呆呆地望着结满灰网的屋顶，望着屋顶上支撑屋脊的那个三角大梁，想了好久，也想不出个所以然来。

是的，没有为什么，人生下来就要吃东西，而且就要靠吃粮食长大才能活着。范来运听寨子里老人说过，人在所有的死法里，饿死是最难受的。

书上有句话叫饥饿难忍，他范来运是体会到了。豫东人习惯把一个饭量大的人说成是饿死鬼托生的，说他前世是饿死的，到了现世饭量就特别大。看来，吃饭这个事是人天生的，是自然法则。牛羊吃草、黄鼠狼吃鸡，河里大鱼吃小鱼，小鱼吃小虾，小虾吃淤泥，山上的虎狼专吃活着的小动物。

吃，真是这个人世间最大的哲学命题！

豫东人的观念里，在一切生命体系中，只有人是吃粮食的，粮食是草本植物，因而吃粮食的人善良本分。难怪豫东平原上骂人最狠的一句话是：不是吃粮食长的！

是的，"不是吃粮食长的"是骂那人不是人，是畜生。

范来运不明白为什么人们把一个人具有一颗善良的心称为良心，是不是粮食的粮和那良心之良有什么联系。于是，他又想起来豫东人骂人比较狠的另外一句话：良心被狗吃了。

是的，一个人的良心被狗吃了就没有良心了。没有良心的人是什么事都能做得出来的。

范来运想来想去，也想不明白，他只能用豫东人最朴素的观点来解释他的遭遇，把满腹的怨气撒在命运上，把心中的怨恨记在那个打他的人身上。但有什么办法呢？不还是得活下去吗？顶多在心里多骂那个打他的人几句。但这也只能是在他的心里发发哑巴恨罢了，最终还不得是老老实实接受命运的安排？唉，认命吧！范来运这样安慰了自己一阵子，心里也就舒坦多了。

那次，他躺在床上三个多月，伤筋动骨一百天。整整一百天，他没有迈出他家那个小院子。可是，当他走出家门时，他发现一切都变了。他再也不能像以前那样正常走路了，他只能一瘸一拐行走在人们向他投来的异样的目光里。后来，在他习惯了一些人的目光后，他又恢复了善良、活泼的本性。可是，眼看着寨子里的同龄男孩子都订好了婚，没有人给他说媒提亲，他失望极了，绝望又一次向他袭来。看来，他逃不掉那命运的魔掌了，注定要一辈子打光棍了。

在正月十五那日的庙会上，对面一位和他同样有着大眼睛的女孩吸引着他，范来运趁那女孩不注意时偷看她欣赏她。可是那个大眼睛女孩看到他时，却并不恼怒。相反，那女孩竟羞涩得脸上泛着红晕，反而更加妩媚了。更让范来运惊奇的是，那个美丽的女孩还冲他做了个鬼脸，这让他陡然对她产生了兴趣，以至于她的那个搞怪的表情让范来运久久不能忘怀。

现在，他只想能有机会再看那个女孩一眼，至于别的，他就不敢过多奢望了。

范家寨离王家寨有七八里路远，可这七八里路对于范来运来说却很遥远。他想到王家寨看看，希望能见到那位让他着迷的女孩儿。可转念一想，见到她又能怎样，范来运心里燃起的希望就像一团火焰遇到了倾盆大雨，很快就被浇灭了。再说，就算他有勇气去王家寨，总也得有个合适的理由吧。试想，一个寨子里，突然冒出来一位陌生人，又腿脚不便，多么显眼，怎么不会被人盯着？你的一举一动都在别人的视线里，那是多么不自在啊。这样想着，他心里也就打了退堂鼓，只得作罢。

最终，他没有去王家寨。他现在只有两个期盼，一是盼望着来年正月十五的庙会，说不定会再次遇见那个美丽的女孩子。还有一个就是期盼着那位他喊姑姑的范彩霞，能早一天回娘家来，他可以借机向她打听那个女孩的情况。或许，他更进一步想，能让范彩霞姑姑从中牵个线，也未尝不可。想到这里，他不觉笑了，心想这可应了那句话：做梦娶媳妇儿——净想好事儿。他暗自嘲笑自己是癞蛤蟆想吃天鹅肉。不过，他又自我安慰说，事在人为，凡事最怕有心人，只要你有心，就可能会有心想事成的那一天。

终于，范来运等来了他期盼的那一天。

二月二这天，是龙抬头的日子。天刚蒙蒙亮，范来运就被外边呼啦呼啦打扫庭院的声音吵醒了，知道是他爹早起在扫地，于是干脆也就不睡了。刚出正月，天还比较冷，棉衣棉裤还不能换下，他穿上棉衣棉裤起了床，感觉还是有些寒冷，便又扣紧上衣扣子，防止寒风往怀里钻。他拿着脸盆，到厨房里倒了一点温水，才洗了一把脸，就听见他娘使唤他烧锅。范来运一听到烧锅就头疼，他最不喜欢干的活就是烧锅了，心想，早知道也不起来那么早了。心里这样想，他也就站在原地迟迟不动身。范来运的娘见他没有动静，就又喊了一遍。看样子是赖不掉了，范来运只得硬着头皮进了厨房，一屁股坐在锅灶前。

柴火本来就有些潮湿，燃烧时会发出浓浓的青烟。不知怎的，锅灶里的出风口又堵满了灰，锅底的烟从烟囱里排不出去，都从锅底门里冒出来。不一会儿，厨房里便青烟弥漫，呛得范来运的娘连声咳嗽，大声呵斥道："你咋烧的锅，弄得屋内都是烟，没法待人！"

范来运嘴里咕哝着不敢分辩，只听他娘又说："给你说了多少遍了，不要把锅底后面那个出风口给堵住了，要用火钩掏掏那风口上的灰，你就是记不住！"

这个时候，范来运的妹妹范翠枝也起来了，此时正在堂屋门口拿着篦子梳头。范来运的娘手里正和着面，被烟熏得实在受不了，就从厨房里跑了出来，见了女儿翠枝，便喊她换下他哥去厨房烧锅。范翠枝听见娘喊，忙答应了一声，就放下篦子，匆忙挽了头发，跑到厨房。范来运正被烟熏得睁不开眼，见了妹妹，像是见了救星一样，心中暗喜，忙站起身来，向妹妹交了差，憋着气跑到大门外，长长地吸了一口气，又缓缓地吐出来，果然舒服多了。

院子外边的空气着实新鲜，范来运刚才被烟熏得喘不过气来，这会儿吸了几口新鲜空气，心里很是惬意。天空雾蒙蒙的，那传说中龙抬头要下的雨还没有下来。正在得意之时，忽听得不远处传来当当当声响，扭头看时，却见邻居家的两个小孩儿，大毛、二毛一人拿着两个烂瓦片，在手里敲得叮当响，嘴里念叨着：

二月二，拍瓦子，蝎子蜈蚣没爪子。
二月二，拍房梁，蝎子蚰蜒没处藏。
二月二，拍墙根，蝎子蚰蜒不上身。

二月二，龙抬头，大囤尖来小囤流。
二月二，龙翻身，金子银子往家堆。

二月二，雨似油，粮食够吃不发愁。

范来运听了，不觉笑了，原来这是他早年间每逢二月二便唱的一个民俗歌谣，只是他现在年龄大了，不再唱了。据说二月惊蛰过后，百虫复苏，敲击瓦片和诵唱那几句口诀可以诅咒蝎子、蜈蚣、蚰蜒等害虫失去毒性不能蜇人，让大人小孩免受毒虫蛰咬伤害，又祈求当年五谷丰登，也就是图个吉利的彩头。范来运忽然想起，还应有那锅灶灰撒在墙根上用以驱除小虫子的习俗，四顾看时，见家家户户墙角边早已撒上灰溜溜的一条线，原来这撒在墙根上的灰是要在天还未亮时撒了才算数的。

正看得有趣儿，又见他爹挎着笤筐从厨房里走出来，筐里装满了灶灰，知道这是要撒麦穴子。他爹从笤筐里抓出一把麦秸灰，在院子里边走边撒，不一会儿，便在院子里画出一个个大圆圈来。

范来运饶有兴趣地看着他爹撒的麦穴子，又大又圆，和对门邻居家撒的麦穴子比较了一番，感觉还是他爹刚撒的麦穴子要圆一些。这样对比着，他不觉笑了，心想这个老规矩也怪有意思哩，不知是哪位先人的创意，也不知是从哪朝哪代开始兴起的。想了一会儿，忽然心里又起了质疑，心想：这样撒的麦穴子真管用吗？要是年年真能打这么多穴子粮食该多好啊！家家户户就再也不会见天为吃的发愁了，他也可以天天吃好面馍、好面条子了。

正踌躇间，老远见寨西门马路上雾蒙蒙中走来一个人。范来运刚起来时，天还没有雾，这时起了雾，村口已经大雾弥漫了。那人因走在雾中，怎么也看不清楚，只能隐约看见一个人影儿。

第八章

等那人走近，范来运突然眼光一亮，看清来人正是他期盼已久的范彩霞姑姑。只见她一身蓝色棉衣棉裤，胳膊弯里挎着个竹篮子，正一晃一晃走过来。范来运喜出望外，忙笑盈盈地迎上前去搭话："姑，您给俺爷送鱼来了？"原来，二月二这天，豫东民间习俗，出嫁的女儿要回娘家来送鱼。说是送鱼，因河里还结着冰，鱼不太好抓，也就只好用白面蒸成鱼的形状代替了。若是出嫁的闺女有了孩子，娘家则会给外甥送去两只白面蒸的猫，也不知道这是什么规矩。

范彩霞见是范来运，忙笑着答应道："是哩，早两天就要来，家里有点事，直挨到这一天才来。你爹娘都好吧？"

"好，俺姑您也好啊。今天再不来这日子就过了。我来接着，您先上俺家歇歇。我把篮子给俺爷送去，早上您就在俺家吃饭。"范来运说着，忙走上前来，接过范彩霞胳膊肘里的竹篮。

"改天再来吧，我还没有跟你爷见面哩。"范彩霞将竹篮交给范来运，边说边继续往前走。豫东人见人亲切，一般出嫁的闺女回娘家来，一到村口，村里人都会慌着接过手里的篮子或帮着将带的东西送到娘家，那回门的闺女便会跟着往前走，遇到人时会停下来说上几句话，嘘寒问暖。

范来运本来心里有事，这会儿又想起那个大眼睛的女孩儿，就想打听一下，可是话到嘴边不知道咋说，憋红了脸，张了张嘴，只喊了一声"姑"，便又将到嘴边儿上的话咽了回去。

范彩霞见他欲言又止，便笑道："来运，啥事？咋张张嘴又不说了？"

"没有，也没有多大的事儿。"范来运脸涨得通红，见范彩霞追问，只得硬着头皮张开了口："姑,向您打听个人儿。"

"打听谁?"

"正月十五那天,俺在玉皇庙见您,可记得了?"

"嗯,记得呀,咋了?"

范来运有些不太好意思地笑了笑,说:"那天跟您在一起说话的,有个大眼的女孩儿,是谁?"

范彩霞一愣,眼睛向上一挑,想了想,便笑道:"我差点忘了,想起来了。你问她呀?"范彩霞顿了一下说,"那女孩儿长得好看吧?她叫金枝,是王家寨的人。"

"嗯。"范来运答应着,心想,这个还真被我猜中了。

"你是不是相中人家了?那女孩确实不错,人长得可俊俏哩。你要是相中了,给姑说个实话,我去给你说媒。"范彩霞一句话说到了范来运心窝里。

"咦——妹子来了?"

范来运正要张口说话,被他爹一声招呼打断了。原来范来运的爹范疤瘌听到外边有人说话,走了出来,看见范彩霞,便上来热情地打招呼,又回转头冲范来运说:"你这孩子,恁不懂事儿,咋不知道让你姑上家说话哩,在外头站着说话像啥?你去先把篮子送到你爷家里,就说让你姑今清早在这吃饭。"说着,便将范彩霞往院子里让。

范彩霞见状,便笑道:"不在这里吃饭,我坐一会儿就走。"边说便随着范疤瘌进入院子。

范来运一见,自然乐意,说了一句:"我把篮子送过去。"便快步向胡同里范彩霞娘家走去。

一进门,范疤瘌冲厨房里高声喊了一句:"来运他娘,你看谁来了?"

范来运的娘听见人喊,慌忙从厨屋里走出来,两只眼睛被灶烟熏得通红。她掀起围裙揉了揉眼角的泪,眨了眨眼,见是范彩霞,忙笑道:"是哪股风把他姑您吹过来啦?快屋里坐。你看我这身上。"边说边笑边抹掉头上的蓝色包头布,轻轻扑打落在身上的灶灰。

范翠枝正在厨房烧锅，听见有人说话，也从厨房里跑了出来，笑嘻嘻围上来，喊了一声："俺姑来了！"

范彩霞见是范翠枝，便笑道："哟，这是俺侄女翠枝吧，都长这么高了，姑都快认不出来了，真是女大十八变，越变越好看哪。"

范来运的娘满面含笑，望着女儿，对范彩霞说："这丫头，整天嘻嘻哈哈的，没个大小，就是个长不大的孩子。"又忙着说道："他姑您先坐，锅底还燎着火哩，我这占着手，先去忙了，待会甭走，在家喝糊涂。"

范彩霞笑道："嫂子，你该忙忙，我坐会儿就走。"

"走啥，甭说外气话。"范来运的娘边说边进了厨房。

范彩霞跟着范疤瘌进了堂屋，在方桌东首椅子上坐下。范疤瘌就在西边的椅子上坐了下来。范翠枝从厨房里倒了一碗热腾腾的茶来，两手捧着，放到范彩霞面前的桌子上，回转身走到门口，倚在门框上站着。

范彩霞被这一家人的热情给感染了，望了一眼范翠枝，突然眼睛一亮，会心地笑了，回头问范疤瘌："哥，翠枝的媒说好没有？"

"没呢，有几家来提亲，我都给回了。他哥来运没说好，他妹子咋能先说？"范疤瘌说罢，叹了一口气。

范翠枝见话题扯到她，以为范彩霞是来说媒的，就将头一低，抿着嘴一笑，到厨房里烧锅去了。

范翠枝的娘此时已忙完手中的活，擦干净了手，也进到堂屋里陪着说话。

范来运将篮子送到，又折返了回来，也进了堂屋。

范彩霞望着范来运，满眼含笑问道："大侄子，你说你是不是相中那个女孩儿了？说实话，要是喜欢，姑给你说媒去。"

范来运此时也没有什么不好意思的了，当着爹娘的面，就满脸绯红地笑道："姑，您看我这腿，怕是人家看不上咱，不会愿意的。让您白跑。"

范疤瘌不知是咋回事，就问："咋了？来运相中一个女孩儿？"

范彩霞就微笑着把正月十五那天在庙会上的事说了一遍，又细说了女孩金枝家里的情况，说："那位女孩儿的娘和我关系很好，俺俩以前在一起教学，只是她现在不教了。女孩的爹早年被抓壮丁的抓走了，至今没有音信，估计早死了吧。这女孩还有一个哥哥，和来运大小差不多。只因家里成分高，至今也都没有订好婚。"

范来运的娘听了，叹了口气，说道："唉！你说来运这孩子，那年也是饿极了，要不是碰上赖八国，咋能会是个瘸子！想起来就让人伤心，你说那个赖八国下手咋就恁狠。"范来运的娘边说边用两手握着头巾揾泪。

范彩霞叹了口气，说道："哥，嫂子，孩子的事甭发愁，我去给提亲试试，说不定还能成事哩！"

范彩霞说这事儿能成，是有她的想法的。因为这两家人有个共同点，就是同样有着一男一女，男孩儿都不太好说媒，一个是成分高，一个是腿有点儿毛病。于是，一个主意在她脑海里产生了。当范彩霞把这个想法讲出口时，范疤癞一拍大腿，大笑道："中，我就是一直想找这样的门户，可不太好遇上哩。真是买瓜的找不到卖瓜的，这回可找到了。那这个事儿就麻烦妹子了。"

范来运的娘也笑道："自古姻缘一线牵，这个媒说好，妹子可是积了大德了。到时候，让你哥给你买大鲤鱼吃。"

范彩霞听了，心里高兴，忙接道："哥，嫂子，先甭急，这个事儿说成不难，我看关键在两个女孩身上，得她们同意，要自愿才行。只要这边俺侄女翠枝同意，那边女孩儿家，我让她妈和她去说。现在讲究婚姻自由，父母不能包办。咱可不能强求，不然的话，妹子我大鲤鱼不光没有吃上，还卡着了喉咙。"

范疤癞一拍胸脯，道："妹子放心，翠枝这边儿，我让她娘给她说去。这闺女最听娘的话，不要紧，应该没事儿。"

范彩霞听了，心里感觉事成八九分了，又说会儿闲话，方才起身，满面春风，乐呵呵地离去。

第九章

范彩霞是个说风就有雨的人，做事快人快语，从不含糊。从范家寨娘家回来，已是午后。天空时明时暗，偶尔会有太阳从云彩缝里钻出来，射下一束束阳光。没有多大一会儿，那太阳却又躲进云彩里了，说不上来是晴天还是阴天。范彩霞一进王家寨，连自家门都没进，便一脚迈进姚淑美家的大门里，见院子里也都撒着麦穴子，便连声夸赞道："瞧，这麦穴子撒得又大又圆，今年的粮食肯定够吃了。"

姚淑美正拿着针线手把手教金枝绣鞋帮，见范彩霞来串门，忙站起身迎了出来。金枝也慌忙站起身来，微笑着和范彩霞打招呼，喊了一声"范老师"。金枝上学时在范彩霞的班里，是范彩霞的学生，虽然早已下了学，但这个喊法金枝一直保持着。

范彩霞进了屋，见金枝手里拿着鞋帮，便要过来，拿在手里，来回翻看了两遍，称赞道："这闺女手真巧！瞧，这针脚走得多严密，路数也齐整，活儿做得真好！"

姚淑美忙笑着接道："好啥，让她学着做。范老师，快坐。"

范彩霞找了一个板凳坐下来，笑道："都说二月二这天，不能做针线活，说是怕针扎着了龙眼。"

"那都是说着玩哩，哪有那么神灵。就是真有龙王，也不至于咱娘儿们做针线活就扎着龙眼了。无非是女人们找理由想休息一天，一年三百六十五天，见天忙得不能行，总得偷闲几天，不想干活罢了。"姚淑美说罢，呵呵笑了起来。

范彩霞见姚淑美说得在理，也禁不住跟着笑了。笑罢，望着金枝，说：

186

“金枝，我给你说个婆家，咋样？”

金枝一听，红晕一下子飞满了脸，将小嘴一噘，哼了一声，说：“我一辈子也不打算出门儿，就待在王家寨陪俺娘，谁也甭想撵我走。”

姚淑美望着女儿呵呵一笑，转眼对范彩霞说：“你看这孩子说的啥话。”又对金枝说：“还不快去给范老师倒碗茶来。”

金枝嘻嘻一笑，慌忙扭身去了厨房。

范彩霞又拿起桌上另一只绣好了的鞋帮儿，仔细看了看上面的花儿，见是梅枝上挂着一朵含苞待放的花，便赞叹道：“真好看，像真的一样。”又问：“这也是金枝绣的？”

“是哩，也是刚学着绣的。”姚淑美答道。

范彩霞夸赞道：“这孩子心灵手巧，人又大方，是个有福气的人。”

姚淑美听了，笑道：“豆腐！啥福不福的，只求平平和和一辈子就好了。”

金枝端了一碗热茶，小心翼翼地双手捧来，放在范彩霞面前，听到范彩霞一直夸她，就有些不好意思，红了脸，低着头，眼睛里含着笑，扭过身去倚在门上，脸朝外望着大门口枣树枝头上一只喳喳叫的花喜鹊。

范彩霞见金枝并不回避，也就不顾忌了，问道：“姚老师，金枝今年多大啦？”

姚淑美此时已将范彩霞的来意猜得差不多了，就想提前拿话堵住她的口，笑了一笑，说：“开了春就二十岁了。按说来给金枝提媒的人也不少，都被我一句话给回了。他哥宝禄的婚还没订下，你说她这当妹子的咋能订呢？要是金枝的媒订好了，那她哥宝禄可就真不好说了。”

金枝在门口听得真切，心里就有点不舒服，嘴里咕哝道：“俺哥不娶媳妇，我就一辈子不出嫁！”

姚淑美听女儿话里有话，诧异道：“这孩子，咋恁不会说话，说这气话给谁听？”

范彩霞看气氛不对，忙微笑着对金枝说道：“金枝，你先出去一下，我有话给你娘单独说说。”

金枝见她娘有点生气，转回身笑道：“我说的可是实话，不是气话，我情愿在家待上一辈子陪着俺娘。"边说边羞答答走出了院子，顺手关上了大门。

范彩霞眼望着金枝出门去了，又笑呵呵回过头来，说："姚老师，我这次来，就是帮你解开这个疙瘩的。"

"解啥疙瘩？我有啥疙瘩？"

"孩子的婚事啊！谁都知道这俩孩子恁大了，该提媒了。"范彩霞端起桌上的茶碗，抿了一口，润了润喉咙，说："俺娘家范家寨，对了，正月十五玉皇庙上，咱们见到的那个男孩儿，就是我给你说的被赖八国打瘸腿的那个，她有个妹子叫翠枝，和金枝大小差不离儿，比你家儿子宝禄小两岁，我看这两对儿，倒是正合适。只是那孩子腿有点瘸，怕是对不住金枝，一直没敢张口。今儿个没事儿，又想起来了，就过来给你说说。您合计合计，看看中不中。这样的门户可不好遇哩，要是感觉不合适的话，就当我没说。"

姚淑美没等范彩霞说完，心里就明白了。那天在庙会上范彩霞说那男孩儿还有个妹妹，她就有了那个想法，只是还没有想好，左右拿不定主意。今天，范彩霞来她家串门，提起了这个话题，正说到她的心窝里去了。只是姚淑美并不动声色，听范彩霞继续说："那个男孩，叫范来运，他和你家宝禄同岁，就是说比你家金枝大了两岁。姚老师，你听出来我的意思了吗？"

姚淑美笑了，范彩霞绕来绕去，就是不说那俩字。她心里明白，范彩霞的意思是想让她先说出口。这俩字谁先说出口是不一样的，因为这涉及四个年轻人、四颗心，哪那么巧都情投意合？弄不好谁说的媒就会夹着谁的手，到时候弄得两边不是人，都埋怨她。想到这里，姚淑美笑了笑，说："范老师，你我都不是外人，有啥话你就直说吧，甭绕来绕去，把我绕迷了。"

范彩霞心里也感觉好笑，姚淑美这是揣着明白装糊涂，非要她范彩霞把那两个字说出来才行。她本想借姚淑美的口说出来，万一将来有什么不好的地方也好有个推脱。显然，姚淑美是在装迷，故意不说，没办法，范彩霞使命在身，只得说出了口："姚老师，换亲，你看咋样？"

换亲，这俩字说出来，姚淑美并不感到意外，她心里早有准备，从范彩霞的话音里她早就听出来了。只是她不能马上表态，女儿金枝那边儿她拿不准，她不想强求女儿，更不想让女儿受委屈，毕竟这是一辈子的事儿。姚淑美想起那天金枝给她提到过那个男孩曾经拿眼偷看金枝，便猜想范彩霞可能是受了那男孩子家里的请托，有意而来。想到这里，姚淑美低头沉吟起来。

半晌，姚淑美才长叹一口气，说："这四个孩子要成两对儿，可不容易，有一个不愿意都不能成啊。"

范彩霞见姚淑美松了口，便拍着手，哈哈大笑："可不是咋的，我就给您交个底，范来运那孩子看上咱家金枝了，他爹娘也同意换亲，托我来说合。那边儿他们劝说来运的妹子翠枝，只要那女孩同意，这边儿就看金枝了。"

姚淑美听她这样说，心里也就有了底，笑道："先不急，我抽空问问金枝，看她答应不答应。孩子的事儿，总得让她满意才行，毕竟是一辈子的事儿，不能强求。"

范彩霞见事情说得差不多了，就说："要不这话先搁这儿，等那头回了话我再来给你说。还不知翠枝那边儿咋说的哩。"

范彩霞又和姚淑美说了些闲话，便起身笑眯眯地离去。刚出大门，迎面见金枝从外边回来。原来金枝见范彩霞说让她回避一下，就知趣地走开了，到寨子里随便转了一会儿，心里记挂着范彩霞说媒的事儿，便感觉一个人在外瞎转悠，很没意思，就索性往回走。金枝老远看见范彩霞，羞涩地笑了，轻轻喊了声"范老师"。

范彩霞见正是时候，便迎上来一把拉住金枝，问道："金枝，我给你说个正事儿。"

金枝知道又是说媒的事儿，羞红了脸，笑道："啥事儿？范老师，这样神叨叨的。"

"正月十五那天，在玉皇庙和我说话的那个男孩儿，你可记得？"

金枝听了，心想，我怎么不记得。不过，她却装作早已忘记，故意昂着头，睫毛眨了眨，忽又笑道："是不是那个瘸子？"

范彩霞见金枝俏皮可爱，强忍住笑，等她说话，却见她说那个瘸子，分明还是有印象的，就点点头，笑道："是啊，你看他人咋样？他叫范来运，这名字起得多好听。要不是腿有点儿毛病，小伙子长得可排场了。你也见过，实话给我说，感觉咋样，相中不？"

金枝见范彩霞话问得有点直，就有些不好意思了，便低下头，脸上又泛起了红晕，两手将衣角揉来揉去，半晌，才声音低低地说道："我看人还差不多，就是腿有点瘸。"

范彩霞道："腿是有点小毛病儿，不过不耽误干活。这人很会说话，也勤快。人嘛，只要心眼好、实在就中。"

金枝羞红了脸，不再说话，嘴角里含着笑意。范彩霞见金枝这个样子，心里也就有了数，不再往下问了，又说了两句话便走开了。

第十章

金枝回到家时，她娘姚淑美正在低头纳鞋底儿，见金枝回来，也没有抬头。金枝坐在娘身边默不作声，两眼呆呆地望着娘手里拉扯的针线。

半晌，姚淑美才抬起头来，看了女儿一眼，叹了口气，说："金枝儿，娘给你说个事儿。"

金枝知道娘的意思，便往她娘身边又偎了偎，一声不吭地望着娘。

"你说范家寨那个男孩子咋样？你不是给我说过，在庙上那孩子总看你吗？"

金枝听了，抿嘴含笑，将头低了低，并不言语。

姚淑美见女儿不说话，又说："范老师刚才说，那边来提亲，愿意换亲。他有个妹子跟你年龄差不多，打算说给你哥。你知道，你哥岁数也不小了，寨子里和他大小差不多的男孩都说好了。连比他年龄小的都……"

"娘，甭说了，我愿意就是了。"

闺女是娘的心头肉，金枝这一句话说出口，姚淑美心头一揪，仿佛有人拽了一下似的，瞬间心疼得流下了两行热泪。她没有想到女儿金枝答应得这么利索，以至于她怀疑自己是不是有些草率仓促了，不该和女儿这样说话。姚淑美再也忍耐不住了，她放下手中的针线，一把将女儿金枝搂在怀里，哽咽起来："闺女，你可不能勉强，娘不能让你受委屈。我刚才也只是给你说说，范老师那边，我也没有答应她哩。咱想想再说吧。"

金枝也早已满眼泪花，抬头望着娘，劝道："娘，你甭难过，我不委屈，那男孩儿除了腿瘸点儿，别的也没啥毛病。范老师说他人也勤快，能下地干活。我愿意。"

"闺女——"姚淑美禁不住喊出了声，娘儿俩抱在一起失声痛哭。

姚淑美哽咽道："金枝呀，你可知娘心里苦呀！你三岁时，你爹就被抓壮丁的抓走了，至今儿是死是活也没个音信。我一个女人家，把你们俩拉扯大，没啥吃的不说，还经常被人取笑，人前人后没少遭白眼儿。没有人帮咱，受了欺负，没地方说话。真不知为娘我是咋熬过来的。有时候想想，我真想撇下你们俩不管了，上吊死了算了。有多少人劝我再走一家，我都没有答应。这两年为你哥说媒的事儿，我没少求人，愁得我夜里睡不着觉，又害怕让你们俩知道了，头蒙着被子不知哭了多少回。见天都是人前装着笑脸，没人的时候一个人在家里不知流了多少眼泪。"

金枝也已泣不成声，拉着她母亲的胳膊来回摇晃，哭道："娘，甭说了，这，我都知道。"

姚淑美又抽噎了一会儿，才慢慢止住泪。金枝拿起一块手巾，递了过来，又起身到厨房里倒了一碗热茶，双手捧过来，递到她娘手里。姚淑美接过茶碗，抿了一口，将茶碗轻轻放在桌子上，双手捂在茶碗上暖了暖手，长长地舒了一口气，说："当娘的我实在不想让闺女嫁给个瘸子呀。"

"娘，那个男孩儿在庙会上光拿眼偷看人，想是喜欢我。我感觉那人不赖，这婚事，我情愿。娘，放心吧。"

姚淑美听女儿金枝语气坚定，不免心头又是一热，两眼又涌出了泪花，叹了一口气，道："这事儿还没准，还不知道那头人家女孩愿意不愿意哩。"

娘儿俩正说着话，见王宝禄背着一捆柴火从外边回来。姚淑美忙示意女儿金枝擦干眼泪，自己也拿着手巾搌了一下眼角。王宝禄一脚踏进门里，感觉空气有些凝重，看到母亲和妹妹金枝两人眼角红通通的，心里很是诧异，忙问道："娘，咋了，您哭啥？"

姚淑美嘴角动了动，勉强笑道："没有啊，好端端的，哭啥？"

王宝禄不信，仍用一种疑惑的眼光望着妹妹金枝，问："你惹咱娘生气了？"

金枝将嘴一噘，说："没有。你就想着我惹咱娘生气，你高兴哩。"

姚淑美见儿子王宝禄打破砂锅问到底，心想这事儿迟早瞒不住，就说："宝禄，你坐下，娘给你说个事儿。"

王宝禄拉了一个凳子，在门口坐下，满脸狐疑地望着他的母亲姚淑美和妹妹金枝。

姚淑美就把范彩霞来说媒的事儿从头到尾给王宝禄讲了一遍。王宝禄还没有听完，就噌的一下站了起来，说："娘，咋能让俺妹子找个瘸子？我就是一辈子打光棍也不能让金枝说个瘸子。"

姚淑美叹了口气，正要说话，金枝却先开了口，说："哥，那个人，我见了，就是腿有点跛儿，不是啥大毛病。我愿意。"

"你愿意也不中，我不同意。"王宝禄抢白道。

金枝将嘴一噘，生了气，争辩道："哥，我的事儿，你管不着，我愿意嫁给谁就嫁给谁。"

姚淑美见他兄妹俩要吵起来，就道："你俩不要争了。这事儿也只是提提，还没有下文哩，慌个啥？"

话音刚落，只听见外面半空中咚的一声巨响，平地里响了一声春雷。接着又是一阵轰隆隆雷声滚过，一阵风吹来，院子里晾晒的衣服迎风飘舞。一家三口慌忙向外看时，天阴沉沉的，暗了下来。

"起风了，要下雨了，快收衣服！"

原来，姚淑美早起先是见天阴着起了雾，后来云开雾散，太阳时隐时现，竟有了阳光，便将院子里柴火摊开，进行晾晒，又洗了两件贴身衣服。这会儿，见天上打了春雷，又起了风，知道要下雨了。于是，一家人慌忙起身走到门外，收衣服的收衣服，拢柴火的拢柴火，将刚才那话题暂且搁下。

对于换亲这件事儿，范彩霞没想到金枝竟这么爽快地答应了，更让她没有想到的是，换亲本来是范家先提出来的，可是偏偏范家出了岔子。

此时，范家寨范疤瘌家里已经闹腾得不可开交了。

当范疤瘌和他老婆两口试探着和女儿翠枝商量时，范翠枝马上明确表示不同意，理由嘛，自然是嫌王家成分不好。

范疤瘌见女儿不答应，便将脸一沉，说："你这孩子，人家兄妹俩都是好孩子，很好的人家。那男孩长得又排场又齐整，不憨不傻的，哪点配不上你？"

范翠枝的娘也劝道："这门亲事要是订下来，咱家也不吃亏，你哥是个瘸子，不好说媳妇。这样巧的人家也不好碰，要不是人家家里成分高点儿，咋能给咱换亲？听说那男孩人不错，好胳膊好腿，白净面皮的，对得起你。要是你这边不同意，那可是错过这个村就没有这个店了，怕是你哥要打一辈子光棍了，你能眼睁睁看着咱范家绝户呀？"

范翠枝听爹娘都这样劝说，她一张嘴怎能说过父母两张口，靠在堂屋门边，捂着脸呜呜哭了起来。

范来运在院子里背靠着树站立着，听他爹娘劝说妹妹，一直没有插话，这会儿见妹妹翠枝哭了，就说："你也甭哭，我打一辈子光棍好了。"说罢，气呼呼地一瘸一拐走出大门。

"这孩子，说的啥话！你要打光棍，我还不依哩，你要看咱这一门绝户啊！"范疤瘌这话，明着是骂儿子范来运的，但女儿范翠枝却听得明明白白。

范翠枝抬起头来冲他爹说道："咱家绝户你怨我？拿我给俺哥换媳妇，干脆您把我卖了，给俺哥买个媳妇好了。"

范疤瘌一听，将两眼一瞪，冲女儿吼道："你怪啥？我又没说你！"

"俺哥都走远了，你没说我说谁？"范翠枝抢白道。

范疤瘌见女儿不让他，没法儿，只得站起身来，气呼呼地说："你甭跟我吵，去给你娘说吧。你可长大了，敢给我犟嘴了。"边说边往外走。

范翠枝的娘一听，嚷道："你这是让闺女给我吵哩。"话还没有说完，范疤瘌早已头也不回地走出了院子。

范翠枝见她爹也出去了，又见娘坐在那里生闷气，知道伤了娘的心，就站起身来，抓了条手巾擦了擦眼角的泪，走到娘跟前，站立着，半晌，才张开嘴，弱弱地说道："娘，不是我不愿意，是我心里有个人儿。"

"谁？"范翠枝的娘惊讶地抬起头来问。

第十一章

范翠枝的娘听女儿说她心里有人，吃了一惊，一连串问道："谁？哪个村的？多大啦？人长得咋样？"

"您甭急，我这不是正说着嘛。他是北边小余庄的，叫余得水，比我大三岁。俺俩是同学，在学校宣传队一起搞宣传。去年做河工时还一起演《朝阳沟》，他演栓保，我演银环。"

"恁大的事儿，你咋不早给我说。真是儿大不由娘啊，你可不要心里藏事儿啊。有啥事要给娘说，快说，那小孩人长得咋样？"

"能演栓保的，你说长得咋样？娘，你没有看过电影《朝阳沟》不知道那个栓保吗？"

范翠枝的娘几乎用一种哭腔说道："电影我是看过，只是眼下你哥的事儿咋办？唉！翠枝呀，你也不小了，你是娘身上掉下来的一块肉，娘能不心疼你吗？我能不想让你找个称心如意的人吗？这不是你哥来运他腿有点毛病吗？你说你要参加宣传队，我想都没想，就让你参加了，谁知你跟人家唱到一块儿了。这女孩儿家，嫁给谁都一样，只要人不憨不傻，能顾家过日子就中。我那时嫁给你爹，没过门儿前连他人长啥样都不知道，管他瞎子聋子全听媒人一张嘴，全凭你姥爷做主。唉！如今眼看着寨子里和你哥大小差不多的都订好婚了，你爹和我心里都急啊，你爹为你哥说媒的事儿，愁得睡不着觉，吃不下去饭，整天唉声叹气的，整天不见个好脸儿。你都没有看见？可就没有人上咱家来提亲，能不让人心急吗？"

范翠枝的娘越说越来劲儿，说到最后竟然抽噎起来。

范翠枝见她娘哭了，又听她娘一口气说了那么多，也非常在理，一时也没了主张，心里就有些后悔不该和那个青年余得水好上了。于是将心一横，说道："娘，甭哭了，这门婚事儿，我愿意了！"

当范彩霞把范翠枝答应这门婚事儿的消息告诉姚淑美时，姚淑美竟然不相信自己的耳朵，她没有想到事情竟然会这样顺利，直到范彩霞又郑重其事地重复一遍，她才确信无疑。好事来得有些突然，让姚淑美有点始料不及，几天前她还为这件事愁得吃不下饭睡不好觉，现在却成了。看起来有些事并没有想象中那么难，她心头的这个疙瘩还真让范彩霞给解开了呢。姚淑美感激地望着范彩霞，一时竟然不知说什么好。

接下来的事，就顺理成章了，一切都按照豫东民间约定俗成的程序办理，先安排男女双方见面，然后就是相家、许亲、换帖。男女两家交换婚帖后，才算是真正把婚事订了下来。

豫东民间说媒，男女双方初次见面一般都是在相当保密的情况下进行的，这是因为怕初次会面不一定成事儿，传出去会使男女双方的名声受损。王家和范家这两对青年人的见面也不例外。根据媒人范彩霞的安排，先是范来运以走亲戚的名义来到范彩霞家，金枝刚好去范彩霞家串门儿。这样，在外界看起来，两人的会面似乎只是一次偶遇。

这天上午，金枝稍加打扮，穿着整齐，心儿突突地推开了范彩霞家大门，随口喊了一句："范老师在家吗？"

范彩霞听见大门声响，忙笑盈盈地迎了出来，将金枝让进屋里。金枝刚一进门，便一眼扫见范来运正在方桌旁边的椅子上坐着，平头短发，一看便知是刚剪过，穿着一身崭新的蓝色棉布上衣，比玉皇庙那天见他时，人显得更精神了。

见金枝进来，范来运慌忙站起身来，还未说话已满眼含笑，略有些羞怯地说："咱俩又见面了，快屋里坐。"说罢，便又忽闪着睫毛两眼笑盈盈地盯着金枝看。

范来运见金枝依旧扎了两个长长的辫子，那辫子末梢还用红头绳系着，穿着红洋布褂子和天蓝色的裤子；裤腿刚好盖住脚脖，掩住了脚面；脚上一双崭新的布鞋，鞋面上绣着一朵粉色的梅花，上面飘着白色的雪花。

金枝只倚靠在门前站着，并不去坐，却已经让范来运感觉到她亭亭玉立，犹如水中擎立的荷花仙子，屋子里早已清香四溢，气氛大不一样了。范来运看得出神，眼光不离金枝。因有范彩霞在场，直把金枝羞得满脸通红，却又不便发作，不觉满面含羞微笑着瞟了他一眼，便慌忙又低下了头。范来运被她瞟了一眼，心里像猫舌舔了一般，美滋滋的，方觉得有些失态，便满目含笑地将目光移开了。

范彩霞早已将两个孩子打发出去玩了，男人也被她支开了，家里再也没有了其他人，这是她精心布置的男女会面时必备的清静环境。此时，范彩霞慌着给金枝搬凳子，让座，又忙着去厨房里倒了两碗茶，笑嘻嘻地端了过来，放在桌子上。

金枝仍不就座，只是红着脸，倚在门口，脸朝门外望着枝头上喳喳叫着的喜鹊。此时，她的心仍然突突跳得厉害。她极力克制住情绪，努力让自己看起来平静些。院子里地面上干干净净的，没有一丝杂物，显然是早上刚打扫过的。空气仿佛静止了一般，很是安静，幸亏有那枝头上的喜鹊在叽叽喳喳叫个不停。那喜鹊叫声清脆婉转，十分悦耳，不觉让人喜上心头，笑在眉梢。

范彩霞忙活了一通后，像是突然想起了什么事似的，双手拍了一下，笑道："家里没盐了，我去代销店那里买点盐，你俩先坐着说说话，等我回来。"说着，转身往外就走。

金枝忙惊慌道："范老师，你别走，俺也要走哩。"

范彩霞一只手挥舞着，向房屋里甩了一下，回头笑道："你别急着走，帮我陪陪客。"话没说完，早已走了出去，随手吱嘎一声关上了大门，咔嚓一声上了锁。金枝嘴上说要走，却只是羞红了脸，依旧低着头，倚在门口不动。又听见大门上门鼻哗啦啦响动，知道是范彩霞上了锁，防止有人进来，便放了心。

金枝见四下再也没有他人，就壮着胆子扭转过脸来拿眼去瞄范来运。那天在庙会上虽然见过面，也早已忘了，她这次一定要看清楚这人长得是个什么样子。金枝将目光移到范来运身上时，却没防备范来运目光也向她投来。两人目光相遇，恰似那携了电的阴阳两极的两片儿云彩相遇，霎时擦出一道火花。金枝瞬间羞得满脸通红，马上将目光躲闪开了。

范来运见院子里没了人，便有些放开了，开口说话，声音明显比先前大方多了，他满脸嬉笑，显然是没话找话："你咋喜欢站着不坐？"不等金枝搭话，又笑道："你个子高，站着好看，显得苗条。"

金枝被他一夸，脸更加红了，只低声应道："俺不敢坐，怕被你看矮了。"

这大概是她第一次和他说话吧，范来运听她说话的声音娇滴滴的，像人用手指轻轻弹了一下银铃发出的清脆响声，悦耳动听，让人浑身都感觉舒服，心里就别提有多美了。范来运本是个聪明伶俐的人，听她这么说，分明是话中有话，忙笑道："俺哪有你的眼睛大，怕是要被你给看扁了哩。"

金枝将右手手背拢在嘴巴下边，轻声嗔笑道："你这个人也真是怪，看人咋恁死眼子哩。"

"你长得恁好看，还怕人看？"

"谁像你这样看人，一个不认识的人，盯着人家看，也好意思？让人还以为你是个大坏蛋哩。"

"坏蛋脸上也没有写字，看你一眼就是坏蛋了？"

"我看你就是坏。"

"我哪里坏了？人家看你分明是喜欢上你了呀。"

"谁让你喜欢？我才不稀罕哩，我又不好。"

"你哪点不好？说说我听听。"

"我脾气不好，喜欢打人骂人摔东西。"

"就你？说啥我也不信你会打人哩。就算是这样，我也喜欢，就喜欢看你生气打人骂人的样子，只是别摔东西就中，摔坏了还得买呀。"

"谁要打你骂你了？你让我打你，我还不打哩。我还嫌脏了我的手，你可别想恁美。"

两个人你一言我一语斗了几个回合的嘴儿，范来运见室内气氛活跃起来，空气也比刚才舒缓多了，正被她说得一时接不上话来，不知往下咋说咋讲，便停了片刻，然后一脸认真地说道："哎，给你说点正事儿。我腿瘸，你嫌恶不嫌恶？不过，你放心，不耽误干活，就是走路有点不太好看。"

金枝听他这样说话，分明是让她表态，一时红霞又飞上了脸，越发红润了，却并不答话，只是低下了头，沉默不语。这让范来运很不好受，他后悔不该那样说话，使本来已经活跃的气氛一下子又变得沉闷起来。他有点局促不安，感觉胸口有点闷，呼吸急促得让他喘不过气来，此时他恨不得地面上能出现个缝隙，让他一头钻进去。

"只要你对俺好就中。"金枝说话的声音低低的，带着些羞涩。

"啥？你说啥？"屋子里很安静，范来运分明听得清清楚楚，却有点不太相信自己的耳朵，怕是听错了。

"我说啥，你没有听见？"

"没有听见！"

"没有听见就算了，我只说一遍。"金枝笑了。

"那你再说一遍嘛。"

"不说了！"

"不说我也听见了。"

"你听见了还问？"

"这不是逗你玩嘛。"

"你这人，没正经，不理你了。"

"好好好，别不理我，我给你保证，一定会对你好一辈子，中不中？要不要我指着老天爷给你赌咒？"

"谁让你赌咒了？好不好可不是嘴上说的。"

范来运被她这句话感动了，在他看来，眼前这个美丽大方的女孩子说出来的话，就像从乌云里射下来的一道阳光，瞬间驱散了弥漫在眼前的雾霾，给他带来希望和温暖。于是，空气不再沉闷，他的呼吸也一下子顺畅多了，他不禁长长地舒了一口气。

两个人谈得很是投机，东拉西扯地又说了些男女间俏皮的话，时间飞快流淌着。范彩霞并没有走远，她只在寨子里转了一会儿，又踅摸到大门外候着，看看时间差不多了，这才开了锁，推门进来。

金枝听见大门声响，知道是范彩霞回来了，忙又将头低下，默不作声了，只是嘴角里依然微笑着，面色也比刚才红润多了。范彩霞走进来，金枝轻声说道："范老师，您去弄啥了？让俺待这给您陪客。您家这客老是拿话欺负人哩。我可走了啊。"金枝说着起身就往外走。

范彩霞见金枝满脸涨得绯红，嘴角带笑，心里早已明白，便笑道："他咋拿话欺负你了？你给我说说，我给你出气。"

"你问他吧，这人是个门里猴，看着怪老实，可不老实哩。"金枝边说边含笑走了出去，快到大门口时，又禁不住回头瞟了一眼范来运，这才脚步轻快地离去。

范彩霞见事情差不多了，也不再挽留，只笑呵呵地随声答应着。

范来运眼望着她离去，心里很不舍，眼睛盯着她的身影，直到金枝出了大门再也看不见，心里便一下子变得空荡荡的。

第十二章

范翠枝与王宝禄两人的会面是在第二天进行的。一大早，范彩霞就领着王宝禄来到范家寨她哥哥家。范翠枝同样以串门的名义到来。范彩霞同样找个理由出了门，给范翠枝和王宝禄制造单独相处说话的机会，也没有走远，仍在大门口候着。却不承想，不大一会儿，就见范翠枝走了出来。

范彩霞见她满脸乌云，心里就有些不踏实，问道："咋样，翠枝？这孩子长得不错吧，怪白净哩。"

范翠枝只"嗯"一声，脚步并没有停留的意思，只管往前走。范彩霞感觉有些不妙，就又追问道："翠枝，你给姑说个实话，满意就是满意，不满意就是不满意，可不要勉强。"

"我愿意。"范翠枝应道。

范彩霞听了这句话，心里算是有了底，只当是范翠枝女孩家害羞，对她近乎冷淡的神色并没有在意，便转身进了大门回到院子里。王宝禄见她进来，忙站起身来。范彩霞问道："咋样？看清没有？感觉咋样？"

"怕是人家看不上我，没有说上几句话，就走了。"王宝禄说。

"女孩子家，怕是害羞。"范彩霞安慰道。

于是，王宝禄和范翠枝两人的初次会面就这样草草收场了。

按照民间习俗，接下来就是女方长辈到男方家里看看家庭情况，俗称相家。如果这道环节感觉没问题就可以进行下个环节——许亲，也就是当场许下婚事的意思。当范彩霞征求意见时，两家人想法一致，相家、许亲这两道俗套就都免了。那个时候乡下人家境都差不多，穷的也穷不到哪里去，富的也富不到哪里去，或者说都不富裕，不用去对方家里看就都知道的。

接下来就进入了实质性的一个程序，交换婚帖。交换婚帖算是男女双方建立婚约的主要标志。当然，男方家多少还是要给些彩礼的。于是，范、王两家就由范彩霞来回跑腿，两头传话。双方约定，彩礼随意，一切从简。那个时候，大多家庭也的确拿不出什么体面值钱的东西，无非是去供销社撕扯些做衣服的布料罢了。

对于婚帖和随帖彩礼，姚淑美很是上心，她这些年已有准备，省吃俭用，多少还是积攒下来些东西的。婚帖，她也不用求别人书写，自己写写就好。她买来一张红纸，方方正正地裁好，铺展开来，手握狼毫，饱蘸浓墨，按照老套格式写下几行娟秀的小楷。

一份是儿子王宝禄的，这样写着：

天作之合男命庚帖

谨将小儿三代年庚开列于后：

曾祖王公讳昌泰，祖父王公讳富坤，父亲王姓讳贵仁，母姚氏淑美，儿名福孩儿，字宝禄，属羊。一九四三年三月二十日生。

今凭月老范彩霞作线，与范家寨范三先生令爱范翠枝结为婚姻，永偕伉俪之好。

姻眷亲家姚淑美顿首

冰人：范彩霞

同押

丙午年辛卯月庚辰日庚书大吉大利

另一份是女儿金枝的。写好后，看了看，感觉大差不差，又落了款，便放在桌案上晾干墨汁。又用红纸叠了两个方方正正的大信封，三个边角都用浆糊密封了，只留上面一个口开着。又在红封正面题上抬头和落款，这才将晾干的婚帖叠得方方正正的，装进红封里。

姚淑美随帖准备的彩礼有六样不同花色的洋布面料，各六尺，还有她珍藏多年压箱的大红和藏青两种花色的丝绸面料，也各六尺。这丝绸面料在当时豫东市面上已经很少见了，是有钱也很难买得到的东西。姚淑美见样取个六字，无非是图个六六大顺的彩头罢了。

下帖的日子定在三月三。到了这一天，姚淑美请了王文福、王文忠、王富田和王富钱四个人去送帖。她本不想请王文福而是想请王贵孝去的，只是王贵孝刚好伤风，身体不太好，也就不能去了。这四个人，加上媒人范彩霞，都是王家寨里有些身份的人。

五个人在姚淑美家说好事项，取了婚帖，将随帖彩礼都装在一个紫漆盒子里，抬上就要动身。正准备出门，姚淑美又想起一件事来，悄悄将范彩霞拉到里间，从床头柜子里窸窸窣窣摸索了半天，摸出一个红色布包，小心翼翼地一层一层打开，原来是一个紫色的木盒。又将木盒打开，原来是些老式首饰。姚淑美手拿着一件一件展示给范彩霞看，范彩霞见是一对雕花银镯子、一枚金镏子和一支翡翠做成的簪子，那簪子上面镶嵌着一只蝴蝶，下面垂着金色流苏。

姚淑美拉住范彩霞的手，轻声说道："这是我藏了多年的老物件，我这也是想儿媳妇想得了，连闺女金枝都没让她知道。你背地里把这些东西都塞给那个丫头吧，帮着美言几句，多说些好话，就说过门后，我这当婆婆的会把她当亲闺女看待。"

范彩霞伸手捏起那个簪子，就着窗前日光，仔细看了看，说："那个镯子、金溜子我都见过，只是这个簪子可还真没有见过哩。"

姚淑美呵呵笑道："这个不叫簪子，叫步摇，以前的女人戴在头发上一步三摇晃，很好看。现在都不兴戴这个了，也是个老物件儿，放着就当好玩吧，没啥用的。那枝子是翡翠的，那晃动着两扇翅膀的蝴蝶是金子做成的，坠子上的那两颗珠子是玛瑙的。"

范彩霞听说，又拿在手心里对着窗户欣赏一番，这才递给姚淑美。姚淑美接了，放入盒中，又用红布一层一层原样包好，双手捧着递给范彩霞。

范彩霞接住，握在手里，轻声笑道："您这也真是想儿媳妇想疯了，这么主贵的东西，等媳妇过门后再给也不迟呀。"

"我这不是心里还没底嘛，只要那闺女肯嫁给俺宝禄，要星星、要月亮我都愿意去给她摘，只要能上得去，要天我也得许给她半拉。这回多亏你给操心说媒，要是半路再出了岔子，以后就更不好说了。"姚淑美说罢，神色有些伤感，叹了口气。

"姚老师，你放心，我看紧点儿，准叫这门婚事给撮合成。"

姚淑美听范彩霞这样说，心里宽慰了许多。范彩霞他们走后，她稍稍松了口气，心里期盼范彩霞和那四个下帖的人早点回来，把女方的婚帖拿回家来，这样她才好放心。她心里一直惦记着，整整一天如坐针毡，心神不宁。

快要日落的时候，范彩霞同着下帖的四个人就回来了，同时带回了范家的婚帖。姚淑美打开盒子慌忙看时，见范家给金枝的彩礼可就简单多了：一块红洋布面料，一块蓝洋布面料和两块自织自染的蓝色棉布，各有六尺来长。范彩霞解释说，就这样还是范疤瘌到处求人借钱才买来的。姚淑美并不在意范家的彩礼，双手捧着范家的婚帖，将范来运的收了起来，将那女孩儿范翠枝的看了一遍又一遍，脸上掩饰不住内心的激动与喜悦。

　　王文福四人完成了使命，在姚淑美家坐下，将到范家下帖的情况又说笑着回顾了一遍。那四人本来已经喝得红光满面，酒兴未尽，便坐了一会儿，也就说笑着离开了。

　　范彩霞见没有了外人，便扯着姚淑美的衣袖悄声笑道："那闺女不知道你给的那些老古董主贵，高低不要，推让了好大一会儿，我将你安排给我的好话说给她听，将那木盒硬塞到她手里了。"

　　姚淑美听了，满心欢喜，叹道："这下多亏你了，我可真不知道咋感谢你哩。"

　　两个人又手拉着手说了会话，范彩霞才起身离去。

　　订好了两个孩子的婚事，姚淑美总算可以长长舒口气了，这个积压在她心头多日的石头总算搬掉了。姚淑美手拿着婚帖看了又看，心里美滋滋的。她原以为这样可以每天睡个安稳觉了。但事隔不久，接下来发生的事儿，又让她坐卧不安了。

第十三章

　　半个月后，范彩霞传过来话说，范家范翠枝想要出去旅行。姚淑美听说后心里咯噔一下，头脑一阵眩晕，她强打着精神，对范彩霞说："按说小孩子出门玩几天也没啥大事，只是不知是和谁一起去。"

范彩霞明白，姚淑美分明是不放心，担心节外生枝。两天后，范彩霞又回话说，范翠枝和她的十来位同学一起去，并安慰姚淑美尽管放心，女孩那边她爹范疤瘌盯得也紧。但姚淑美终究还是放心不下，这人要是出去，都没在跟前，咋盯得紧？

其实，放心不下的何止是她姚淑美。此时，范家寨范家也已炸了锅。范疤瘌冲女儿范翠枝大声吼叫："你哪儿也不能去，给我老老实实在家待着，要是敢迈出寨子一步，我打断你的腿！"

范翠枝的娘两眼噙着泪，坐在一个石墩子上絮絮叨叨说个不停。但这一切并没有打动范翠枝，她似乎并没有听进去，爹娘的话好像就没有进入她的耳朵。她依然像没事似的倚在门口，表情淡然，望着院子里那棵石榴树，想着她的心事。

范疤瘌发了一通脾气，却见女儿无动于衷，实在拿她没法，只得将语气缓和下来，用一种商量的口气说："翠枝，不是我和你娘不让你去，实在是不放心。老话讲，儿行千里母担忧。自小你就没有离开过你娘，这一下子跑恁远，让我和你娘能不挂念？再说，你也不小了，都是有婆家的人了，这一天到晚见不着人影，跟着别人瞎疯？你不怕人笑话，我还怕人戳我的脊梁骨哩。北京那地方，你去能干个啥？"

"爹，这事你不懂，我该说的都说过了。"

范疤瘌哼了一声，冷笑道："你说你爹我不懂？好，我也不跟你争，给你说，你要知道，你爹我吃的盐比你吃的馍还多，过的桥比你走的路还多。你也就是上了几天学，识了几个字，就比你爹我懂得多了？"

范翠枝被她爹呛了几句，一时语塞，支支吾吾的，最后才冒出了一句话："给你说了，你也不懂。"

范疤瘌见女儿强词夺理，只嘿嘿笑了两声，又说："好，我不懂，我问你，你不在家干活，到处瞎跑，指望啥吃饭？"

"指望头脑呀？"

"头脑也不是你自个的，是用来听人瞎指挥的！"

"爹，你这是说的啥话，也不怕别人听见，让人笑话。"范翠枝一点儿也不示弱。

范疤瘌听了，将眼一瞪，失去了耐心，提高嗓门，厉声喝道："这会儿学会给我犟嘴了。饿你三天，看你还有劲儿说话没有？"说罢，两手拍着大胯，气呼呼走了出去，吱嘎一声关上了大门，咔嚓一声上了锁。

刚立了秋，王文福就开始忙活着准备给儿子王康娶媳妇的事儿。王康与雪雁的媒是春上刚订下的，按理说，不需要这么早考虑两人结婚的事儿。但王文福心里有点急，他爷儿俩过日子，家里没个女人打理，每天吃饭都是凑合，日子不像日子。有时爷儿俩忙了一天，累了不想做饭，就一人拿着一个窝窝头，就着蒜瓣大葱干啃。能早一天给王康把媳妇娶过来，家里就有人给他爷儿俩做个热饭，早晚家里烟囱里也能像别的人家那样冒个烟。

王文福见媒人桂荣来王家寨她姑父王文忠家走亲戚，就特意拎了二斤果子，央求她回去说合要媳妇的事儿。桂荣满口应下，当天就高高兴兴回了宁平婆家的村子里，自家门没进，就拎着王文福备下的礼品去了女方家里。谁知，桂荣一开口，却被女方父母一口回绝，说孩子年龄还小，怕过门后干活受累，想晚两年再让孩子过门。桂荣只得好说歹说，将好话说尽，女方家长最终经不住她的劝说，总算答应下来了。于是，女方家里找人偷偷掐了两人的八字，看了好儿期，又托桂荣捎过话去，说好儿期就看在八月十五中秋节这天。

王文福得了信，心里自然欢喜非常，看看离迎娶儿媳妇的日子还有一个月的时间，爷儿俩每天掰着指头算日子，盼着中秋节这天的到来。

王文福心里盘算，虽说已革陈除旧，免除了许多俗套，不过一些必要的准备工作还是要做的，尤其是住房问题。堂屋虽说三间，娶了儿媳妇后，他一个单身公公也不好意思与儿子儿媳同住在堂屋里了。王文福于是决定将自己的床铺搬到过道那间厢房中，腾出堂屋给儿子王康作新房。

爷儿俩用了一整天的时间，把堂屋上上下下、里里外外的灰尘彻底打扫了一遍。这在平时，凑合着也就过去了，只在每年腊月二十三祭灶那天，才来个彻底大扫除。如今又大半年过去了，屋顶上密密麻麻结满了蜘蛛网，角落旮旯里也积了好多灰尘。王文福仰着脸拿着扫把，费了好半天劲，才将那屋顶上的蜘蛛网给扫了下来。他又自己动手打了两顶箔材，一顶作了夹墙，把旧的换了下来，另一顶给王康铺了新床。又请木匠王文忠帮着做了一张双人床，还做了方桌、条几。新房收拾好后，王文福又央求五嫂、姚淑美帮着做了一床新铺盖，用的布料都是老婆柳叶儿在世时织下的，只有那棉花瓢子是今秋新摘的棉花弹好的。

转眼中秋节就要到了，王文福又备了些礼品，央求王文忠的老婆去宁平她侄女桂荣家，让桂荣去女方家说合有关迎娶事项。

女方家在王家寨北边宁平，离王家寨有二十多里路远，来回自然不太方便。那媒人桂荣得信后，来回奔跑了几趟，算是把结婚当天的具体事项说合下来了。女方家里倒很好说话，要男方家来迎亲，来个大车把新人迎接过去就可以了。媒人特意捎过来女方家长的一句话："只要对孩子好些就中了，别的不必讲究。"

桂荣又说："因为路远，怕是嫁妆抬着不方便，女方陪嫁的大件只有一个柜子和两把椅子，另外还有些小件，如脸盆架、脸盆、开水瓶等。"王文福说："不打紧，咱这边正好新打了条几、方桌。"

中秋节前一天的上午，王文福一个人站在院子里盘算着迎亲的事项，想想准备得也都差不多了，心中很是惬意，忽然想起明天迎亲时还缺少一位接新媳妇下轿的人和陪儿子王康迎亲的伴郎，想来想去，感觉还是姚淑美和他的儿子王宝禄比较合适，于是就正了正衣角，弹了弹身上的灰尘，去了姚淑美家。姚淑美一家三口坐在院子里正在剥玉米，见王文福进来，都停了手中的活，抬眼望着他。王文福嘿嘿笑两声，道："明儿个王康娶媳妇哩，还缺一个接媳妇的人，你帮忙去接一下吧。另外，让王宝禄陪着王康，去宁平女方家里迎亲，护着王康。"

姚淑美本不想与王文福来往太多，但想着自家孩子办事也要用人，也就满口应承下来。

王宝禄本来对王文福有着刻骨的仇恨，他怎么也忘不了那年在麦地里王文福欺负他母亲时的情景。这么多年过去了，可当时的场面并没有随着时间的流逝而淡化，反而随着他年龄的增长愈来愈清晰。王宝禄将这种侮辱与仇恨深深埋在心底。那年王文福拉着车子给他家送了些吃的粮食，才使王宝禄对王文福态度稍为缓和些。而这一切，王文福只当王宝禄是个小孩儿，全然不当回事，他似乎早已忘记了自己曾经做下的那些见不得人的事情。

王宝禄本不想去，但碍于全寨人都是遇事相互帮衬的老传统，今天你帮人家，明天人家帮你；你不帮人家，改天你家有事时就不要怪别人袖手旁观。谁家都有用人的时候，王宝禄年纪虽小，这点道理还是懂的，见他娘答应了帮王文福，因而他也就没有拒绝，只是默不作声，算是应允下来。

王文福知道王宝禄一向不大和他说话，也就没有放在心上。王文福要是早知道后面发生的事情对他这个家庭的影响，他就会后悔让王宝禄去给他的儿子当伴郎。

当天晚上，王文福同着王富田等人，安排好迎娶人员的分工，约定了第二天早起出发的时间，就和儿子王康早早歇息了。

第十四章

第二天天还没亮，迎亲的队伍赶着生产队的马车就早早上路了。一群人出了寨门，上了官道，头顶着满天星辰，脚踏如水般的月光，一路上说说笑笑向北前行。微风吹得道路两旁的白杨树叶沙沙作响，空气中弥漫着成熟的庄稼散发出来的秋天气味。中秋时节，不热不冷，微风吹在人的脸上，却也胜似那三月的春风，暖洋洋的，又凉爽爽的，很是惬意。王富田作为长辈担任了这次迎亲队伍的主事，肩上背着一个钱褡子，不用说，里面装的无非是些喜帖、香烟和零星爆竹。王宝禄作为伴郎也穿着一身新，跟在人群中一路前行。

王康自然不用说，一身新郎官穿着，从里到外都是新做的衣服。这衣服倒很合他瘦小的身材，难怪头天晚上试穿新衣服时，五嫂夸赞道："都说人靠衣服马靠鞍，果然不假。你看，王康这新衣服一穿，显得人五人六的，精神得很，真像个新郎官的样儿。"有人接过话来笑道："本来就是个新郎官。"二人你一言我一语，说得王康心里喜洋洋的，猫舔着似的，别提有多高兴了。这也难怪，在王家寨，和他年龄差不多的男孩儿，他王康是第一个娶新媳妇的。

赶马车的王贵良，是生产队里的饲养员，两匹拉车的枣红大马都是经他的手喂大的，很听他的话。两匹马头上都戴了大红花，车帮两边儿也都贴了个大红"囍"字。马车上坐了一个压车的小孩儿，身上也披着大红花。随行的六个年轻人，是去抬嫁妆的。因为路不太熟，又是夜里赶路，媒人桂荣提前一天来到王家寨，此时正走在前面带路。她一头短发，走起路来昂首挺胸阔步，两手甩开，脚步迈得特别轻快。

虽是中秋，一行人却都走得满身冒热气，并没感觉到秋的寒意，但见那皎洁的月光，照得村舍田野梦幻一般。天还没有亮，鸟儿却开始在枝头叽叽喳喳叫个不停。夜间走路特别快，一行人说说笑笑，竟感觉不到累，天刚蒙蒙亮，月亮还没有落，就到了女方村口。

王富田在村口止住脚步，对大伙说："咱们在村口歇歇，想去解手的找个地方解个手，甭到时候在人家家里就那么一会儿，到处找茅坑，显得咱王家寨人不主贵。"王富田让媒人桂荣先去女方家里报信，又回头望了一眼王康，笑道："等会要是有人摔你的骨碌子，你可别骂人家啊。"

"不怕，不是还有王宝禄保着我呢吗？"王康笑了笑，答道。

"你也不能全靠我呀，说不定人家把我也给摔了哩。"王宝禄笑道。

王富田点燃一支香烟，吸了一口，从褡裢里拿一个爆竹，就着月光点着，一甩膀子扔向空中，只听啪的一声，那爆竹在半空中炸开了花，闪着火光。众人都高声叫好。王富田接着又啪啪燃放了两个，笑道："这是告诉人家

208

咱来到了，让人出门来接哩。"不大一会儿，就瞅见从村口隐隐约约走过来几个人，老远听见说笑声。待人走近时，桂荣走上前来介绍，原来都是女方家里派来迎接的人。两边人见面自然先是客套一番，嘘寒问暖，有说有笑地将王富田等人迎进村里。

一行人进了村子，来到女方院子里，见院子里摆着一个柜子、两把椅子和一个脸盆架，这是新做的嫁妆。院子靠西的地方摆了一张方方正正的八仙桌，桌子四边摆放着四个长条板凳。六位来抬嫁妆的人被人引领到八仙桌旁坐下，倒了热茶，自有人陪着说话。王富田、王宝禄陪着王康，三人被迎到堂屋里。堂屋中央同样也摆了一张八仙方桌，放了一个茶瓶和一摞白瓷茶碗，只在靠后墙的一面摆放了一把椅子，其余三边依然围着长条凳子。靠后墙一个土坯支成的长条高台子上点了一对红蜡烛，烛光照得室内一片光明，人人脸上洋溢着喜庆的笑容。

三人进了屋，谦让着不去就座。原来王宝禄和王康俩人临出发前天晚上，寨子里的长辈再三交代过，王康到了女方家里，作为新女婿应该坐到靠墙面对着门口的主位，那里自会有一把椅子摆着。王宝禄作为伴郎应该紧挨着王康在东首就座。特意交代，万不能一进到女方家里，进门就座，需要客套谦让一番，让女方家主陪再三劝让方可去坐。又说："这可不是作假，和人玩虚的，这是应有的谦让礼节。那个位子虽是给你留的，你要是上去就坐在那个地方，不让人把牙笑掉才怪哩，也显得咱王家人太不懂规矩。"

王宝禄和王康俩人将话牢记在心，因此一脚迈进门槛，便早已将那座次看在眼里，只是站在门里迟迟不再动身。

主陪是一位上了年纪的老人，看上去比较斯文，眼睛望着王宝禄，笑微微伸出手掌示意他到主位上就座。王宝禄见老人认错了人，正要开口推让，只见媒人桂荣走过来，手指着王康，笑道："新郎官在这里。"

那位长者见了，哈哈大笑，连声说道："我这也是眼花了，罪过，罪过，多有得罪。"边说边又伸出手掌示意王康上坐，王康牢记家中交代，一副很知礼节的样子，谦让着说啥也不去就座。两位年轻陪客走过来，连说带笑死拉活拽硬是把王康摁到靠近后墙边上的那把椅子上。王宝禄见王康坐好，也就略微谦让一下，就紧挨王康坐下了。王富田哈哈一笑，随意在门口拉开凳子坐下。那位主陪老人也微笑着在王宝禄的对面落座，其他陪客这才各自找个凳子坐好。有人站起身拿着茶瓶往碗里倒满了茶，分送到众人面前。

此时，天已放亮，门外三三两两来了一群看热闹的人，围在嫁妆前高声说笑。

那位主陪老人满脸微笑，和蔼可亲，四下看了看，见众人都已落座，便开口笑道："这新女婿到岳丈家，一辈子也就是这么一回，让坐在上首主位上，以后再来，想坐也不会让坐了。"

众人都笑嘻嘻点头附和道："对对对，也就是只这一回。"

王富田端起面前的茶碗呷了一口茶水，将碗轻轻放下，笑微微接道："可不是咋的，虽说一里不同俗，十里改规矩。但这规矩还是大差不差。"王富田见老人说话文绉绉的，知道是村里德高望重有学问的人，便问道："老人家高寿了？"

那老人见问，笑呵呵伸出右手，拇指和食指叉开做了个"八"字手形，笑道："八十了。"又道："俺这个地方虽说离王家寨二十来里，说远也不算太远，这里以前叫苦县，老子知道吗？他家就是赖乡的，还有太清宫都离俺这里很近。苦县，你听那名字就知道是个日子过得比较苦的地方。"老人问，"你知道俺这个地方儿咋叫宁平吗？"

王富田见问，笑道："听说这个地方有个公主坟。这地名是不是就与那公主坟有关系？"

"你可说对了，这里面还有一段有意思的故事哩，要不我说来大家听听？"

"中，中。"

众人说话的时候，门口不断有女人进进出出，走进堂屋里间，在里面低声说着话。王宝禄看在眼里，心里已经明白，他们今天要迎走的新人就在里间了，这时应该忙着梳妆，准备出嫁了。

王康坐在那里一言不发，虽然走了那么远的路，他口有点儿干，茶就摆在面前，他却不好意思去喝，只得强忍着。这也是在家里长辈人安排好的，"到了女方家里，规规矩矩的，坐有坐相，站有站相，不要东倒西歪、左顾右盼，还有就是不要说话，那里没有你说的话。"这些，王康都记在心里。王宝禄就不一样了，他不是今天的主角，可以不受那些礼节的约束，也就随意了些。他见王富田喝了水，也端起面前的茶碗喝了一口，将眼光斜向王康，看他腰板挺直，正襟危坐，像个木头人似的，心里不免有些发笑，强忍着才没有笑出声来，便侧着耳朵继续听老人讲那过去的故事。

第十五章

老人见王宝禄喝了水，这才想起，忙笑道："你看，我这陪客的，光顾着说话，咋忘了让客喝茶呢？"看了看，又道，"咱们说的茶就是那烧滚了的水，城里人叫白开水。那茶是要有茶叶哩，咱们说的茶可没有茶叶，茶叶大都产在南方。咱这里没有，也就只能喝白开水了。"说到这里，老人忽然停住，将手掌一摆，示意王康，笑道："你这新客，别光顾坐着听俺讲话，喝点茶，走恁远的路，嘴该干了。等会还要走路哩。"

王康一直端坐着听老人絮絮叨叨说话，大概心里想着事儿，不知不觉走了神，忽见老人让他喝茶，慌忙回过神来，点头笑笑，算是回应了老人的招呼，伸出手来端起茶碗，微微低下头，却深深喝了一大口，不承想茶水太热，又吐了出来，湿了衣服，烫得直吐舌头。王宝禄见了，背过脸去装作咳嗽，偷偷地笑。那陪客的人也都看见了，却装作没有看见，强忍着没有笑出来。

老人笑了笑，想起刚才王富田的问话，接着说道："汉光武帝刘秀的妹子宁平公主封地就在俺这里。那宁平公主在这里没少做好事儿，救了不少人。刘秀起兵灭了王莽，平定了天下。咱这里出了土匪，整天兵荒马乱的，让老百姓没法过日子。官府上报给朝廷，刘秀要派兵来打。他的三妹子劝说他不要打，说那个地方不是强人谋反，只是老百姓饿得没法了，聚在一起谋生，又说她情愿带领三千人马前去平乱。"

"光武帝问她说，三千人马够吗？他妹子说，够了。我要三千人马你得给我十万人的粮草。光武帝说，那为啥？她妹子说，我要拿这些粮食赈灾救济老百姓。有了这十万人的口粮，老百姓有东西吃了，就不会乱了。这也是实话，果然她到了这个地方，分些粮食给穷人，就把这儿治理好了。后来，光武帝就把这个地方封给他妹子了，封她为宁平长公主，取天下太平安宁的意思。不过，这宁平公主却是好人不长寿，到三十多岁就死了，埋在这里。咱这里人没有忘记她，把地名改为宁平。这宁平的地名就是这么来的。"

老人滔滔不绝地往下讲，在座的人无不侧耳倾听。

王宝禄心想，大概陪客的都是能说会道的人吧，要是没有个会说话的说家，那不就冷场了嘛。

一桌人正说话间，门外有人喊男方管事的，传话过来说要婚帖，看发嫁的时辰。王富田忙从褡裢内取出婚帖，站起身来向老人笑了笑说："老人家先坐，我去看看是不是要发嫁了。"

老人忙道："你是主事的，随意，俺们在这里闲拉呱，等发嫁。"王富田笑眯眯地走了出去。

老人见在座的人都感兴趣，也因本村人居多，就改了口道："当年刘邓大军南下时，还吃过咱宁平的麻花哩。"

这个场合，王宝禄是本不该说话的，因他年龄小，轮不到他说话，对面又是一位上了年纪的老人，他去搭话也显得多少有些不相称。但王宝禄觉得，一桌人光听老人一个人说话，多少显得有些无趣。他瞟了一眼王康，见他在上首主位坐着，像木偶一样，心里很想笑。又见几位陪客也都是年轻人，都坐在那里侧耳聆听老人说，个个大眼儿瞪小眼儿的，一言不发，便感觉更加好笑了。王宝禄本想插嘴接上一句话，却一直搭不上话。这会儿见老人说起麻花，便感觉多少有话可搭了。

于是，王宝禄微微欠了欠身，笑道："听说宁平麻花怪有名哩。"

老人哈哈一笑道："俺这里麻花炸得就是好吃，脆、酥、不油腻。要说这炸麻花，哪个地方的人都会，可就没有俺这里炸得好吃哩。真是三百六十行，行行出状元，这个不服不行。"

王宝禄又问："那这里做麻花有啥窍门吗？"

老人笑道："肯定有，要是没有窍门，那不是谁做出来吃着都一样了嘛。雪雁就会做，等她今天过了门儿，赶明儿让她给你们做麻花吃。"

王宝禄听明白了，老人说的雪雁就是今天他们来迎娶的那个女孩——王康的媳妇。

这时，有人抱着叠得整齐的大红新棉被从里间走出去，门外传来一阵喝彩声。王宝禄伸头往外一看，院子里不知什么时候已经聚了好多人。王康向外瞄了一眼，脸上现出胆怯的神色。那位主陪的老人像是看出了他的心思，笑道："你甭紧张，有我在这里，俺这村里的年轻人没人敢来给你闹的。你遇着哪个调皮的人，发他一根好洋烟也就是了。"

正说话间，院子里有人喊道："准备发嫁了！"那六个准备抬嫁妆的年轻人慌忙从八仙桌旁站起身来，围到嫁妆前进行分工。

嫁妆已经一字排开，一个漆成朱红色的四方柜子，四条腿站立着，两把红木椅子并排摆放着，接着是一个同样漆成朱红色的脸盆架，还有一个大红色的新开水瓶，上面印着红色"囍"字的四个新白瓷茶缸和一个里面放了一张红色"囍"字剪纸的白瓷脸盆。两床红缎子做成被面的新棉被叠得方方正正地平铺在柜子上，被子上又用红纸盖着，中间用根红绳十字交叉从柜子下面穿过系着；上面又用另一根红绳绑着一根紫色长条杠子。

女方主事的人吆喝了一声："发嫁啦！"

王宝禄一听，慌忙示意王康站起身来，就要往外走，那位主陪老人伸手一拦，笑道："别急。"

话音刚落，只见一位用红布盖头的女子被两个女人从里间搀了出来，一丝淡淡的清香向王宝禄袭来。什么香味？王宝禄很是诧异，这香气看不见，却分明存在着，像芍药、像牡丹，或像三月的桃花、四月的梨花、五月的石榴花、六月的荷花，王宝禄心里想象着，感觉很是奇怪，这个时候哪里飘来的香味？等王宝禄回过神来，那女子已擦肩而过步出门外了，再去嗅那香味时，已荡然无存。

王宝禄不禁去看她的背影，见那红布盖头的女子一身红装打扮，红衣红裤，脚上一双粉红布鞋，虽然看不到她的脸面，却已经让人感觉她必定面若桃花、美丽动人了。王宝禄心想，这就是他们马上要娶走的雪雁了。这人走过去咋还飘着一股子香气？心里正想着，忽然耳边传来一阵啜泣声，那哭声虽然很轻，却听得真真切切，与这喜庆的气氛极不协调。王宝禄循声望去，那位红布盖头的女子已经被人搀扶着出了大门。于是，他不禁心生疑惑：这大喜日子，好端端的，哭啥？

门外鞭炮声响起，噼里啪啦的，女方主事人手拿婚帖高声念着，因人多嘈杂，王宝禄只听得"卯时二刻发嫁，新人上轿，面向南方迎喜神，大吉大利"的字眼儿。

雪雁被人搀着上了马车。嘈杂中，王宝禄仍然隐约听到雪雁轻轻的啜泣声。

马车在人们的喝彩声中缓缓启动。

这边儿六位来抬嫁妆的人却分不开身来了。原来两个人抬了柜子，又两个人一人一把椅子，一个人扛了脸盆架，只余一人，却还有一个脸盆、一个开水瓶、四个茶缸。这一个人两只手，却拿不下这些小物件了。原来，那陪送的嫁妆有些虽小却又不能放到马车上拉着的，须来人拿着才行，为的是让外人看到，显得女方家里排场。左右没有办法，只得由王富田同女方家长商定，将四个茶缸放在脸盆里，交给压车的小孩子端着，另余一个人可以掂着开水瓶。按理，那压车的小孩子在返回的路上是不能再坐车的，因为路远，就破例让小孩子先端着脸盆，随着抬嫁妆的队伍出了村子，再上马车同新娘子一起坐在车上。

"陪送的东西真多，都拿不了啦！"有人夸赞道。

王富田看看一切停当，便回转身在门口冲屋内那位老人笑了一笑，拱了拱手，算是告别，回头招呼王康说："咱们走吧。"

王宝禄和王康慌忙也向老人点了点头，算是告辞。那几位陪客的人也都慌忙站起身来，送到门外。

这时，五六位年轻人围了过来，王富田慌忙掏出香烟，微笑着给他们发烟，说了些客套的好话。王宝禄紧护着王康，担心有人和王康开玩笑把他撂倒在地上出了洋相。正在担心，只见刚才那位老人跟了过来，笑呵呵冲那几位年轻人说道："一边儿玩去，甭在这闹事儿，人家路远，紧着赶路哩。"那年轻人看老人发了话，一个个龇牙咧嘴，溜到一边儿去了。

送亲的人群送到村口，王富田回转身，向人群拱手抱拳，高声笑道："各位请回，放心吧，孩子交给俺们，会好好待她的。"

话音刚落，便有女人高声应道："俺这闺女打小在家就没有受过气，到了你们那里，要是给俺气受，看俺们不去人把王家寨给平了不可。"众人一阵哈哈大笑。

雪雁的娘站在村口，眼睛注视着前方远去的马车，眼角上的泪花模糊了视线。微风吹起她花白的头发，向脑后轻轻摆动着。她望着远去的马车，轻轻叹了口气，两手扯起衣襟，低下头，擦了擦眼角上的泪，又抬起头来，向远去的马车挥舞着手。

第十六章

太阳已经升起来了，迎亲的队伍迎着朝霞，簇拥着轰隆隆前行的马车，在地面上投下长长一队影子。伴随着他们前行的是一阵阵粗犷的说笑声和半空中时不时的爆竹声响。车行过去，马路上留下的两道攃得发亮的车辙痕迹，向外折射着太阳的光辉。

阳光穿透天边那一抹灰色的云层射下来一道道金色的光柱，照在新娘雪雁身上。她红衣红裤红布鞋，一身红装，连同头顶的红布盖头，像一尊披红挂彩等待开光的女神雕像，在阳光下显得格外美。她那美丽而神秘的面容将在她新到的那个陌生村子里揭开神秘的面纱，展示给那个村子里的人，她将在那个村子和那个新的家庭里，与那个她只见过一面的陌生男人度过她的一生。

她此时或许正满怀喜悦憧憬着未来属于她的幸福，或许她还会忐忑不安揣测着未来迎接她的是一种什么样的命运。作为女人，当她走出生她养她的那个家庭，走出自小熟悉的那个村口，从坐上婚车的那一刻起，她的一生才真正开始；而她的命运也从那刻起，发生了改变。

马车缓缓前行，快要晌午的时候，迎亲的队伍终于来到了王家寨的东寨门外。王富田从褡裢里拿出三个爆竹，猛吸一口香烟，一手捏着香烟，一手捏着一个爆竹，点着爆竹的烬子，扬手向上一扔，爆竹啪的一声便在半空中炸开了花，接着又是两声爆竹声响。那爆竹声传到寨子里，全寨的人就都知道迎新队伍回来了。

"新媳妇到了！"有人嚷道。

此刻，王文福家的小院子里早已满是欢声笑语，人们开始忙活起来。院子里摆了六张待客的桌子，四周围着长条凳子，桌面擦得都能照出人影来。厨房里传出菜刀切在菜板上的哒哒磕碰声，那是焗长厨师正忙着做菜，他要为远来贺喜的人们准备一场丰盛的喜宴。

拜天地的桌案也已经布置好了。桌案上放着一个大红蜡台，蜡台上燃着两支大红蜡烛，金色的烛光在微风吹拂下闪动着、跳跃着。蜡台前放了一个竹箩，竹箩朝外的一面，贴着一个大红"囍"字剪纸。竹箩里装满了红高粱。一杆紫色的长秤倒插在竹箩里，秤杆上那颗金色的定盘星和那一排不同形状组合的银白色星点在阳光下清晰可见；弯钩倒挂的秤钩，像一个上下颠倒的大大的问号；秤砣像座金字塔一样四平八稳地放置在竹箩旁。

在一阵噼里啪啦的鞭炮声和人们的欢呼声中，新娘雪雁被姚淑美和五嫂搀扶着下了马车，脚一落地便换上了另一双新鞋。人们簇拥着这位新人进了院子，来到天地桌前。早有人拉着王康站了过来，他们要在这里举行隆重的拜天地仪式，正式结为夫妻。

雪雁依然头顶着红布盖头，她眼前只有一片红光，别的什么也看不见。此刻，她内心已经静止住了，她不再思想，也不再幻想。她不得不集中精力应对眼前这喜庆的场面，她知道今天这个热闹场面是以她为中心的，她是今天的主角。她此时能感受到心脏怦怦跳动的声音，她甚至还能听到她那略有些急促而又均匀的呼吸声。她凭着听力在人们的欢笑声中辨别哪句是向她发来的指令，她将按照指令做出相应动作，很顺从地听任着命运的摆布。她知道她身边站立着的那位她只见过一面的男子，是未来陪伴她度过一生的男人。

有人拉着王文福过来接受新人的跪拜，王文福半推半就，笑道："拜拜天地就好了，我就免了吧。"

"哪能免？先拜天地，再拜父母，最后夫妻对拜。"有人嚷道。

王文福半推半就，在人们的推拉下嬉笑着挤到天地桌前，便被人一把摁到椅子上坐下，等待着一对新人的跪拜。

五嫂从人群中嬉笑着挤了进去，她手里不知什么时候抹了一把锅底灰，趁王文福正与人说笑时，伸手便在王文福腮帮上、鼻梁上抹了两道灰指印。王文福慌忙笑嘻嘻扭转身躲闪，五嫂也笑呵呵地挥舞着胳膊，一左一右地还要往他脸上抹灰。王文福不得不左躲右闪，不料一时失了机，刚好将另一边没有抹灰的腮帮子对着了五嫂。五嫂不失时机地伸手又是一把。这下好了，王文福的腮帮两边和鼻梁上各抹了一道锅底灰印，一副龇牙咧嘴嬉笑滑稽的模样，很像唱大戏中的小丑，逗得满院子里的人哈哈大笑。

第十七章

两位新人跪在圃团上依照旧礼拜过天地，又给王文福磕了个头，正要站起身来。不料，旁边的一个小孩子在周围人的撺掇下，伸手扯下了蒙在新娘子头上的红布盖头，她那姣好的面容一下子暴露在众人面前。一时间人们起了哄，纷纷喝彩，踮起脚伸长了脖子，争相看新娘子的模样。那新娘子冷不防被人扯下红盖头，一时惊得花容失色，慌忙伸出两手掌捂住了脸。那羞涩娇媚的神态，显得她人更加妩媚了。人们早听说这位新媳妇长得漂亮，一个个心里也早就按捺不住了，很想一睹她的容貌。这时一见，果然名不虚传，便纷纷拍手叫好，赞叹不已。

一个嚷道："新媳妇真俊。"另一个赞道："早听说人长得排场，这一看，真的是哩。我算是看着了。"那没有看到的人，也跟着叫好，又遗憾着自己没有看到，一脸雾水地问着身边的人新媳妇长啥模样。有个小孩子夹在人缝里，也欢快地跳跃着两腿跟着拍手叫好。五嫂见了，感觉好玩，便伸出手来拨着那孩子的脑袋，笑道："你蹦跶个啥？看着没有哩？也跟着起哄，瞎叫唤。"

喝彩声、赞美声一浪高过一浪，场面显得有些失控。姚淑美忙向小孩儿要过红布盖头，重新搭在新娘头上，护着新娘子进了堂屋，来到了西间那个早已布置好的洞房里，将新娘雪雁搀扶到床边，这才松开了手，笑道："就坐这，歇歇吧。"雪雁微微点点头，也不说话，顺从地坐在床边，将身子倚在柜子上。柜子是娘家陪嫁过来的嫁妆，此时已成她的靠山了。这里，满屋子都是陌生人，只有这个柜子才让她感到亲切，它俨然已经像娘家人一样成了她的后盾。

满屋里的人都想再看一眼这位刚过门的新媳妇，便又有人撺掇小孩子扯开蒙在新娘头上的盖头。一个小孩儿禁不住撺掇，眼疾手快，伸手就扯下了盖头。新娘雪雁美丽的面容再一次展现出来，引起满屋子的哈哈大笑，拍手叫好。大概是因为到了屋里有了些胆量，雪雁这次不再捂脸，只是羞红了脸，将头低着，嘴角含着笑意，眼睛盯着两米远的地面，任凭一双双眼睛观看着她。

外面的人听到屋子里的欢笑声，便又像潮水一样涌向屋里，尤其是刚才没有看到新娘芳容的人都争相拥挤过来，笑嘻嘻地观看着、赞美着。

有调皮的孩子伸手拽了一下新娘雪雁的衣角。雪雁这才想起娘家给她准备好的哄小孩子的东西，于是，伸手从腰里摸出柜子上的钥匙，开了锁，打开柜子拿出三四个扯手馍来，刚想要一个一个分发，便被两三个小孩嬉笑着伸手抓了过去。雪雁微笑着又从柜子里拿出三五个来，递给姚淑美。姚淑美笑呵呵地伸手接过，一个一个分发到屋子里几位女人抱着的小孩子手里。

这扯手馍是豫东民间嫁女的一个风俗，是用两个小馍块扯在一起，放在锅里蒸熟，上面再点些红色点点，很像两位新人手拉手的样子。多是嫁女的一方娘家准备的，为着女儿到了婆家，遇着小孩子闹新房的，可以拿出来哄小孩子，也是图个喜庆。

王宝禄此时也挤在人群里，他也很想看一看这位他们一行人天不亮就爬起来忙活了大半天才迎接回来的新人。作为伴郎，他虽然去了新媳妇的家里，可他并没有比别人先看到新媳妇的面容。从早晨到现在，他连这位新媳妇长什么模样也没有看到。

就在刚才新娘雪雁被人揭去盖头的那一刻，王宝禄才一睹她那美丽的芳容。他简直有些惊呆了，他只想着王康娶了个好媳妇，这个媳妇长得很好看，却没有想到会是这样的楚楚动人，以至于让他有些过目难忘了。刚刚看了一眼，新娘子就又用手捂住了脸，那羞答答的模样反倒越发让人喜欢了。于是，王宝禄再一次随着人群挤到洞房里，这一次他实实地看了个够。

可是这样一位美丽的女子早晨离开家门时，为什么会啜泣呢？在迎亲返回的路上，王宝禄心里已经打了两个大大的问号，让他想不通的不仅仅是她的哭泣，还有早上她与他擦肩而过时的一股淡淡的清香。那清香让王宝禄久久不能忘却，他一路上不停地嗅着鼻子，试图找回空气中那股淡淡的清香，可他嗅到的只是那种久已熟悉的玉米秸秆、棉花、红薯秧子等庄稼发出的气味，夹杂着些泥土的气息。

喜宴过后，王宝禄回到了家里，见母亲和妹妹金枝也早已回来，两人正在屋内喝茶聊天。

王宝禄心里那两个问号，有一个是说不出口的，他知道他早晨嗅到的那股清香是新媳妇身上发出来的，或者干脆说是女人身上发出的气味，当着妹妹的面怎好意思问出话来。于是，他将那个问号压在心底，只将另外一个问号说出来。他先是笑笑，说："娘，早上新媳妇上车时，我咋还听见她哭了哩，是不是心里有点不情愿，没看上王康那小子呀？"

王宝禄说出这句话时，想起刚才在王文福家大门外听见的闲话。

一个人说："王狗儿这家伙没见他去赶过太昊陵，啥时候在家偷偷烧了高香？娶了恁排场的一个儿媳妇。"

另一个接道："怕是他儿子王康配不上人家，你看他整天一副病恹恹的样儿，怕是办不成事儿。"那人说完，嘿嘿笑了两声。

"真是一朵花插在牛粪上了！"

王宝禄回味着那两人的对话，却没有将这话说出来。

"这，你不知道了吧？"姚淑美听见儿子的问话，笑了两声，说："这新媳妇上轿自古以来就是要哭几声的，是有说法的。爹娘辛苦把闺女养大，要出门嫁到别人家里，心里很不是滋味，母女分离，哪能不伤感哩。也不光是不舍得，是在别人家里没有在爹娘跟前让人放心。过门的闺女心里恋家，走出娘家门会不由己地就哭了。哭两声也是对娘家的留恋。还有个说法就是图个吉利，说是哭着上轿，笑着回门儿。要是哭着回门，就是在婆家那头的日子没有过好。"

王宝禄听母亲这样解释，心里也就释然了，于是他拿眼望着妹妹金枝，笑了笑。金枝早已听得真真切切，这会见她哥拿眼瞅她，便装作有些生气，怪道："哥，你老是看着我弄啥？"

"金枝，我问你，你要是出门儿那天，会不会也哭上几声？"

金枝一听，将身子扭了两扭，小嘴噘起，白了一眼哥哥，说："就知道你会扯上我，告诉你，我就不哭！"

一句话，逗得一家人哈哈大笑。

第十八章

到了掌灯时分，月亮升起来了。姚淑美问两个孩子："今晚是中秋，老规矩是要拜月的，现在都不兴这个了。你俩饿不饿？不饿的话就不烧茶了。家里有几个苹果、两串葡萄和两个石榴，等下我切开月饼，咱在院子里边吃月饼边看月亮。"

兄妹俩都说不饿。王宝禄慌忙掂了两个小凳子放在院子中央，将过道里的一个石墩子也滚了过来，放在小凳子前，又去屋内搬了一把椅子。

金枝也不闲着，见哥哥布置好场地，便拿了苹果、葡萄和石榴去厨房洗了洗，将石榴十字切开，分别装在盘子里，端出来摆在石墩上。

姚淑美从条几上拿出一块纸封的月饼，解开细草绳，拿掉红纸签，打开包裹的厚实草纸，露出圆盘大小的一块月饼来。她手拿着月饼就着昏黄的灯光看了看，见月饼上雕刻着好看的花纹，笑道："这个月饼做得真好看。"

金枝听说，跑进屋里，把月饼接在手里，仔细看那花纹。

姚淑美指着花纹对女儿说："你看，这个枝繁叶茂开着花的是桂花树，这头发梳拢得像朵云彩挥舞着长袖子的不用说是月宫嫦娥了，那个长耳朵的一看就是玉兔。"

金枝笑了，说："这么好看的月饼，吃掉怪可惜哩。"

"这可是你说的，你要是不舍得吃，你那一份我来替你吃掉。"王宝禄一旁笑道。

金枝放下月饼问："哥，你咋是个贪吃嘴儿，就算我不吃，也轮不到你吃呀，我不会让给咱娘吃？"

姚淑美听他兄妹俩斗嘴，伸手接过金枝手里的月饼，笑道："我去切开，一人一份，各吃各的。"说着，便出了堂屋门到厨房里去了。

王宝禄知道妹妹的弱点，故意说："咱都出去，坐在外面，将堂屋里的灯熄灭吧，多少省点油。"说着，伸嘴一口气吹灭了灯，堂屋顿时黑压压的。金枝慌忙走了出去。王宝禄笑道："你就恁胆小，外边月光那么亮，看你走那么快。"

金枝本来胆小，自小怕黑，不敢到黑影里去，哥哥王宝禄是知道的，但这会儿被他说出来，金枝又不好意思承认，便怪道："谁让你恁勤快，人还没有出门，张嘴就把灯吹灭了。"

月亮已经跃出了树梢，月光越来越亮了，照得地面如同白昼一般。王宝禄和妹妹金枝像往年一样，一人一边坐在小凳子上，中间的那把椅子给娘留着。姚淑美在厨房里切好了月饼，盛在一个盘子里，端出来，放在石墩子上，和苹果、葡萄、石榴四个盘子方方正正地摆在一起。金枝伸头去看，见那月饼齐齐整整切成了九牙，仍按原样摆放在盘子里，伸手捏了一块就往嘴里送。

王宝禄见妹妹下手较快，便伸手想拦挡，可是已经晚了，只得笑道："刚才还说我，这会你比谁下手都快。"

金枝手里拿着月饼放在嘴边，咔嚓咬下一块冰糖来，咯吱咯吱嚼着，笑道："要你管我！咱娘切好就是让吃的。"

"等会月亮升高了，就着月光再吃。"王宝禄说。

"谁说月亮没升起来就不能吃？月亮再好看也不能当饭吃呀？"金枝反问道。

"你看这块月饼，这就像天上的月亮那样圆，你吃了一个牙，就像被二郎神杨戬的天狗咬了一个豁口，就不好看了。"

"哎呀，哥，你咋说话哩，骂我呢？娘，你看俺哥说话骂我哩。不吃了！"金枝说罢，手一扬，将吃了一半的那块月饼又丢在盘子里，扭转身，背对着石墩子，生起气来。

姚淑美见女儿生了气，便数落起儿子来："你也真是，切好就是让吃的。你要想吃就吃，又不是不让你吃。你妹子吃了就吃了，你说的啥话？给你说过多少回，兄妹俩，要得好，大让小。你是哥哩，当哥的就要有个当哥的样子，啥事就得让着她。"

王宝禄见妹妹金枝生了气，又被娘数落了一番，自知惹了麻烦，便赔着笑，说道："她不是说要看嫦娥和玉兔吗？我只说等会看着嫦娥和玉兔再吃月饼，谁知她恁不识好歹。好了，你也别生气了，我的那一份我不吃了，让给你吃，中不中？"

金枝一听，扑哧一声笑了。原来，她根本就没有生气，只是想着和哥哥开个玩笑，这会儿见哥哥被娘训了一通，心中很是高兴，又见哥哥给她赔情说了好话，便忍住笑说道："我才不吃呢！别让你以后笑话我。"边说边扭转过身来，捂住嘴，忍不住偷偷地笑。

一家人说话的工夫，月亮已经高高挂在了半空中。这时，听见大门外有说笑声和脚步声传来。疑惑间，忽听大门吱嘎一声响，四五个年轻人推门涌了进来，站在过道下，喊道："王宝禄，走，走，去王康家闹洞房去。"

王宝禄一见有人来喊，捏了一牙月饼填到嘴里站起身来就要往外走。

姚淑美见儿子又要出去玩，当着门口这么多年轻人的面不好意思阻拦他，只得安排他说："玩上一会儿就好了，不要太晚了，早点回来歇息。千万不要惹事啊。"

王宝禄边答应着边往外走去，听见金枝在背后喊了一声："哥，你不是说你那块月饼让我吃吗？你咋吃了呢？"

王宝禄心里只是笑，并不搭她的话，吆喝着和一群人出门而去。

第十九章

一行人说说笑笑，不一会儿便来到王康家，刚到大门口，就听见屋子里传来阵阵欢笑声。

王康家的堂屋里仍然挤满了人，当然更多的是一些孩子，个个精神抖擞，正闹得起劲。堂屋对着门的茶几上，一对大红蜡烛扑闪着火焰，照得屋内灯火通明。西间洞房里也点了一支蜡烛，新娘雪雁头上的那块红布盖头早已揭了去，她仍然倚靠着柜子坐在床帮上，红洋布斜襟长袖上衣，在闪动的烛光下，将她那张妩媚的脸庞映衬得格外红润娇美。她微微低着头，一双脉脉含情的眸子滴溜溜望着地面，嘴角里依然含着羞涩的微笑。她一整天几乎都是保持这一个姿势，倚靠在那个娘家陪送过来的柜子上，像一位等待画家为她作画的模特，接受这里人们的鉴赏和品评。在围观者眼里，这位新娘子在烛光下反倒比白天看上去更加美丽。

王康一直在客厅里坐着，不敢到洞房里来。他见过别人家闹洞房的场景，知道寨子里年轻人不会放过这个和他闹洞房的机会，担心自己被捉弄，那出洋相的滋味实在是不太好受。当他听见王宝禄、福生、伙头和一群人说说笑笑走进院子时，慌忙一个箭步窜到房屋东间里躲了起来。

按说，结婚当晚有人来闹闹洞房也是好事。只是常会有人玩过了头，把新娘新郎捉弄得像耍猴一般，惹得新娘子哭鼻子抹眼泪也是常有的事。

王康本以为这些来闹洞房的人找不到他，没有了新郎官，也就无戏可唱了。可谁知，这些人哪里肯依，他们找不到王康，便拿王宝禄开起了玩笑。

福生站在屋子里喊了几声王康的名字，见没有人答应，知道王康躲了起来，便大笑道："新郎官跑了，那就让伴郎顶上。听说早上在新媳妇娘家，不是还有人认错了，把王宝禄当成新郎官了嘛，咱们就让王宝禄充当新郎！"福生边说边和王六儿挤眉弄眼使了个眼色，悄悄转到王宝禄背后，一齐用力把王宝禄往新娘雪雁身边推。

王宝禄正嬉笑着和人说话，冷不防被人从后面猛推一把，一时站立不稳，打了一个趔趄，便踉踉跄跄扑到了新娘雪雁怀里。出于自我保护的本能，王宝禄身子前倾时，两手习惯成自然地抬起收缩到胸前，这样，他的身子倾倒时刚好将两手按在了新娘雪雁的胸脯上，将新娘雪雁扑倒在床上，引得满屋人哈哈大笑。

王宝禄感觉到两手按到的地方软而结实，热乎乎的，自知碰到了女人的敏感部位，一下子羞红了脸，急忙将手缩了回来，站稳脚，迅速跳到一边去了。回头再看时，见新娘子雪雁早已羞得满面通红。她刚才来不及躲闪，着实吓了一跳。这会儿只将头低得更低了，嘴角里依然含着微笑，并没有生气。

王宝禄见了，反倒有些局促不安了，他的胸口怦怦直跳。他两手耷拉着，手掌张开，不敢攥在一起，仿佛他那两只手掌刚刚犯下了过错。他回味着手心里还保留着的那种软而结实、热乎乎的感觉，那种感觉像沾在他的手心里一样，挥也挥不掉。他想赶快逃离这个地方，可那样太扫大家的兴致了。走也不是，站也不是，他只好呆呆地站在旁边，听着满屋人说笑。

"王宝禄，摸着新媳妇的大馍没有？"王六儿嚷道。

话音刚落，又是一阵满堂欢笑。这笑声自然是会意传神的。因这大馍，是豫东民间一个风俗。每到春节过年时，嫁出去的女儿总是要选择在正月初二或初三这天回娘家的，而大馍则是回娘家时作为孝敬娘家父母和爷爷奶奶等长辈必备的礼品，民间称为送大馍。送大馍时，其他礼品可以没有，大馍是必不可少的，已经成为晚辈孝敬父母、尊敬长辈的一个象征。这大馍其实就是白面馒头，只不过个头要比正常的馒头大上两三倍。做大馍时，将大块面团搓成大馒头形状，上锅蒸时会在馒头正中间安放一颗大红枣，这样大馍蒸好后红枣就长在上面了，那白面馒头上一点红的形状很像成熟女人的乳房，丰腴饱满。

王六儿问王宝禄摸到新娘子的大馍没有，本是一句很浑的玩笑话，却让满屋子里的人都想到了大馍。于是满屋人，无论男女老幼，都乐得开怀大笑。

王宝禄担心大伙还会拿他开玩笑，便溜了出去，只在门口远远瞅着新娘子雪雁，心里有了一种愧疚感，好像做了什么对不起她的事似的。

第二十章

　　王文福送完来贺喜的亲戚，将院子里收拾停当，忙了一天的他，早已腰酸背痛了。作为长辈，他再也不好意思随意进出堂屋了。他于是将大门敞开着，任凭年轻人来来往往闹腾儿子的洞房，自己便一头钻到过道那间厢房里，早早躺下歇息了。

　　他长长舒了口气，躺在床上，胳膊仰着，将两手反扣在脑后，眼睛望着房顶的阴暗处，心里默默告慰他那早早离世的妻子柳叶儿。作为父亲，他完成了给儿子娶媳妇的使命，在王家寨儿子王康的同龄人中，王康是第一个娶了媳妇的人，他王文福也是在同辈人中第一个有儿媳妇的人。这不知会招致多少同辈人对他的羡慕，他这两天在寨子里经过时，就感到很多同辈人向他投来的目光已与以前大不相同了，那目光里不仅仅是对他这一个家庭的祝福，更多的是一种羡慕。

　　要知道，帮儿子娶媳妇，让儿子早日成家立业，可是一位父亲重大的人生使命。如今这个使命他王文福完成了，而且娶回来的这个儿媳妇他很满意。他的这位儿媳妇模样很俊俏，深受大家喜欢，这点可以从人们不绝于耳的赞誉声中得到证明。堂屋里欢笑声一阵阵传来，笑声在他的耳边回荡。这欢笑声让王文福听着高兴。他仔细回味着白天人们对他那位刚娶回来的儿媳妇赞不绝声的话语和乡亲们的贺喜声，心中有着一种说不出的畅意。

　　满屋子的人不住地说笑，不知不觉已是夜深人静的时候了。那些小孩子们都在家长的拉扯下陆陆续续回了家，有两个五六岁的小孩死活不愿意离开，却不知不觉倚躺在母亲怀里打起了瞌睡，才被悄悄抱起，呼喊着乳名，如叫魂似的踏着月光离去。

王康此时躲在东间的床上，先是坐着，听着西间里传来的阵阵说笑声，不免暗自窃喜，要是他也在那里，不知王六儿、福生他们会怎样变着法子戏弄他呢。他庆幸自己明智，早早躲了起来，只留下他的媳妇，那个刚娶回来的女子，任凭他们热闹。没有了新郎官，那会让人感觉孤掌难鸣，一个人唱不成戏了。这样想着，也就不知不觉坐在床边打起了瞌睡，王康后来索性歪倒在床上睡了起来，呼噜声一阵高过一阵。

西间洞房里，福生和王六儿俩人一唱一和不停地说笑，讲了很多男女之间的浑话趣事，逗得人们不住地哈哈大笑。

王宝禄因担心福生再次捉弄他，只远远站在洞房外边，眼光往里瞅着新娘子。东间里呼噜声一阵阵传到他的耳朵里。王宝禄心下明白，知道是王康那小子在东间里睡着了，不禁有些好笑，并不去揭穿他、叫醒他。他不想将王康躲在东间的事告诉福生他们，他感觉此情此景，没有了王康反倒让人心里更加爽快些。王宝禄打内心里并不喜欢这个看上去有点猥猥琐琐的王康，甚至还有点看不上他。他心底深处那个令他难以忘怀的耻辱画面依然还在，并没有因两家关系的缓和而消除，也没有因时光的流逝而淡化，他甚至抱定父债子还，将对王文福的仇恨转化给了王康。望着眼前那位羞答答美丽动人的女子，王宝禄心里陡然升起一丝怜悯和悲哀，他想起白天听到的那句话：真是一朵花插在牛粪上了。

这样想着，王宝禄心里慢慢没有了继续玩闹下去的心思，他感觉有些疲倦了，早上不到三更时分就起了床，这会儿渐渐难以支撑。他的两眼有些发涩，上下眼皮开始打架，直到合在一处，却又不得不强打精神睁开。他此时心里只想着早点回家睡觉，见众人仍没有散场的意思，只得说了句："天也不早了，咱们走吧。"

福生、王六儿听了，左右看看，见大家没了玩兴，也就止住了话语。于是众人又你一言我一语说笑了几句，这才商量着离开了。

一行人刚走出王康家大门不远，福生悄悄抢上前一步，一把拉住王宝禄，将手一摆，半握着右手拢在嘴边，轻声笑道："咱们甭慌着走，留下两个人听听洞房，看看王康那小子咋办的事儿。"

王宝禄听了，皱了皱眉头，他对这种近乎下作的事情一向不感兴趣，心里虽不大情愿，可也不好当面驳他兴致，只得勉强"嗯"了一声，点头答应。

福生得了王宝禄的支持，就又轻声冲其他人喊道："等一下，都别走，商量个事儿。"众人正往前走，听见喊声，忙都止住了脚步，回头来望。月光下只见福生笑嘻嘻轻声说道："咱留下两个人听房，中不中？"

众人一听，都笑道："中！"

于是，一群人笑嘻嘻聚拢在一起，商量着留下听房的人选。伙头笑道："我的辈分长，不能干这个。我看王宝禄、王六儿两个人就行。"

王宝禄马上反对："我困坏了，今清早天不明就起来了，又累了一天，这事儿甭找我。"

伙头又说："要不，那就福生和王六儿两个吧。"

王六儿刚要说话，福生一拍大腿，笑嘻嘻地道："中，就我和王六儿俩吧。你们都回去睡觉，明儿清早起来，听俺俩给大家讲故事。"王六儿本来也有些瞌睡的，心里不想留下，但听到福生这样说，嘴角动了动，也就没有吱出声来。

众人说了一声好，便嬉笑着散去。福生向王六儿摆了摆手，便笑眯眯地捏着鼻子，轻手轻脚地溜了回去。王六儿见福生那个样子，很像听人讲的《水浒传》里偷鸡摸狗的鼓上蚤时迁，心里想笑，又不敢笑出声来，又见福生回头向他挥了挥手，知道要他跟上。王六儿只得学着福生的样子，蹑手蹑脚，在后面跟着。于是，俩人又溜回了王康家的院子里，猫着腰来到洞房前的窗户下面，在一处柴火堆前悄悄蹲了下来。

月亮高高悬挂在东南方半空中，星光点点，若明若暗，像小孩子的眼睛，困了却又不愿意睡去，不住地眨着。王宝禄回到家，轻轻推开房门，又轻手轻脚回到自己的房间，脱衣睡下。他实在是太瞌睡了，身子一挨床，就很快睡着了。

第二十一章

王宝禄一觉醒来，睁开眼，见月光如牛乳一般透过窗户倾泻在床前，看窗前月影，知道离天亮还早。于是，他翻了一个身，继续睡，掌心里那种软而结实、热乎乎的感觉又袭上心头。他一遍又一遍地回味着那种感觉，脑海里不停地回放着他扑倒在新娘子身上的画面，想象着那位新娘美丽而羞涩的面容。他心里已不再有那种负罪感，却燃起一种莫名其妙的向往与渴望。那种向往是难以言喻的，那种渴望是那么强烈，引导着他，此时，一种难以名状的冲动瞬间袭遍了他的全身，使他的身体膨胀起来，他感觉浑身有些燥热。不知什么时候，他又迷迷糊糊睡去。

又是一觉醒来，天已完全大亮。王宝禄心里惦记着福生、王六儿听房的事，不知这俩人昨晚怎么样了，便一骨碌起了床，穿上衣服。见娘正在厨房做饭，妹妹金枝正在门口手拿木梳梳头，也不搭话，就匆匆出了门。王宝禄一溜小跑来到昨晚约好的地点，见伙头、福生、王六儿等人正围在一起说笑。

见王宝禄走来，众人停止了说笑，纷纷扭转过头来，一个个喜笑颜开。福生冲王宝禄嚷道："昨夜可把俺们俩坑苦了。"

王宝禄听了，嘿嘿笑了两声，说："是不是听着人家什么的声音，你们俩心里不是味儿呀。老实交代，都听到啥了？"

福生鼻孔里哼了一声，笑了，摇了摇头，咂吧了两下嘴，啧啧说道："哎，啥也没有听到。蹲了一夜，也没见个动静，敢情是王康这小子不沾弦，没弄成事儿。"

"是不是人家发现你们俩了，悄悄地干活。"伙头笑得两眼眯成一条线。

"不可能，"福生说，"俺俩儿刚到窗户下藏好，就看见王康出来了，去茅房里掂了一个尿罐子进去，又把堂屋门关了。"

"王康出来，咋就没有发现你们俩儿？"王宝禄问。

"俺俩就恁傻，能让他发现？捏着鼻子哩，都没敢出气。"王六儿笑道，"正好他家窗户前堆着一堆芝麻秸，挡着哩。"

"往下说，还听到啥？"

福生鼻孔里又哼的一声，笑道："就只听王康说了一句话：'人都走了，困坏了，睡觉吧。'新媳妇也说了一句话。"说到这里，福生停了下来，不说了。

"快说，新媳妇说了啥话？"王宝禄急切地问道。

"嘿嘿，那新媳妇说，你把灯熄了。接着就听王康连吹了三下才将那蜡烛吹灭。你说这小子笨不笨？又听呼啦啦、呼啦啦，你说是啥声音？都猜猜。"那福生又嬉笑着把话止住了。

"是小老鼠啃砖头声。"王宝禄笑道。

福生眼皮一翻，白了一眼王宝禄，笑道："你咋恁会猜！"

众人一阵大笑。

"下面呢？"有人追问道，众人一个个都将耳朵竖起来，迫不及待要听那最为精彩的部分。

"下面就只听见大床吱吱响了几下。俩人上床了。"

"还有呢？"

"没了，又等了一会儿，就听见王康那小子呼噜呼噜睡着了。"

"王康这小子，废物！"

"说不定人家王康弄事儿没声音哩。"

"我敢打包票，王康没弄成事儿。"王六儿抬手将胸脯拍了一下，信誓旦旦地说。

福生听了，将两眼一瞪，撇嘴笑道："你还说哩，你这家伙刚蹲下就支撑不住了，趴在柴火堆上睡着了，差点打呼噜让屋里人听见。我到最后也困得不能行，睡着了，啥也没有听见。一睁眼，天快亮了。怕王康的爹起得早，看见了俺俩，就早早溜了出来。"

哈哈哈，一群人又是一阵大笑。

豫东习俗，新媳妇过门三天都是新人，也就是说可以闹腾三天的洞房。于是，几个人又商议好晚上仍让他俩去听房。

第二天见面时，福生仍然一脸迷茫，说还是啥也没有听到，说和昨天差不多。

接下来第三天仍然和第二天一样，只是福生一脸疑惑，没有了笑容，说："听见新媳妇哭了，小声地哭。"

于是福生断定：王康这小子是个废物。

新媳妇哭了？王宝禄听到这句话，不禁心头一颤。他想起三天前这位新媳妇出嫁时的啜泣声，眼前又浮现王富田在村口笑盈盈双手抱拳向女方家的保证："各位请回，放心吧，孩子交给俺们，会好好待她的。"此时，王宝禄心里很是不忿，很为这位新媳妇抱不平：王康这小子，恁好的媳妇儿，不知道心疼，咋把人家弄哭了？

第二十二章

与福生、王六儿等人散伙回家后，王宝禄心里一直想着那位新媳妇哭泣的事，吃饭也就没有了味道。姚淑美见儿子一副魂不守舍的样子，便问他怎么了？王宝禄急忙掩饰说："没事，只是夜里没有睡过来困，有点犯迷糊。"姚淑美想起还有一个长条板凳在王康家没有取回，便对儿子说："你吃罢饭，去王康家把咱家的板凳搬回来，回头再躺下睡一会儿吧。"

王宝禄一听，正合心意，匆匆扒光了碗里的饭，将碗筷一推，抹了一把嘴，便走了出去。

原来王文福办喜事儿，家里的板凳不够用，都是从左邻右舍那里借来的。王宝禄寻着这个机会，正想再去看看那位新媳妇。他一脚迈进王康家的大门，便冲过道厢房内喊："叔，我来搬俺家的凳子。"这是王宝禄第一次开口称呼王文福为叔。

没有人答应，王宝禄又喊了一声，还是没有应声。

王宝禄见没有人答应，知道王文福不在家，便心里轻松多了，就继续往院子里走去，快到堂屋门口时，先伸着头，一只手捏着鼻子，学了一声猫叫："喵呜——"

正在堂屋里梳妆的新娘雪雁先是听见外边儿有人喊叫，又听见一声小猫叫唤，便从堂屋里间走出来。见院子里来了一位面皮白净的青年，看个头比她男人王康高了一头，平头短发，穿着一身蓝布上衣，衣服不新，倒也洗得干干净净，心想：这人一身素色打扮，倒也相衬，反倒显得面皮更加白嫩了。心里想着，不觉脸上起了红晕。于是，忙微笑着和王宝禄打招呼说："来了！我这人刚来，人都认不好，不知咋称呼，屋内坐吧。"

王宝禄听她说话，声音娇滴滴的，像是夏日里咬了两口刚摘下来的水黄瓜，清脆甘甜，不禁心头一颤，心想：前天只见她低着头，始终没有听她说过话，原来这人说话声音恁好听。心里想着，便抬眼观看，见她鸭蛋形的脸上两只明亮的眸子，水灵灵的，头发梳理得光溜溜的，在脑后盘着，额前头发上一左一右别着两只红色蝴蝶形发卡。又见她还是一身红装打扮，胸部微微隆起，将腰身衬得曲线分明。

王宝禄眼光触及雪雁的胸部，又想起王六儿讲过的大馍，他的两手掌曾碰到过那个地方，便感觉脸上有些发烫。一时心里错乱，目光游离，不敢正眼看她，忙微笑着掩饰，自我介绍说："我叫王宝禄，小名叫福孩儿，论理，我比王康大一岁，你得喊我哥哩。你喊大名小名都中，叫哥也中。你刚来，这里的人都不认识，日子长了就熟了。"说着，一脚迈进堂屋门，四下望了望，问道："我兄弟王康呢？"

新娘雪雁听王宝禄说话像鸟儿叫一样清脆悦耳，很是好听，不觉笑了，答道："他一早起来就出去了。宝禄哥，你坐吧。"雪雁嘴里说着话，却将身子探出门外,眼睛朝院子里左右不住地观看,像是寻找什么,问道:"刚才叫唤的猫呢?"

王宝禄见她叫了一声哥,心里自然欢喜,心想她这人嘴还怪甜哩,便在靠近方桌东边一个凳子上坐下来,眼睛望着她的背影,见她今天的穿着已与三天前不一样了,上衣是件新布衫,与三天前穿着的那个斜襟立领不同,这件是对襟立领的,颜色也不是大红了,换成了粉红,下身配着粉色的裤子,脚上一双粉色布鞋,两只脚的鞋面上都绣着绿叶红花。王宝禄正打量着新娘雪雁,听她问刚才叫唤的猫,不禁哈哈笑出了声,说:"别找了,是我,那猫叫唤的声音是我学的。"

雪雁听了,倚在门上笑了,手拢在嘴巴上,问道:"你咋还恁能,像真的一样哩,俺还以为家里来了一只山猫哩。"

"你不信?我再学给你听听。"王宝禄笑道,说着就抬手捏住鼻子"喵呜——喵呜——"叫了两声。

雪雁听他学得果然像,便不住咯咯地笑。

王宝禄见她笑起来更加妩媚动人,心里喜欢,索性丢下凳子的事不提,与她闲聊起来。

"听说你会做一手好麻花?"王宝禄问道。

"你咋知道?"

"我那天也去你家啦,保着王康的。听你家里的那个长辈说的。"

"那是俺近门的老太爷。他夸我哩,俺宁平做麻花好的人多着哩,我算个啥!你要喜欢吃,哪天我做给你吃。"

王宝禄听雪雁如此说,心想:这人说话倒是很爽快,不用说也是位心地善良的人。都说不是一家人,不进一家门,这雪雁怕是进错了门。心里这样想着,眼前仿佛出现了一支圣洁的荷花,孤零零立在淤泥里,随风摇曳,心里不免有些替她惋惜。又想起那天晚上扑倒在她身上的尴尬一幕,不觉有些脸红,向她道歉说:"前天晚上,我不是故意的,是别人推的,吓着你了吧?"

雪雁听了,一时没有明白过来,愣了一下,这才想起前天晚上有人扑倒在她身上玩闹的事情，又想起那人一双手按在了她的胸脯上，一下子羞红了脸，微笑道："真把我吓了一跳，我还想着是谁使坏哩，原来是你呀！"边说边拿眼去瞄王宝禄。

"是别人闹着玩的，在背后猛推了我一下，差点没有栽倒。"

"原来你不坏，是别人使的坏。看着你也不像个坏蛋。"雪雁笑了笑，眼睛却不住地偷瞄王宝禄，又望了望院子的大门。

王宝禄知道雪雁在看她，自己却不敢去看她，便装作不知道，躲闪着她的目光，突然想起，他一个人在别人家里，一男一女，让人看见不太好，又担心王康父子回来看见他一个人与他家的新媳妇单独说话，难免会有尴尬，便望了一眼雪雁，说："我来找俺家的板凳哩。"说着，便站起身来去找板凳。

雪雁见王宝禄投过来目光，忙将自己的目光移开了。趁着王宝禄找凳子的工夫，她才放开胆量正眼去看王宝禄，见他肤色白净，高高的个头，身材消瘦，稍显单薄，四方团脸，浓眉大眼，很是帅气。雪雁看了，心里不禁有点惆怅：那天这人去了俺家，为啥是伴郎不是新郎？我要是嫁给这个人倒也没啥话说了。想到这里，不由得长叹了一口气。

王宝禄听她叹气，回头问道："好端端的，咋了？"

雪雁自知失态，嫣然一笑，说："胸口有点闷，光想长出气，也没有啥。"

王宝禄这时已经找到了他家那条长板凳，将板凳立了起来，用手扶着，做出随时要走的样子，却并不挪动脚步。两个人站着，你一言我一语说了些闲话。王宝禄担心王康爷俩回来看见，面子上有些过不去，这才决心扛起板凳要走。

雪雁见他要走，忙说："哪天我炸麻花，你过来吃。"

王宝禄笑了笑，说："我有个妹子叫金枝，和你大小差不多。你刚过门儿，没人陪你说话，我叫她来找你玩儿，跟你学炸麻花。你以后也多到俺家串串门，散散心。"

雪雁听了，微笑着点了点头，仍倚在门上，眼看着王宝禄出了大门。

第二十三章

　　姚淑美自那天见了王文福的儿媳妇后，心里酸溜溜的，很是羡慕。王文福的儿子王康比她的儿子王宝禄在年龄上还小了一岁，却早于她的儿子娶了媳妇，这让她有了压力，不免有些焦躁。她在心里盘算着如何能早一天娶回她的儿媳妇，这样她就可以早日完成一位母亲对儿女的责任。只是，眼下有一件事，令她很是不安，她的那位还未过门的儿媳妇如今出了远门。她担心节外生枝，夜长梦多。

　　重阳节这天上午，姚淑美从寨西门下地回来，迎面看见范彩霞甩着两手一步三摇地走来。她心头一喜，便微笑着迎了上去，待范彩霞走近，姚淑美一把拉住她的手，笑道："范老师，正有话找你说哩。这两天我右眼老是跳个不停，心里直打鼓。我仔细想想，要说家里也不会有别的啥事儿，就是怕这未过门的媳妇儿，人在外边，让人放心不下。"

　　范彩霞听了，扑哧一声笑了，伸出另一只手来握住姚淑美的手，说："有啥不放心的？放心吧，不会有啥事儿的。那闺女也就是出个远门，开开眼界，年轻人张狂，这也没有啥。我赶明儿瞅个空，再去范家寨看看，日子差不多了，人该回来了。"

　　姚淑美见她这样说，也就不好再说什么。于是，两人又手拉着手说了几句闲话，便散开了。

　　范彩霞知道姚淑美担心什么，但她只能那样拿嘴边话安慰姚淑美，其实她心里也没有底。

　　姚淑美的担心不是没有道理的。

在北京开往郑州的火车上，范翠枝正坐在一个靠近窗户的座位上，她右胳膊立在桌面上，手掌托着下巴，眼睛望着窗外疾驰而过的黄土地。她留着一头齐耳短发，脸颊绯红，神采飞扬。天刚刚亮，太阳已经升起来了，阳光透过车窗射进车厢内，在火车上睡了一夜的同学们又开始活跃起来。火车驰过黄河大桥，同学们在火车上眺望宽阔壮观的黄河，看到那滔滔的黄河水在朝阳的照耀下，泛着金光，一颗颗年轻的心立刻活跃起来，他们群情激昂地欢唱起《黄河大合唱》。范翠枝自然心情格外激动，虽然此时车厢内安静下来了，可她脸上那种飞扬的神采至今还没有消退。

火车驰过黄河，很快就要到郑州了。这意味着她们这次长途旅行就要结束了。

她望着窗外，回味着刚才那激动人心的一幕，心里一遍又一遍默唱那令人激昂澎湃的歌词：

风在吼！
马在叫！
黄河在咆哮！
黄河在咆哮！
河西山岗万丈高，
河东河北高粱熟了。
万山丛中，
抗日英雄真不少。

她的眼前浮现出同学们一个个摇晃着脑袋欢快地歌唱，和那位两手比画着指挥大家唱歌的年轻人英俊身影的画面。这位年轻人现在就坐在她的对面，刚才还意气风发的他，这会儿看上去像是睡着了。范翠枝禁不住移动目光，热切地望了一眼对面的年轻人。看到他歪靠在座位上那副滑稽可爱的样子，范翠枝明亮的眸子里流露出会心的微笑。

他头戴一项旧得有点泛黄的军帽，那是那个时代流行的八角帽，是用面料轻薄的的确良布料做成的绿色军帽。他歪靠在背椅上，将帽盖拉低遮住了眼睛，像是睡着了，只是他那偶尔动一下的身子，证明他没有熟睡，或者只是在闭目养神。车厢内同学们也都安静了下来，有和范翠枝同样望着窗外出神的；也有靠在后背上或依靠在身边同学的肩膀上打瞌睡的；还有两位女生在交头接耳，窃窃私语，不时轻轻发出银铃般的笑声。

秋收已毕，田野里没有了庄稼，看上去光秃秃的。火车宛如一条长龙，沿着快速向前延伸的两条黑色铁轨飞奔着。车轮与轨道摩擦发出的短促而又均匀的声音，像是在告诉乘客火车前进的速度。远处田地里劳动的人们，随着脚下的土地快速向后移动着，直到在范翠枝的视线里完全消失，马上又有同样一幅画面映入她的眼帘。近处的树木也都飞快地向车窗后驰去，仿佛不是火车在奔跑，是树木在与火车做反向运动，是整个大地在转动。

呜呜——一阵刺耳的火车鸣笛声响过，范翠枝动了一动身子，换了左胳膊立着，同样用手掌托着下巴，望着窗外的大地，慢慢出神，浮想联翩。

这是她生平第一次走出范家寨，第一次见到什么是真正的人山人海、万人攒动的场面，也是她第一次坐了汽车又坐了火车，仅凭这一点，她就可以在她的父母甚至全寨子人面前炫耀了。她的父母、哥哥，和范家寨大部分人一样，至今都还没有见到过火车。她生活的那个地方，在豫东平原与安徽交界处，是一个偏僻的角落，交通不太发达。

此前，范翠枝总以为她们那里每年正月十五的玉皇庙庙会，是天底下最热闹的了。现在才知道原来她错了，玉皇庙那点热闹劲儿和她见到的热闹场面根本就没法比。她这次深深体会到了坐井观天的含义，她感觉以前的她和她的父母，甚至整个生活在豫东平原上的人，都是那井底里的青蛙，每天只能仰望平原上那片蔚蓝色的天空，和那天空中飘着的朵朵白云，却不知道原来北京的天空是那样的广阔，风云是那样的壮观。

范翠枝眼前又浮现出那个让她终生难忘的情景，她和同学们在天安门广场上跳跃着，欢呼着。她看到了城楼上向她们挥手致意的伟大领袖毛泽东，她激动得热泪盈眶，以至于模糊了视线。两天来，这个场景一次又一次地在她眼前浮现，每一次浮现都让她激动流泪，那是幸福的眼泪。她想象着回到家后，当她把这个喜讯告诉家里时，全家人会为她高兴庆贺，她的父亲会因此感到脸上很有光彩，会原谅她临出门时的不辞而别。

二十多天的旅行使范翠枝大开眼界。这些天来，她和同学们先是坐汽车去阜阳，从阜阳乘火车去了合肥，从合肥到了开封、郑州，又坐火车去了北京。无论走到哪里，她们都受到了热烈欢迎和热情招待，更为重要的是车票免费，住宿免费，连吃饭也都不要一分钱，这为她和同学们解决了此次旅行的后顾之忧。范翠枝和她的同学们为受到如此高的礼遇，感到无比的自豪和兴奋。她们走在城市宽阔的马路上，排着整齐的队形，甩开两只臂膀，昂首挺胸，开心地唱着歌儿，很是英姿飒爽。唱歌，也只有唱歌，才足以表达她们愉快的心情。她们吃饭前唱，出发前唱，行进中也要唱着歌曲踏着节拍，就连坐在汽车上、火车上也都欢快地唱着歌儿，她们唱了一首又一首。

那位正坐在她对面歪头睡觉的年轻人，一直担任唱歌的指挥。范翠枝最喜欢看他指挥大家唱歌的架势，那简直是一位作战指挥员应有的威武姿态，仿佛他不是在指挥大家歌唱，而是在指挥作战。他就是范翠枝曾经向她母亲提起过的她的心上人余得水，也是这次活动的发起人和组织者。

余得水面色红润，喜欢戴着那顶旧得已经发黄的解放帽，这顶旧军帽不知为余得水招来多少男女青年羡慕的眼神。他穿着一件八成新的蓝色上衣，那布料和别的男生穿的没有什么两样，都是手工纺织而成的棉布做成的。那是他的母亲不知熬了多少个夜晚，一根根线亲手纺织又亲手浆染的棉布面料。每当指挥同学们唱歌时，他总是嘴角微笑着，先正一正扭曲了的帽盖，又两手捏了捏衣角。他站在队列前昂起头，挺起胸，将两只胳膊架起，两手在胸前伸展开来。只要他的手掌向上一招，马上就能把同学们的目光全部吸引过来，同学们都会在他的指挥下齐声合唱，欢快地晃动着身子。他们个个热情奔放，神采飞扬，浑身洋溢着青春气息。

余得水个头不算高，在同龄人中算是中等身材，但他长得比较敦实，加上他天生有一张娃娃脸，有着一双大眼睛，眼睛里经常含着笑意，充满了青春的活力，会给陌生人留下深刻印象，这让全校很多女生对他一见倾心。他口齿伶俐，说话乖巧，很讨人喜欢。在范翠枝看来，余得水那张白净的面孔，是那样吸引着她。只要他往她的面前一站，范翠枝的眼睛马上就会明亮起来，马上会用一种发自内心的青春少女特有的微笑望着他。当然，余得水的那张面孔也同样吸引着别的女生。

此时，范翠枝望着对面的余得水，心里却犯起了犹豫，他们的行程就要结束了，她要不要将那件事情告诉他？一路上，范翠枝强忍着没有把她订婚的事情告诉余得水。

嘟——火车鸣笛把范翠枝从思绪中拉了回来，列车广播预告前方就要到郑州站了。她们要在郑州下车，然后再转坐汽车回到她们故乡——豫东平原。

第二十四章

随着车厢内一阵骚动，范翠枝和同学们下了火车。他们出了郑州火车站，又辗转到了汽车站，等了半天，才搭上开往豫东平原方向的汽车。

他们到了县城，已是中午时分，再往回走已经没有车了，一行人只好徒步回家。在余得水的建议下，大家找了个地方坐下来吃点干粮，那是返回时接待方给他们发的面包，每个人另发了一个水壶，临行前都装满了开水，早上在火车站又补充了些。吃了东西，大家便上了路，一路上说说笑笑，回忆着二十来天的旅程，四五十里远的路，并不觉得累。太阳转到西边的时候，就到了他们的公社所在地——秋菊。途经各村路口，同学们陆陆续续——告别，各回各村，最后只剩下余得水和范翠枝。两人回村是同一方向，往东南还有一段路程，正好结伴而行。

出了秋菊向东，有一条两丈来宽的河流，这条河流的源头是县城西边的沙河，是淮河的一个支流。它绵延一百多公里，在县城段称为洺河，就是传说中老子在洺水岸边炼成仙丹的那条河流，河水流淌到了秋菊这边，就改称为皇姑河了。河的两岸是用挖出来的泥土垫成的河堤，比两岸的庄稼地高出许多。沿河堤修了两条宽广的马路，虽然是土路，却被行人和马车轧得光滑平整。

马路两边都栽着高大的白杨和碗口粗细的梧桐树，一阵微风吹来，树叶哗啦啦响。从树上落下来的叶子在空中飘舞着，缓缓飘落在地面上，又被风吹起，快速滚落在一起。落叶惊起在地上啄着草籽吃食的鸟儿，一群群飞起，在空中盘旋着，鸣叫着。

范翠枝和余得水两人一同上了大堤，沿着皇姑河水流的方向向东走去。在这次长途旅行中，他们两人一路上说说笑笑，亲密无间，而此刻两人却不知说什么好了，他们默默走了一段路。范翠枝想着心事，想要把那件事情告诉余得水，却又不知如何说起。快要到分手的时候了，余得水似乎也有话要说，可是也迟迟不开口。于是，两人默默地向前走着。范翠枝回头看看西边的太阳，那落日正像一个烧得通红的大火球，挂在树梢上，将远处的村庄染成了红色。

出了秋菊，沿河堤往东行走，路过的第一个村子就是王家寨。范翠枝心里清楚王家寨意味着什么，那是她订婚的寨子。如果不出意外，她将在那里和那个叫王宝禄的人生活一辈子。此时，正是平原上人家晚饭烧茶的时候，村庄里家家户户的烟囱都冒着白烟。从远处望去，王家寨郁郁葱葱的，被一条若明若暗的雾带缠绕着。

望着王家寨，范翠枝心里越来越纠结，她实在不知道如何将她的心里话说出口。可是，她不能再犹豫了，他们暑假前已经毕业了，这次是借着学校的名义组织的最后一次活动，今后再也没有去学校的理由了，也就是说她和余得水见面的机会不多了。虽然两个村子离得并不太远，但毕竟男女有别，不是想见就能见到的。他们生活在那个相对封闭的乡下，不像城里人那么开明，男女可以公开交往，自由恋爱。乡下男女青年想要来往，总是偷偷摸摸的，生怕被别人看见，传到十里八乡，一不小心便声名狼藉。

过了王家寨，两人继续向前走，夕阳照在身上，在前方地面上投下长长的影子。余得水望着那影子不由得笑了，于是，他将一只胳膊伸展开来，将手掌投在地面上的影子伸到范翠枝的影子上，做出像是抓住了范翠枝的样子，逗得范翠枝止不住咯咯笑："你这是想干啥？耍流氓啊！"

"抓你呀，我抓住了你！疼不疼？"

"嗯，疼，我也抓抓你。"说着，范翠枝也伸开胳膊，那地面上的影子也抓住了余得水的影子。

"啊！松开，你好坏，耍流——"范翠枝冷不防被余得水拦腰抱住，一时吓得变了脸色，惊叫起来，可她的嘴却早已被余得水嘟过来的嘴唇堵上了。夕阳下，两个影子紧紧抱在一处，融为一体。

皇姑河清澈的河水被夕阳染得金黄，太阳投在水中的影子红彤彤的，水草也都泛着金色的光泽。不时有鱼儿跳出水面，摆动着尾巴，打着水圈儿。那水圈泛起的涟漪，将水中的太阳搅动得扭曲了形状，不住地抖动着。

两人再往前走，就是玉皇庙了。那玉皇庙已经拆除，只留下一堆砖头瓦块。过了玉皇庙，不远就是一座桥，那是一个三岔道路口，这里向前再走是范家寨。余得水的村子在皇姑河对岸，他要在这里与范翠枝分手。

可是，范翠枝见余得水并没有要停下来的意思，便收住了脚步，嫣然一笑，问："你不过桥回家了？"

"天快黑了，不放心，我送送你。"余得水也停住了脚步，望着红霞满面的范翠枝，憨厚地笑了笑。

"不用了，就这么一段路，我到家天还不黑哩。你要是送了我，你回家时天就黑了，我还不放心哩。"

余得水望着范翠枝不住地发笑，他回头望了望西边天空中那大如锅盖的夕阳，它的下半部已经发黑变暗了，好像一个快要燃烧殆尽的火球，慢慢坠向地平线，只得说道："也好，看样子，天黑你能到家，那我就不送你了。可是，咱这一分手，不知道啥时候再能见面。"

范翠枝听了，默默无语，她也回转身望着西边的天空，天空中红霞飞满了天，云彩都被夕阳燃烧得红彤彤的，变幻出各种奇怪的形状。

"以后再说吧，我会想办法来找你的。你赶快回去吧。"余得水见范翠枝不说话，只得自问自答，说罢就转身上了桥。

"等等，"范翠枝急忙喊住，"我有话对你说！"

"啥事刚才不说，这会儿才说。"

"唉，我都不知道咋给你说是好，家里给我定亲了。"

"啥？你定亲了？"

"嗯。"

"定啥亲？"

"定亲你都不知道？就是订婚。"

"什么——"余得水像只被人突然打了一下腿的狗，急得又跳又叫起来，他不相信这是真的。

"是换亲，俺哥腿脚不好，不好说媳妇。俺家让我和王家寨换亲，那兄妹俩没爹了，也不好说媒。"

余得水听明白了，一时竟说不出话来。等意识到是怎么一回事时，他几乎用一种歇斯底里的声音吼叫道："这是把你当成了东西，和别人家交换！这和卖人有啥区别？你应该鼓起勇气向这种旧风俗进行反抗！"

范翠枝被余得水这突如其来的几句话语激得难过起来，她委屈的泪水夺眶而出。是啊，她本想将这件事情告诉他，让他帮着拿个主意，可是却换来他一通抱怨和指责。她极力忍住，不让泪水落下来，定了定神，说："这不是俺哥不好说媳妇嘛。"

"范翠枝，难道你不知道我的心？"

"知道咋了？不知道又咋了？我有啥办法？要不拿我换你的妹妹咋样？让你妹子嫁给俺哥，到俺家做俺嫂子，我去你家。"范翠枝这句话说出口，早已羞得满面通红，但此时她已经顾不得那么多了。

余得水抬手正了正帽盖，冷冷地说："俺家不会拿人当成东西，与你家交换，你愿意嫁谁就嫁谁，甭扯上俺家。"说罢，迈开步子气冲冲地扭头就走。

范翠枝被余得水的话伤了自尊心，望着他头也不回的背影，一时气得说不出话来。她两手捂着脸，哇一下哭出了声，转身往范家寨方向跑去。

242

第二十五章

二十多天来，两个人一路上有说有笑，临到家门口，却闹了个不欢而散。

范翠枝没有想到余得水会这样说话，这让她感到进退两难。她不住地回想着余得水刚才的话语：这是把你当成了东西，和别人家交换！这和卖人有啥区别？你应该鼓起勇气向这种旧风俗进行反抗！

是的，她想过抗争，但抗争有用吗？每当看到父亲母亲那天天忙碌操劳的身影，她怎么能张开口呢？她怎么可能那样自私地不顾父母的感受？她知道，她的哥哥要是娶不上媳妇意味着什么，那就意味着她娘家自此绝户、后继无人。这可不是一句观念陈旧的话就能解决问题的。

可是余得水这边怎么办？她想起一路上余得水那慷慨激昂的演讲，想起他指挥大家唱歌时的架势和他那英俊洒脱的身影，想起他们两人一起随学校宣传队去河工工地演出的情景，他的表演是何等的惟妙惟肖，想起余得水扮演的栓保，竟和电影上真的一样，看过余得水演出的人都夸他演得好，演得像。她想起余得水演唱的那段"咱俩个在学校整整三年"，仿佛耳边又响起他的唱腔：

咱两个在学校整整三年，
相处之中无话不谈。
我难忘你叫我看董存瑞，
你记得我叫你看刘胡兰。
董存瑞为人民粉身碎骨，
刘胡兰为祖国热血流干。

咱看了一遍又一遍，
你蓝笔点来我红笔圈。
我也曾感动地流过眼泪，
你也曾写诗词贴在床边，
咱两个抱定有共同志愿，
要决心做一个有志青年。
…………

这样想着，范翠枝不觉心情舒畅很多。她感觉她就是《朝阳沟》里的银环，而余得水，就是那个栓保。她想起她最喜欢唱的那段银环"上山"唱段，禁不住手舞足蹈地唱出了声：

走一道岭来翻一架山，
山沟里空气好实在新鲜。
这架山好像狮子滚绣球，
那道岭丹凤朝阳两翅扇。
满坡的野花一片又一片，
层层梯田把山腰缠，
清凌凌一股水春夏不断，
往上看通到跌水岩，
好像是珍珠倒卷帘。
小野兔东蹦西跑穿山跳堰，
这又是什么鸟点头叫唤。
东山头牛羊哞咩乱叫，
小牧童喊一声打了个响鞭。
桃树梨树苹果树遮天盖地，
小杏儿像蒜瓣把树枝压弯，
油菜花随风摆蝴蝶飞舞，

庄稼苗绿油油好像绒毡。

…………

　　一曲还没有唱完，范翠枝心里早已豁然开朗，刚才和余得水不欢而散的心情也已烟消云散。她放眼望去，暮色下的豫东平原是那样的空旷。庄稼都已收割完毕，一览无余，直到无尽的天边，那黑白交接的地平线平齐得像是木匠用墨斗标着浓墨描了一般。稀稀疏疏的村庄炊烟袅袅，笼罩在淡淡的雾霭之中。皇姑河两岸树上鸟雀的鸣叫声和近处田地里蟋蟀的吱吱声，反显得田野更加空旷静寂了。看看天色渐渐暗了下来，范翠枝这才收住了心思，眼望着范家寨，加快了步伐。

　　刚到寨西门时，老远望见她的父亲从寨子里走出来。原来，范翠枝的父亲范三早听说了范翠枝回来的消息，担心女儿到家天黑，就想到村口去接一程。范翠枝离家二十多天，也确实有点想家了，父女相见，格外亲切。不多时，到了家里，范翠枝的母亲喜极而泣，抱怨女儿不该离她而去。范翠枝好言劝慰，她的母亲才止住眼泪，又禁不住在女儿身上轻轻打了两下。左邻右舍听说范翠枝回来了，都过来找她说话，问这问那。范翠枝将这二十来天的所见所闻向大家诉说一遍。当听说范翠枝在天安门见到了伟大的领袖毛主席时，乡亲们都非常高兴，对她赞不绝口，很多人向她投来羡慕的眼光。

　　范翠枝的母亲早已烧好了茶，端了出来。大家看着范翠枝吃了饭，又都围在一起听范翠枝讲那旅途中的见闻，直到夜深方才散去。

　　范翠枝也确实累了，身子往床上一挨就睡着了。一觉醒来，听见鸡叫，她翻了个身，心思却跟着活动起来。她想起余得水的话，也许余得水是对的，她当初就不应该答应换亲的事儿，她不是一件东西，不是家里可以拿来随意和人交换的物件。她这才感觉换亲这事儿是如此的荒唐。于是，她在心里打定主意，要等天亮后找个机会说服爹娘将这门婚事退了。她又想起王家给她的彩礼，那些洋布和丝绸、缎面，还有那两件古董首饰。她得把这些东西退回去，她不能要那些彩礼。她这样想着，又迷迷糊糊地睡着了。

　　第二天早起，当范翠枝鼓起勇气，把预先想好的一肚子话语要向爹娘说出来时，可话到嘴边却又咽了回去。望着满面皱纹的父亲，看着母亲忙碌的身影，她实在是没有勇气开口把话说出来，她不忍心让父亲，也不忍心让母亲因她而伤心。她的父亲和哥哥每天听着生产队的钟声，早出晚归地挣工分，而她能上学，又能出去旅行，不用下地干活，全靠父亲和哥哥挣工分来支撑着这个家庭。尤其是哥哥范来运，走路一瘸一拐地，干活劳动虽说是习惯了，毕竟不如正常人方便。于是，她夜里那些奇怪大胆的想法，最终又都化作了泡影，她原本想好的说服爹娘的话最终都咽回了肚子里，尽管这些话她在心里已经不知说过多少遍了。

范翠枝在彷徨悱恻中挨过一天又一天，她害怕那一天的到来，尽管她知道那一天一定会到来，她也知道总会有到来的那一天，这是她作为女孩子应有的宿命。她现在只能期盼那一天晚点到来，使她能挨过一天是一天，然而没过多久，这一天就定了下来，并一天天挨近了。

第二十六章

春节刚过，姚淑美便急着催促范彩霞去范家寨帮她要媳妇。姚淑美本来年前就想着给王宝禄把媳妇娶回家，只是考虑到订婚时间有些晚，几次话到嘴边都没张开口。她担心夜长梦多，像换亲这样的事儿，本身也是没有办法的办法，名声不大好听，牵扯到四个男女青年，四个人四颗心，如果有一个人反了悔就成不了事儿，只有把媳妇娶回家里生米做成熟饭才算安稳下来。

雪雁和金枝两人处得较好，雪雁常来家串门，找金枝说话，两人好得像亲姐妹俩一样。雪雁教会了金枝炸麻花。

姚淑美每次看到雪雁，都打内心里喜爱她。只是一想到她是王康的媳妇，姚淑美心里就有种说不出的滋味。其实，岂止是她姚淑美，雪雁走到哪，这寨子里上上下下都夸奖她，都说王狗儿哪辈人修来的福，娶了这么一个好儿媳妇。这让姚淑美更加想让她的儿媳妇早点过门。刚过春节，姚淑美就慌忙掂了二斤果子来到范彩霞家，把她的想法告诉了范彩霞。范彩霞倒也爽快，二话没说，当场答应。

第二天一大早，范彩霞就到了范家寨，当她把王家要媳妇嫁闺女的想法转述给范三时，范三话还没听完就高兴得合不拢嘴了，说这个想法和他是不谋而合，他也想早点把孩子的事办了省心。范翠枝的娘也拍手说好。

范翠枝正坐在床上看书，听到这个消息，心里咯噔一下，将书往旁边一丢，最担心的事儿还是来了。然而，事情由不得她，她似乎只能听天由命。尽管现在一再倡导婚姻自由，父母不得包办。按说这事儿，父母也没有包办，也是征求过她的意见的，是她亲口答应的事儿。旅行回来后，范翠枝像变了个样，话也不多了，饭也吃不下，每天呆坐着出神，身体消瘦了许多。这一切，怎能逃过她母亲的眼睛，恰恰正是这样，她的母亲反而希望能早一天把她和她哥哥的婚事办了，好断了她的念想。

范彩霞见范翠枝愁眉苦脸地在发呆，就走过去和她打招呼，关切地问："翠枝，你是不是不舒服？"

范翠枝见问，只得顺水推舟，勉强笑了一笑，道："早上起来头有点痛，也不知道是咋个回事。"

范彩霞不放心，坐在范翠枝身边，轻声问道："翠枝，你给姑说心里话，是不是这婚事你不太情愿。要是你有啥想法，说出来，可不能勉强、委屈了自己。"

范翠枝见爹娘都在场，怎好反悔，只得摇了摇头，笑道："姑，没事，我只是有点头痛，与那婚事不相干。你和俺爹娘商量着该咋办就咋办吧。"

范彩霞见范翠枝这样说，也就放心了，回头又对范三说："翠枝婆子说，她一个女人家不方便，孩子的事全靠亲家张罗。"说着，伸手从衣袋里掏出一个叠得方方正正的红纸封，递给范三，"这是那两个孩子的生辰八字，哥，你抽空去看下'好儿'，把'好儿'期定下来，那边好说话，全听咱这边安排。他们照办就是了。"

范三伸出他那只粗糙的手，将红纸封接到手中，手掌微微抖了两下，另一只手掌一拍大腿，站了起来，笑道："那好，我明儿个就去秋菊找人看'好儿'去。"

第二天，天还没有完全放亮，范三就起个大早出去了。到了秋菊，找到了那位专门给人看"好儿"的先生，报上两对新人的生辰八字。那人原是私塾先生，有些学问。问明来意，那先生便戴上老花镜，打开用红布包了几层的一本旧得发黄的手抄本书，又对着老皇历，手点着字上下查了一会儿，才缓缓将书放下，又在一张草纸上写了几行字，用指头排了排，方抬起头，却又轻轻摇了摇，笑道："这两对新人的好日子可不好排哩，婚嫁讲究六合相应，两对新人还要同一天的'好儿'，我看除了三月三这天还能勉强说得过去，是个不大不小的'好儿'日子，别的今年就没有了。三月三这天，也不算最好，要不就等等，明年再办吧。"

范三听完怔了一下，便又将头向前一伸，脸上赔着笑，问道："有什么不好？"

先生笑道："你家闺女命犯桃花，三月三这天，正是桃花盛开的日子，花神出游，怕是要犯桃花劫。"

范三听了，低头不语，抬手挠了挠头皮，心想：这先生果然灵验，话正说到我心坎里去了。原来范三和他老伴最担心的就是闺女这边儿出问题，有点放心不下。要是拖着不办的话，怕是夜长梦更多，要不也不会这么急着办事儿。想到这里，他一拍脑门，道："不是最好，也是个'好儿'，不等了，就定在三月三这天好了。"

那先生捋了捋花白的胡须，微微一笑，道："命里有时终须有，命里无时莫强求。是福不是祸，是祸躲不过。人，这一辈子运势如水，挡也挡不住哩。该有的事，都是命中注定的。"边说边提笔写了"好儿"书，排定了日期三月初三。

范三又请先生写了两封合婚帖，付钱时，那先生高低不要。范三没法，只得去供销社，买了两盒丰收牌的香烟，好说歹说，扔下就走。

范三怀里揣着合婚帖，喜冲冲地往家走，他感觉脚步格外轻快，不多时就到了家。一进门，见范彩霞在他家中坐着。原来，范彩霞昨天没有回，就住在她哥家里等消息。范三见了范彩霞，将排定的"好儿"期告诉她。于是，范彩霞代表王家与范三商定，"好儿"期就定在三月三这天，赶在麦收前，把两对年轻人的婚事一起办了。

范翠枝听到这个消息，无疑是当头一棒，她一句话也没有说，转身回到屋里，进了里间，一头扎在床上，蒙上被子，呜呜哭了起来。

范来运自然欢喜不尽，高兴得不得了，自那日和王家寨那位大眼睛女孩儿金枝见了面，订下了婚事，他就盼望着这一天的到来。现在，这一天已经定下，而且日子越来越近了，真是天遂人愿，美梦成真。这一年来，范来运着魔似的，每天睁眼闭眼都是那双水灵灵的大眼睛。他渴望能天天见到她，当然，他知道，那是不可能的。可是，能再见她一面也好哇。于是，他只能寄希望于正月十五那天的到来，希望能像去年那样在玉皇庙会上遇见她，但时过境迁，已今非昔比，玉皇庙早已作为"四旧"被拆除了，连那废墟也被清得一干二净，只是听说仍然有人半夜里偷偷去那烧香敬神。

到了正月十五这天，范来运吃过早饭，一个人满怀心事出了寨门，竟然不由自主地往玉皇庙方向走去。心里明知庙会已经取消了，可他仍然希望去那里碰碰运气。一路走一路想着心事，不知不觉就到了玉皇庙原来的地方。见那里冷冷清清，只在玉皇庙原址上有一个拢起来的土堆。土堆上高高低低地插着些没有燃尽的香烛，香头黑黑的，香灰淹没了地面。土堆前积着些燃过的纸灰，和一些未燃尽的黄草纸，被微风卷起来吹得满地乱跑。远处河岸边孤零零地扔着三五根旗杆和柏树。

范来运望着那扔在河岸边上的旗杆，心里笑道：这要是在往年，哪里会有扔在这地上没人要的事儿。于是又想：要是我和王家寨那个大眼睛女孩成了亲，定会来抢个旗杆回去，要她来年给我生个胖小子。范来运心里这样想着，不免发笑，竟然笑出了声，四周看看，见没有什么人，只在远处马路上看见三两个行色匆匆的过路人，不会有人注意到他。于是，他又逛了一会儿，感觉这里不可能遇到他的未婚妻，心里也就索然无味起来，只得回转身，一瘸一拐回了范家寨。

第二十七章

"好儿"期定下之后,范王两家都忙了起来,开始置办嫁妆,准备新房。看看离三月三还有月余时间,日子很紧,姚淑美买了两盒香烟,拿着来到木匠王文忠家,请他给儿子王宝禄打做一张双人婚床,给女儿金枝做些嫁妆。王文忠哈哈一笑,想都没想,满口答应下来。

过了一日,姚淑美起个大早,梳洗完毕,打开大门,便拿起扫把将院子里里外外打扫个遍,又零零星星门里门外洒了点水。

刚收拾好,迎面见王文忠带着两个徒弟金山、狗宝走来,肩上都背着一个大木箱,金山手里还拿着一把长锯,狗宝手里拿着一把短锯。王文忠老远笑着打招呼:"干活的来了!我这三个徒弟来了俩。"

姚淑美慌忙将他们师徒三人让进家门。进了院子,王文忠放下箱子,摊开来,从里面拿出一把斧头、一个木凿、一个墨盒、一支铅笔和三个大小不同的刨子,又合上木箱,将那工具都并排放置在木箱上。金山、狗宝两人也将工具整理好,放在一边儿。姚淑美指着屋檐下的一堆木料,对王文忠说:"这些木头,你看要给宝禄打一张婚床,给金枝做一桌一柜两把椅子的嫁妆,够不够?"

王文忠歪着头仔细看了看那堆木料,有四根碗口粗两丈长的椿树条子,四根约一丈五长的槐树骨碌子,还有四根杨树条子和五根桐树木料,盘算了一下,说:"也差不多了,要是不够,再说。"于是师徒三人开始忙活起来,王文忠指导着两个徒弟先将椿树条子抬出来,擦了擦上面的土灰,金山拿着墨盒,狗宝扯着线,王文忠一边拿着铅笔在树条子上画线标着记号,一边给徒弟讲着做婚床的尺寸。

姚淑美看看这里没有她什么事儿，站了一会儿便回厨房烧锅做饭去了。这时，儿子王宝禄、女儿金枝也都起来了。金枝拿着梳子在门口低着头梳理头发。

王宝禄站在门前伸了个懒腰，便走过来看木匠做活，看看左右也插不进去手、帮不上忙，只好站在旁边观望。站了一会儿，两眼却出了神。对于结婚这件事儿，王宝禄倒不是很上心，原因他自己也说不清。那次到范家寨和范翠枝见面儿，有种说不上来的感觉。两人根本就没有说几句话，范翠枝似乎心事重重，低着头，脸上也看不出什么表情，压根儿就没有正眼看他。这让王宝禄多少有点失望，但他别无选择，难得有人给他说媒提亲，他没有挑选的余地。王宝禄看着母亲为他日夜操劳，为他的婚事人前人后没少说好话，心里很不是滋味儿。

他曾期盼着能遇到像王康媳妇雪雁那样好的女子，他喜欢雪雁那种类型的人。可他知道，这世上只有一个雪雁，不可能再有第二个雪雁。每当雪雁来他家找妹妹金枝玩时，王宝禄都忍不住想多看她几眼。有两次他发现雪雁也在偷偷看他。当俩人目光偶尔相遇时，雪雁冲他微微一笑。王宝禄不知道她笑什么，为避免尴尬，也只好回了她一个微笑。随着时间的推移，雪雁到他家串门越来越频繁了，现在几乎每天都来他家找妹妹金枝，俩人在一起拉呱，一起说笑。两人咯咯的笑声从屋子里传到院子里，这让他的家里充满了生机。在王宝禄听来，妹妹金枝和雪雁俩人的笑声是那么好听，尤其是雪雁的笑声，银铃般响亮，让人听了久久不忘。

雪雁教会了金枝炸麻花，经雪雁的手炸出来的麻花特别酥脆可口。每次炸麻花时，雪雁总是先夹起一个请王宝禄的母亲姚淑美品尝，再夹一个给王宝禄。面对雪雁递过来的麻花，王宝禄心怦怦直跳，不敢伸手接那麻花。望着雪雁那带着微笑期待的眼神，他只得伸出手来飞快地捏起麻花送到嘴里。品尝着雪雁炸的麻花，他心里有一种说不出的甜蜜。要是雪雁两天不上他家来串门，他便像丢了魂似的，六神无主，坐立不安，心里想出去闲逛又怕雪雁来了，错过了见她一面的机会。王宝禄有时会找借口去王康家，或借东西或还东西。要是有王康爷俩在家时，雪雁见了他只是笑笑，算是打了招呼，两人并不言语。

一天，雪雁来串门，正和金枝比赛剪窗花儿，老远就听见门外有吱吱吱的声音，是蛐子的叫声，声音由远而近。抬头一看，原来是王宝禄从外边回来，手里提着一个青色的小笼。一进门，王宝禄便笑眯眯地将那笼子放在两人面前的桌子上，眼睛望着雪雁，问她："喜欢不喜欢？喜欢就送给你玩儿。"

雪雁见那笼子是用细红蜀黍秸秆编成的，泛着青色，小巧玲珑，四角吊起，上方是人字形屋脊，两面各开了一个窗棂，都用细小秸秆做成小方格子，竟像真的楼房一样。笼子里面装了两只蛐子，叫得正欢。

"这是你编的？"雪雁笑着问道，用赞许的目光望着王宝禄。

"你猜猜，看我能不能编成这样好看的笼子？"王宝禄笑道。

金枝早已放下手中的活，一眼不眨地盯着那笼子看，笑嘻嘻的，听见两人对话，便接过话说："哥，就你？"

"就我咋了？这是我刚和富钱叔学来的，不信，现编给你俩看！"

"这么灵巧的笼子，你一会儿就学会了？"雪雁问。

王宝禄见雪雁怀疑他的手艺，笑道："会者不难，难者不会。多难的活，只要想学，让我看看就学会了。"

雪雁见王宝禄一脸得意，也笑道："好了，好了，信你。你还真有两手，编成这么好看的笼子！"雪雁边说边将头伸过去，两眼滴溜溜地仔细看那笼子里的两只蛐子，见那两只蛐子模样不同：一只金黄色，一只翠绿色。金黄色的那只膀大腰圆，体型雄壮，头和颈颜色比较深，成了褐黄色，蓝脸红牙，黄腿、黄肚、黄色的胡须和金黄色的翅膀，只有翅膀前侧一圈儿是翠绿色的，趴在笼格上抖动着背上的翅膀，叫得正欢；再看另一只，却是体型略小，通体碧绿，没有一点儿杂色，后尾拖着一根长长的细管，也趴在笼格上，却不叫唤。

雪雁指着笼子笑道："好笑，你这两只蛐子，原来色都不一样，也不知你是在哪块地里逮来的？"说罢，歪着头看了看，又问："咋一个叫唤，一个不叫唤？"

"这两个，一公一母，叫得欢的那只是公的，不叫唤的那只是母的。"王宝禄微笑着介绍说，"公的那只，是在豆棵子上，现在豆子黄了，这蚰子身上的颜色也跟着变黄了。绿的那只，是在玉蜀黍地里逮的，这会儿玉蜀黍叶和地里的草都还绿着哩，上面的蚰子也是绿的。"

金枝听她哥说得仔细，很是好奇，便也伸过头来看，左右看了一会儿，笑呵呵地说道："咦，真是的，绿的那只是母的，不叫唤，模样和叫唤的那只就是大不一样。"

"你俩还不知道吧，这蚰子是咱这里的叫法儿，有的地方叫蝈蝈，南京那里的叫法更好玩儿哩。"王宝禄冲雪雁微笑着眨了眨眼。

"南京那里是咋叫的？"雪雁见他神秘的样子，好奇地问道。

"叫哥哥。"王宝禄笑道。

雪雁听王宝禄当着金枝的面这样说话，不觉脸有些红了，瞅了金枝一眼，见她还在伸着脖子看那笼子，便装作生了气，对王宝禄说："人家给你说正话哩，你还拿人家开玩笑？"

"没有给你开玩笑，"王宝禄笑道，"南京那边儿就是这样的叫法，叫哥哥。"

"还有这样的叫法？"

"嗯，真的。"

"这个名字有意思，你说清呀，是叫哥哥，不是叫你哥哥。不知道的还以为你让人家叫你哥哥。"雪雁想了想，又问："敢情你是骗俺们的吧，你又没去过南京，你咋知道人家那里叫这个名儿？"

"这话说得可就不对了。世上有些事，并不是你非要去过才能知道呀。不是有句话说得好吗？秀才不出门，晓知天下文。咱不是秀才，还不能听人说吗？以前我也不知道，这是刚听咱支书说的，他当过兵，出过远门。"

雪雁听了，咯咯笑道："就信你一回，话说得有鼻子有眼儿的，让人不能不信。"

金枝正低头看那笼子，听他们二人谈话，自己又插不上，便一心只看那两只蚰子。

王宝禄见雪雁高兴，就笑了笑，说："这个笼子，你要是喜欢的话，就送给你，拿回去给王康玩儿。"

雪雁听了，脸一沉，转身背对着王宝禄，道："你这人好没意思，咱仨说话，提他干啥？"

王宝禄见雪雁生了气，也忙收住笑容，却不知如何是好，站在那里左右不是，像一个捅了马蜂窝惹了乱子的孩子。

"你大清早的，站在那里发啥癔症，快去挑桶水回来！"

王宝禄被娘一句话唤回神来，他左右摇了摇头，定了定神，想想刚才的回忆，感觉有些好笑。

金枝已经梳好了头，扎了两个长长的辫子，用红头绳系着发梢，将辫子放在身后。见她哥王宝禄挨了娘的数落，便笑嘻嘻地冲他挤了下眼，吐了一下舌头，慌忙钻到厨房里烧锅去了。

王宝禄白了妹妹一眼，挑起水桶走了出去。

第二十八章

王文忠给同村人做木工向来是不收钱的，只要主家管顿饭就行。姚淑美做好饭，喊儿子王宝禄招呼王文忠师徒三人吃饭。饭后，王文忠抽了一袋烟，稍事休息，就又和徒弟们忙活起来。金山和狗宝两人一边一个坐在地上拉锯，将那椿树条子沿墨线尺寸锯开，刺啦刺啦的拉锯声响得很远。王文忠拿着锛子砍平木料上的疙瘩，碎木屑撒了一地。

王宝禄站在旁边看他们师徒三人干活，正愁没事干，忽听大门吱呀一声响，见雪雁纳着鞋底一步一扭地走来串门。雪雁一进门，看见院子里正叮叮当当忙着，也不说话，嘴角里带着笑意，眼睛望着王宝禄。两人刚好对视，雪雁莞尔一笑，王宝禄也满眼含笑，冲她回了一个微笑，算是打过招呼。雪雁又将头低下，嘴角笑呵呵地直向堂屋走去。金枝老远望见雪雁，慌忙迎了出来，笑嘻嘻地伸手接过雪雁手里的鞋底，翻来覆去地看，连声夸赞针脚走得密实，边说边一把挽着雪雁的臂弯，将她拉到堂屋里。姚淑美在厨房听见二人说话，也慌忙走了出来，微笑着和雪雁打了个招呼，就又回转身去厨房忙活了。

金枝和雪雁两人进了屋，在方桌前坐下。金枝端来针线框，拿起一个鞋样，让雪雁看。

雪雁手里拿着鞋样，眼睛向外瞄了一眼王宝禄，笑着问金枝："你家这是要做啥呢？"

金枝笑道："嫂子，你还不知道呢，我哥要娶媳妇了。"

雪雁道："你这样聪明的人，咋就不长记性了？给你说了几回，不要叫我嫂子，叫我姐显得咱俩多亲。"没等金枝说话，又笑道："也罢，叫嫂子也中，以后你出了门，回娘家来，你哥不管你饭，嫂子我管。"

金枝听了，脸上红霞飞舞，笑道："你绕来绕去，把我绕迷了。也不知道你是哪家的嫂子，要是俺亲嫂子多好！"

雪雁听了，拿着鞋底，扬起胳膊，朝着金枝的身上就要打去，口中怪道："人家好好给你说话，你却拿我取笑，看我不打你。"

金枝慌忙笑着求饶："别打，别打，给你说笑的。"

王宝禄在门外站得久了，这时便返回到屋内，倚在门口，笑嘻嘻地看她俩打闹，红润的嘴唇咧开来，露出一口齐整的白牙。

雪雁哪里是真打，收了胳膊，回转身来，眼睛望着王宝禄，还没有说话，早已绯红了脸，笑着问道："宝禄哥，你要娶媳妇了？"

王宝禄正搭不上话，却被她冷不防问了这么一句话，有些不好意思，将脸色一沉，回道："我才不想娶媳妇哩！都是金枝，她想出门儿。"

"你俩说话碍我啥事儿，咋犁不住我这还挂着我哩？"金枝生了气，脸一沉，头一低，努着嘴巴，转过身去。

雪雁见了，不由得咯咯笑，望着金枝问："金枝，你哥说他不想娶媳妇儿，你信不信？”

"他不是不想娶媳妇儿，是想娶个像你这样的好媳妇儿。"金枝说完扑哧一声笑了。

金枝一句话挂着两个人，雪雁和王宝禄听了，全都红了脸。

雪雁怪她道："不给你玩儿了，咋能这样说人家！你还让我来玩不来玩？"

王宝禄也感觉有些不好意思，红着脸瞅了一眼雪雁，恰巧与雪雁投来的目光相遇，于是慌忙躲开了。这时院子里传来叮当叮当声响，王宝禄回头往外一看，原来木匠王文忠已刨平那根木料，正骑坐在木料上凿榫眼，锤子敲击凿子，叮当叮当地响。那凿子凿出来的碎木屑从榫眼里飞溅出来，像一团团白花，王宝禄看着好玩儿，便借机走了出来，站在旁边看木匠们干活，耳朵却听着堂屋里二人说话。

金枝见雪雁生了气，也不着急，身子一倾，蹭到雪雁跟前，笑嘻嘻地说："嫂子，俺这不是夸你嘛，可甭恼。"金枝平时不大喊雪雁嫂子，因她俩年龄大小差不多，总感觉叫不出口来，这会儿反倒觉得叫着亲切。显然，金枝内心很喜欢雪雁。

雪雁换了笑脸，两颊上腮红比刚才越发好看了，看了门外王宝禄一眼，自顾自地笑了笑，低头将针扎进鞋底里继续纳鞋。

静了一会儿，雪雁问金枝："听说范家寨你那女婿，个头很高，浓眉大眼，人长得很排场儿，可是真的？"

金枝听了，脸上也泛起红光，羞答答低下了头，笑道："你咋知道？听谁说的？"

"那天在当街里，一群人说闲话时听来的。"

"人倒也没啥说的，"金枝停下手里的针线活，轻轻叹了口气，"就是腿有点儿瘸。去年我在玉皇庙上看人家吹响戏时，他老是拿眼瞄我，就托人来说媒，说要换亲。你知道，俺家成分高，俺哥不好说媳妇，换亲就换亲呗，这也说不上啥，只求那人能对我好些就中了。"

"那你说实话，喜欢不喜欢他，要是不喜欢，可要委屈一辈子了。"雪雁说着，眼睛瞅着她家的方向，加重了语气，"你看俺家那个，病恹恹的样儿，亏得是个男人。"

"谈不上有多喜欢，反正看着还顺眼，那人一双大眼，还算好看。"金枝压低了声音，轻轻地说。

雪雁听了，笑嘻嘻伸出手去，轻轻刮了一下金枝的鼻梁，笑道："那就是喜欢喽。女孩子喜欢半拉橛儿，有几个会说喜欢的？"

金枝冷不防被雪雁刮了一下鼻子，听她说出不该说的话，"哎呀"喊叫一声，将手里针线一扔，捂着脸不住地笑，扭动着身子，两只脚在地上不住地踢腾。

雪雁看她撒娇，将手背拢在嘴巴上，咯咯笑了。

过了一会儿，金枝手掌移开，身子往雪雁身边靠了靠，低声笑道："雪雁嫂子，你说男孩子就是男孩子，为啥又叫他半拉橛子哩？"

雪雁听她问得有趣儿，忍不住抿嘴而笑，见金枝瞪着两只水灵灵的大眼睛望着她，长长的睫毛不停地眨呀眨，两弯淡淡的柳叶眉梢，如春风吹拂似的向上翘起，也忍不住将身往前一探，压低声音，对金枝说道："你结过婚就懂了，就是男人身上的那个东西，像个木橛子才好哩，这是个比方。"

金枝还没有听完，早已羞得满脸通红，慌忙又两手捂着脸，笑道："哎呀，快别说了，羞死人了。"两只脚翘起将那桌腿踢得噔噔响。

又过了一会儿，金枝像是想起了什么，向雪雁跟前偎了偎，小声问道："你刚才咋骂王康？他咋对不住你了？"

雪雁听她这么一说，停下手中的活，叹了口气，望着金枝，目光充满了忧郁，静了一会儿，才低声说道："你还没嫁人，我都不好意思给你说哩，他是个废物，不沾弦。给你说实话，我来了恁长时间，还是个女儿身子哩。"

金枝听了，羞得满脸通红，不好再问下去。

第二十九章

王宝禄在院子里看着木匠王文忠和两个徒弟干活，心思却在堂屋内，他不时拿眼光向堂屋方向瞄去，侧着耳朵听她们二人的谈话。金山和狗宝依着尺寸正一来一往地拉着大锯，锯末撒了一地，空气中弥漫着木料的香味。那刺啦刺啦的拉锯声和叮叮当当锤子敲击在凿子上的磕碰声，淹没了堂屋里传来的说笑声。王宝禄侧着耳朵仔细听，仍然听不太清楚，只断断续续地听见她们二人银铃般的笑声，又瞥见金枝和雪雁说说笑笑地打闹，后来听她们说话声音压得很低，也就不以为意了，眼睛望着王文忠凿子下溅飞的木屑花儿发呆。

王文忠抬头瞅一眼王宝禄，嘴角露出一丝微笑，又低下头，边将锤子敲得凿子叮叮当当响，边和王宝禄搭话。

"宝禄，你说我要把这个椿树做成啥？"

"叔，我还没有看出来哩。"王宝禄正在发呆，冷不防被问，一时回答不上来。

"这个椿树是给你打大床哩。"

"家里有床，为啥还要打大床？"

"你现在睡的那个是破的，结婚要用新的，破的不能给新人用。"

"我人还是以前的人，我还是我，那咋还成了新人了？"

"这个你不懂了，刚结婚三天内的男人和女人都称为新人，男的在女方家称为新女婿，女的在咱家称为新媳妇儿。"

"那三天以后呢？三天后就不是新的，成了破人了吗？"

王宝禄这一句话，问得王文忠哈哈大笑，险些砸着了手，不知咋回答他的话，只好说："没有破人那个说法。"

金山和狗宝拉完了锯。狗宝走过来，弯腰捡起刨子，将脸凑到王宝禄跟前，笑嘻嘻地小声说道："你去问问王康的媳妇儿，是新人还是破人？"

王宝禄听了，一下子窘红了脸，不知说什么好。

王文忠只是咧着嘴笑，并不接话。作为长辈，他不便接这种荤话，只是拿眼瞟了一下徒弟，便继续和王宝禄逗乐说话。

"宝禄，叔考考你，看你能不能答上。你说为啥要用椿树做婚床？"

"不知道，叔，你说为啥，这里还有啥说法吗？"

"可是有讲究的。有些树就不能做成床，比如说桑树。因'桑'与'丧'同音，听着不好听。一样的理儿，用椿树做婚床，也是因为'椿'与'春'同音，图个吉利。"

"春字为啥吉利？"王宝禄一脸的好奇，追着问道。

王文忠停下手中的锤子，看了看王宝禄，见他一脸雾水没有明白他的话，就笑了笑，说："不给你说了，说了你也不懂，等你长大了自然就懂了。"

金山嬉笑着接过话茬，问王宝禄："那你知道为啥有时候猫叫唤不叫猫叫唤，叫猫叫春吗？"

姚淑美在厨房里一直忙着做饭，听见王文忠和儿子王宝禄两人有一搭没一搭说话，听他们说得有些意思，心里想笑却又不好意思笑出声来，几次想喊开儿子王宝禄，可又觉得不便打断他们的说笑。这会儿见王文忠停下来擦汗，忙喊道："宝禄，给你叔端茶。"

王宝禄慌忙起身往厨房去端茶，回转身看了一眼堂屋里的雪雁。雪雁和金枝还在闹着玩儿。不知被金枝怎么着了她，雪雁"啊"地叫了一声，接着咯咯笑了起来，却不忘拿眼光向外面偷看王宝禄。

姚淑美忙完了厨房里的活，走到堂屋里间，从柜子里翻出来两捆棉布，抱到院子里晾晒。这是她这些年来一根线一根线纺出来的。为织这些布，她没日没夜地坐在纺花车前不停地纺花，不知熬了多少灯油。她为此累得胳膊肘酸痛，高强度的劳作给她留下了关节痛的病根。

两年前，眼看着两个孩子一天天长大，她就提前作了准备。她知道，她一个女人家是没有指望的，没有人会帮她，一切全靠自己支撑，遇事要自己拿主意，腿要自己跑，事要自己办。她要把两个孩子的婚事办得像个样，她不想让孩子在人前抬不起头来。两个孩子自小生活在自卑中，活在别人的眼光里，这让她感觉对两个孩子有一种亏欠。多年生活的磨难，她已经不再是以前那个弱不禁风的女子了，她已经历练成了一位性格坚强、吃苦耐劳的中年女人。有时候，姚淑美都不清楚她是怎么熬过来的，仿佛过往的一切都是一场梦幻。孩子是她活着的希望，是她的精神支柱，她做梦都盼望着两个孩子成家立业的那一天。

王文忠见了这些布匹，直夸姚淑美会过日子，夸她"好手"。姚淑美苦笑了一下，说："可甭这样说，我这俩孩子年龄差不多，要是我不早点准备着，就怕事儿都赶到一起了。"

雪雁和金枝也都走出来看那布匹。雪雁用一种羡慕的眼光望着金枝，笑道："看俺婶子多疼你，老早就把你的嫁妆准备好了。"

金枝翻了个白眼，嘴巴一嘟，说道："还说俺娘疼我，生怕我嫁不出去，恨不得早一天把我泼出去呢！"

姚淑美听女儿金枝这样说她，嗔笑道："你这孩子，又这样说话，闺女是娘的心头肉，我要不疼你，你们两个，哪一个也活不到今天。"

"这话说的我给你不抬杠！"王文忠接过话茬说，"孩子小时候哪个爹娘不疼，他都活不下来，就这样，这世上还有那么多不孝顺的人！"

姚淑美笑了笑，没有接着话说下去，望着布匹，说："我合计着，给两个孩子每人套上两床新被子，再撕两床单子，还有枕头，就这还不知道这些布够不够用哩？结婚那天穿的衣服，还是用洋布的好。"

王文忠已将那根椿树料子上的榫眼全部掏好，站起身来，捶了捶背，又拿起那根木料，一只眼睁一只眼闭地看那木料的曲直，看了看，又放在原地，这才接过姚淑美的话茬，说道："这嫁闺女娶媳妇的，都得一样。手心手背都是肉啊，一点也不能偏心。"

姚淑美嗯嗯地应着，心里却盘算着如何给儿子王宝禄做身新衣服、做双新鞋子，结婚那天要穿；如何给女儿金枝做出嫁那天穿的大红小袄和棉裤，三月三，虽说天气稍微暖和了，现做棉衣倒不需要太多的棉花瓤子，薄一点儿穿着正合适；还要做两身厚实一点儿的棉衣棉裤，冬天穿得不能太薄了，颜色要用淡一点儿的蓝布。单衣也是不能少的，常穿衣裤总得有两身换着穿，女孩儿家衣服总是要多几身的，不比男孩子那样穿着随便。那范家下帖随来的倒是有些布料，只是还远远不够用，还需要她去街面上再买些洋布面料来。好在鞋底、鞋帮早已纳好，不多不少，六双鞋子，倒显得大方，为的是图个六六大顺，鞋底鞋帮都还没有上，都在墙上挂着，鞋帮上都还绣了花。

第三十章

王家寨这里，姚淑美一心想着要闺女出嫁那天尽量打扮得漂亮体面些，将两个孩子的事儿办得像样些。范家寨那边也没有闲着，也在紧张地准备着。

范三定下"好儿"期之后，就慌忙张罗着给儿子来运打大床，家里没有椿树，只得去来运舅家借了两根椿树骨碌子做了床帮，做床腿和撑子用的木料是槐树的。他问过本村木匠，说只要床帮是椿树就行，椿树不够可以用槐树代替。范疤瘌给女儿准备的嫁妆是正流行的一桌、一柜、两把椅子。

范来运的娘每天慌着织布，昼夜不停。她让女儿范翠枝做饭，她自己忙得吃饭都在织布机上。虽然她也积攒了些布料，只是最初没有想到两个孩子的事赶在了一起。她年前已经安下了织机，织到一半时，过年搁置了半个月。现在没有料到"好儿"期看得那么近，她不得不连夜不停地纺花、织布。女儿翠枝倒是能帮她干些活，只是她嫌翠枝手脚不麻利，上机织得慢，只让她帮着纺些线，搭把下手。看着翠枝在纺花机前有些心不在焉，她就索性一个人干了。

范翠枝自旅行回来后的两三个月里，就再也没有见到过余得水。虽说两个村子离得不太远，但她毕竟是一个订过婚的女子，两个人来往不再像先前在学校读书时那样自然。即使她没有订婚，她也不可能去余得水村里找他，她虽然上过学，思想开明，但她终究是个女子，她把名声看得比什么都重要。如果她和余得水偷偷摸摸约会，一旦让人看见传了出去，名声就不好听了。女孩家一旦名声不好，就很难做人，连带着也让家人难堪。她不想让人在背后说三道四，不想让人家捣家人的脊梁骨。

范翠枝知道，余得水要是真心喜欢她，就会主动想办法来找她，反正她是不能主动去小余庄找余得水的。她曾认真想过这个问题，如果她去余得水家会是什么样，见了他该怎么说话，说些什么是好，余得水会怎样看她，他的家人又会如何看待她。不要说这是世俗，这不是世俗，这是现实，这是活生生的现实。如果她真的去找余得水，搞不好余得水的家人就会看不起她范翠枝。

望着爹娘每天忙碌操劳的身影，范翠枝心都碎了，她决意认命，决意不再抗争。事实上，她压根也就没有抗争过，她只不过和娘说了心里话，把她心里的秘密告诉了娘。是的，有人喜欢她，但，这不是什么错，也并不意味着什么，一个女子，尤其是一个漂亮女子，喜欢她的人多了去了。她想起那次她和余得水说过的，希望余得水能拿他的妹妹与她家换亲。可是，余得水想都没有想，就一口回绝了她。这让她很失望。范翠枝想起这件事情，心里就有点堵。她想不通的是，她家既然可以和王家换亲，怎么就不能和余得水家换亲？范翠枝觉得，只有这样，才叫天遂人愿。

婚期还剩不到十天的时候，两位老人每天忙得已是脚打锣了。家里人来人往，贺喜声不断。每当有亲戚来添箱送礼，都会将范翠枝夸赞一阵，说她长相大方，是个有福的人，又说她有学问，见多识广，里里外外都很能干。听着这些夸赞她的话，范翠枝只是笑，并不说什么，尽管那笑容不是那么自然。可谁会注意到她内心的感受呢？眼看"好儿"期越来越近，范翠枝心里更加着急，决定命运的时候就要到了，她真的要认命吗？此时，她只有一个心愿，就是希望能在结婚前这短暂的日子里再见上余得水一面，纵然是不和他说话，只看他一眼也好。她有一肚子的话语，想要和他诉说，诉说她内心的委屈和无奈的选择，希望得到他的谅解。

日子一天一天挨近，范翠枝每一天都在彷徨悱恻中度过。早春二月，阳光普照，万物复苏，刚刚转向的东风吹在人的脸上，已不像正月那样寒冷，开始携带着一丝暖意，杨柳都已吐出了米粒大小的嫩芽，刚刚经历了漫长寒冬的豫东大地，有了生机。可是，范翠枝的情感依然停留在寒冬里，内心依然被冰封着。她期待着属于她的春天能够早一天到来，好使她冰封的爱情尽快化解开来。

一天上午，阳光明媚，太阳照在人身上暖烘烘的，和煦的春风像鸟儿的羽毛轻轻拂着人们的脸庞，柔柔的，暖暖的。范翠枝吃过早饭，出了家门，到寨子里的代销店买了两个发卡。当她路过赖八国家大门口时，见赖八国正笑眯眯地站在门楼里向她摆手。范翠枝不愿意搭理赖八国，她不会忘记这个人，就是这个人，出手把她的哥哥范来运的腿打折了。现在她面临的困惑，不正是因为她哥范来运的腿瘸吗？如果不是这样，她范翠枝也不会被逼着和人家换亲，逼得她如今走投无路。她的父亲提起赖八国就用最难听的语言咒骂。她家已经好多年不和赖八国来往了。而现在，赖八国找她干什么？会不会对她不怀好意？

这样想着，范翠枝并没有停下脚步，装作没有看见他，不去理会。赖八国见范翠枝越走越远，便急走几步赶了过来，压低声音说道："翠枝，甭走，叔有话给你说。"

"啥事儿？"范翠枝停下脚步，冷冷问道。

"你到俺家里说会儿话。"赖八国说。

"不去！"范翠枝转身就走。

"有个人，你见不见？"

"不见！"

"你都没问谁，咋说不见呢？"赖八国嘿嘿笑道，"余得水，你见不见？人在家里，他来找你哩。"

"谁？"范翠枝以为听错了，不由得回头问了一句。

第三十一章

这是范翠枝第一次到赖八国家，她第一眼的感觉是赖八国家里的摆设与全寨普通人家大不一样。一进堂屋门，映入眼帘的是件紫色的檀木条几、紫色的方桌和两边摆放的紫色太师椅。虽然方桌、条几是常用家具，只是这家具与家具的区别主要是用料上，好的木料不仅美观，更经久耐用，差一点的木料就大不一样了，用不多久就会出现裂缝。赖八国家这家具一看就是上好木料，方桌、条几、椅子看上去很有光泽，给人一种厚重感觉。

赖八国的老婆见范翠枝走进来，慌忙迎了出来，笑盈盈地将范翠枝往屋里让，又忙着去给范翠枝倒茶。平时见人不怎么说话的她，此时热情得反倒让范翠枝有些局促不安。

"范翠枝！"

范翠枝听到人叫她，回头望去，见余得水正笑眯眯地望着她。范翠枝刚才只顾看那家具，又被赖八国老婆客套得有点慌乱，进门时没有注意到余得水。这才发现余得水正在堂屋里一把椅子上坐着，此时他已经站起了身。余得水仍然穿着那身仿做的军装，戴着那顶旧得已经发黄了的军帽。

范翠枝见了余得水，心里一阵惊喜，双颊上泛起了红晕，忙将头低下，眼里含着笑，轻声问道："你咋来了？"

"我来俺姨父家有点事儿，顺便来看看你。"

范翠枝听了，白了他一眼，说："你有事就是有事，不要说来看我。"

"翠枝，叔给你说啊，"赖八国一旁笑道，"余得水是俺外甥，喊恁婶叫姨哩。这里可没有外人，有啥话可要说啥话，可甭窝到心里不说。"

赖八国老婆嫌他不会说话，对赖八国说："你去地里看看庄稼，顺便到菜窖里扒几棵葱来，上午擀好面条子，让两个孩子在这吃饭。"

"好，我马上就去。"赖八国笑笑说。

赖八国老婆回头又对范翠枝说："就是哩，你看，我和得水他娘是表姊妹，看得水给看自家孩子一样。听他说，你俩在学校就在一个宣传队，处得可好。你俩有缘分儿。听说你要结婚了，可把他人急坏了，只是没法儿。到这一天了，才壮着胆子来俺家，想着见你一面儿。我和恁叔都不是外人儿，不要见外。你俩说说话，婶和叔出去到地里看看就回。"说着，给赖八国丢了个眼神，俩人转身就走。

范翠枝一见，慌忙说道："婶，甭走，俺俩能有啥话说？您要走我也走。"范翠枝话没说完，赖八国和他老婆俩人已经走到大门口了。赖八国老婆回过头来，微笑着对范翠枝喊道："你甭走，婶儿出去到地里扒棵葱就回来。"说着，迈出门外，随手吱嘎一声关上了大门。

范翠枝没办法，只得靠在门上站着，将头低下。余得水此时正笑嘻嘻地望着她，见没了人，便嬉笑着问道："翠枝，你可想我？"

范翠枝此时还有些羞答答的，抬起头来轻轻瞟了一眼余得水，说："想你干啥？还没有把人气死？"

"你还在生我的气呀？实话告诉你，你不想我，我可想你哩。"说着，余得水一个箭步跃到范翠枝面前，一把将她揽在怀里，急促地说："翠枝，可想死我了。"

第三十二章

范翠枝被余得水突如其来的举动吓坏了，本来红红的脸颊一下子变白了，呼吸急促起来。她两手使劲推脱想挣开余得水的搂抱，怎奈没有他的力气大，左扭右扭也挣脱不开，只得生了气："起来，别碰我！"

余得水已被范翠枝身上散发出来的淡淡清香深深地陶醉了，此时哪里肯松开手。他深吸一口气，做了个深呼吸，嬉皮笑脸地对她说："想你，你就不想我？"

范翠枝听他这样说，便停止了扭动，将头低下，扑哧笑了，却马上又收了笑容，恼怒地说："不想！"

"偏就不信，不信你不想我，我可是想你想得睡不着觉哩。"

"信你个鬼，你想我，咋不早来看我？"范翠枝抬起头来责问，娇滴滴地望着余得水，含着羞，带着怨，分明是责怪余得水来得晚了。

"这不是来了吗？一直想来，可又不敢来，这两天想着再不来的话，你就是人家的人了，今天我就壮着胆子来了。"

"你不来还不兴我嫁人？"

"要嫁也是嫁给我，不能嫁给别人。"

"你这人真怪，我想嫁给谁就嫁给谁，你管得着呀。"范翠枝咯咯笑了两声，"你要是喜欢我，咋不让恁妹子给俺哥换亲？"

"亏得你还上过学识几个字哩，现在都啥年代了，还兴那一套？恋爱自由，婚姻自主。换亲也要自愿，不能逼迫呀。"

"谁逼你啦？"范翠枝耸了耸鼻子，将嘴巴一撇，伸出一个手指来，在余得水的鼻梁上轻轻一点："你说的恁好听，怕还是舍不得你家妹子吧。"

余得水将范翠枝的腰搂得紧紧的，笑嘻嘻地说："我有啥不舍得的，只不过，这婚姻大事儿总得人家自愿才行。没听说过强扭的瓜不甜？"说着，将头一伸，一努嘴，在范翠枝腮颊上亲了一口。

范翠枝一下子羞红了脸，更加妩媚了，伸手又在余得水脑门上轻轻一按，嗔笑道："你真坏。"

"怎么坏了？这些天想你想坏了，天天吃不下饭，睡不好觉。还是听俺娘说俺有个表姨在这个村，这才想起过来找你。"

"以前咋没有听你说过有亲戚在俺村？"

"以前我也不知道呀。"

"啊——"范翠枝正想说话，可她的嘴唇早已被余得水努过来的嘴唇堵上了，她急忙将脸扭到一边去，躲开余得水，她不想就这样让他给吻了。余得水闪了空，不由得猴急起来，见范翠枝忸怩作态一副可爱的模样，两手把她搂得更紧了。余得水不再言语，努着嘴左扭右扭，一心要亲吻范翠枝。范翠枝此时紧闭着双唇，两手放在两人中间挡着余得水贴过来的身体。

显然，范翠枝的内心是矛盾的，她在进行着激烈的思想斗争，权衡着能不能再次接受他的吻，尽管上次在村头的路上，她把初吻给了他，但现在已经不同了，因为再过几天她就要成为别人的新娘了。

男人是个怪物，越是得不到的越想得到，得到的反而不见得就珍惜了。范翠枝越是抗拒，余得水越是欲罢不能。范翠枝只得微笑着抿起嘴，上下牙齿咬在一起，紧闭双唇，双手用力将余得水的身体往外推。余得水怎肯罢休，他不得不加大攻势，两人一来一往，拉锯了五六个回合。终于，范翠枝没了力气，她再也抑制不住内心情感的冲击，两只手不再将余得水的身体向外推了，反将胳膊缩了回来，从两人身体间隙中抽出来，忽又猛地张开双臂，一下子将余得水紧紧抱住。

余得水被范翠枝突如其来的拥抱感染了，他受到了鼓舞，他知道，范翠枝的激情被他调动起来了。余得水不失时机，努着嘴唇将嘴巴送到范翠枝的嘴唇上，可是他这才发现，原来范翠枝嘴唇还紧闭着，而且绷得紧紧的，并不给他机会。他这才知道，范翠枝只是拥抱着他，并不想和他亲吻，似乎她还在犹豫，内心还在激烈斗争着，她还没有想好，没有想好能不能接受他的吻。显然，范翠枝心里的第一道防线他余得水还没有完全突破。可是，余得水并没有放弃，他乘胜追击，用他的舌尖儿向范翠枝发动进攻，他要用他的舌尖儿撬开范翠枝那紧闭的双唇。

两个人这样又僵持了一会儿，余得水的舌尖儿终于将范翠枝的嘴唇撬开了缝隙，他触到了她唇部的柔软，品尝到范翠枝舌尖上淡淡的甜味儿，感受到她内心的热情与渴望。对余得水来说，这种感觉真好，他完全陶醉了，范翠枝的嘴唇和舌尖儿柔柔的、甜甜的、软软的。战场上攻城拔寨时，哪怕再坚固的城池，只要城墙上攻开了一个豁口，这座城池很快就会被攻破了。余得水既然将范翠枝的嘴唇撬开了一条缝隙，这分明是范翠枝作了让步，显然，范翠枝内心深处那座看似固若金汤的城池很快就要沦陷了。余得水不停地进攻着，他知道，他马上要成功了，马上就要突破范翠枝内心那一道至关重要的防线了。只要跨过这道关口，范翠枝就会认了他，跟定了他，就不会再摇摆不定了。

但范翠枝似乎也没有那么好被征服，她不甘心放弃自己的阵地，不甘心就这样被他征服，不甘心就这样把自己轻易交给了他，她还不知道未来迎接她的是什么。她此时内心仍在盘算着那换亲的事情，权衡着她现在这样做的后果。

范翠枝内心理智与感情在激烈地争斗着，此时的她，不仅要抵抗着来自余得水外部的进攻，还要努力抗拒着她内心深处情感的挤压，她明显感觉到她的理智在消退，情感的力量在增加。她的那份情感是她对爱情本能的渴望，她能感觉到她情感的强烈与冲动，仿佛是孕育已久埋藏在内心深处的火山，瞬间就要喷发出来。她现在要尽力用理智压制着它，尽管她知道她这样做，最终无济于事。

人们行为的失败，大都是因为不够理智，总是让感情占了上风。这也难怪，因为她是人，她是有血有肉的人，她是有着丰富感情的人。

余得水的舌尖儿不停地搅动着进攻着，像个可爱的小生灵不住地在范翠枝嘴唇前蠕动着。这个小生灵滚烫滚烫的，充满了激情而又散发着芳香，像是涂抹了蜂蜜和花粉似的，带着些甜，可它却又是坚强有力的，充满活力与攻城必克的意志。

终于，范翠枝再也控制不住自己，她的理智被彻底击垮，她放弃了抵抗，她内心坚守的那道防线彻底崩溃了，接着那座城池也彻底沦陷了。她突然打开了紧闭的双唇，放余得水的舌尖儿进来。当两人的舌尖儿搅在一起时，范翠枝彻底被余得水融化了，她的身子开始慢慢往下坠落，几乎要瘫了下去。她双手抱着余得水的颈项，微闭着双眼，她像根藤条一样完全缠绕在他的身上，不让自己摔倒。余得水也感觉到她的身体在慢慢下坠，他紧紧搂住她的腰，稳着她，叉开双腿保持着两个人重心的平衡。

范翠枝的身子向后张仰着，她的嘴巴高高扬起，迎合着余得水送过来的嘴唇，陶醉地咂着他的舌尖儿。余得水此时，不得不将身子向前倾斜着，将范翠枝抱得紧紧的，两手掌用力向上托着她的后背，努力控制着身体的平衡，防止摔倒。

范翠枝贪婪地吮吸着余得水的舌尖儿，恨不得将他的舌头吸进喉咙里去。余得水不明白，刚才还在拼命抵抗的范翠枝，这会儿倒像换了个人似的。余得水感觉不是他征服了范翠枝，而是范翠枝征服了他。那一刻，他感到范翠枝之所以如此用力吸吮他的舌尖儿，热烈地吻他，分明是深爱着他。

余得水和范翠枝两人此时正如饥似渴，热情似火，两个人嘴对嘴正亲吻得不可开交，也不知过了多长时间，忽听得大门外当啷啷传来门鼻子声响，赖八国在大门外干咳了两声，随即大门被吱吱嘎嘎推开了。

知道外边有人进来，俩人的身体急忙分开了，余得水迅速闪到原来的地方，仍然坐下来，深情地望着范翠枝，抿着嘴回味着，脸红得像个关公。范翠枝依然站在门口，她正了正衣角，理了理凌乱的头发，努力让呼吸变得平缓些，只是却掩饰不住腮颊上泛起的红晕。她眼珠一翻，含情带笑地瞄了一眼余得水，低下了头。

院子里不知什么时候飞过来两只麻雀，在地面上嬉戏追逐着，欢快地蹦跳着，叽叽喳喳叫着，忽地一下飞到树枝上，刚站住，却又扑棱棱飞下来。

赖八国和他老婆两人从大门外迈着八字步晃晃悠悠走进来。那两只打闹中的麻雀，竟歪着小脑袋，瞪着黑眼珠机警地望着他们，一点儿也不惊恐，翘着小尾巴不停地在地面上跳动着，鸣叫着。

赖八国两手一扬，做了个撵鸟的动作，两只鸟儿受到了惊吓，扑棱棱飞开了，地面上留下两根脱落的羽毛。

第三十三章

范翠枝见赖八国和他老婆走进来，羞得满脸通红，低头要走。赖八国的老婆慌忙一把拉着范翠枝，笑道："翠枝，甭走，咱们说说话。你对婶儿说，你俩咋想的？"

一句话，像在范翠枝身上泼了盆冷水，她从刚才甜蜜的回味中清醒过来。是呀，咋想的？下步怎么办呢？她也不知道。

"干脆我去直接给你爹说，说你不愿意，这婚姻大事不能逼人呀！"余得水接过话来说道。

余得水话音刚落，赖八国眼一瞪道："你凭啥去给人家说，不打你才怪哩！"

余得水听赖八国这样说，一下子泄了气，低下头，想了想，鼓起勇气对范翠枝说："翠枝，你跟我走吧，咱俩私奔。"

范翠枝果断地摇了摇头，事到如今，她也没有什么好害羞的了，她望着余得水说："那能中？你这不是让我往火炕里跳？我要是跟你走了，你对我好不好先不说，就是以后对我不好，也是我自找的，我自认倒霉，活该！可是，俺哥不是再也说不着媳妇了，俺娘家不是就要绝户了吗？"

赖八国听范翠枝提到范来运，心里多少也有些愧疚。这人，谁做了亏良心的事，其实谁心里是最清楚的。如今摆在眼前的这档子事，要不是当初他赖八国打断了范来运的腿，也不至于出现眼下这个麻烦。赖八国此时感觉很有点难为情，只得将脸扭到一边儿去。

"这不行，那不行，那就只能眼睁睁看着你成了地主家的人了？"余得水听范翠枝一番话，急得嚷了起来。

"你——"当范翠枝听到余得水说她嫁到地主家时，也气得跺了一下脚。

地主！赖八国一听地主，便来了劲儿，手往脑门上一拍，大叫道："有了，有了，我给你俩出个主意，要是按我这个法子做，保准能成事儿，又不会耽误来运娶上媳妇儿。"

"姨父，有啥好主意，快说。"余得水一听赖八国说有好主意，便来了精神。

范翠枝却想：你赖八国能出啥好主意？

果然，当赖八国把主意说出来时，没等余得水说话，范翠枝马上明确表示反对，她甚至情绪有点激动，说："俺不能做那样的事儿，要是真要那样做，可是有点儿伤天害理、没人性，俺爹俺娘的脊梁骨要被人戳破哩。"范翠枝又想，还真让她猜中了，赖八国这人果然狗嘴里吐不出象牙来，给她出了这样的孬主意。她打内心里厌恶这个人，她此时恨不得马上站起来就走。

赖八国不阴不阳地嘿嘿笑了两声，说："你这闺女，咱只管成全了你和你哥两个就中了。"

"反正那不中，俺不能做那欺负人的事儿。"

赖八国听了，两手一摊，冷笑了一声，不再言语。

"这也是没办法的办法，"余得水说，"我看要真是依俺姨父说的这个点子，倒是两全其美，不耽误你哥娶媳妇儿。你要是不愿意，那你只能嫁给那个地主羔子了。"

赖八国的老婆见余得水不会说话，白了他一眼，使了个眼神儿，示意不让他再说下去。余得水看见，便低下头不再说话。赖八国的老婆嘿嘿笑道："咱都别催，别着急，让翠枝回去好好想想，自己拿个主意，这不是还有几天时间嘛。"

范翠枝本来想冲余得水刚才那句话发火，还没有插上话，听见赖八国的老婆这样说，只得将头低下，起身要走。

"翠枝甭走，在俺这吃面条吧，这就晌午了。"赖八国老婆说。

范翠枝抬头一看，太阳果然已在正南方。这时间过得真快，也不知在他家待了多长时间，不知不觉要到吃午饭的时候了。她得赶快回去了。她回头望了余得水一眼，余得水微笑着冲她点了点头，摆了摆手。

范翠枝走出赖八国家大门时，四周看了看，生怕有人发现她去了赖八国家。两家人不说话，这在整个范家寨连三岁娃娃都知道，要是有人看到她去了他家，会怎么想？正是做午饭的时候，家家户户烟囱里都冒着炊烟，整个寨子里很少有人走动。她这才放心地往回走，回味着刚才的情景，回味着余得水的话语，回味着两人的热吻。

刚一到家，她的母亲便埋怨她一天跑得不见人影，说她这么大的人不知道帮家里干点活。母亲的唠叨，她已经听不进去了。

这以后的几天里，她和余得水拥吻时那甜蜜的体验和赖八国出的那个坏主意，像两棵生命力顽强的野草，迅速在她的心里滋生蔓延，很快疯长起来。

她内心不停地斗争着，每天忍受着煎熬，她不想放弃她的爱情。可她又不想按照赖八国说的那样做。尽管她也知道，赖八国出的那个歪主意，虽然缺德，但对她目前的处境来说，似乎是最佳的选择，否则她就只能听天由命了。

那两棵野草越长越旺，占据了她整个心田的空间，淹没了她的理智，使她神志渐渐不清，乱了方寸，不知怎样是好。

每当她白日独处或者夜里躺在床上的时候，那种热吻的甜蜜就会袭上来，余得水那张可爱的脸就会出现在她面前，两人亲吻的画面不断地重演着。她还能感受到余得水热烈的拥抱，她的腰被他紧紧抱着，压得她喘不过气来。她有时会情不自禁地努起嘴唇，仿佛是在迎合着余得水同样努过来的唇，或者舌尖儿轻轻抿着，回味那甜蜜的感觉。她相信余得水此刻也会和她一样在回味着俩人的热吻。这让她失去理智，闪过一个可怕的念头，实施赖八国那个坏主意的计划，只有那样她才能逃脱命运的摆布。她知道那是不对的，是坏良心的伤天害理行为。但即使这样，也是值得的，哪怕将来下地狱她也愿意。

可是，当她想到日夜操劳年迈的父母时，她马上就意识到那种想法是错误的，内心便有了一种罪恶感和良心上的愧疚感。她总是在这样紊乱的思绪中迷迷糊糊睡着，醒来时脑子里还是这些。她想摆脱思绪的困扰，铲除那两棵疯长的野草，但她已经失去了理智，她做不到了。她内心那种本能的冲动和对爱情的渴望牵引着她，青春的萌动给她指引着方向，使她明知前方即使是火坑，她也要往里跳。在婚期到来前，她就这样在彷徨不安中度过一天又一天。

亲戚邻居来给她添箱，给她贺喜，范翠枝总是强装欢笑，她要在人前尽量表现得活跃些，高兴些。她不能让外人感觉到她是被逼迫无奈才同意换亲的，她要让人感觉到她是自愿的。她明确表示她很喜欢王家寨那个男孩儿，她不在意他家的成分。她不想让人看出她是不情愿的，否则会显得她父母脸上没有光彩，在人前人后抬不起头来。她不知这样做，是在欺骗别人还是在麻醉她自己。

直到有一天，娘对她说：翠枝，你快试试这身新衣服，明天就要出门了。她才知道一切都已经成为定局，她只能听从命运的安排。

一位对门的邻居婶子来她家串门，交代她出嫁那天上轿时要哭一声，以示对娘家的留恋。

范翠枝苦笑着答应了："我会哭的！"

第三十四章

姚淑美这一阵子不停地张罗着，看看迎来嫁往的东西都已准备齐整。儿子宝禄结婚的大床也已经做好，上了两层桐油后用红油漆漆了，另做了两把椅子和一个新脸盆架，留作家用。陪送给女儿金枝的嫁妆一桌一柜两把椅子也全部就绪，同样上了两层桐油，也用红油漆漆了两遍。这些家具放在院子里晾晒，被阳光一照闪着亮光，来串门儿的邻居和来添箱随礼的亲戚们都咂舌叫好。

还有一件事，那就是如何安排儿子宝禄的新房。

姚淑美盘算着，这个宅院比不得先前的那个宅院，堂屋本来就三间，中间这一间作了客厅，左右两间作了卧室。客厅靠北墙的位置摆放着一张条几，紧靠条几的是方桌，方桌两边是两把木椅，为布置新房又加了两把长条凳子。这些年女儿金枝和她住在东间。东间里放了两张床，一张大床一张小床。姚淑美睡大床，女儿金枝睡小床。不过，那张小床基本上都是摆设，大多时间女儿都是和她睡在一张床上。

平时，王宝禄一个人睡在西间。姚淑美打算，等女儿金枝出门后，她仍然住在东间里。大门过道里倒是有一间厢房，但姚淑美不想一个人搬到那间厢房里住，因为这宅院是从王富田家买过来的，王富田的老爹王老八在那间厢房里住过，这多少让姚淑美有些嫌恶。按规矩，东间为上房，她作为长辈住在上房是应该的，儿子儿媳住在西间里。

姚淑美让儿子宝禄这几天暂时先搬到过道里那间厢房里住，腾出西间重新收拾一下作为新房用。福生听说后主动过来帮忙。姚淑美指挥着两人把西间所有的东西清理了出来。当所有的杂物全部清空，王宝禄问要不要把那张床也抬出来。福生笑道："之前是你一个人睡，结了婚是你和你媳妇两人睡，这床小，已经装不下两个人了，还要它干啥。"说得王宝禄不好意思地笑了。

房间腾空后，姚淑美让儿子宝禄用笤帚把地面上的积灰打扫干净，又用一根长竹竿绑了扫帚，将屋顶旮旯里吊着的灰丝子和蜘蛛网全部清理干净。看看打扫得差不多了，姚淑美又央求泥瓦匠王贵孝来帮着把墙面全部用新泥涂抹了一遍。当这些活计全部干完后，西间焕然一新。

收拾好后，又将房间空着晾了几天，看看墙面上刚涂抹的墙泥阴干了，姚淑美这才让儿子宝禄叫来福生帮着把那张刚做好的婚床抬了进来，紧靠北墙安放，将床头前留了一个大空隙，姚淑美对儿子宝禄说："这床头前的位置是留着放柜子的，媳妇娶过来，陪送的柜子就放在这里，她用着方便。"王宝禄知道，其他人家也是这样摆放的。

姚淑美又让儿子宝禄扛过来一顶新箔材，对折成两层铺在新床上，这顶新箔材是她年前找人打做的。新床安好后，王宝禄当天就吵着要搬回来住，姚淑美笑了笑，对儿子说："你现在还不能搬回来住，这里是你和媳妇的新房，要两人一起入住，媳妇没娶回来之前是不能住人的。在娶媳妇头一天晚上，要找人来压压床。"

"那要是媳妇娶不回来，就让我一辈子住在那过道里呀？"王宝禄问。

姚淑美白了儿子一眼，责怪道："你净说些不着调儿的话。"金枝在旁边听了，笑嘻嘻地冲哥哥吐了一下舌头。

第三十五章

离"好儿"期还有两天，姚淑美找到王富田，请他那天帮着管事儿。王富田听了，满口答应下来。姚淑美又跑了半个寨子，找了十来个人，央求那天都去她家帮忙，这些人也都是二话没说，一口应承下来。本来，寨子里谁家有个红白喜事，都是全寨人帮着张罗，一家有事，全村来帮。姚淑美又来到小挪家，小挪的爹王贵山是寨子里老焗长，做得一手好菜，不管谁家办红白喜事都会请他去做菜。不巧，人不在家，小挪的娘倒是帮他一口应承下来。姚淑美把这些琐碎事项都安排到人，又脚不着地地找到生产队长王文忠，说娶亲那天想要使用生产队里的马车。王文忠让她去找饲养员王贵良说下具体事项。

姚淑美见说下马车，心下高兴，也不歇息，就又转身向生产队牛棚方向走去，那里集中饲养着全队的牲畜，有专业的饲养员负责饲养牲口。那牛棚说是牛棚，其实就是屋子，是五间大房子。

还没有走到，就见牛棚前围了一圈人。老远听见一人叫道："拽紧了，甭让它动弹。"另一个笑道："要抓牛耳朵它才老实。"

姚淑美听他们说话，心里好笑，待走近时，却见王文福和王富钱正一人一边，各揪住一只牛耳朵，用力固定住牛头，不让那头牛动弹，王贵良蹲在牛前面，正拿着一把冒着青烟的艾草，往牛鼻子上熏。那头牛被艾草熏得直流眼泪，使劲地摇头，试图挣脱，只是耳朵被人揪着，越挣揪得越紧，也就越疼，只得老老实实不动了。

姚淑美知道，这是在给牛治不能反刍的病。她老远就闻到一股艾叶燃烧发出的香味，那艾香本来气味就有些怪，却又带着些草青气，直钻鼻孔。她于是远远站着，让那艾叶烟味熏不到她。

有人叫道："差不多了，快了。"话音刚落，那头牛忍不住张开大口打了个喷嚏。又有人喊道："好了，好了，打喷嚏了。一打喷嚏就该倒沫了。"再看那头牛，果然连打两三个喷嚏后，口里开始刍动起来。

王文福两人松开牛耳，王贵良也站起身来，踩灭了艾草，捶了捶后背。人们这才说笑着散开了，空气中仍然弥漫着浓浓的艾香。

伙头和王六儿两人正蹲在不远处下棋，众人便又围上去看俩人下棋。

姚淑美见这会儿王贵良得了闲，便上前向他说了用车的事儿。王贵良捶着背说："中，到临出门儿头天，你剪两张大红双喜字，让宝禄送过来，再准备两块红布条或红线，我给牲口挂上彩，打扮一下。"

姚淑美听了，连忙谢道："中，那就麻烦哥了。"

王文福一旁插话问："这迎亲的路线定了没有？是搬亲还是送亲？"

姚淑美说："这媒人两头说下来的，都是搬亲。咱这边儿去人到范家寨把媳妇接回来，范家寨那边来人把金枝接走。路线还没有定，得先把车定下再说。"

王贵良笑道："可是有点麻烦事哩！听说咱王家寨与范家寨中间的那个皇姑桥，娶亲的轿子是不能过的。多少年了，娶媳妇的花轿都不从那里过，要从别处绕过去。再说，娶媳妇、嫁闺女两边不能见面儿，路线还要错开。这个，可得注意，得好好商量商量才行。"

姚淑美听了，有点不解，问道："皇姑桥为啥不能过轿？"

王贵良笑道："都是老辈里人传下来的。说不知哪年哪代，有一家娶亲花轿从那桥上经过，到家后花轿里下来了两个新媳妇儿，都顶着红布盖头，还都争着要拜堂成亲。两个新人，长得一模一样，连穿的衣服都是一样，分不清谁真谁假。两个人，肯定一真一假呀！主家没办法，只好去请新媳妇的娘来认。谁知那两个女子也都争着喊娘，连她娘也分不出来了，你说怪不怪？后来想起那闺女胸脯上，有颗红色胎记，让她俩关到屋里，解开衣服来看，结果也是两个人都有。这可愁坏了一家人。"说到这里，王贵良停了下来。

"那后来呢？"姚淑美心里急了，追问。

王贵良嘿嘿笑道："后来，村里有个老人懂得的，就出了个点子，让放三杆枪震。果然，三枪还没有放完，咚的一声，一转眼儿就少了一个，吓跑了，那个假的吓跑了。好在，那时候有三杆枪，这两年三杆枪不让用了。"

姚淑美听了，心里一惊，又问："那以后还有过吗？"

王贵良说："说是又出现过两三回，就是娶亲的花轿一到家，下轿的就是两个新媳妇儿，还都头上顶着一块红布，也不打也不闹，分不清谁真谁假，都说自己是真的。有人说，那假的可能是皇姑。说那以前投河死的皇姑，没嫁过人，想嫁人了，就冒充人家新媳妇。再后来，娶媳妇儿的人家，就再也不敢从那桥上过了。平时咱和范家寨两寨的人，有结婚的都是走一条线儿，直来直去，不过桥。现在不是换亲吗，两个孩子同时办事，还不能见面，不能走一条线，就得有一家绕远路过桥了。"

王文忠这时候也来了，听王贵良这样说，便接过话说："这事儿，我也听年纪大的人说过。那个地方不能过花轿，要从范家寨东边那座桥上绕过去，就是路绕远了点。"

姚淑美沉思了一下，说："那这事儿得和范家寨那边亲家商量一下，两家路上又不能见面，不走一个线上，总得有一家绕个远路才行。"

王贵良道："你定好路线和发嫁的时辰，给我说一声，我好提前喂饱马，套好车。"

姚淑美点头答应，又去找媒人范彩霞。还没有开口，范彩霞倒先说了话，原来范家那边传来话，与王贵良说法一致，两个寨子中间的那座桥不能过娶亲的花轿。

范彩霞说："范家捎话说，咱这边陪送东西多，路远，人抬嫁妆累，来搬亲的就走个近路，走两个寨里人寻常来往的路。范家陪送的东西少，咱这里去搬亲，人绕远点儿，走个远路，先过王家寨西边那座桥，绕到河北那条路上去，直到范家寨东边再绕一座桥进范家寨。你看这样可中？"

姚淑美听范彩霞这么说，感觉也很在理，就点了点头。

刚要起身，范彩霞一把拉住她，说："姚老师，甭慌，还有一件事没有说清。这两家发嫁的时辰可是不一样哩。"

姚淑美见说，便又坐了下来，问道："咱们不是说好的同时发嫁吗？这会儿咋又变了卦？"又说，"也罢，你先说说咋个不一样？"

范彩霞笑道："也是来运他爹找人看的，按金枝和来运两人的属相和八字算的，说咱这边金枝上轿时不能见天光，就是发嫁时辰要早些儿，看在寅时，到发嫁时天还没有亮哩。"

姚淑美本是位性情平和的人，听范彩霞这样说，也就不再计较，笑道："既然那边亲家这样说，这也没啥大事儿，好说。那边啥时辰发嫁？"

范彩霞道："那边发嫁时辰要晚点儿，说要等到太阳出来，非要见日光才行，就定在辰时，那时太阳已经老高了。"说完，又补充道："这也是按宝禄他俩人的八字合来的。"

姚淑美笑了笑，道："话都让那边说了，我这也没话说了。只是让我省点儿心，就中。"

两人又说了些闲话，姚淑美便起身告辞，离开了范彩霞家。

快到自家门口，她松了口气，才感觉有点累了，刚要在大门口前青石墩上坐下来歇歇脚，却看见两只燕子，嘴里衔着青草枝儿，一前一后飞来，直飞到她家的院子里。

第三十六章

姚淑美见两只燕子飞进家院，心生欢喜，一时来了精神，也就不想坐了，推门迈进院中。金枝见母亲回来，嘻嘻地笑，轻轻指了指堂前的燕子。

姚淑美顺着女儿手指方向望去，见那两只燕子已将青草枝儿吐在燕窝上，一只燕子并不停留，斜着身子在院子上空侧飞，盘旋了两圈，轻轻停落在枣树上，悄无声息地将两只灰色小爪踏在枝头上，啾啾鸣叫着；另一只立在窝边，展开它那剪刀似的小翅膀，喙伸在翅下啄着羽毛，头上的那两片红色绒毛不住地抖动着。姚淑美见门头上有那往年的五个燕窝一字排着，连着这新垒的一个刚好六个，心想：这下可好了，六六大顺，看来我这眼前的事儿应该很顺利了。

她放轻脚步，悄悄步入堂屋，坐在那把紫色老椅子上。女儿金枝双手捧过来一碗茶，放在她面前，笑嘻嘻道："娘，都说那燕子不进苦寒门，是真的假的？"

姚淑美笑了笑，说："老话是有这么一个说法，其实也不是燕子嫌贫爱富，只是这种鸟，生性胆小喜欢安宁，以前那富贵人家不愁吃喝，讲究礼数，家中少有吵闹，燕子多选在富贵人家垒窝。这贫穷人家过日子缺这少那的，每日不免有些口角，吵吵闹闹的，也就不招燕子喜欢。有句古诗说：旧时王谢堂前燕，飞入寻常百姓家。说的就是燕子谁家过得安生、和顺去谁家，也不是要看谁家富贵谁家贫穷。虽说这人吵吵闹闹也是一辈子，但总比不得和顺的好。本来日子过得就紧紧巴巴的，再一吵不是更让人心烦？要我说，这人一辈子，只要一家人过日子和和顺顺，遇事不要高声吵闹，家里平平和和，也不比那富贵人家差到哪里去，燕子自然会来。像咱们家，哪里富了，还不是年年有燕子来咱这安家？”

金枝听了，若有所悟，见母亲神色有些疲倦，不再多问，便去厨房做饭了。姚淑美坐了一会儿，感觉真的有些累了，看见面前的茶碗向外散着热气，才想起有点口渴，她端起那茶碗，喝了一口，心里舒畅多了。她感觉喝下去的这口水真的是很解渴，就好像眼下这些事儿办得那么顺利一样，寨里的人见了她都向她贺喜，也都说着到那天要来帮忙。虽然平时寨里的人家，大家都是各忙各的，看上去说话也不是很多，一遇到事儿就显得亲热多了。姚淑美感觉到一种从未体验过的亲切，她在这个寨子里不是孤立的，没有人因为她家成分高而看不起她，尽管在批斗会上也有人拿她取笑，好在时过境迁，人们对这事也越来越淡漠了。

她心里憧憬着儿媳妇到家的那一天，两位新人拜了天地拜高堂，她会不会去接受儿子儿媳的跪拜。按理说，她应该在天地桌前规规矩矩坐着，让儿子和刚娶过门的媳妇给她磕头。这一辈子也就这么一次，不接受他们的跪拜有些不合规矩，只是现在人们都不让晚辈磕头了，她要是真的坐在那里等着儿子、媳妇给她磕头，怕会被人笑话，说她思想陈旧、封建。她想起王文福娶儿媳妇时脸上被人抹了灰，想起他那副滑稽的样子，像只被人戏弄耍笑的猴子，她不觉笑了。且不去管他，如今她这就要当婆婆的人，就要得有个当婆婆的样子。

姚淑美想象着她应该怎样当好这个婆婆，都说婆媳关系是天底下最难搞的矛盾，她是体会过的。她当年嫁到王家寨时，虽说王贵仁的娘对她也好，嘴上一直说把她当闺女看，可姚淑美从来没敢奢望。她只一心做好媳妇的本分，每天早晚要给老太太问安，吃饭时总是把饭盛好，双手捧着送到婆婆面前。姚淑美将心比心，以心换心，换得婆婆对她的疼爱。可她知道，这只是当人家儿媳妇应该做的，这不比在娘家当闺女那样轻松。当闺女时，她可以睡个懒觉，睡到自然醒，当媳妇了就不行，婆婆年纪大，起得早，她做媳妇的也不敢起晚了。当闺女时有点不顺心的事儿，可以在亲娘面前耍小性子、撒娇，动不动噘嘴扭身子的，当媳妇的可以这样吗？

想起当年，她心里不免有些感慨，可不就是这么快嘛。现在轮到她来当人家的婆婆了，这也是应了那句老话，多年的媳妇熬成婆了。"我肯定是位好婆婆。"她这样想。她就这么一个儿子，也就这么一个儿媳妇，她没有理由不对儿媳妇好，儿子、儿媳才是她的指望，她熬了这么多年，不就是要盼着这么一天吗？

姚淑美幻想着明年的一天，她的儿媳妇给她生了个孙子，白胖白胖的。她抱着这个小孙子，逢人就夸，笑得合不拢嘴儿，无论她走到哪里，她的身边都会围着好多女人，有拄着拐棍满头白发的老太婆，有头顶蓝色包头的中年妇女，也有留着齐耳短发的年轻媳妇，还有那扎着长头发辫子的小姑娘，当然也有小孩子，都笑呵呵争着要看她怀里抱的小孙孙。她的小孙孙一会哭一会笑，张着小胳膊，踢腾着小腿儿，两个小手不停地挥舞着，可爱极了，小脸儿红扑扑的，白嫩嫩的，两个小眼珠水灵灵的。小孙孙躺在她的怀抱里睡着了，两只眼睛闭着，睡梦里咧着小嘴发笑。她知道，那是人祖奶奶在逗她的小孙孙玩，把她的小孙孙逗乐了。她这个小孙孙是她的希望，是她家的后代，有了这个小孙孙，她这一辈子也算对得起她的男人了，他王家算是没有绝后，有了根了。

姚淑美正在做着美梦，忽听得耳边有人喊："娘，俺挪哥来了，问你待客的事儿。"

女儿金枝一句话，把姚淑美从憧憬中唤醒，这才发现自己刚打了个盹儿。

姚淑美慌忙将小挪让进屋来，小挪的爹让小挪来报菜名，统计要待客的人数，好看人下菜，提前准备。

姚淑美听了，手掰着指头，盘算了一下娶亲那天要来的亲戚和寨里添箱供了来往的人家，还有那帮忙的人，对小挪说："少说也要待三桌客，连帮忙的一起得有二十多口人。"

小挪笑道："我出来时俺爹让捎话说，不要太铺张了，帮忙的不会在这吃饭，饿了回自家吃，吃了再来，一直都是这样的，喊也不来，就不要备了，吃不了浪费。"

"总得多备着些，不要掉了底。"姚淑美笑道。

小挪想了想，说："这和俺爹猜的差不多，三四桌够了。要是这样，俺爹说，就准备二三十个鸡蛋、四只鸡、四条白鲢鱼，割上四五斤大菜，也就行了，再看着弄些芹菜、莲藕，还要些菠菜、芫荽作配菜用。"

"鸡蛋我攒了好久，差不多够了，不够的话再向人借几个。"姚淑美掰着指头说，"鸡，家里养着呢，刚好四只，也不用买了；莲藕，年前生产队里分的有，我没舍得吃，专留着办事哩；青菜，生产队菜园里都有；只是这大菜要到公社买，再到集市上买四条鲢鱼。这也花不了多少钱。"

两人又商量了一阵，姚淑美记下菜单，小挪才一瘸一拐地离去。

见小挪走了，姚淑美也出了门。她找到王富田说办事要用青菜的事儿，王富田满口答应，说早已给看菜园的王麻子说过，让她直接去菜园找他要就行了。姚淑美又拿出些钱把买菜买鱼的事儿一并托付给王富田。王富田接过姚淑美递过来的钱，二话没说就赶集去办了。

第三十七章

第二天，姚淑美老早起了床，她没有叫醒两个孩子，她知道在接下来的几天里，该是两个孩子唱主角了。只要她忙完今天和明天，就算是把她这一生最大的事情忙完了，她就可以睡个安稳觉了。她把庭院扫了一遍，洒了水。她裁了两张红纸，写了两副对子，大门上一副，堂屋门上一副，又写了一个大大的"囍"字，这是准备贴在天地桌上的。马车上用的"囍"字不用写的，用剪。她把一张红纸裁成正方形，横竖对折几下，用剪刀转着将折好的红纸裁掉多余的部分，再打开，一个大红"囍"字就呈现出来。

王宝禄起床后，洗了一把脸，站在门口伸了个懒腰，便走过来看。姚淑美把裁好的两个红"囍"字剪纸和一团红色绒线交给儿子，让他送去给饲养员王贵良，好让他布置婚车。

王宝禄刚出门儿，焗长王贵山便掂着一把用红布包裹着的菜刀走进来，腋下夹着同样用红布包裹着的两把勺子，勺把露在外边儿。这菜刀和勺子是他干活的工具，每次临出门帮人家做菜时总是要用布包着，白事用白布，红事用红布。姚淑美见他人进来，赶紧到堂屋内拿了盒香烟和火柴，笑盈盈地迎出来，将烟连同火柴递给王贵山。王贵山点上烟，吸了一口，说："今儿个先把灶支起来，把鸡、鱼收拾好就行了。"说着四下看了看院子，指着靠近西边院墙的一处空地说："把大锅就支在那里吧，那里不碍事。明儿个热闹，甭让人把锅给弄翻了。"

　　姚淑美笑道："菜，我已经备得差不多了。你只管看着办，缺啥说一声就行了。"

　　王贵山答应道："你这两天事儿多，我这边你把菜备好就中了，不要管我，我有事自会给你说。"王贵山说完便动手找土坯支锅灶去了。

　　姚淑美看了看，见那两只不下蛋的母鸡和两只芦花大公鸡被儿子王宝禄绑在枣树上，不能动弹，在不住地叫唤。进了厨房，又看了看瓦盆里的四条鲢鱼，那鱼儿张着嘴，鱼鳃一张一合，有一条已经翻了身，鼓起了白眼珠，露出灰白色鱼肚皮。再看看其他菜，也都差不多了。正迟疑间，听见外面有人说话，走出厨房来看，见院子里三五成群，左邻右舍帮忙的人来了，姚淑美慌忙拿着香烟，笑呵呵地走过去给大家发香烟。

　　王贵山不愧是位老焗长，片刻工夫便用土坯垒好了一大一小两个锅灶，放上铁锅试了试。又让人挑了水来，将那铁锅刷洗干净，添了水，锅底点上火，续了柴火烧了起来。王文福也走了进来，围在人群中和大伙说笑。五嫂同一群女人说说笑笑着走来。大家围在院子里摆放的家具前，啧啧品评着那要陪送走的嫁妆。

　　锅底劈柴燃烧得噼啪响，金色的火苗儿舔着锅底，不时有火星从锅底炸出来，锅底四周冒出来的青烟，冲上半空中，被微风吹散开来。王贵山坐在锅灶前，悠然地点燃一支香烟，回头冲人群笑道："谁会杀鸡？把鸡宰了。"

　　王文福没等旁人说话，抢先道："这个我最拿手，掂刀来。"

有人递过来一把菜刀，王文福接在手里，找到磨刀石，霍霍来回磨了几下，用大拇指横在刀刃上刮了刮，笑道："差不多了。"

锅里的水已经烧开，咕嘟咕嘟翻着水花。

王文福左手掂起一只芦花公鸡，将两个翅膀夹在手指缝里。那只公鸡翘着头，用力地踢腾着两只爪子，咯咯咯叫个不停。王文福嘴里念道："小鸡小鸡你甭怪，你是阳间一道菜，今年早早去，明年早早来。"念罢，将鸡头一扭，用拇指与食指夹住，那芦花鸡便动弹不得了，只是仍不住地踢着腿。王文福右手把鸡脖子下面的毛摘净，只在鸡颈脖处来回割了两刀，鸡血便喷涌出来。王文福慌忙将那鸡血滴在早已准备好的碗里，直到血滴尽，鸡爪也不再踢蹬，才将它扔在地上。可怜那只芦花鸡在地上又扑腾了两下，蹬了蹬腿，完成了它的使命，再也不动了。王文福这才将那只鸡捡起来，放在一个瓦盆里。早有人舀了一瓢开水过来，倒在盆里，帮着拔毛。

一群人围着王文福，看他杀鸡，见他手起刀落，活做得利索，都纷纷叫好。王文福又把另三只鸡也同样杀了。有见不得杀鸡不能见血的女人捂着脸，慌忙回避，躲到一边儿去了。

王文福宰了鸡，回头看福生掂着一条鱼过来，找他要菜刀宰鱼。那鱼儿在福生手里不住地摆着尾巴。

姚淑美在厨房见头天晚上和的面发了，就慌着洗手和面，准备做些扯手馍来。五嫂见了，忙走过来帮着一起收拾。两人先在案板上撒些面粉，将发面从盆里扒出来放在案板上，五嫂弯腰将那大块面和成一团，揉得光光滑滑的。两个小凳子一人一个坐下来，将那大块面团都掐成一团一团的小块面团，两人边揉边拉呱儿。

金枝躺在床上，本来想再多睡会儿，听见外边儿吵吵嚷嚷，很是热闹，便没了睡意，也就起了床。她一个人坐在屋里，手拿梳子，对着镜子，梳理头发。她此时感觉清醒了许多，昨天夜里，她心头乱成了一团麻，躺在床上，翻来覆去，想了很多，怎么也睡不着，这时反倒什么也记不起来了。她隐隐约约只记得一个梦，梦见了范来运。范来运微笑着注视着她，并不言语，却伸手要来搂她。她和他疯狂地亲吻，她体验到了从未有过的甜蜜，她情不自禁地扭动着身子。可是身子一动她却从梦中醒来了，心咚咚跳得厉害。她后悔自己那一动，后悔不该从梦中醒来，后悔没有将那个梦做完。

第三十八章

当金枝再次想起那个美丽而不完整的梦境时，她感觉有些遗憾。想到这里，她又有些害羞，不觉对着镜子笑了，望着自己满面娇羞的神态，她情不自禁抬起手来，将食指轻轻摸了摸右腮，冲着镜子中的她，含笑眨了眨眼睛，俏皮地努了努嘴。

又一想，这也没有啥害羞的。她和他已经定了亲，就不再是陌生人，他是要和她一起过日子的人。对于她的那个男人，金枝有一种说不上来的感觉，这种感觉越来越清晰。要说不喜欢他吧，睁眼闭眼都是他那一双明亮的眼睛。说喜欢吧，那人腿有点瘸，喜欢他什么呢，算上玉皇庙金枝只是见过他两次面，只说上几句话，哦，如果算上昨夜的这个梦，倒是在梦里还见过两三次面哩。金枝心想，范来运是不是也在梦里见到过她，说不定她和他是同时做梦，同时梦到对方的。

答应这门婚事，对于她来说，更多的另外一层意思，那就是换亲了，她要给哥哥换回来一个媳妇。金枝认为只有这样，才能解开母亲心头上的疙瘩。母亲把她和哥哥两人拉扯大不容易，她很想帮帮母亲。可是她一个女儿家，除了做些家务活，又能怎样呢？现在，她终于有了机会，她果断选择了和范家换亲，算是在她的母亲面前尽了一片孝心。

时间过得真快！明天她就要出门了。在豫东平原上，女儿出嫁，对于娘家人来说叫出门儿，出了这个门，再回娘家门就称为客了。她明天就要离开这个生她养她的家了，今天是出门前在娘家住的最后一天。一想到出了这个门儿，就再也不能天天回来看母亲了，她就忍不住想大哭一场。她不想离开她的母亲，更不忍离开这个母子三人相依为命的家。可又不得不离开。想到这里，金枝心里不免有些悲切，刚才那因梦中情景而娇羞愉悦的情愫早已荡然无存。

她对着镜子仔细梳拢头发，可她却不知不觉出了神，眼前似乎出现了她回娘家时的情景。金枝想象着到明年春节，正月初二三里，她就要挎着篮子和他一同回娘家来送大馍；再过个两三年，她就会和来运两人，背一个、抱一个，或许来运还会肩上驮一个娃娃回来，那骑在范来运脖子上的娃娃，会一泡尿散在他爹范来运的脖子上。想到这里，金枝不由得扑哧一下笑出声来，忙抬手捂住了嘴，却感到脸上火辣辣的，有些发烫。

女孩子真是天生的幻想家。金枝嗔笑自己胡思乱想，老想那些不沾弦的事情。金枝正对着镜子独自痴笑，忽听见门口传来银铃般的咯咯笑声，抬眼望去，见雪雁一手拿着鞋底，一手拿着针线摇摇摆摆走进门来。

金枝见了雪雁，慌忙放下镜子、梳子，站起身来，笑嘻嘻走过去，一把拉着雪雁的手，怪她说："你这两天在家忙啥呢？俺都想你想坏了，也不来看我。"

"这不是来啦，"雪雁咯咯笑道，"你刚才自个笑啥呢，是不是想啥好事了啊？"

"想你呢。"金枝边说边拉着雪雁的胳膊来回晃。

"才不信哩，肯定是想你女婿了。"

"哎呀！"金枝叫了起来。

雪雁扑哧一笑，拿着鞋底掩着下巴。

金枝羞红了脸，想了想，说："嫂子，不要说笑了，我这还有一双上轿鞋没有合上哩，帮我做一下吧。"

雪雁听了，满眼含笑，点头答应。两人面对面坐下来，拿起针线筐里的线团，各拉一头，合力搓线。合好线，金枝缝鞋帮，雪雁就拿起另一只来上鞋底。

姚淑美和五嫂在厨房里已经揉好了面，做好了扯手馍，放在锅里大火烧着。不多时，馒头蒸好，出了锅。五嫂手拿筷子，用那筷头蘸了红色墨水，在馒头上点上形似梅花的红色斑点。五嫂边点梅花边笑道："人家闺女出嫁都是头天晚上装箱，你这一娶一嫁的，事情比较多，怕是到了晚上忙不过来，不如这会儿没事，先装箱吧。"

姚淑美听五嫂说得有理，就忙完厨房，去了堂屋，从里间抱着新做的棉被走出来。五嫂和院子里女人见了，都笑嘻嘻走过来帮着装箱。新做的两床棉被、棉褥都装在柜子里最下面一层，被褥都比较厚实，装下去已占了大半个柜子，被子上依次摆放两身棉衣棉裤、两身单衣，另又放了两块花色不同的洋布布面，都叠得方方正正的。姚淑美又从屋里掭出六双鞋子来，四双单鞋、两双棉靴，看看那柜子已经填得满满的了，只好见缝将鞋子塞在柜子角落里。看了看，再也没有啥了。正要合上柜子，五嫂笑道："甭慌，还有扯手馍哩。"说着，跑到厨房将那扯手馍连筐端来，那馍早已凉了，分装到四个角落里。

雪雁和金枝这时也做好了鞋，走了出来。金枝见那扯手馍都装在四个角落里，问道："这个小东西咋都放在角落里呢？"

五嫂听了，笑道："这可是有讲究的，你见有小孩子闹人，伸手在一个角落里拿出一两个哄小孩子，有人见了要，你再拿两三个出来，直到这个角落里拿完没了，也就不闹了。如果都放在一起，一下子拿完了，再来了人，拿不出来东西哄小孩子，显得多不好看。这四个角放着，不是可以多拿几次吗？"五嫂一席话，说得金枝和雪雁两人不住咯咯发笑。

姚淑美当着众人的面，一再安排金枝，被子在下面，衣服在上面，鞋子在四下装着。金枝笑道："我都知道了，这些话你都说了三遍了。"

姚淑美也笑了："过了门儿后，就没有人说你了，全靠你自个拿主意了。"

这样，忙忙碌碌，一天过去了。到了落黑时分，姚淑美家老早就掌灯了。那明天要来帮忙的人也都陆续来到。依照老规矩，从这时起，姚淑美不再管事了，一切安排全交给执事王富田来管。姚淑美作为主家，倒也轻闲了。

王富田把人召集在一起，把明天要帮忙的人分成两帮儿，去范家寨搬亲的一帮儿，跟着王富田。另一帮在家等着陪客，发嫁，照管范家寨来搬亲的事务，全听王文忠指派。让先生王贵义根据分工写了张执事单出来，张贴在堂屋外墙上。

王文忠又把在家陪客的一帮人另叫到一旁，商量好明天的事项，谁负责接亲，谁负责陪客，谁负责发嫁，都安排停当。

王富田又和大家明确了迎娶路线，特意强调从范家寨东边的那座桥绕过去，来回要多走四五里路。于是约定以鸣炮为信号，天不明听到爆竹声响起床，再听到爆竹声响集合出发。安排好后，王富田一声"散了吧"，一伙人这才说说笑笑走了出去，各自回家歇息去了。

第三十九章

金枝躺在床上翻来覆去怎么也睡不着，尽管睡觉前母亲一再安排她说今晚一定要早睡早起。可是一想到天明就要离开这个家，她心里便百感交集，说不出是喜是忧。于是她失眠了。

是的，过了今夜，她就要离开这个生她养她的家了，就要到那个家庭里和那个男人生活一辈子。她的身份也由娘家的闺女转变为娘家的客人、婆家的媳妇，她也由女孩儿转变为女人了，这意味着她的生活习惯都要有所调整，以适应她身份和生活环境的变化。以后无论摆在她面前的是什么路，都要她一个人走下去，遇事也要她自己拿定主意了，她从此长大成人，飞出这个家了。

她要融入那个新的家庭里，要和那个家庭里的人朝夕和睦相处，还要和左邻右舍打好交道，争取得到人们的认可，获取一个好名声。她突然明白了，结婚并不是简单到两个人喜欢不喜欢、爱和不爱，而是改变了她的生活方式，从此摆在她面前的最大问题便是如何与旁人相处。

她会面临一些问题和矛盾，麻烦的是对于这些问题和矛盾的处理再不能像在娘家那样了，再不能像与哥哥拌嘴时，跑到母亲面前，噘嘴哭鼻子撒娇那么简单了。想起每当她与哥哥拌嘴时，不管谁对谁错，母亲都会站在她这一边儿。看着哥哥被母亲呵斥得低着头不敢吭声的样子，金枝总会躲在母亲身后偷偷地乐，冲着哥哥吐舌头扮鬼脸。想到这里，金枝心里有种说不出的幸福。可是，过了今夜，她就要出门了，而这里的一切都将成为记忆。

金枝翻了个身，试图理清那乱成一团麻的思绪，心里默默提醒自己要好好睡觉，不胡思乱想。可是她的脑海里又浮现出小时候田地里玩耍时的画面，绿油油的麦地，金黄的油菜花，一晃又到了秋天，茂密的高粱地，低矮的大豆，还有吐着花絮的棉花，长得饱满却又谦虚地低着头的谷子。母亲在地里干活，她就和小伙伴们在地头玩耍，撑腰、踢毽子、丢沙袋，还有盘石子。盘石子，金枝比较喜欢，她最喜欢最拿手的就是这个游戏，将手心里的小石子抛在空中，两手拍一下，看着石子落下来，一翻手将石子接在手背上，接着继续抛起，拍下手掌，又接在手心里。

金枝很怀念过去的时光，嘻嘻哈哈的，除了那两年吃不饱肚子感觉饥饿外，她从没有忧虑过，也很难理解成年人口中常说的"愁"是种什么滋味。可是，这都过去了，她的思绪一下子又跳跃到未来。未来是个什么样子，她得好好想一想。她会不会和他过上好日子，他会不会对她好，会不会欺负她，甚至她还想到了他会不会打她骂她。金枝见过寨里的男人打老婆，要是他范来运欺负她、打她，她该怎么办？她要不要还手，和他一起打？要是她还手的话，能不能打得过他？想到这里，她又哑然失笑，怎么会这样想呢，怎么不往好处想，老是往坏处想呢？

对，想他的好，别老想人的坏。往好处想，想些什么呢？金枝想，明天到了他的家里，他会不会亲她？要是他要亲她抱她，让不让他亲，让不让他抱？这样想着，不觉有些害羞，脸上有些发烫，还好，她人在被窝里，没人会看见，她的脸一定红了。

她的思绪像脱缰的野马在广袤无际的草原上尽情奔驰着，她想控制住自己不去胡思乱想，好好睡觉，可她怎么也收拢不住想象的缰绳，只好任由思绪驰骋。不知什么时候，她迷迷糊糊睡着了，醒了之后，却又是一番幻想。直到鸡叫二遍时，她才又进入梦乡。

刚睡着没多久，耳边传来一阵吵吵嚷嚷的说话声，母亲姚淑美不知什么时候已经起了床，到外边忙活去了，那来帮忙迎亲的人已经到了。金枝侧耳静听，知道去范家寨搬亲的人要准备出发了，心想，按照约定，范家寨那边来迎亲的人估计也要往这边来了吧。十来里远的路，还得会儿呢。金枝想再睡一会儿，于是就又闭上了眼睛。刚想睡着，便听见母亲走进来的脚步声，母亲对她说："起来吧，不要睡了，这边的人已经去了，那边的人就要到了。"金枝听了，不由得打了一个激灵，一下子没有了睡意，可转念一想，马上就要离开这个家了，离开这个她睡了多年的床铺，于是内心一阵酸楚涌上来。她翻了个身，仍然躺在床上，只装睡着了。

姚淑美知道女儿的心思，她坐在床边，望着被窝里躺着的女儿，轻轻拍了两下，用一种母亲才有的亲切和关怀，亲昵地问道："金枝，醒了没有？起来吧。"

金枝听见母亲的声音轻盈而柔和，如三月春风吹过，抚慰得她内心暖洋洋的，此时倍感亲切，她的母亲说是在叫醒她，可分明又是怕惊醒了她，不忍心叫醒她。于是，金枝不再装睡，坐起身来，伸了个懒腰，打了个哈哈，嘴里嘟哝道："天还没有亮哩，那边也是刚出村，再让我睡会吧。"

姚淑美看到女儿撒娇可爱的样子，轻轻说道："等天亮就晚了，咱这边是寅时发嫁，不能见天光哩。那边人赶夜路走得快，十来里远的路，眨眼工夫就到了。咱这边发嫁早，还有好多事儿要收拾哩。"

金枝见母亲这样说，便不再言语。姚淑美已经将女儿要穿的衣服准备好了，依次摆放在床边。金枝先拿起那个红色新肚兜系在胸前，然后将衣服一件件穿上，从里到外、从上到下全都是新的，还有新袜子和新鞋。今天的衣服一身大红，全是红色的，红色的小袄配着红色的棉裤，红袜子衬着红色鞋子。穿好衣服，金枝下了床，净了手，洗了脸，坐下来梳头打扮。

院子里静悄悄的，迎亲的队伍已经出发了。此时，家里就剩下姚淑美和女儿金枝俩人，儿子王宝禄也已跟着搬亲的队伍去了范家寨。

娘儿俩正说话，听见大门吱嘎一声响，有喊叫声传来。听声音，知道是雪雁。金枝正要出门来迎，雪雁已笑盈盈地走了进来。金枝忙一把拉住，笑道："嫂子，真勤快，恁早就起来了？"

"打扮你走婆家，俺哪敢睡懒觉呀。"雪雁笑道。

"正想着让你来帮着梳头哩。"

"那你坐好，我来吧。"

雪雁笑嘻嘻地接过金枝手里的梳子，站在金枝身后，拿着木梳一绺一绺给金枝梳头，边梳边夸道："妹妹这头发，顺溜溜、滑溜溜的，让人摸了还想摸"。

"昨天用皂角洗了两遍哩。嫂子，都这个时候了，你还有心给人家开玩笑，人家心里正不是滋味哩。"

"咋了？妹妹是不是不想离开这个家？"

金枝听了，顿了顿，叹了口气："真有点舍不得哩。平时感觉不出来，这真要出门了，反倒不想走。就是以后再想见到嫂子，也不方便了。"

雪雁咯咯笑了，说："妹妹说话归说话，可不要唉声叹气。我出门儿那天也是这样，来到这里，还没三天就想家了，刚好过三天俺娘家兄弟就来把我请回去了，想想，老辈人兴的这个规矩，对咱女人也好哩。要是没有娘家人去请，这出了门的闺女，头一趟，可咋一个人回娘家看看呢？到了那里，妹妹也甭想家，反正三天后你哥就去请你回来了。"

第四十章

俩人说话时，堂屋里已经聚了十来个女人，院子里也站满了男人，都是来帮忙给金枝送行的人。姚淑美里里外外忙着和人打招呼。雪雁将金枝的头发梳顺溜后，在脑后盘成一个结，用发网网住。金枝又涂了些胭脂在手上，双手搓了搓放到脸上涂抹均匀。雪雁找来一小块红纸，金枝接了，两手拿着，放在嘴唇边，两片嘴唇轻轻在红纸上抿了抿，又抿着嘴唇左右蠕动，使那沾在嘴唇上的色彩涂抹均匀。再看金枝，已大变样了，嘴唇越发红润了。

五嫂一脚迈进门来，对姚淑美笑道："做点饭给金枝吃，得让孩子吃点热饭，到了那边儿，不知啥时候才能吃上饭哩。"

姚淑美应道："我正想着哩，这一忙给忘记了。"于是，姚淑美到厨房里生火做饭，不多时，便端了一碗汤菜、拿了两个点着红点点的白面馒头到堂屋里来。

金枝望了一眼那冒着热气的饭菜，说道："不想吃，吃不下去。"

雪雁劝道："吃不下去也得强吃点，要不到了婆家不知道啥时候吃饭哩。我那天就饿了一天哩。"

五嫂听了，哈哈大笑，接道："你那天我一直劝你吃饭，你不吃，怪谁？这会儿又说这？"一句话，说得大家哈哈大笑。

雪雁见众人都笑她，便有些不好意思了，咯咯笑道："你可说哩，俺一个人吃饭，你们满桌子一圈子人都看着俺，咋让人张开口吃下去？"边说边回头冲金枝笑道："金枝，你得多吃点，在娘家多吃点，没人笑话你，要是到那边儿，满屋子人都看着你张嘴吃东西，可不好意思吃下去哩。"

众人都随声附和："在家多吃点儿。"

金枝见众人说得有理，也就拿起筷子，大口吃了起来。正吃着，五嫂说："你多吃口馍，少喝些汤，就是口干，也要忍着，总比尿多憋着的好。"

一句话，说得众女人又笑了起来。

雪雁接道："可不是咋的，俺家路远，我那天在车上就憋得不能行，还不好意思说。从上轿到家，一直到晚上，都有人闹，都不好意思出去解手。"

说笑间，外边传来爆竹声响，有人叫道："迎亲的到寨门口了，快去迎接。"

这边王文忠早喊了七八个人一起涌了出去，不多时，院门外传来轰隆隆的马车声响。又有人嚷道："迎亲的到了！"

金枝听见外边的喊声，心里急了，忙端起饭，扒拉着菜，呼噜两下，已将碗里的菜捞了个精光，只剩下那清汤寡水不敢喝下去了。再看看那馍筐里，两个白面馍早已下了肚。

雪雁笑她说："刚才还说不吃哩，看看，一下子吃了个精光。"

金枝嗔笑道："你又说我哩，不是你说，我还真不想吃哩。"

雪雁将身子靠近金枝，手拢在金枝耳边，悄声说道："马上要上轿了，趁这会儿有空，上个茅坑，可不要半道上憋得难受又不好意思说出来。"

金枝咯咯一笑，捅了一下雪雁："多亏你提醒，我得先去解个手。"

五嫂听说，忙向外传话道："先让新女婿在外边儿等一下，别让进院子里来。"五嫂号令发出，早有人传话给王文忠。王文忠听了，心里明白，便在门外与范家迎亲管事的人拉呱儿，拦着门，不说让人进院子的话。那赶车的车夫得了工夫给两匹马喂了些草料。有人端了温水过来，给马饮了水。

不多时，里面传出话来，说让迎亲的客人屋里去坐。王文忠这才将人往院子里让。范来运一身新郎官打扮，手拿香烟，眉开眼笑，见人就让着香烟，见王文忠伸着手掌作了手势相请，便笑嘻嘻一瘸一拐跟着王文忠进了院子。

堂屋里方桌已经摆好，架到当门正中，靠近后墙的一边也摆了一条长凳。方桌上摆了一个翘嘴弯把的紫色酒壶和八个同色的酒盅，另有两个果盘，一盘小金果，一盘口酥。

王文忠笑呵呵伸出手掌，示意范来运在东首靠墙的位置坐下，范来运自然是客套一番，死活不肯就座，被人拉着按到座位上，其他人也依次坐定。

有人用朱红托盘端了四个热菜进来，王文忠慌忙接了，将四个热菜摆在桌上。

王文忠正打算说话，见五嫂从里间走了出来，冲着范来运笑道："我给你说，俺女婿，你娶了金枝可是有福了，回去要好好待俺闺女，要是听说让俺孩子在你家受欺负，看俺王家寨去几十口人不把你家抄了才怪。"范来运正要说话，范家管事的笑嘻嘻道："放心吧，亲家，要是孩子在俺家受欺负，我就不愿意。"五嫂又夸了范来运几句，说了几句吉祥话，这才回到里间。姚淑美忙着给金枝打扮，反复交代金枝一些事项，看看都已准备齐全，但仍然放心不下。

此时，姚淑美感觉心口有点沉闷发堵，便走出门外，抬头望望东方的天空。见那天空已是鱼肚白，只是还没有放亮，太阳升起的地方布满了云层，灰蒙蒙的，斑斑点点的，把半边儿天空衬得像水墨画一样。三月的天气，不再像二月天那样料峭了，一阵东南风吹来，吹在脸上，毛茸茸的，痒痒的，暖暖的。

姚淑美做了个深呼吸，感觉好多了，便折回屋内，看看一切就绪，冲着外间说道："发嫁吧，甭误了时辰。"一句话说出口，姚淑美感觉心头一热，禁不住两行热泪滚了下来。眼看母女分离，她何尝不心里难过，担心女儿看到，慌忙拿起那块早已准备好的四方红布盖在女儿头上。五嫂走过来，一把拉着姚淑美的手，轻扶着她的胳膊。五嫂很理解姚淑美此时的心情。

范家管事的听见里面发话，慌忙站起身来，走到外边，招呼着人做好准备。两匹马已经吃饱，悠闲地左右甩着尾巴，踏着前蹄，打了两个响鼻，精神抖擞地等待着主人的号令。

一阵噼里啪啦的鞭炮声响过，雪雁和五嫂簇拥着金枝从堂屋里走出来。当金枝步出堂屋门的那一刻，一股离别情绪涌上心头，她再也忍不住了，"哇"一声哭了出来。雪雁赶忙捏了一下金枝的胳膊，轻声提醒说："小点声，大喜一场，不要哭了。"金枝听了，只得强忍住眼泪。她知道，迈出这一步，她就要离开这个生她养她的家了，离开她含辛茹苦的母亲，她可是自小到大没有离开过母亲，此时她心如刀割。她多想放声大哭，可是她不能那样做，那样会让她的母亲更伤心。

姚淑美听见女儿的哭声，忍不住也流下了泪。

第四十一章

金枝晕晕乎乎地被架上车，红布盖头遮住了眼睛，什么也看不见，只能从熟悉的声音里分辨，好多人来为她送行。她坐在马车上，轰隆隆，随着一阵木轮滚动声响，马车启动了。马车两边围着好多人，手扶车沿跟着行走，金枝听见雪雁对她说："金枝，到了婆家，甭想家，过三天，这边儿就会去人请你回来。"金枝轻轻点了点头。听声音，跟着马车的还有五嫂。这会儿母亲去哪儿了呢，怎么没有送她？金枝想大声喊娘，可是，她的嘴角只蠕动了一下，并没有喊出声来，反倒流下了泪。

出嫁，这是她作为女人命中注定的事。为什么要嫁人？不嫁人不好吗？金枝突然感觉好笑，怎么到了这个时候，她还会有这稀奇古怪的想法。她应该想想她的那个他会对她怎么样才是啊！他的眼睛还是那么大吗？还那么明亮吗？这似乎又是个奇怪的想法，眼睛大小咋能说变就变呢？

马车到了寨东门口，金枝听见迎亲的人与送行的人道别。雪雁在马车旁边再次对她说："不要想家啊。"金枝伸手想掀开盖头和她说话，被雪雁一把拦住，嘱咐道："不到婆家，不要掀开盖头。路上注意，不要被风吹开了。"金枝只好将手放下，隔着红布盖头，对雪雁说："知道了，都回去吧。"一句话说出口，她的眼泪再次夺眶而出。她知道，离开了这个寨门，她就要跟着迎亲的队伍到另一个新的家里去过日子了。

这个寨门，她是多么的熟悉，她曾经和小伙伴们在这里一起玩耍、踢毽子、跳皮筋，甚至还和男孩子们一起玩过摔泥巴。这里有她童年的欢笑，有她美好的记忆。虽然日子过得很苦，缺吃少穿，有时还不得不去地里挖野菜，但这不影响她的欢乐。她把在庄稼地里到处找野菜作为童年的乐趣，每发现一棵狗儿秧或荠菜，都会给她带来如获至宝般的惊喜。这里有欢乐，也有饥饿，但似乎没有忧愁，她还不知忧愁是什么滋味。愁和苦似乎都是成年人的，都是她母亲的，而她所能做的，就是做个听话顺从的女孩子，并且尽量帮母亲干些家务活。每当无意间看到母亲一个人在家里悄悄流泪时，她都会默默依偎在母亲身边，用她的陪伴和乖巧温暖母亲那颗孤独的心。

现在这一切都将成为过去，她将成为别人家的媳妇。今天，出了这个寨门，对她来说，就没有回头路了。等她再回到这里，再次迈进这个寨门时，她就是客人了。这都是命！是女人的命！

马车向前行驶，马蹄嗒嗒，马铃叮叮当当，有节奏地摇摆着，这分明是一支婚礼进行曲。出了寨门，马车一拐，上了大堤，迎亲的队伍沿着皇姑河大堤向东行去，一路欢笑。离了王家寨，天就亮了，透过红布盖头，金枝想看看她的女婿范来运。可是，红绸子布朦朦胧胧的，她的眼前一片红光，一点儿也看不清。她想掀开盖头来看，又担心让人笑话，也就只能凭耳朵听声音去判断了，希望能听到他的声音。可是没有他的声音，或许他就没有言语。金枝相信，只要他开口说话，她就能听出来，尽管她和他只说过一次话。

马路不太平整，坑坑洼洼的。金枝坐在马车上靠近车头的一张小木椅上，她手扶车架，身子随着颠簸的马车晃动。当车轮遇到稍大一点儿的坑洼时，就会把她整个人都给颠起来，她的身子就会抛空离开椅子，又猛地落下来。坐马车的滋味儿，一点儿也不好受，可她又不好意思说出来，而这一切，怎能瞒得住迎亲队伍人们的眼睛，马车似乎是在恶作剧，每一次她被颠起，都会引起一阵粗憨的哈哈大笑声。

这在以前应该坐花轿的，金枝会和别的女人一样，一辈子也会有一次坐花轿的机会，可是，现在她只能坐生产队的马车了。那马车有两个大木轮子，平时生产队里干活时才能使用，金枝很喜欢看那马拉大车，感觉坐在马车上是件顶好玩的事情。现在她坐在马车上了，马车被装扮得喜气洋洋，车架子两边儿都贴着大红"囍"剪纸，红绒线系着马头，马脖子下的那对铜铃也用红绒线系着。

迎新的队伍，每经过一个路口或经过一座桥时都要燃放爆竹，据说是为了驱赶那里聚集的邪气。每当半空中传来啪啪啪三声震耳响声时，金枝都会紧张得抬起胳膊用两手捂住耳朵，闭上眼睛。尽管她闭眼的窘相外人看不到，但那两手捂着耳朵吓得要死的样子，让迎亲的队伍哈哈大笑。有人直夸她那样子好看，和她开玩笑说：你再捂耳朵就点着大雷子（爆竹）扔到马车上。

金枝心里明白，这是和她开玩笑的，她知道新媳妇都要过闹这一关的，结婚前三天会有人闹洞房，和她开玩笑，而这些她都要忍着，不管你喜欢不喜欢，你都不能生气。她曾经听人说，有位新娘不堪别人玩闹出口骂人，差点打了起来，落下多年的笑话，她可不想那样。

第四十二章

早春三月，冰雪消融，田野里一片生机勃勃，久已冰封的土壤在阳光的照耀下变得疏松起来，麦苗儿像是刚从梦中睡醒似的，随风摆动着腰肢，伸着懒腰，使劲向上拔节生长。那些救过人命的野菜和无名小草儿，一个个从黄土地里探出脑瓜儿来，眨着眼睛，好奇地东张西望着。空气中弥漫着新鲜泥土的气息和麦苗的幽幽清香。

马路两旁的桐树、白杨树都已抽出了嫩叶，一阵风吹过，叶子便微笑着向路人招手。枝头上的喜鹊，喳喳叫个不停，让人不由得心花怒放。远处对岸传来"笃笃笃"声响，像是机枪的射击声。金枝知道，那是啄木鸟在敲击树木。啄木鸟用它坚硬的喙角，敲击空心树干，从里面找虫儿来吃，又用这敲击树干的声音，展示着它的魅力，向雌鸟发出求爱的信号。

迎亲的队伍正缓缓前行，忽然一阵风吹来，金枝头上的红布盖头被吹起，她急忙伸手扯住。那风起得有些蹊跷，来得突然，风里夹杂些凉气，与刚出门时和煦的暖风，明显有着差异。金枝轻轻掀开半边儿盖头，仰起脸来看，见东南边的天空中有几块云彩遮住了初升的太阳。北边的天空却阴沉沉的，云层厚厚的，像要下雨的样子。

"下雨了啊。"迎亲队伍中有人喊了一声。

"今儿是三月三，三月三要下桃花雨，花神出动哦。"

"快放鞭炮，新媳妇甭让花神抢跑了。要是被花神抢跑成了亲，咱们这些人回头可不好交差了。"迎亲的队伍一阵大笑。

"净说傻话，拿点浆糊把你的嘴给粘住。"

"甭说了，放个炮震震吧。"

"新媳妇在此，诸神退位。"有人嬉笑着高声叫道。

"啪——啪——啪——"半空中传来三声震天响的爆竹声。金枝赶忙抬手捂紧耳朵，闭紧双眼。

在一阵嬉笑声中，马车轰隆隆进了范家寨。寨门前已经聚集了很多来看新媳妇的人。一群孩子围着马车，兴奋地喊叫着，蹦着跳着。

范来运在马车前一瘸一拐地走着，乐呵呵地同人打着招呼，很是风光。他像是一位打了胜仗的将军。当看到寨子里的同龄男孩都用一种羡慕的眼光望着他时，他更加得意扬扬了。范来运似乎从来没有像今天这样神气过，虽然他腿脚不便，可是他却娶了一位漂亮的媳妇儿。更为重要的是，这个媳妇是他自己看中的。

在他看来，作为男人，再也没有比能娶到自己钟情的姑娘更让人激动的事情了。

范来运很自豪，现在，他的这位媳妇，可以说是范家寨同龄人中最漂亮的媳妇，想不到他范来运竟然会有这么时来运转的一天。真得感谢父母给他起了这么好的名字，让他有了这么好的运气，娶了这么美貌的一位好媳妇。人啊，要是倒霉时，喝口凉水也会塞牙，该走运时，挡也挡不住。从今以后，范家寨人会对他另眼看待，再也不会背地里叫他瘸子，拿他偷吃生产队麦穗被打的事情说笑了吧。他娶了这么一位漂亮的媳妇，从此就会时来运转，兴旺发达，过上好日子了。

马车到来时，人们自动让开了道。范家大门外老早有人点燃了一挂长长的鞭炮，噼里啪啦的鞭炮声给人们心头增添了喜庆气氛。车夫"吁"的一声勒住了缰绳，马车停在范家门口。两匹马完成了使命，得到了歇息，便扬起脖子朝天空吼叫一阵，弹着前蹄，鼻孔里呼哧呼哧喘着气，马尾不停地摇动着。

人群围在马车旁，吵吵嚷嚷，说着笑着，争相一睹新娘子的风采。一个虎头虎脑的小孩子，伸手挑开了新娘头上的红布盖头，新娘子那美丽姣好的面容，一下子暴露在人们面前，羞答答的，娇滴滴的，立刻引起一阵欢呼声。有人高声嚷道："这范来运的娘，啥时候烧了好香了，娶回来这么好的一个媳妇儿！"

金枝头低着，满面含羞，嘴角带着微笑，有人将那红布盖头又给她蒙在头上。一个小孩儿手拿一把燃着火的麻秸秆，嬉皮笑脸地围绕马车转圈儿；另一个小孩儿手拿木棍挑着一个烧得通红的犁铧，跟在他后面跑着，那滑稽可爱的动作，逗得人们哈哈大笑。两个小孩儿依着民间习俗，围着婚车连跑三圈，这才嘻嘻哈哈离开。

两个年轻女人走过来，边说边笑，一边一个搀扶着金枝下了马车，换了鞋子。在一片喝彩声中，金枝被搀扶到院子里早已设好的天地桌前，和新郎范来运并排站立着，拜了天地。仪式完毕，金枝被人簇拥着，进了堂屋西间的洞房。

娘家陪送过来的柜子已经摆放在床头，婚床是新做的，还能闻到一股桐油漆的味道。金枝倚靠在柜子靠墙的一边，满屋人不住地喝彩。她的盖头又被调皮的孩子揭掉了两三次，每次她都试图用手扯住，但经不住小孩子的手快，后来索性也不盖了，只是低头垂目微笑着，羞答答的，任凭人们观看。

大概是喧嚣声太过吵闹了，惊哭了一位女人怀里的娃娃。金枝想起柜子里放有扯手馍，就从腰里解下钥匙，打开柜子，拿出扯手馍，递给那女人。那女人笑呵呵地接了，放在娃娃手里，那娃娃便不哭了。

正在这时，一位中年女人神情慌张地走进来，手拢着在那位抱着孩子的女人耳边嘀咕了几句，那女人慢慢收住了脸上的笑容。接着，两个女人将屋子里的人往外赶。中年女人说："都到外边儿玩去吧，不要和新媳妇闹，新媳妇刚来咱这里，有点怕见人。"不一会儿，来闹洞房的人都给轰走了，堂屋里空了下来。中年女人看了看，屋子里除了新娘子再也没有旁人，也不言语，笑呵呵地走了出去，回转身，双手一合关上了门。屋子里静悄悄的，只剩金枝一个人。院子里依然欢声笑语，喜气洋洋。

金枝见屋内没了人，手抚胸口，长长舒了口气，刚才的喧闹已令她难以应对，额头上已渗出了一丝香汗。可是，这会儿怎么没有人了呢？她心里不禁犯起了嘀咕：按说闹洞房的人不应该这么快走的，这在王家寨是从没有过的事情。或许是范来运家里真怕有人和她闹吧，故意把人撵走了。又一想，或许是一里不同俗，十里改规矩，这里离王家寨，也有十里八里的，风俗习惯是不是也有些变化？

金枝正在纳闷，忽听堂屋门吱嘎一声响，亮光一闪，从门外走进来一个人，反身又吱嘎一声把门关上，插上了门闩。

第四十三章

金枝听到门响，放眼望去，原来是她的新郎范来运进来了，又想起红布盖头，慌忙一把扯在手里，趁范来运回转身关门，还没有顾得上看她一眼，又将那红布盖头蒙在头顶。

范来运满脸带笑，手里掂了一盒果子蹑手蹑脚地走进来，将果盒子放在柜子上，又转身出去，回到客厅，倒了一碗热茶，双手捧了过来，轻轻放在柜子上。范来运见新娘坐在床头，头顶着红布盖头，默不作声，便笑嘻嘻地靠近新娘金枝，并肩坐了下来，未说话先嘻嘻笑了两声，问道："媳妇儿，渴不渴，饿不饿？"

此时，金枝紧张得心怦怦直跳，虽然隔着红布盖头看不清范来运在做些什么，但听声音，她知道是倒茶来了。范来运问她话时，她也只是笑而不答，心里倒是盼着范来运揭去她头上的红布盖头。

范来运似乎并不急，他又起了身，走到窗户跟前，伸手拉上了窗帘，室内的光线顿时暗了下来。那窗帘是一块灰色的粗棉布料做成的，明显是布置新房时刚挂上去的。

范来运擦着火柴，点燃了一支蜡烛。新娘头上的红布盖头，被烛光照着，红得像一团火焰，很是好看。范来运便禁不住伸手挑开那红布盖头，露出一位青丝粉面的美人来，烛光下楚楚动人，惹人怜爱。

金枝本来就悬起的心仿佛一下子被提到了嗓子眼，烛光照得她羞答答的，面色更加红润了。她神色有些紧张，抿着嘴唇。

范来运见她神色很不自然，以为是刚才闹洞房的人惹她生了气，便笑着问道："生气了？是不是刚才有人给你闹着玩，把你惹急了呀？"

金枝只是笑，并不搭话。

范来运有些着急，收了笑容，正色道："是谁刚才惹你生气了，你说出来，我出去找人揍他，给你出出气。"

"你——"金枝说。

范来运听新娘子说他，吃了一惊，柔声问道："我刚进来，哪里惹你了，怎么就生了气？"

金枝扑哧笑出了声，将手腕拢着下巴，咯咯笑道："看你那个傻样，谁生气了，人家是怕你哩。"

范来运一看新娘子笑了，这才把悬起的心放了下来，笑嘻嘻地说道："吓我一跳，还以为你今儿刚进门，就生气了哩。你怕我弄啥，我又不会吃人？"

金枝羞涩地笑道："可不就是怕你吃俺嘛。"

范来运见新娘金枝身着红色小袄，烛光下身材显得越发苗条，又见她面若桃花，柳眉杏眼，顾盼神飞，内心早已荡漾不已，高兴得没法说，于是，嘿嘿笑了两声，说道："那你先吃点饭，等会我再吃你。"

"你敢？"

金枝抬起头来，目光含羞，柔情似水，却又带着些挑衅，一只手握成拳头，在眼前晃了晃，像是示威，又像是撒娇，将嘴努了起来。

"我咋不敢？"

范来运边说边笑嘻嘻伸出手来就要去抱，不承想，刚靠近金枝，一股少女身上特有的清香向他袭来，顿时化为一股神奇的力量，袭遍他的全身，使他不知怎的膝盖一软，竟然身子向前一倾，跪倒在金枝面前。金枝猝不及防，还不知道怎么回事，见他就要摔倒，忙伸手将他扶住。范来运被金枝一把搀住，才没有摔倒，却又就势伸出双臂一下子抱住了她。于是，两人紧紧抱在一团，心贴心怦怦跳个不停。

两人抱了一会儿，范来运被金枝一把推开，说："外边儿有人，大白天的，不怕被人看见？"

"没事儿，门插着哩。"

"天还没有黑，咋就把人都撵走了？"

"咱这边就这规矩，都是新媳妇进门，拜了天地入了洞房，就不让人闹了，让咱俩圆房哩。"

金枝听了，羞得满面通红，脸一虎，怪他道："大白天，谁跟你圆房？"

范来运嘿嘿笑道："这房子小，东间住着人，咱们住在西间，晚上不太方便哩。先不说那话，我给你端来了茶，你赶快吃点果子，垫垫肚子，再喝点茶，也该饿了。"

"我不饿，就是有点渴。"金枝说着，端起柜子上的茶碗，轻轻抿了两口。

范来运拿起那盒果子，解开包在果盒上的纸线，揭去果签，打开包在外面厚厚的草纸，露出一盒白酥酥的果子。伸手从里面捏了一个，在另一个果子上面轻轻磕了磕，磕去果子上浮散的白面儿，送到金枝嘴边儿。金枝害羞，不好意思张口去吃，但看范来运虔诚的样子，房间里又没有外人，也就羞涩地笑了笑，看了范来运一眼，张口咬住那白面果子，一只手在下巴处接着面渣。

范来运见新娘子吃了他喂的果子，格外开心。看她咽了，慌忙又捡起一个送到她嘴边还要喂她。金枝摆手笑道："不吃了，太干，噎人。你也吃一个吧。"说着，也就礼尚往来从果盒里捏了一个果子来，羞答答递到范来运嘴边儿。范来运笑嘻嘻地伸长了脖子张嘴接住。金枝看他吃相，憨厚可爱，禁不住咯咯发笑。

外边院子里不断传来嬉笑喧闹声，有人扯着嗓门讲着笑话。而洞房里两个人别有天地，此时不会有人来打扰他们，金枝也渐渐忘记了现在是白天还是黑夜，外边的喧闹声似乎与他们没有关系，这里属于他们两人。

范来运吃了一个，金枝又捏了一个递过来，范来运笑道："不吃了，俺这会儿光想吃你哩。"

金枝听了，本来刚刚恢复了平静，却又一下子羞红了脸，随手将果子丢在果盒里，嗔笑道："你敢欺负俺？俺还想打你哩。"

一语未了，范来运一扭身，已经将她牢牢抱住了。金枝扭动着身子，嗲声嗲气说道："放开我！"范来运哪里听她说，把她抱得更紧了。金枝的身体不再扭动，伸展开两只胳膊反把范来运抱住。两个人的嘴唇咬在一起，舌尖上的触觉让两人的身体发颤。人类的本能此刻像火山一样爆发出来，金枝全身软瘫下来，她再也控制不住自己了。她感觉他的力量是那么的强大，使她不可抵御、不可抗拒，她顺从地迎合他，凭着他的引导，做出相应的反应。她被他抱上床的那一刻，她全身柔软得像棉花一样，此时，她的身体则酥软成了泥巴，任凭他随心揉捏摩挲。

范来运要脱她的上衣时，金枝顺从自然地张开两臂，那动作像小时候她的母亲帮她脱衣服那样自然，一点儿也没有感到抗拒和害羞。他想要褪下她裤子的时候，她顺从地挺了挺腰身。金枝曾经幻想过她的男人要脱她的衣服时，她要坚决抗拒，甚至还想过要不要打他两个耳光，而此时她已经不能控制自己，不仅没有抗拒，反而很顺从他。当衣服被他一层一层扒个精光时，她整个身子赤裸裸地暴露在他的面前，她的胸脯随着呼吸一起一伏，她的心怦怦跳得厉害。她知道这一刻她属于他了。这是她长这么大第一次赤条条裸露在男人面前，一个陌生的男人面前。她羞涩地望着范来运，范来运一把扯开棉被给她盖在身上，她安静地闭上眼睛，等待着他。

当他的两只手掌抚摸在她的胸脯上时，抚在她胸前那两座高高耸起山峰似的乳房上时，她全身颤抖起来，动弹不得。她本能地张开两只胳膊抱住他的后背，不住地抚摸着，迎合着他。他低下头来将那山峰含在嘴里吮吸着。她将他的头紧紧抱着，吻着他的头发。

她拉紧被子闭上眼睛，呼吸有些急促，她感觉她的男人像脱缰的野马在草原上肆意疯狂奔腾，而她则像一只温驯的羔羊，跟在他的身后奔跑着。她和他经历了疾风骤雨横卷残叶，又经历了和风细雨润物无声。她感觉她的男人像太阳一样用光和热融化了她，使她失去自我不能自已。她的魂魄被他带到云层里荡漾着，摇曳着，而她的身体也像荡秋千一样，在半空中起伏摇晃着。

院子里传来行拳喝令声和阵阵粗犷的欢笑声，没有人会在意俩人在洞房里的惊天动地，说不尽的鱼水之欢。

不知过了多长时间，一阵吵闹声把俩人从梦中惊醒，听见有人在外边儿冲堂屋里大喊："金枝，金枝，走！跟我们回去，赶快回王家寨！"

"你他娘的，范疤瘌伤天害理，不怕天打五雷轰！"

金枝吃了一惊，猛然坐起身来，慌忙穿上衣服，又侧耳静听，那声音很熟悉，分明是她娘家王家寨的人，骂得最凶的是王文福的声音。正诧异间，外边又传来砰砰啪啪摔碗扔盘子的声音，还有人忙着劝架，不住地说着好话。

"哥，嫂子，出了这样事儿，您让我咋在王家寨做人哩，俺的脊梁骨还不被人戳破！"金枝听出来这是范彩霞的声音。

"出啥事儿了？快起来！"金枝晃了晃睡得像死猪一样的范来运。范来运惊得睁开眼睛，慌忙坐起身来，两个人再也没有心情说笑了，急忙穿上衣服。

金枝慌忙下床，穿了鞋子，拿起梳子，对着镜子梳理好头发，又整理好衣服，没有发现什么问题，这才让范来运去开门。

门刚一打开，王文福就冲堂屋喊道："金枝，快出来跟我们一起回去，他范家骗了咱们。"

金枝走到门口，看到院子里站着王富田、王文忠、王贵孝，身后一群王家寨的年轻人，福生、伙头、王六儿，人人一脸的怒气，一副要打要骂的架势。支书王富钱正在和一个中年男人说着话，手摆得像荷叶似的，显然，情绪很是激动。

金枝看这架势，不知是怎么一回事，呆呆地站在门前，一时说不出话来。

第四十四章

姚淑美家这个小院里，从来没有像今天这样热闹过。焗长王贵山右手握住菜刀，左手手指拢起按着一截莲藕，往刀下续着，菜刀切在菜板上发出快速而有节奏的声响。一群人围着观看，夸赞他刀功娴熟。王贵山边切着菜，边抬起头，微笑着和人说话，面前的一堆莲藕，不一会儿便在他的刀下变成了薄厚均匀的莲片。大锅里煮着肉，锅底的劈柴烧得正旺，金黄色的火苗儿舔着锅底。锅里冒着热腾腾的白色水汽，弥漫在这个农家小院上空，香味儿直钻人的鼻孔。人们天南地北地谈论着，一片欢声笑语，等待着迎亲队伍的归来。

姚淑美手拿香烟，给大家敬烟，与人寒暄着。王文福见她一阵好忙，便道："烟，你就不要一个一个发了，放到那里，谁想吸就自己去拿。这都是咱自家人，没有外边儿，趁这会儿得闲，你多少休息一会儿。等会儿还要接媳妇，有你忙活的。"

王贵山也嘿嘿笑道："你该忙忙，累了就休息会儿，不要管俺们这些人。"

姚淑美见大伙都这样说，也就不再客气，被雪雁拉着进了堂屋，说话去了。

姚淑美女儿出嫁，母女分离，心中自然难舍，儿媳又尚未迎娶到家，坐在那里不免有些牵挂。雪雁看在眼里，心中明白，便不住地拿话安慰她。

两人坐了一会儿，雪雁看看门口斜照过来金灿灿的阳光，知道太阳已升到树梢上了。院子里的说笑声渐渐稀疏，那些来帮忙的人陆续散去，各自回家吃饭去了。于是，雪雁便起身告辞，姚淑美一把拉住，说啥也不让走，笑道："就一口饭，还要回去吃，锅里焖长做了饭，一起吃罢。"雪雁说啥也不留下，姚淑美只得放她回去。

雪雁到家，见男人王康正端着饭碗蹲在墙根喝稀饭，见了她，也不搭腔。公公王文福早已吃过饭走了出去，雪雁便径直走到厨房去盛饭吃。这时，王康掂着碗筷，走了进来，将碗筷往锅灶上一顿，阴沉着脸，说道："怎么回来吃饭了呀，就在人家家里待着嘛，不要回来了。"

雪雁见他话里带话，知道是因她早上没有回来做饭而生她的气，便笑道："谁家没有个事啊，咱家忙时，人家不是也帮过咱了吗？"

"谁给你说帮忙的事儿了，"王康加重了语气，恼怒地说，"那也得回来做饭啊。"说着，又嘿嘿冷笑两声，阴阳怪气地说："你是不是看他家好，看王宝禄的脸白啊。看他家好，就去他家，不要回来了，让那个白脸也别娶媳妇了！"

雪雁正将一勺饭盛到碗里，见王康如此说话，便再也笑不起来了，眼泪夺眶而出，她将饭勺丢在锅灶上，紧走几步，跑出大门去了。她已经习惯了王康的吵闹，决定不再理他，索性连饭也不吃了，抬手擦干了眼泪，又向姚淑美家走去。

院子里又聚集了很多人，那些来帮忙的人也都吃过饭回来了，围在一起说话。堂屋门前已经摆了一张紫色方桌，桌面上铺着一块红布，一个长方木制大红蜡台，挑着一对大红蜡烛。蜡台前摆放着一个圆形的竹斗，里面盛满粮食。斗里插着一杆老秤，秤钩上挂着一面铜锣。竹斗上贴着一张红纸黑字写成的大红"囍"字。一把枣木梳子，另有一个白色盘子，放了些红枣、花生和莲子。

雪雁一走进姚淑美家的院子，心情马上好了起来，将刚才的不愉快全抛到了脑后。她一进门，便瞅见那竹篓上的字，见那"囍"字笔画繁密，却写得横竖对称，用墨均匀，娟秀大方，不禁赞道："这字写得好看！"

姚淑美正在桌前摆放香炉，听雪雁夸赞，忙回头笑道："按说应该请人写的，我也没有请人写，就随手写写，也不怕献丑了。"

"这还献丑？你让我写，我就是练上一辈子，怕是也写不出来哩。"雪雁说着，伸头看了看那竹斗里的粮食，见以高粱为主，里面掺着些小麦、稻子、谷子和玉蜀黍粒，便笑道："这以后可有粮食吃了。"

姚淑美道："这也不是我讲究，老辈人传下来的，都是这样弄的。"

"我常见人家办喜事这样摆，只是不知是个啥意思，今儿个我先猜猜看，不对了，婶子你给我说说。"雪雁说，"你看这上边儿是天，下边是地，那粮食堆里又放着杆秤，这叫天地良心，这秤讲究个公正。那粮食是说人心呢，咱这里骂人坏都是说：不是吃粮食长大的。还说人心里都有一杆秤，做人要把心叶子放平，是不是这个意思？"

姚淑美见雪雁解得变了味，便笑道："你说的也对。不过，这原来的意思可不是这。你看，这秤上有十六颗星，北斗七星、南斗六星、福禄寿三星，这是吉星高照。那秤上挂的不是铜锣，是铜镜，只因找不到铜镜就用铜锣代替了。这一来是避邪，二来是说心如明镜。这木梳是我当婆婆的给儿媳妇准备的，希望媳妇到咱家里好好过日子。那盘子里就不用说了，你知道，早生贵子。"

雪雁听完，便嘻嘻笑了起来："哟，听婶子这一说，才知道这里面有很多学问哩。"

姚淑美道："这也没个啥对错，不过是个意思儿，都是老辈人传下来的规矩，无非是想把日子过好些。"

两人进了屋，说东道西闲扯着，姚淑美看看这会儿也没什么事了，就坐了下来，雪雁拿起早上带来的针线也就继续纳鞋底。

太阳由东而南，不知不觉半个上午过去了，迎亲的花轿还没有回来，姚淑美不免心里有些着急，如坐针毡。她扳着指头计算来回路上所需的时间，不禁双眉紧蹙神色黯然起来。

雪雁见她低头垂目，闷闷不乐，知道是她心里着急，可又想不出什么话来安慰她，只好默默陪着。屋子里静悄悄的，只有雪雁手里纳鞋将线绳扯出的咝咝声。雪雁手指上戴着一个戒指一样的银灰色金属顶针，每次将针扎进鞋底时，她都要攥起手指，用顶针顶住针鼻，用力一按，将针尖穿透鞋底，又连针带线从厚厚的碎布中穿出来；再翻转鞋底，咝咝咝，将线绳完全拉出来，又手扯着线绳，攥成半握的拳头，将手顶在鞋底上用力转动，收紧线绳；纳好一针后，又将针尖扎进鞋底，重复着同样的动作。每次拉进拉出，她都要将针放在头发上蹭两下，像是将镰刀放在磨刀石上磨镰使之更加锋利一样，那针尖沾了她的发油，也就越发润滑了，再扎进鞋底时，就顺畅多了。

院子里的人们，三三两两，围在一起，说着闲话，不时传来笑声，有两个年轻人蹲在地上下起五道棋来，周边围着一圈观棋的人，各执一方，当起了参谋，不时地出谋划策，指指点点；而屋子里，空气却沉闷起来。

忽然，外面传来当啷一声响，姚淑美心头猛地一惊，刚一抬头，接着听见咣当又是一声响，她的心又是一颤，禁不住身子打了个寒战。雪雁也惊得抬起了头，张着嘴巴，却又"哎哟"叫了一声，低头看时，原来针扎破了手指，涌出了血珠，忙丢下针线，将指头放在嘴边吮了一下，一只手按住。

院子里的人们也都惊呆了，纷纷回头观看。

"起风了！"有人喊道。

姚淑美慌忙站起身，跑出门来看，原来是平地里起了一股风，将那方桌上的秤刮倒了，铜锣跌落在桌子上，又滚落到地面上。雪雁也跟了出来，见姚淑美望着那秤杆发呆，忙弯腰捡起那面铜锣，说道："这风起得也怪，说来就来。"雪雁边说边将秤杆重插进竹斗里，将铜锣还挂在那秤钩子上。

众人一阵说笑，都说这风来得有些蹊跷。

姚淑美手抚胸口，定了定神，抬头看，这才发现早变了天，刚才还有太阳，此时天边却布满了云彩。南方的天空，太阳被云层遮住了光辉，北边的天空，已是阴云密布。再仰头看，头顶上王家寨上空的那片天，却是湛蓝湛蓝的，像是清水洗过一样，一尘不染。真是三月的天，孩儿的脸，说变就变。正感觉诧异，忽然一阵东南风迎面吹来，风里夹带着些寒气，凉飕飕的。

"要下雨啦！"一人大声嚷道。

"三月三下桃花雨，也是常有的！"有人高声应道。

"今儿个这天气，真是好怪！"姚淑美喃喃地说，整个人心事重重的，转身又进了屋。

"婶儿，别急，坐这，等着吧。"雪雁安慰道。

姚淑美也知道事情是急不得的，只得又坐了下来，心里却一直牵挂着迎亲的事。王家迎亲，走的是北路，这北边儿要是下了雨，路上起了泥泞，坑坑洼洼的，会不会耽误时辰。错过时辰，是不吉利的。按说迎亲队伍，这会儿应该在离王家寨不远的路上。姚淑美心想，她是不是年龄大了，怎么对啥事都会犯疑，什么事儿都不放心，她甚至担心范家会捉弄她家。

一道阳光从外面射进来，在门口投下一块日影，天晴了吗？看到金色的日影，她心里一下子又敞亮起来。

屋子里只有她和雪雁两个人，女人们这会儿都回去照顾孩子了。只有院子里一片吵吵嚷嚷，那是观棋的军师们在争论一个棋子的得失，不时传来阵阵粗犷的欢笑声，而屋子里却是静悄悄的，只有雪雁纳鞋的嗞嗞声。

雪雁看出姚淑美有些焦躁不安，可又不知如何安慰她，便抬头看了看日影。见太阳照在堂屋门口，在地面上投下一个长方形的光影，亮亮的，有些刺眼，那太阳没有照到的地方就阴暗多了。那日影时暗时亮，雪雁知道，那是太阳从云层里钻进钻出。当太阳钻进云层时，地面上的光影就会消失，而太阳从云层钻出时，日影就又亮了起来。日影斜着投进门口来，顺时针慢慢转动，逐步转向正南方。那日影转动得很慢，要是有意去看它，却又感觉不到它的转动；若是等你不经意过了片刻再抬头看时，那日影就明显移动了位置。

时间是神奇的魔法，你越是心急，它就越慢，你越是不在意，反而它就快了。日影慢慢运转，到光影与门框平齐成了方方正正的形状时，时间也就到了正午。雪雁停下手里的活，望着闷闷不乐的姚淑美，半是自言自语："花轿该到家了。"尽管她心里明明白白知道那只是马车，不是什么花轿，可她仍然喜欢把马车说成花轿。

"是啊，按说该到了，都快过时辰了。"姚淑美接过话说，她有些坐不住了，站起身来，走到门外，抬头看了看太阳。

"咋回事？该到了啊！"王文福大声嚷道。

"甭急，再等等，路远，可能北路下雨了，坑坑洼洼的，还要来回过两个桥，不太好走。"焗长王贵山两手夹着烟，说话慢悠悠的，他这会儿也空闲下来了，坐在锅灶前，听见王文福说话，便接过话来，又像是在安慰姚淑美。

第四十五章

姚淑美开始焦躁起来，她从院子里走到屋内，又从屋内走到院子里，然后又从院子里走到院子外，再从院子外折返回来。她不时地抬头看看太阳，正午已过，这个时候，就是花轿到家也是错过时辰了。她心里牵挂的事情看来是已经发生了，只是还不知道那迎亲的现在是个什么情况。

所有人也都变得焦急起来，越发坐不住了。王文福叫道："咋回事儿，都这个时候了，还没有到家？"

"兴是北路下雨了，下了雨，路上有积水，木车轮打滑，不好走。"

"这不是还出着太阳哩，咋会下雨？"

"这不稀罕，出着太阳下着雨，有时一条路，这边下雨，那边不下雨，也是常有的事儿。有次我在寨东门地里干活，半天不见有人从寨里出来，干完活回来才知道，原来寨子里下雨了，地里却没下。你说怪不怪？"

见大伙你一言我一语地猜测着，发表着个人的看法，王文福对大家说："这不中，咱不能待着干等，得找几个年轻人出去接一接，看看人到哪里了。

要是马车掉到半路泥坑里出不来了，也好帮着推推。"

王文福也不等众人说话，直接点了五六个人名儿。那被点着的年轻人正等得心急，听点了他们的将，便一声吆喝，拍拍屁股，一蹦一跳往外跑了出去。

姚淑美急得很想痛哭一场，可是又不能哭出来，只得一口气闷在心头上，那刚才洋溢在脸上的笑容早已不见了。人们也都一个个绷紧了脸，那下棋的几个人再也没了心情，早已收了棋摊。焗长王贵山停了手中的活，锅底也不续柴了，剩下还没有燃烧殆尽的柴火一明一暗地亮着火光。每个人心里都很清楚，按照民间说法，过了正午，就是那花轿到家，再拜天地也不吉利了。雪雁也停下了手里的活，她也没心情纳鞋底了。

眼看着太阳已经偏向西去，迎亲的队伍仍然没有到来，王文福派去接亲的几个人也没了音信。姚淑美再也控制不住了，她回到堂屋坐在里间默默流泪。雪雁一步不离地跟在她身边儿，不时拿话来宽慰她。

"回来了，回来了！"外面有人大喊。

姚淑美听见有人喊，慌忙跑了出来，院子里的人也都一齐迎了出来。

"花轿到哪了？"

"新媳妇呢？"

"快准备放炮！"

人群像炸了锅，乱作一团。姚淑美老远看见迎亲的马车轰隆隆从寨门外缓缓拖过来。她长舒了一口气，可又感觉不对，回来的人怎么一个个耷拉着脑袋，走路有气无力的。想了想，这也难怪，早已过了正午，要在平时，早就该吃过午饭了。迎亲的人天不明就走了，饿到现在，早没了力气。

小挪已将鞭炮挂在树上，正要燃放。老远望见福生跑了过来，上气不接下气，张着嘴巴喊道："甭放，甭放炮。新媳妇跑了！"

姚淑美老远听见，顿时感觉一阵眩晕，身子有些摇晃。还是雪雁眼快，急忙上前一把搀住，嘴里说："婶儿，甭急，等下问清楚是咋回事儿。"

众人听说，围了过来。王文福一把扯住福生，问："快说，咋回事？"

有人递过来一碗茶水，福生接了，一扬脖，咕嘟咕嘟一气将水喝下，用手将嘴一抹，喘着气说道："俺们刚走到半路上，天下雨了，只好找地方避雨。谁知雨越下越大，一直下个不停，等雨下小了时才发现新媳妇不见了，后来有人说看见跟人跑了。"

话没说完，马车轰轰隆隆地来到，停在门口，两匹马扬起脖子一阵嘶鸣。

那刚才跑过去接亲的几个人有气无力地抬着嫁妆，将嫁妆放在大门外。众人一个个耷拉着脑袋，无精打采，垂头叹气。雪雁一眼瞅见王宝禄夹在人群里，呆呆地走着，脸上没有一丝表情，刚一到家门口，便靠墙根蹲了下来。

姚淑美极力控制住情绪，不让眼泪落下来。

范彩霞见姚淑美在大门外站立着，眼睛直直地望着她，心里有些发怵，她早已想好了话怎么说，急走几步上来一把拉住姚淑美，边哭边骂："姚老师，我对不住你，那个死妮子，人小鬼大，给我弄这事儿，半路上我一眼没看住，跟一个野汉子跑了。"

姚淑美听了，知道事情是真的了，强打精神拍了拍范彩霞的胳膊："范老师，你也甭哭，这事儿又不能怪你，慢慢说，到底是咋回事？"

"咋回事？兴是他们范家早就预谋好了的！"王富田接过话说，"俺们过了范桥，半路的时候，平地里起了风，下起了雨。前不着村后不着店的，只好淋着雨走到马洼那个村。咱们人都在村头一户人家房檐下避雨，范老师陪着新媳妇在另一户人家过道里避雨。谁知，雨越下越大，下个不停，时间长了，这人也麻痹大意了，你说谁能想到有这事儿不是？新媳妇说要去解手，下这么大的雨，你总不能连解手都跟着她吧。"

"怕是早就安心跑了！"范彩霞止住哭，接过王富田的话，咬牙切齿道："人心里有鬼！她要是想跑，看也看不住！"

王文福递给王富田一支烟，王富田接住点着，抽了一口，继续说道："范老师等了半天，不见新媳妇解手回来，就去找，找了几圈不见人，这才急了。俺们这些人才反应过来，就分四下里去找，哪里还找得到啊！后来听村里人说，看见她跟一个男的出了马洼，往北边跑了。福生领着几个人就往北边儿撵，雨下得也大，漫地里都是泥，踩着泥撵了十来里地，也没见个人影儿，也不知道钻到哪里去了。看样子是原来做好的事儿，事先和人说好的，就准备半路上跑的。正好也凑巧，又赶上下雨。这活算是做得利索！"

王文福担心姚淑美顶不住，对雪雁说："扶你婶子到堂屋里坐坐。"

姚淑美眼里早已噙着泪，安排焗长王贵山："您先给大家做些吃的吧，都淋了雨，又跑了恁远的路，早都饿坏了。"王贵山答应一声，慌忙锅底续了几根木柴，开始忙活起来。

雪雁扶着姚淑美，五嫂扶着范彩霞都进了堂屋。姚淑美进了屋再也控制不住，失声痛哭起来，边哭边叫道："我好命苦！孩儿他爹丢下俺娘儿仨走得远远的，不见个人影儿，我一手闺女一手儿子把他俩拉扯大，本想着换亲给儿子娶房媳妇儿，谁知道碰上这个没良心的人，把俺闺女诓走。那个天杀的死妮子，你要是当时说不愿意也没有人强迫你，你这坑俺孤儿寡母的弄啥！"

范彩霞一旁听了，不觉脸上有些发烫，面色一阵红一阵白。这也难怪，她是媒人，出了这事儿，她面子上自然过不去。她在姚淑美身边默默坐着，用衣袖揾着眼角上的泪，不知拿什么言语相劝是好。五嫂和雪雁，一边一个拉着姚淑美的手，唉声叹气。

院子里人群早已乱作一团，心中都愤愤不平，说这是范家寨欺负咱王家寨里没人，是小看了王家寨的人。有人吆喝着说要抄家伙去到范家寨把他范疤瘌家给砸了。支书王富钱从外边儿走进来，王文福看到他，说道："他范家寨这是欺负咱王家寨没人哩，事先肯定是他们商量好的。咱得去人闹一闹，这事儿不能就这样算了。"

"是得去人，再说，金枝还在人家那边哩。要是媳妇娶不回来，咱得把金枝接回来。"王富田接过王文福的话说。

焗长王贵山已经把饭做好，熬了一锅菜，盛了十几碗出来，吆喝一声。众人早已饿坏了，这会儿也都顾不得客气，便一人端了一碗，拿了馒头，或蹲或站，或坐在板凳上，开始吃饭。

王文福匆匆吃了一个馒头、一碗汤菜，将碗一丢，眼睛望着王富钱，显然他还在等王富钱发话。王富钱说："这范家寨去是要去的，只是这要不要把金枝接回来还要金枝她娘说了算。"

王富钱话音刚落，姚淑美早已在雪雁的搀扶下从堂屋里走出来，眼里噙着泪说："啥也甭讲，那边儿要是不把儿媳妇给我送到家，咱就得把闺女接回来，与他退婚还不成？"

"对，得把金枝接回来，退婚。"王文福说。

王文忠、王贵孝两人吵吵嚷嚷着从外边走进来，一进门，迎面看见众人，王文忠便嚷道："刚好都在这里，他范家寨那边儿弄这事儿，可真是欺负到咱王家人头上了。"

王文福接道："正说这事哩，咱们得去人和他们闹闹，让他们看看咱王家寨的人不是好欺负的。在家的男劳力都去，抄上家伙。"

"去个二三十口子就行了，"王富钱说，"到时候做做样子，摔他几个碗，砸烂他几个盆就中了，不要真闹大了。闹得太大了，也不好收场。"

"得去几个妇女，咱大老爷们说不出口的话，让她们去说、去闹。"王富田说。

范彩霞气冲冲地从屋里快步走出来，说道："我去，不把那个死妮子抓回来，我就再也不踏范家寨的门儿。"

五嫂说："我也去。"

"我也去。"雪雁说。

五嫂看了一眼雪雁说："你就甭去了，俺俩去就中了，你在家陪着你姉子。"

"我和金枝玩得最好，我得去看看金枝。"雪雁说。

姚淑美对五嫂说："雪雁去也中，她的话金枝会听。"

这时，人们也都吃过了饭，纷纷抄家伙去了。

王文福冲着大伙喊道："要去赶快走，多去几个少去几个没事儿，反正这会走南路，近，要不一个多时辰就到了。"

王宝禄从柴火堆里抄起一根杠子，扛在肩上就往外走。王贵孝一把拉住他说："你就不要去了！"

王宝禄不听，硬着头往前走，王贵孝劝道："这事儿交给俺们就中了，你就不要出面了。"王宝禄这才停住脚步，将手里的杠子扔在地上。

雪雁心头一动，望了一眼王宝禄，想上前劝他几句，只是当着众人的面，不便和他说话，只好默默地又看了他一眼，心里充满了同情。

不多时，呼啦啦地围了三四十口子人，掂棍的掂棍，拿锹的拿锹，一路往范家寨奔去。

第四十六章

一群人吵吵嚷嚷来到范家寨，早有人问明原因跑过来报给范家。

范家酒席已经开宴，吆五喝六地正热闹着。范疤瘌正忙里忙外，两脚打锣似的招呼客人，听说王家寨来了人，有点丈二和尚摸不着头脑，不知是咋回事儿，忙喊上两个人，飞也似的出来迎接。王文福走在人群前面，见范疤瘌慌里慌张跑来，便迎面问道："你是范来运他爹，范疤瘌？"

范疤瘌见来人气势汹汹，感觉有点不大对劲，忙抽烟相让，赔着笑脸说："对、对，我是。"

王文福哪里会接他递过来的香烟，伸手上去，"啪"一下打了个耳光，口中骂道："你个龟孙子，做的好事儿。"

旁边两人见对面不由分说打了人，忙上前拦住，叫嚷道："你这是咋了，不问青红皂白，咋上来就打人？"

王文福骂道："我打人？我还要把他家给抄了！"

范疤瘌手捂着火辣辣的脸，仍然强赔着笑，将嗓音放得很柔和，说："亲家，咱把话说清楚，你再打也不迟，你刚才说的是咋一回事，我还真不知道。"

范彩霞、五嫂、雪雁走在后面，这会儿才慌慌张张地赶来。范彩霞见王文福真动了手，便紧走几步，上前一把拉着范疤瘌，哭道："哥，翠枝这闺女，心里做事儿，您知道不知道？俺们走到半路下了雨，在马洼避雨时，翠枝说去解个手，我就没有在意，谁知左等右等不回来，等我回过神来找她时，早已不见了人。有人说看见她跟一个男的跑了。"

范疤瘌一听，方明白是怎么回事，顿时惊成了呆头鹅，张口结舌，说不出话来，半晌才低声说道："我还真不知道。"

王文福怒道："这两家说好的换亲，没人强迫您，俺的人到您家了，您闺女半路跟着野汉子跑了，你一句不知道，就算交代了吗？"

范疤瘌瞪起双眼，捶胸顿足，抬头向上望了一眼，手指着天，冲王文福叫道："这头上三尺有神灵，人做事儿，老天爷都看着哩。我范三要是事先知道，就让我不得好死，天打五雷轰！"

此时，范家寨的人才明白发生了什么事儿，都自知理亏，便一个个赔着笑脸，将王文福和众人往范家院子里相让。有人走过来搀扶着范疤瘌，那范疤瘌也是老实人，何时见过这等阵势，早已吓得面如死灰，两腿哆嗦，走不成路了。

王文福叉着腰，站在范疤瘌家院子里，用手指着吃桌的酒席，大声喝道："给我砸！"七八个小伙子听他一说，上去就摔碗摔盘子，砰砰啪啪，转眼十几个碗盘子碎了一地，饭菜也洒了一地。正在吃桌喝酒的人还不知道是咋回事，见来人都抄着家伙，上来拿起桌子上的碗盘子就摔，也都纷纷躲闪开来，几个女人吓得拉着孩子躲到墙角边，用手捂住孩子的眼。有几个正在吃桌的年轻人气不忿想动手，被范疤瘌手一扬止住，他几乎用一种哭腔大声喊道："都甭动，让他们砸！"王富钱见范疤瘌吓得这个样子，料想他也是不知情的，有些冤枉，忙示意王文福他们不要再砸了。

王富钱对范疤瘌说："不要说俺王家寨的人不讲理，你看看你家做的这事儿，是人做的事儿不，说好的换亲，恁闺女半路上跟人跑了。要是早不答应这门婚事，也不会弄成这样。"

王文福这才想起来喊金枝，于是，他就站在院子里大声冲堂屋里喊。过了好大一会儿，才见范来运打开门。金枝早已被这阵势吓傻了眼，站在门口半晌说不出话来。范彩霞、雪雁和五嫂忙走进堂屋，一把拉着金枝。

五嫂说道："金枝儿，你可能还蒙在鼓里，咱们娶亲的走到半路上，下雨了，范家的闺女半路上跟人家一个野汉子跑了，骗了咱，你娘叫俺们几个来接你一起回去，退婚断亲！"

金枝听五嫂说完才明白是咋回事，顿时蒙了，眼里含着怨恨回头望着范来运。范来运明白她问罪的意思，脸憋得通红，怯懦着说道："我也不知道，也是和你一样，才知道这事儿。"

金枝此时突然醒悟，为啥范家急着把闹洞房的人清走，他范来运为啥大白天急着和她圆房，只是这种事情是说不出口的，她只能哑巴吃黄连，将牙齿打掉往肚子里吞。金枝手捂着脸哭了起来，雪雁劝道："快别哭了，收拾一下衣服，先跟俺们一起回去。"

第四十七章

早有人跑出去喊支书范剑，就是外号叫赖八国的人。赖八国穿着一件蓝色粗布夹衣，戴着一顶旧得发黄的八角帽子，背着手走过来，一副悠然自得的样子，见了王富钱，满脸堆笑，抱着拳和他打招呼，将嗓音拉得很长很响亮："咦——稀客稀客，哪阵风把老弟给刮来了？"赖八国话音刚落，院子里一下子安静下来，众人纷纷转身望着他。

王富钱本来板着脸，见了赖八国，也就强装出笑容，不过，说话的语气还是有点生硬，冷冷道："这还不是范家寨的人把俺王家寨的人给坑了嘛！"

赖八国听了，怔了一下，嘿嘿笑了两声，嚷道："咦！咋说这话，老弟，你就是再借俺范家寨的人两个胆，也不敢坑王家寨的人不是？"赖八国说完，又四下看了看，见来人一个个都手里拿着家伙怒气冲冲，便满脸堆笑，回头对王富钱叫道："兄弟，咱有话好说，有话好说。玩武的那一套现在

317

不兴了，要文斗不要武斗，有话好说。来来来，都坐下说话，甭光站着。你说这站着像啥？"说着，一扬头，冲着院子里的人喊："都坐下，咱坐下说话，甭都站着。疤瘌？疤瘌呢？给大家倒茶，把好洋烟拿出来管着。"

说着，赖八国走过去一把拉住王富钱，在一张桌子前坐下。桌子上盛着些饭菜的盘子、筷子、酒盅、调羹，东倒西歪的，很凌乱。有人走过来把桌上的盘子端到另外一张桌子上，又拿来一块布把桌子擦干净。

范疤瘌这时才反应过来，他已经多年不和赖八国说话，有时俩人走碰头赖八国主动找他说话，他也鼻子吭嘴不吭地懒得搭理他，今天遇到这事儿，赖八国突然踏了他的家门，倒有点不太适应。不过，这事儿还真得让他出头露面才行。范疤瘌慌忙招呼人给大家倒茶，有人上来小声说："茶碗没那么多，刚才摔了不少，不够用。"赖八国老远听到，接着嚷道："碗不够，去借呀，去，把范家寨所有人家的碗都拿来，我还不信了，咱范家寨还能拿不出几个碗来。"

赖八国这话里有话，软中带硬，变相说王家寨的人摔了碗。王富钱、王文福听出来赖八国的话音，但人家没有明说，也就不好接话。

有人递给赖八国一盒大前门香烟，赖八国接了，撕开烟盒，抽出一支，递到王富钱面前，笑道："来，王支书，吸烟。"

王富钱摆摆手推让不接。赖八国手里捏着那支香烟再让道："哎呀，兄弟这是弄啥哩，大老远地来到俺范家寨，你说茶也不喝，烟也不吸，还不让外人说俺范家寨的人小气啊。烟酒不分家，来吧，老弟，哥知道你平时不吸烟，今儿个你咋着也得接我一支。"

王富钱被他说得没法，只得勉强接了，有人端过一碗茶，放到王富钱面前。

赖八国又从口袋里摸出一盒火柴，从里面捏出一根火柴杆，"嚓"的一声划着又送到王富钱面前。王富钱难以推却，只得笑笑伸手去接火柴，赖八国却将手一缩，笑道："来，兄弟，你吸，哥给你点着。"

王富钱也就只好将香烟衔在嘴上，伸着头让赖八国点着烟。赖八国见王富钱抽烟的样子有点不太老练，看得出是真的不会抽烟，禁不住咧着嘴笑，眉梢一扬，脸上现出得意的表情，那分明是感觉这个场子被他三下两下给圆下来了。他站起身来，四下望了望，笑嘻嘻地对着王家寨来的人吆喝道："来，来，都点上。"

赖八国看看王文福，王文福正坐在一张桌子前满脸怒气。赖八国笑了笑，踱到王文福跟前，抽出一支烟，弓着身子递到王文福面前，说道："来，兄弟，接着。"

王文福没好气地将头一扭，不去理他。

赖八国见王文福不给面子，便将身子向后一闪挺直了，笑道："咋着，兄弟，不认识哥了？咱们不是经常开会见面嘛，还不接烟了？这个面子还不给？"

王文福仍端着身子，坐着不动，只冷冷地道："俺们是来要人的，不是来吸烟的。"

"咦——"赖八国舌尖咂得啧啧响，笑道，"看老弟说的，这事儿归事儿，烟归烟，两码事儿，烟酒不分家，你不知道？吸根烟还能噎着你喽？咱吸根烟，喝口热茶，坐下来慢慢说话，有啥话好商量，你就是把俺范家寨所有碗、盘子都摔了，锅都砸了，也解决不了事呀。来来来，咱有话好说，这还能有多远的人？将来事儿过去了不还都是亲戚吗？"边说拿烟的手边抖着，不住地让烟。

王文福被他一通话说得架不住，绷紧的脸缓和下来，半推半就接了烟。赖八国同样点了火递过去，王文福伸头将烟点着。

赖八国又走到王富田、王文忠、王贵孝三人面前，手拿着烟，笑眯眯地说道："三位队长也都来了，你们三位可是王家寨的干将啊，这十里八乡的名气大着呢。"赖八国又脸一扭望着王富田，说道："说起来咱都不远，以前您家老爷子在时，我和他老人家还见过面，在一起还坐过。他老人家酒量大着呢。"王富田见赖八国巧舌如簧，能说会道，弄得他哭笑不得，被他说得再也板不住脸了，只得和他客套了几句。

那边有人给其他人递烟，王家寨来的人见王富钱、王文福被拿下，接了人家的烟，也都一个个接了烟，点上火，或蹲或站地在那默默地吸烟，连那福生、伙头本不会吸烟的人也都点着了烟，两手夹着烟装模作样地喷云吐雾，众人都将两眼望着赖八国。

王文福对赖八国说："范支书，俺们来可不是吸烟喝茶的。"

王文福话还没有说完，赖八国笑道："光喝茶能行？咋说咱们今儿个遇上了，也得喝几盅。让焗长弄俩儿菜，咱们喝两盅。"

王文福等他话说完，继续说道："俺也不喝您的酒，不吃您的饭，俺是来要人的。今儿个要么让你们范家的闺女跟俺走，要么让俺王家寨的人跟俺回去，从此两家断亲，再不来往。"

赖八国撇下王文福，坐下来问王富钱："兄弟，到底是咋回事？我刚才只是零零碎碎地听了一点，还没有弄明白呢。"

王富钱说："咋回事？这两家说好的换亲，俺王家寨的人到了你们范家，范家寨的闺女半路跟一个野汉子跑了。你说，要是早不想愿意，你说呀，又没有人逼着你，这不明摆着坑俺王家寨的人嘛。"

赖八国一听，一愣神，将头扬得高高的，咂了一下舌，满脸惊讶地说："话甭说怎难听，啥叫跟野汉子跑了？现在都是新社会了，政府提倡年轻人恋爱自由，婚姻自由，谁也不能强迫年轻人啊，是不是？咱得先弄清到底是咋回事？是不是这边的闺女本来心里就不愿意，她爹她娘硬逼着她愿意？要是这样，范疤癞可是做得不对了啊。"

范疤癞在旁边听了，忙接道："哪个龟孙子逼她了。当初她姑彩霞来说媒问她时，她满口答应。谁知道这孩子心里做事儿。这事儿也就是她当媒人的姑跟着哩，要不是她姑这样说，俺还不信哩，我还得找他王家要人哩。要说，这人交给你们了，上了你们王家花轿，坐了你们家的马车，现在人找不到了，我还不知道找谁要人哩。"

王文福一听范疤癞这样说，气得噌的一下站起来了，几乎与此同时，王富田、王贵孝、王文忠都噌地站起来了。王文福叫道："你说这话啥意思？还赖上俺们了！你想要赖是不是？都这个时候了，还说便宜话哩！"王家寨的人也一个个都噌地站了起来，刚刚缓和的气氛一下子又紧张起来。

第四十八章

赖八国一看范疤瘌不会说话，刚刚被他安抚下的场面又乱了，便瞪着眼冲范疤瘌喝道："你咋说话的，不会说话到一边去！这事出来了，有错儿在咱，咱不能说二话，你不要说话了，这事有我在，我给你问到底。不是看在他王家寨的支书在场，我才懒得管你家的事！"

赖八国说完，又转过身去，满脸堆起笑，冲王家寨的人说道："都坐，都坐下，俺们有错儿，错在俺范家寨这边儿，咱们不正是在商量着咋办嘛。不过想想也对啊，您说闺女跟人跑了，谁见着了？要说人没跑，这么多人也不会大老远的又跑过来要人。现在的麻烦是人到哪儿去了，你们不知道，这边儿更不清楚。"赖八国说完又转身看着王富钱："要不这样，这个事，我先大包大揽，让来运媳妇，就是你们王家寨的闺女，跟你们先回去，就算提前回门儿了，这边呢，俺们赶快四下到亲戚朋友家去打听找人，有了信，找到人，咱再说。王支书，你看咋样？这样中不中？"

没等王富钱说话，范疤瘌一旁接道："人，俺们去找，找到了我就是捆，也要给王家寨送过去，这媳妇不能走。"

赖八国把眼一瞪，板起面孔说："我不是让你不要说话吗？这媳妇先让她随娘家人回去两天又咋了？这有啥？听我的，让人先回去。咱这抓紧时间找翠枝才是正理儿。我在这里和王支书俩人给你证着哩，咱们在这咬个牙印儿，人先回去，这边儿找到人之后再商量。就这么办！"赖八国说完，又回头冲王富钱笑了笑，问："中不中，王支书？你说哩？"

王富钱将手里的烟头在鞋口上一拧，说道："话都让你说了，我还能说啥。"说完，扭头冲着堂屋喊道："范老师，让金枝收拾一下和咱一起走。"

又回头问王文福道："这嫁妆要不要也抬走？"

"抬走，一起抬走。"王文福脖子一扭，说道。

赖八国嘿嘿一笑，道："你看，这又何必哩？这嫁妆先放在这里，俺们又不会吃了，过两天等事儿有眉目了再说。"

王富田站起身来，走到王文福跟前，劝他："要不嫁妆先放在这儿，先把人带回去，以后再说。跑了和尚跑不了庙，怕啥？"王文福鼻孔里哼了一声，只将头向下一低，不再言语。

堂屋里雪雁帮着金枝收拾了一个布包，把随身用的衣服都包了起来。金枝又重新梳理了一下头发，仍是原先的打扮，在梳头的工夫，她瞟了一眼靠在门旁的范来运。

范来运面对这突如其来的局面也不知道如何是好，他的确没有预料到事情会这样，他的妹妹翠枝竟然这么多天没有给他透过一点口风儿。他内心极不情愿让刚娶回来的媳妇就这么又走了，他想阻拦，但他明白那会把事情弄得更糟。虽然是他的媳妇，但家里有父母，外边有两个寨子的支书，还有王家寨一下子来了这么多人，很明显这里还轮不到他说话。当金枝在雪雁和五嫂的陪同下走出去时，他想和她说句话，可话到嘴边儿，却不知道说什么好。

赖八国突然想起来什么，对王富钱说："你们这些人来得急，怕是没想那么周到，这车也没来一个，让孩子就这么跟着走，太不像话了。"

王富钱这才发现确实来时没有想到让马车跟来，只好对赖八国说："也是气急了，哪里顾恁多，把这事儿给忘记了。"

赖八国哈哈大笑，冲着堂屋里喊道："来运，你甭站在那里发癔症啦，去到生产队里给你拴柱叔说，就说我说的，让他赶快套两匹马，把上午用的大车再弄过来，送送你媳妇。总不能就这么走回去，多不像话。快去呀，还愣着干啥！"

范来运一听，马上明白，一瘸一拐地向外面跑去。

范彩霞坐在院子里一张桌子前，一动不动地低着头生闷气。在这件事上她确实作了难，一边儿是婆家人，一边儿是娘家人，她说话左也不是，右也不是，又来回折腾了一天，早已经累得精疲力尽了。

这边赖八国又招呼着让人倒茶，不住地让烟。王家寨来的人一看事情平息，也就没有了怒气，都围在一起说话。不多时，外边儿传来轰隆隆马车驶来的声音，随着车夫"吁"的一声，马车停在了大门外。

金枝被雪雁、五嫂和范彩霞簇拥着上了马车。金枝深情地望了范来运一眼，范来运眼里闪着泪花，不敢上前说话。金枝忍不住也流了泪，将头低下。

赖八国与王富钱、王文福等人一一握手言笑，送出寨门方回。

送走了王家寨的人，一场风波总算暂时平息了。范疤瘌坐在院子里直唉声叹气，范来运的娘不住地抹眼泪，范来运也像丢了魂似的，无精打采地站立着。

赖八国从外边儿笑眯眯地走进来，望着这一家人，对范疤瘌说："看你们这一家子人，这是弄啥？都在那里愁眉苦脸的，能当饭吃？这闺女的事咱慢慢把她找回来，不就好了？王家寨唱这一出，估计两天，她也不敢回来了。"

范疤瘌一拍大腿，叫道："看她回来，我不把她腿打断！"

赖八国一怔，笑道："说说气话解解气还中，真要回来了，你也不能打她，打人犯法。"

范疤瘌听他这样说，皱了皱眉头，问道："这事你是不是早就知道，怪不得你上午就撺掇着把人撵走，让来运急着圆房？"

赖八国诡秘地笑道："事儿我先是不知道，后来倒是听说一些，反正人没事儿，你就放心吧。以后你们一家还要感谢我呢。"

范疤瘌叫道："你要是知道翠枝在哪里，给我叫回来。眼看着我这两宗子事就成了，让这孩子弄得，这以后让我咋见人哩，俺一家人前人后都抬不起头来。"

赖八国笑道："你这话说得就不对了，你一没偷二没抢，又没犯法，有啥抬不起头来的。这孩子的事儿，她不愿意，你有啥法儿？婚姻自由，做父母的，也不能逼孩子不是？"

范疤瘌自知说不过他，也就不再言语。

"你们也都甭耷拉个脑袋，"赖八国继续说，"这事儿我问到底，保准范来运这媳妇跑不了。过个三天，让来运备着些礼，去王家寨认个错儿，把媳妇接回来。"

范疤瘌问道："翠枝不去人家那里，媳妇会回来？"

赖八国哼一声笑道："生米做成了熟饭，已经由不得她不回来了。你们也甭生闷气了，都活动活动，收拾一下院子，不就是砸了几个碗几个盘子，问题不大，砸烂了咱再买就是了。这也不值个啥钱儿。"

第四十九章

此刻，范翠枝内心正处于矛盾与困惑之中，白天发生的一幕幕，在她的脑海里像电影一样，一遍又一遍地播放，抹也抹不去。她简直不敢相信眼前的这一切都是真的，这是改变她命运的一天。说起来还要感谢这场突如其来的雨，如果没有这场意想不到的雨，就不会有现在这个局面了，她此刻应该在范家寨那个为她准备好的洞房里，接受人们的品评。她不知道这算不算天意。

此前，范翠枝一直对赖八国的主意很反感，内心有着强烈的抗拒，但现在竟然神差鬼使地实现了。她本不想这样做的，她知道这样做太坑人了，这对王家寨那边是不公平的。当一个人在遇到矛盾和抉择时，内心总是会分裂成两个灵魂在争斗，一个是感情，一个是理智，而结果往往是感情占上风，击败理智的自我。这也难怪，人有七情六欲，很少有人能控制住自己的感情。范翠枝内心感情与理智争斗了多日，尽管表面上看，理智战胜了感情，但一遇到环境的变化，感情一拳就把理智击倒了。

就在那一闪念，范翠枝改变了她一生的命运，她终于遂了心愿，将自己托付给了一位她心爱的人。

她本不想逃婚，她是铁了心认了命把自己嫁到王家寨了，她被红盖头蒙着头，什么也看不见，自然也不会知道余得水什么时候竟然跟在她的婚车后面送她。一阵风掀起了她的红盖头，她慌忙用手抓住，然而，就在那一瞬间，她看见了他。她不相信自己的眼睛，以为是在做白日梦看错了人，她两手扯着盖头，定睛再看，是他，没错，就是他，她的心上人，余得水。

余得水冲她笑了笑，又冲她摆了摆手。她很自然地回了他一个微笑，她的那个微笑带着些羞涩，向他传递着委屈。她不知道自己为什么要回他一个微笑，她本可以不去理会他，就当没有看见他。她两手轻轻放下盖头，身子随着颠簸的马车一摇一晃。路坑把她颠起又摔下，她只得两手抓紧车架，防止摔倒。

马蹄嗒嗒，马铃叮叮当当，一路伴随着她。

然而，她本来已经安定的心又有些乱了，那被她强行抚平的心田里的两根野草，又迅速滋生蔓延起来。

正当她内心乱成一团麻的时候，天空竟下起雨来，扑打在她的身上，打在马车上。

"下雨了！"

范翠枝听见有人喊，再次掀开盖头，仰头望望天空，不知什么时候太阳钻进云层里躲起来了，西南的天空中，一道阳光穿透云层射下来，很是好看；而头顶上空却阴云密布，黑压压一片。一场大雨在所难免。雨滴打在她的脸上，有些冰凉。

"快找地方避雨，不能再走了。"这是范彩霞的声音。

她被范彩霞搀下车，跑到一户人家大门前避雨。主人家是位中年女人，见是一位正出嫁的新娘子，便热情地打开大门，要将她俩让到家里去坐。范彩霞笑道："俺俩就在过道里避避雨就行了。"那中年女人慌忙给她们搬来两把长条凳子，又端来两碗热茶。范翠枝和范彩霞于是便坐下来避雨。

迎亲的队伍都分散在别的人家屋檐下避雨，三五成群挤在一处，眼巴巴地望着天空，纷纷议论着这场来得突然的雨。

马车停在一处高岗上，雨水打湿了贴在车帮两边的大红"囍"字，一个脱落下来，另一边的也起了皱，湿淋淋的。两匹枣红马也卸下了套头，牵到一户人家过道下避雨。

那雨不紧不慢下个不停，像断了线的珠子，从天上洒落下来。范翠枝觉得，门外的雨滴像个水帘，一阵风吹来，哗啦啦作响。水帘被风吹得零乱起来，雨水洒落进来。范翠枝想起了余得水，他人躲到哪里去了？此时，她已经顾不得害羞了，早已扯下红布盖头，攥在手心里。她打眼往远处四处搜寻，发现不远处余得水正在一家房檐下蹲着避雨，两手抱着臂膀，正神情专注地望着她。她慌忙低下头，担心被范彩霞发现。她不想让范彩霞发现余得水，尽管她知道范彩霞并不认识他。

看到余得水，范翠枝心里突然涌起很多话语。是的，她有很多话想和他说，很想告诉他自己的苦楚，解释她的无奈，诉说对他的眷恋。想到这里，她禁不住抬起头来，又望了他一眼，却又很快低下了头。她希望在她看到他时他也能看到她，可她又不想让他发现她在望他。她的内心矛盾极了。可他偏偏看见了，因为他的视线根本就没有离开过她。就在范翠枝再次抬头望他的那一瞬间，她分明看见余得水在向她招手。她有点不相信，怀疑自己看错了，于是，她又下意识地向他的方向望去，是的，是他在微笑着向她招手，没错，她没有看错。

范翠枝一时乱了方寸。她不知道如何回应他的招呼，就当没看见？或者也回他一个微笑？她内心泛起了冲动，这冲动，像个小虫子似的，在她内心里滋生，啃噬着她，使她心底发痒，不能自已；同时，那两棵长在心田的野草，如见风长了一般，瞬间蔓延她整个心田。她后悔斩草没有除根，让这两棵野草的根还留在她心田里。她回味着那天和余得水的亲吻与拥抱，是那么的甜蜜，是那么的让人眷恋沉迷。她想起赖八国出的主意。换成她，那是一个做梦也想不到的主意。但此时，这个主意却让她有了冲动。她的潜意识在推动着她的冲动，使她产生了冒险的念头。

这个冲动就是逃婚。对，逃婚，这是她改变命运的唯一选择！

尽管她知道这样做的后果，但此时，她已经将后果抛到脑后了，她甚至已经不在乎什么后果了。即使前面是个火坑，她也要不顾一切地跳下去。她现在有满腹话语要对他倾诉，那种想和他交流的欲望，使她不可抗拒。

雨，仍在哗哗下着。

在短暂的内心挣扎之后，范翠枝的感情占据了上风，她决定冒险。她铁定了心跟他走，至于后果，随它去吧。她决定寻找机会跟他出走。她不再犹豫了，事实上，也没有她再犹豫的时间了。

雨稍微小了点，但还不能走，尤其是马车在刚下过雨的泥泞道路上更不便行走。马蹄容易打滑，马车也容易陷到水坑里。范翠枝四下观看，她看到余得水附近的那户人家院墙外边儿有个厕所。这是多么好的一个理由啊。她站起身来，望了望天空，一副内心焦急的样子，对范彩霞说："我想去解个手。"

范彩霞见院子西北角有个厕所，离过道倒也不太远，就说："那里有茅坑。"

范翠枝笑了笑，手指着远处说："咋好意思去？那边儿有，我去远一点儿的地方。"

"要淋雨。"

"没事儿，这会儿雨小，不要紧。"范翠枝说着，捂着肚子跑了过去。

经过余得水面前时，范翠枝小声对余得水说："你到前面等我。"没等余得水说话，她便冲了过去。

等余得水反应过来时，范翠枝已经跑出去好远。余得水瞄了一眼远处的范彩霞，见范彩霞正望着这边，盯住范翠枝的方向，并没有注意到他。余得水仰头望望天空，装作要走的样子，他脱下上衣，两手扯着，蒙在头顶上，又往东边看了看，这才跑了过去。

范翠枝从厕所出来，四下望了望，没有人注意她，范彩霞已经挪开视线，正仰起头望着天空。范翠枝悄悄躲到一堆柴火后面，如果范彩霞往她这边看，柴火堆能挡住范彩霞的视线。她小心回避着范彩霞可能投过来的视线，往东南方走去。当她移动到一排房子前，便迅速拐进胡同。这个胡同一直通向村口，因为下着雨，胡同里没有人，不会有人注意穿着红袄的她。她于是撒腿奔跑，一口气跑出胡同口，正遇上余得水等着她。余得水用一种期待的眼光望着她，她羞涩地微微一笑，说："不是想让我跟你走吗？走，我跟你走！"

范翠枝语气非常坚定，没有丝毫的犹豫。余得水一愣，随后就明白过来了，笑了笑，上前一步，拉着她的手，激动地说："走吧。"

第五十章

两人撒腿向村北边跑去，这里不靠大路，就是有人追也想不到这个方向。

范翠枝后来才知道真的有人在追。娶亲的队伍，中途跑了新媳妇，这可是前所未闻的稀奇事。好事不出门，坏事传千里，很快就会传到十里八乡。范翠枝知道这意味着什么，搞不好就会让她声名狼藉，一辈子活在别人的眼光里。但此时，她一只脚已经迈出，再也收不回去了。

雨早已停了，乌云渐渐散开，天空蔚蓝蔚蓝的，像刚被雨水冲洗过一样。西边的天空，被太阳染得通红，彩霞飞舞，红墨相间，如梦如幻。

此前，余得水曾将他和范翠枝恋爱的事儿告诉了家里，并向母亲哭诉，他心爱的人要和别人结婚了。他的母亲是一位善良淳朴的老妇人，望着满面忧伤的儿子，心里很难过，只得叹了口气，说："孩子，你别认死理，别一头撞到南墙上不知回头。好闺女多的是，遇着了娘让人给你说去。"当余得水决定实施赖八国给策划的那个"截婚"的主意时，他告诉了爹娘。老实巴交的爹当时就瞪了眼，指着他鼻子骂他没出息，说："你就是打一辈子光棍，也不能做那坏良心的事儿！"余得水的娘却动了心，将脸一黑，白了老头子一眼，说："那范家做得也不对，拿闺女当成啥了，给人家换亲？

要我说，他俩一个愿打，一个愿挨，只要两人愿意，我看也没啥不光彩的。你管恁宽弄啥？"余得水见娘站到他这一边，心里便有了底气，同时又带着一种乞求的目光望着他爹，希望也能得到爹的同意。老头子无奈，气得跺了一下脚，走了出去。

当余得水拉着范翠枝一口气跑到家时，两人早已累得喘不过气来。一家人见了身穿大红小袄的范翠枝，长得果然秀气，羞答答的，低着头，不敢看人，两只明亮的眼睛含着羞带着笑。余得水的爹早已忘记心中的不快，不知道说什么是好。余得水的妹妹刚跑出来，又跑了回去，慌得不知道自己到底要做什么和能做什么。余得水的娘轻轻打了一下老头子的手背，提醒说："还不快去买盘鞭炮来。"边说边扭着小脚迎上去，一把挽着范翠枝，嘴咧着叫了声"乖乖，到家了"，又含着笑给一旁愣着的女儿使了个眼神，手摆着叫女儿过来。余得水的妹妹这才知道自己要做什么，该做什么，慌忙迎了上去。两人一起将范翠枝扶到堂屋里。看她浑身全被雨水打湿了，余得水的娘又慌忙跑到东间里，打开柜子，摸索了半天，拿着一件红色小袄和红色棉裤走出来，挽着范翠枝到西间，将手里的衣服往床边一放，柔声对范翠枝说："快把衣服脱下来，换这身干的，都淋透了，别着了凉。"说着，冲女儿摆了摆手，两人走出堂屋，去了厨房。

余得水的娘生火烧水，不大一会儿，沏了一碗姜汤，打了两个鸡蛋，又放了些红糖，便颤巍巍端到堂屋里。见范翠枝已经换好了衣服，正在梳头，虽然那衣服有些旧，但还算合身，与刚才那一副被雨淋成落汤鸡的样子大不一样了，心里更加欢喜，将姜汤递到范翠枝面前，语气和蔼地说："快把这碗姜汤喝了，发发汗，淋了雨，别伤了风。"

范翠枝望着余得水的娘，羞得满脸绯红。她两眼含笑，感激地点了点头，伸手接过碗，手心里马上感受到茶碗的温度，瞬间暖在了心里。此刻，她感觉这就是她的家，一切都是那么亲切。

余得水的娘笑呵呵地说："快喝吧，趁热。我把这湿衣服拿出去晾晒一下。"说着，拿起范翠枝换下的衣服就走了出去。这时，余得水的爹拿着一挂鞭炮从外面走回来，一把拉住余得水的娘，低头瞥了一眼堂屋，压低嗓门，问："这要是那两家找上门来，可咋办？"余得水的娘捅了老头子一下，怪道："这个时候，还说这话弄啥？人都来到家了，你还不让进门？快把炮点了，我烧香去！"

范翠枝喝罢一碗姜汤，浑身发热，面容更加红润了，正对着镜子上下打量自己，听院门外一阵爆竹声响，心里不由得一阵欢喜，感觉身在梦中。她还有点不相信这是真的，她已经来到余得水家，如愿嫁给了余得水，尽管来得不太光彩，可她已管不了那么多。她只知道，她喜欢余得水，余得水是她心爱的男子，而她如愿以偿地嫁给了他，这就够了。至于后面的事儿，让给时间吧，日子会冲淡一切的。范翠枝正在欢喜之际，余得水笑嘻嘻走进来。他此时也换了一件干净的蓝色上衣，看上去非常精神。

余得水一把抱住她，范翠枝忙将镜子放在柜子上，两人抱成一团，一阵热吻。范翠枝搂住余得水的腰，含情脉脉地望着余得水，激动得眼里充满了泪花，温柔地说："我这辈子可是跟定你了，你可得对我好些呀。"余得水笑嘻嘻地抱起范翠枝，转了两圈，放下来，手拍着胸脯说："你放心，我对天发誓，我余得水要是对你不好，让我出门就——"没等余得水说完，范翠枝伸手堵住了他的嘴，咯咯一笑，嗔怪道："别说出来，咽回去，谁让你赌咒了。"

余得水话没有说完，一口气憋着，忙改口道："我这不是向你保证嘛。"

范翠枝扑哧一笑，伸出手指点着余得水的脑门，说："谁让你保证了？别光嘴说，没有用的。俺要的是行动。"余得水眨了眨眼，笑道："路遥知马力，日久见人心。"

于是，两个人又紧紧拥抱在一起，又是一阵热吻。

不知不觉外面天色暗了下来。范翠枝见天黑了，想起了心事，便沉下脸来，轻轻叹了口气，说道："今儿个好端端的天气，咋就突然下起雨来了。也不知俺家里咋样了，怕是闹翻了天。"

余得水见范翠枝神色忧郁，便安慰她说："要不是下雨，这会儿咱俩能在一起吗？这是老天爷要成全咱俩。你没听过唱大戏的，有出戏叫《风雪配》，咱俩可成了'风雨配'！"

范翠枝叹了口气，笑道："啥'风雪配'？我可没听说过。我本来死了心，认了命，没想到走到这一步，要不是看你在后面跟着，走了恁远，又蹲在人家房檐下避雨，一副可怜的样子，才不会跟你跑哩。这会儿都不知道俺家里啥情况了，怕是俺爹俺娘都急坏了。"范翠枝说着，竟流下泪来。

余得水见范翠枝说着说着哭了，知道她是想家，只得强赔着笑，拿着一条手巾要往她脸上擦泪。范翠枝一把夺过手巾，边擦拭眼角上的泪，边哭道："谁让你擦。"

余得水仍赔着笑，说道："你没有听过那出戏呀，《风雪配》唱得可好了。是讲一位很有学问的书生，因家里贫穷，寄住在姑姑家，却硬是被他长得又丑又不爱读书的表哥逼着去帮他相亲、娶亲。这位书生被逼没法，只好代替表哥去相亲、迎亲，可是迎亲那天，到了女方家里，偏偏遇到天下大雪，回不去了。女方家长怕误了好期，就在女方家里，让他与女儿拜了天地，那书生只得继续冒充新郎与新娘入了洞房。最后弄假成真，两人结了亲。咱俩今天也是因为下雨成了亲，你说是不是'风雨配'呀。"

余得水还要往下讲，范翠枝扑哧一笑，转阴为晴，白了一眼余得水，说："依你说，咱俩也是天意。"余得水见她开了心，也就收住话题，不再往下讲了。

第五十一章

刚到掌灯时分，余得水的娘就已经做好了饭，先是端过来两个盘子，一盘炒鸡蛋，一盘炒辣萝卜；又端过来一馍筐刚出锅的白面馒头，馍筐上放了两双筷子。白面馒头冒着腾腾的香气，直扑入鼻。

范翠枝折腾了一天，早上起得早，吃不下去饭，午饭又没吃，虽说喝了碗姜汤，吃了两个荷包蛋，这会儿也确实有点儿饿了。余得水拿起馒头，递到范翠枝手里，范翠枝此时也顾不得害羞了，接过余得水递过来的馒头，夹着菜大口吃起来。余得水看她吃得很香，脸上露出欣慰的笑容。范翠枝意识到有些失态，反倒不好意思起来，笑道："你也吃呀，我一个人吃，你看着就能看饱了？"

余得水笑道："你吃饭的样子，怪好看哩。"

范翠枝嗔笑道："少贫嘴，赶快吃。"

余得水这才笑嘻嘻地拿起一个馒头，张开嘴咬了一口，大口大口地嚼着。

两人正吃着饭，忽听见外边儿大门吱嘎一声响，有人走进院子里来。接着又传来余得水母亲与别人的寒暄说笑声："哟——他姨，哪阵风把你给吹过来啦？"

"这不是想大妹子了嘛。"

"俺也想姐姐了，咱姐俩好多年没见面了吧？"

"你俩别光站着说话，到屋里坐，正赶上喝茶。"余得水的爹说。

那来人跟着余得水的娘进了厨屋，轻声说："还不是为了俺外甥的事儿，他姨父让我过来看看，捎个话。"后面的声音听不清了。范翠枝和余得水俩人听出来，这是赖八国的老婆来了。

范翠枝又惊又喜，毕竟她现在名不正言不顺地就跑到人家家里来，这在民间属于私奔，是不被认可的婚姻。所以，她并不希望别人看到她，不过事已如此，也就顾不得那么多了，好在可以探听到家里的消息。她很想去厨屋里问一下家里的情况。余得水看出她的意思，将筷子往盘子上一放，说："我去看看，你快点吃，等会俺姨会来和你说话哩。"说完，余得水站起身来走了出去。

余得水走后，范翠枝侧耳细听，可是厨屋里传来的说话声，分明是故意压低了的声音，窃窃私语，什么也听不清。她听见余得水走进厨屋的寒暄声，接下来就又听不清了。听不清干脆不听了，她想起吃饭，趁这会儿没人打扰，赶快吃饭，刚才有余得水在，她还有点放不开，担心吃相难看被他笑话，便细嚼慢咽，此时没人看她吃饭，也就无所顾忌了。于是，三下两下，将手里的馒头吃下，又夹了些菜吃了，感觉肚子差不多了，这才放下筷子，呆呆地坐着等人进来说话。

刚坐好，便听到门外一阵脚步声响，余得水的母亲和赖八国的老婆说笑着走了进来。余得水先一步迈进堂屋，对范翠枝喊道："翠枝，咱姨来了，给你说话哩。"

　　范翠枝听见喊她，便走了出来，低着头，并不说话。她还是有点不好意思见人，怕人笑话她。

　　赖八国的老婆见了范翠枝，倒是态度非常和蔼，满面春风，喜笑颜开，说道："翠枝，你不用挂念家里。王家寨那边儿的人，来咱那里吵闹了一阵子，被你姨父打圆场圆下去了。先让你嫂子和娘家人回去，过两天消消气，再让你哥去接回来。没事儿了，你甭挂念。"

　　范翠枝见赖八国的老婆说话时脸上没有什么异常，一点儿也没有嘲笑她看不起她的意思，心里也就好受一些。心里没有了顾虑，说话也就开朗多了，她又问了几句家里的情况，赖八国的老婆一一作答，临走时又说："过几天，看看情况，再和余得水一起回去，现在不行。到时候我会捎信过来。"范翠枝此时已顾不得害羞，只得点头答应。

　　送走了赖八国老婆，范翠枝心里踏实多了，只是还有一件事情让她放心不下，那就是王家寨的那位她刚过门的嫂子。范翠枝深感愧疚，这事全怪自己。虽然赖八国的老婆含蓄地暗示她，那女的已经是她哥哥的人了，但这样做，毕竟有点不太地道，分明是坑了人家。想到这里，她忽然心生怜悯，可怜起那位王家寨的女孩来了。范翠枝觉得这样对待人家很不公平，就像两人面对的都是坑，说好的大家一起跳，王家寨那女孩二话不说就跳了下去，而她范翠枝却没有跳。不仅没有跳，反而逃离了面前的坑，捡到一个宝，遂了她的心愿。想到这里，她感觉这事情很是可笑，可是想了想，却不知道哪儿可笑，笑自己太聪明，还是笑对方太傻，她说不清，反正这件事情从头到尾的确让人哭笑不得。

　　想到这里，范翠枝心里又生起了后悔，她反思这样是不是错了。如果王家坚决退婚，不让那女孩回来，那她哥范来运可是真的要一辈子娶不到媳妇了，这不仅因为他的腿瘸，更是因为他们家自此会落下一个更坏的名声，以后还有谁敢嫁给她哥，和他们家打交道呢？但现在后悔也没有用了。

范翠枝明白，她现在后悔，那可是正月十五贴门神——晚了。人的一生转折之处，最关键的就是那一两步，对了就对了，错了就错了。是对是错，谁也说不清楚。无论她这一步是对还是错，都是她自己的选择。这个世上卖啥的都有，就是没有卖后悔药的。她酿的这杯酒，不管是苦是甜，都要喝下去。

余得水从外边送人回来，见范翠枝坐在床头发呆，知道她还在想家。他轻轻走过来，打开被子，将床铺好。他的母亲安排过他，这个西间，算作他俩的新房。余得水还有一个哥哥，早已结了婚，盖了新房，分家搬了出去。余得水见范翠枝坐着没有理他，便笑了笑，问道："你在想啥？刚才咱姨不是说过了嘛，你家里没有事儿，就是有啥事，不是还有咱那姨父给兜着吗？"

"是你姨你姨父，好不好？谁给你咱呀？"范翠枝没等他说完，便抢白道。

余得水哈哈一笑，忙改口道："好，好，好，是俺姨、俺姨父。咱不抬杠。"

范翠枝听了，忍不住笑了，将脸扭到一边儿。余得水见她笑了，便高兴起来，上前一把拉住她的手说："累了吧，上床睡觉吧。"

一句话，让范翠枝羞红了脸。她两目含笑，轻声说道："谁跟你睡觉？你自己一张床，我一张床。"

余得水笑道："你看，面前就这一张床，这会儿你让我上哪儿再给你弄一张床来？"

"那就你一个被窝我一个被窝。"

余得水又哈哈笑了两声，说："就这一床被子，上哪再弄一床被子来。"

范翠枝听了，手拢着嘴巴，咯咯笑出了声，伸出手指在余得水的额头上轻轻一点，嗔笑道："那我睡觉，你就在这里坐着，给我站岗。等我睡过来困，你再睡吧。"

余得水哈哈大笑，伸开双臂，一把将范翠枝抱在怀中，嘴里说："中，那你上床睡吧。"说罢，噗，一口气吹灭了灯。

第五十二章

姚淑美望着跪在面前的范来运，气不打一处来，她刚才连珠炮似的数落了他一阵子，这会儿倒不想说话了，将身子扭到一旁，不再理他。

其实，范来运早已有了充分的思想准备，他没有奢望事情很快得到解决，没有奢望王家能让他顺利接回金枝——他的媳妇儿。但他还是硬着头皮来王家寨一趟，不管迎接他的是刀山还是火海，他都要勇敢地把这一关闯过去。临出发时，赖八国反复交代他，无论王家这边说什么骂什么都要听着，并且一句话都不要接。赖八国特意强调说："哪怕打你也不要动，真打就真挨着。"

范来运的父亲担心范来运一个人扛不住，就想找个人陪他一起去。赖八国却说那样反倒不太好，反而会把事情搞得更僵。于是，范三就找人挑着礼品，将范来运送到王家寨寨门口，先去找到范彩霞，让范彩霞领着范来运来到姚淑美家。

果然不出所料，范来运被范彩霞领着一进门，就被王宝禄迎头痛骂一通。王宝禄骂到激动处，要动手打人，多亏范彩霞一旁劝住。

范来运一根扁担两头挂着两个竹篮，挑进来的礼品，无非是些吃的东西：果子、白面馒头，还有六封红糖和一些鸡蛋。挑子还没有放稳，就被王宝禄一脚一个踢翻了，果子、馒头滚了一地，鸡蛋打烂了许多。范来运也不管这些，躲过王宝禄，急走几步，进了堂屋，扑通一声跪在姚淑美面前，喊了一声："娘，俺来看您来了。"

"不要叫我娘，我不是你娘！"姚淑美几乎是在用咆哮的声音怒吼。

金枝正在家中闷闷不乐，听见院子里吵闹，知道范来运来了，惊得不知所措。她望着范来运，忍不住泪流满面，便跑到东间里躲了起来，不住地抽噎。金枝等了三天，她知道范来运会来的。这三天的时间，是那么的漫长，就像三年那样难熬。在这三天里，金枝睁眼闭眼都是范来运，都是与范来运拥抱热吻的场景，她嘴唇的触觉有时会麻麻的，仿佛还在和他亲吻；她的胸部有些发胀，她有时会不自觉地将手放在胸脯上，想象着是他在用手抚摸着她。在她看来，她已经把整个身子给了那个男人，这已经是不可改变的事实。这三天，金枝见到母亲和哥哥没有过多的话语，母亲和哥哥也是满腹委屈，余怒未消。家里少了平日的欢笑，冷冷清清的，他们一家三口可是从来没有像这三天那样凄冷。

王宝禄站在门外，手指着跪在地上的范来运，大声喝道："快滚，甭再进俺家门"。说罢，对着一个已经翻倒在地上的竹篮又是一脚，气冲冲地出了家门。

姚淑美见儿子王宝禄走了出去，感觉有点头晕目眩，她担心自己支撑不住，便慢慢坐在紫色木椅子上，又摆手示意范彩霞找地方坐下，低声说道："范老师，坐吧"。

范彩霞叹了一口气，便在门口找个凳子坐下来，低着头，望着地面，默默无语。她知道，此刻说什么都没有用，唯有让姚淑美发发火、消消气，事情才有缓和的余地。

姚淑美望着跪在面前同样一言不发的范来运，心中的怒气稍微缓和了些，她冲范来运问道："你今儿来俺家是想干啥？你一家人欺负俺们还嫌不够吗？当初说媒时，可是两家说好的换亲，双方自愿，没有逼你家。咱们可是说好了，不把人送来，咱就退亲，一刀两断，没啥瓜葛。"

姚淑美说完，不解气，顿了顿，又说："你这孩子也不小了，让你自己说说，你家办的这事儿，伤天不伤？害理不害？亏良心不亏？这以后她哥可是说媳妇再也没有指望了，就得拉寡汉一辈子。啥也不说了，回去把人送过来，咱两家还是亲戚。人送不来，就不要再来纠缠了。"

姚淑美说罢，两眼一闭，不再言语。

范来运仍旧一言不发。

此时，范彩霞也不知说什么好，她知道如果不把范翠枝找回来，说什么都没有用，说也是白说，倒不如不说，也就只好坐着发呆。

室内的空气像是凝固了，静得让人透不过气来。只有里间传来金枝轻轻的啜泣声，算是给这沉闷的气氛增添了一点儿生气。

姚淑美感觉胸口有些发闷，她长长叹出一口气，闭上眼睛养了一会儿神，这才感觉好受些。这些天来，她一个人前前后后张罗着，不知跑了多少腿，什么事情都要她去办，生怕出了什么漏洞。本来撑着一口气，想着把两个孩子的事儿一下子全办了，了却她多年的心愿，没想到半路里却杀出个程咬金，出了这么一个乱子。这让她一下子乱了方寸，没了方向，她也不知道如何是好。金枝回来的这两天里，又是哭，又是发呆，让她很担心，生怕女儿出啥问题。

静了一会儿，姚淑美睁开双眼，仔细打量着范来运，见他跪了很久，怕是两腿也发麻了。面前的这个男孩，浓眉大眼，白净面皮，崭新的蓝布衣裳，衬得人有些清瘦，倒也很是精神。不是腿脚有点毛病，真说不上有啥挑头。如果不是目前这个境况，与女儿金枝还算般配。难怪女儿金枝在庙会上见到他时，就有了好印象，范彩霞来说媒时，二话没说就满口应承了。前天，金枝被从范家寨叫回来后，一句话也不说，总是一个人坐着发呆。姚淑美看出了女儿的心思，女儿分明是心里有他，并且两人已经难舍难分了。姚淑美曾想过要成全了她，可是儿子宝禄怎么办？那可真的是要一辈子也说不上媳妇了。

"我这半生也真够苦的。"姚淑美心想，本指望把孩子拉扯大，都成了家，她好松口气，但没想到等到的这一天却是这个样子。她有些想不通，不知道这是老天爷在捉弄她，还是命运在和她开玩笑。偏偏那天河北岸下了雨，南岸咋就没有下呢？她又望了一眼范来运，很想将心软下来。可又转念一想，不行，她这时不能心软，必须硬撑着。如果她不硬撑着这个局面，那就会鸡飞蛋打，这么多年的心血可真是白费了。硬撑着，或许事情还有挽回的余地，她希望范家寨能把人——她的儿媳给找回来。想到这里，姚淑美又将心一横，冲范来运喝道："起来，甭跪了，你就是跪到死也没有用。

回去，把人送来！"

范来运像跪在地上的泥胎一样，仍是一言不发，这让姚淑美没了主意，她实在不愿意看到范来运跪在她面前，担心她那颗脆弱的心支撑不下去。于是，她便长长舒了口气，走了出去。

范彩霞自知坐在那里也很无趣，也悻悻地跟了出去。

金枝见母亲出了门，有了和范来运说话的机会，便从里面走了出来。她此时已打定主意，不愿意与范来运分开了。她深情望了他一眼，轻轻说道："你还跪在这里弄啥？没听见吗？就是跪到死也没有用。你现在出去吧，在寨东门那个藕池旁等我。我跟你走。"

范来运听得明白，心中一阵欢喜，刚要起身，却两腿发麻，站立不稳，倒在地上。金枝一见，吓坏了，忙冲门外喊："娘，快来呀！"

姚淑美和范彩霞听见堂屋的声响，急忙回头来看，见范来运摔倒在地上，慌忙跑过来。金枝已经扶着范来运坐在凳子上，范来运咧着嘴角，强撑着冲金枝微笑着，双手抚摸着膝盖。

姚淑美见他没有摔着，便冷冷地说："不跪了？你走吧，把人给我送来，咱还是亲戚。不把人送过来，咱两家就不要来往了，一刀两断。"

金枝望了一眼母亲，有些埋怨地叫道："娘——"

姚淑美知道女儿嫌她话说多了，便不再言语，将脸扭了过去。

范来运站起身，轻声说道："娘，那俺走了。"

"把你的挑子拿走！"姚淑美冷冷地说。

"那东西都是孝敬您的。"范来运说着，一瘸一拐地出了门。

范彩霞见他走了，对姚淑美说："我去送送他。"说罢，也走了出去。

金枝眼巴巴望着范来运出了门，泪珠从眼眶里滚落下来。

第五十三章

看到范来运虔诚的样子，金枝感动了。她下定决心要跟他一辈子，她要学范翠枝，去追求属于她的幸福。目前这局面不是她的错，她既然当初答应了这门婚事，就没有想到反悔。现在那边儿出了叉子，这不能怪她，不能让她来承担这苦果，不能影响她的一辈子。她刚才在里间看到范来运跪在地上，她是心疼的，她不想让他再跪了，但又说不出口。看到母亲态度坚决的样子，想必是铁了心，求也没用。这倒促使她下了决心，她让范来运先走，她准备择机再走。金枝知道这样做意味着什么，那样会很伤母亲的心，但没有办法，她不愿再把自己作为换取哥哥娶媳妇的筹码。她不是可以拿来随意和人交换的东西，她是人，是人就有选择爱的权利。

范彩霞将范来运送到大门外又折身返回来，弯腰把地上的果子、馒头和一些还没有打烂的鸡蛋捡起来，放进竹篮里。金枝见了，忙整了整衣服走了出来，说道："范老师，您去坐会儿吧，我来收拾。"说着，也弯下腰去捡地上的东西。

范彩霞走进堂屋坐下，想与姚淑美说些话，安慰她一下，可话到嘴边却张不开口，毕竟这事因她而起，也就只得有一搭没一搭地扯了几句。坐了一阵子，感觉姚淑美也没有心情说话，知道她心里不是滋味，与其拿话安慰她，不如让她一个人静静地待着，于是便起身告辞。

刚走出大门外，见金枝追上来，一把拉住范彩霞，压低了声音说道："范老师，我给您说个事儿。"

范彩霞看金枝神色慌张，知道可能有什么话要说，也低声问道："啥事儿？"

金枝还没有说话，早已羞红了脸，左右看了看，小声说道："俺想跟他走，还不放心俺娘。您帮俺看着点俺娘，甭让她急出啥事儿来。"

范彩霞一怔，变了脸色，说道："这孩子，你可不能那样！"

金枝低着头，眼光盯着地面，眼角噙着泪，两手捻着衣角，不住地揉搓，将身子摇晃着，轻轻地道："俺已是他的人了。"

范彩霞一听，张开口却说不上话来，她回了回神，方才说道："你说你俩都已经同了房啦？"

金枝微微点了点头，"嗯"了一声，便一头扎进范彩霞怀里，轻轻地啜泣起来。

范彩霞拍拍她的肩膀，安慰她说道："快甭哭了，让人看见了不好。"

范彩霞用手帮她擦干眼角上的泪，叹了一口气说道："我在这事上被她弄得里外不是人，这会儿你又要学她，让我左右为难，以后我咋在王家寨做人。"

范彩霞说罢，昂起头望了一下天空，叹了口气，又说："哎，反正都已走到这一步了，也只好成全你们这一对了。你自己的事儿，你自己拿主意吧，这事儿我也不太好掺和，你娘这边儿，倒是不要紧，我先回去一会儿，等下再来，看着她，陪着她。"

金枝再返回家里时，装作若无其事的样子，担心被母亲看出破绽不好脱身。她到厨屋倒了一碗热茶，小心翼翼地端到娘面前，轻声说道："娘，别生气了，喝点茶。"

姚淑美接了，放在桌上，望着面前冒着热气的茶碗，舒了一口气，说道："金枝，不是娘不疼你，你看这事儿，明显不是欺负咱吗？娘也知道那孩子对你不差，你也喜欢他。可到了这个节骨眼上，咱也不能不撑着呀。"

金枝两手撕扯着衣角，轻轻说道："娘，我知道了，要说这事儿也怪不到我身上。我愿意跟……跟他。"最后这句话，吞吞吐吐的。

姚淑美此时已经消了气，见女儿这样说，只得说道："娘没有怪你，让你受屈了。只是你要是跟了他，你哥这边可咋办？那就注定一辈子打光棍了。"

金枝怯懦着说道："本来就不该拿我换亲，我又不是小鸡小狗，随意拿来给俺哥换媳妇，也没有这个理呀。"

姚淑美听了，自知委屈了女儿，一时说不出话来，显然她面对宝贝女儿这样的质问无言以对，手心手背都是肉，儿子是自己生的，女儿何尝不是她亲生的。沉默了一会儿，姚淑美才长长叹了口气，说道："这不也是没办法的事儿嘛，娘也知道委屈了你，知道你自小最疼娘。"

金枝不再往下接话了，她知道她的话已经差不多了，再往下说就让母亲为难了，她也不想让母亲看出她心中装的小把戏，她已经作了暗示。金枝知道她刚才这两句话已经让母亲的态度大为转变，接下来发生的事儿也就会顺理成章，不至于给母亲很大的打击。

于是，两人又默默地坐了一会儿，看看阳光投到堂屋门口的影子，不知不觉移到了正南，到了该做午饭的时候了。范来运到她家时，她家刚吃过早饭，这一上午时间过得真快。金枝想着心事，早已坐不住了。她站了起来，走到厨房，随手拿了一个笤箅，对母亲说："娘，我去扒点柴火去。"

姚淑美正生闷气，只点了点头，仍一个人坐在那里出神。

金枝走出大门，将笤箅放下，四下看看，没有人注意到她，便快步向寨东门走去。刚走了不远，迎头看见哥哥王宝禄从外边回来，于是她放慢了脚步。

王宝禄见她往外走，问道："哪儿去？"

"家里没有柴火了，我去找点柴火。"金枝冲哥哥微笑了一下说。

王宝禄没有再问，便径直走了过去。金枝见哥哥走了，心里却紧张起来，担心被哥哥发现走不掉，于是加快了步伐。寨子里人不太多，遇到三五个，有和她打招呼的，金枝只是简单地应付一声便走了过去。

出了寨门，四处望望，见寨外倒是没有什么人，她就一溜小跑来到池塘边。范来运果然还在那里等她，金枝也顾不得和他多说话，只说一句："快走。"

"往哪里走？"

"去你家呀。"

范来运摆了摆手，笑道："俺家这会儿能去？等会儿这边的人再去俺家，摔盘子砸碗的，咋弄？咱先往南边儿去吧，让他们找不着。"

于是，俩人便手拉手，拔腿就跑。

范来运腿脚不便，可是跑起来并不比金枝慢。两人一口气跑了二三里，回头看看，离王家寨和范家寨两个村都很远了，这才停下来。金枝早已累得走不动了，蹲在地上上气不接下气。范来运看着她可爱的样子，不觉笑起来。

金枝手捂着胸口，喘着气，埋怨道："人家都累成这样了，你还有心笑人家，你就不会背俺一会儿？"

范来运这才忍住不笑，往她面前一蹲，笑道："来，背着你。"

金枝右手攥起拳头轻轻在范来运背上捶了两下，咯咯笑道："谁真的让你背，你腿脚不好，走路不摔倒就不错了。"

范来运笑道："没事儿，我就是要背着你走。"

金枝坚决不让他背，范来运只得站起身来。

一阵风吹来，吹得人脸上暖融融的，那田野里麦苗儿随风摇摆，起了波浪，像平静的海面起了些涟漪。农历三月天，阳光充足，麦苗儿沉睡了一个冬天，又喝饱了水，正吸收着土壤中的养分使劲拔节生长。平原上到处泛着青色，一眼望不到边际，只有那远处冒着炊烟的村庄被层层雾带缠绕着。

范来运环顾四周，突然眼睛一亮，他看到东南面有一个"人"字形草庵子，孤零零矗立在田间地头。这种草庵子在平原上是常见的，用几根细长木棍支撑起来，两边用麦茬缮着，可以遮风挡雨，是庄稼人在庄稼成熟时看庄稼用的。范来运手指着那个草庵，高兴地叫道："咱到那里待着吧。"金枝看了看，点头答应。

范来运搀着金枝，两个人来到草庵前，见草庵里铺着一层麦秸，麦秸有点薄，露出黄色地面，倒是干的。于是，俩人便进了庵子坐了下来。毕竟是三月天，天气已暖和多了。范来运望着金枝，嘴上笑呵呵的，心里早已乐开了花。金枝见了，咯咯笑道："没见过你这样看人死眼子的,这下好了，让你看个够。"

范来运笑道："我看着你心里就喜欢，怎么也看不够。还喜欢听你说话,声音比银铃还好听。"

金枝又禁不住咯咯笑了两声,将嘴一努,道:"你又哄我,说得好像你听过银铃声响一样。"

范来运道:"听过,这不正听着吗?你说话的声音就是。"说过之后,接着将身子坐正,装模作样地,两手在胸前比画着,做出一个兰花指的手形,学着唱戏的样子,开口唱道:

好一个俊俏的王金枝,
长得白净又齐整,
适方才把我哥哥叫,
好似风吹响银铃,
又好比小玉杯碰金盅,
撕绫子,打茶盅,
百灵叫,新媳妇哼,
小孩喊妈头一声,
都不如俺媳妇你好听。

金枝听了,止不住笑,指头朝范来运脑门上一点,嗔笑道:"美的你,看,敢不对我好?"又问:"你咋还会唱戏?"

范来运嘻嘻笑道:"经常听戏,谁还不会哼两句?"

笑过之后,金枝望着范来运,两眼水汪汪的,一副脉脉含情的娇态。

范来运伸手理了一下金枝的头发,嗅到她身上散发的淡淡清香,不禁为之癫狂,再也控制不住自己,一把将金枝紧紧地搂在怀里。金枝也伸开臂膀紧紧抱着范来运的腰,两人倒在麦秸地上一阵热吻。他们已经分别三天了,在这三天的时间,两人无时无刻不在想念对方,想念那温馨时刻。此时,千言万语都已转化为一团火喷了出来,于是,两团熊熊燃烧的火焰融在了一处。

第五十四章

王宝禄走到家门口，见大门外放着一个箩筐，心里起了疑，随手把箩筐掂上，推门进到院中，将箩筐放在厨屋墙脚下，见母亲坐在堂屋里发呆，就问："娘，金枝干啥去了？"

姚淑美见儿子问，便说："说是出去弄些柴火回来。"

"不对，我刚才在路上见她，慌慌张张的，箩筐又放在大门口。找柴火咋不带箩筐？会不会……"

姚淑美听儿子说完，心头一惊，想起刚才女儿金枝的话，慢慢回过味来，她后悔不该让金枝一个人出去。她噌地站起身来，对儿子王宝禄说："赶快去找！"

娘儿俩也不敢声张，只在寨子里分头寻找，见人就问。有人说见她往寨东门方向去了，王宝禄拔腿往寨东门方向跑去，可是哪里还有人影！

范彩霞回到家里，看了看，也没有什么要紧的事可做，心里想着姚淑美，有些不放心，只是刚从她家出来，不便马上再去。于是，她又走出家门，刚出胡同口，老远看见姚淑美神色慌张地走来，知道不妙，就迎上前问道："姚老师，你在这儿弄啥呢？"

姚淑美一把拉住范彩霞，着急地问："见金枝没有？"

范彩霞故作惊讶地说："刚才不还在家里吗？"

姚淑美轻轻摇了摇头，叹道："真是儿大不由娘了，她给我说去找点柴火，就这一小会儿，人就不见了。"

范彩霞一听，心中有数了，不好明说出来，只得安慰姚淑美道："先甭急，说不定到谁家串门去了。"

"我越想越不对劲儿，范家那男孩在那跪着，我看不过，就出了堂屋，你也跟着出来了。没多大会儿，人就站起来说要走，连挑子都不要了。你走后，金枝和我说话，说什么愿意跟着他，难不成这闺女给那个死妮子学成精了？也学她的样子？"姚淑美说话时，眼里噙着泪。

两人正说着话，见王宝禄气喘吁吁地跑过来，结结巴巴说道："坏了，坏了，有人看见她去寨东门了，我去寨东门没找到人，怕是早跑远了。"

姚淑美听了，心头热血上涌，两眼发昏，腿弯一软，身子晃了晃就要倒下去。范彩霞、王宝禄慌忙上前搀住。王宝禄急得哭了，拉着母亲的手劝道："娘，您甭生气了，咱不要她了，我也不娶媳妇了。您要气坏了身子，让我一个人，可咋办！"

金枝出走的消息很快就传遍了整个王家寨，而且传出来的话很难听，说是被范瘸子给拐跑了。这让王家寨所有人都感觉脸上失去了光彩，这样的事情在王家寨可是前所未有的。

如果说姚淑美将女儿与人换亲途中跑了媳妇是吃了大亏，但好歹王家寨去人把金枝要了回来，算是扳回来一层面子。但这次金枝是主动跟人家走的，这可伤了整个王家寨人的心：王家寨这次是吃了大亏，很快就会传到十里八乡，王家寨人再赶集走亲戚串朋友都会被人拿此事说笑；虽说不是自家的事儿，但毕竟都是王家寨的人王家寨的事儿，脸上自然是挂不住的。现在这事儿已经不是她姚淑美自家的事情了，已是关系到整个王家寨人声誉的大事儿了。豫东人要面子，人活一张脸，他们把面子看得比什么都重要。于是，王家寨几乎是全寨出动，一下涌出百十口人，吵吵嚷嚷，要去范家寨要人。

王富钱、王富田、王文福闻讯赶来，见聚集这么多人，问清原委后，王富钱说："要是去范家寨的话，也用不着去恁些人。上次去过的这回还去，去不了的再找人顶。"

王文福听了，点了点头，表示赞同。他走到一棵柳树下，将手举得高高的，喊道："去过的人都到这边儿来。"

话音刚落，呼啦一下围过去好多人，王文福点着几个冒充的人，笑道：

"你，你，还有你，到那边儿去，你们几个不要去，没听说上次去过的人去吗？"那几位被点着的人见不让去，便咕哝着嘴悻悻地闪到旁边去了。

王文福见围了二三十个人，吵吵嚷嚷着都要去，清了清嗓子，说道："这会儿马上晌午了，要不要各回各家，先吃过饭再去，到时候人都饿着肚子，怪没劲儿"。

人群中有人嚷嚷道："不饿，吃啥饭，到这个节骨眼上，也吃不下去啊！"

王富钱走到姚淑美面前，说道："儿大不由娘，这事儿既然出了，你也不要太伤心。实在不行，我看就随她去吧。俺们恁些人到范家寨就是去要个说法。现在的社会，打人犯法，恁些人去了范家寨，闹大了要吃官司的。"

姚淑美手掂起衣角，揾了揾眼上的泪，咬牙骂道："我白养活了她，当初我要是狠心扔下他俩不管了，也不会受恁大的气。我拉扯两个孩子成人容易吗？这会儿她倒长大了，狠心扔下我不管了。我这是啥时候烧香烧到神屁股后头去了，没有烧到地方。出了这样的事儿，又是哪辈子作了孽，得到的报应啊！"

姚淑美骂了一通，顿了顿，望着王富钱，又说："这事儿就交给你了，你见识多，我一个女人家，啥也不懂，你给做个主。就依你的，去范家寨也别打别闹，要个说法就中了。她要是真不回来，也算了，就当我没生她养她。"

姚淑美嘴上这样说，其实心里很明白，事已至此，就是有十头牛也扳不回来了，但当着全寨人的面，她必须表这个态，说句狠话。

王富钱要的就是她这个态度，有了这个态度，他心里就有了底，就知道下面的事情该如何办了。

第五十五章

一群人风风火火来到范家寨，已是过了正午太阳偏西了。范疤瘌经过上次闹腾已经被吓坏了，这次见又来了那么多人，不知家里锅碗会糟蹋成什么样，那气势比抄家还吓人，他两腿颤抖勉强硬撑着出来应付。范来运的娘吓得躲到对门邻居家不敢出屋，只隔着房子听，让人传话。

有人慌忙报知赖八国，赖八国倒是不急不慢。他背着手，晃晃悠悠踱过来。他这背手的姿态与其说是一种习惯，不如说是一种权威的体现。在范家寨，除了几位年龄较大、辈分较长的老人和他一样背着手走路外，还没有人敢在他面前背着手走路。

有人看他不紧不慢的样子，就笑着问他："剑儿叔，咋不快点啊？怕是那边要闹翻天了！"赖八国的大名儿叫范剑，当着他的面人们都按辈分喊他"剑儿哥""剑儿叔""剑儿爷"的。但背后大都叫他赖八国，当着他的面谁也不敢喊他的外号，尽管他本人也知道人们背后叫他赖八国，但他并不在乎，他甚至乐意人们那样称呼他。

赖八国先是吭了两声，清了清嗓子，这也是他多年来当干部养成的习惯，每次开会他讲话时，都要先吭两下才开腔。他用一种非常自信且坚定的语气回答："慌啥，这回和上回可是不一样了，这回是他们的人自愿跑到咱这边儿来的，还有啥可说的？"赖八国说话时，脸上洋溢着得意的神色，似乎在告诉人们这一切都在他的预料之中，在他的掌控之下。

赖八国一进门，见了王富钱，笑呵呵地嚷道："来了，老弟，今儿这是打算又唱哪一出？是梁山好汉还是瓦岗寨英雄聚义？"

王文福听赖八国话音不对，没等王富钱答话，就抢过来话接道："你这话说的，可是站着说话不腰痛，这事儿要是搁在您身上，怕是早要闹翻天了哩。说好的换亲，你们的人半路上跟野汉子跑了，这事你就不管一管？"

赖八国把嘴一咧，也不生气，笑道："咦——兄弟，你这话说得咋让人听着浑身起鸡皮疙瘩，啥叫俺的人跟着野汉子跑了？谁是野汉子？人家是自由恋爱，谁能管得了？再说这头儿，按说这俩孩子拜了堂成了亲入了洞房就该是一家人了，你们说要领回去俺们也没有拦，就让领回去了。这会儿是孩子她自愿的，谁也拦不住不是？没听说过宁拆十座庙不拆一桩婚吗？咱拆散哪一对那可都是缺德亏良心的事儿，你说是不是？"

范疤痢哭丧着脸，叫道："说了半天我才明白咋回事儿，俺们也没有见到人？来运到这会儿还没有回来，谁知道他人跑哪里去了，我比你们还着急哩！"

有人嚷道："是不是把人藏起来了？"

范疤痢一听，拍着大腿，蹦着骂道："谁把人藏起来谁就不是吃粮食长的！"

众人听他这样说，确信人还没有回来，也就不再说什么了。

一群人一时接不上话来，王富钱、王文福都不知往下咋接是好，一个个阴沉着脸不说话，似乎这次气势汹汹地来有点师出无名。赖八国说的话也在理，可不是嘛，人家这边儿也不见人，就是俩年轻人一起跑了，你不是也没有办法吗？何况是你们王家寨的人主动和人家走的，这又怪得了谁呢？金枝这次出走，让娘家人非常被动，让王家寨的人很没面子。

赖八国一看对方泄了气，脸上马上堆起笑，做了让步，道：这是咋的啦？都愣在这弄啥哩！上屋里坐。范三儿，把人让到家里去，赶快烧茶，把好洋烟拿出来打一排子。"

范疤痢听了，慌忙喊人倒茶，自己跑到堂屋里拿出两盒大前门香烟，递给赖八国一盒。赖八国接了烟，抽出来一个个地敬烟，笑嘻嘻地将人往范疤痢家里让。

王富钱板着面孔，冷冷地道："这事儿总得给个说法，你想就这样一打马虎眼就过去了。那俺恁些人来弄啥？你信不信，我一开口就会把恁家给抄了。"

"信，信信，咋不信？"赖八国见王富钱撂下狠话，忙收了脸上的得意之色，堆起笑，劝王富钱："兄弟，甭生气，咱都坐下来商量一下，咋着把这事给平息下去，以后俩亲家还得来往哩。要不，咱这前后庄的，以后还咋见面儿哩。"

王富田接道："这事是这头弄得不对，要是当初提亲时那闺女不愿意也就没有今儿这事了。既然答应了，两个小孩也都见了面，都说好同意了，你说这半道上跟着人家跑了，像什么话！俺这边人家男孩长得恁排场，哪点配不上你们家闺女，这以后倒好，名声传出去了，更不好说媒了，要一辈子打光棍了。"

王文忠也插话道："人家可是单传，就这一根独苗儿。让你们这么一弄，可是要人家绝户了哩。"

赖八国见对方没有了上次的气势，但你一言我一语的，自知理亏，一时找不出个台阶，只得默默地抽着烟。他眼睛望着地面，脑子也转着圈思考应对之策。当他听到"绝户"两字时，眼前突然一亮，心里有了主意。他先是哼了哼，算是清了清嗓子，脸上又恢复了得意的神情，笑眯眯地望着王文忠，又看了一眼王富田，这才对着王富钱说道："我倒是想起来一个好主意，我说说你们听听咋样？"

王文福冷冷地说道："你这一张嘴，可是南洼上的路，句句都是坑！"

第五十六章

赖八国一听，哈哈大笑，王文福的话本是讥讽他，他却理解为那是称赞他足智多谋点子多，就说："兄弟咋说这话，我这回一碗水端平，既不向着俺范家，也不向着王家那边儿。我说个公道话。你说这娶媳妇为啥，不就是图个到老有人送终吗？这个倒不难，来运他们这一对，将来有了娃娃，不管男娃还是女娃，抱到他姥姥家照顾大不就有了？孩子长大，谁养大的给谁亲，还愁将来没人给他舅养老送终？"

有人咂舌起哄说："中，我看中！"很明显，叫好的都是范家寨的人，明眼人一看就知道这是和稀泥打圆场儿的。

王富钱望了一眼王文福，又望了一眼他哥王富田，几个人互相对了个眼神，事到如今，这个主意倒似乎是没办法的办法。

王富钱也不急于表态，虽然他来时从姚淑美的话音里听出来似乎她有点认了的意思，也不愿意将事情闹大，这让他心里有了谱。他仍然冷冷地望着赖八国，说："你这话说得可怪轻松，都像你说的，那全天下人还结婚娶媳妇弄啥？你家那闺女与俺王家的人婚约还没有解除，人还是俺王家的人，这总得给个说法吧。"

赖八国听他这样说，知道对方松了口，只不过是给个台阶慢慢地下，也就不急不慢地说道："兄弟，现在是新社会，这婚约虽说不受国法保护，咱也承认，可现在的事难就难在这人到今天还没有找到，咋弄？就是找到了，她死活不同意，你不也没有办法？俗话说，捆绑不成夫妻，强迫不得。以我说，兄弟，就这样办，来运他们小两口这头一个孩子生下来就抱过去，将来给他舅养老送终。要不，你说这俩人生米做成了熟饭，年轻人认准了他的性子，可是九头牛也拉不回来。咱也只好这样收场了。您回头给那边亲家多说说好话，劝她甭再生气了，孩儿大不由娘，多宽心些。"

王富钱看了一眼王文福，轻轻问他："你看——"

王文福还想说什么，张了张嘴，终没有说出话来。事已至此，还有啥话可讲！

王富钱见王文福没有说的，又看了看王富田、王文忠等，一个个都没有话可说，心中就有了底，对赖八国说："这事儿你做得了主？"

范疤痢旁边听了，啪，拍了一下胸脯，说："中，这事儿我还是能说了算的。今儿个当着恁些人，咱几十双眼证着，孩子生下来，不管是男孩还是女孩，

350

满月就抱走。"

赖八国笑道："你只管放心，咱们在这咬个牙印儿，他来运要是敢不愿意，我把他的腿给他打断！"话一出口，自觉有点失言，不再往下说。

有人扑哧一声笑了，赖八国狠狠看了那人一眼，那人忙止住笑。范家寨在场的人也都忍住笑。他赖八国张口又是把范来运的腿打断，加在一起可是真的把范来运的两条腿都打断了。如果不是因为他把范来运的腿打瘸会有今天这桩事情？范疤瘌也想借着这个机会数落赖八国几句，想想这会儿说这话显然不太合适，也就没有说出口。

其实，赖八国心里也明白，要不是因为他，来运也不至于不好说媳妇，也就没有换亲这一说了。这人哪，谁做下了亏心的事儿谁自个心里是明白的，若说不知道，那是装糊涂，不愿意明白而已。他如今明面上帮着范疤瘌家说话，成全范来运这门婚事儿，对于他自己多少也是内心上的一种安慰，弥补他带人将范来运的腿打瘸一事上的亏欠。

打发走了王家寨的人，赖八国心里着实得意起来，在处理这桩事情上他为范家寨人争了光，他想象着从此寨里人会对他另眼看待，他的威信也会由此大大提高。

回到家后，赖八国连忙让他老婆去小余庄报信，好让范翠枝及时了解她家里的情况，并约定再等几天，余得水和范翠枝就可以回家认门了。

天刚落黑，范来运和金枝两人踉踉跄跄地回来了。

他俩在那个草庵子里待了半天，眼看日头偏西才敢辗转往范家寨这边走，快到范家寨时听人说王家寨来的几十口人刚离开没多大会儿。金枝怕见人，俩人又等到太阳落入地平线才敢进寨。

范来运的娘一见儿媳妇到家，又惊又喜，慌着给金枝又是倒茶又是问寒问暖，把两家和解达成的协议说给两人听。金枝还没有听完，早已羞红了脸，低下头沉思，要是这样能给母亲一个交代，甭说她把自己生的孩子抱给她哥，就是把她身上的肉割下来二斤孝敬母亲，那也没啥话可说的。她突然间想，上午是不是她娘故意放她出走的呀。她上午出走似乎是一个解开疙瘩的最好的办法，也是没有办法的办法。以她对母亲的了解，应该是故意放她跟范来运走的，这样好对哥哥、对寨里的人有一个交代。

看到范来运一家人对她的亲热，金枝心里热乎乎的。堂屋里闪动的烛光照得室内通明，这让她感到很亲切。这一对大红蜡烛是三天前她和范来运拜堂成亲时用的，直到今天才真正派上用场。金枝不再怕羞，见范来运的娘在厨屋做饭，就一头钻进厨屋帮着烧锅去了。范来运的娘喜得连连劝着金枝到堂屋里歇着，心疼地说："锅灶上都是灰，你刚过门儿的新媳妇就坐这烧锅，怕是人家见了笑话说我不疼媳妇哩。"

范疤瘌望着这位长得俊俏的儿媳妇，心里别提多美了，尽管他这几天受了不少的窝囊气，但能给儿子娶这么好一个媳妇儿，受点气算得了什么呢？如果不是自家闺女的事儿，让他在寨子里见人抬不起头来，他准会走路都昂着头，扬眉吐气一回，要是有人问他，前些天受的气值不值呀？他准会说，别说挨人家一巴掌，就是再挨上三脚也情愿。可是，如今他只能将这个喜气憋在心里，出了家门，就装作一副不太舒心的样子，紧锁着眉头。这都是那个不听话的丫头惹的！范疤瘌想起女儿，心里就来了气。

当三天后范翠枝和余得水掂着礼品回来认亲时，范疤瘌二话不说，张口就骂，非要撵着两人出去，不让进门儿。来运的娘也哭着骂着不认范翠枝这个闺女和那个被人骂作"野汉子"的女婿儿。范来运掂着半截棍拦着门，高低不让两人进来。

金枝大概也知道公爹公婆和丈夫范来运这样做有一半是做给她看的，另一半也是解心头之气。最后还是金枝出面解了围，她拉着公婆的手劝慰公爹公婆，又夺了范来运手里的棍棒，才算让范翠枝和余得水进了堂屋。两人进了屋，扑通一声齐刷刷地跪在当门地上。但即便是这样，也没有打动范疤瘌铁石一样的心肠，他站在院子里高声骂道："这事儿，当初就应该给家里说一声，明媒正娶，偷偷摸摸的像什么样？还把你嫂子娘家哥给耽误了。让咱们一家咋有脸见人，出门脊梁骨还不被人戳烂！"

范来运的娘也鼻涕一把泪一把地哭诉道："我当初一把屎一把尿地把你养大，你现在可长胆了，心里做事儿，把咱这一家都给诓了，要是早一点给我透个口风儿，也不会弄成这样。你看这像什么话！"

范翠枝和余得水两人得了赖八国的真传，直跪在地上不说话。不管爹娘说多难听的话，都当刮大风。两个人像木头人一样跪了一个多时辰，最后又齐刷刷地晕倒在地上。

第五十七章

三月的春光总是那么迷人，令人向往。春风吹在人的脸上像猫的尾巴轻轻拂在人的脸上，痒痒的，暖暖的。被积雪掩盖了一冬的麦苗儿拼命拔着节往上生长，田埂里的土壤也湿润润的、松松的。豫东平原上到处都是一望无际的麦田，绿油油的，中间生长着早开的油菜花，在太阳光下散发着金色的光彩，空气中弥漫着淡淡的清香。

吃过早饭后，姚淑美感觉心头有些烦闷。家里只剩下她和儿子宝禄，金枝走后，这个家少了许多欢笑声，就连空气也是沉闷的。儿子王宝禄每天装作一副豁达的样子，姚淑美明白儿子的心思，无非是想让娘开心些。越是看到儿子那个样子，姚淑美越是开心不起来。可能就这样了，姚淑美在心里一遍又一遍地告诉自己，还是认了吧，这就是命。命中注定的都是改变不了的。这个婚事之前，本来还有人给儿子宝禄提媒。自换亲后，就再也没有人来提媒了。她又托了几家亲戚帮着说媒，大都是嘴上答应说好，但是干打雷不下雨。看来她只能接受抱养女儿金枝的孩子将来给儿子养老这一条路了。

三月天，地里也没有多少农活可干，姚淑美想到田野里走走，顺便剜几棵野菜，也好散散心。走到寨东门地头时，老远见雪雁从后面跟上来。自金枝走后，雪雁去她家的次数少了，大概女儿金枝不在家雪雁去串门的理由不足了的缘故。雪雁走近后，姚淑美这才注意到雪雁满面愁容，就问："你咋了？"

雪雁急走几步，一把拉着姚淑美的手，眼泪已在眼眶里打转转，轻轻说道："婶儿，我不想和他过了。"

姚淑美心头一惊，忙问："你这孩子，说啥傻话，你和王康吵架了？"

雪雁愤愤地说："要是吵架还好哩。婶儿，你看我身上这——"说着，她解开上衣，又解开贴身小袄上的盘扣，露出雪白的胸脯，那雪白的胸脯上有几道红红的指甲印。

姚淑美吃了一惊，问道："你这咋弄的？"

雪雁抽噎着说："他有毛病，就拿我的身子出气。"

姚淑美帮雪雁把衣服扣好，低声问道："你是说王康不沾弦就掐你？"

雪雁有些害羞，脸红了一片，轻轻点了点头，叹道："也不怕婶笑话，结婚到现在都恁长时间了，我还是女儿身哩。"

姚淑美仰起脸，望着天边那一抹白云，想了想，说道："想想也是，王康那孩子自小就有点先天不足，一副病恹恹的样子。没想到还有这个毛病儿。"姚淑美说完，顿了一下，又问："你让他找先生看看。"

雪雁说："看了，到药铺里抓了药，也吃了几剂，没啥用。他心里急了就抓我，拿我撒气，还见不得我和别人说话。我想和他离婚，这日子没法过。"

姚淑美不知道咋接这句话，作为长辈，她总不能劝着年轻人离婚吧。雪雁能和她这样说，显然是把她当作了亲人，向她诉说心里的苦楚。她很理解雪雁的这种心情，作为出嫁的女人，在婆家遇到难处时，是没有人可以商量的，只能自己拿主意。她想劝雪雁不要离婚，似乎也不大妥当。

姚淑美望着眼前这位单纯可爱的年轻人，想起自己年轻的时候，想起当年嫁给王贵仁时的情景。这女人嫁男人就像抓阄一样，不管眼睛睁多大，你看到的只能是当时的样子，却看不到将来是个什么样子。你认为好的人家好的男人想着是抓了个宝，到头来可能只是一团糟。有时候在明眼人看来，前面不过是个火坑，可遇到那痴情的女子，也只能眼巴巴望着她往那火坑里跳。她自己何尝不是这样。她当年嫁到王家寨时，都是门当户对的人家，谁想却守了半辈子的活寡，好日子没过上，却受了不少的罪。想到这里，她叹了口气，意味深长地说："过一家人不容易呀！"姚淑美知道，这句话对雪雁来说，等于啥也没有说。

如果说姚淑美在雪雁离婚这件事上可以含糊其词的话，那么接下来雪雁的话她就不得不认真面对了。

雪雁拉住姚淑美的衣角，红着脸，低声说道："婶儿，我想离婚后嫁给俺宝禄哥当您的儿媳妇，中不中？"

姚淑美惊呆了，这是她始料不及的，她没想到雪雁能说出这样的话，她惊讶得说不出话来。她愣了一下，没有马上回答雪雁，低下头来沉思。

两人边说边走，来到池塘东边的麦地前站住。麦地头有一片野生的油菜，开着些黄色的花儿，在微风中摇曳。两只小蜜蜂盘旋在油菜花上边儿嗡嗡嗡地采蜜。姚淑美望着那小蜜蜂发呆，她没有想到还有人喜欢她的儿子宝禄。老实说，宝禄这孩子长得白净面皮儿，个头也不低，怎么看都算得上一位不错的男孩子，却因为家庭出身问题说不着媳妇，这着实让姚淑美想不通。但生活就是这样，不管你想得通想不通，事情总会发生，总是不按照人们的意愿出现。你还不得不接受这样的现实。

雪雁看她不说话，拉了拉她的衣角，目光带着一种哀求，轻轻又问："婶儿，你是不愿意，嫌恶我了？"

姚淑美再也不能沉默了，她必须回答雪雁。她定了定神，苦笑了一下，望着雪雁说："你是个好孩子，婶也喜欢你。可是，这样不太好，会让人说闲话的。"

雪雁说："这个我知道，俺也想过了。只要咱们在一起过得好，管别人咋说！我真的不能和他过了，他这样折磨我，活着倒不如死了好。"

姚淑美急忙止住雪雁的话："这孩子，可不能这样瞎说。"话虽这样说，她也想不出拿什么话来安慰雪雁，只得说，"这事儿甭急，你让婶儿好好斟酌斟酌。"

雪雁也知道这事儿急不得，只得叹了口气，点了点头。

两人又在田间说了会话，剜了些野菜，姚淑美看雪雁心情好多了，这才同她往回走。

路过学校时，老远看见王贵义在药铺前站着和几个人说闲话，不时地传来一阵哄笑声。姚淑美和雪雁走近时，小挪开玩笑说道："看这俩人，亲得给娘儿俩一样。"

雪雁咯咯一笑："本来就是娘儿俩呀。"

小挪笑道："看看，你寻错人了吧，你要是寻给王宝禄就是亲娘儿俩了嘛。"一句话，逗得一群人哈哈大笑。

雪雁羞红了脸，含着笑，只管往前走，不接他的话。

姚淑美见不是话，接过话说："你净说些掉板话，让人笑得牙疼。"

一群人正说得高兴，老远见王文福从当街走过来，身子一趔一趔的，边走边咳嗽着吐痰。

雪雁轻轻拉了下姚淑美的手，姚淑美会意，两人加快了步子。走不多远，听见王文福同人说话，说是到寨外场里看看，准备脱坯盖房子，再走，就听不清说话声了。

两人走到寨当街正要分手，迎面看见王宝禄背着一捆柴火走过来。大概是负重的缘故，满脸红扑扑的，气色格外红润。雪雁见了，脸上露出笑容，只是有姚淑美在，刚才又说过要做她儿媳的话，不觉有些不好意思，羞红了脸，一双眼睛水灵灵地望着王宝禄，抿着嘴发笑。

姚淑美装作没有看到，问儿子："你在哪里弄恁些柴火？"

王宝禄注意到雪雁的笑，有娘在他不好意思和雪雁说话，见娘问话，就说："寨西门树行子里的树有好多死干杈子，我上去给弄下来的。"

雪雁听了，忍不住笑出了声，瞄了一眼王宝禄，回过头来对姚淑美说："恁大个人，还上树？"

姚淑美笑了笑，说："他就是一个长不大的孩子。"

说话间，王宝禄身上背有柴火，脚步轻快，早已走到两人前头去了。雪雁这才岔了道，往自家走去。

第五十八章

望着雪雁远去的背影，姚淑美心里起了波澜，雪雁的话，牢牢记在她的心里，只是事情来得突然，是她做梦也没有想到的。雪雁和王康明显不般配，这在王家寨谁看不出来？但她毕竟是王康的媳妇儿。如果真像雪雁说的，离了婚再嫁给儿子宝禄，在一个寨子里过日子，低头不见抬头见的，那岂不成了笑话？她也成了拆散人家婚姻的罪人，让世人怎么看她？想到这里，姚淑美打定主意，不能那样做，不能答应她。

回到家里，姚淑美见儿子宝禄已把柴火摊开在院子里晾晒，便进了堂屋，坐在椅子上歇息。阳光照进屋内，太阳已偏向正南方，快到做饭的时候了。她打算歇息一会就去做饭，于是将椅子挪到门口太阳照到的地方，让阳光照在身上。

刚坐下，她心里又想起女儿金枝来。自那天金枝走后，就再也没有见过她，尽管心里有点气，还是很想念她。她精心筹划的换亲这场闹剧就这样收场了。在事实面前，她不得不接受命运的摆布。

春天的阳光像是被施了魔力，照得人懒洋洋的。她坐了一会儿，感觉身上暖烘烘的，不觉两眼慢慢闭上，耳边响起儿子用棍子敲打被子的声音，听到他来回地走动，大门打开又关上，知道那是儿子走了出去。院子里静悄悄的，两只芦花鸡不停地用爪子挠着土，咯咯叫着，头一点一点地在土里找食吃。从外边飞进来两只麻雀，先是落到枣树上，后又飞到地上，小脑瓜一动一动的，叽叽喳喳地叫着，欢快地蹦跳着。

突然，眼前一晃，姚淑美感觉有人进来了，她看清了，那人是马春耕。啊，这人好久没有见过了，也不知道现在混得怎么样了。马春耕还是那身打扮，腰里别着一个烟袋，烟袋杆下吊着一个黑烟叶包，脸绷得紧紧的，难见一丝笑容。姚淑美知道这人喜欢装，想到她教学时在学校门口遇到他，他总是脸绷得紧紧的，仿佛谁欠他似的。想到这里，她不觉笑了，心想，这人装了一辈子！他来干什么？还要上她家来吃派饭？姚淑美刚要和他说话，那张脸忽然变了，她这才发现认错人了，站在她面前的是她的丈夫王贵仁。你咋回来了？她问他，心里又惊又喜，慌忙站起身来迎接他，身子一动，没能站得起来，却打了个激灵，睁开眼看时，才发现只是个梦。

那两只麻雀连蹦带跳地来到门口，叽叽喳喳地叫着。一只歪着毛茸茸的小脑袋，眼珠滴溜溜地看着姚淑美，仿佛在和她打招呼，又像是在试探看她会不会赶它们。

刚才一个激灵，姚淑美有了精神，她瞅着那两只小麻雀，感到它们非常可爱。她坐在那里一动不动，如雕像一般，生怕惊飞了它们，心里却默默地问那只歪着头看她的麻雀："你是来串门和我玩儿的呀，还是要吃的呀？"那只小麻雀晃动了一下脑袋，仍然歪着头望着她。姚淑美也转动眼珠望着它，和它对视着，似乎告诉它，她不是一尊雕像，她是活生生的人。那小麻雀忽地晃动了两下，像个木偶似的向她跟前又蹦近了一些，啾啾叫着，想要与人亲近，却又保持着警惕。

姚淑美知道麻雀在和她说话，尽管她并不明白它的意思，却能感觉到它的友善。突然，她觉得她也是一只麻雀，或许那只麻雀不是麻雀，是和她一样的人，找她说话来了。这麻雀是谁呢？是马春耕吗？应该不是。那人似乎是个没有情义的人，他不在乎她对他的感情，他只在乎他的前程。是王贵仁吗？或许是。王贵仁失散多年，至今不知他人是死是活，就是死了恐怕也早已又托生了吧。这个小麻雀说不准就是王贵仁托生的，来找她说话哩。姚淑美仍然保持着一动不动的姿势，生怕像刚才做梦一样身子一动惊走了梦中人，她知道如果惊飞这两只可爱的小麻雀的话，就没有人陪她说话了。

那两只小麻雀又蹦跶着往她跟前来，快到她的脚面上了。姚淑美突然感觉有点想笑，这麻雀把她不当人吗？真的把她当作泥菩萨了？可是她保持着这个姿势已经太久了，感觉身子有些酸疼，腿脚也有些发麻，她想动一动，可又怕惊飞了那两只小麻雀。

鸡窝里一只母鸡刚下了蛋，脸憋得像团火，一歪一扭地走出来，摇摇摆摆，昂着脖子，咯嗒、咯嗒，叫个不停。惊得那两只小麻雀扑扑棱棱飞开了，在院子里打了个回旋，落在了枣树枝上。

第

三

卷

第一章

春光和煦，这是姚淑美一年中最喜欢的日子，她喜欢坐在院子里晒太阳。这个习惯她保持了许多年，她总是坐在那把旧得发紫的老式木椅上。木椅四腿扎在地面上，她看上去像一尊雕像，安静祥和，一动不动。阳光照在她身上，暖烘烘的，懒洋洋的。

到了四月，天就慢慢变热了。阳光不再像三月那样和煦，随着太阳升高南移，晒在身上就由暖而热了。姚淑美并不介意，她乐意享受春光，享受这阳光晒在身上热烘烘的感觉。岁月的流逝，使得她头上增添了丝丝白发；脸上皱纹是从眼角开始的，先是额头上有了抬头纹，再后来嘴角上也有了笑纹。这也难怪，她已经是五十多岁的人了，虽然她内心不愿意承认这个年龄，但在孩子面前她不得不面对这个残酷的现实：她正在慢慢衰老。

姚淑美感觉她的身子骨明显没以前那么硬朗了，只要一坐下来就懒得再站起身。有时候，她一个人坐在那里，半天都不想动弹一下。她穿衣服的颜色早已都是灰色的调子，稍有点鲜艳的色彩或花色的衣服就感觉穿不出去了。她的眼窝深深的，眼珠包在眼窝里。她的双眸失去了年轻时的明亮和光泽，她已将那光泽传给了她的女儿，而她的女儿金枝又将那光泽传给了她的外孙女雪梅。

姚淑美感觉她的小外孙女越长越像自己小时候的样子，最让人怜爱的是她那一双水汪汪的大眼睛。姚淑美在外孙女身上找到了她儿时的记忆，这给她带来了无限的欢乐与喜悦。

此刻，姚淑美正坐在那把木椅上，享受着四月天的阳光。一只长尾巴的花喜鹊双爪踏在枣树枝头，喳喳鸣叫着。她望着那只花喜鹊，又想起女儿金枝把她刚满月的孩子抱过来时的眼神,刀割般恋恋不舍的眼神。这让姚淑美有些内疚、自责,像是夺了女儿的宝贝儿,她甚至后悔在女儿生娃坐月子的时候没有去照料她。按理说,她应该去看望女儿的。这几乎是当地约定俗成的规矩了,出嫁了的女儿生孩子时,娘家母亲要到女儿婆家家里,亲临一线,全程照看。可她没有那样做,从女儿金枝狠心离家出走那天起,姚淑美心里就窝了一团气,贫富由命,生死在天,随她去吧!

姚淑美记得,女儿金枝那天将孩子抱过来时,对她说:"娘,这孩子出生那天正下大雪,也真巧,院子里一枝梅花开了,孩子她奶奶做主,给娃儿取名叫雪梅。说好的,孩子随咱王家的姓,长大就叫王雪梅吧。"

当姚淑美从女儿手里接过婴儿时,一直哇哇哭叫不停的小雪梅竟然止住了哭声,却又换了副模样,瞬间咧着小嘴笑了。这让金枝很惊讶,说:"孩子自生下来,就一直不停哭闹,哭累了就睡,醒了就哭,害得我这一个月,白天黑夜合不上眼,嘴角都熬出泡来了。"

说来也怪,小雪梅自从抱到王家寨后,就很少哭闹,有人逗她,就咧着嘴笑,笑容就像一朵刚刚绽开的花朵,很惹人疼爱。只是孩子刚抱过来时,还没有断奶。女儿金枝在王家寨住一阵子就走了,姚淑美只得抱着小雪梅满寨子给她找奶吃。小雪梅开始饿得直哭,但只要嘴里噙着奶就不哭了。寨里人见了都说,这娃就不该在她范家长大,又说,吃百家奶的孩子长大聪明。可是,每天抱着小雪梅到处找人喂奶终归不是办法,于是孩子还没过四个月,姚淑美就给她断奶了。姚淑美每天都要煮碗小米汤,黄黄的,浓浓的,将小米汤吹得不热不凉,一勺一勺喂给小雪梅喝。还好孩子不挑食,粗茶淡饭,一天天长大了,现在已经可以背着书包,每天像模像样地上学去了。想到这里,姚淑美不觉笑了:人,真是个精灵!

一只芦花母鸡从鸡窝里大摇大摆地走出来,后面跟着七只小鸡娃。那些小鸡娃两只小爪踩着地面,一歪一扭,啾啾鸣叫着。芦花鸡在过道旁边的一堆麦糠前停下,挥爪将麦糠挠开,在里面觅食,找到谷粒用嘴叨出来,放在空地上,引得鸡娃们争相抢食。芦花鸡不停地挠着,不一会儿,将本来拢在一堆的麦糠挠成一片,散得满地都是。姚淑美看那只母鸡,头不停地点动着，嘴里咕咕叫着，仿佛是提醒它的小鸡娃娃们吃那被它拣出来的秕糠，它自己却尽拣着小石子叨在嘴里，一仰脖吞下去。不大一会儿，鸡脖子下面的鸡嗉子里就鼓鼓囊囊有了一个小疙瘩。

这七只小鸡娃都是这只芦花母鸡抱窝抱出来的。芦花鸡下了一阵子蛋之后，有一天在堂屋桌子下面靠墙的地方挠土，挠出一个窝来，就卧在那里不动了。王宝禄几次将它赶出来，可它"咯咯"叫了一阵子，就又回到窝里卧下来了。王宝禄还要再赶，姚淑美制止儿子说："不要赶了，这是抱窝哩，你赶也赶不走的。你抓把麦秸给它铺个窝，铺得软和一些，再拿些鸡蛋给它，让它抱出一窝小鸡来不是更好？"

姚淑美拿出十个鸡蛋，在门口明亮处，逐个用手遮住鸡蛋上沿，从光影里分拣出八只能孵出小鸡的蛋，放在芦花鸡翅膀下面。芦花鸡抱窝期间，很少走出窝来。姚淑美将谷粒撒在鸡窝旁边，芦花鸡只探出头来啄食，并不出窝，十八天后，已有小鸡崽破壳而出，从蛋壳里探出小脑袋瓜来，屋内有了啾啾、啾啾的鸣叫声。芦花鸡一直在窝里抱了二十一天，孵出了七只小鸡。芦花鸡领着一群鸡崽走出窝来时，它已瘦得皮包骨头了。姚淑美看了看，窝里还剩下一个毛蛋。

看着那群鸡崽，看它们学着啄食的动作，听着那啾啾鸣叫声，姚淑美笑了，心想：这还真应了民间那句话，是个爪都能挠食吃！

可人生在世，怎么挠个食吃就那么难呢？

姚淑美望着那一群小鸡崽浮想联翩，忽见两只麻雀追逐着飞进院子里来，箭也似的落在地面上，一蹦一跳，叫个不停。她心头一阵欢喜，鸟儿的到来，给她这个农家小院增添了不少生机。

这一幕是那样的熟悉，仿佛如梦幻一般。她想起十多年前的一天，也是三月天，正是麦子拔节的时候，她一个人在家里静静地坐着，有两只小麻雀飞进来，在她眼前嬉戏追逐。此后每当春天来临的时候，她都会坐在院子里晒太阳，总会有三两只麻雀来她家觅食。这一切是那么熟悉，那么亲切。这两只麻雀还是当年的那两只麻雀吗？时隔多年那两只麻雀又来看她了吗？她不知道，她只知道这两只麻雀依然那样讨人喜欢，依然那样愿意亲近她。

姚淑美坐在椅子上，一动不动，就像十多年前那样，看着两只麻雀在她面前嬉戏追逐。她乐意享受这春天里的阳光带给她的温暖，享受这两只麻雀带给她的无限幻想和回忆，享受这美好的春光。此刻，她内心很满足，无比的幸福，无比的欢畅。过去的一切，全都在这一刻化为云烟了。

堂屋门后的话匣子响了，那慷慨激昂的《东方红》在院子里回荡着。每当这支曲子响起的时候，寨子里正在闲聊的人们，都会随口说上一句话：晌午了。女人们则会加上男人们很少说的那句话：该做饭了。

姚淑美开始盘算着中午要做什么饭，她的外孙女雪梅就要放学回来了。家里有孩子上学，吃饭的时间就得早一点，不能耽误孩子上学。还是擀面条好了，雪梅这孩子喜欢吃芝麻叶面条。

姚淑美希望她的外孙女雪梅好好上学，希望将来能吃上商品粮，不种小麦吃好面儿，不种芝麻能吃香油。

大门"吱嘎"一声响，打断了她的思绪。门开了，雪梅背着花色小书包一蹦一跳跑进来。那是快乐的儿童才有的步子，每跑一步都要踮一下脚，脚后跟擦着地面，带着响声，惊得芦花鸡领着它的小鸡崽们乱跑，咯咯叫着。那两只小麻雀也惊得扑棱棱飞起，打了个回旋，落在门楼上。

雪梅穿着一件红格子粗布小褂，红扑扑的小脸满是稚气，两条羊角小辫，随着跑动，一弹一弹地摆动着。雪梅一脚跳到门前，从肩上拉下书包，眨了眨两只大而明亮的眼睛，喘着气说："姥，傻雪雁死了。"

第二章

姚淑美听了，吃了一惊，猛站起身来，问道："你说啥？"

一语未了，她突然感到头晕目眩，眼前天昏地暗，一时站立不稳，身体晃了一下，险些要摔倒在地上，忙伸手扶着椅子，又缓缓坐了下来。

雪梅见了，一把拉住姥姥的手问："姥，您咋了？"

姚淑美望了一眼小雪梅，微微一笑，缓缓说道："没事儿，刚才坐的时间长了，站得又急，头有点儿晕。"说罢，又问，"你刚才说的话，真的假的？"

雪梅望着姥姥，眨了眨眼，说："我放学回来，看见当街里站着好多人，听人都这样说。"

两人正说话间，外边空中传来啪的一声爆竹响，接着又是"啪""啪"两声。爆竹连响三声，姚淑美知道是真的了，她像是和雪梅说话又像是自言自语："是真的了，听见炮响了。"说罢，心头一酸，眼泪涌了出来，喃喃说道："是我害了她。"

雪梅像是没有听清，不懂得姥姥的话意，就问："姥，你说啥？那个傻子死了，咋能怪你？"

姚淑美见问，这才清醒过来，对雪梅说："你到厨屋里烧茶馏个馍，吃点东西上学去吧。你舅不知上哪里去了，这会儿还没有回来。我也不饿，不想吃。等会儿，我出去看看。"

雪梅答应着去厨屋做饭去了。

姚淑美再也坐不住了，她心里像打翻了五味瓶，各种滋味混杂在一起，咸的，酸的，甜的，辣的，苦的，分不清是啥滋味，心里很难过，她想放声大哭，可又不知为什么，闷在心里哭不出来。

她打心眼里是喜欢雪雁的，多好的媳妇儿呀！可那毕竟是别人家的媳妇。尽管雪雁向她提起过要和王康离婚，改嫁给她的儿子王宝禄，做她的儿媳，但她没有答应她。一年后雪雁有了一个女儿春妮，又一年后有了一个儿子燕子。她的男人王康依旧折磨她，打她骂她。后来，不知怎么雪雁就疯了。常见一群孩子跟在她后面，嘻嘻哈哈地都叫她疯子，喊她傻子，时间久了，傻雪雁就成了她的名字。

每当姚淑美想和疯了的雪雁说话时，雪雁总是望着她笑，不住地傻笑，不和她说话，也不理她，这让姚淑美很难受。自雪雁疯了后，两人再也没有说过话，姚淑美也无法探究她疯了的原因。或许是因为那件事吧，她默默地想。当她那样想时，她深感自责，她甚至后悔当初没有答应她。又过了一段日子，雪雁疯得更厉害了，姚淑美只好远远躲着她，不敢正视傻雪雁投过来的眼神，害怕听到她的傻笑声。疯子的眼神和笑声是那样的恐怖，直入人心，让人感觉可怕。有一段时间，姚淑美睁眼闭眼都是雪雁那充满哀怨的眼神和她狂笑的模样，以至于让她整夜失眠，躺在床上，翻来覆去不能入睡。

对于寨子里的风言风语，姚淑美也听到一些，范彩霞还曾悄悄地问过她，和她说了一些笑话。姚淑美心里也曾犯过嘀咕，几次想问个究竟，但看到儿子王宝禄那一脸木然的样子，怎么也张不开口。她也想过，如果传言是真的，那就不如答应雪雁，了却她的心愿，成全他俩。但究竟她没有答应。

姚淑美心里沉甸甸的，像压了一块石头似的。她心情沉甸甸地参加了雪雁的葬礼，又心情沉甸甸地看望了雪雁撇下的一双儿女——春妮和燕子。当两个孩子拉着她的手，可怜巴巴哭着喊她奶奶时，她也禁不住落泪了。两个孩子很乖很灵巧，寨里人不管谁来看他们，都能按照辈分喊出称呼，这让人更加心生怜爱。

王宝禄却像没事人一样，每天依旧听到生产队里的钟声按时上工，扛起家伙就走，回到家里，话也不多，有时会看着雪梅写字，有时一个人默默坐在那里发呆。

令人意想不到的是，雪雁安葬三天后，寨子里就起了传言，说是闹了鬼，传言说雪雁正年轻体壮，又是六亲不认的疯子，死后她的鬼魂自然是不安分的。有人说见过她的鬼魂，蓬头散发，伸着舌头，样子很吓人。至于是谁见过雪雁的鬼魂，何时何地，却没有人能说得清楚。但是，王家寨的人们，都选择了宁信其有不信其无，每天天一落黑，孩子们都不敢出门玩了，胆小的女人也很少在寨子里走动了。

姚淑美到天黑也不出大门了。雪梅胆子更小，一到天黑，从堂屋到厨房，十几步的距离，姥姥走一步，她就扯着姥姥的衣襟紧跟一步，不肯落后半步。

堂屋里掌着灯，洋铁皮裹着绒线做成的灯芯，发出豆粒般昏黄色的灯光，把屋内照得一明一暗。那灯光照不到的阴影处黑乎乎的，明亮处反而把阴影处衬托成各种不规则的图形，这不禁让人浮想联翩，会联想到平时听到的各种鬼怪传闻。尤其是屋顶梁头上的黑影处，雪梅怎么看都像有个魔头在那里藏着，咧着嘴冲她大笑，模样可怕极了。雪梅在屋里总是低着头，不敢往屋顶上看。

姥姥说她胆小，是因为她年龄小，还是个小孩子。可是，雪梅心里早已不承认自己是小孩子了。她经常掰着指头计算自己的年龄，据姥姥讲，她的生日是一九六八年四月一日，而今年是一九七九年，这样算来，她今年已经十一岁了。但她的姥姥和舅舅还是依旧把她当成小孩子。这也怪不得别人，谁让她那么胆小呢？院子里堆的柴火，到晚上就成了黑影，明知那是一堆柴火，可她却生怕柴火堆后面藏有什么可怕的东西。屋子里没有点灯的里间，她一个人是绝对不敢去的，更不用说去院子里了。

第三章

到割麦时，疯子坟地附近的麦子分给谁，谁都不愿意去割。没办法，队长王文忠承诺说：谁去把那块地里的麦割了，给谁额外多记两个工分。喂牲口的王贵良，本来是不用下地干活的，听说了这件事，嘴上笑呵呵的，与人打赌说他偏要晚上割麦。天快落黑时，人们见他一个人，胳膊里夹着一把镰刀，来到疯子坟地头。第二天早上人们到地里一看，那块地里的麦子竟被王贵良一个人连夜割光了。

这让人很惊讶，疯子坟头那块地是一亩六分地，王贵良最起码要割到半夜，竟然什么事儿也没有发生。但那一个工，他却比别人多挣了两个工分，连着应得的那一个是三个工分。一时间，王贵良成了寨子里最胆大的人。以致后来人们说起这事时，有人后悔说当初明知是个大便宜想去捡时，却让王贵良早下了手，没有好意思去争。马上有人笑道："你要是捡了那两个工分，至少可以多分几斤麦子，这下好了，一筐子好面馍给猪拱了。"说得人们一阵哈哈大笑。

尽管如此，人们一个人下地干活时还是尽量避开疯子坟附近。放学薅草的小孩子更不用说了，早有大人们安排好，哪些地方能去，哪些地方不能去。疯子坟那里是特别叮嘱过的。

小挪也是一个不信邪的人，一次下地薅草，见疯子坟头周围的草郁郁葱葱，草比较旺，就壮着胆子去那里薅草。当他走近疯子坟头时，忽听嗖的一声响，从草丛里蹿出来一个什么东西，转眼不见了。吓得小挪打了个趔趄，还没有定神，见那草丛里扑棱棱又飞出一只什么东西，打个盘旋就落下去不见了。小挪大叫一声，拔腿就跑。

这件事当天就被传得很邪乎，说是疯子在坟地不甘寂寞，想男人了，见了小挪，就从坟里出来抓他，多亏小挪跑得快，要是慢了就被抓住成亲了。有人笑道，谁说瘸子跑不快，小挪跑起来，鬼都撵不上呢。后来又有人说，那天远远看见把小挪吓得屁滚尿流的，只是一只野兔和一只拖着长尾巴的野鸡。

第四章

麦收后的一天，雪梅正在地里玩耍，有人告诉她，她姥姥病了，躺在地上说胡话。雪梅听了，赶快跑了过去。

雪梅到了的时候，先生王贵义正在给她姥姥治病。只见他手捏银针，忙活了一阵子，她的姥姥才恢复正常，不再胡言乱语，说些不着调的话。

王贵义见她恢复了正常，收拾好银针，装进药匣子里，对王贵孝的老婆说："把人扶回家就好了。没事儿了，都散开吧。"说着，背起药匣站起身来，向外走去。

雪梅抬头看了看天空。太阳早已转到西边落入树梢之中，夕阳穿过树梢射下一道道光柱。西边的天空霞光万道，云彩全都染成了赤红，变幻成各种形态，有的张牙舞爪，像见首不见尾的火龙，喷着火光；有的咆哮嘶鸣，像奔腾中的天马，纵横驰骋；有的青面獠牙，像挥舞着法器的妖魔鬼怪，面目狰狞；还有一块云彩更为神奇，云层上分明是八仙过海，有拄着拐棍的铁拐李，有手拿宝葫芦的张果老，不用说，那位飘逸洒脱的是吕洞宾，那身着霓裳、婀娜多姿的必是何仙姑了。雪梅望着天空出神，心里想着哪一块是曹国舅，哪一块是韩湘子，哪一块又是蓝采和、汉钟离，却转眼工夫，那八仙过海的云彩已慢慢远去，越来越模糊，再也看不清了。周边的火龙、战马、妖魔鬼怪也全都不见了，变幻成别的奇形怪状。

第五章

夏至过后，是小暑，天气逐渐炎热，等到小暑过后，便迎来了一年中最热的天气。

这天中午，天气燥热，空气沉闷得让人透不过气来。雪梅一心想着玩耍，吃过午饭就跑了出去。王宝禄坐在过道里，打瞌睡。姚淑美嫌屋里闷热，就手摇着蒲扇走了出来，见儿子那个样子，便心里想笑，随口说道："你困了，就躺软床上睡会罢。"见王宝禄没有答应，便不再理他，一个人手摇着蒲扇出了大门。没有一丝风,走到哪里都热。正想找个树荫乘凉,却见当街大槐树下,三三两两,聚集了很多人,七嘴八舌地说笑着,就想过去凑个热闹。这棵大槐树和学校前的那棵大槐树大小差不多,马春耕走后不久,王富钱就让人把悬挂在学校前的铜钟移到寨子当街这棵大槐树上了。人们没事儿时都喜欢聚到树下说笑,学校那里倒清静了不少。

刚走了几步,远远有人喊道:“要下雨了。”姚淑美便抬头来看,果然见东边天空乌云滚滚,黑压压一片。

此时,姚淑美心里和大家一样,也盼望着能下一场及时雨,给这炎热的天气降降温。正踌躇间,一阵风刮来,吹得大槐树上的铜钟叮当作响。那风来势凶猛,把姚淑美刮了个趔趄,身子摇晃了一下,差点摔倒。风里夹杂着些凉气,倒是让人顿觉神清气爽,格外舒畅。待回过神来,又见半空中一道闪电划过,蛟龙摆尾一般;接着咔嚓一声巨响,平地里起了个炸雷,豆粒大的雨点从半空中砸下来。

“快跑!”有人高声叫喊,人群呼啦一下子散开了。姚淑美想往回跑,见众人都往临街的王文忠家跑去,到那里避雨比较近,也就跟着人群跑了过去。

从大槐树到王文忠家只有二三十步远,人们一窝蜂地跑了过去,挤在过道里看雨。再抬头看时,那乌云早已密布在王家寨上空,狂风裹着暴雨,“啪啪啪”砸落下来。日光瞬间变暗,几近黄昏。众人很是惊讶,嗡嗡嚷嚷,议论着这场来得又急又猛的暴雨。

姚淑美挤在人群里,心里记挂着雪梅,不知这会儿到哪儿玩耍去了,会不会淋着雨。又转念一想,这孩子灵巧,怎么着也不会下雨不知往回跑在外面淋雨吧,这样想着,心里也就释然了。刚才还比较沉闷的空气,这时却一下子敞亮多了,人的心情自然也敞亮开来。

雷声不住地在王家寨上空轰隆隆滚过,仿佛古战场战车滚动的声音。乌云变幻着各种形状,云卷云涌,黑压压的,如天兵天将般排开阵势,领头挂帅的分明是托塔天王,紧随其后的哪吒脚踩一对风火轮,风驰电掣般涌来;打头阵的先锋官二郎神杨戬,挥舞着棒槌样的神铜,怒目圆睁;不用说，奔跑在最前面的便是那可以吞吃月亮的哮天犬了。

天空越来越暗，远处传来树枝被狂风折断的咔嚓声；大槐树上的铜钟叮叮当当作响。

突然，空中一道电光划过，如金龙倒挂，摇头摆尾。接着咔嚓一声巨响，半空中一个霹雳滚雷。姚淑美惊得心里直打战，却见半空中滚下一个火球来。那火球红光照地，滚落到当街大槐树上。又是一道电光划过，接着是一声巨响，咔嚓一声，一根碗口粗的树枝被劈了下来。火球在树上滚上滚下，像追逐着什么似的，最后，滚落到地面上，倏地不见了。

众人都被这眼前的一幕惊呆了。

"傻雪雁的魂被雷打了。"夹在人群中的小挪有些兴奋，大声嚷道。

"对，肯定是傻子的鬼魂不安分，上天来捉拿她。这下好了，不会再闹鬼了。"众人到了此时，似乎全都恍然大悟，随声附和。

"你胡说啥？哪里有鬼？"王文忠挤在人群里，听人说得玄乎，便笑小挪，"净瞎胡说，天上打雷地上下雨，往年又不是没见过，咋还扯上傻子鬼魂了？"

小挪听了，一时接不上话来，只得嘿嘿干笑着。

"哪里有鬼？你心里有鬼，这世上就有鬼。你心里没有鬼，这世上就没有鬼，你就不会怕鬼。"王文忠又说。

众人都认为他说得对，很有道理。说话间，风雨慢慢减弱，天上乌云渐渐散开，日光又亮了起来。又过了一会儿，风停了，雨住了，太阳从云层中闪出笑脸，阳光透过云缝射下来一道道光柱。

众人说笑着走出来，踏着雨水，纷纷围到大槐树前看那被雷电打折的树杈。树杈散落在地面上，连着树皮，叶子凌乱地碎了一地，断口处有被火电燃烧过的痕迹，黑乎乎的。大槐树上被火球滚来滚去的地方也全烧黑了。树叶还不时地往下滴着雨水，仿佛大槐树在为自身无辜遭到雷击而叹息。

这件事过后，王家寨恢复了往日的平静。人们心头的恐惧也化为一缕轻烟，被那场狂风暴雨冲洗得干干净净。

第六章

　　暑天过后就是紧张而忙碌的秋收，秋收忙完，便是一年一度的中秋佳节。这是豫东平原上一年中仅次于春节的第二个重要节日，亲戚邻居之间，相互赠送月饼，询问农事，共贺丰收，明月高挂，家家团圆，共享天伦之乐。中秋过后，豫东平原上气温渐渐转凉，便迎来了小麦播种的节气了。农谚：寒露前后看早麦。小麦要在寒露前后及时播种，前后相差三五天，长出来的麦子就会大不一样。往往老天便会这时下场雨，好让人们及时播麦下种。

　　这年中秋过后，秋地已经犁好，小麦还没有下种，豫东平原上人们都在眼巴巴等上天的那场及时雨。可上天却像故意推迟似的，就是不下雨。王家寨每个人心头急得跟丢了宝似的，雨水成了人们见面谈论的首要话题。正当生产队筹备抗旱浇地要抢节气播种的时候，王家寨却传来解散生产队分地单干的消息。

　　一天，早饭后，雪梅已经背着书包上学去了。王宝禄也吃过饭，碗一推，一抹嘴去了生产队。姚淑美看天气不错，就在院内两棵树中间拴了一道绳，准备晾晒被子。刚系好绳子，正要转身回屋抱被子，听见大门声响，见王文福拄着拐棍一瘸一拐地走进来，站在过道口，嘿嘿干笑两声，说道："嫂子，求你个事儿。"

　　姚淑美听说有求于她，便原地站住，瞥了一眼王文福，问道："啥事儿？我能帮的。"

　　王文福神色黯然，说："入秋了，两个小孩儿还没有过冬棉鞋，想着麻烦你——"

　　姚淑美没等他把话说完，已经明白了他的意思，回道："甭说了，我知道了，前天我已经量了两个小孩的尺寸，这两天闲时正纳底子哩，先给他俩一人做一双靴子。想着再给两个孩子添一身过冬的棉衣。"

"棉衣你今年就不要做了，贵孝家的嫂子见面给我说了，她家里有件小孩子的旧棉衣，七八成新，还好着哩，拿过来给燕子穿，另外再做一身新棉衣给春妮。有一身穿着就中了，小孩子见长，今年的衣服，明年就不能穿了。做多了，明年穿不了，可惜了。"姚淑美听了，微微点头。

王文福说罢，转身就走，刚走了两步，又回转身说道："对了，我忘个事儿，刚才在当街里见王文忠，让我给你说一声，吃罢晌午饭，都到当街大槐树那里开会，说分地的事儿。"说罢转身拄着拐棍走了出去。

姚淑美望着王文福蹒跚的背影，心里不禁涌起无限感慨。三年前，王文福忙着盖房子，铺根基使了七层红砖，这在王家寨能使七层砖的，他家是第一户，自然很是高兴。新房上梁那天，王文福请人写了一副对联和两个横幅，这对联是：青龙扶玉柱，白虎架金梁。两条横幅，一个是"上梁大吉"，另一个是"姜太公在此，诸神退位"。

王文福将对联贴好，又将"上梁大吉"的横幅贴到一根大梁上。这时有人喊他开会，王文福便丢下手里的活，给正在忙着和泥的王贵孝打了个招呼就走了。等王文福回来后，大梁已架好，王贵孝让他烧香敬神。这才发现还有一个横幅没有贴上，那横幅刚好是"姜太公在此，诸神退位"。按照习俗，这个横幅要贴在梁头中间那根大梁上的。横幅没有贴上，王文福心里就有些不踏实。

王文福决定爬上墙去，将这横幅贴上。就在他贴好要下来时，一脚踩了个空从梁上摔了下来，当时就失去了知觉。众人急忙围上去，把他抬到王贵义的药铺里，这才发现一条腿摔折了。自此，王文福只能拄着拐棍走路。寨里人都说，怪就怪在当初上梁前那幅"姜太公在此"的横幅没能及时贴上，怕是姜子牙老神仙生了气，把他从梁上推下来了。

后来，王文福的儿媳妇雪雁又无故疯了。接二连三的不幸，让王文福很受打击，逢人便说家门不幸。儿媳雪雁死后，王文福心情更加沉重，看着儿子王康一副病恹恹的样子，心里有种说不出来的苦楚。

第七章

　　姚淑美每次见到王文福时，脸都绷得紧紧的。显然她不愿意在王文福面前露出笑容，否则的话，会让人以为她是在看他的笑话。她万万没有料到王文福会过到这般田地。以前的怨恨，早已随着岁月的流逝，变得淡薄了。她虽然至今想起来王文福几次要欺负她，还是很气愤，不过看在王文福在最艰难的日子里帮过她的分上，她心口这团气才稍稍舒展些。王文福那年给她从生产队里拉了两布袋粮食，救了她一家三口人的命。作为回报，她给了王文福一块金砖，但在那个时候，那东西又有什么用呢？人在最饥饿时，什么都不如一口热饭值钱。王文福后来盖了砖房，大概是用那块金砖换了些钱，要不在当时的情况下，谁会舍得建房子用七层砖作屋基，又有谁能拿得出这七层砖的钱来？

　　姚淑美将被子晾晒好，一时也没有什么事，这才想起那只纳了一半的鞋底儿，就找出来坐在过道里一针一线地纳鞋。针连着线从这边钻进从那边钻出，又从那边钻进从这边钻出。她的手已经没有以前那样有劲了，针脚也没有以前有力了，但依然走得密密的，很是均匀。她要赶在天冷之前给雪雁的两个孩子做上一双新棉靴，两个没娘的孩子也真够可怜的。姚淑美一手拿住鞋底儿一手扯着针线，脑子里却乱糟糟的，尽想着以前的事儿。她仔细回顾了这大半生，感觉没有做下什么亏心的事儿，只是在雪雁这件事上，多少还是有点遗憾的，她当初要是答应雪雁离婚恐怕雪雁就不会疯了，也不会死了。这也怪不得她，世事如此，人言可畏，要在这个世上生存，有些世俗还是要顾忌的。姚淑美给自己找到一个很好的理由。

　　她想起那天打雷时王文忠的话，真是说者无意，听者有心。

"哪里有鬼？你心里有鬼，这世上就有鬼。你心里没有鬼，这世上就没有鬼，你就不会怕鬼。"

姚淑美觉得，王文忠这话很有道理，而且是很大的道理。可是，她还是觉得这个道理不全面，哪里不全面呢？她想了想，她心里没鬼，她也不怕鬼，但她怕什么呢？她怕人。对，她明白了，她不怕鬼，她怕人！这一刻，姚淑美明白了，她终于活明白了。

正想着，忽觉左手一疼，低头一看，原来手指被针扎住了，食指指肚渗出血丝来，她急忙回过神，将手指放到嘴里吮了一下。

话匣子响了，激昂浑厚的乐曲《东方红》在屋内回荡着。这音乐已经在人的头脑里形成习惯，天微微亮时音乐响起就是该起床了；上午音乐响时就是要做午饭了，晚上音乐响起则是乡下人喝茶的时间，非常准时，给乡下人提供了报时的便利条件。

看看日头，偏南，算算该是学生放学的时候了。姚淑美放下手中的针线，连同纳了一半的鞋底放在针线筐里。午饭吃什么？她不喜欢吃咸的，儿子宝禄的口味重，想多吃点咸的，雪梅吃饭倒是不挑，和她的口味差不多。想了想，还是老规矩，擀面条吧。每次面条做好后，她和雪梅都先盛一碗出来，然后再稍加点盐给儿子吃。

面刚和好，雪梅从外边儿哼着曲儿一蹦三跳回来，书包还没有放，就跑到厨房里问："姥，晌午咋吃？"姚淑美用拳头捣了捣瓦盆里和好的面，面盆被沾得油光发亮，一点面星儿也没有。她直起腰，望着雪梅，笑了笑说："还擀面条子吃。"雪梅答应道："我就喜欢姥擀的面条了。我还烧锅。"说罢，跑到堂屋放下书包，坐在厨房里准备烧锅。

"姥，你说这世上真有鬼吗？"雪梅突然仰起脸笑着问道。

姚淑美望着眼前这个充满了稚气的外孙女，看她一副天真好奇的模样，笑道："净说傻话，哪里有鬼？一个人做事儿坦坦荡荡的，就是有鬼也不怕它。俗话说得好，没做亏心事儿，不怕鬼敲门。"

雪梅仍然不甘心，又问："那就是有鬼了。"

"哪里有？都是骗小孩吓人的。"

两人正说着话，听见门外有人说道："掌柜的在家吗？行行好，俺那里没啥吃的了，来到您门口，给寻点吃的吧。"

雪梅听见外边有人说话，忙走出来看，见大门外站着一个老头，蓬头散发，胡须花白，衣服上打了三四个形状不规则的补丁，一手拿碗，一手拄棍，地上放着一个布袋，布袋里装着小半袋东西，拿碗的手里提着布袋头。

雪梅看了，忙转回来，对姥姥说："姥，要饭的来了。"

姚淑美听了，也走了出来，看了一眼那要饭的老人，对雪梅说："你去屋里抓把红芋片给他。"

雪梅听了，忙跑回堂屋里去了。

姚淑美问那要饭的老人："您是哪个地方的？"

老人答道："太康的，受灾了，地里没有收成，家里没啥吃的了。这不才出来要点，行行好吧，行好得好，富贵到老。"

姚淑美笑道："行好是行好，不一定非要富贵到老，只要平平和和一生，比啥都好。"

"是哩，是哩，平平和和，比啥都好。"老人跟着说。

雪梅两手掐着一大把红芋片出来，姚淑美见了，笑道："这孩子，你弄恁些干啥，咱还得吃饭哩。"

雪梅也不听姥姥说，只笑嘻嘻地往门口走去。老人将布袋撑开，夸道："这闺女长大准是个有福的人。"

雪梅将手里的红芋片放进布袋里，听见老人夸她，不由得红了脸，忙转回身，紧跑了几步，笑眯眯地一把挎住姥姥的胳膊，将头贴在姥姥身上。那要饭的老人又说了两句好话，转身离去。

快做好饭时，王宝禄肩上扛着一把铁锹从外边儿回来。姚淑美给儿子王宝禄说开会的事儿，王宝禄说："我知道了，这次开会是人人都要去的，说是遇到事儿一家人好当场商量，看来比较重要。"王宝禄现在话越来越少，就是在家里也很少说话，在外头就更不用说了。

吃过饭，雪梅自去上学，姚淑美和儿子王宝禄走到寨当街那棵大槐树下开会时，会场里已经聚了好多人。人们三五成群地围在一起闲聊，议论着包田到户的事儿。消息早就从每天话匣子的广播中听到了。这次开会是整个王家寨人的全体会议，也就比以往格外的热闹。先是王富钱讲了一通话，主要是土地实行承包责任制，分给家庭。

王富钱讲完，小挪冷不丁地叫了一句："以后种地，可是各人鼻涕流到自己嘴里，各吃各的了。"话音刚落，人们哈哈大笑。

接着就是抓阄分东西。姚淑美让儿子王宝禄去抓，王宝禄抓了一把扬麦的木掀，一把刨地用的抓钩，两棵碗口大的楮树，那树还长在寨北墙边，可以先不用动它，让它继续生长。另外还有两卷储存粮食用的芦苇编的麦穴子。

地分下来了，姚淑美一家三口分了七亩地，雪梅尽管是抱养过来的，已算是王家寨的人，这是整个王家寨人公认的，自然是有地的。

王宝禄与母亲商量说："我想明年春上割了麦后，在寨东门那块地里留出一亩来开个菜园，种点菜家里吃，吃不了的还可以到集上去卖。另外再种点西瓜，可以卖钱。现在不是提倡勤劳致富吗？"

姚淑美说："种西瓜是个技术活，你不伺候好，它就光长秧子不结果。"

"咱支书会种，我到时候跟他学。"

姚淑美见儿子这样说，也就不再说什么了。

吃过早饭，娘儿俩说好要去寨东门地里拉车土回来沤粪。儿子王宝禄在前面拉着车子，姚淑美两手甩着在后面扭动着身子紧跟着。正是吃早饭的时候，太阳还不太热，毕竟是秋天，寨当街里还没有人出来，四下里静悄悄的。路过那棵大槐树下时，突然耳边传来叮叮当当的声响，姚淑美心头不觉一惊，忙回头看，原来是悬挂在那棵大槐树上的钟被风吹得来回摇摆着，发出叮叮当当的响声，再仔细看那处被雷劈断了的枝杈，根梢还在那里立着，依稀还能看到黑色的痕迹。

第八章

光阴荏苒，不知不觉又一年过去了。春节过后，地里的麦子从雪被里苏醒过来，探出惺忪的脑瓜，在阳光的照射下，如见风长了一般，一天一个样子。清明前后，桃花盛开，杨柳也已抽出嫩枝，随风摇曳。花开花落，就到了谷雨，谷雨过了是立夏，正当人们感慨韶光易逝之际，转眼又到了小满。那麦子抽出的穗子已经结得粒粒饱满，颜色也慢慢由青转黄了，豫东大地遍地金黄，连那空气中也弥漫着小麦沁出的清香。微风一吹，麦浪滚滚，此起彼伏，瑟瑟作响，很是壮观。

这天，姚淑美久坐屋里嫌闷，就想到田地里走走，刚好半路上遇见范彩霞，于是，俩人就结伴来到寨东门外的麦地里看庄稼。

望着金色的麦浪，姚淑美心中涌起无限的感慨，对范彩霞说："你看，咱这里这么好的地，这么多年都是风调雨顺的，咋年年咱这庄稼人都为吃饭发愁哩。"

范彩霞理了理被风吹得有些凌乱的头发，轻轻叹了口气，说："自古种地人都是受苦的命，还是城里人命好，你看那些吃商品粮的，不用种地就有饭吃。咱庄稼人没日没夜地干，到头来还是吃了上顿愁下顿。依我看，啥时候咱这个国家，农民不穷了，乡下都富了，那才真的叫好哩。"

姚淑美见路边长着三五棵狗儿秧，便蹲下身来小心翼翼地连根拔起，说："雪梅这孩子就喜欢吃这野菜，这狗儿秧苗嫩，稍用力就掐断了。连根吃最好吃！"

范彩霞笑道："这会儿好了，放到早几年上哪儿去找这种好吃的野菜去？连狗儿秧都找不到了。唉！也不知道那时咱们都是咋熬过来的。"范彩霞说着，竟自伤心地低下头来，手捏着衣角揾了揾眼角上的泪花。

姚淑美看见范彩霞抹泪，知道她是想起了范家寨她那死去的亲娘，安慰她说："能挺过来就不错了，现在的日子不是好多了嘛。"

两人正说着闲话，老远见东边田野里羊肠小道上走过来四个人，两个大人两个小孩。范彩霞望了一会儿，高兴地叫起来："这不是金枝吗？来走亲戚了。"

姚淑美站起身来，仔细向东边儿望去，果然是金枝和范来运。范来运两手反扣在肩上，背着一个布袋，里面鼓囊囊装了大半袋东西，一瘸一拐地走在前头。金枝头上裹着蓝色的头巾，腆着肚子，一走一扭，显得很不灵巧，手里扯着一个小孩儿，身边还跟着一个。

范彩霞拉着姚淑美的手笑呵呵地迎上去，老远喊道："金枝、来运来了！"

金枝老远答应着。待走近时，金枝才笑道："娘，姑，你俩下地呢？"

姚淑美见两个孩子一高一低，都穿着红色棉布小褂，里面套着件单衣，扎着小羊角辫子，用红头绳系着，稚气的小圆脸，红扑扑、肉嘟嘟的，长长的睫毛，一双明亮的小黑眼珠滴溜溜的，非常可爱。姚淑美心生欢喜，笑盈盈地伸出两手，一边儿一个扶着两个孩子的头，问道："你们想姥不想？"

两个孩子仰着小脸，齐声叫道："姥姥，想。"声音响亮清脆，宛如银铃一般。

姚淑美满意地笑了。

姚淑美看见范来运还背着那个布袋，止不住笑了，又有些心疼，说："你傻了？咱在这站着说话，你咋不把袋子放下来歇歇？"看了看，又问："这袋子里背的啥？"范来运这才想起来，将两手一甩，把布袋放在地面上，看了看两手被袋子勒得通红，又抖了抖手。

金枝说："也没有啥，地窖里窖的还有几块红芋没有坏，我给拿过来了。还有前几天刚出的大蒜头，以及两把腌的蒜薹。"

范来运笑嘻嘻看了金枝一眼，动了动嘴角又闭上了。金枝看到，问他："你想说啥？"

范来运望着范彩霞，诡秘地笑了笑，说："姑，你知道吗？赖八国下台了，赶集时被人打了闷棍。"

范彩霞听了，吃了一惊，问道："他下台的事儿我早听说了，只是这被人打了闷棍的事儿倒是不知道，是啥时候的事儿？"

金枝白了一眼范来运，怪他多事儿："你也是多嘴，说这些话弄啥？"

姚淑美抬头看了看太阳，笑道："这会儿太阳正南了，雪梅该放学回来了，要早点吃晌午饭哩。还是先回家再说吧。"

几个人边说边走，范彩霞心里记挂着赖八国被人打的事儿，禁不住又问了起来。

金枝叹了口气说："这事快有一二十天了吧，听说赖八国赶集回来，走到一个桥上，冷不防冒出来一个人，掂个擀面杖粗的木棍从背后打了几棍。当时就昏倒在桥上，好大一会儿，才被路过的人救回来。现在像个残废人一样，整天走路都要拄着拐棍。"说完，又压低声音说："范家寨的人都怀疑是来运打的哩，说来运是报腿被打断的仇。其实，他也就只会发发哑巴恨。"

范来运笑道："我咋下得了手？你都证着呢，那天我和你一起下地干活去了，一步也没有离开寨子，怎么会是我哩？赖八国在寨里管事这么多年，人赖得没人敢惹，横得很。像他那样霸道的人，得罪的人多，恼他的人也多着哩。这人做事，上面都有老天爷看着哩。"

几个人说着话进了寨子，寨里人见了金枝一家也都热情地打招呼，来到大门口，正要推门进去，范彩霞笑道："我就不进去了，先回家做饭去了。"说完，转身就要离去。

姚淑美正要挽留，大门吱嘎一声从里面打开了。原来雪梅已放学回来，听见说话就开门迎接。雪梅一见爹娘和妹妹，惊喜得不得了，跳起来拍着手，叫道："爸妈，你们咋来了？"说着话，上前扯着两个妹妹的手，一起进了大门，来到院子里。

一家人进了门，刚坐定，王宝禄打外边儿一脚迈进门来，又是一阵说笑。一家人热热闹闹，非常亲热。王宝禄说："我吃过早饭就去商量种西瓜的事儿，遇到两家人争地边儿，吵得那个热闹。支书把我拽上一起去寨后帮着重新量地去了。忙了一上午，啥也没弄成。"

姚淑美听了，心里有些不平，说："这争边儿的、争宅基地的事儿以前就有，这会儿又出现了，以后还会有哩。你说人各种各的地多好，总有人想多占别人家的地，弄得两家人日子都不得安生。我看和咱家搭地边儿的人家还都不赖，总想占别人便宜的一个村里也就那么几个人。要是遇上了，且不要理他，让他占去，看他能发财不能。这样没出息的人啥时候都会没出息的。"

范来运接过话来说："这样的事俺那里也有。前几天就有两户人家，因为一楼地打得头破血流，弄到乡里问不下来。强梁的人哪里都有。"

正说话间，一只芦花母鸡从鸡窝里跳出来，咯嗒、咯嗒叫着，脸憋得通红。雪梅跑过去，从鸡窝里捡起一个鸡蛋，又一蹦一跳跑进堂屋，笑嘻嘻地拿给大家看："又下了一个鸡蛋！"

姚淑美从里间泥囤里抓把谷粒撒到院子里奖赏那只芦花母鸡，刚撒下去，就引来远处两只公鸡跑过来抢食，慌得那只芦花鸡不住地咕咕直叫，鸡头一点一点地快速抢食吃，还腾出工夫来啄一下旁边的公鸡。那被啄的公鸡也不和它斗，只顾埋头快速啄食，不一会儿，便把撒在地上的那点谷粒吃得一干二净，害得母鸡倒没有吃到嘴里多少。那动作很是滑稽，引得雪梅和两个妹妹看了，笑得合不拢嘴儿。姚淑美只得又抓了一把出来，让雪梅赶走那两只公鸡，拦着不让过来，看着那母鸡将谷粒吃下去。

雪梅吃过饭，背起书包就又去上学了。

雪梅这个时候，已经上小学五年级了。王家寨小学因规模扩大，现在已经搬到寨外去了。附近几个村子里的孩子，都在王家寨学校里上学。

一天下午，雪梅照例放学回来，刚出校门不远，看见一个男孩子两腿蹲着扎着马步，两只手攥成拳头，正对着一棵碗口粗的杨树捅来捅去，嘴里"哈、哈、哈哈"喊着。雪梅看那男孩子一副认真的架势，感觉非常好笑，心想："这都是电影《少林寺》给害的,把男孩子迷住了,一放学就喜欢练拳。"

第九章

　　雪梅走近一看，原来认识，是班里的一位同学，因雪梅在教室前面坐，一到教室只顾埋头念书，平时课间也不大和男同学说话，对坐在后排的男生就不是很熟悉。不过凭印象，雪梅知道这个男孩子是和她一个班级的同学。那位男孩子正练得入迷，把树皮都打破了，露出白色的树干，渗出泪来。雪梅心疼那树，又笑那男孩子痴迷于拳术，不由得笑出了声，问他："看你那么厉害，都把树打哭了，人家这树与你有仇吗？"

　　那男孩正练得起劲儿，不提防被她这一句话惊住了，便停住了手，回头看，见是雪梅，脸一下红了，忙收了马步，笑道："是王雪梅呀，我这不是学少林寺和尚练功嘛。"

　　雪梅见他叫出自己的名字，心里起了一丝涟漪，不觉脸也有些红了，却咯咯一笑，又说："你叫我的名字，我却不知道你叫啥名字，你练功不能给那棵树过不去呀，把树打死了可不好栽活了哩。"

　　那男孩红着脸回答："俺叫余粮，是小余庄的。咱俩一个班的，我咋会不知道你的名字？你可是咱班里学习最用功的人。俺都比较佩服你哩。"说着，几步跑到河沟前，在河沟里挖了一把烂泥，边走回来边说道："你说得对，我给这树包扎一下就没事儿了，以后不再打树了。"说完，来到那棵杨树前，把泥巴糊在被打破了皮的地方，又折回到河边洗净了手。

　　雪梅见他长了张圆脸，两只眼睛水灵灵的，模样比较好玩，就笑着问道："你这个名字怪有意思的，这下你家可不愁没粮食吃啦。年年有余粮。"

　　两人说着话，看看夕阳已经落进树梢里了，晚霞染红了天空，雪梅学着书本上的话和余粮说了声"再见"，就回家了。

打这之后，雪梅就特别注意这个爱打拳的男孩了，两人一直在一个班里。初中二年级时，雪梅坐在教室第二排，余粮坐在第三排，刚好坐在雪梅后面。雪梅的一头秀发经常在余粮眼前晃来晃去。那头发里散发出一股特有的清香，这清香吸引着余粮。每逢星期天或农忙假不上学时，余粮闻不到王雪梅的头发香味，竟然内心飘忽不定，很渴望看到她。

每天上课时，雪梅都是坐得规规矩矩、腰板直直的，专心听课。余粮则是趴在书桌上，身子始终向前倾着，这样雪梅的秀发刚好就飘落在他的面前。余粮的同桌张满囤是个很认真的男孩儿，上课时两眼直盯着老师。余粮却被王雪梅的秀发搅得心不在焉，不觉有些心猿意马。他想正襟危坐，可他抵挡不了那个诱惑，总想把身子往前蹭蹭趴在书桌上，好闻到王雪梅身上那股清香。

余粮每每上课时，两只耳朵像塞住了一般，眼睁睁看着老师扯着喉咙在讲台上大声讲课，却什么也听不进去。尽管他的两只眼睛瞪得很大，脑海里却白茫茫一片。余粮干瞪着两眼想打瞌睡，又害怕被老师发现点名站起来，只好勉强支撑着，便伸着头用鼻子嗅着雪梅头发的香味给自己提神。当余粮嗅到雪梅头发上的气味时，他感觉到身上的血液像潮水一样在涌动。

有一次，余粮实在忍不住，便不由自主地用手摸了一下雪梅的头发，滑滑的，软软的。不料，却被同桌张满囤看见了，张满囤冲他挤了挤眼，调皮地笑了笑。还好，张满囤替他守住了这个秘密，没有告诉雪梅，也没有告诉老师。这以后，余粮似乎受到了鼓舞，上课时，偶尔会大着胆子拿起雪梅的一绺头发放到鼻子边嗅嗅，似乎要弄明白雪梅的头发到底抹了什么东西，能发出这么好闻的香味，让他这么着迷。

一天，雪梅感觉有人摸她的头发，就回头看了一下，吓得余粮慌忙丢开手，正襟危坐，装作一副认真听课的样子。他以为雪梅会骂他，或者伸手打他，或者站起身来告诉老师，没想到雪梅冲他笑了笑，就回转身去继续听课。余粮仍不放心，以为下课后雪梅会找他的事或者去告诉老师。他忐忑不安地等着，终于等到下课铃声响了。他心里七上八下的，等待着一场暴风雨的来临，可终究什么事儿也没有发生。王雪梅下课后与同学说说笑笑，和平时没什么两样。是的，本来也就没有什么事，只是他自己心里作怪罢了。

不过，王雪梅的变化还是有的，这个微妙变化大概只有细心的余粮才能看得出来。那就是王雪梅总是有意无意地拿眼光瞄他，当两人目光无意中相遇时，王雪梅总是冲他微微一笑，便低下了头，脸上起了红晕，将嘴一抿带着笑意。那样子，真的是美极了。这在以前是从没有过的。王雪梅似乎也知道余粮在看她，每次上课时在后面闻她的头发，因为有时耳边会传来余粮鼻子嗅头发的声音。这让雪梅感觉很好笑，她想象着余粮像一只小狗儿嗅着一根骨头一样好玩儿。她坐在前面一动不动，只装作什么都不知道，什么也没有发生。

第十章

初三开学，座位进行了调整，这下两人的距离就更近了一步，成了同桌。雪梅心想，以后你没法在后面摸我的头发了吧。余粮学习不太好，到初三上课时就有点儿听不进去了。

快放暑假的时候，这天下午，天气炎热，第一节课上的是化学。化学老师嗓门特别大，声音像打炸雷似的，讲的是水的化学分子式——H_2O，老师讲水分子是由两个氢原子和一个氧原子组成，因而水的分子式是 H_2O。正在这个环节，余粮的心思发了叉，人在教室坐，心却跑到爪哇国里去了。等老师在黑板上写下水的分子式，余粮的心思再跑回来时，他却一脸迷茫了，心想，水就是水，怎么成了"H"二十了呢。听课就是这样，一个知识点跟不上，就步步跟不上。老师嗓门越大，他就越蒙，于是就开始做起了白日梦。刚好同桌王雪梅面前放了一块粉红色手绢，热了时王雪梅就拿起来擦一把脸上的汗。余粮脸上的汗直往下淌，汗珠滴到他的眼角里，酸得睁不开眼。余粮只好用衣袖擦了一把，揉了揉眼。过了一会儿，那汗珠又冒出来，叭叭滴在书桌上，打湿了课本。雪梅虽然用心听课，眼睛看着前面的黑板，但是同桌的小动作还是知道的。她拿起面前自己的小手绢在脸上抹了一把，却没有放下，手腕一抖将其丢到余粮面前，动作是那样的敏捷迅速，以至于把余粮吓了一跳。

余粮打了个激灵，一下子清醒过来了。他以为王雪梅搞错了，悄悄扭过脸去望了一眼王雪梅，却见她两眼正看着黑板，一副专心致志的神态。雪梅的手绢现在丢在了他的面前，分明是让他擦拭脸上的汗。这能行？余粮犹豫了，那手绢上分明有王雪梅脸上的汗香，是她刚用过的，他怎么能用一个女孩家的手绢呢？不，不能，绝不能用。咋好意思呢？如果用了人家的手绢，那又意味着什么？他想起听过的大鼓书，说书的艺人讲过古代公子小姐用汗巾香帕传递情感的故事。那古代人的汗巾不就是今天的手绢吗？

余粮内心一下子热了起来。他很感激王雪梅对他的一片情意，这情意他领了，但他不能用人家女孩的汗巾，不对，是手绢。余粮用眼睛的余光看看左右，他怕被同学看见，要是被看见，这多难为情呀，这会影响到王雪梅的声誉，也会让同学说闲话。其实，老师在讲台上口若悬河滔滔不绝地讲课，左右的同学全都两眼盯着老师，认真地听讲，是没有人注意他这个不好好听课的学生的。

余粮见没人注意他，就鼓起勇气拿起面前的手绢，本来他想马上还给王雪梅，却莫名其妙地放在鼻子边像小狗一样嗅嗅，然后又闪电一般地丢到王雪梅面前。就在这个时候，王雪梅扑哧一声笑了，班上同学都笑了，老师也笑了。余粮脸红得发烫，以为大家都在笑他呢。他一时拘谨极了，心怦怦跳得厉害。

他慌忙正襟危坐，眼珠左右一转，却发现并没有人注意到他，原来王雪梅的笑声、同学们的笑声和老师的笑声，不是因为他，而是老师讲到一个精彩处把全班同学都逗笑了。不过，余粮觉得王雪梅的笑可就大不一样了，她是借机笑他拿着手绢放在鼻子下嗅嗅的动作。

雪梅的确是借机发笑的，她眼睛的余光看见余粮拿起她的手绢放在鼻子下闻气味儿，心里想：我把手绢丢给你是让你擦一把脸上的汗，不是让你闻那手绢上的气味；转念又一想：莫不是嫌恶那手绢上有我的汗味儿？联想到上学期时余粮在她后面老是闻她头发的事儿，她又想起一只小狗叼着一根骨头玩耍的好玩样，不禁心里发笑，只能强忍着没有笑出声来。刚好化学老师逗得同学们哄堂大笑，雪梅也就跟着大笑起来。

笑过之后，感觉心里轻松多了，她看见余粮神色木然，并没有发笑，知道他没有听进去老师的讲课，并不知道老师在讲什么，因而也就不会发笑了。

雪梅变了，变得活跃起来了，与人说话的声音比先前响亮多了，一改往日的秀气，变得大方起来。

最先发现雪梅变了的是她的姥姥姚淑美。

姚淑美发现她这个外孙女每次放学回到家里，家里便陡然增添了无限的生机。这也难怪，本来是三口之家，雪梅上学走后，家里只剩下儿子王宝禄和她两个人，儿子又不爱说话，因而家里便显得有些冷清。雪梅放学回家，走起路来一溜风，嘴里还哼唱着歌曲儿。姚淑美看着雪梅可爱的样子，心里自然非常高兴。她发现雪梅近来气色比以前越发红润了，每天放学回来时脸色总是红扑扑的，双颊上飘着红晕，两只大眼睛比先前更加明亮而有光彩，不禁心里感慨：真是女大十八变，越变越好看！

这天晚上，姚淑美和外孙女雪梅吃过晚饭正在堂屋里说话，忽听大门声响，姚淑美正要出门去看，便听到院子里范彩霞笑声朗朗，人还没进屋便笑道："这段日子一直在忙地里的活儿，好长时间没来您家串门了。"

姚淑美连忙将她迎了进来。雪梅跑到厨房里沏了茶，用一个瓷茶缸端过来，双手递给范彩霞。

范彩霞接了，夸赞道："雪梅这孩子真懂事，也长大了，真是个乖巧的孩子。"说完，又回过头来，对姚淑美说："俺范家寨又出个怪事儿，让人可笑又可怜。"

"啥事儿让你可笑又可怜？"姚淑美笑问。

范彩霞见姚淑美感兴趣，拉条凳子坐下说："说起来像个笑话，其实是真的。俺那里有个人叫赖孩儿，也是个实性子人，四十来岁，在这之前根本就没有出过远门，最远也就是到过县城。今年过了春节跟着人家出门到郑州打工，搞建筑吧，就是掂水泥那种体力活。忙活了一年挣的有个两千块钱，回到家里把钱拿出来打算交给他媳妇，自己坐在椅子上先数钱，数了一遍又一遍，边数边嘴里乐呵呵地笑，也不知数了多少遍。他媳妇感觉不对劲儿，给他说话，也只呵呵笑，不会说话了。慌得他媳妇赶紧请先生来看，先生说他这是脑子滑轮了，就是神经了。你说可笑不可笑？"

　　范彩霞话刚落音，雪梅先笑出了声，她想起了学过的课文《范进中举》，心里道，这不是和范进中举差不多吗？那人也只是发了点财，至于这样吗？姚淑美也笑了，说道："是怪可笑又可怜哩，这个人活这么大，还没见过这么多钱哩。"

　　范彩霞笑道："可不是吗？都是穷日子过惯了，谁一下子见过这么多钱。我还没有说完，更可笑的事儿在后头，他媳妇把他送到精神病医院，住了院，病是看好了，人也不笑了，不多不少正好花了两千块钱。唉，辛辛苦苦挣了两千块钱，高兴得脑子滑轮，又花了两千块钱治好。你说这叫啥事儿？"

　　姚淑美听了，苦笑一下，说："怕是那两千块钱闹的，没那命吧。"

　　范彩霞唉了一声，叹了口气说："可不是嘛，别人都这么说。也是穷怕了，一下子挣了这么多钱，喜得过头了。"

第十一章

一晃过了春分，正是莺歌燕舞、柳绿花红的时节，豫东平原一眼望不到边际的碧绿麦田，焕发出勃勃生机，金色的油菜花点缀在麦田中间，使平原上的色彩看上去并不显得单调。空气中弥漫着油菜花香和麦苗儿散发出的淡淡清香。早晚时分，远处的村庄都被团团雾气萦绕着，仿佛缠了一层雾带。待你走近再看时，那雾带却又不见了。乡下人都把这层只在远处看得见的气带称为风水，哪个村庄有气带缠绕就说哪个村庄的风水好。王家寨自然也不例外，远观王家寨，除去阴天下雨会有正常的雾气之外，在大好晴天里，无论早上还是中午都能看到王家寨被一层或隐或现的气带缠绕着，有时这种气带会在阳光下波光粼粼，不住地跳跃着，像溪水在缓缓流动。

其实，这是因为王家寨四周被那寨海子包围着，寨海子里的水蒸腾散发的雾气飘荡在半空中，这样从远处观望，就会看到一条环绕在王家寨周边跳跃的雾带了。但王家寨人宁愿把这种雾带称为风水，也不愿把它理解成为雾气，这样就陡然生出了一种对居住环境的自豪感。

这天上午，风和日丽，晴空万里。姚淑美正和儿子王宝禄在寨东门西瓜地里压瓜秧。春天里雨水好，西瓜长势旺，如果不压住秧苗任其疯长，就会影响开花结果。王宝禄这些年年年种西瓜，已经成了种西瓜的能手。他种的西瓜又大又甜，从不愁卖，手头也渐渐宽裕了，日子比以前过得舒心多了。

姚淑美坐在一个小矮凳上，每压一棵瓜秧就往前挪动一点儿。她头上顶着蓝色头巾，将头发包得严严实实，她脸上皱纹已经密密麻麻，那是岁月留下的痕迹。姚淑美认真检查每一株秧苗，用坷垃将长长的瓜秧压住，不让它疯长。她的动作很轻，却又很娴熟，小心防着瓜秧压伤压断。她拿着一棵秧苗，翻开那长满绿叶的瓜秧，仔细检查瓜秧上是否有多余的枝杈，发现多余的都会毫不留情地打掉，不让这些不结果的枝杈争夺主秧上的养分，这样有利于瓜秧开花坐果。

西瓜地头有一排高大的白杨树，白杨树边有一条约五尺宽的排水沟，排水沟另一边栽着的还是一排白杨树。这两排白杨树高大笔挺，枝叶茂盛，均有一人合抱之粗。微风吹得白杨树叶哗啦啦作响，鸟儿在其间穿梭，欢快地飞来飞去，叽叽喳喳地叫着。就在这时，不知从哪里飞来两只长尾巴喜鹊，在瓜地里叫个不停。姚淑美听了，心生欢喜。她站起身来，直起腰杆，一手捶着背，看了看正埋头压瓜秧的儿子王宝禄，笑道："今早天还没明时，我就听到院子里有喜鹊不停地叫，这会儿又有喜鹊飞过来叫个不停。常言道：喜鹊叫，好事到。咱家是要有啥喜事了？"

王宝禄见娘心里高兴，也站起身来，憨厚地笑道："娘，你还信这了？咱家能有啥喜事儿，您儿我也早过了娶媳妇的年龄了。我看就这样一辈子挺不错，没媳妇的儿子知道孝敬娘。您看那几个娶了媳妇的人，哪个不是结了婚家里的老人就搬了出去？有的到村头地里盖间小屋，您说这人都咋的了？"

姚淑美听儿子这样说，心里涌出无限的感慨，苦笑了一下，说："你净说傻话！我情愿在这西瓜地里盖间土屋住，也不愿让你拉一辈子寡汉。"

娘儿俩正说话，却见一群人从寨子里走出来，陪着一位身穿西服头戴黑色礼帽的人，说说笑笑正往这边儿走来。

有两个小孩先跑了过来，一个小孩儿喘着气老远喊道："奶奶，俺爷回来了。"

两个小孩，姚淑美认识，那个喊她奶奶的是福生的儿子穗子，另一个是伙头的儿子旺儿。待两小孩走近，姚淑美微笑着问道："你哪个爷？"

穗子说："俺也没见过。那不是？来了！"说着，穗子扭转身用小手指着那一群人。

姚淑美放眼望去，看见人群中带路的是王富钱，后面有王富田、王文忠，还有两个人姚淑美不认识，他们穿着中山装，像是干部模样。王富钱老远喊道："宝禄他娘，你看谁回来了？"话音刚落，又喊，"贵仁回来了！"

姚淑美听他喊贵仁，一下子愣住了，身子晃了晃，差点没有摔倒。王宝禄急忙跑过来一把搀住，问："娘，您咋了？"

姚淑美手捂着头，轻轻说道："没事儿，有点头晕。"

娘儿俩再抬头看时，那一群人已经来到地头排水沟前，那位戴礼帽的人在一棵杨树下停住了脚步，摘下了礼帽。空气一下子凝固了，只有喜鹊在树枝上叽叽喳喳地叫。

姚淑美在儿子宝禄的搀扶下一步一步往地头挪动，一种亲切感扑面向她袭来，眼前这位戴礼帽的人身影是那么亲切。这人比记忆中她的丈夫王贵仁身材胖多了，面色红润，额头上布满了皱纹，花白的头发贴在鬓角上，胡须刚刚刮过，两只眼睛深嵌在眼窝里，目光内敛而深邃。这人脸上写满了沧桑，虽然看上去老了，但依然面容和善，精神矍铄，身板硬朗。显然，他已不再是姚淑美记忆中的那个样子了。对了，他左眼眉宇间那颗黑痣还在，一点儿也没有变化。是他，她还认得他的轮廓。没错儿，这个让她多年魂牵梦萦的男人回来了。

王贵仁真的回来了，这会儿应该不是梦，自从天不亮就有喜鹊向她报喜，姚淑美心里就有了一种难以明说的预感。

姚淑美停住了脚步，她不敢再往前走，不敢向前去认他，这还是她日思夜想的人吗？她不相信这是真的，两条腿像灌了铅一样沉重，任凭儿子宝禄搀着走，眼睛早已模糊得看不清田埂了。那个戴礼帽的人愣了一会儿，挥了挥手里的帽子，突然大声喊道："淑美，我是贵仁啊！我回来了！"

那声音犹如冲出大堤的洪水，从他胸腔里喷涌而出，发出撕心裂肺般的号啕。王富田、王文忠见他站立不稳，急忙上前扶住。

在儿子王宝禄的搀扶下，姚淑美才一步步挪到地头。

王富田和王文忠几乎是架着王贵仁跨过了排水沟，来到西瓜地头。王贵仁上前一步，拉住姚淑美的手，热泪盈眶，他将声音压得很低，哭道："淑美，我回来了，还认得我吗？"

姚淑美两眼直直地望着眼前这位熟悉的陌生人，说不出话来，愣了半天，突然哇的一声，放声大哭，一头扎在王贵仁肩上。

儿子王宝禄也忍不住蹲在地上，抱头痛哭。随行的人不住地安慰着，王富钱劝道："都甭哭了。咱县里领导也在这里。回家说话吧。"

良久，姚淑美才止住哭声，抹下头巾，一手擦着眼上的泪，一手攥起拳头捶着王贵仁的肩膀，怨他道："你还回来弄啥？俺娘仁你都不要了。都以为你早死在外头了。你还活着，这么多年也不给俺娘仁来个信儿？"

王贵仁从口袋中掏出一块白色手绢，轻轻揾了揾眼角上的泪，叹了口气，拍了拍姚淑美的肩膀，解释说："我也想家呀，做梦都想回家，可由得了我吗？也写过信，托人从香港、美国往家寄，可也不知道信寄到哪儿去了？要不是台北恁些老兵闹着要回来探亲，还回不来哩。回来才知道，地名都改了不少。"

另一边王文忠也把王宝禄劝住了，让王宝禄止住泪，上前来和他爹说话。父子相认，回想往事，历尽艰辛，自然又是一阵悲伤。众人也都十分伤感，纷纷擦着眼角上的泪。

王富钱挽着王贵仁，王宝禄扶着他娘姚淑美，一群人簇拥着，连说带叹，不多时回到寨子东南角那个农家小院前。王宝禄抢先一步拿着钥匙开了锁，推开大门，早有人跑进去帮着在院子里摆了四把椅子和两个长条凳子。王贵仁坐在中间椅子上，两位县里、乡里来的干部一边一个陪着坐在另两把椅子上，剩下的一把椅子王富钱坐了。王富田、王文忠都在长条凳子上坐下；另一条长板凳上也坐满了人，周围一圈围了好多站着的人，一个个脸上都洋溢着笑容。

王富钱逐个将院子里的人给王贵仁作了介绍，每介绍一位王贵仁都要想上半天才想起来，站起身来鞠一个躬，客气地同他说上几句话，叙几句旧事。姚淑美早在厨房里沏好了一锅茶，倒了四个茶缸，另又盛了三碗，让王宝禄端出来。姚淑美烧好茶，只在厨房里的锅灶前呆呆坐着，听人说话。

正说话间，忽听大门外有人高声叫道："俺贵仁哥回来了？"众人都抬头看时，只见王文福拄着拐棍笑呵呵地走了进来。王贵仁慌忙站起身来，

393

脸上带着笑，却愣在那里想不起来是谁了。王文福笑道："贵仁哥，不认识我了？我是文福啊。"

王富田笑着补了一句："小名儿叫狗儿。"

王贵仁一拍脑门，大笑："哎呀，原来是文福兄弟呀，这么多年不见，都变得认不出来了。"说着，上前一步，拉住王文福的手。王富田和王文忠都已站起身来慌着让座，王文福高低不坐，非要站着说话。王宝禄从邻居家里又借来两条长凳，一边加了一个放好，王文福这才紧挨着王富田坐下。王贵仁伸头看了看王文福的腿，关切地问："兄弟，你这腿咋了？"

王文福苦笑一下，叹了口气，说："别提了，这是家里盖房子时，不小心从梁头上掉下来摔的，还好，没有摔死，要不就真见不上面了。"一句话，说得大家哈哈大笑。

王文福把手里的拐棍放在地上，又叹了口气，问道："贵仁哥，当年听说你被抓壮丁抓走了，后来咋跑到台湾去了？"王文福一个"跑"字说出口，引得众人哈哈大笑。

王贵仁笑道："我不是被打跑了，我是被逼跑的。"王贵仁说着，端起面前的茶缸，呷了一口茶，还未开口，已是热泪盈盈。四十年前那次被强行抓壮丁的一幕恍如昨日，历历在目，他叹了口气，开始向大家讲述他的故事。

第十二章

一九四八年深秋的那一天，王贵仁站在三岔道路口上目送妻儿乘车离去，心里很不是滋味，眼睁睁看着一家人就这么分离了，不知什么时候才能再次团聚。他担心妻儿再有意外，只得打马让他们快走，他一个人就好办多了。

　　王贵仁晕晕乎乎地被人推上一辆大卡车，这才发现原来车厢里坐着十二位衣服褴褛的男人，一个个耷拉着脑袋，一副半死不活的样子。不用问，这些人都是和他一样被强行抓壮丁的。车子向北开去，路颠簸得厉害，他们分坐在车厢两边，身子随车子摇晃着。每个人都不愿意说话，都沉浸在与家人分离的痛苦思绪中。

　　约莫半个时辰，车子开进了一处破落的院子里，他们被人吆喝着下了车。王贵仁抬头看了看太阳，已是正午时分，又四下环顾一番，大门口一边一个有士兵荷枪站岗，笔挺笔挺的，另有两个哨兵端着枪走来走去。围墙很高，他估摸了一下，一丈有余，比他平时见到的围墙高多了，墙上扯着铁丝网。院子深处是两排青砖红瓦的平房，每排五六间。

　　王贵仁断定，大门是朝西的。

　　那两位士兵走来，低个子士兵推搡着将他们面向东站成一排，高个子士兵在旁边摆着手指指画画让他们站得齐整些。王贵仁看见从前排平房靠中间的那个房间里走出来一位长官模样的人，身材高大魁梧，穿着绿色军服，戴着一顶大檐帽，帽盖向上翘着，衣服上缀着军徽符号，显得非常威武。王贵仁并不认识那些军衔，也就判断不出那人的职级。那位身材微胖的军官见了，慌忙正了正衣服，跑到那长官面前，"啪"打了个立正，举起右手行了个标标准准的军礼。那位长官也举手还了一个军礼，笑呵呵走过来，问身材微胖的军官："兄弟们辛苦了，这回征了多少人？"

　　军官忙点头笑着答道："十三个，都是在半道上征来的，没有到村庄里去，这个节骨眼上，到村庄里也找不到人，都躲起来了，倒不如就在路口候着，守株'逮'兔。"胖子说话时专门把"逮"字加重了语气。

　　那长官听了，哈哈大笑，连夸道："好！干得不错，办了交接，你带弟兄们弄点饭吃，休息去吧。"

　　"是！"胖子啪又是一个立正，举手又是一个标准的军礼。

　　长官笑了笑，还了礼，背着手踱过来给王贵仁他们十三人训话。从训话里王贵仁知道，这里是一个新兵训练营，有百十号新兵，都是被抓壮丁强行充军的。他们先要在这里集中接受短暂的军事训练，然后会被送上战场。长官训话后，他们被人带着去吃饭，饭是面条。吃过饭，又被人带着去一处库房前排队领了衣服和一些装具，又被人带着进了后排的一个房间。房间不大，二十来个平方，却挨着摆了六张床。王贵仁穿上宽大的军服，戴上沉重的头盔，那头盔戴在头上沉甸甸的，压得人喘不过气来。

一位正在换衣服的中年人，看了王贵仁一眼，苦笑道："这身衣服一穿，还怪威武哩。"衣服换好后，他们又被人带着去理了发。大家互相看时，人人都已变了样。

接下来每天都是接受军事训练，训练内容主要是一些基本的军事知识、技能和必需的战术动作，包括射击和构筑工事掩体。训练强度比较大，刚开始王贵仁有些吃不消，最令人难熬的就是睡不好觉，夜里睡觉时经常会被刺耳的防空警报和短而急促的哨声叫醒，不得不提着裤子往外跑，却发现原来是场紧急集合的演练。有时这样的演练一夜会有四五次，折腾得人第二天起来一点精神都没有。

十天后，王贵仁他们被告知有长官要来检阅，他们老早就列成队，等待长官的到来。王贵仁身材高大，站在队伍前面排头的位置，头盔下的两只眼睛眨也不眨地盯着前方大门口的哨兵。老远看见一辆绿色吉普车向这边驰来，到了大门口，按了两声短暂的汽笛，一位端着枪的哨兵走上前去，接过从汽车窗口递出来的证件，仔细看了看，将证件又递还给车内。哨兵向后退了一步，两腿一靠打了个立正，敬了个军礼，手一挥，另一个哨兵慌忙推开用木棍搭成的三角栏杆，吉普车鸣了一声短笛，驰了进来。

汽车开到院子中央的位置停了下来，从副驾驶室下来一位军人。这位军人面向车门，左跨一步，一手拉开后车门一手伸在车门上方护着，眼睛望着还在车里坐着的一位军人。那位军人并不急于下车，手伸进上衣口袋掏出一块带着链子的怀表，看了看，这才从容地下了车。王贵仁这才看清，这位刚下车的军人，身披绿色呢子大衣，戴着白手套，身材高大，腰杆笔直。王贵仁心想，不用说，这位是又高一级的长官了。车上随后又下来一位身穿灰色西服戴着黑色礼帽的中年男人。那位戴礼帽的人和开车门的军人一左一右陪在长官两边。

新训营的一位教官跑过去，两腿啪地一靠，抬手敬了个军礼。那长官还了礼，又问了教官几句话，就走到队列面前检阅，两个随从人员和那位教官、新训练营里另三位军官在后面陪同着。当那位身披绿呢子大衣的长官走到王贵仁面前时，王贵仁啪一下打了个立正。长官非常满意地冲他微笑着点点头。这时，跟在长官后面那位穿西服戴礼帽的中年男人惊讶地叫起来："哟，贵仁老弟，你咋在这儿？"

王贵仁正两眼盯着前方，眼睛一动不动，听到说话，这才敢转动眼珠看那位说话的人，原来是县长葛保田。王贵仁绷得紧紧的面部一下松弛下来，苦笑了一下，说："去丈母娘家走亲戚，被抓过来了。"

那位身披大衣的长官回转身，板着面孔问："咋是被抓来的？"

教官慌忙跟上来，满脸堆笑，不住点着头，说道："哪里是抓来的？不是抓来的，都是自愿来的，自愿来的！"

长官听了，转身问那位戴礼帽的人："葛县长，这位兄弟，你认识？"

葛县长慌忙赔着笑哈着腰说："李长官，这位仁兄是俺的一个兄弟，两家是世交，交情很深的。"

李长官脸上闪过一丝微笑，随后又收敛住，目光扫了一下队列，突然提高嗓门，望着王贵仁说："好，连县长的兄弟都上战场了！"

王贵仁突然大声叫道："葛县长，救救我，我真是被他们抓过来的，我不想干，我还有老婆孩子。"

"是呀，是呀，我们都是被抓过来的，俺们也不想干。"队列中站着的人几乎是异口同声叫喊起来。

"安静！"显然，李长官被这突如其来的喊叫声激怒了，他面带怒色，手向上一挥，大声吼道："你们现在已经是军人了，军人就要有军纪。队列里是不准说话的。谁再敢乱言，军法严办！"说罢，他目光严厉地扫视了一下整个队列。队列安静了，谁也不敢再说话了。他清了清嗓子，干咳了两下，缓和了一下语气，继续说："有人说不愿意打仗，难道我们愿意打仗？谁不是爹生娘养的。为国效力，每个人都义不容辞。"说完，他回转身对葛县长说道："你的这位兄弟太不懂事儿，要好好管教。就这些人还不够，还要继续征，要是人征不够，就拿你儿子来凑数。"

葛县长面带愧色，脸上勉强堆着笑，不住地点头，应道："那是，那是，中。"

李长官回头又对训练营的教官和陪同军官说："给我好好地训，先学会打枪，不要上了战场尿裤子，连枪都不会打。人嘛，给我看好了，谁要是敢跑，就地枪决。"

王贵仁听了这话，像是当头被泼了一盆凉水，从头凉到脚跟，刚才见到葛县长时心里燃起的希望一下子破灭了。看得出，葛县长面对这种情况也无计可施，帮不了他。看来，只能听天由命了。他站在队列里，两眼直直的，脑海中一片空白。

检阅结束后，王贵仁被训练营的教官臭骂了一顿。这期间他曾试图逃出去，但看看荷枪实弹的岗哨和布满铁丝网的围墙，他始终没有敢迈出那一步。

半个月后，他们被分配到部队里，王贵仁因为识字被抽到指挥部负责文案方面的勤务。尽管王贵仁始终没有放弃逃脱的念头，但看到有人因私自逃离被当场打死便不敢逃了，时间一长，也就不再想了。

一声吆喝从远处传来，打断了王贵仁的思绪，将他从回忆中唤回来。那吆喝声韵味悠长，声音浑厚，王贵仁听了，又激动起来，笑了笑，对众人说："真是美不美，家乡水，亲不亲，故乡人。我这多少年没听到这吆喝声了。"说着，他双手捏着手绢揾了揾眼角上的泪花。

那吆喝声又从远处传来：磨——剪子来嘞——戗——菜——刀！

第十三章

王贵仁呷了一口茶，叹道："多少年没喝到家乡水了，还是这么甜！"

王文福笑道："哥，你这些年也是受了不少磨难。这几十年的经历岂能是一两句话就能说得尽的。先拣重要的说，以后咱们再慢慢叙。"说罢，又迫不及待地问："那打了仗以后呢？"

王富田笑道："你刚说过以后慢慢再叙，话刚落音，又问了起来，看来和俺们心情一样，都想知道这么多年来贵仁是咋活过来的。"一句话说得大家哈哈大笑。

王贵仁笑道："是啊，乡亲们最关心的是我这么多年咋活过来的，说起来真是一言难尽哪。"

姚淑美在厨房里坐着，王贵仁的一字一句，听得清清楚楚。

王贵仁沉默了片刻，思绪又回到了那个战火纷飞的年代，他语气平缓，用一种沧桑浑厚的声调又展开了叙述：

"在那次战争中，两方来回拉锯打了几天几夜，人死的像谷棵子一样，地上到处都是。我刚开始吓得要命，后来也就习惯了。怕也没用，越怕死得越快，倒不如不怕。那子弹也是不长眼的，不管你是谁，打中你就得死。我亲见指挥所里一位长官，是团长吧，手拿着铅笔正在作战地图上比画着，一个炸弹飞过来，血肉横飞，人炸得稀烂。我那时正在远处记录战报，没有被炸死。一只血淋淋的手从半空中落在我面前，把我吓了一跳。我所在的部队接到撤退命令后，选了一个地方突围了出去。真是兵败如山倒哇，突围出来的人四处逃命，也有悄悄逃回家去的。我是跟着指挥部，不敢逃，眼见一个淮阳的老乡逃了几十步远，被一个当官的看见，一枪撂倒了。

"没办法，我只得跟着跑，好的是在太和那里就坐上了卡车，那就快多了。用了一天，到了南京，突围出来的一百号人，死的死，伤的伤，剩下的还有四十口子人。我们这些当兵的被编到另一支部队，也是从战场上败下来的。后来才知道这支部队是专门负责勤务的，这是说得好听的，说得不好听的，就是打杂，哪里有活去哪里干。我便又跟着部队到了上海。"

王贵仁看大家听得都很认真，一个个面色庄重，神色凝固，像一尊尊雕像，顿了一顿，便继续说道：

"有一天晚上，我和一个排二十来人被抽调过去往一只舰船上搬东西，都是大木箱子，密封得严严的，沉甸甸的，两个人抬都吃力。后来才知道，那箱子里装的都是黄金，金砖、金条。我们把这些箱子装好后，接到命令，不让我们回去了，让我们上船负责押运，也不知道要押运到哪里去。军命难违啊，也不敢问，只得跟着去，那个时候都听天由命了。"

"是哩，是哩。那也只能听天由命了。"王富钱接过话来说。众人也都跟着附和。

王文福伸着头，正支棱着耳朵听得仔细，见王富田打了叉，便有些不悦，忙问王贵仁："那你们坐船去哪儿了？"

"这还用问，肯定是去了台湾。"王富田回答说。众人哈哈大笑起来。

王富田又笑了笑，说："我刚才插了话，主要是想贵仁歇会再讲，喝口茶水，润润喉咙。咱们不能光想着听故事，别忘了人家讲故事的都讲了半天了。"

大家都说："对对对，喝点茶，润润喉咙。"

王贵仁笑了笑，端起面前的茶缸，喝了两口，刚要把茶缸放下时，王宝禄过来将茶缸接住，掭过开水瓶续了水，又给几位喝茶的都加了水，众人也都谦让着将茶缸递了过去。

王贵仁见大家又都不说话了，知道都在等着往下听，便继续说道：

"连夜开船，天明时到了一个岛上，都不知道是哪里。吃了饭，当官的就让我们把这些箱子装到几辆卡车上，都用帆布密封好。我们全都荷枪实弹地押着车，也不知开了多远，一直开到一个山洞里。光山洞也钻了好长的路，才把物资卸了。后来才知道是去了台湾。本来说好的还要让我们随着船返回来，可到了台湾后就又接到命令说不让回来了，把我们安置在金门，每天专门构筑工事。那个时候哭都没有地方哭哩。以前在大陆还想着瞅机会跑掉，在台湾，中间隔着大海，上哪里跑？让你跑都没有地方跑，慢慢也就死心了。"

"那些黄金呢？"王文福忍不住插话。提起黄金，众人也都起了兴趣。

王贵仁笑道："反正我们给放在山洞里了，再也没见过。还是后来听人家说的是黄金，当时也不知道是啥。"大家听了哈哈大笑，气氛比刚才活跃多了。

王贵仁继续说："后来我才知道部队被打得节节后退，蒋介石早就想着撤退到台湾来，当时往台湾的船一艘接着一艘，好多船都靠不了码头，排着队等候。巧的是，在一次帮着搬运东西时，遇到葛保田一家，他一家四口都逃过去了。葛保田也真能，那时的船票可不好抢。他妹夫是个团长，帮他搞到了四张船票。"

王富钱问："葛保田是谁？"

"是以前淮阳县县长。"王富田告诉他。

"葛保田人家真是神通广大得很。"说起葛保田，王贵仁很是感激，"他通过他妹夫的关系，趁着部门裁员的机会，帮我离开了部门，还给了一笔安置费。后来，我拿着这笔安置费同葛保田合伙开了一家公司，通过关系倒卖钢材。那时候，大批外乡人到台湾后都要安家落户盖房子，对建材的需求很大，所以生意还算不错。"

"那你这么多年，还一个人吗？就没有成家吗？"王文福问。

第十四章

王富田见王文福这样问话，看了一眼厨房里默默坐着的姚淑美，感觉这话问得有点不合适，便打了个圆场，笑道："这么多年，再成个家也正常。"

王贵仁见问，知道该说的总是要说出来的，叹了口气道：

"头几年，葛保田一直劝我成个家，我都没有同意。心里想着有一天还能回来，后来两岸形势越来越紧，没了盼头。后来葛保田的妹夫战死，妹子守了寡。葛保田的妹妹、妹夫两个人结婚三年，还没有孩子。葛保田就再三说合，给俺俩做媒。我想着，回家没有指望了，和他们家自小都相识，两个人在一起有个照应，总比我一个人单身过要好些，也就答应了。我和他妹妹就生活在一起了，有了一个儿子，现在也三十来岁了。"

说到这里，王贵仁叹道："其实这些年，我没一天不想念家乡啊，想念淑美，想我的两个孩子。现在想想，实在对不住他们。早知还能回来，我也不会再结婚成家。"王贵仁说着，竟然失声痛哭。

众人都好言相劝，王富田叹了口气，劝道："这也不能怪你，也是没法子的事儿。在那边成个家，总比一个人孤苦伶仃的好。"

姚淑美在厨房里听得真切，见王贵仁又伤心地哭了起来，便站起身走了出来，用衣角揾揾眼角，苦笑一下，劝慰道："你也不要难过了，俺和孩子不会怪你，你在外边儿有个人照应也好，说起来，我还得谢谢她哩。这次，咋没有让她和孩子与你一起回来？"

王贵仁听姚淑美这样说，才止住哭，揾干眼上的泪，叹了口气，说道："她身体不太好，老家这边也没有什么人了，孩子还要料理公司。这次回来是以老兵为主，他们也就没有回来。"王贵仁说罢，顿了一顿，又仰天长叹道：

"我都感觉没有脸面见你们娘儿仨！这些年我日思夜想，没有一天不想念你和两个孩子！"

王宝禄趁众人说话的光景，到集市上买了一车子菜，满满地拉了回来：一件十瓶鹿邑大曲，用绳捆着；两条大前门牌香烟；割了一块大菜，有十来斤重，买了两副连肝；两只绑着腿的活鸡，不时地蹬着腿扑棱着翅膀，咯咯叫着；两条鲜活的鲤鱼放在水桶里，水溅了一车厢；大半竹篮子鸡蛋，下面垫着麦秸；还有一捆带着细丝的山药；八九节扯着手的莲藕；一把菠菜、一把芫荽、一把早春的蒜薹。刚进了门，将车子停在过道里，就有人过来帮忙把东西卸下来。王宝禄对着院子里的大伙笑道："今儿个都不要走，咱摆上两桌席，让咱寨里上年纪的人都过来喝酒。"

王文福听了，眼一眯夸奖说："宝禄这几年种西瓜，没少卖钱，花钱也大方了。我来帮着杀鸡吧。"说着就要站起来。

王富田伸手扶住他的胳膊，笑了笑，劝他说："你这么大年纪了，这点小事儿，哪里还用得着你上阵？交给他们年轻人弄吧。"说罢，回头对一旁站立着的儿子伙头说："你去帮着把那鸡杀了，再把你媳妇喊来帮着做菜。"

小挪也在场，捋了捋袖子，笑嚷道："那我来收拾这两条鲤鱼吧。"

"你也不小了。"王文忠望了一眼小挪，笑道，又看了看众人，说："今儿个是咱王家寨大喜的日子，这真是喜从天降，大家都要多喝几杯！"

王贵仁接过话来说道："我原以为这一辈子再也回不来了，做梦都想着家，想着咱王家寨，这回还真的见到亲人了。看看咱们这辈人，头发都白完了。"

姚淑美也笑道："这么多年过来了，我和两个孩子，寨里人没少帮衬着，还不是看在你的面子上。"

王贵仁望着大家，眼里充满了感激，说："是呀，是呀，我得好好谢谢大家哩。"

王富田安慰他道："不要说这些见外的话，咱们都是王家一大家子，本就应该互相帮衬着。"

众人你一言我一语随声附和着，一时诉不尽的乡情，说不完的乡音。

姚淑美在厨房里忙着做菜，伙头媳妇、福生媳妇也都过来帮忙，还有三位寨里年轻媳妇插不上手，只站在厨房里笑呵呵闲聊，偶尔帮着洗碗洗菜。伙头将鸡杀好，伙头媳妇早端来一盆热水，帮着褪毛。小挪也将那两条鲤鱼扣掉鱼鳃，刮净鱼鳞，用水清洗干净，收拾整齐送到厨房里。

不多时，厨房屋顶上的烟囱便冒出袅袅炊烟，这个农家小院的上空回荡着欢声笑语。那枣树枝头上立着的两只花喜鹊，叽叽喳喳叫着，声音清脆响亮，不禁让人心花怒放，喜上眉梢。

第十五章

失踪多年的王贵仁回乡的消息不胫而走，仅半天时间就传遍了王家寨附近的三乡五里，以前的老相识听说后，都前来探望，拉着王贵仁的手说个不停。这让王贵仁有点意外，他只感觉家乡亲切，却万没有料到家乡人是这么亲切，多年下来，还有这么多人记挂着他，来看望他。王宝禄上午买的两条大前门香烟早已散完，一时走不开，让伙头又去集上买了两条回来。

傍晚时分，夕阳落下，来叙旧的人才都慢慢散去，家里才算冷清下来，那县里、乡里来的两名干部喝高了酒，王富钱陪着送出寨子，各自回去了。王宝禄和他娘打了个招呼说有事，此时也不知去了哪里，家里只剩下王贵仁和姚淑美。王贵仁在院子里踱了两圈，停在那棵枣树旁，望着枣树发了一会呆，又抬起头来看看那树梢。再回头看时，见姚淑美脚上早换了那双红绣鞋，坐在堂屋里伸着脚正反复端详着，虽然珍藏了这么多年，那双红绣鞋却依然如新。姚淑美像个孩子一样笑眯眯地望着王贵仁。王贵仁看着姚淑美那可爱的样子，仿佛又回到了四十多年前。他走进堂屋里，笑道："你看你还像个小孩儿，还没长大哩！"

姚淑美说："我可是不想长大哩，这么多年也是没办法，不仅长大了，学会当娘了，还学会当爹了哩。只是没有哪一天不想你呀！"

王贵仁叹了口气，道："我何尝不是，有时候夜里睡觉梦见了你和孩子，醒来不知有多难受。也不知这么多年你和孩子都是咋熬过来的。"王贵仁说完，又叹了口气，问道："我从上午心里就嘀咕，咋没见儿媳妇呢？难道儿子他还没有娶媳妇吗？"

姚淑美听了，又勾起心事，不由得眼里涌出泪花来，便将儿女换亲一事对王贵仁讲了一遍。王贵仁听了，感慨一番，只得劝慰道："我在那边时刻关心着这边的情况，从报纸上、广播上了解了一些，知道恁娘儿仨日子不好过，却没有想到竟落了这样的光景。好在都过去了，日子比先前好过多了。我在那边也成了家，你不会埋怨我吧？"

姚淑美知道他说的埋怨指的是什么意思，便收敛了笑容，又将上午的话说了一遍："都这把年纪了，还埋怨个啥，那里有个人替我照顾你也好，我还得谢谢人家哩。我要不是两个孩子拉扯着，也要撑不住再走一家了。"

王贵仁听了，动情地说道："你还是那样通情达理，秉性一点儿也没有变。你为我受了一辈子的苦，我都不知道咋感谢你。我这次回家待上十天半月还得早点回去，公司那边比较忙，我担心他娘儿俩撑不住。这边家里过日子缺钱花，我会定期打过来些。"

姚淑美听他说还要走，有点儿不忍心，深情地望着王贵仁，问他："好不容易回来了，不能不走吗？"

王贵仁苦笑道："能让回来看看，也就谢天谢地了。只是还有一件事儿……"王贵仁话说了一半，便停住了。

姚淑美见他话到嘴边又收了回去，就问："你想说啥话？咋不说了？是不是有啥事儿？"

王贵仁苦笑了一下，轻轻地摇了摇头，定了一会儿，才说："孩子在香港开了家房地产公司，只是……"

姚淑美倏地脑子里闪过一个念头，这么多年苦日子熬过来，她竟然将那件事情早忘光了，好像压根就没有存在过。这么多年过去了，那些埋在地下的东西，也该见天日了。想到这里，她说："你埋的东西你挖出来，带走吧。"

王贵仁万没有想到他什么也没有说，姚淑美竟然看出了他的心思，这让他心里又增添不少感激，只是想到娘儿仨受的苦，心里又有了愧疚。他苦笑道："你看，你和孩子守了这么多年，我回来带走，恐怕不太合适，说出去人家会戳坏我的脊梁骨。"

王贵仁一句话，把姚淑美逗笑了。戳脊梁骨是一句当地俗语，是说一个人做下了昧良心的事，让人背后说笑的意思。姚淑美想不到王贵仁这么多年下来家乡话竟然说得还这么地道，这让她感到有些意外。一般从南方回来的人，要是带上一口南方腔调，中原人会说他蛮。王贵仁多年未进家，却乡音未改。姚淑美笑道："我和孩子守的是日子，是盼头，不是守的财。你还是带走的好。再说，在这边也不敢露头。家里这几年种西瓜，每年都能挣些钱回来，日子比先前好多了。"

王贵仁听了，叹道："也罢，我这次给你和孩子留下些钱，让福孩儿学着做点生意，咱这里人重农轻商，老观念里感觉做生意丢人，这也不对。无商不富。要想致富发财，就得学会做买卖、做生意，让物资流通起来。只靠种地单薄了点儿。"

两人正在说话，忽听外边有人走来，一进门，就笑呵呵地说道："早听说俺兄弟回来了，我这一天忙着给人看病，没空，这会得闲，找俺兄弟说话来了。"

姚淑美走出来一看，原来是先生王贵义，便笑着对王贵仁说："这是咱贵义哥，现在当先生哩。"

王贵仁忙迎了出来，走上前，一把拉住王贵义的手，笑道："哎呀，好多年没见面了，要不是她提醒我一句，走碰头还不敢认哩。贵义哥，快屋里坐。"

王贵义笑呵呵地随他进了堂屋，找地方坐下。

刚要说话，又见王宝禄从外边儿回来，说是去范家寨通知妹妹金枝去了，金枝非要这会儿就来，王宝禄说天黑家里住不下，让她明天一早再来。

外孙女雪梅上高中住校，要后天星期六才能回来。

姚淑美注意到，儿子宝禄这么多年是第一次去范家寨，心想，这也难为他了。

王贵义坐了不多会儿，眼见快到喝茶的时候了，便站起身来要走。王贵仁一把拉着他的手说："贵义哥，你看咱俩这么多年没有见过面了，你在家喝罢茶再回去吧，让淑美炒上两个小菜，咱俩多少喝两盅吧。"姚淑美和儿子王宝禄也都起身挽留。

王贵义见他红光满面，知道中午喝了不少酒，便笑道："按说咱弟兄多年不见，理应在一起坐坐叙叙旧，我看你白天也喝了不少，今晚就不要再喝了吧。你们全家这么多年没有见面，趁这会没人来搅扰，好好和他娘儿俩说说话。我这弟妹和侄子可没少吃苦。改天哥来请你，到家里去让你嫂子炒上两个菜，咱再好好叙，反正你在家也不是一天两天。"

王贵仁见他说得有理，便松了他的手，不再挽留，直送出大门外，眼见他离去方回。

一家人返身回到堂屋，就着微弱的灯光，王贵仁这才仔细端详儿子王宝禄，想起离开的时候，他还小，此时已是人到中年，不禁叹道："咱们分开时你才六岁，现在都已四十多了。"

王宝禄眼圈一红，不知说什么是好，父子分离这么多年，他从感情上一时还适应不过来。

第十六章

王贵仁在家住了二十天就走了。在这二十天的日子里，姚淑美仿佛又回到了她年轻的时光，走路做事脚步格外轻，以前那种坐下来就不想动的惰性也不知哪里去了，说话也清脆响亮多了，整个人像换了个样。这二十天里，她只要是在家，就穿着她那双红绣鞋，也不怕孩子笑话。连外孙女雪梅都看出来了，连夸姥姥脚上那双鞋好看，还说姥姥变了个样儿。现在回想起来，这短暂的二十天，像是做梦一样，姚淑美甚至有时会不相信真的有这二十天的存在，这二十天不过是一场梦罢了。可是，这是实实在在的二十天，是她盼了四十年才换来的二十天！

这是那双红绣鞋可以证明了的，因为这二十天那双红绣鞋鞋底上沾了好多土，鞋底都有些旧了，这么多年她可从没有舍得穿过。还有院子里枣树下面的那块刚填埋好的新土痕迹，也可以证明王贵仁回来过。那是前天晚上王贵仁和儿子宝禄一起挖开的，挖了很深，挖出来很多湿土，堆得老高，直到挖出那埋在地下多年的八个坛子，才将挖出来的泥土又回填到原来的地方。回填后那个地方还有点洼，儿子宝禄又从外边拉了一车土才算填平。王贵仁将坛子里的东西取出来，摆了一地。可姚淑美却对地上的那些东西一点儿也不感觉稀罕，在她的眼里那不过是一堆没用的东西。这些东西对于姚淑美来说其实还不如当年的两块红薯。

当王贵仁提出要将这些东西给她和儿子留下些时，姚淑美坚决不同意，坚持让王贵仁全部带走。王贵仁走时给她和儿子留下了一万块钱，儿子王宝禄说打算利用这一万元做本金，开办一个砖窑场。这几年庄稼人的日子好了，盖新房的多了，砖、瓦的需求较大，生意必定很好。

姚淑美没有自己的打算，她只想安安分分地过日子，至于儿子宝禄有什么想法，她都是支持的，她感觉对不起儿子，作为母亲，她没能给他说上媳妇，这是她一生的痛。

她只喜欢坐在院子里晒太阳，晒太阳是她的一个爱好，她感觉能悠闲自在地晒太阳就是一件幸福的事情。初夏的阳光有点毒辣了，晒在身上有点热，不过还好，有点风，不至于让人受不了。她的思绪却随着这暖风飞散开来。几天前，外孙女雪梅悄悄给她说了个事儿，这让姚淑美心里有点放心不下。雪梅说学校里有位男孩子追求她，经常给她写信，喜欢她到了快要发疯的地步。按说，女孩子到了这个年龄，有男孩子喜欢也是正常的事儿，姚淑美不想干涉过多。只是这个男孩偏偏是个冤家，说是小余庄余得水和范翠枝的侄子，后来过继给了余得水家。那范翠枝当年本应该是她的儿媳，却半路逃婚，害得儿子王宝禄至今还打着光棍，这样的冤家，怎么可能结亲？

姚淑美委婉地给雪梅讲了实情，痛心地说："不是姥年纪大了，管事多，实在是这事没法说，要是你和那男孩成了一家人，让你舅的脸往哪儿搁？还怎么见人？除了他，任何男孩子，只要你喜欢你愿意，姥姥我都不会拦着你。"

雪梅已经很懂事了，她安慰姥姥，答应和那个男孩子断绝来往，不再联系。

话虽这样说，姚淑美知道，这男女之事，要是两个人都执着，就是十头牛也拉不回来，女儿金枝就是一个例子。姚淑美担心她这个外孙女会和她亲妈一样，把生米做成熟饭。不行，她要阻止她。要阻止她，只有一个办法，就是不能让那个男孩与雪梅再见面，只要他们不见面，就不会再有纠缠了。要做到阻止两人见面，只有让雪梅转校或者干脆辍学。

当姚淑美把她的这个想法告诉外孙女雪梅时，她没有想到雪梅竟然选择终止学业。本来，雪梅高考落了榜，还想继续复读，力争明年考上理想中的大学。鉴于目前这种情况，加上她本身也可能因为学习太用功的缘故，有点神经衰弱，经常头痛得厉害，当姥姥这样和她商量时，她不假思索地选择了终止学业。雪梅听早前有辍学去南方打工的女同学谈起打工的事，就想着高考这条路如果走不通，不如早点去南方打工挣点钱，可以减轻家里的负担。

雪梅的选择让姚淑美心中的一块石头落了地，她担心的事情终于被消灭在了萌芽状态。王宝禄不太同意让雪梅去打工，他和母亲商量说："还是上学要紧。真要是不想上学了，也不要去打工，咱现在好歹也是'万元户'，家里的日子还能过得去，不需要她一个女孩儿家出去挣钱。再说，我办砖场也需要人手，让她在家帮着记个账总比找别人要好得多。"雪梅却说："我不只是想出去挣钱，就想出门去开开眼界。像您这么大年纪的人，一辈子没出过县城这么一个巴掌大的地方。"

王宝禄见雪梅这样说，也只好答应了。

这年，雪梅二十岁，已出落成亭亭玉立的大姑娘了。

第十七章

雪梅打工的地方是广州的一家玩具厂，这是一家台资企业。雪梅刚到厂里时很不适应，虽然她在学校住的也是集体宿舍，但厂里的集体宿舍与学校相比简直天壤之别。这些来自全国各地操着各种口音的打工妹，文化程度都不是很高，下了工，都很贪玩，有的躺在床上听收音机，有的拿着歌本嘴里哼着歌，不像学校里的同学那样，回到宿舍担心影响其他人而轻手轻脚，说话时也压着嗓门。

雪梅下了班，总是动手把宿舍打扫一遍，把地上的垃圾捡起来，刚开始别的女孩不大理解，都以为这个河南来的身材稍显单薄的高个儿姑娘有点傻，背后都叫她傻大姐。时间长了，同宿舍里女孩也都习惯了，有早点下班回来的，也主动帮着她打扫卫生。那些随手扔东西的人也就不好意思乱扔了，再后来也没有人在背后叫她傻大姐了。

雪梅没事时，还喜欢和外地的姑娘闲聊，遇到小事总是热心帮忙，因此人缘极好。在她的影响下，雪梅所在的宿舍面貌焕然一新。这让负责管理宿舍的老板的女儿阿娇大为吃惊，管理宿舍曾让她伤透了脑子。有人曾对阿娇振振有词："上班时间属厂家管，下班时间应该是个人的自由时间，不需要谁来管。"阿娇见这样，也就没有办法了，乱就让它乱去，只有遇到吵嘴打架的才出来管管，无非就是训斥，或者罚款。当得知现在的改观全是因为这间宿舍来了一个叫雪梅的女孩时，阿娇不由得打心里佩服，默默地记住了这个名字。

这天，雪梅正在宿舍帮一个云南来的女孩写信。那位女孩一边说，雪梅一边写，两人还时不时说笑几句。忽然有人操着四川口音喊："王雪梅，老板家的千金有请。"雪梅回头看，原来是四川来的打工妹阿美，一口四川话说得非常好听。在这里雪梅能听到南腔北调，各种方言，虽然厂里要求大家学说普通话，但下了班后老乡们在一起还是要说上几句家乡话，这让人感觉亲切。

雪梅抬起头，学着阿美的川话腔，笑问："幺妹儿，啥子事儿？"阿美被雪梅逗乐了，说："俺也不知道哩。"阿美也变了腔调学说雪梅的河南话了。两人的对话也把那位云南妹儿逗笑了，三人开心地哈哈大笑。雪梅并没有马上起身去见阿娇，她把那封写了一半的信接着写好，又问了地址、收信人姓名，写在信封上，交给那位云南妹子，并叮嘱她封好口再去邮局投递。待忙完后，雪梅这才向厂办走去。刚到厂区，老远见阿娇从对面办公楼房间的窗口里探出头来，冲她喊："这里，到这里来。"雪梅知道，那是老板的办公室。

雪梅第一次进这座办公楼，平时她和那些打工妹从不进这座楼。她放轻脚步进了楼，穿过走廊，来到西边第三间办公室门口，见阿娇正微笑着望着她。雪梅停住了脚步，正要抬手敲门，阿娇在里面笑道："进来吧。"

雪梅这才走进办公室，发现房间西边靠墙设着一张大办公桌，桌上摆放着一叠文本、一个地球仪和一尊玉雕的祥瑞，身上斑斑点点，嘴里衔着一枚大铜钱。办公桌前的座椅上坐着一位青年男子，二十四五岁，留着二八分头，头发略有些长，乌黑发亮，圆圆的脸形，一双明亮的眼睛藏在金丝眼镜后面。金丝眼镜架在鼻梁上，像两扇屏风。男子嘴角带着些微笑，正望着她，西装革履，很是帅气。

阿娇笑了笑，介绍说："这位是我哥哥，你叫他阿旺好了。我爸有点事儿要回台北一阵子，这边儿的事主要交给我哥哥打理，我不久也要去美国，我哥说要找个人接替我，先在办公室做些文案。我推荐了你。"

没等雪梅说话，阿旺微笑着问道："你上过高中吗？"

雪梅"嗯"了一声，轻轻点了点头。

"那你就先在这里帮我做些文秘工作，具体的让阿娇给你说，要是你工作出色，我妹妹去美国后，你来接替她的工作。工资按管理岗算，要比你在车间高多了。"

雪梅知道，阿娇其实就是厂里的大拿，平时老板只忙于面上的事儿，各种琐碎事务都要阿娇来帮着处理，实际上阿娇就是厂里的二当家。雪梅忙不迭地说："不，不，这个恐怕我做不下来。"

阿娇笑笑，正想说话，却被她哥抢了先，阿旺说："也没有什么干不了的，都是学来的。我们又不是什么大厂，小厂而已，你先跟着阿娇做一阵子再说吧。"

阿娇也冲雪梅点了点头，鼓励她说："我观察你很久了，你人缘好，勤快能干，在打工妹里就数你文化水平最高了。相信你可以的。"

阿娇的话让雪梅有了自信心，但她并没有马上答应。她笑了笑，对阿娇说："让我回去考虑一下吧。"

阿旺被眼前这位高个儿瘦削的姑娘吸引住了，要是换成别人，早就巴不得答应了，此时她却这么矜持，不免有些好奇。

两天后，雪梅从车间调到厂办做文员，这是一个玩具加工厂，办公室的工作倒也不太复杂，也就是写写记记。对于雪梅来说，做这项工作远不如上学做作业解二元一次方程式复杂，也比车间的工作轻松得多，一个月下来，她做起来便已得心应手、游刃有余了。不过，她每日仍然和同室的打工妹一起在大食堂里就餐。尽管阿娇、阿旺兄妹俩和她说了好多次，雪梅可以和他们一起吃管理餐，但雪梅都以习惯为由婉言谢绝了兄妹俩的好意。

这天下班后，雪梅给办公室里的一盘水仙浇了一点儿水，关上窗户，正要离去。阿旺迎面走进来，神采奕奕的，笑着问道："阿梅，晚上有空吗？"

南方喊人名儿喜欢称阿这阿那的，自雪梅到办公室工作那天，阿旺、阿娇都是喊她阿梅，雪梅虽然有些不太习惯，但也不以为意，随他们喊去。只是她倒不好意思喊他阿旺而是喊他老板，可每次喊阿旺老板时，阿旺都会说："不要这样称呼我，我不是老板，老板是我爸，我不过是临时代管一下，和你一样，也是打工的，是给我爸打工的。你喊我阿旺好了。"阿娇也是这样，喜欢别人喊她阿娇，开始时雪梅倒不太习惯，喊人家的名字不太尊重，时间一长也就不以为意了。雪梅见阿旺这样问话，知道他这话里还有下文，就笑了笑，机智地答道："晚上约了人看电影去呢。"

阿旺听了，一副欲言又止的样子，脸憋得通红。雪梅怕他说出什么话来，装作不经意的样子，冲他礼貌地微微一笑，就赶紧离开了办公室。

其实，哪里有人约雪梅看电影？在把广州玩个遍后，雪梅晚上总是习惯一个人钻在宿舍里看书。

刚来广州那阵子，星期天不上班时，雪梅都喜欢约上几个小姐妹到处溜达。晚上只要不上夜班，也不闲着，像疯了一般，满大街瞎逛，夜市、老街、酒吧、电影院，大都市中五光十色的霓虹灯，红男绿女，南腔北调，真是令人大开眼界。就连那珠江江边，雪梅也是常客，因她生于平原，那片土地鲜有大江大河。传说中的黄河，对雪梅来说也只是个传说，她也和外省的孩子一样只在书本上见过。虽生在河南，但河南大着呢，河南别的地方，对雪梅来说，和广东一样遥远，她哪里也没有去过。她所见到的不过是宽两三丈、长看不到头的那条充满传奇色彩的皇姑河。

雪梅喜欢水，在家乡时就经常去皇姑河边玩耍，在岸边的树下乘凉，看人下五道棋、玩石子、薅草、听老人讲故事。皇姑河里的水清澈得一眼就能看到底，连水里游动的鱼都看得清清楚楚的。她现在才知道，家乡那条河流，远不比这珠江壮观雄伟。如今她站在这宽阔浑浊的珠江岸边，望着那冒着黑烟来来往往的大轮船，听着那轮船发出的呜呜声，心头不胜感慨：真是读万卷书不如行万里路呀。雪梅记得，当火车进入岭南，在山洞里钻进钻出时，她第一次感受到山的雄伟、丘陵的壮观。生活在平原的孩子，只是在书本里看到对大山、大江、大海和轮船的描述，如今真的见了，与她脑子里原来仅凭文字和图画形成的印象大不一样。在雄伟、壮观面前，人的心胸是开阔的。

第十八章

　　雪梅很快就适应了都市的生活，能说一口纯正的普通话，还学会几句广东话，操着一口粤语腔调，姐妹们都夸她，听她说起广东话来还真以为她就是广东人呢。

　　不过，一两个月下来，雪梅就腻了，感觉这日子挺无聊的，不觉有些怀念起校园里的生活，只是再回学校读书肯定是不行了。不在学校不代表不能读书，读书是一个人一辈子的事情。雪梅想起上学时，一门心思都在学习上，有几本喜欢看的小说一直没有时间去看，现在不用担心考试和学习成绩，心里没有了压力，终于有足够的时间看那些闲书了。于是，她就先买了一本《红楼梦》，经常一个人躲在宿舍里读。《红楼梦》读完，感觉有些地方比较晦涩，不太容易懂，就又买了一本《三国演义》，看了看，感觉里面人物都心计太多，情节过于复杂，有点不对口味。

　　《红楼梦》虽然有些地方没看明白，但让雪梅奇怪的是，脑子里却时常浮现林黛玉、贾宝玉的形象，常为林黛玉在贾宝玉与薛宝钗大婚之时孤苦伶仃地病死床头而悲叹不已，心中还产生很多疑惑：林黛玉和薛宝钗比起来哪点儿可爱？可贾宝玉为何偏偏情有独钟于林而不是薛？还有一点，也是雪梅不能明白的，《红楼梦》偌大的一部书，为什么作者下笔不从主人公贾宝玉、林黛玉写起，却从一个在书中不起眼的人物甄士隐写起，引出贾雨村，再由贾雨村引着林黛玉进贾府。这笔法上也怪有意思。这有点像她小时候玩过的丢沙包，一个人交给另一个人，另一个人接着情节往下跑。于是，干脆就撂下《三国演义》，又读起《红楼梦》来。

　　雪梅心里想着她读的小说，下了班到食堂匆匆吃了饭，因担心被阿旺看见，也不去散步了，于是就躲在宿舍里看起书来。同室的女孩吃过晚饭后都出去溜达了，宿舍里只剩她一个人，静静的，倒也适合看书。

雪梅看书时习惯坐在床铺上，坐累了就躺一会儿。当雪梅再次读到《红楼梦》黛玉葬花一段时，心里不免有些感触，于是放下书本，心想：花开花落本是大自然正常的事，林黛玉却伤感于怀，未免做人也太不够坚强了吧。又一想：自己的身世何尝不与林黛玉相似呢？自生下刚满月就抱到舅家，那林黛玉好歹也是父母看着长大的独生女，自幼也是父母的掌上明珠。我虽有姥姥疼爱，小时候却是吃百家奶长大的，像那没娘的孩子一样。我有什么理由笑林黛玉心理脆弱？我倒是内心非常坚强，这也是不得已的事呀。唉，那林黛玉生于富贵人家，我是穷人家的孩子。俗话说：穷人的孩子早当家，这话一点儿也不假。

想到这里，她眼角竟然有些湿润，不知是为林黛玉还是为她自己。正在这时，同室的两个川妹子说说笑笑地走进来，雪梅怕被人看见笑话，连忙用手绢揾了揾眼角，还好那两个川妹子没有看见，冲她笑笑算是打了招呼，就各自回到床上捧着录音机听歌去了。

雪梅再次拿起书，看了一会儿，忽然发现脑子里一片空白，什么也看不进去，思绪让她不能静下心来读书，于是干脆把书合上。看看时间也不早了，已经晚上九点多了，她刚才本是半躺在床铺上的，白炽灯的光照得她两眼有点眩晕。雪梅就打开被子躺下来，闭上眼，心里却在想：谁才是自己心里的"贾宝玉"呢？

她想起下班前阿旺和她说话时的眼神，那人笑眯眯的，一脸白净面皮，样子倒蛮可爱。雪梅不觉笑了：这位看起来比她大了三四岁的男孩子很是帅气，对女孩子有着足够的吸引力。

雪梅到办公室工作后，和阿旺每天都要见面。雪梅不经意间发现阿旺总拿眼瞄她，被她发现后，便急忙躲闪开，红着脸冲她友好地笑笑。雪梅也是情窦初开的少女，多少明白些男孩子的眼神和心思，她打内心里也喜欢阿旺的帅气。不过，他们俩显然是不可能的。她来广州后，听到了不少不谙世事的女孩被人玩弄的故事，不免心存警戒。喜欢归喜欢，每个人都不可能按照喜欢随心所欲，恣意妄为。

明知不可能的事情，明知没有结局的故事，非要让它发生，恐怕到头来只会是一杯苦酒。这样想着，她不免有些心烦意乱，于是干脆不想，闭着眼静下心来，打算睡去。刚翻了个身，混沌中，她来到一个地方，那是一个小树林，像是秋天，刚下过雨，地上湿漉漉的，全是落叶，鸟儿在林里穿梭，叽叽喳喳地叫着，从这棵树上飞到那棵树上。

这是什么地方？雪梅心想：这地方好眼熟，好像以前来过。再往前走，来到河边，河滩上站着一个人，一种亲切感扑面袭来。她定睛一看，原来这人不是别人，是她的同学余粮，他正神情忧郁地望着她。

他在这里干什么？在等我吗？雪梅心想。她四下里望了望，没有太阳，四周黑乎乎的，什么也看不清，隐隐约约有一排房子，好像是她高中上学时的校舍。啊，原来是这里，她想起来了，这小树林原来是她高中时经常和余粮见面的地方。是的，"见面"，那时，雪梅不喜欢使用"约会"这个词。"约会"这个词有点太时尚，而且还有点暧昧，毕竟她和余粮都是学生，学生时代是不能谈恋爱的，自然不能"约会"。同学之间见个面是正常的，她这样自我安慰。不过，他们两个总是单独见面。

雪梅心头一阵惊喜，却又不相信这是真的：我不是来广东打工了吗？怎么又来到学校东边这个小树林里和他见面了呢？她立住脚跟，不再往前走。正在疑惑之际，余粮向她走来，有些抱怨地对她说："王雪梅，你去哪儿了？我到处找也找不到你。"说着，上前一把拉着她的手。雪梅有些羞涩，心里却喜上眉梢，半依半就两个人就抱在了一起，情到浓处，雪梅的身子不由得扭动起来。谁知，这一动，却从梦中醒来，原来刚才是在梦中，于是她心里不免有点遗憾，却感到嘴唇有点麻麻的，不由己地努了一下嘴唇，又用舌尖轻轻地舔了一下，回味那种初吻的感觉，不由得笑了。

第十九章

　　雪梅自听了姥姥的话，就断了和余粮的来往。不过，她倒是没有将实情告诉他，只是有意疏远他不去理他。余粮找机会和她说话，她都态度冷淡地应付过去了。雪梅上学的地方离王家寨约有十八里路远，平时都是步行过去，有时也骑自行车。星期天下午去学校，下周六下午返家。去时挎着一个竹篮，篮子里装了十七八个馒头，这十七八个馒头就是一个星期的口粮。那个时候，学校是周六下午才放学的。这样按照一天三顿饭一顿吃一个馒头计算，一周刚好十七个，余下一个是机动的。

　　余粮和雪梅是一个方向，两人上学经常有意无意地遇到一起。放学回家的时间是一样的，这上学离家出发的时间虽没有明确约定，但两人遇到一回两回，自然也都总结出对方离家出发的时间了，总是有意无意地到时间就出发，路上有一个人走得慢点或快点就能遇到一起了。每每遇到一起时，两人都会心一笑。

　　雪梅自那次见余粮一个人对着树练功，就对他有了印象。两人自上初一时就是同班同学，初三时还是同桌，不能说是青梅竹马，也可以说是心有灵犀一点通了。上了高中之后，上学来回路上两人又经常结伴而行，一路上谈天说地，谈学习、谈未来、谈理想，说说笑笑，倒不觉得路远，只嫌时间过得飞快。有时雪梅对这位看上去有点腼腆木讷的男孩感觉奇怪，平时在学校里也不见他多能讲话，怎么两人一起走路时他却特健谈，说起话来像竹筒倒豆子一样，非常好听。

　　雪梅下定决心疏远余粮之后，曾犹豫要不要告诉他，但如果直截了当地告诉他，话又怎么说呢？毕竟她和他并没有挑明恋爱关系，何况说出来未免有些残忍，对余粮来说无疑是个打击。雪梅于心不忍，她不想那样做，只好采取回避疏远的办法，让他那颗心慢慢冷却下来，慢慢遗忘她。

那一阵子，雪梅每到星期六放学回家，就老早骑着自行车先离校走了，余粮竟几个星期都遇不到她。一次余粮发现雪梅这个规律后，也早点离校。雪梅骑着自行车正扬扬得意，一回头却发现余粮骑着自行车从后面追了上来。雪梅担心被他追上，就两腿使劲蹬着自行车，加快了车速，恨不得要飞了起来。雪梅知道余粮要说什么，但她不敢面对他，更不知道该如何回答，只得拼命骑着自行车。雪梅心想，快点骑，到了王家寨进了村就可以把人甩掉了。可是也不知余粮骑的什么自行车，竟然赶上来了，一下子拦着她的车头。雪梅再也不好意思不理他，只得微笑着下了车，垂着眼睛不敢正视他。

当雪梅告诉余粮那令她自己都感觉有点可笑的理由时，余粮急了，跺着脚痛斥这近乎荒唐的借口，信誓旦旦说要和雪梅一起孝敬她的舅舅，给他养老送终。

这怎么可能？雪梅有什么理由去说服她的姥姥，况且老人家表示过，世上的男孩子，她雪梅喜欢哪一个，她都不会拦她，随她的愿，唯独这个冤家是不行的。无奈中雪梅只好来到广东打工，而这却没告诉余粮。雪梅明白余粮肯定会生她的气，也肯定会伤心。不过，时间会冲淡一切的，雪梅这样安慰自己，尽管她内心也很难割舍。

她这样想着，也就迷迷糊糊地睡着了。

雪梅一觉醒来，天已经放亮，她看了一眼腕上的手表，已经五点多了。这块手表是她领到第一个月工资时买的，算是对自己劳动的奖赏。雪梅上高中时就有早起的习惯，校园里都是树，每到天快亮时，蜷缩在树上的鸟儿就开始叽叽喳喳地鸣叫。鸟儿的鸣叫声是那样的清脆悦耳，把她从睡梦里唤醒，于是她每天听到鸟鸣声就起床去教室里上早自习，早上的头脑格外灵光，记忆清晰，正好晨读。雪梅看班里有同学戴着手表，也希望有块手表，便于掌握时间，但她不愿意增加家里的负担，也就没有向舅舅开口。

现在，她能挣钱了，买一块手表并不算奢侈，她来广东小半年，挣下的钱除买些女孩用的生活必需品外，其余的都汇回家去了。尽管她的姥姥在信中一再说家里不需要她的钱，让她不要再往家里寄钱。

现在不上学了，雪梅也不需要起床那么早了，而且同室的打工妹都正在梦乡中，她怕起床动作大惊扰到别人的好梦。但习惯的力量让她赖不了床，只好躺在床上轻轻翻书看。她随手翻开那本《红楼梦》，接着昨晚的内容看，眼前却又闪现出余粮的身影。她想摆脱那种缠绵情愫的困扰，却怎么也挥之不去，让她不能安心看书。于是，她开始有了小小的烦恼，干脆把书放在脸上，两眼闭上。既然不能安心看书那就不看，也不去想那些乱七八糟的事儿，就再睡个回头觉。可问题是，她感觉总有个男孩身影在眼前晃动。

第二十章

雪梅终于承认，她内心深处已经有了余粮，正是那个可笑荒唐的理由让她不得不忘掉他。人是很奇怪的，越希望忘掉一个人却越忘不掉。俗话说，不是冤家不聚头。难道我俩真是前世的冤家？唉，余粮，你这个前世的冤家，我们是有缘无分吧。

正迷迷糊糊想着，耳边渐渐起了嘈杂声，从女孩子们清脆的说笑声中，她知道天已经放亮了，同宿舍的打工妹大都已经醒来。今天是星期天，不上班，计划着要出去玩的已经起床开始洗漱，没地方去的还懒洋洋地躺在床上。

有人打开录音机，开始听歌，歌声甜美温柔，雪梅知道，那是邓丽君唱的《四季歌》，于是索性什么都不去想，专心听那歌声，心里默默地跟着唱道：

春季到来绿满窗，
大姑娘窗下绣鸳鸯。
忽然一阵无情棒，
打得鸳鸯各一方。

夏季到来柳丝长，
大姑娘漂泊到长江。
江南江北风光好，
怎及青纱起高粱。

雪梅听得动心，便睁开眼，两眼发呆地望着天花板，不禁心想，这《四季歌》分明唱的是她，这无情棒一棒子把她打到广东来了。那歌词里唱的"大姑娘夜夜梦家乡，醒来不见爹娘面，只见窗前明月光"，分明就是她此时的写照，这样想着，不免有点伤心，眼角就有些湿润了。耳边一曲终了，接着又是一曲，雪梅听了一句，便又默默跟着唱了起来：

天涯呀海角，
觅呀觅知音，
小妹妹唱歌郎奏琴，
郎呀咱们俩是一条心。
哎呀哎呀，
郎呀咱们俩是一条心。

家山呀北望，
泪呀泪沾襟，
小妹妹想郎直到今，
郎呀患难之交恩爱深。
哎呀哎呀，

郎呀患难之交恩爱深。

人生呀谁不惜呀惜青春，
小妹妹似线郎似针，
郎呀穿在一起不离分。

这首歌更加勾起雪梅的情绪，她听着歌曲的唱词，心想谁是她的知音？她的郎在哪里？她怎么珍惜青春？

接着，歌曲又是《叹十声》，雪梅竟然听哭了，似乎这两首歌唱的是她，说的也是她，她不能再听了，再听恐怕要控制不住大声号啕了。她翻身坐了起来，动作麻利地穿好衣服，踩着铁床上三角形的脚梯下了床。这是一个铁制高低床，雪梅睡的是上铺，下铺住的是一位广西来的小姑娘。雪梅原来是住下铺的，见那位后来的广西姑娘身材瘦小爬高爬低不太方便就让给了她，自己住了上铺。雪梅认为上铺比较安静，可以让她静下心来看书，但上下床不太方便，不过，她已经习惯了爬上爬下。

她穿好鞋，端起床下的脸盆急忙去水池边洗漱，她不想让别人看到眼角的泪痕。洗好脸，她便站在门旁梳理头发。

正在这个时候，同室的四川女孩阿美笑嘻嘻走过来，说道："阿梅，外边有个靓仔找你。"

阿美说罢，又探过身去，两眼笑成一朵花，在雪梅耳边悄悄问道："是不是你的郎追你到天涯海角来了？"

雪梅被阿美的表情逗乐了，白了她一眼，嗔笑道："你跟我一起去看看，看着我别被狼给叼走了。"

阿美笑道："我不去，你巴不得早点被狼叼走了呢，我去不是当电灯泡了？"

雪梅不理她，微笑着放下梳子，拢好头发，又拿着小镜子左右照了照，这才走出门去。刚走出宿舍，见厂门口保安正和一个人说话。

这个保安雪梅很熟，是河南老乡，瘦高个儿。那来人身材也不低，也是瘦高个儿，两人站在一起如果不看衣服竟然像亲兄弟俩，要是给那人也换上一身保安服，俩人还是比较般配的。雪梅这样想着，不免有些发笑，却见那人老远便冲着她微笑。那人身着蓝色的确良衣裤，上衣左胸前口袋里插着一支钢笔，露出明晃晃的笔帽，手里掂着一个旧得发黄的军用挂包，地上放着一个鱼鳞袋子，鼓囊囊的，不用说袋子里装的是被褥。雪梅惊喜地笑了，来人不是别人，正是昨晚梦到的那个男孩，她的同学余粮。

瘦高个儿保安见雪梅走来，老远笑着招呼道："阿梅，找你的。"

雪梅冲瘦高个儿保安笑了笑。

余粮依然望着她，眼里充满了惊喜，笑眯眯的，并不说话。

雪梅一阵惊喜，见他头发有点蓬松，神色有点憔悴，笑了笑，问他："你咋来的，一个人过来的吗？"

余粮笑道："我来找你打工来了，坐了一天一夜的火车，一路问过来的。"

雪梅说："今天是星期天，厂里不上班，先到宿舍里来吧。"

雪梅说着，就要弯腰去掂地上那个鱼鳞袋了，早有高个儿保安一把抓起袋子，笑嘻嘻地几步送到宿舍去了。雪梅只得和余粮在后面跟着。

雪梅招呼余粮先洗了一把脸，净了净头发。再看余粮，似乎换个人似的，精神焕发，刚才一脸的疲倦一扫而光。雪梅将余粮的行李放在宿舍里，问他："你该饿了吧？咱先去吃点东西。"

余粮说："我不饿。"

雪梅嘿嘿笑了，说："鬼才信你不饿，坐了一天一夜的火车，半夜里到这，你上哪里吃大餐了呢？"

余粮嘿嘿笑了。两个人边说边笑走出了厂，到街上寻吃的。

余粮望了望雪梅，笑道："你变了。"

"我哪里变了？"雪梅笑了笑，问道。

"你普通话说得真好听。"

雪梅咯咯一笑，说："我还会说几句广东话呢，就是粤语。"说着，雪梅来了一句广东话。

余粮一脸雾水，显然他没有听懂。

雪梅笑笑说："我刚才那句话是问你吃饭了没有。现在流行一句话，学会广东话，走遍天下都不怕，学会港台腔，走遍天下都吃香。"

余粮听了，不觉神色有些黯然，心里有些失落，感觉到自己和雪梅之间有了差距，这种落差让他有了一点点自卑，他发现他落后了。他望了望雪梅，发现她真是变了，头发也比以前顺溜多了，披在肩上，十分飘逸，脸上洋溢着青春的自信。她的穿着也比在学校时时尚多了，她以前春秋两季经常穿一件紫色花格子棉布上衣。

第二十一章

雪梅穿着一件白色透亮的短袖衬衣，衬衣下摆扎进裙带里，腰身显得比较纤细苗条，粉红色百褶裙没过膝盖，裸露着光滑圆润的小腿和脚脖，脚上一双红色高跟皮鞋，走起路来咔咔作响。余粮觉得雪梅的气质逼人，和她走在一起，再看看自己的穿着，显然相形见绌多了。于是，他放慢步子，故意让雪梅走在前面，自己跟在她的后面，保持两三步的距离。

雪梅的背影是那样迷人，尤其是她那白色衬衣里隐约可见的红色胸衣，格外扎眼，连着她那一头飘逸的秀发，真的是美极了。余粮禁不住多看了两眼，突然有了一种冲动，真想一步上前抱住她。可那邪念在脑海里一闪而过，他马上控制住了，并且内心有了一丝自责，不该对她有那种不良的念头，不该亵渎两人的感情，尽管他也说不清对她是友谊还是爱情，他感觉雪梅应该像雪莲，一点儿尘土都不能沾染。

雪梅见余粮不说话，走路也慢了下来，就有些意识到了，也放慢了脚步。她淡淡一笑，说道："咱们以前都没出过远门儿，现在有机会出来了，算是开了眼界。听过一首歌《谁不说咱家乡好》，那只是从感情上来说的。

论起山水来，我看这外边的世界比咱们那里要好得多呢！咱们那里是一马平川的大平原，待时间长了，未免有些坐井观天。咱到了外面感到新鲜，恐怕山窝里的人到了咱们那里也是要新鲜一阵哩。我来这城市里快半年了，你会不会觉得我洋气了，你在这里待上一段时间也会变样呢。"

余粮听雪梅一番话，担心她会嫁在外面，不回家了，想起《西游记》里唐太宗李世民送玄奘西天取经时的一句话，就说："宁恋故乡一捻土，莫爱他乡万两金。外面虽好，也是人家的，你看那高楼大厦千万间，却没有咱们一间。反正，我不管什么时候，都不会变的，倒是你变得越来越美了。"

两人边说边走，老远见前面有一家店面，门口摆着几张小桌子，坐满了人在那里吃早餐。雪梅抬手一指，笑道："广州人正好和咱们那里人相反，人家早餐不叫早餐，叫早茶，人家是喝早茶，咱们是喝晚茶。这里想吃家乡饭也不太容易。前面那家早餐店是山东人开的，生意不错，咱去那里吃点油条。"

两人来到早餐店，四五张桌子都坐满了人，正愁着没有空座，却见靠里面一对青年男女吃完饭站起身要走，两人便走过去坐了下来。一位肩上搭着条白毛巾的伙计慌忙走过来，将桌子上的碗筷收了，又用抹布擦了擦桌面，问两人要点什么。雪梅点了五根油条、两碗小米稀饭，又要了六个包子。

余粮说："要这么多，恐怕吃不了。"

雪梅笑了笑，说："这不有你在嘛，我还怕不够你吃，你个子恁高，饭量大，等吃完不够吃了再要。"余粮听了，心头一热，心想，刚才还是有点误会她，除了更漂亮了，人哪里变了？这样想着，不免又拿眼望着雪梅，竟有些发呆。

雪梅见余粮望着她出了神，就调皮地抬手在余粮眼前挥了挥，笑道："哎，哪有你这样看人的，死眼子，要是在外边这样看人不怕被人打了才怪呢。"

余粮这才发现有些失态，忙笑道："我这不是欣赏你嘛，都说女大十八变，越变越好看。你这一下子就三十六变了，好看得我都认不出来了。"

雪梅脸颊一红，笑了笑，正要说话，店伙计端饭过来，油条、包子各盛在一个盘子里，稀饭一人一碗。

雪梅笑了笑，说："别贫嘴，你早该饿了，赶快吃吧。"

余粮夹起一根油条，放在嘴角，撕了一口，见雪梅没吃，便笑道："你也吃呀，别光看我。"

不知为什么，雪梅咯咯笑出了声，移开目光，也夹了一根油条吃了起来，刚咬两口，突然停住，望着余粮，又笑了，问："我来这里打工没有给你说过，你咋知道我在广东呢？咋找到这里来的呢？"

余粮一听，冲她诡秘地一笑，将口中的饭咽了，才说："想找一个人还不容易？我要是想找你，你就是到天涯海角我也能找到。"

天涯海角？这让雪梅想起早上刚起床时听到的那首《天涯歌女》。是呀，他这是"觅知音"来了！

余粮见雪梅两眼直愣愣地出了神，以为她不相信，就补充说："你走了之后，我急坏了，天天像丢了魂似的，我也不复读了。问了几个人，都说不知道你去哪儿了，只知道去广东打工了。广东那么大，我上哪儿去找你？后来，家里俺婶见我有点不正常，问我，我才实话说了。她说不打紧，就托人问了你的地址，让我来这里找你。对了，你可知俺婶是谁？是你亲姑哩。"

雪梅岂能不知？这位姑姑，尽管雪梅从没有见过，只是零零碎碎地听到一些关于她的故事，据说要不是因为这位姑姑自己也不会一出生就被抱到王家寨，姥姥也不会反对她和余粮交往。雪梅听了余粮的话，知道千里寻她有多不易，她感动了，后悔不该冷落他。

余粮拿起汤勺，舀了一口稀饭送到嘴里，放下汤勺，将身子向前一探，笑了笑说："你要不要听听我的故事？可有意思着哩。"

雪梅笑道："你有什么故事？说来听听。"

"那好，"余粮端起饭碗，将碗里稀饭一气喝了下去，碗一推，冲雪梅笑了笑，说："说起我的身世，还有一段故事哩，我讲给你听啊！"

第二十二章

原来，范翠枝自那年逃婚到余得水家，二人也算是珠联璧合，比翼双飞，有情人终成眷属。两年后，范翠枝生下了一个儿子，一家人欢天喜地，给这孩子取名叫金锁。余得水本是有点文化的人，没几年便在村里当了会计，一家人日子过得还算可以。范翠枝操持家务，眼看别人家养猪，一年卖一头，收入不少，自己也就攒钱买了头小猪来养。谁知这小猪仔长到四五个月时就有病死掉了，不仅没赚上钱，还白搭了工夫，赔了饲料和给猪仔治病的钱。范翠枝心有不甘，到第二年攒下钱又买了一头小猪仔，没想到又长到半大时死掉了。这样一连三年，死了三头半大不小的猪，范翠枝就再也不敢养猪了。

一个偶然的机会，范翠枝不知从哪里听来的一个说法，说是夜里去找两个祭奠的馒头放在猪盆里喂猪，这个盆就会成为聚宝盆，用这个盆喂猪可以使猪不生病长得快。范翠枝致富心切，听到这个法子后，一直在后面撺掇着余得水去找这样的两个馒头。

余得水也是被逼急了，就喝了两杯酒壮着胆子，夜里去地里寻了两个祭奠用的窝窝头回来，连夜放在那个半碴子烂缸里喂了猪。

这个半碴子烂缸原来是个水缸，一次不小心打烂了，剩下半截烂碴子。范翠枝看看缸底子还好，就不舍得扔掉，拿到猪圈里当成猪盆喂猪用。

说来也怪，自那以后范翠枝再养猪，猪就特别见长，那猪吃饱了就睡，也不生病，倒是很省心。范翠枝每天将刷锅水拌些谷糠麦麸喂猪，也不像以前那样操心，竟然年年能养出一头大膘猪来。那时乡下大多人家，全靠着喂头猪换钱花。一头大猪交到公社食品厂，可以卖到百十块钱，相当于一个家庭一年种地的收入。只是不能多喂，毕竟养猪也不是气吹的，要是喂两三头猪就喂不起了，没有那么多刷锅水和谷糠麦麸喂养。这样，不到两三年，余得水在村东头盖了房子，分了家。

范翠枝每天见她养的猪长得滚瓜溜圆的，心中暗喜，特意叮嘱余得水不要将这个秘密说出去，那半截烂缸碴子在她眼里俨然成了家里的聚宝盆。余得水心里也难免喜洋洋的，走起路来脚步也特别轻快。

不料，这事却被余得水的嫂子看出来了。原来余得水的大哥余得风家也是每年喂猪都喂不起来，和余得水家一样，猪长到四五个月时就会得病死去，费了不少工夫，还搭了不少给猪治病打针的钱，后来余得水的嫂子也不敢再养猪了。余得水的嫂子眼看着范翠枝以前和她一样年年喂猪年年死，现在却年年能喂出一头大膘猪，这不得不让人感觉有些蹊跷。

一天，余得水的嫂子对男人余得风说："这是您老坟地里的劲儿都使偏了咋的？以前老二家和咱一样，年年喂猪年年病死，净干赔本买卖。咱现在害怕不敢喂了，他倒现在年年能喂出一头大膘猪。你哪天悄悄问他话，到底他用啥法子喂的。"

余得水的大哥余得风养着三个儿子两个闺女，每天都为吃饭发愁，自然也想年年能喂大猪。余得风听他媳妇这样说，挠了挠头，笑道："你咋能动不动就怪老坟地哩，人家喂大膘猪是人家余粮他婶子的本事儿，你让我去问，我咋张开口哩，人家会笑我看见俺一个娘的发了财当哥的就眼热。"

余得水的嫂子听余得风不仅不去问，话音里还带着些埋怨她没本事儿，心里就有些气，嘟囔他说："你怕张口我不怕，我哪天非要问个究竟出来。"

又一日，余得水在他大哥家帮着挖菜窖，休息喝茶的工夫，余得水的嫂子拿着一盒烟走过来，笑了笑，说："兄弟，今天受累了，嫂子给你买了盒好洋烟吸。"

余得风见了，知道他老婆是想套他弟弟的话，也就笑笑，默不作声，只当啥也不知道。

余得水一见他嫂子平时手扣得紧，今天这么大方，心里自然很高兴。余得水的嫂子将香烟递给余得水，也不再走开，靠在一棵梧桐树上，扯起了家常，又是夸金锁灵巧聪明，又是夸兄弟媳妇会过日子，说着说着就把话题扯到了喂猪的事上了。

余得风知道进入了正题，只默默坐在那里吸烟，不动声色，听着他们两人闲聊，忍着不笑。

余得水的嫂子说："你家金锁他娘真是个有本事儿的人，一年喂一头大膘猪，滚瓜溜圆的，让人看着就喜欢，也不知道她有啥好法子，咋喂的？我就不中，也没少操心，每次都是眼看着猪长半大了，就生病死了，喂不起来。"

余得水听他嫂子这么说，就想起媳妇范翠枝再三叮嘱他不要说出去的话，于是笑道："也没有啥，我看她也是天天弄些刷锅水和着些谷糠喂的，天冷时放在锅里生把火，热得温温的，抓上一把麦麸子拌在里面，猪吃得可欢哩。"

余得水的嫂子听了，感觉不对劲儿，心想余得水这话等于没说，看来这家伙没有给我说实话，谁不是这样喂的，偏偏他家这样喂就成，别人这样就不成？不信今儿个我套不出来你的话。想到这里，就笑了笑，说道："兄弟，你没有跟嫂子说实话，谁不是这样喂的？偏偏就俺喂不成？你今天给嫂子交个底儿，我上午给你擀好面条子，再炒两个好菜。你看你这三个侄子都这么大了，侄女也该出门了，这喂不起来大猪，家里没个指望，咋过日子呢？"

余得水被他嫂子一番话说得心花怒放，心想反正都是自家人，也不是外人，交个底也没有啥。于是就实话实说，把他家那个半截烂缸碴子说得真像聚宝盆一样。

不想，这事却被嫂子牢牢记在心里。

第二年春上，余得水的嫂子瞅着范翠枝刚卖了猪还没有来得及买小猪仔的空，就赶在余得水之前去秋菊集上逮回一头小猪崽儿，撺掇着余得风去余得水家里把那口半截缸碴子借回来用。

范翠枝想着家里的谷糠不多了，麦麸本是喂猪的，但家里的粮食接不上新粮了，麦麸还不够人吃的，也不舍得拿麦麸喂猪了，打算再等一阵子攒些东西再喂养一头猪，也就没有在意，把那半截缸碴子借了出去。范翠枝过了一段时间再买回一头猪崽时，想着把那半截缸碴子再去要回来，未免有些难为情，张不开口。范翠枝这几年养猪养得得心应手，也就没有当回事儿，就随便找了个旧石槽来喂猪。开始也没有发现什么，那头猪能吃能睡，也很见长，却在四个月时突然得了气喘病，一连打了十几针不见好。

范翠枝心里就有些阴影，果然，又过了几天，早上起来，发现那头猪死在猪圈里了。范翠枝还清了兽医给猪打针的钱，算下来倒赔了好几十块，心疼得光想哭。于是，她就又想起那个半截缸碴子了。但眼看着她嫂子正用着，也不好意思去要，就想等着她把猪卖掉后再让余得水去要。这样，又耽搁了一阵子，余得水哥家的那头猪已经长成要出栏了。余得水的嫂子却一声不吭地把那头大膘猪卖了，当天又逮回来一头小猪仔。

范翠枝本来指望着余得水哥家把猪卖了就把那半截缸碴子要回来，等了半年却眼看着他家卖了大猪又买了个小猪来养，心里就有些急，便催着余得水去要，余得水结结巴巴地却说张不开嘴。催得急了，余得水就安慰范翠枝说："都是你自己瞎猜疑，心里作怪，哪有那么神奇，猪得病死了也是正常的事儿。今年也就算了，等明年开春，咱再逮一头猪来喂，要是还是喂不起来，我就信你了，就去把那半截缸碴子给你要回来。"范翠枝见他这样说，也不想生闲气，只得罢了。

第二十三章

转眼又过了一年，开了春，范翠枝就从娘家范家寨逮回来一头猪崽儿。也是和前面的那头猪一样，开始势头很好，快养到五个月时，那头猪仿佛先前的那头托生出来的一样，又生了病。范翠枝不免就又担心起来，果然治了十来天，那头猪就死了。

范翠枝再也忍不住了，两头猪下来，这两年不仅没有赚上钱，反倒赔了近百十块钱。前两年的好日子好像还在眼前，手头却紧了，只得眼巴巴看着老大家又要卖大猪了。范翠枝便催着余得水去要回那半截缸碴子，两人为此没少吵架。

余得水被催得没法儿，只得硬着头皮去和他嫂子张了口，见了他嫂子，说道："嫂子，你卖了这头猪，先别急着买小猪哩，把俺那喂猪的烂缸盆让我拿回去喂猪喂两天，这两年他婶子喂不起来猪，心里一直着急。"

余得水的嫂子一听，知道这事儿推不开，便想着打岔岔开话题，于是就笑了笑，说："兄弟，你这上过学的，咋恁迷信。不就是半截缸碴子吗？咋就张开嘴了呢？这你侄子都在跟前，也就不怕晚辈人笑话你。我先不给你说这，我问你，俺家去年交公粮咋比别人家多交了呢？是不是大队里多往俺家摊派了？你当兄弟的总不能胳膊肘儿往外拐，往自家人身上错。你回头再拨拨算盘珠了，给核核，别让你哥吃亏。"

余得水先是被奚落了一顿，又听说他弄错了账，让他哥家多交了公粮，就有些丈二和尚摸不着头脑。他挠了挠头皮，慢悠悠地说："这公粮都是按地亩数核下来的，咋会多了你的？"余得水话刚说出口，便又想了想，怕是真的错了，就又改口说："我回头再扒出来账本子看看。"

余得水还想张嘴说话，却见他嫂子早已转身去了里间，不一会儿搲了一瓢白面端了出来，递到余得水跟前，说道："正好你来，我也不跑一趟了。前一阵子家里没面了，使你侄子余粮去你家借了一瓢好面儿，我心里一直想着还，一忙就忘了，等你走时就端回去吧。"

余得水有点哭笑不得，心想：我不是为这瓢面来的，你让我端瓢面回去像什么话，于是，皱了皱眉，说道："谁是来给你要面儿哩，我是要那喂猪的缸碴子哩。"

余得水的嫂子笑道："那烂缸的事儿知道了，这不正喂着猪吗？明儿再说吧。你先把这面端回去，别忘了给他婶说一声，我搲面时搲得瓷实，今儿个我看外边儿没风，不会被吹撒了。"

就这样，余得水被他嫂子三说两说，没办法，只得端瓢面回来了。一路上小心翼翼地走着，生怕瓢里的面被风刮了去，还要防着脚下不稳弄撒了面。

范翠枝见余得水端着一瓢面回来了，心里就又气又想笑，怪他道："你这人咋恁没成色，被她说几句你就不知道南北了，我让你去要的是'聚宝盆'，不是要那一瓢面儿。你端着这一瓢面儿回来，也不怕别人笑话，一瓢面儿也从你哥家要回来？那侄子看见了长大会怎么想？"

余得水回来的路上就感觉有点不对劲了，心里很是窝火，就知道回来没好气，免不了受媳妇数落。现在两头受气，但又自知理亏，不好在范翠枝面前发作，苦笑着说道："你还说哩，我还被她说成小气鬼儿，半截烂缸碴子还好意思问她要，还说我算错了账，让她家多交了公粮，说我胳膊肘儿往外拐哩。横竖都是她的理。你甭说，我还真得扒扒账本子再给她算算，别真的搞错了，多交了公粮，冤枉自家人。"

范翠枝有些恼怒了，声音也放得高起来，嚷道："你听她瞎说，哪里有错？明明是给你打岔哩。就你死心眼，还当真了。都说：要得好，大让小，两好搁一好。哪有她这样当嫂子的？我不管你想啥办法，总得给我把那缸碴子要回来！"

余得水说："我不去了，要去你去要，我张不开嘴了。"范翠枝一听，气得两眼圆睁，骂道："你这会儿说这了，当初我再三给你说，不要说出去，你经不住她几句话，就把你奉承得不知自己是老几了，啥话都说。这会儿倒瓢了，在我面前要赖，算啥本事？我还不是为了这个家好？想过好一点儿？也不想想当初我是咋跟你来的？好哄歹哄把我半道上给哄到你家了，啥东西都给你家省了。这会儿你那哄人的本事哪儿去了？"

余得水啥都不怕，就怕范翠枝提那陈年老账。当然，他结婚，一没下帖二没要彩礼，这倒是真的。这会儿，一听范翠枝又提那陈谷子烂芝麻的事儿就头大，脸一片红一片白，说得他牙根发痒，对着范翠枝直瞪眼，可又不好发脾气，只得咬了咬牙，跺了一下脚，嚷道："甭说了，她哪天卖了猪，我抢也给你抢回来！"

转眼十多天过去了，余得水打听到他嫂子正在卖猪，就慌忙赶过来。

等那头大猪刚一赶出圈，余得水就不知从哪里飘过来，嬉笑着对他嫂子说道："嫂子，这会儿你家的猪卖了，这猪盆我就搬走先用着。"也不等他嫂子说话，余得水走到猪圈里，抓把麦秸擦了擦那半截缸碴子边上的剩猪食，也不嫌脏，扛在肩上就走。余得水的嫂子正在帮着将那头猪拴在架车上，也顾不得和他说话，只得眼睁睁瞅着余得水把那猪盆扛走。

那缸碴子扛回去的当天，范翠枝便从娘家范家寨逮回来一头小猪仔，本来也是提前说好的。

一晃半年又过去了，范翠枝喂养的这头猪长势喜人，她家又恢复两年前的势头，而这两年养猪不景气的状况却发生在余得水哥哥家了。当余得水的嫂子眼看着喂了半年的那头猪生病死在猪圈里时，竟然放声大哭，吵闹着要余得风去余得水家把那半截缸碴子要回来。正好余得水来串门儿，和他嫂子讲理吵了几句。自此，余得水的嫂子见了余得水的面，再也不说话了。

夏天的一天，余得水赶集回来走在河堤上，老远见河堤上围了好多人，吵吵嚷嚷一片。等他再走近些时，有人看见他，就人声喊他快来，说有人掉河里淹死了。余得水听了，心头一紧，急忙跑过去，扒开人群一看，两腿发软，一下子歪倒在地上。

第二十四章

原来那淹死的小孩不是别人，正是余得水和范翠枝的儿子金锁。旁边两个小孩吓得结结巴巴说不出话来，余得水问了半天，才听明白。原来是三个小孩下河玩水，金锁被河里的芒草缠住了腿，又不会游泳。等被人发现救上岸时已经喝了一肚子的水，早已没气了。可怜余得水夫妻俩，人到中年只生一子，范翠枝疼爱儿子，视若心肝宝贝，现在孩子意外夭折，怎不伤心？范翠枝伤心欲绝，几度哭昏了过去，吓得余得水掐着人中呼叫了半天才苏醒过来。范翠枝自此每天精神恍惚，饭量大减，有时夜里想念儿子就放声哭起来，不到半个月的光景，竟像换个人似的，身体明显消瘦了。

更难堪的是，余得水两年前响应计划生育做了结扎的绝育手术，再也不能生育了。原来，范翠枝有了金锁后，想着等孩子大一点再要下一胎。金锁生得乖巧，两只黑眼珠滴溜溜的，睫毛很长，忽闪忽闪的，小嘴一张就笑，露出一排雪白的牙齿，非常惹人疼爱。日子长了，范翠枝看到孩子多的人家，每天为吃饭发愁，那再要一个孩子的心思也就慢慢淡了，心里想着有这么一个宝贝儿子金锁也就够了。

两年前，公社里来宣传计划生育，范翠枝是村里的妇联主任，余得水又是会计，两人都在村里管着事儿，自然什么事儿都要比别人家先走一步。计划生育是个新鲜词儿，在以前缺乏劳动力的年代，多生孩子自然也是为生产队里做贡献。范翠枝有金锁的那一年，她所在的生产队一年生了十二个男孩子，喜得生产队长每逢开会时就夸奖说：生产队这一年就添了十二个男劳力，以后下地干活不愁没有接班的了。为此，生产队还格外照顾那生孩子的人家，多分了五斤麦子。

现在提出计划生育，提倡少生优生，妇女上环、男人结扎，人们的思想观念一下子还没有转变过来。于是，公社里放出奖励政策，凡是生过孩子的男子如果接受结扎手术，可以奖励一台缝纫机。

缝纫机在那个时代是紧俏商品，都是通过供销社计划销售，个人要买台缝纫机必须到公社里批条子凭票才能买到。范翠枝喜欢针线活，一次在县城里见到有人用缝纫机，感到比较稀奇，那玩意儿做衣服又快又省力，回来后就多次托人去供销社买一台回来，但每次都没有买成。这下倒好，如今送上门来，可以白捡一台缝纫机，不要白不要。反正有了金锁，她和余得水商量好了，就要一个孩子了。不就是结扎吗？反正也不想再要孩子了，做！

在范翠枝的鼓动下，余得水去公社做了结扎手术，果然拉回来一台崭新的缝纫机。后来的事，证明了范翠枝的英明，以后符合条件的家庭必须实行计划生育，并且还把奖励改成了罚款。

现在摆在余得水夫妻面前的问题已经不是一台缝纫机所能解决的了。余得水成了人们眼里的绝户头，尽管他和范翠枝还年轻，从年龄上来说，还可以再生育，但他已经做了绝育手术，想再生育也就不可能了。

一天早饭后，余得水正要出门，迎面见他的父亲拄着拐棍走进来，余得水忙将老人迎进屋里坐下，范翠枝也慌忙到厨房里倒了碗茶水端过来，放在老人面前。老人抬头看了余得水一眼，叹了口气，说道："我这大半个身子已经入土的人，总不能让我看着你这一门绝户呀，趁着我还有口气儿，从老大家过继一个孩子给你吧，将来可以给你俩养老送终。你俩商量一下，中的话给我回个话，我去给你哥嫂说。"

余得水说："只怕俺嫂子不同意哩。"

老人顿了顿拐棍，说："这事儿你不用管，我还活着，由不得她。你三个侄子，除了老大不能过继，老二老三中你们选一个。"

余得水和范翠枝商量，也没有别的办法。范翠枝低着头想了一会儿，叹了口气，说道："别的我也不说了，只是小侄子余粮，人长得也机灵，懂事儿，还是个好面嘴儿。自小我就比较喜欢，他见了我'婶子''婶子'叫得亲，早就看着像亲生的一样，要是要的话，就要他来吧。"

于是，老人带着余得水来到老大余得风家，余得风正坐在门前吸烟，他媳妇正端着一簸箕豆子蹲在地上捡坷垃。见他爹走来，余得风忙起身给老人让座。余得水的嫂子也慌忙放下手中的活，去厨房倒了一碗茶端出来，又搬来一个小凳子放在老人面前，将茶水放在小凳子上。余得水的嫂子瞥了余得水一眼，故意装作没看见他，就又蹲下干活去了。余得水知道嫂子不待见他，就一声不吭，在门前一个石墩子上坐了下来。

老人咳嗽两声，清了清喉咙，望着余得风叹了口气，说道："今天我来给你俩商量个事儿，我这一大把年纪了，也是说走就走的人了。只是有一件事放心不下，你那短命侄子金锁夭折了，你兄弟又不能生育，你的儿子多，我想让你过继一个给你弟弟，总不能让我看着他绝户了。这样，将来也好有人给他养老送终。"

余得风其实已经猜到了他爹的来意，两口子早就私下合计过这事儿。今天见老人亲自出来说事，也就心里有了底。余得风抬头看一眼媳妇，见他媳妇只是埋着头拣那豆子里的小坷垃，像没听见老人说话似的。两只小鸡在她面前的那堆沙土里不停地用爪子挠食吃。余得风见他媳妇不说话，自己也不敢做主，就冲余得水说："你问问你嫂子。"

余得水心里明白，这分明是给他出难题，明知他嫂子这半年里不理他，此时是让他和嫂子说好话。其实余得风也是好意，余得水要过继孩子必须先把叔嫂关系缓解好了，毕竟孩子是人家女人生的。余得水只得硬着头皮望着正埋头拣豆子的嫂子，认真地说："嫂子，你甭忙哩，咱爹来给你说事儿哩。"

余得水的嫂子头也不抬，淡淡地说："看看，你们说话，我只听着就行了，问我干啥，我算老几？"

余得水知道他嫂子心里还是有点气，这会儿拿话挖苦他，只得继续央求道："嫂子，这事一码归一码。兄弟我有错，你只管说。你把侄子给我一个，他婶儿不会亏待他的。"

余得水的嫂子这才抬起头，正色道："你这会儿想着你嫂子了，上次趁火打劫，一个喂猪的烂缸碴子看成了摇钱树，连招呼都不打，扛起来就走。眼里哪还有你哥和你嫂子？没见过你这当兄弟的眼皮子恁薄的！"

余得水被嫂子说得接不上话，只得龇着牙赔着笑不再说话了。

老人看不下去，说："老大家，我在这里等着哩，中不中咋也得吐个口儿，还让我给你磨嘴皮子吗？"

余得水的嫂子听老人话说得重了，怕他怪罪，也就不敢再说什么，只得站起身来，向着老人说道："爹，不是我驳您的面子，实在是这老二做事儿太气人。这事儿既然您做了主，我还说啥哩。我也干脆点，就只应我一件事，儿子可以过继给他。让老二把那半截烂缸碴子还给我扛回来。"说着，又扭身向着余得水说："你给他婶儿说，甭不舍得一个烂缸碴子，我把儿子养活恁大了，白白地送给她，我心里啥味儿？啥也甭说了，烂缸碴子搬回来，三个儿子随你挑。"

余得水见嫂子这样说，也没有话再讲，只得接上话说道："也没啥挑不挑的，我这三个侄子哪个不好？都惹人疼爱。他婶儿也都喜欢，咱就按老规矩来，就小侄子余粮吧。"

"中，就这样定了，这才像俩兄弟。"老人拍着大腿说。

第二十五章

"我就是俺叔半截烂缸碴子换回来的！"

余粮讲完他的故事，哈哈笑起来，逗得雪梅也捂着嘴咯咯笑个不停。

雪梅并没有见过这个传说中的姑姑，只是零零碎碎地耳闻一些她的旧事，在家里姥姥姚淑美也从没有提起过以往的事，雪梅每次见到她的爸爸、妈妈也不可能说起她的姑姑。要不是和余粮认识，雪梅甚至不知道她还有个姑姑，更不会知道这个姑姑当年竟然把婚姻与爱情演绎得如此轰轰烈烈。有时候，雪梅会从内心里佩服这位从未谋面的姑姑，爱自己所爱，嫁自己想嫁的人。她真羡慕姑姑的勇气。可她，明明喜欢余粮，余粮也喜欢她，却有情人难成眷属。

两人吃过早餐，算过饭钱，雪梅又带着余粮沿街溜达了一阵子，两人携起手来有说有笑。街面上人来人往，余粮见这里人穿着打扮有些好奇，笑道："广州真好，咱那里已经很冷了，这里却像夏天一样，人还穿得单薄。"

雪梅笑道："咱们以前哪里出过远门，没有见过世面，只不过从村里到学校巴掌那么大一片地方罢了。地球大着哩，咱们那个地方在地球仪上还标不上一个点呢。"

余粮有些感慨，叹道："咱们还好，想不到这个年纪就来到广东看一看了，咱们上辈人哪里离开过那片黄土地？这是赶上好时候了。"

雪梅笑道："外边好是好，毕竟不是咱家里。我是这样想的，现在不是提倡勤劳致富吗？我看老家光靠种地是难以致富的，无商不富，要想致富，就得经商做生意，咱那里人的观念里重农轻商，都感觉做生意是件不光彩的事儿。这个观念得改改了。我想在这里打工也是个学习，将来回到咱那里咱也办个厂什么的。"

余粮有些惊讶，万没有想到雪梅会说出这样有气魄的话，不得不由衷地佩服，忽然一种莫名其妙的心理在作怪，担心雪梅这样的好女孩会被别人抢走，想到这里，忽又笑起来，笑自己心胸有点狭窄，不知不觉笑出声来。

雪梅见余粮发笑，以为是她哪里说错话了，就问："你笑啥哩？我说错话了吗？"

余粮笑道："你哪里说错话了，我是担心你一个女孩子有这么远大的抱负，怕我追不上你呢。"

雪梅也笑了，这余粮说话也是有讲究的，他不说"配"说"追"，这一个"追"说得如此巧妙，意味深长。毕竟雪梅还没有答应他什么，两人之间并没有什么承诺，所以余粮也只能用"追"字，恰恰男女之间只这一个"追"才显得如此浪漫美好。雪梅笑道："谁让你追？我跑得并不快，难不成我还得停下来等着你追呀？"

余粮听了，有些动情，就说："我不能掉队，在这里好好干一阵子，长长见识，学些本领，将来和你一起打拼。"

两人说说笑笑，畅想着未来，看看太阳由东转南，气温逐步升高，有些炎热，方才转身返回。到了厂里，雪梅找到阿娇，说是有个老乡要来厂里打工，请求收下。阿娇说："组装车间前天刚走了一个人，正好补上。"雪梅又给余粮在男宿舍里安排好一个床铺，帮他整理好被褥衣服。

雪梅因余粮一个人刚来这里，怕他人生地不熟不太适应，便时刻陪伴着他。转眼又到了快吃午饭的时间，雪梅喊着余粮说要出去到一家烩面馆里吃烩面。

余粮说："刚才咱们转了一圈，我看都是粤菜馆，没有卖北方面食的，你哪里还找到烩面馆了呢？"

雪梅笑笑，说道："我刚来到这里，也是天天吃大米饭，想吃顿面条和馒头都不容易，后来和老乡一起溜达，发现后街那里有一家河南人开的烩面馆，味道倒是不错，咱今天就去那里吃。"

两个人正要往外走，雪梅却被那位高个子保安喊住："王雪梅，有你的信。"

"哪来的？"

"看看你就知道了！"

第二十六章

雪梅一听说有信，高兴得跳了起来。瘦高个儿保安早已拿着一封信走出门卫室，伸手将信递过来。雪梅接了，并不看，只笑嘻嘻冲高个子保安道了声谢，又飞快地飘到余粮跟前。

余粮见了，笑道："谁来的信，看把你高兴成这样？"

"还能有谁给我写信，俺姥姥呗。你不知道，这出门在外的人，最盼的是家里来信了，见了信就好像见了家里人一般亲。"雪梅笑道，又故做生气的样子说："你也不给我写信！"

"我倒是写了，只是没有地方寄呀！"

雪梅手一伸，说道："拿来我看。"

"都烧了。"

雪梅将嘴一噘，笑道："骗人，还说给我写信了哩。"

余粮也笑道："你还怪我，你不给我写信，我咋知道你的地址呢？我应该埋怨你才是。"

雪梅一听，复又笑起来，忙说道："不说了，不说了，绕了半天还怪起我了。"雪梅拿起手里的信，看了看信封，上面落款三个字"姚淑美"。雪梅笑道："你看，我姥姥的字写得真好看，比我写的字不知要好多少倍哩。"

余粮道："还不快拆开看看里面说的啥。"

雪梅将那信扬起来，放到眼前，就着太阳看了看里面的信纸，然后轻轻撕开信封，从里面取出信纸，打开来看了看，停下来笑了笑，又看了看，又笑了笑。

余粮看雪梅很开心，不由得也笑了，问道："有啥喜事儿，让你这么高兴？"

雪梅仍然只是笑，也不搭话，把信又看了一遍，这才小心翼翼地按原样折起来，装在信封里，将那信封塞进肩上挎的小坤包里。

两个人边说边走。雪梅昂起头，笑了笑，问余粮："你猜，上面写的什么？"

余粮笑道："你这人也真是，你又没有让我看，我怎么知道写的啥？"

雪梅咯咯一笑，说道："让我过年回去说媒哩。"说罢，见余粮面色有些寒，又笑道："我是我姥姥的宝贝儿，她把我看得可紧，生怕我嫁到外地看不到我了。每次来信总要特意安排说不要在外面找男朋友，说什么南方人不可靠，外地人离老家太远，生了气没有娘家人在跟前给我出气，反正说了一大堆。"

余粮听了，忙问："那你是咋想的？"

雪梅仰起脸，望着天上那一片云彩，笑而不语，末了，像是自言自语："要说南方人不可靠，可是哪里人可靠呢？这人可靠不可靠倒不在地域，只是看具体的个人罢了。"

余粮有些不解，追问："这么说，你是想在这里找个广东人嫁了？"

雪梅笑了，问道："我说了吗？我要是嫁到这里，我姥姥还不得气疯，将来还指望着我招个上门女婿养活我舅哩。"

余粮听了，才略为放下心来，又笑道："要是这样说，我还是有希望的，我愿意去你家当个上门女婿。"

雪梅嘿嘿一笑，说道："那得过了我姥姥那一关。"

余粮正要说话，只见雪梅抬起胳膊，手向前方一指，笑道："到了，咱就在这里吃。"

两人进了餐馆，雪梅到吧台报了两碗烩面，点了两个小菜，又要了一瓶啤酒，见左边靠窗的一张桌子空着，便走过去坐下，余粮问道："不是说吃烩面吗？你咋还点了菜要了啤酒？"

雪梅笑道："这不是你今天刚来，让你喝瓶啤酒算是给你接风嘛。"

余粮也笑了，说："让你花钱，我心里很过意不去。"

雪梅又笑道："你这是大男子主义思想在作怪，谁规定的男生与女生一起吃饭非要男生花钱呀？你不要和我见外，算起来咱俩还是亲戚哩。"

余粮刚要张嘴说话，雪梅又说道："等下吃完饭，再去给你买身衣服，你从老家穿来的衣服不太合这边儿的环境。总得入乡随俗，不能太土气了。"

余粮忙摆着手，说道："不要你给我买衣服，等我打工挣了钱再买吧。我这会口袋里没有钱了。"

雪梅将胳膊放在桌案上，两手掌向上反托着下巴，见余粮没有明白她的好意，不由得嘿嘿笑了两下，道："这个我能不知道？咱从老家里出来的人能带多少盘缠？都是想着两手空空地来，挣得钱包鼓鼓地回，只不过出来时搭个车票钱。你不要管了，我在这里打工几个月了，虽说大头都打回家去了，但是我手里留的还有钱哩。"

"咱那里人日子过得太苦了，我看全国也数得着了吧？"余粮说。

雪梅叹了口气，说道："你可说错了，我看还不数咱那里人日子过得苦，我来打工，算是开了眼界，见到了来自全国各地的人。有东北三省的，也有云南、贵州的，还有四川的，听她们讲，她们那里日子更难，尤其是山区的孩子，上学都要翻山越岭走好远呢。所以，你看，云南、贵州、四川的女孩子，大多是上了小学就不上了，路远上学不方便，都不愿意上了。"

雪梅顿了一会儿，又说道："咱们赶上了好时代，出了学校门就得好好干，先努力挣钱改变家里的生活状况，等攒些钱再做个生意。我还想着将来能为改变家乡做点贡献哩。"

余粮刚要说话，见一位店员端着菜走过来，将一盘油炸花生米、一盘腌笋干和一瓶啤酒摆在桌上，又拿过来两个玻璃杯子。余粮拿起桌上的开瓶器，嘭的一声，打开酒瓶，啤酒沫喷了出来，直喷到餐桌上，将那两盘小菜上喷的满是啤酒。

"这啤酒就如你的热情那样丰富哩。"余粮说着，就要拿起雪梅面前的玻璃杯倒酒。

雪梅忙用手止住，说道："我不会喝酒。喝一点儿就头晕，等下还有好多事要做哩，还要回去给姥姥写回信。"

余粮见说，也不勉强，看看面前杯子里那啤酒沫慢慢破灭了，只余下杯底的一点酒，就又往杯子里加了一些。

余粮笑道："来吧，我喝酒，你喝水，你就以水代酒吧。"正要举杯，那位店员又将两碗烩面端了过来，一人一碗，放在两人面前。

雪梅举起面前的水杯，笑道："来，咱们干杯！"

余粮忙举起酒杯，"当"，两只杯子碰在一起，两人相视一笑，余粮一仰脖将啤酒一饮而尽。

放下酒杯，余粮又想起刚才的话题，说道："这老是花你的钱，可不是事哩。"

雪梅笑道："你咋还和我论那么清！"

余粮不说话，只是望着雪梅笑，眼睛里却有些出神。雪梅知道余粮在欣赏着她，也不理会，微笑着将视线移开。余粮忍不住，笑道："我看着你傻笑，你咋不问我笑啥呢？我想好了一句话正等着回答你哩。"

雪梅笑道："我要是问你老是看我做啥，你准备咋回答我？"

余粮笑道："我会说看着你美，心里喜欢得笑哩。"

雪梅道："你真是个好面嘴儿，哄人开心。"

两人你一言我一语，甚是投机。吃过饭，两人又逛了逛街市，雪梅给余粮买了一身新衣服。果然人靠衣裳马靠鞍，再看余粮，已经比先前更加精神，帅气多了。

第二十七章

两人又转了一圈儿，才开始往回走。快到厂里时，老远看见阿旺在厂门口和保安说话。雪梅想避开，等阿旺离开后再回去，却早已被阿旺瞅见，老远便冲她招手。雪梅只得硬着头皮往前走。

到厂门口时，雪梅正要与阿旺打招呼，却见阿旺笑道："哟，阿梅，你都有男朋友了，这是去哪里玩了呢？"

雪梅笑道："这是我的同学，刚从老家来，想在咱厂里打工，我给阿娇说了，阿娇说组装车间里正好缺人手。"又向余粮介绍道："这是老板，我们都叫他阿旺，人很好，没架子。"

阿旺伸出手想和余粮握手，余粮却没有伸手，只是冲阿旺笑笑，算是打了招呼。阿旺只得将伸出去的手又收了回来，笑道："不要叫我老板，我爸爸才是老板，我和你一样，也是打工的，只不过我是给我爸爸打工而已。"阿旺说着，眨了眨眼睛，又笑道："组装车间哪里缺人？阿梅还是先让你这位同学到别的厂里看看，以后我们厂里需要人时可以再来。"

雪梅一听，笑道："阿娇已经说过了，组装车间里需要人的。老板要是不接收我这位同学，那我要辞职了。"

阿旺本来是想将雪梅一军，却没有料到碰到这样一个大钉子，只得笑笑，自我解嘲说："我这只是和你开个玩笑，谁让你辞职了。既然你和我妹妹说好了，那你找阿娇好了，我不管了。"

雪梅也笑道："那谢谢老板了。"

阿旺正要说话，雪梅早已往宿舍方向走去，阿旺只得作罢，落了个没趣儿。

进了厂宿舍区，两人分开，余粮回男宿舍去了。

雪梅回到女宿舍，坐到自己的床铺上，心里想着如何给姥姥写回信，她要不要把余粮的身世告诉她的姥姥，解开姥姥心里的那个结。余粮并不是她姑姑亲生的，这样多少在姥姥面前好说话些。

雪梅从枕头下面找出那本稿纸，坐在床铺上，将稿纸放在腿上，手拿着钢笔，眼睛望着前方，不知道该如何下笔。她想还是先不把余粮的身世告诉姥姥吧，这样的事在信里几句话也说不清，还会弄得老人家在家里对她不放心，不如春节回家后再详细说明，争得姥姥的理解。雪梅这样想着，心里也就释然了，就随便写些这边的生活工作情况，并解释一下上次回信说喜欢这里，不过是喜欢南方的气候和山水，并不会在这里找男朋友。写到这里，雪梅停下笔，歪着头想了想，又笑了笑，拿起笔来，在信纸上写了这样一句话："姥姥，您放心，我一定会找个上门女婿，与我一起孝敬您和我的舅舅。"

雪梅这样写，无非是想给老人家一个放心，不想让姥姥过多地为她牵挂。至于那个上门女婿，雪梅心里已经有数了，想到这里，雪梅不觉笑了。写好后，看了看，便有点不好意思，想了想，这也没有啥，因为是家信，还有什么话不可以与姥姥说的呢？

雪梅将信写好后，又看了看，改了两个错别字，这才将信纸对折了两下，装进信封里。这信封是她上次寄信时买回来的，因为往家写信多，她都是提前买几个信封回来放着，遇到往家写信的小姐妹没有信封时，就拿出来一个让她们用。这次她一下子买了十个信封回来。雪梅在信封上写好收信人及地址，又落了款，这才翻身下了床，将信投到厂门外的一个绿色邮筒里。

这封回信刚寄出两天，雪梅又收到一封家里的来信，依然是她姥姥姚淑美写来的。雪梅心想，寄一封信一般要六七天才能到家，我的那封回信还在路上走着哩，咋又来了一封？想必是家中有什么事要说。于是，她拆开信封，取出信来看，看了一会儿，不觉笑了。恰巧余粮下班走过来看到，问道："有啥好事儿，把你高兴成这个样子？"

雪梅忙收了信，笑道："家里有一件好事儿。"

余粮问："啥好事儿，说来听听，让我也高兴高兴。"

雪梅笑道："我舅舅娶了一个媳妇儿，那女人原来是位知青，上海人，当年知识青年下乡时和咱公社里一个男的恋爱了，就嫁在咱们那里了。那个男的在公社面粉厂上班，机器出事故死了，撇下这女人带着一个女儿，因男方父母年迈，那女人也就没有改嫁。现在女儿也大了，公爹公婆都已去世，只剩下她一个人过日子，上海那边娘家也没有人了。就经人说合再嫁给我舅舅了，我看也怪合适哩。"雪梅说罢，又笑道："这下好了，我也解脱了。"

余粮有些不解，疑惑地问道："这与你有什么关系？"

雪梅望了一眼余粮，笑道："我舅舅不是有人陪了吗？这下，我姥姥不会把我看得那么紧了吧，现在我要是找个外地的男朋友估计她老人家也不会太反对了。"

余粮听了心头一紧，脸上就有些泛白，忙追问道："这么说，你还真想在这边儿找个男朋友嫁到外边儿？那过年还回不回去？"

雪梅见余粮心急火燎的样子，扑哧一笑，眨了眨眼，语气坚定地说道："回，咱俩一块回！俺姥姥不是想让我找个上门女婿嘛，我给她带回去一个。"

"谁？"余粮一脸雾水地问道。

第二十八章

姚淑美坐在那把紫色木椅上，望着眼前跪着的这个小伙子，这一幕竟然那样的熟悉，和二十多年前那个场景竟然一模一样，让她有点不敢相信这一切都是真的，仿佛做梦一般。二十多年前，范来运在她家堂屋里一跪，跪走了她的女儿金枝。今天，眼前的这个小后生又在她面前一跪，会不会把她这个外孙女雪梅给跪走？

姚淑美这样想着，心里就来了气。这哪里是向我下跪，只是拿我当幌子罢了，分明是要感动那个他心中要娶的人。想到这里，姚淑美不由得怒声呵斥道："我也不知道是哪辈子作了孽，净遇到你们这些冤家！起来！你在这里跪着干啥？"可是，眼前的这位后生，任凭她说什么气话，依然跪在那里不动，像是一尊泥胎一样。

姚淑美又看了小伙子一眼，不由得又是一阵感叹：是啊，她这辈子，命运像是和她作对似的。嫁了男人，本以为能平平安安过日子，没想到却守了半辈子的活寡；本盼着把孩子拉扯大有个指望，没想到会是那个样子。现在养的外孙女又碰上一个冤家，这都是命里注定的吗？

可是，气归气，她心里明白，这外孙女与亲闺女毕竟是隔着位的，尽管雪梅也是她自小养大的，多少还是有些不一样。自那次硬逼着雪梅辍了学，与这位年轻人断了交往，去了南方打工。她心里总感觉在这件事上做得有点对不住雪梅。好在这个外孙女还比较懂事，不像别的女孩子那样任性。她有时想，年轻人的事就不要管那么多了。这么多年，她总结出了一个经验，有些事情往往是你越不希望它发生，它就越会发生，倒不如顺其自然。人啊，怎么着不是一辈子。

不过，令她宽慰的是儿子王宝禄现在已经有人陪伴了，那个知青女人倒很会疼人，对儿子宝禄很好，对她也很孝敬。姚淑美眼见两个人一起下地干活，形影不离，很是亲密，时常暗自高兴。儿子王宝禄现在每天在砖窑场里忙，那知青女人可是帮了不少大忙，她能说会道，能写会算，里里外外，照应得很是周全。不管怎么说，儿子总算有个伴儿了，这样，她百年后也就放心了。姚淑美这样想着，那先前指望着外孙女雪梅给儿子王宝禄养老送终的心思也就淡了下来。

眼下怎么办？姚淑美望着这个跪在她眼前的后生，不禁心里有些发愁，这分明是在逼着她答应呢。要是不答应会是怎样的一个结局，会不会雪梅和二十多年前她妈妈金枝一样不辞而别？她不敢细想，她活了这么大年纪，算是明白过来了，这少男少女要是认准了的事，那是一头牛撞在南墙上，撞得头破血流任人拉也拉不回来。

该来的总是要来，拦也拦不住，想到这里，姚淑美心里也就有些释然。雪梅从广东回来后，已经给她讲了这位后生的身世，姚淑美想起来，也有点啼笑皆非，世上哪有这么巧的事，偏让她家摊上了。看得出，雪梅倒是挺喜欢这个男孩子的。姚淑美再也不忍心伤雪梅的心了，逼着外孙女辍学已经错了，她不能再错下去了。作为姥姥，一位老人，她想明白了，她要成全外孙女。

想到这个男孩子的家庭，姚淑美便想到了那个冤家——范翠枝，这个名字她这一辈子怎么也忘不掉。不行，我不能便宜那个冤家，二十多年前，她害了我们一家，这回我也非让她尝尝苦头不可。

终于，她打定了主意，对面前跪着的那位后生说："起来吧，回去找个媒人来！"

第二十九章

姚淑美现在已经是花甲老人了，不再是那个爱美爱俏的姚淑美了，尽管她内心里还保留着对美的热爱，但对穿着打扮早已不是那么讲究了。

她想起五十多年前，她的父母精心盘算，把她嫁给了门当户对的王贵仁。这在当时看来，她的一生应该是幸福无疑的了，可谁知道竟然会为他守了大半生的活寡；她的女儿金枝嫁给了本不看好的人，现在看来过得倒也不错，那个叫来运的女婿对金枝很好，从没听说过两人拌过嘴红过脸，这倒让她省了不少心；她的儿子王宝禄明摆着就是要打光棍一辈子了，却半道上也遇到了陪伴他的人。这个外孙女将来会是什么样子？眼前这个事儿咋办呢？自从外孙女雪梅从广东回来之后，她就一直在思考这个问题。

她知道有些事情要来，是回避不了的。

她想起来就想苦笑，可又笑不出来。她本来以为拆散了雪梅和那个男孩的纠缠，就可以安心了。可自雪梅去南方打工后，她又担心外孙女找个外地的男朋友嫁了，却万万没有想到这个男孩子竟然跑到广东找到了雪梅。三天前，两人从广东一起回来。雪梅这孩子非常孝顺，打工这段时间，每个月都往家里打钱。这次回来，又特意给她买了一身过冬的衣服，还抱回来一台黑白电视机。前天晚上，雪梅向她提起这个男孩子，姚淑美才知道这个叫余粮的人不是那个冤家的亲生子，是她的继子。

雪梅向她介绍这个男孩时，姚淑美看出来外孙女心里还是很喜欢他的。可姚淑美心里就是迈不过那道坎，解不开多年的那个结。今天一大早，这个男孩就兴冲冲地跑来了，不知是谁教的，上来就是下跪求她。

唉，这年轻人一旦好上了，就是九头牛也拉不开。当老人的有时候明知前方是个火坑，也只得眼睁睁看着子女往里跳，直到他自己觉悟。姚淑美心里感慨道。

眼下这个事儿，她已经别无选择了。二十多年前她嫁女娶媳那一幕闹剧还历历在目。她用了多年才从那个阴影里走出来。可现在，外孙女雪梅已经明确表示她喜欢那个男孩子，她一位老人还能说什么呢？总不至于再导演一出闹剧让人笑话吧。姚淑美让余粮回去找媒人来，就是打定主意要成全他们，她想明白了，拉是拉不回来了，不如顺水推舟吧。不过，她要利用这个机会和那个冤家较较劲儿，让她尝尝做母亲的苦头。她要把这件事办得体面些，既然是婚姻，就要讲究个仪式感，有些必要的程序总是要走的。

大门吱嘎一声被推开了，雪梅穿着一件红色风衣，像一团火一样从外边走进来，脸颊绯红。

"人走了吗？"姚淑美轻轻地问。

"走了，我把他送到寨东门就回来了。"雪梅轻轻答道，脸上有些羞涩，眼睛里含着笑意。

姚淑美望着这个外孙女，似乎有些不太相信，眼前这位漂亮的姑娘竟是她一手养大的那个孩子，真是女大十八变呀。雪梅身材高高的，一头乌黑的头发带着些自来卷儿，倒显得时尚洋气，她的肤色越发白嫩了，白里又透着些红；最惹人怜爱的是那双眼睛，水汪汪的，娇滴滴的，带着情含着笑。这分明是继承了她姚淑美身上的血统，她将这双眼睛遗传给了女儿，女儿又将这双眼睛遗传给了这个外孙女。这孩子身上有她的血脉，怎么能不令她疼爱呢？

姚淑美坐在木椅上，问雪梅："我再问你一次，你确定喜欢这个男孩儿吗？你可想好了，这女孩子一旦嫁出去，那就是泼出去的水，不好收了。嫁人如同再生一般，命运将从此改变，前面是什么谁也说不好。"

"可是……可是……"雪梅说话结结巴巴，她实在想不出话该怎么说。

"可是什么？"姚淑美和蔼地问。

雪梅咯咯笑了，说："可是女孩子总得要嫁人的呀，既然谁也不知道将来过得怎么样，只求一个喜欢就好了。总不能知道尿床就不睡觉了。"

姚淑美笑了，她不知雪梅从哪里学来的这个土话。是啊，这人哪，总不能知道尿床就不睡觉了。

"嗯，你说得对。"姚淑美说，"我老了，总是怕你将来有个什么闪失，得给你把把关。将来怎么样，谁也不知道，这眼下却看得清楚，只要人不差，走正道，别走上歪门邪道就好了。现在的日子比以前好多了，一个人只要肯干就饿不着，将来也不会差到哪里去。"

"姥姥，你同意了？"雪梅高兴地问。

"你回来这两天，我啥时候说过不同意了？"姚淑美也笑了。

雪梅被姥姥一句反问逗乐了，笑道："姥姥，你早说嘛，早说我可以告诉他，让他找啥媒人哩，多此一举。"

姚淑美收了笑容，正色道："你这孩子，这就不懂了吧，你知道为啥总把女儿称为千金？千金是主贵的意思，总不能家里辛苦把你养大让人白捡了去。有个媒人担保，要是受了气，那媒人也会说道男方家里的。自古以来明媒正娶，要是没个媒人，你自己跑过去，像什么样子？"

"这么说，姥姥是不是想让他家拿些彩礼？"雪梅眨了眨眼睛问。

姚淑美笑了笑，说："我说女孩子主贵是说要矜持些，不要让男人感觉那么容易就得到你，要让他感觉得之不易，他才懂得珍惜你。我让他找媒人来，就是要走个程序，光明正大地办，这结婚嫁女不能弄得像偷鸡摸狗一样。至于彩礼，那也是老规矩，多少得拿些来，黑不黑得抹那一道吧。"

第三十章

雪梅坐在桌子边，两手托着下巴。她静静地听着姥姥的絮叨，不时地点了点头，忽又笑道："姥姥，你说的在理。"雪梅说着话，心思却又回到余粮那里。三天前，她和余粮辞了厂里的工作，坐了一天一夜的火车，回到这个生她养她的地方。这环境变化得如此之快，让她不敢相信。她向厂里辞行时，阿旺询问她年后还来不来，雪梅只是微笑着，却答不上来，因为她也不能确定年后能不能再来，要看家里的情况再定。雪梅看得出，阿旺的意思是想让她年后再来，只是雪梅心里早已认定，打工毕竟不是长久之计，外面的世界再好，总归不是属于她的，她要有份属于自己的事业。

余粮总共在广州待了三个月的时间，在这三个月里，雪梅和他下了班就到处跑着玩。他们常常跑到江边去看江水，看那呜呜呜着笛声冒着黑烟穿江而过的轮船。当夕阳西下时，江面波光粼粼，江水被染成了金色，两人在江边共同欣赏美景，看那不时跳出水面的鱼儿，每当看到鱼儿跃出时，雪梅都会开心地拍着手蹦着跳着。当看到江岸上留下两人长长的身影时，余粮就嬉笑着和雪梅比谁的影子长。两人还偶尔逛一下商场，那个红色风衣就是余粮第一次领了工资给雪梅买的。

那天，余粮领了工资后非要拉着雪梅去商场，余粮说，这是他长这么大，第一次用自己的双手挣到钱，他要用这第一次挣来的钱做最有意义的事。到了商场之后，雪梅才知道余粮说的最有意义的事就是给她买一件红色风衣。余粮说，雪梅穿上红色风衣显得更美丽漂亮，无论从哪点来看，都不比城市的女孩差。雪梅和余粮开玩笑说："你让我穿恁好看，不怕我被别人追走了吗？"余粮笑道："我不怕，你不会的。在我眼里，你比金子还主贵。没有那么容易被别人几句好话就追走了。"

姚淑美看雪梅出了神，知道她子脑子里又往别处想了，就笑道："姥姥给你说话哩，你倒是听进去没有？"

"嗯，听进去了啊。"雪梅应道。

正说着话，王宝禄从外边儿走进来，一身灰土。原来，王宝禄开办砖窑以来，机器设备需要人看管，只能每天都住在那里。那知青女人跟了他之后，就在家住了一阵。那知青的女儿到北京上大学去了，两个人倒也轻松，可以专心窑场上的事情了。雪梅回来之前，两人就住到砖窑场去了。

雪梅见舅舅回来，忙喊了声"舅"算是打了招呼。王宝禄见了雪梅，笑道："你前儿个去砖场，我正在忙，没顾上和你说话。你也看到了，我那里很忙，需要人手，你年后就不要再出门去跟别人打工了，在家给我搭把手。"

雪梅笑道："我也这样想，打工终究不是长久之计。"

王宝禄拉条凳子坐下，见雪梅答应了，又回头对母亲说："娘，我盘算好了，开了春咱就可以翻建房子了。"

姚淑美听了，高兴地点点头，说："家里的事你张罗吧，我年龄大了，不想管那么多事，你做啥事只要给我说一声就中了。至于钱，我这里放的还有，上次你大回来给的钱都给你放着哩。"

姚淑美说完，忽又想起来一件事儿，对儿子王宝禄说："有个事儿，我还没想好，今天正好咱一家三口都在，这雪梅的婚事咋办？"

王宝禄笑笑说："那该咋办就咋办嘛，办要办得体面些。"

雪梅听谈起她的婚事，红晕又上了脸，只抿着嘴笑，并不言语。

姚淑美见儿子王宝禄没有明白她的话意，望着雪梅，笑道："我的意思是这雪梅婚事还要不要倒插门儿？"

王宝禄嘿嘿一笑，说："问雪梅吧，随她，这个也不能勉强。男孩愿意来咱家也中，我给他盖房。雪梅嫁到他家也行，咱多做些嫁妆。终究不能让我外甥女受委屈。"

王宝禄话音刚落,雪梅笑着说:"我不愿嫁出去,谁要娶我就得上咱家来。"

王宝禄道:"你话先别说恁死。这都说倒插门女婿不好当,听着也不好听,要男孩自愿才行。"

姚淑美想了想说:"那这样,雪梅结婚后,随她的意,想住哪边儿住哪边儿。"

第三十一章

姚淑美和王家寨她这一辈多数人一样,在这个普通的寨子里度过了属于她的一生。她这辈子没有去过北京,也没有去过上海、广州,那上有天堂下有苏杭的地方也只是听人说过而已。当然,更谈不上走出国门去国外看看了。实际上,姚淑美平时就很少出王家寨,就连赶集买菜都很少去。她的外孙女雪梅就不一样了,刚下学就去了广东,又去郑州上了学。姚淑美常夸雪梅这一代人有福气,赶上了好时候。

如今,姚淑美成了王家寨一位在年龄上数得着的老人了,晚辈人里先是喊她婶子大娘的,后来出现了喊奶奶的晚辈人,现在喊她老太太的人倒也不少了。每当她拄着拐棍出现在寨子当街那棵大槐树下时,一群娃娃们总是喜欢跑过来喊她太太,拉着她的手,扯着她的衣襟,围在她的身边听她讲故事。她喜欢坐在那棵曾经被雷劈过的大槐树下给孩子们讲过去的故事。

在这些孩子们眼里,老人成了故事家,那情形,就像二十世纪八十年代一圈人围在收音机旁听一位叫刘兰芳的人讲《岳飞传》《杨家将》一样热闹。姚淑美给孩子们讲中原大战,讲抗日战争,讲皇姑桥鬼上轿的故事;讲到皇姑河就会提到那位不愿意做亡国奴的皇姑;讲到郸城,就会提到洺河岸边王子求仙天上一日人间十年的传奇故事。当然她也会和其他老人一样，给孩子们提到吃不上饭的年份，神情总是那么凝重，仿佛事情发生在昨天。老人反复给孩子们讲种地、讲粮食的重要性。只是这些孩子们和她的心情不一样，总是像听传奇故事那样轻松。

每当老人讲完故事，总是和蔼地对娃娃们说："你们这些娃娃有福，赶上了好时候。都是你们上辈人受尽了苦换来的，要好好珍惜，上学要好好念书，不要调皮，以后的日子好着哩。"

老人除了喜欢给孩子们讲故事外，还有一个爱好，就是晒太阳，尤其是在那和煦的春光里，那是她一年中最喜欢的日子。她总是一个人静静地坐在院子里，让阳光晒在身上。这阳光会让人从身子到心窝里都感到暖烘烘的，在四十岁那年，也是在一次晒太阳时，她心里豁然开朗，原来人类生存的一切都是来自太阳。她细细品味那句话，万物生长靠太阳。是啊，只有太阳才是伟大的，只有太阳才是永恒的。太阳的伟大在于她始终燃烧着，用自身发出的光和热照亮人间，给世间万物带来生机，带来能量。老人喜欢阳光，喜欢阳光洒在身上的感觉。

没人的时候，老人总会拿出那双红绣鞋穿在脚上，然后安详地坐在阳光下，看着燕子在她家门前飞来飞去，那种喜悦的心情难以言表。燕子总是每年春天来，秋天走，总是喜欢在她家垒窝。她有时好奇那每年从远方飞来的燕子是不是去年从这里飞走的那一对儿。每次燕子来的时候，她都要仔细端详着，好像是好像又不是。哎，这又是何必呢？只要它们来，我就欢迎，我就喜欢。老人认不清时干脆就这样想。她每天走路、做事、说话总是轻轻的，生怕惊飞了那远方来的燕子。

每当姚淑美晒太阳时，也总会有麻雀飞过来，落在地面上，两只小爪不停地跳动着。它们还是那么可爱，小脑袋瓜毛茸茸的，特别灵活，总是不停地转动着，一刻也不闲着，两个小黑眼珠依旧是那样机警地看着人，稍有风吹草动，它们就会随时飞走。姚淑美有时会默默地和它们对话，她在心里问它们：你们是从哪儿来的？每天要飞到哪里去？但有的时候姚淑美并不理它们，什么也不想，只静静地坐着，像一池平静的水面，静静的，看上去并不流动。

但更多的时候，往事总会涌上心头，她会想起她的丈夫。她的丈夫王贵仁已经去世了，这也难怪，她今年已经八十岁了。王文福也早已死了，他应该不会是下地狱了吧。王文福也为王家寨人做过好事的，老人心里这样想。提起王文福，姚淑美并不恨他，都是过眼烟云，弹指一挥间。

那个记忆中的马春耕倒是自离开王家寨就再也没有见过，嗨，想这些干啥呢？人生不过是倏忽之间，属于每个人的时间都如那天上的云彩，飘飘荡荡就过去了。令姚淑美欣慰的是，她的儿子王宝禄和那个知青女人两个人虽说是半路夫妻倒也恩爱，这是她始料不及的。这人哪，聚散是要靠缘分的，早知道会是这样，当初又何必因那位冤家生一肚子冤枉气呢？姚淑美最满意的是她在处理外孙女雪梅的婚事时表现出的豁达，这可能是她这辈子做得最正确的一件事儿。她让雪梅和余粮去郑州学中医，两人毕业后，开了一家诊所，有了个女儿，日子过得红红火火，这让她省了不少心。

在王家寨，年龄比姚淑美大的还有几位，王富田、王贵义都还活着，只是很少见面，都快走不动了。

这天下午是周末，雪梅带着女儿雯雯从县城回来。雪梅现在和丈夫余粮在县城买了三间临街的门面房，开了一家诊所。余粮已经算得上是县城里一位出色的中医先生了。尽管诊所里事情比较多，但雪梅每到周末总要抽身回家看望姥姥。每次回来时，总是要带上女儿雯雯，雯雯喜欢听老人讲故事。

雪梅在厨房收拾东西，听见雯雯在院子里喊道："妈，看今晚的星星多亮呀！"雪梅收拾好，擦干手走了出来。果然，天空晴朗，繁星点点，那银河白茫茫一道横亘在天空中，将天空划成两边。

姚淑美听见雪梅和孩子说话，也走了出来。雪梅忙上前扶着，笑道："姥姥，小心点儿，出来看会星星。"

老人"嗯"了一声答应着。雪梅又忙到屋里搬了两把椅子放在院子里，扶姥姥坐好，自己搂着雯雯坐在另一把椅子上。

雪梅知道，看星星也是姥姥的一个爱好。三人都仰着头往天上看，房间里灯光照出来，院子里亮堂堂的。老人笑了笑，说："这看星星最好不要有灯光。"

雪梅说:"那我去把电灯关了吧。"说罢站起身来,回到房间关了电灯。没了灯光,那天上的星星看起来和刚才比又是一番景象了。

老人仰着面,手指着天上,说道:"你看那天河两边白茫茫的一片,不知到底有多少颗星星哩。"

"哪一颗是牛郎星?哪一颗是织女星?"雯雯问道。

雪梅笑着一一指给她看。

三人正说着话,忽见天边一颗流星划过,在夜空中格外闪亮。

"流星!"雯雯叫道。

老人见了那流星,有些感叹,说道:"咱们活着的每个人都对应着天上的一颗星星,今晚有流星飞过,怕是要有人死了。"

雪梅听老人这样说话,心里便有点忌讳,笑了笑,接过话说:"姥姥,那是迷信,都是假的,不要信。"

老人笑道:"假不假不管它,倒是每个人的生命和这夜空中的星星一样。"

雪梅嘿嘿一笑,并不和老人争论。

雯雯仰着脸望着雪梅,说:"妈,我听不懂了。"

老人伸手抚摸着雯雯的头,笑了。

第三十二章

第二天早上,因昨晚在外面多坐了一会儿,姚淑美起来得比平时晚了一些。天快亮的时候,她做了一个梦,梦见了王贵仁,也梦见了雪雁。他们在天空飞舞着,背后是金色的光芒,身子轻盈,是那么的美不可言。王贵仁并没有和她说话,只是微笑地望着她。雪雁也没有和她说话,也只是微笑着向她招手。姚淑美很想去找他们，他们在天上自由自在地飞舞着，多美呀！可是，她刚想要飞，双脚踩地，使劲向上一跃，却被沉重的身子拽住，动弹不了，忽从梦中醒来。

她心里明白，这个梦对她来说意味着什么，还有昨晚那颗流星。

她又躺了一会儿，便穿衣起来，坐在镜子前仔细端详着镜子中的自己：花白的头发，满脸的皱纹，简直像榆树皮一样，那双失去光泽的眼睛镶嵌在深深的眼窝里。早年满头的秀发，姣美的脸庞，水汪汪的眼睛，怎么就不见了呢？她的身体就像树木一样慢慢干枯了。她知道，属于她的时间不多了。时间真是神奇，总是单向前进，没有回头，真快呀！人的生命，就如那颗夜空中划过的流星，都曾绽放过光彩与美丽，都有过属于自己的时间。

姚淑美，不，我们现在应当尊称她为老人。

老人轻轻拿起梳妆台上的那把枣木梳子。这个梳妆台是她当年的嫁妆。那把紫色枣木梳子也用了好久，她已记不起多少年了，她只记得那是她的丈夫王贵仁给她买的。老人轻轻地梳理着头发，像平时一样，梳好后将头发在脑后盘成一个结，用发网网住。她将那个用了很多年的银钗插到头发上。这个银钗已经好久没用过了，她一直珍藏着。老人将自己珍藏多年的金鎏子送给了那个知青儿媳，将银镯子送给了外孙女雪梅，只有这个银钗她一直珍藏着。

雪梅走进来喊吃饭，老人这才从梳妆台前站起身来。雪梅说："俺舅舅、妗子吃过饭都出去忙了。我等会吃过饭带雯雯去赶集买些菜回来。上午您一个人在家，今天天气好，在院子里晒太阳吧。"

老人微笑着点了点头，她已经习惯了孤独，习惯了一个人静静地守在家里。尽管她现在和儿子儿媳住在一起，女儿金枝也经常来看望她。但老人明白，孩子有孩子的事儿，不可能在家天天陪着她。不过，她并不感觉孤独。她喜欢一个人在家里静静晒太阳，每当这个时候，就会有鸟儿飞过来陪她。她喜欢看鸟儿在她面前跳来跳去，喜欢听鸟儿歌唱。

老人吃饭很简单，早上喝了半碗稀饭和一小碗鸡蛋羹，这鸡蛋羹是雪梅特意为她做的，里面加了些肉末儿。

雪梅临出门前，已经把那把紫色老式椅子搬到了院子里。老人坐了一会儿，发现还没有鸟儿飞来，阳光还不是很暖和，感觉有些没趣儿，就折返到屋里，心里又想起昨晚的那颗流星，想起小时候学过的一篇文章，不由得诵出了声：

凡物莫不有死。草木鸟兽昆虫，有朝生而暮死者，有春夏生而秋冬死者，有十年百年千年而死者。虽有迟速，相去曾几何时？唯人亦然。

老人诵了一遍，心中不由得释然，生起无限感慨：没错，在宇宙的时空里，一颗星星算不了什么，一个人又算得了什么？只是人在人间里，生命属于人的只有一次，应该好好珍惜，多些人性的光芒，少些险恶与算计。

"啾啾——"院子里传来喜鹊鸣叫的声音。

老人听见喜鹊的叫声，心生欢喜，缓缓走出屋子。她没有拄拐棍，生怕惊飞了鸟儿。

阳光比刚才暖和多了。这人真怪，对阳光是那么的渴望。她坐下身来，让阳光洒在身上，暖烘烘的，她的心里空灵灵的，什么也不去想，刚刚还在流淌的思绪，仿佛静止了一般。她已经融入自然，她的心情在阳光下格外舒畅。

两只花喜鹊站立在枣树枝头，叽叽喳喳叫个不停，仿佛为她歌唱。有两只燕子飞过来，在院子上空盘旋着，飞来飞去，叽叽叫着，好像专程来为喜鹊歌唱伴奏。麻雀呢？这个时候，怎么还不见那两只麻雀飞来。老人心里正想着，耳边传来一阵啾啾声，她心中一阵欢喜，却见一群麻雀从院外飞来，落在地面上。是的，不是两只，是好多只，一只、两只、三只、四只，刚数了五只，又有几只麻雀飞起来，一下子又搞混了，分不清哪一只是数过的，哪一只是没有数过的。老人又数，刚数了一半，又乱了，于是笑了，干脆不数了。是呀，世间的事儿就如数这麻雀一样，哪能数得清呢？

麻雀分散开来，占满了院子。这些麻雀真是一刻也不闲着，两只小腿不停蹦跶，毛茸茸的小脑袋不住地扭动着，滴溜溜的小黑眼珠东瞅西瞅，不停地转动，实在太可爱了。老人心里笑道，你们咋不怕我了呢？

农历四月天的太阳，像是着了魔法一样，照在人身上懒洋洋的，让人睁不开眼。老人听着鸟儿的歌唱，不知不觉打起盹来。她闭上双眼，但依然能感觉到太阳的光辉，她的眼前一片通亮、血红。蓦地，她又一次看见王贵仁在冲她微笑，雪雁微笑着向她招手。他们的身子是那样的轻盈，背后的光环是那样的美丽。老人又一次动了念头，想追随他们而去。于是，她纵身向上一跃，却又被沉重的躯体拖回。她神志清醒过来，这是怎么了？怎么解脱不掉这沉重的躯壳呢？难道这世间还有什么要牵挂的吗？尘世间我来过一回，虽然受了些苦难，但还是很满足的。都说人间有五福，我算是享受了四个，还能有什么不满足的地方呢？

老人想了想，她这一生，没有生过病。人吃五谷杂粮，哪能不生病呢？但在老人的记忆中，也就是伤过几次风，吃上一碗好面叶儿，身子出出汗也就好了。五个衡量人生福气的标准：长寿、富贵、康宁、好德、善终，除了富贵与她无缘，其余四个老天都给了她。她感觉自己并不亏，没有白活一回，没有白到世间走这一趟。想到这里，她笑了，笑得是那样坦然。她和夜空中划过的流星一样，在人间属于她的时间快走完了。

雪雁在她面前微笑，轻轻冲她招手。老人看见雪雁，心生欢喜，便下定决心，她在这个世上已无牵挂，她要追随雪雁去了。于是，她再次纵身一跃，她感觉一阵疼痛，就像当年她生孩子一样痛。突然，她感觉轻松了，低头一看，发现自己竟然飘在空中，是的，没错，这次她真的从那个躯体里解脱出来了，就像蝉蜕一样，获得了新生。她看到那个曾经属于她的躯壳，依然静静坐在阳光下，安详地睡着了，脚上穿着那双属于她的红绣鞋。燕子围绕着她飞来飞去，麻雀在她周围跳跃，不住地唱着歌，而那两只花喜鹊却飞走了。

她终于得到了解脱。她在空中飘舞着，像个新生的婴儿，可心里依然牵挂着她的孩子们。她看见雪梅从外面回来，手里捏着一封电报，抱着她的躯体摇晃，拼命地喊叫她，失声地痛哭，雯雯站在旁边抹着眼泪。她又看见她的儿子宝禄、女儿金枝跪在她的脚下哭个不止，那个知青儿媳也在伤心落泪。她想告诉她的孩子们，不要哭，她并没有死，她只不过解脱了那个要吃要喝要穿衣的躯体，获得了新生。但无论她怎样大声喊叫，她的孩子们依然只是哭，而且越来越多的人围在那个农家院子里流泪。她明白了，原来她已经和她的孩子们分开了，不在同一个空间里，阴阳两隔了。

她不再管她们了，想哭你们就哭吧，那个空间里的人有七情六欲，哭是他们本能需要，他们到了人间第一声就是哭。她忽然发现她的肋下生出两个粉色翅膀，可以像雪雁那样飞舞了。于是，她在王家寨上空飘舞了一阵子，便追随着王贵仁、雪雁，飞向充满光和热那个叫宇宙的地方去了。

后　记

　　《人间》初稿动笔于 2018 年 10 月，完成于 2019 年 4 月，几经易稿，距今天杀青付梓已是第六个年头了。

　　想起写作初稿的那段日子里，每天凌晨四点听到窗外一声清脆鸟鸣，我就起了床，一个人静静地伏案写作，整个身心都沉浸在一个痴迷的创作状态。那段日子里，我整个人跟傻了似的，梦里全是故事、人物。一次，我在图书馆阅读，有了灵感，思绪就一直顺着翻飞，出门时一不小心撞到玻璃上，疼得我捂着额头直吸溜嘴，逗得服务台前两位美女捂着嘴巴，望着我眼里直发笑。我只好咧着嘴回了她们一个憨厚的傻笑，自我解嘲夸赞她们工作做得好，玻璃擦得干净，跟空气似的没有看到。还有一次，我在单位洗了一条裤子，过了一段时间，发现外面晒的那条裤子格外眼熟，回到宿舍看看，发现换洗的裤子没有了，才知道外面晒的那条裤子就是我的。原来是早几天洗好晾晒给忘记了，还好没有下雨，否则还得重洗。

　　当我每天早晨准时坐下写作时，我内心深处便有个声音开始讲述。我和她好像约定了似的，她开始讲述，我开始做记录。我很奇怪这一现象。据说印度天才数学家拉马努金经常在梦里思考数学，有神庙里女神托梦给他，教他数学。他醒来后直接写下许多数学公式，甚为神奇。我当然不是天才，甚至还有些蠢，我做过不少蠢事，我最大的优点就是有自知之明，知道自己有多笨，但我确实有那样的经历。我很感谢在本书创作过程中，那位讲述的"神"的存在。那位全知全能的"神"好像灵魂附体一样潜藏在我内心深处，我能听到她的声音，她叙述她所经历过的故事。我也如同看话剧一般，看见书中人物在我眼前表演，场景不断转换，我的书案就是一个小小舞台，而我只是忠实地作了记录。她像一位长者，叙述如大河奔腾，滔滔不绝。当天讲完，她便隐退，而我也戛然而止收住了笔。

要是哪天我贪睡起来迟了，那个全知的"神"也如约而至，自动激活，在我睡梦里开始讲述。比如开篇自序，就是我在睡梦里写就的。那天凌晨，睡着睡着，我的大脑突然活跃起来，内心深处那个声音又开始了讲述。刚讲述完毕，窗外啾啾两声鸟鸣，我的意识突然清醒。我赶忙翻身起床，打开电脑，手敲键盘，啪啪，啪啪，如弹奏钢琴一般，将那文字记录下来。还有小说开头的环境叙述，前后修改了多遍，始终找不着调，下不了笔，后来也是有一天在睡梦中出现了一个声音。写长篇小说，开头就是定调，调子决定后面叙述的声音。调子定好，后面的事儿就顺利多了，犹如石头缝里凿出了泉眼，泉水自然会汩汩而出。

我也感觉奇怪，那个声音自何而来，后来想想，或许还是来自内心深处的"自我"——灵魂。

说起来，这部小说在我内心深处已经孕育多年了，故事场景和人物形象久已成型，越来越清晰，以至于呼之欲出，好像十月怀胎等待一朝分娩的婴儿，叙述出来是自然而然的事情。

然而，母亲生孩子虽属天性，瓜熟蒂落，不生下来不行，但要真正婴儿落地时，也要经过阵痛。我作此书也是这样，整个故事历经数年在我心中孕育成熟，强烈的创作欲望在我体内蠢蠢欲动，促使我必须集中心思去创作，否则我会感觉很难受，不得不一吐为快。但这看似胸有成竹水到渠成的事儿，在写作过程中也经过多次阵痛，作品才得以成形问世。诚如明末清初文学批评家金圣叹所说："心绝气尽，面犹死人，然后其才前后缭绕，得成一书者也。"

我喜欢阅读。阅读可以使人内心平静、丰富情感、开阔视界、增长学识，还可以抚慰人的心灵，从而有益于身心健康，这是其他娱乐休闲方式所不能比拟的。每天不管多忙，我总要读上一到两个小时的书。

因为阅读，也就喜欢写作，喜欢方块汉字，排兵布阵一样，整齐有序。我经常望着窗外翻飞的白鹭想，一只白鹭少说也有半斤重，可它们停留在树枝上为什么那树枝不被压弯？后来我想，那应该是因为白鹭是活的，是有生命力的东西，体内有气。文字也是这样，一本字典，或厚厚的辞海，翻来翻去，会感觉枯燥无味，可写成文章就不一样了，文章里的字被赋予了生命力，有思想，有气，有气就是活的。气是支撑生命力的关键，小说也不例外。

梁启超曾说："小说为文学之最上乘也！"我一直认为，在多媒体盛行、娱乐方式多元化、流行碎片化阅读的今天，小说这种传统文学体裁要想大旗不倒，必须依靠丰富生动的文字语言，方能独树一帜。语言文字自有其独特的表现魅力。读者通过文学作品的语言文字可以感受场景画面，触及人物思想感情，获得情感上的体验和心灵上的愉悦，这种美学体验是电影、电视所不能比拟的，区别在于前者是主动吸引，后者是被动接受。这是语言文字的优势。小说要继续领军文学大旗，就必须充分发挥语言文字这独有的表现优势。

道理很简单，好比我们用相机可以拍出甚至比实景更美的画面，但却拍不出鸟语花香来。虽然摄像机可以拍出鸟语来，但仍然拍不出花儿的香味和人们处于鸟语花香环境中的心情感受，那种画面上的微笑，与个人将语言文字主动转化为内心独有的愉悦体验，是完全不同的。

语言文字就不一样了，它不仅可以传达听觉、视觉上的感受，还可以传达嗅觉、味觉、触觉上的感受和情感、心理上的微妙体验，这是文字的魔力。

值此本书出版之际，我要特别感谢郑州市文联副主席李德专先生一直以来对我的鼓励。文学创作，是一项苦心孤独的事业，用张爱玲的话说，就是自找麻烦。作者自找麻烦，就不必要求旁人给予理解和支持了。正是如此，亲朋好友一句温暖鼓励的话语，对作者来说，就是莫大的精神支持，会成为他继续负重前行的动力。李德专先生在我创作期间，多次打电话对我进行慰勉，询问进展，初稿完成后，他第一时间进行了通读，并提出修改意见。在本书出版之际，他又欣然作序，题写书名，赐予墨宝。

我还要感谢出版社的同事为本书付梓做出的辛苦工作！

作者
2024 年 3 月